U0854668

北倾 著

谁说我，不爱你

上

天津出版传媒集团
百花文艺出版社

图书在版编目（CIP）数据

谁说我，不爱你 / 北倾著 . -- 天津 : 百花文艺出版社 , 2021.9
ISBN 978-7-5306-7969-2

Ⅰ . ①谁… Ⅱ . ①北… Ⅲ . ①长篇小说－中国－当代
Ⅳ . ① I247.5

中国版本图书馆 CIP 数据核字 (2020) 第 200725 号

谁说我，不爱你
SHUI SHUO WO, BU AI NI
北倾　著

出 版 人：薛印胜　　**责任编辑：**李文静
特约策划：悦　悦　　**封面设计：**大　飞
版式设计：刘珍珍　　**封面绘图：**CaringWong
赠品绘图：来　钱
出版发行：百花文艺出版社
地址：天津市和平区西康路 35 号　邮编：300051
电话传真：+86-22-23332651（发行部）
+86-22-23332656（总编室）
+86-22-23332478（邮购部）
主页：http://www.baihuawenyi.com
印刷：北京美图印务有限公司
开本：880 × 1230 毫米 1/32
字数：493 千字
印张：18.5
版次：2021 年 9 月第 1 版
印次：2021 年 9 月第 1 次印刷
定价：72.00 元（全二册）

如有印装质量问题，请与北京美图印务有限公司联系调换
地址：北京市顺义区南彩镇九王庄村兴华街 79 号
电话：（010）6041815
邮编：101300
版权所有　侵权必究

目录

CONTENTS

| 楔子 |

久别重逢

随安然拧开水龙头，掬了一把水扑在脸上，冰凉的水让她混沌的脑袋立刻清醒了几分。她深呼吸了一口气，转身靠在洗手池边一点点擦干脸上的水珠。

她刚休完一个短假，回来就顶替上来值夜班，今天已经是第二天夜班了。她困倦地打了一个哈欠，转身透过镜面看自己熬得通红的眼睛。

“熬夜才是女人的天敌……”她念叨了这么一句，抬腕看了眼时间，已经过了 12 点，大概不会有什么紧急情况了。

回到自己的办公室里，她翻了翻这个季度的数据表格，正打算合眼休息下，桌上的手机就响了起来。

“随经理，有重要客户入住。”

随安然看了眼时间，低声吩咐道：“嗯，我现在就过来。”

她拿起手机，边走边问：“是哪位客人？”

前台有一瞬间的沉默，然后飞快地回答：“是老板的弟弟，温景梵。”

她刚要走进电梯，闻言，就是一顿，高跟鞋的鞋跟一脚踩进了电梯和地面的空隙处，卡在了里面。

“随经理，你那儿怎么了？”

随安然的面色变了几变，狠狠地抬脚拔出高跟鞋的鞋跟，面色镇定地走进电梯里，按下一楼大堂的楼层键，再开口时，声音里有了一丝让人不易察觉的颤抖："你刚说什么？"

"……随经理你那儿怎么了？"

"不是这句，是上一句。"

"哦，老板的弟弟，温景梵。"

温景梵……

她刚挂断电话，还来不及稍作休整，电梯"叮"的一声，抵达了酒店的大厅。

大厅前台不远处的落地窗前，正站着一个男人，手肘处挽着一件西装外套，微微侧着身子，身影挺拔。

随安然快步走近，脚下高跟鞋踩在地面上的"嗒嗒嗒"声急促而又规律，但直到她走得近了些，才发现他握着手机正在打电话。

他眉头微微皱起，语速有些快，是字正腔圆的伦敦音。音质沉沉的，声音温润又低醇，和她记忆里的一模一样。

温景梵很快就挂断了电话，有些疲倦地捏了捏眉心，这才转身看过来。

随安然察觉到他的目光落在自己身上，很小心地深呼吸了一下，抬起头时，唇边挂着一抹温和的笑意，和以往并没有什么不同："温先生，楼上请。"

温景梵"嗯"了一声，移开视线，先她一步往电梯口走去。

电梯运转的声音在寂静的夜里格外清晰，随安然透过电梯不甚清晰的金属门偷偷地打量他。

温景梵刚才一直紧皱的眉头已经舒展开，那双黑曜石般漆黑的双眸正目不转睛地看着跳跃的楼层数字，鼻梁挺直，薄唇轻轻地抿着，脸上没有一丝笑意，甚至连多余的情绪也没有。

三年未见，他应该不记得自己了。

电梯门刚打开，他的声音也随之响起："我不需要客房服务，接下来的时间请不要打扰我。"

随安然愣了一下，紧跟着走出电梯。走廊上的灯光昏暗，映衬得整条走廊都有些低调的奢华。

温景梵的步子迈得又快又稳，一直走到房间门口才停了下来。他手里捏着房卡，漫不经心地转身看了她一眼，那眼神的含义似乎是在问：你还有事吗？

随安然笑了笑，公式化地说道："温先生有事的话可以随时找我，祝您有个安适愉快的夜晚。"

温景梵没有接话，就这样微微低了头看着她。

"我不打扰您了。"她欠了欠身，便转身离开。

但还没迈出几步，就听身后的男人用一种很低沉清润的声音，轻声地叫她的名字："随安然。"

她的思绪在瞬间回到了很多很多年以前。

山雾缭绕的梵音寺，寂静又炎热的夏日，她坐在院子里，伏在石桌上抄写佛经。然后便听见知了虫鸣下，很轻微的脚步声。

大师和他拾级而上，少年眉目俊朗，姿容卓越，连那声音都清澈如溪水，一字字敲在她的心口。

那便是初遇，至今，都清晰得像是昨日才发生的——他们的初遇。

| 第一章 |

台风过境

堵车，堵车，还是堵车。

随安然的手指搭在方向盘上，因为不耐烦，眉头已经微微皱起。车内的广播电台正在播报这条路段的情况，伴着轻轻的电流声，在这寂静的空间里却更显沉闷。

闻歌先忍不住，开了车门跳下车，右手搭在眼前眺望着漫漫的车队，破口大骂。

随安然听得越发心烦意乱，抬手按了一下喇叭，见闻歌看过来，这才勾了一下手指示意她先上来。

闻歌噘着嘴很不满地跺了一下脚，心不甘情不愿地坐回副驾驶位置："每次上下班高峰走这条路都会堵车，不开心！"

"去店里的必经之路啊，有什么办法。"随安然低头调电台，很熟稔地调到她常听的一个电台。

闻歌一只手支在车窗上，托着下巴满脸不悦："你什么时候去 S 市啊？"

"三天后。"随安然拿起矿泉水，拧开盖子喝了一口，慢悠悠地补充了一句，"临时调职一个月。"

"一个月？"闻歌哭丧着声音，脸都要埋进膝盖里了，"那我这段时间岂不是要无聊死、郁闷死、孤单死了？"

“你还死不了……”随安然放下水瓶，又顺手调节了一下空调的风向，“无聊了去找你的温小叔啊。”

闻歌哀怨地看了她一眼，闭嘴不说话了。

走走停停挪了差不多半个小时，路面情况仅是比“寸步难行”稍微好了一些。随安然心不在焉地听着广播电台，微微侧头看向前方不远处。

这么一看，立刻移不开眼了。

前方的车流里，在大众、现代等一系列熟悉的车型里，一辆路虎极致便格外醒目。

她的视线从车身上移到车牌上，车牌上的数字更是简单好记，1225，圣诞节，也是他的生日。

两车的距离不远不近，她能透过黑色的车窗看清驾驶座上的人影。

闻歌见她盯着前面的车出神，不由得也循着她的视线看过去，一无所获：“安然，你看什么呢，这么专注？”

随安然回过神来，淡淡移开视线，缓缓跟上前面的车辆：“没什么。”

又过了几分钟，她这一列车流终于开始畅通，随安然踩下油门，经过那辆路虎时，回头看了一眼。

擦肩而过的瞬间，只来得及看见握着方向盘的手指，修长，白皙，骨节分明。

一个月后，S市。

她临时工作调动，来S市的分公司盛远酒店任临时的大堂经理，而今天，正好是在盛远酒店工作的倒数第二天。

她刚好巡视完房间回到办公室，就接到了闻歌打来的电话。

“安然，你后天回来的时候我去接机，然后一起去你楼下那家餐厅吃顿饭怎么样？”电话那端，少女声音清脆，让她一直混沌的神志也清醒了不少。

随安然拿起茶杯看了眼，走到饮水机旁接水，这才慢悠悠地说道：“你有空就可以。”

“我当然有空，你不在，我都淡出鸟来了。”闻歌皱着眉头抱怨了一句，拈起块奶糖放进嘴里。

随安然笑了笑，接了杯水缓缓抿了一口，这才慢条斯理地答应了下来。

“那就这么定了。”话音刚落，她似乎是想起什么，大叫一声后问道，“那个我听小叔说，我景梵叔前两天就去 S 市散心了，你们两个没遇上？”

随安然一愣，再开口时声音都有些恍惚起来：“……散心？”

闻歌那端沉默了一下：“景梵叔的公司出了一点儿问题……”顿了顿，她又说道：“我也就前几天听说的，本来想着告诉你，可那天给你打了好几个电话你都没接……然后我就忘记了。”

随安然努力地回想了一下，前几天——

那天不知道是不是诸事不宜，遇上了好几个麻烦的客人，自己忙得焦头烂额，哪还有空接她的电话。

等下了班之后，她回家往床上一躺就沉沉地睡了过去，等醒过来也把这件事忘记了。

“安然……”

“安然，你在听吗？”

“我在听。”她低头抿了口水，拉开椅子坐了下来，“我和他没遇上，不知道他是不是住在盛远里，我没办他的入住。”

闻歌“哦”了一声，又把自己从温少远那里听来的她景梵叔公司的危机情况大概跟随安然讲了一遍。

随安然静静地听着，听着听着就出了神。

温景梵原先的 SY 投资公司并不在 A 市，而是在 S 市。虽然不能同 A 市这种一线的城市相比较，但公司的势头一直稳健上升，呈黑马之姿。

直到一个月前她办理他的入住时，才知道他正把重心往 A 市迁移，但目前看来，似乎并不顺利。

她又接了一杯水，就靠在一旁的桌前慢慢地喝着，神色难掩疲倦。

闻歌还说了些什么，她已经听不进去了。挂断电话之后，她看向窗外沉沉的天色，以及渐渐迅猛的风，头疼地捏了捏眉心。

台风要来了。

她值完班，便回到酒店特意安排给员工的房间休息。等睡醒起来时，外面的天色比之早晨更加阴沉，呼啸的风声连在室内的她都能听得一清二楚。

她原本的安排是下午去逛街，给闻歌带份礼物，可这样的天气似乎根本没法出门。

正想重新睡回去，桌上的手机却响了起来，随安然看了眼来电显示，微微皱了下眉头，是现在正在值班的大堂经理打来的。

台风天，家里有两个小孩，丈夫出差还没有回来，家里仅有一位老人，需要临时调下班。

随安然轻叹了口气，无奈地应了下来。等她过去接班时，经理千恩万谢过后立刻便准备离开。

她翻着文件，突然漫不经心似的问道："王姐，你有没有接过温景梵先生的入住？"

正要出门的王姐愣了一下，似乎是想了想，摇了摇头："你说的是不是SY投资公司的温先生？我没有接待过他，不过他向来低调，有一次在前台退房我才知道他在这里入住过很多次。"

随安然随口应了，也不再多问。

台风要来，酒店势必要提前做好防台风准备，她来去匆忙地检查安排，等歇下来后已经是一个小时之后了。

前台的姑娘见又是她轮值夜班，不由得诧异道："哎，随经理，怎么又是你轮值？"

随安然笑了笑，解释道："台风要来了，王姐家里两个孩子，又只有一个老人看家，就跟我调了一下班。”

前台点点头，有些无奈：“有孩子要顾家，没办法的。随经理，你有没有男朋友啊？”

随安然摇摇头，笑了起来：“还没有。”

“也是，平时工作忙，还总是日夜颠倒，上哪儿去找男朋友啊……”前台的姑娘抱怨了几句，看了眼外面的天色，更郁闷了，“台风马上就要到了，听说这次还是超强台风呢。”

随安然笑了笑，不再说话。

这是她第一次一个人直面超强台风，虽然对酒店的各种防台措施很有信心，但依然还是放心不下。趁着风势还小，她照例去巡视了一圈，确认酒店已经做好了防台准备后才歇下来，去茶水间泡茶喝。

客户部等几位经理正在茶水间里看新闻播报，见她走进来，一并招呼着她过来看新闻。

“中国天气网讯 中央气象台 9 月 8 日 15 时继续发布台风预报：今年第 15 号台风‘桑洛’超强台风级的中心于今日下午 15 时位于 L 市偏北方大约 370 公里的海面上，中心附近最大风力有 17 级（58 米 / 秒），中心最低气压为 925 百帕。预计‘桑洛’将以每小时 15 公里左右的速度向偏南转西北方向移动，于晚上 19 时登陆 S 市，带来强暴雨……”

随安然抿了口茶，目不转睛地看着电视屏幕。

台风掀起的巨大海浪如同蛰伏的怪兽，猛烈地直扑而来。海面上一排排停靠着的渔船随着海浪上下起伏着，偶尔碰撞在一起，发出沉闷的声音。

记者就站在这一片风势之间，费力地讲解着。

雨声模糊了他断断续续的讲解声，只余风声“呼呼”地一阵阵咆哮而过。

随安然在那一瞬间右眼皮猛烈地跳动了几下，跳得她心慌意乱。

她捧着茶杯走出来，安静的走廊上无人走动，暖橘色的灯光落下来，衬得整条走廊多了一丝暖意。

她侧头看了眼窗外，想了想，拿起手机又往L市的家里拨了一个电话。

站在窗口往下看去，雨势已经渐渐加强，路面上没有多少行人了，偶尔驶过一辆私家车，都格外小心翼翼。

确认家里平安无事，她这才松了一口气，转身快速地下了楼。

这一场姗姗来迟，却来势汹汹的台风让她一整天都有些心神不宁。

她在办公室里坐了片刻，看着外面隐隐有台风登陆时越来越大的风势，眉头微皱。

下午五点，随安然第二次巡视完毕。

仔细地检查了酒店的防台准备后，她干脆到楼下的大堂坐镇。

因为风雨交加，路上寸步难行，有不少行人避风避雨而过，干脆进了酒店入住。保洁员正在不厌其烦地拖着湿滑的大堂地面，每逢自动门一次开合，都会随着风势涌进一大片雨水。

她捧着茶杯，看着酒店外那条水位猛涨的河流，心头焦灼，总觉得有什么事要发生一般，让她坐立不安。

果不其然，她坐下还没有十分钟，地下车库传达室的保安就匆匆地跑进来，一脸惊慌："随经理，车库……车库东面排水出了点故障，积水了！"

随安然闻言，霍然站起身来，动作幅度太大，直接把手边的杯子都掀翻在地。那玻璃制成的水杯摔在光滑的大理石地面上发出清脆的一声响，四分五裂。

"随经理。"前台的姑娘被她吓了一跳，脸色都难看了起来。

随安然转身拿起椅背上的大衣往身上一披，从前台绕出来，只来得及交代她让保洁员清扫一下地面，就急忙和保安一起去地下车库。

空旷的地下车库里灯光并不是很明亮，使得整片停车区都隐隐蒙着一层雾气。

她快步跟着保安走到东面停车区，幸好问题发现及时，只有东面雨水倒灌，路面上一层积水，高度刚到脚踝处。

那水在灯光下微微泛黄，并不干净。随安然却似根本没看见一般，在保安还未来得及提醒时，一脚踩了下去，直接走到了出水最严重的地方，四下转了一圈，这才隐隐松了口气。

她立刻安排几个保安往外抽水，自己则沿着地下车库反复检查。

东北角的停车区因为是给员工用来停车的地方，灯光偏暗，只有外面一盏灯，还因为电压不稳定，正不断闪烁着。

她隐约听见水声，略有些犹豫，刚抬脚往前走了一步，便听见一侧传来规律的脚步声，由远及近。

任随安然胆子再大，在这种来人未知，又没有照明的情况下，心里也是一阵发寒，刚想出声，那个人已经在她的几步外停住了脚步。

借着远处朦胧的灯光看去，他的身材修长，略显清瘦，个子很高，大概有一米八五。重点是……她很熟悉。

“咔嗒”一声轻响，他打开了手电筒，那束强光并未照向她，反而斜斜地打在了一旁的柱子上，照亮了她站立的那一寸地方。

逆着光，随安然更加看不清那个男人的长相了，心里却是隐隐一动——

男人已经几步走了过来，手里捏着的手电筒往上一打光，立刻让她看清了他。

温景梵眉角微微扬起，一双眸子清亮透彻，眼底隐隐的还有一簇光，带着一丝沉郁。他的鼻梁挺直，唇角却轻轻地抿着。

他只看了她一眼，很快就移开视线，手电筒的光也往里面探去，四下一照，便有进去看看的打算。

但他刚走了几步，却停了下来，压低声音轻声道：“你站着别动。”说罢，也没有等她的回答，他便快速地走了进去。

东北角的这个停车区是地下停车场的一个死角，独立分隔成了几个宽敞的小房间，构造很低。因为不通风，空气都有些沉闷。

随安然有一次和一位同事一起离开时，陪她来过这里取车，因为是地下室不见光，所以也从未见过这块地方到底有多大。

此刻见他进去，脚步声渐渐消失，她不由得有些慌了，扬高声音叫了一声他的名字：“温景梵？”

温景梵并没有走多远，里面并不是很深，只是略有些宽敞，而且拐角支柱有些多。他沿着支柱绕了一圈，四下看了看，发现并没有大问题，这才原路返回。

他刚走到一半，就听见她的声音。

“里面没问题。”他轻咳了一声，声音不大，却正好让她听见。

随安然这才松了一口气，往里走了几步，看见一束手电筒的光打过来，便不再上前。

温景梵几步走了过来，手电筒被他关掉拿在了手里，走到她跟前的时候，借着朦胧的灯光打量了她一眼：“以后来这种地方让他们陪同，一个人不安全。”

随安然愣了一下，见他往前走了，这才快步跟上去：“在酒店没事的。”

温景梵没有接话，一路走到了传达室那里，把手电筒递回去：“我用好了。”

在传达室驻守的保安没看见不远处的随安然，对他笑了笑，客气地问道：“温先生，人找到了？”

温景梵侧头看了她一眼，良久才回答：“找到了。”

那保安循着他的视线看过去，看见随安然时，面色一瞬间就复杂了起来：“原来你说的是我们随经理啊……”

温景梵没回答，转身走了回来。

随安然就站在那一片照明的灯光下，粉黛未施，两颊却微微透着些红，正笔直地站在那里，眼也不眨地看着他。

这里的灯光明亮，他毫不费力地就看见她脚下一小片水渍，以及那双黑色的湿漉漉的皮鞋，鞋面上还有些沙土的脏污痕迹，看起来，略有些狼狈。

随安然循着他的视线落下去，显然也注意到了，面露窘态："那个……我刚从东面停车场过来，那边积水了。"

所以才会一脚的泥水……

"嗯。"他应了一声，双手插进口袋里，就这么低头看了她一眼，"东面已经有人盯着，应该没有什么大问题。"

"嗯？"她抬起头来看他，语气略带疑惑，一时有些不明白他这句话的意思。

温景梵往前走了两步，见她还站着不动，这才出言提醒："等会儿我会下来再看看，先跟我回去，把鞋子换了。"

随安然这才恍然，点点头，跟他仅差着两步的距离，一前一后地回了酒店的大堂。

等从地下车库上来，他似是有话要和她说，步子略微慢了一点儿，等她跟上来，和她并肩往前走着："第一次遇上这种情况？"

"是第一次一个人遇上超强台风。"她抬头看了他一眼，唇边弯起浅笑，很是自然地问起，"你怎么在这儿？"

"今天刚过来。"他低头看她，声音微沉，"前几日在梵音寺。"

还未等随安然从"梵音寺"三个字里回过神来，他已经先一步推门而入，修长的身影被笼在酒店明亮璀璨的灯光里，显得越发清瘦。

随安然在门口站了片刻，看着他的背影就要消失在拐角处，这才跟着走进去。

她知道的，温景梵一直有个习惯，每年都会抽空去梵音寺小住一段时间。不知道是不是信佛的人都是这样，身上总有一股温润清俊的气质，哪怕他的举止言行与人略有些疏离，依然阻挡不了旁人对他的好感。

温景梵就是这样一个人，眉目柔和，温润如玉，却始终带着距离感，让你无论怎么努力，都无法靠近。

随安然换好鞋子再回到大堂的时候，倒是意外看见了一个正在办理入住的客人。

强台风已经开始强势登陆，街上别说行人了，就连过往的车辆都不见踪影。

等那客人拿着房卡离开，随安然这才看见之前被客人挡住的温景梵。

他正坐在前台刚才她坐着的位置，手里拿着一个一次性的纸杯，正侧头看着窗外，似在出神。

随安然走近了才看见前台的姑娘使劲地朝她飞小眼神，挤眉弄眼的，偏偏随安然一点儿也没有默契，愣是没看懂姑娘在暗示什么。

随安然绕到前台，把外套挂在一旁，走回来时，他已经转头看了过来。目光深深浅浅，映着大堂里的水晶灯，光华千转，似有一簇明亮的灯火。

他拿起茶杯抿了口茶，开口时，压低的声音略带磁性，微微沙哑，不自觉地带了一丝魅惑："你是临时调到这里的？"

随安然被他那声音杀了一下耳朵，耳廓一热，掩饰一般低下头去，轻应了一声。

他清了一下嗓子，再开口时虽然依旧悠然低沉，却少了那一丝魅惑，清亮了些许："那什么时候回去？"

"后天。"

温景梵看了她一眼，刚要开口说话，却只听"啪"的一声，眼前的光亮在瞬间消失，一片漆黑。

随安然愣了一下，随即脸色彻底难看了起来。

"断电了？"前台的姑娘弱弱地说了一句，随即想起什么，声音陡然拔高了些，"随经理，那……那些客人怎么办？"

随安然脑子里一蒙，但眼前的情况虽然糟糕，她还是在一瞬间就镇定了下来。就在停电前她是站在柜台附近的，她摸索着往前走了几步，想试试电话是否还能拨通。

但柜子上的东西太多，她的手碰到的都是有棱角的地方，却一直摸不到电话在哪里。

“随安然。”他清冷的声音突兀地响起，随着这道声音的响起，他的手也准确无误地握住了她的手腕，轻轻扣紧，“这些交给她做就好。”

前台的姑娘愣了一下，熟门熟路地找出手电筒递过去：“随经理，是不是找这个？”

说话间，她已经打开开关直接照了过去，灯光不偏不倚落在随安然被温景梵扣着的手腕上。

前台的姑娘蓦然瞪圆了眼，有些尴尬地把灯光往边上移了移：“随经理……”

随安然也是愣了一下，目光落在他骨节分明的手指上。他只握了一瞬很快就松开，顺手从前台姑娘的手里接过了手电筒。

他一松开，随安然就略有些不自然地收回手，摸了摸还有余温的手腕，面上微微发烫，却装作若无其事地转身低声吩咐道：“打电话去客人的房间，告知他们台风破坏了电路，酒店有备用的电源，让他们少安毋躁。”

随安然的吩咐交代下去，前台的姑娘立刻行动起来。这里是她的工作岗位，所以即使没有灯光照明，她此刻也能分外准确地摸到桌上的物品摆设。

随安然看她拿起电话，电话一侧的信号灯短促地亮了一下，那很轻微的“嘟嘟”忙音立刻被外面骤然响起的风声掩盖。

酒店的对面就是一条河流，两旁商户早已经在这恶劣的天气下关门。这一时断电，她也分辨不出是整条街的电路瘫痪还是只是酒店的……

温景梵依旧坐在刚才的位置上，手里拿着手电筒，拇指落在开关上轻轻摩挲。手电筒的外壳是金属材质，刚触上去冰凉一片，现在他握得久了，有了一层淡淡的暖意。

他侧头看了一眼正在低头给工程部电工打电话的随安然，酒店漆黑一片，只有不远处的安全指示灯绿光微亮，映出前面那一处空旷的地方。

不知道是想起了什么，他无声地笑了笑。这笑容极淡，让他的眉眼瞬间柔和了许多，只不过隐在黑暗里，并没有人看见。

听她说得差不多了，他这才站起身来，一手拿着手电筒，一手插进口袋里，抬眼看向外面的狂风暴雨，只觉得眉心隐隐作痛。

随安然挂断电话之后依然还是觉得有些不放心，正准备亲自去跑一趟时，温景梵这才不紧不慢地叫住她：“你留在这儿，如果有人找你也能找到人。”

说完，他抬眼看了看不远处，指了一个方向：“工程部是不是在楼上的这个位置？”

“是，电工正在检查电路，你过去就能看到。”她回答完，手指收紧，握住因为通话而有些发烫的手机，又补充了一句，“温先生，今晚真的麻烦你了。”

温景梵抬步正要走，听到她的称呼，又回头看了她一眼。但没有灯光，并未看清她脸上的表情，只有那双眼睛似乎比平时更亮一些。

他抿了一下唇，点头轻“嗯”了一声，等走出两步远，才说道：“不麻烦。”

外面的风雨更大，想必是台风就要登陆了，那狂风骤雨扑面而来。落地之声犹如上古灵兽的咆哮，带着一丝凛冽，冷得人心发颤。

前台的小姑娘被那风声瘆得手一抖，不小心按了个免提，话筒那端客人不耐烦的声音就清晰地响了起来。

随安然淡定地听客人骂完，微俯低身子回答：“好的，谢谢您的建议，请您少安毋躁，我们已经在检查电路进行维修，大概十分钟内能够解决。给您带来的不便，我很抱歉，也请您能够谅解。”

电话那头沉默了良久，这才“啪”的一下挂断了电话。

随安然顺手挂上话筒，挨着她的椅子坐下。等全身放松下来，她才发现自己的手指正微微颤抖。

她抬手捏了一下眉心，把手紧贴曲着的膝盖上。

就这么坐了不知道多久，在身旁女孩轻柔的嗓音中，那灯光毫无预兆地亮了起来。

随安然刚适应黑暗，猛然被这灯光一刺，下意识抬手掩住眼睛，等眼底那一阵发晕的青黑过去，这才睁开眼透过指缝看出去。

温景梵已经回来了，正站在前台，不知道是不是察觉了她的目光，视线一转就和她的对上。

随安然立刻放下手，对他笑了笑，想说些什么，可到了嘴边都不合适，一时有些词穷。

温景梵并未察觉她的不自在，转而继续断电前要和她提及的话题：“你是后天什么时候回去？”

“后天中午的航班。”

“明天有没有空？”

随安然想了一下，原本她就没有班次了，只今晚调班才又值夜，明天自然一整天都空了下来：“有的。”

温景梵略一思忖，很直接地问道：“能不能约你？”

随安然愣了一下，觉得心脏似乎在那一瞬间漏跳了一拍：“……能。”

“明天下午两点……”他声音微微往下沉了沉，音质醇厚，似乎是在压抑什么，顿了片刻还是咳了几声，才接着说道，“你的电话是多少？”

随安然下意识地摸出了自己的名片递过去，手刚伸出去看见温景梵眼底一闪而过的笑意，这才猛然反应过来——

但还未等她缩回手，温景梵已经抬手从她手里接过了名片，低头看了一眼，揣在手心放进了裤袋里。

随安然后悔得都要咬舌头了，为什么要递名片！又生分又见外，还显出几分她的不识好歹来。

这么想着，她立刻开口补救："名片上不只有我的手机号码，还有我的联系邮箱，以后你要是……"

话说到一半，她猛地止住，越发懊恼。

温景梵是老板的弟弟，无论是工作联系还是私人联系，都轮不到她啊……

"好。"他应了一声，视线却越过她看向身后的挂钟，抬手捏了下眉心，再开口时，声音里带了一丝疲倦，"我就住在 511 房间，今晚要是有需要帮忙的可以直接上来找我。"这句话说完，也不等她的回答，看了她一眼，微微颔首，转身离开了。

礼貌，疏离。

和她记忆中的温景梵一样——看似温润如玉很好相处，可其实孤傲清雅得难以接近。

随安然在大堂又坐了一个多小时，台风已经在 S 市临近海面登陆，狂风大作，离得酒店大门近一些，都能从那细小的缝隙中感觉到酒店外面那汹涌而张扬的水汽。

冰冷，浸着刚入秋的冷意，凉彻心骨。

她一个人又在酒店内部巡视了一圈，巡到 511 房间所在的走廊时，微微顿了一下，转身看向紧闭着的房门。

脚下是柔软的地毯，走廊里的灯光有些昏暗，恰好能够看清整条走廊的格局。511 房间的房门正对着不远处天花板上的一盏内嵌照明灯，门牌上那三个数字被灯光渲染得发亮。

随安然想了想这一层楼的房间格局，这堵墙的后面是两个单人沙发，中间摆设着一个精致的小桌几。左侧沙发旁边应该摆着一个不大不小的电脑桌，电脑桌之后就是一张大床，正对着大床的是一台液晶电视。

格局并不大，她现在站的位置距离那大床大概……她在脑海里描绘着那个场景，点着手指数了数，大概是十步。

十步的距离。

她移开视线，往前走了十步，回头看了眼刚才自己所站的位置，不免觉得自己有些好笑。

但也只有这个时候，她才觉得自己似乎是离他近了些。

巡视完酒店，她便打算去地下停车场看看。已经走到了电梯口，她却想起温景梵之前的叮嘱，便折返回来，叫上了一个值班的保安。

地下室的水已经抽完，只有地面上湿漉漉的，还覆着一层黄沙，证明着刚才差点儿让人兵荒马乱的渗水事件。

她在有灯光的地方转了一圈，又去传达室看了一眼，这才回了自己的办公室。

她实在是累极了，却因为心里有事，大脑异常清醒。

她拿出手机，点开音频列表找到里面的几段录音，调了音量后便搁在她文件前外放。

她从高三时起便养成了听电台的习惯，往后挑选手机的时候第一注重的便是手机的音质。此刻那段录音外放，并未有一丝杂音，前奏音乐更是轻柔舒缓，让人听了便觉得神经放松。

她握起笔，夹在指间轻轻地转动。

"大家晚上好，这里是'时遇'电台专栏，我是主持人时遇……"

清澈的男声略微有些低沉，落在"时遇"两个字上时，似乎是加重了音方便听众辨别，咬字清晰，声音醇厚。

时遇。

随安然唇边轻溢出这两个字，眸光都柔和了些许。

时遇做的一直都是深夜的电台广播，午夜时分正是一天中最柔软疲惫的时候，他的声音温和，带着一丝让人不易察觉的诱惑，低低的，声声入耳，能勾起人心底最隐秘的欲望。

随安然研究过他的声音以及说话、咬字的习惯，并没有特殊的地方，可每一句话从开头到结尾，就是能带着安抚人心的力量。

如一汪深潭水投入了细小的石子，在月光下泛起凉薄的涟漪，一圈一圈，温柔得引人发醉。

窗外是被隔绝的狂风呼啸，雨点拍窗而来，也只有此时，S 市没有一点儿水乡的温柔。

她起身给自己倒了杯温水，就坐在窗前，神思却恍然飘到了很多年前的梵音寺里。

那晚的天色也狰狞猛烈，却是她记忆中最温柔的时刻。

那段记忆和时遇的声音渐渐重合，她一个恍惚，轻轻笑了起来。

时遇时遇，她正是那一年，遇见的他，然后改变了她的这一生。

时遇，温景梵。

| 第二章 |

出言解围

随安然醒过来时，已经是早晨的六点。她就趴在桌子上睡了一整晚，腰酸背痛，脖子似乎是扭到了，颈侧酸疼得就像是被谁劈了一手刀。

外面的天色还是灰蒙蒙的，风势却小了不少，不再有昨晚那狂风大作时的咆哮声。照这趋势下去，等到下午哪怕是不放晴，亦不会再影响出行。

她站起身来，低头看了眼自己的工作服，压得有些皱，裙摆处更是翻折起一个角。她抬手去压，刚抚平，就听见很没有诚意的敲门声短促地响了两声。

随着“吱呀”一声，她转头看去，王姐稍有些狼狈地站在门口，手里还提着两份早餐。见到她笑了笑：“小随，你就在这里将就了一晚？”

随安然收起桌上的手机，轻拍了拍自己的脸，有气无力地应了一声：“是啊，不小心就在这儿睡着了。”

王姐晃了晃自己手里的早餐：“我昨天能回去照看家里，真的是多谢你了。我家东侧的那间小屋漏水了，家里正一团乱，我婆婆知道你喜欢吃她做的煎饼，老人家起得早，起来就做了，让我给你带来。”

话落，她把桌上的东西收了一下，轻推了一下还愣着的随安然：“还愣着干什么，快去洗把脸。我去餐厅给你带杯豆浆来，回来就能吃了。”

随安然这才清醒了几分，拿了房卡回自己的房间去整理。

等在王姐这里吃过早饭，她便回来收拾行李。因为知道自己住的时间不久，她并没有带许多行李过来，加之平时都是穿工作服，她自己的衣服只是寥寥几套。

整理下来正好一个行李箱，再加上一个电脑包。

原本闻歌要过来接她，但那天正好有急事走不开，等她到 A 市之后只能自力更生地乘地铁回去。行李虽然算不上轻便，但重量也在她能承受的范围之内。

下午两点的时候，她的手机铃声准时响起，她看了一眼上面一串归属地显示 A 市的电话号码，抬手接了起来。

温景梵的声音微微有些沙哑："随安然？"

"我是。"她回答。

"我在楼下大堂等你。"他顿了顿，又体贴地问了一句，"方不方便？如果不方便的话，我去外面等。"

随安然看了眼外面还断断续续的小雨，抿了下唇，并未直接回答："您稍等，我马上就下来。"

温景梵直到挂断电话之后，都还在回味她刚才脱口而出的"您稍等"，想着她昨晚下意识递出名片的举动，不由得微微笑了一下。

随安然从电梯出来，一眼就看见了站在不远处的温景梵。他正和一个男人在说话，表情淡淡的，似乎有些心不在焉。

她正犹豫着要不要上前打扰，他已经听见旁边电梯到达时清脆的提示声，抬眸看了过来。

随安然抓了抓头发，这才硬着头皮走过去。

那个背对着她的男人也循着温景梵的视线看过来，目光竟带着几分好奇的探究。

温景梵等随安然走到了身边，这才对那男人说道："我约了人，先走了。"

那男人笑着点点头："改日再和温总一聚。"

温景梵面无表情地颔首，因为神情看上去有些疏离，连带着他那五官看上去都清冷了几分。等那人转身要走了，他这才低头看了她一眼，再开口时，语气温和了许多："那我们走吧。"

随安然点点头，随着他一起往外走，快经过自动门的时候他说了声"稍等"，便往一旁放雨伞的地方折过去。再回来时，他手里已经拿了两把伞，把其中一把递给了她。

随安然这才问他："是需要我帮什么忙吗？"

温景梵和她素来没有交集，她当然不会天真地以为他是真的单纯要"约她"，想来想去便只有一个解释，他需要帮忙。

温景梵顺手撑开伞，外面的天光比酒店的灯光要更亮一些，他刚才显得有些清冷的五官此刻被光亮柔和，掩在伞下显得越发清亮。

他笑了笑，清了下嗓子，这才说道："要送人一份礼物，实在没有经验，所以想找你帮一下忙。"

随安然知道他的话还没有说完，只抬眸看他一眼，示意自己在听。

"是送给女孩子的，性格比较活泼。"

随安然认真地看了他一眼，良久才道："正好我也需要挑几份礼物。"

说话间，两个人已经走到了街口，他握着伞柄的手微微往上一抬，露出那双深邃明亮的眼睛看向她，突然问道："你平常也会这么说敬语？比如刚才，回答我的时候，用了'您稍等'。"

"啊？"随安然一愣，有些想不起来自己刚才是不是说了这三个字，见他还在看自己，这才回答，"大概职业习惯……"

温景梵似乎是笑了一下，不再搭话。

等挑好礼物，天色已经黑了。温景梵原本想请她吃饭，话刚开口，就被一个电话打断。他接起电话之后，短暂地说了几句，挂断时眉头微微皱起，沉默了一瞬，才说道："抱歉，我临时有事，我先送你回去。"

随安然看了眼不远处的酒店，刚想说她可以自己回去时，他恰好开口打断她：“我也是明天中午回 A 市的航班，如果不介意，我们可以一起走。”

随安然的大脑宕机了几秒，反应过来之后便很大方地答应了下来：“好，到时候联系。”

两人一路沉默到了酒店门口。随安然和他告别，刚转身要走，便听见他开口道：“这些年，有回去过梵音寺吗？”

他的声音因为嗓子有些不舒服，压得极低，却格外磁性。

她提着东西的手指微微僵了一下，这才转头对他笑了笑：“没有……那次离开之后就再也没有去过了。”

他正好站在暗处，浑身都笼罩在夜色里。酒店门口的光影远远地照射过来，在他脸上落下一层薄薄的白光，一闪而过时，他那双眼睛深沉得就像是这夜色，漆黑又湿软。

是她不曾熟悉的模样。

随安然看见他微点了一下头，唇微微动了动，却始终没再说出半个字来。

也是，于他而言，随安然不过是匆匆过客，他能记得这个名字已经让她觉得分外惊喜。但他，却是随安然生命里印象深刻的，感觉得到，触摸得了的一场时遇。

温景梵提前载她到了机场，候机一段时间后，过了安检登机。这才发现两个人的位置只相隔一条过道。

他低头看了随安然一眼，似乎是笑了一下，从她的手里拿过被她随身提着的小包抬高放进上面的行李柜里，放好垂下手时，衣袖从她的脸侧轻轻擦过，随安然这才意识到两个人之间近得有些微妙的距离。

她默不作声地后退了一小步，很礼貌地道谢：“谢谢你。”

“举手之劳。”他也退后一步拉开距离，并不在意地拉了一下自己身上的衬衫，微微屈了一下身子，在自己的座位上坐了下来。

此后便无交谈。

温景梵昨晚似乎是没有睡好，坐在座位上之后就抬起右手遮了双眼，手靠在扶手上，半倾着身子小憩。袖口的纽扣并未系好，露出他骨节分明的手腕，一串色泽圆润的小叶紫檀珠就在那一角露了出来。

随安然多打量了那佛珠一眼，这才移开视线。

温景梵信佛，这串小叶紫檀大约是一百零八颗念珠手串，光看色泽就知道是他长期戴在身上的老料，加上那圆润的珠型，虽猜测不了价值多少，想来他戴了很久，那这佛珠的价值对他而言应该是无法估量的。

她带了本书上来打发时间，刚翻开扉页，搭在扶手上的手肘就被人不轻不重地擦了一下。

是个很年轻的男人，大概也刚刚意识到自己撞到了她，流里流气地看了她一眼，捏着机票看了眼位置，对她笑了笑，露出白净的牙齿来："美女，刚才对不起了啊，小爷没长眼。你现在让一下，我的位置就在你旁边。"

随安然虽不喜欢他的态度，但也仅是眉头一蹙，微微避让开，让他坐进去。

那个年轻的男人坐下后就转头盯着她看，偶尔笑一声，那眼神看得随安然有些发毛。她抿了一下唇，垂下手来微微遮挡住自己的侧脸，偏头继续看她的书。

那年轻男人安分了一段时间后，等飞机平稳飞行时，大大咧咧地找她聊天："美女你也去 A 市啊？ A 市哪里啊？小爷我有车，等会儿可以送你一程。"

随安然装作没听见，不回答。

"美女，转过来跟我说说话啊，不然几个小时得多无聊啊。"他嘿嘿笑了几声又开始跟她说起 A 市的风土人情，见随安然不搭理他，这才觉得无趣。他抬手招来空姐，就点个餐也能从菜品上聊到食材上。

那空姐脾气好，耐心也足，他问一句便答一句，等他彻底无话可说了，这才转身离去。

随安然被他吵得集中不了精神，看了一会儿的书，也只翻过去一页。

片刻后，那空姐推着推车过来，心细地发现她书上的页数还停留在刚才的一页上，留下了他要的飞机餐后，语调温和地提醒他不要打扰到别的乘客。

随安然这才得了一会儿的清净，那些铅字也不再是浮在纸页上，她垂下眸看着，翻页的速度渐渐快了起来。

没过片刻，那年轻男人又转过脸来和她说话。随安然架不住他的攻势，不冷不淡地回上几句，摆明了一副“我不想搭理你，请你闭嘴好吗”的表情，偏偏那男人就跟看不懂一样，继续兴致勃勃地“单方面”和她交流着。

“你有没有男朋友啊？在哪儿工作啊？我觉得你看着有些面熟……”

他喝了口水，正要继续下去，“我”字刚开头，就被一道清冽的男声打断：“她有男朋友了。”

温景梵坐直了身体，侧头看过去。即使他此刻有些不悦，那张脸看上去也格外赏心悦目，清俊，雅致。

他的目光落在那个年轻男人的身上，逐渐幽然深邃，随即抿了抿唇，声音依然清冽：“你打扰到我了。”

那年轻男人刚才还口若悬河，此刻被他那眼神看着，只觉得喉咙处有些凉，说不出话来。

并不是他的目光凶狠，反而他面无表情，只那双眼睛光芒很亮，被他注视着，平白就觉得气弱了几分。

温景梵转头和身边那位中年男士低声交谈了几句，等他点头同意了，这才抬手松开安全带，几步就走了过来。他把手搭在随安然的座椅上，微微俯低身子越过她看向那个年轻的男人：“可以和你换个座位吗？”

年轻男人僵坐着不动，有些茫然地看着从刚才起就没说话的随安然，又打量一眼势在必得的温景梵，低头不语。

“我和这位小姐认识，换座会是你最好的选择。”他又补上这一句，声音里隐约带了一丝压迫感。

随安然听着却是入骨的酥麻，温景梵的副业是商配和 DJ，兴趣所致才会接几部自己感兴趣的剧配音。

她都喜欢听，但要说最喜欢的，大概就是他曾经配过的一个古装电影。他配的是青年得势手握重权的王爷，那声音压低了就和刚才那句一样，尾音轻绕，语调平和，却在他的刻意下能让人很清晰地感觉到他话语里的压迫。

但，反而是这种“攻音”更加迷人，听在耳里，心尖却被那磁性低沉的声音撩得波澜起伏。

年轻男人立刻就同意了换座，温景梵这才低头看她，微抬了一下下巴：“你坐里面那个位置。”

随安然愣了一下，有些担心：“这样换座行吗……”

温景梵的目光落在她手里的那本书上，回答：“等会儿空姐问起再解释好了，你坐里面去。”

随安然透过他身体遮挡的那丝缝隙看过去，年轻男人正转头看着她，她一个激灵，立刻爽快地解开安全带往旁边的座位挪过去。

温景梵随即坐在了她原来的座位上。

刚才这么一动，书便合上了，随安然并未记住页数，这会儿正一页页地翻过去。那声音轻微，细听之下有些撩人。

温景梵侧头看了她一眼，见她低头翻得认真，露出那一截白皙的脖颈来。目光落在上面停留了几秒，这才移开，刚才那点盈在胸口的沉闷和未休息好的疲倦立刻就缓解了不少。

他轻叹了一声，靠向椅背，闭目养神的同时，轻吐出一个数字来：“57。”

随安然翻书的手一顿，抬眼去看他时，他已经闭上眼开始休息了。她的位置靠窗，遮光板并没有拉下，此刻光线有些强烈。

她轻轻地合上书，倾身过去拉上遮光板。

温景梵感知到光线明暗的变化，眼睫微微颤了一下，并未睁开眼。

飞机降落时出了一点儿小问题，在航道不远处的上空盘旋了将近两个小时，耗尽了燃油，这才安全降落。

温景梵在飞机上睡了一觉，再醒来时精神就好了许多，和她一起拿了行李后，下到地下停车场取车。

他的车在离开 A 市的那天就停在了这里。

一路送她到公寓楼下后，他婉拒了她请客吃饭的邀约，调转车头立刻就离开了。

随安然站在楼道门前，看着他汽车的尾灯在前方转弯处踩下刹车时闪了下，随即便消失在她的视线里。

她在 A 市初秋夜风的寒意下又站了片刻，这才提了行李箱转身上楼。

闻歌隔日一大早就坐车跑了过来，中午一起去楼下新开的餐厅吃过饭，两个人便到公寓附近的小公园散步消食。

秋天是真的来了。

两旁的大树上，树叶的叶尖开始发黄，那开着的花看上去都憔悴了不少。

闻歌蹲在池边喂锦鲤，声音有些闷闷的："我昨天被小叔接去温家吃饭，爷爷又提起让小叔成家的话……"

随安然低头看她一眼，难怪觉得她今天兴致不高："后续呢？"

"小叔没说话，爷爷让他去看看，他答应了。"

闻歌喜欢温少远，虽然没有亲缘关系，但彼此间的辈分、年龄，皆是这段感情里很重要的问题。再者，到目前为止，随安然都觉得闻歌是一头热。

她也蹲下来，从她手里拈了点面包屑丢下去："闻歌……"

"后来景梵叔也回来了，爷爷让景梵叔也一起去看看……"她抬眼看向随安然，语气更加黯然，"合着我们两个都要失恋了啊。"

随安然愣了一下，随即笑了起来："什么失恋？压根儿没开始，哪来的得失？"

闻歌支着下巴看了她一眼，半真半假地说了句："你不就是害怕失吗？但没试过怎么知道是不是得？"

随安然眼也没眨一下，垂手扔下最后一点儿面包屑，站起身来，居高临下地看了闻歌一眼，语气依然很温和："对，所以不知道最好，不用纠结。那便是我一个人的事，能按着自己的心意选择多喜欢他一点儿或者是少喜欢他一点儿。"

闻歌傻眼，心想还能这么解释？

随安然转身往前走，心口却有一角微微酸涩，被 A 市已经变凉的寒风一吹，那一处都开始皱了起来，扯得她有些发疼。

那日他买礼物让她作陪帮忙挑选，就算不是送给女朋友，那也是他上心的女性。

她无论开始与否，都已经"失"了。

闻歌回到温家的时候，温少远正坐在客厅的沙发上和温景梵说话，两个人坐姿都颇为随意，看见她进门说话声停了一瞬，又压低了继续交谈。

闻歌噘了噘嘴，正目不斜视地准备上楼，温少远的目光立刻转了过来，压低的声音里有一丝训斥之意："有没有规矩了？回来也不打声招呼。"

她脚步一顿，偏头看去，懒洋洋地点了一下脑袋，俨然一副熊孩子的样子："你前几天不还说你跟别人说话的时候我不准插嘴吗？现在又说我不打招呼，那我要照哪条做啊，小叔？"

温少远目光一凉，手指在扶手上轻轻一落，停了下来："你过来。"

闻歌噘起来的嘴噘得越发地高，眼见着温少远就要和她较真了，这才不情不愿地小碎步挪了过去，乖乖地叫了温景梵一声："景梵叔，我回来了。"

温景梵指了一下他对侧的单人沙发示意她坐下，眉角轻轻扬了扬，动作不紧不慢，由他做来平和又优雅：“过来坐。”

在温景梵面前，闻歌向来乖巧懂事，甜甜地叫了他两声，这才问道：“公司怎么样了啊，要不要紧？”

“不要紧。”温景梵端起茶杯轻抿了口茶，刚放下空了的茶盏，闻歌就拿起茶壶给他斟上一杯，见他看过来，弯着一双眼睛笑眯眯地看着他。

温景梵看了眼温少远，见他没有留意这边，又随口问了问她的功课。良久，他忽然想起什么，便道：“随我上来，我把礼物拿给你。”

闻歌愣了一下，随即欢喜地蹦了起来：“景梵叔你真给我带礼物了啊！”

“带了。”说话间，他已经起身上楼，从行李箱里拿出那个包装精巧的四方盒子递给她，“回去看看喜不喜欢。”

“肯定喜欢！”闻歌喜滋滋地抱进怀里，一溜烟就跑回自己的房里拆礼物去了。

温景梵看着她欢天喜地的背影，轻笑了一声，低头时脑海中蓦然跃过随安然的身影。他顿了一下，看着桌边的手机思考着……是不是要认真地谢谢她？

随安然在家又休息了两天，假期一过，这才回去上班。

A 市的秋天来得又凶又急，气温一天比一天低，三天前还有点绿意的大树此刻那枝叶就如同树干一般，枯黄，干燥。

随安然的车还在 4S 店里，今天上班便只能多走一段路去等公交车。

她刚喝完牛奶把盒子扔进垃圾箱里，就听见身后传来汽车的喇叭声，她下意识地避让了一下，身后的喇叭“嘀嘀”地响了两声，颇有些不依不饶的架势。

随安然这才转身看去，一辆低调内敛的银色劳斯莱斯就在她身后的几步处缓缓地跟着。

见她注意过来，温少远倾身过来推开副驾驶的车门：“没开车？”

“啊，是啊……”随安然一愣，脚步顿了一下，这车门都开了，是示意她上车说话吧？

温少远见她不过来，不由得又出声道：“先上车。”

随安然应了一声，这才快步上前，坐了进去：“老板早。”

温少远“嗯”了一声，侧头看了她一眼，直接开门见山道：“闻歌这几天有没有联系你？”

随安然犹豫了一下，才回答：“有，我们几乎每天都联系。”

话落，她转头打量了他一眼，试探着问道：“闻歌最近……怎么了吗？”

温少远目视前方，只沉沉地应了一声，便不再说话。

随安然没胆子继续试探，眼观鼻鼻观心地端正坐着，等车驶进车流里，看向旁边那一辆几乎挤满人的公交车，手心里冒出一层细密的冷汗——

如果没遇上这顺风车，她现在也是那其中一员了。

“看来下午下班必须跑一趟 4S 店去取车了……”

温少远循着她的目光看去，似乎是笑了一下，随口问道：“哪里的 4S 店？”

“常青路那边。”话落，她看着右侧的车镜上反射的那一抹金光，还是说道，“闻歌最近好像心情不是很好，不知道是不是遇上了什么麻烦。但你知道她的性格，不想说的怎么都不会说……除了第一天和我一起吃了顿饭，之后虽然有联系，但我们没有再见过面。”

温少远握着方向盘的手指略微一紧，薄唇抿了一下，再出口时，声音带了几分无奈：“闻歌亲近的人不多……”他顿了顿，声音又低哑了些，说道：“还请你多担待些。”

随安然怔了一下，随即才笑了笑，回道：“闻歌是我的朋友。”

她并没有多说什么，但仅这一句，于温少远来说，便已足够。

随安然在离酒店还有一条街的时候，就借故下了车。温少远心知肚明，自然不会阻拦，放下她，扬长而去。

暖阳已渐渐升起，那金色的光洒满大地，衬得那秋色里最后的一抹绿意深得有些刺眼。

行道树的一侧就是车流不息的马路，鸣笛声，说话声，连带着树枝上鸟雀清脆的啼鸣，整个早晨都变得格外有活力。

随安然站在人流里，等着对面红灯转绿，这才抬步往对面走去。刚走到一半，对面车道左转的车缓缓驶过来，她握着手机一抬头，一眼就看见了那辆路虎极致。

路虎车身有些高，他又微微侧着头，随安然只看见了他的侧脸，肤色如玉。

随安然脚步刚一顿，就被身后正侧头讲话并未注意到她的年轻男人撞了一下。

他手里还提着一袋子的工具，那尖锐的工具前端就这么随着他的前倾凑上来，割破了她的丝袜，在她腿上划了不轻不重的一下，顿时便冒了血。

随安然只觉得腿上一凉，随即便是隐隐的疼，低头看去时，才发现自己的丝袜已经被钩破了一大截，露出白皙的腿来，那一片血色便显得触目惊心。

那年轻男人也惊觉了，低头看去脸色都白了，连忙道歉："对不起！对不起！你没事吧？"

随安然蹙了一下眉，微弯下腰去查看伤口。

而同一时间，温景梵似是察觉到了什么，目光从前方的路况转向了这一侧的斑马线上。

两个年轻男人正好遮挡了他的视线，只能看见男人年轻的背影。不远处的金属栏杆，一抹亮色而过，映在他的眼底有烧灼一般的轻微刺痛。

温景梵握着方向盘的手指略一收紧，很快就收回视线，专心开车。

随安然原本还觉得今天一出门就搭上顺风车，一定是个好开端。但下车没几分钟就被钩破丝袜，还“负伤”踏着最后一分钟去打卡，她开始怀疑自己所剩不多的人品有问题。

等到了办公室，她单脚跳着拿了医药箱紧急处理了一下，贴了一层薄薄的纱布，这才换上她刚才折返回对街买的新丝袜。

盛远酒店对员工的要求严格，加之酒店管理行业，颜值仪态也格外重要，所以要求员工要自律，还要随时接受检阅。

随安然发现自己的伤情之后，拒绝了年轻男人要送她去医院的提议，直接去对街买了丝袜回来。

她拿着小镜子看了眼腿上那薄薄的一层纱布，微微皱了下眉：“还是能看出来啊……”

她正愁怎么掩饰，门就被推开了，和她一个班的大堂副经理周小燕推开门走进来，目光落在她略微有些扭曲的姿势上，只微微一愣随即就笑了：“你的腿怎么弄的？”

“被划出血了。”她一句话带过，又仔细看了两眼，微叹了口气，直起身来，“是不是快开会了？”

“是啊，我过来叫你。”周小燕蹲下身看了一眼，站起来时皱了一下眉头，“你不是开车的吗？在哪儿划伤的？这么不小心。”

随安然对她笑了一下，并未回答。

她现在还清楚地记得，她是为什么才会被划伤的。

每周一都会有例行的晨会，或是有新指标分配新任务，或是表彰批评大会，或是总结前段时间的工作业绩，再展望一下未来几周的工作任务。

但无一例外的，都是温少远亲自主持。

周小燕昨天刚接手星光娱乐公司的一个记者发布会，温少远和星光娱乐公司往来频繁，加之两个公司的掌权人私底下又是好朋友，晨会时便仔细地提了一提，指名随安然亲自负责。

随安然看了眼坐在身旁的周小燕，迟疑了一下才答应了下来。

周小燕倒是不甚在意地对她笑了笑，挤了一下眼睛："随姐来了我可轻松多了，星光公司的要求又多又龟毛，简直是完美主义啊，我可做不好。"

随安然刚想接话，周小燕话音一转，又盈盈笑了起来："而且随姐你一直都接星光公司的活，你做最合适了。你最受老板器重啊，哈哈哈。"

随安然突然就词穷了。

按资历来算，其实她还不够资格升到大堂经理的位置。

她大三那年因为闻歌的关系，进了盛远实习，因为人事部经理知道她是闻歌介绍来的，直接安排了一个好职位。

直到后来毕业正式入职，前不久就直接升了大堂经理。

她接到通知的时候私下和人事部的经理谈过，并不想因为闻歌的关系走后门。人事部的经理是年过五十岁的阿姨，和温家有些亲戚关系，平日里并不怎么待见酒店里的年轻一辈。但听她这么说，却笑着反问她："你当盛远是什么地方？"

一句话，却让她瞬间安心。

起初的确是因为特殊关照，她跟着老资历的大堂经理学了不少有用的东西，以至于她正式工作时就能做到独当一面。

但这个位置，却是她自己，一点点争来的。

不明所以的人并不知道她付出的努力，只在越来越含糊的口口相传中知道她是有裙带关系的人，而这一层关系，便足以模糊她所做的一切，哪怕她再努力。

所以才有了去 S 市的调令。

晨会结束时，温少远目光逡巡了一下，落在随安然身上，头微微一点，道："二组留一下。"

其余的人鱼贯而出，会议室的大门就这样敞开着。

温少远从周小燕手里接过星光娱乐公司的文件看了看，这才沉声吩咐道：“这个见面会倒并不是十分重要，就按照之前你做过的规格就好，星光娱乐的要求你清楚。”

随安然点点头，直觉他后面还有要说的，并未接话。

“还有，陆总不久之后的一个订婚仪式也在盛远办，酒宴规模有些大，你是第一次经手，可以多请教一下一组，这里是文件。”

话音一落，他就把手下一直压着的文件一转直接递了过去。

周小燕侧头看向随安然。

随安然面上淡定，垂放在膝上的手指缓缓收紧，笑了一下应道：“好，我一定会办好的。”

温少远低头抿了口热茶，良久才轻“嗯”了一声。

随安然拿起文件转身要离开，刚站起来，就听见门口一道略有些低沉的嗓音响起：“腿怎么了？”

室内的三个人闻声看去，就见温景梵正站在门口，骨节分明的手指还虚扶在门把手上，微皱着眉头低头看她的腿。

随安然的另一只手还拿着厚厚的文件夹，因为用力，指甲前端微微泛白。

随安然愣了一下，循着他的视线看向自己的腿弯处，解释道：“划了一下……”

温景梵看了看那突兀的一块白纱布，又抬眼看了看她，这才略一点头，和她错身而过。只那眸光却是一瞬间就幽深如墨，被他借着低头的姿势掩饰而过。

等到了办公室，随安然这才坐下来仔细地看文件。周小燕替她泡了一杯咖啡，放到她手边时，才用不经意的口吻开口问道：“刚才那个不是老板的弟弟吗？你跟他很熟？”

“不熟。”随安然翻着文件的手指顿了一下，声音略微压低了些，“只是认识而已。”

就连偶尔的关切都不能随意表达的关系，的确只是认识，而已……

随安然下班时间是下午四点，即将迎来下班高峰。

她急匆匆一路小跑出了酒店，刚左转想去赶公交车去 4S 店，走了几步到街口的时候就看见了停在树荫下的路虎。

车门半敞开，温景梵就站在车门旁，指间夹着一根烟，并未点燃，只垂眸看着，眸色幽深。听见细碎清脆的高跟鞋敲击地面的声音，他这才抬起眼来。

她的长发一丝不苟地盘在脑后，妆容淡淡的，却不掩精巧细致。本该是明媚肆意的年纪，这微沉的妆色和发型倒让她看起来成熟了不少。

看见他大概是有几分惊讶，还保持着前行的姿势，却直直地愣在了原地。

温景梵抿唇淡淡笑了起来，手里的那根烟在指间一转，被他凑到鼻尖轻闻了一下，这才顺势扔进了不远处的垃圾桶里。

“我听说你要去 4S 店，正好顺路，带你一程。”他的声音清清润润，温柔时更是有一丝隐约的笑意一般，挠得人心微痒。

随安然这才几步上前走到他的面前，路面和街道有一层阶梯左右的高度差，她又站得笔直，竟然能够跟靠在车门上略有些随意慵懒的他平视。

“你替我挑的礼物她很喜欢，所以想感谢你。正好饭点，等会儿去 4S 店后一起吃个饭。”温景梵站直身体，抬手很自然地伸过去扫落她肩上那不知何时飘上去的一片枯叶。

随安然身子绷得都有些发紧，就这么直愣愣地看着他，不知道做何反应。

温景梵等了片刻没等到她的回答，这才抬眼注视她，略微措辞：“不方便吗？如果不方便的话我们可以下次再约吃饭，我先送你去 4S 店，我的车正好也要过去清洗一下。”

随安然的目光落到底盘有些脏污痕迹的路虎上，这才回过神来，抬手轻拍了一下额头，笑了起来。

那一双眸子弯得如同新月，映着余晖猝然生辉。

“没有什么不方便。”她这么回答。

从 4S 店取车回来天色已黑，为了方便，温景梵的车在前，随安然在后，就保持这种前后队形一路到和清坊的饭馆吃饭。

在离街口还有段距离的时候，温景梵略做片刻停留，便直接驱车停在了附近的小区道路一侧。

下车时，随安然正在倒车。

温景梵站在车前看她始终进不去停车位，这才确认她的倒车技术并不怎么样。

他几步走过去，挡住了她的视线，在她的车前盖上轻敲了一下。

见她看过来，这才绕过车头走到她车旁敲她的窗口，等她把车窗降下来，这才暗含着笑意说道：“你下车，我来吧。”

随安然立刻解开安全带把驾驶座的位置让给他。

温景梵透过后视镜看了一眼前后方位，从容地打着方向盘调整位置，一收一放两个来回就轻松地把车停进了车位里。

随安然站在那里差点儿扶额……这车是他的吧！

温景梵下车后把钥匙递还给她，见到她的表情，嘴角一弯，漾开一抹浅淡的笑意来：“倒车技术不行？”

“是车跟我生疏了。”随安然面不改色地回答。

温景梵一笑，侧头看了眼霓虹斑斓、人声鼎沸的街道：“走吧，去晚了就没座位了。”

和清坊的饭馆有一名厨，做菜手艺好，味道地道，更重要的是，他擅长的菜肴偏江南的口味，很招随安然喜欢。

青石板铺就的整条街华灯初上，老旧的古式木屋延绵至道路的尽头，家家户户都点上了昏黄的灯。

一眼看过去，远一些的地方那灯光就闪烁成了一颗星，灯火璀璨。

刚到饭点，路上行人已渐渐多了起来。两个人不慌不忙地从来去匆忙的人群中缓缓走过，拾级而上。

迈过那门槛，随安然顺手扶了一下门框，转头看温景梵时，正好撞上他看过来的视线，眼底映着街边一角的灯火，亮得似乎眼底正有一簇火焰，正迎风燃烧。

"去二楼？"他问道。

"嗯，好。"她点头应下，顺着手边的栏杆缓步而上，踏在石板上有沉闷的脚步声。

二楼并没有多少客人，只零散地坐了几桌。

随安然看了眼，指了指那处靠窗的："坐那里好不好？"

靠窗的那个位置正好临街，隔着一条窄窄的街道还能清晰地看见对面饭馆的迎来送往。

两个人坐下后，点完餐，就有服务员送上餐具和玻璃杯，斟了大半杯的红茶。颜色清透，味道算不上好，却足以解渴用。

随安然低头喝着茶，只偶尔抬眼偷偷地看他。

他正侧头看着楼下，那里有一小摊在卖烧饼，围了好几层的人，堵得原本就狭窄的街道越发拥挤。

他安静的时候样子更显得清俊，只是这么坐着，却似乎要融进这一片古色古香里。

察觉到她的视线，他转过头来，一双眸子黑亮有神，看了她片刻才说道："不知道是不是五年前在梵音寺遇见过的原因，我对你……"

他顿了一下，唇上的水光映着灯光有一层很浅淡的亮光。

"上菜了。"

他刚张口，话到了嘴边一个字还未说就被这一声吆喝打断。他隔着木桌看着她，见她眼底的故作镇定和略微慌乱时，抿了一下唇，笑道：“先吃饭吧。”

随安然好奇他想说什么，可又害怕他说些什么，只能沉声应了下来，垂首吃饭。

饭馆里来吃饭的客人越来越多，扶着木楼梯的扶手而上，总是能一眼就看见靠窗那一桌外形抢眼的男女。

嘈杂声渐起，只这一桌依然安安静静的，和周围的环境极为不符。

随安然吃完最后一口，放下筷子看他。

温景梵正夹起一块肉片放在嘴里，面色淡淡的，看不出情绪。见她吃完了，他才抬起眼来，问道：“吃饱了？”

“嗯。”随安然点头，端起茶壶往他的玻璃杯里添水。

那水波漾开，在灯光下漾着一抹深红，他目光一顿，便接着刚才没说完的话说道：“我并不是个记性好的人，很多人哪怕共事过一段时间也会转身就忘记。但很奇怪，我依然还记得我们五年前遇见时候的样子。”

随安然的手一顿，茶水差点儿洒出来。

温景梵下意识地抬手握住她的手稳了一下茶壶，当掌心触到她微微有些凉意的手背时，才发现有些不妥。

随安然感觉到他手指的温热，觉得那热意沿着她的手一路蔓延，那耳根子都烫得有些发红。

她还来不及做出什么反应，就感觉他灼然的目光落在了她的脸上，她只觉得耳根上的热度一下子散了开来，遍布整张脸，死活也不敢抬头去和他对视。

哪怕知道他说的那些话，并没有别的意思。握住她的手……也只是因为怕她摔了茶壶。

细看之下，她的面上染着淡淡的一层绯红，那双眸子虽然微微垂着，眼底却漆黑如同黑曜石，铺就着一层水光，波光潋滟。

温景梵凝视了片刻，这才从容地从她手里接过茶壶放到了桌角的一边。

外面的空气变得有些湿润起来，耳边的嘈杂声似乎都在此刻缓缓远去，他夹了一块笋片进嘴里，只觉得那清新的味道从舌尖蔓延开来，颇能回味。

那年相遇时，他也有那么一瞬失神在她的眼神里。

那时候的随安然还没这么高，穿着平底鞋只到他的肩膀，瘦瘦小小的，站在他身旁，仰头看着他。

身后是梵音绕梁，空气里都带着微微的震荡，安宁得像是她的名字——随遇安然。

雨水从屋檐上落下，水珠清透，落在地面上溅起细碎的雨花，晕染得那石缝里的青苔青得发绿。

她的眼神就像现在那样，似乎是含着一层水，朦朦胧胧的，又清澈得似乎能从她的眼睛看进她的心底里。

温景梵从未见过那样一双眼睛，只一眼，就让人安宁下来，移不开目光。

等他收回视线，随安然这才收回手，双手十指相扣就放在桌面上，手指轻微地动着，打着转。

他吃完饭，端起茶杯抿了一口，就听随安然说道："那年你离开得匆忙，也来不及跟你说声谢谢。"

"嗯？"

"你写的那张便笺……我还留着。"随安然的声音越说越低，见他不作声，怕他误会，又匆忙地补充，"你别误会，我没有别的意思。只是单纯很喜欢，而且那句话陪伴我走过了最黑暗的时候，对我的意义很不同。"

"我一直很想当面谢谢你，可又觉得好像没有必要……"

物是人非这个词她五年前就明白了，那种因为时间的变迁而渐渐迁移变化的东西太多。她一直都知道，那年相遇的偶然，他的开解也只是一个恰好的契机。

如果他那时候遇上的不是她随安然，恐怕他也会这么做。并不是因为她，才有什么不同。

所以那么多年，她即使知道他是谁，他在哪儿，也从未想过再介入他的生活打扰他。

匆匆过客而已，何必放在心上。别人也许并不如自己一般，一直在想念。

可今晚，他说了那些话，似乎就有些不一样了……她还是想当面感谢他。有些时候对于别人来说不过是一时的恻隐之心，举手之劳，于当事人，却是翻天覆地。

她的新世界，从遇上他的那一刻，开始了。

温景梵凝视了她片刻，才认真说道："如果觉得感谢……"

随安然看向他。

温景梵原本到嘴边的话默默地就咽了回去，改成了："那下次请我吃饭吧。"

随安然愣了一下，随即便笑了起来，清脆地应了下来："好啊。"

吃过饭，两个人走出和清坊，很默契地沿着青石路街道往另一头走。

两旁的商店都大开着，热闹喧嚣得能点燃骨子里的热情。装饰品店里人满为患，街头小摊上更是食物香气飘香，诱惑难挡。

温景梵停留在一家小摊前，拿起一只陶瓷做的精巧小猫："我养的猫和它很像。"

"你养了猫？"

"嗯。"他应了一声，重新放回去，和她继续往前走，"还记不记得那年在梵音寺看见的那只流浪猫？"

"记得。"随安然点点头，立刻就想起了那只被梵音寺大师喂养的流浪猫。

那是只公的美国短毛猫，大概是被主人遗弃了，不知道怎么的，就流浪到了梵音寺。它身上的毛色干净得不行，一双眸子是蓝色的，湛蓝得像是宝石，光华盈盈。

她比温景梵要提前几天过来，却一直没有见到过这只流浪猫。正好是他来的那天傍晚，下起了小雨，她从前堂穿过去往后堂，走过平安桥时就看见了后殿转角处，一个俊秀的青年撑着把伞，半蹲着身子在摸一只猫。

他的鞋面被沾湿了，衣角也染了湿气，他却似一无所觉。手指落在它的头上，轻轻地安抚着，看着那只猫的眼神格外温柔。

那一寸昏暗的角落里，所有的色彩都重得像是被泼了墨，只有雨幕中，低头的少年和那只温驯的猫清晰得像是一幅画，鲜明得就似烙在了眼底，挥之不去。

“你把它带回去了？”

“没有。”他摇头，“后来几年我再去梵音寺已经没有见过它了，直到一年前……”

他顿了顿，语气温柔了几许：“听大师说，它叼着一只小奶猫在我每年去梵音寺的时候开始等我，等了快一个星期。我来的时候，它把这只小奶猫交给了我，那天晚上它就不见了。”

随安然心头一震，侧头看他。

温景梵也随之看向她，笑着说：“后来我就把小猫带了回来，应该是它的孩子，毛色、眼睛，都一样。”

“那那只……”

“不知道，就跟以前那样，再也没见过了。”他的语气平静淡然，可那遗憾只要细听，便能感受到。

不知道是不是他的声音使然，又或者是随安然见过那只猫，也见过温景梵和它在一起的画面，竟生出了淡淡的心疼来。

“我叫它梵希。”他声音低沉了几分，音色却清透得瞬间压过了周遭的所有，直达她的心里，“我希望能够再遇见想遇见的人。”

| 第三章 |

心有千千结

那日回去之后，随安然时常会想，什么样的人会让性子温和却什么都不牵挂的他上心，还希望再次遇见呢？

可她想了很久，也勾勒不出模样。

他太过清冷，所以偶尔的那丝温暖便格外熨帖。

就像她也从不曾想过，自己这样有些温吞慢热的性子会因为那一次相遇，那一道声音，便执着地记了整整五年。

谁敢就这样交付自己的五年时光？

她的母亲是典型的江南女子，温婉秀丽。可即使这样温柔的女子，这一生也未能得偿所愿。

她曾说，无论是原地等待还是远行，心里有个记挂的人，那也是一种幸福。可是安然，你别走我的老路，我这一生尝尽了百种滋味，始终在后悔。

随安然尝过的，记挂的那个人会时不时被从记忆里翻出来怀念。无论远行或原地等待，只要你记挂，那他便是你永远的行装。

百种滋味，她何尝不是已经尝了一半？

可原来，她记忆里的那个人，也在如此徘徊。

A 市的秋天眨眼而过，转瞬便是漫长的冬季。

随安然上班的必经之路上，有一条意境非常的道路。炎热的夏季时，两旁绿树成荫，那勃勃生机的绿色铺天盖地遮掩过来，只余阳光细碎的剪影落在柏油路面上，纷纷杂杂。

开车过去时，有阳光落下来，正好投在她车后视镜的水晶挂饰上时，便会折出一道璀璨的光，熠熠生辉。

秋季最后一场雨下完，那枝丫上枯黄的树叶再也不复相见，落在了地面上，又被清洁工清扫到道路两旁。

那凄凉枯涩感，便由那些交错缠绕的枝丫传递而来，独添冬日寒凉。

到酒店时，时间还有些早，她捧着杯子倚在窗口看了一会儿车水马龙的街道，这才坐到座位上开始工作。

前段时间交代下来的订婚宴也开始筹备起来，她一直在和陆总的秘书确认订婚宴的事。所幸磕磕绊绊虽有，但由于对方的配合，也无伤大雅，一直有条不紊地安排着。

让她头疼的大概是一组那位老资历的大堂经理因为怀孕，将会缺席很久——这意味着随安然以后会分担相当大一部分的一组的工作。

以及自己的副大堂经理在订婚宴开始筹备的隔日就称病请假，导致她很多可以分配下去的工作都要一头揽过来自己做，忙得不可开交。

可有什么办法呢？她心软，又太好说话……明知道那个人话里十分有七分假，她依然无法拒绝她的请求。

那天周小燕软着声音跟她说自己哪里哪里不舒服，哪里哪里疼得不行，觉得再不请假去医院治疗分分钟都会消失在这个世界上，所以务必请假求随安然帮忙把她的工作一并做了，这样人事部才能多批几天假给她。

随安然哑口无言，最后只能答应下来。

回头帮周小燕去人事部打招呼的时候，人事部的温姨隔着那张办公桌和她对视了良久，久到她都要以为自己的仪表不整齐出笑话了，那温姨才缓缓开口问她："你没病吧？"

随安然："……"

温姨轻笑了一声，斜了她一眼，低头继续打报表："昨天下班的时候周小燕还活蹦乱跳的，今天就病得快要死了，需要请半个月的长假？"

随安然沉默。

她何尝不知道，周小燕是在逃避这次订婚宴的工作。因为她并没有经验，而且第一天和陆总的秘书接洽时，对方态度倨傲，并不好相处。

加上一组大堂经理怀孕休假，交接的工作复杂又繁多，周小燕便想着事不关己，过了这半个月再回来轻轻松松上班。

"大概有什么突发性的病……"她努力解释。

温姨在键盘上敲打的手指一顿，抬眼看她："你自己乐意当傻瓜那就当吧，我这儿就准了。"

更雪上加霜的是——

隔日，前台的张咪神神秘秘把她拉到了角落里，给她看了一张照片。

是周小燕的私人朋友圈，上面正欢快地晒着她出行旅游的照片，面色红润，哪有半分生病的样子？

张咪仔细地看了一眼随安然的脸色，脸上也是愁云密布："周小燕真的是过分了！"

随安然看着照片上的日期，一时滋味难辨……这刀补得真是恰到好处。

闻歌知道后同仇敌忾地表达了一通愤慨，最后说了句："安然，你就是天生劳碌命吧，有你这样的烂好人吗？"

随安然并不是，她随遇而安，生活安然平静，每天过得都极为规律。她并不喜欢一切预料之外的加班，工作。

只是重新遇上那个人，她的心乱得一塌糊涂，不知道怎么整理，那就只能干脆把闲暇的时间都占用。

温景梵再次入住盛远酒店是在订婚宴的前一晚，是值班经理办的入住。

随安然隔日听说这件事的时候倒是没有太大的反应，她看到过酒席名单，开头第一个就是他的名字。

被排在主客的名单里，除非他真的走不开，否则一定会到场参加。

而她，作为订婚宴的负责人，会全场在侧。

有一句话怎么说的？当你不在意一个人的时候，哪怕一天擦肩而过三次，你都不一定知道这个世界上还有这么一个人存在。可当你在意一个人的时候，他哪怕在地球的彼端，你都能听见他的呼吸声。

随安然检查完扩音设备，抬起头来时，就看见他正徐徐地走进来。

整个大厅都铺着红地毯，过道的两旁更是放了几个很大的花盆装点气氛，他站在那一簇鲜艳的花前，并未折损半分卓然，反而被那娇艳更衬出了他身上那股清隽气质。

大概是刚睡醒，他面上无一丝表情，只那双眼睛清澈得如同一眼清泉，带着一丝慵懒，神情有几分像猫。

陆总的秘书很快就迎了上去，两个人不知道说了些什么，他微微皱了一下眉头，随即抬手拍了拍秘书的肩膀，低下头轻声交代了些什么。

她就站在那幕帘的暗影下，如同一个影子，有些贪婪地注视着他。

不知道是不是有所察觉，他说着话，恍然抬起头看了过来，一双眼睛里光芒微亮，竟让随安然有了一种无所遁形的错觉。

虽然知道自己的地理位置绝佳，绝对不会被发现，但当他抬步往这边走来的时候，随安然还是立刻转身就跑了……

温景梵走到幕帘前，抬手挑开，就看见一道身影消失在不远处的转弯口。

他微皱了下眉，看着那身影消失的地方似乎是在沉思。

陆总的秘书见他盯着那里看了半天，还是上前问道："温总，您看什么呢？"

温景梵收回视线，看了他一眼，才说道："好像碰见熟人了。"

话落，他刚往门口走了几步，突然想起什么来，转身问道："负责订婚宴的是谁？”

秘书虽然觉得奇怪，但依然还是老老实实地回答了：“哦，是最年轻的那个大堂经理，叫随安然……”

温景梵微挑了一下眉，唇角勾起一抹若有若无的笑来。

秘书看后更觉得奇怪了，四下环顾，并未寻到自己想要找的人时，郁闷地低声道：“咦，去哪儿了，刚才还在这里的……温总您认识啊？要不要我给您把人叫过来……”

“嗯，我认识。”他只回答了这一句。

随安然洗完手，又泡了杯咖啡提神，这才回了会场大厅。

温景梵已经离开了，但陆陆续续的，已经开始有人拿着邀请卡进入。

她又站了片刻，刚准备离开，就听见身后响起了熟悉的声音，低低的，是刻意压低了声线，微微的醇厚磁性。

“你负责的？”

随安然转头看去，温景梵捧着个陶瓷杯，就站在她的身后，那是她刚才站过的暗影，灯光稀少得可怜，以至于这个偏角极容易被人忽略。

可他站在那里，似乎就不同了。

帘幕的黑影落下来，他整张脸埋在暗中，只能看清楚轮廓，但那一双眼睛却清亮得不容忽视，温温的，很平和，也不怎么热络。

随安然点了下头，笑了笑：“温先生。”

温景梵没有应，就这么看了她一会儿，才说道：“不能叫我名字？”

他说的不是“可以叫我名字”，也不是“为什么不叫我名字”，反而是“不能叫我名字”。

随安然被问得一愣，在他眼神的注视下顺着便回答：“能……”

温景梵微微侧头看了她一眼，意思很明显——那你叫一声来听听？

随安然听了温景梵的电台节目五年之久，加上他偶尔的商配，对他的声音熟悉得不行，偶尔看见一段优美的文字，都能自动脑补出他用微哑的音色，低沉的嗓音开口念出来……

他只是微微侧头，随安然脑子里立刻就跃上了他微微带着无赖又有些慵懒的逗趣语气，轻声说："那你叫一声我听听。"

更糟糕的是，这声音正在脑内三百六十度无死角地旋转，随安然只觉得耳朵瞬间便停止抵抗，酥软了下去。

她低下头，暗自庆幸这里光线灰暗，并看不清自己此刻微红的脸。但目光触及他一身随意的家居服时，立刻转移了注意力："你等会儿不是要参加订婚宴的吗？"

温景梵循着她的目光看了眼自己身上宽松的衣服，抬手端着杯子凑到唇边轻抿了一口，开口时，声音似被那水润过，声线重了几分，带着微微的湿意。

"不急，我等会儿回去换也来得及。"

温景梵的这个"不急"的结果便是等订婚宴开始了，他才姗姗来迟，偏生他自己却没有迟到的自觉。

陆总原本已经往回走准备进行下一个环节了，听见身后的动静，立刻转身迎接了上去，热络得像是失散多年重聚的好友。

温景梵淡淡地笑了笑，大抵是说了一些祝贺的话，就随着陆总入了座。

满座宾客，衣香鬓影，觥筹交错，这是一场上流社会的盛宴。这种华丽的订婚宴，让人不由得对即将订婚的新人都有了一丝说不上来的感觉，似乎是期待，期待这对新人早日生子、幸福圆满，才能让今日这满座高朋，不负这一场盛宴。

订婚宴进行到这里，已经没有随安然的事了，她又在那幕帘后站了片刻，这才挺直背脊，转身走了出去。

她刚一动，一直握着酒杯看得专注的人却转眼看向那似乎微微晃动着的幕帘，抬手把杯口凑到唇边，一饮而尽。

随安然走进了办公室这才松懈下来，坐在椅子上，微微弯腰揉着因为一直紧绷而有些酸疼的小腿。拉开抽屉，想泡点花茶时，才看见一直被她丢在抽屉里的手机。

她一手揉捏着腿上酸痛的肌肉，一手解锁手机划开屏幕。

有八个未接电话，全部都是闻歌打来的。她抬腕看了眼时间，重新给她拨了回去。没过多久，那端的忙音被切断，被对方接了起来。

随安然还来不及问她怎么了，一个短暂又轻柔的"喂"声之后，便被闻歌那突如其来的哭声吓得脸色发白，七魄都跑了一半。

哄了几声反而勾得闻歌越哭越大声，随安然索性边整理文件，边安静地陪着她。等她的哭声渐歇，随安然这才问道："怎么了？"

闻歌抽抽噎噎的，声音有些沙哑，可怜兮兮的："你什么时候下班？"

"等会儿值班经理来接班，我就能走了。"顿了一下，她微皱了一下眉头，问道，"你现在在我家门口等我？"

闻歌支吾着没回答，只带着哭音说道："那藏在地毯下的钥匙呢？你怎么收起来了？我都等你好久了。"

"上次忘记带钥匙就拿走了，一直忘了放回去……那你等我半个小时，我现在赶回来。"

闻歌犹豫了片刻才闷闷地说道："你下班了再回来吧，我等你就好。"

随安然想起她刚才哭得那么委屈，心里越发放心不下，可眼下值班经理没来接班她也的确走不开……

她轻咬了下唇，手指搭在眼帘上轻掩了一下，这才说道："那好，你别乱跑。我还有半个小时就下班了，等会儿给你带酒店对面那家卤肉店的鸭脖子。"

闻歌顿了一下，这才嘀咕着"你哄小孩啊……"边挂了电话。

所幸，值班经理今天来得早，随安然交了班，连外套都忘记了拿，去对面的卤肉店买了闻歌爱吃的鸭脖子后，这才往回赶。

到家的时候，那个人正蹲在门口，双手环膝，脑袋埋在双臂里，只露出乌黑的头发来。

随安然走到门口，蹲下身来看了看她，轻声唤她的名字。

叫了好几声都没听见她的回答，抬起她的胳膊一看，这才发现她已经流着口水睡着了……

随安然看了眼手里提着的鸭脖子，无奈地摇摇头。

温景梵以自己晚上还有会议要开为理由，提前离席。那一盒心形的德芙巧克力喜糖就被他直接塞进大衣的口袋里，带着走了出去。

A 市的冬夜已经能让人感受到刺骨的寒意，那冷风也不知道从哪儿而来，呼啸而过，连那光秃秃的枝丫都不免在寒风中瑟缩晃动。

盛远酒店的大堂此刻正迎来一批旅游团的入住，他刚从电梯里出来就被门口等待电梯的人堵了个出行困难。

他侧身避开，一抬眼，就看见前台，值班大堂经理正在帮忙接待客人，笑容婉约，恰到好处。

记忆里，他前段时间第一次入住盛远，正好遇上随安然值夜班。她眼底微微诧异散去之后，便也是这样一副得体的笑容。

唇角弯起略微的弧度，一双眼睛也随之如新月，漆黑明亮。

明明都是一样的笑容，他这么一回忆，却品出些不同来，可具体哪里不同……他却说不上来。

助理已经把车停靠在了盛远酒店的大门口，见到温景梵信步走出来，立刻迎上去替他拉开后座车门："温总。"

"嗯，回我私人公寓吧。"他坐进车内，还没来得及闭目养神，手机就响了起来。

他看了眼来电显示，微挑了一下眉，立刻接起。

温少远的声音难掩疲倦："闻歌离家出走了。"

语气镇定，丝毫不慌乱，像是早已预料到会有这个结果。

温景梵没接话，静静地等着他的下句话。

"大概是去随安然家了，你帮我去看看，把人带回来吧。"

闻歌和温少远的事情他自然知道一些，抿了一下有些干燥的唇，良久才应了下来："好，我去跑一趟，但人能不能带回来，我不保证。"

那端沉默片刻，没说好，也没说不好，就这么挂了电话。

车厢内一时便有些安静，他依然保持着刚才那个姿势直直地看向前方，远处那灯牌的亮光有些刺眼，盯得久了，那光就像是浸入水中的墨水，晕开，逐渐模糊。

助理没听到他的吩咐，透过后视镜看了他一眼，问道："温总，现在去哪儿？"

温景梵回忆了一下那次送她回家的路线，清晰地报出一串地名来："去这里。"

有时候，人很奇怪。明明是一个不相关的信息，却能因为某个人、某件事记得那么清晰。以至于温景梵此刻想起来，都不知如何解释自己的反常。

随安然于他，的确是特殊。

闻歌垂着脑袋，闷不吭声地坐在餐桌边上看着正在忙碌的人。

不远处的厨房里，随安然系着上次去超市抽奖得来的"蜡笔小新露大象"的围裙，正在烧菜。

她总是盘着的头发被放下来，柔顺地披在身后。因为长时间的固定，黑发还有一个弯曲的弧度，在灯光下泛着一层柔光。

家居服有些宽松，却难掩她的好身材，只一个背影都能细品出她的窈窕美好。

"安然……"闻歌索性趴在饭桌上垂眸看着她，"你干吗要喜欢景梵叔那样没有心的人呢。”

闻歌的声音有些小，厨房里热油的嗞嗞声轻易便盖了过去，随安然回头看了她一眼：“饿了就先吃点填填肚子，炒完这个再把汤盛出来就可以开饭了。”

“我不饿……”闻歌嘀咕了一声，但还是拿起筷子每样都尝了一点儿。

菜出锅时，随安然放在围裙兜里的手机嗡鸣着振动了一下，她拿出来一看，看见屏幕上“温景梵”三个字时，拿着锅的手振了一下，手背贴上锅沿，烫得她手一抖，差点儿没拿稳。

她一边把手凑到水龙头下冲，一边接起电话。

“你好，温景梵。”那端声音清透，“是随安然吗？”

“是我。”

“我现在在你楼下。”

“啊……”随安然哑然，随手关上水，小跑着穿过餐厅去卧房，拉开窗帘向下看。

天色已经昏暗得只余天边一抹残光，公寓的小区里路灯盏盏点亮。随安然就着那路灯便能看见楼下一辆车旁站着的那抹人影。

温景梵抬头看上来，距离有些远，只能透过屋里明亮的灯光看到她正趴在窗口往下望。

他压下到了嘴边的笑意，缓了缓，这才说道：“我来接闻歌回去。”

随安然回头看了眼正往这里翘首以盼的闻歌，略一迟疑，才道：“你稍等下，我问问她。”

话落，也不等温景梵的回答，她捂住电话，转头问闻歌：“你什么情况？温景梵在楼下等你，说要接你回家。”

闻歌闻言，立刻把脑袋摇得跟拨浪鼓一样：“我不回去，现在回去得被扒一层皮。好安然，你别赶我走啊，我给你做牛做马做家务……信我啊！信我啊！”

随安然差点儿翻白眼，瞪了她一眼，才压低声音喝道："等会儿给我好好交代！"

闻歌立刻点头，可怜巴巴地看着她。

"温先生……"随安然清了清嗓子，想着措辞。

温景梵"嗯"了一声，微微扬长了尾音，察觉到她的迟疑，立刻了然："是不是不愿意跟我回去？"

"也没有……"随安然挠了挠头发，有些头疼。

无论是对着严肃的老板，还是对着难缠的客户，她总有办法侃侃而谈，但不知道为什么，一到了他的面前，总是各种词穷。

她目光落在餐桌上还冒着热气的饭菜，灵光一闪，顿时有了主意："闻歌饿了一整天，饭也没吃。时间还早，我又刚好做了一桌菜，温先生你要是不急的话，可以上来坐坐。就算要带她回去，好歹也先吃了晚饭，对不对？"

温景梵抬腕看了眼时间，不过六点而已，的确还早。

"你在几楼？"

"八楼。"

温景梵沉沉地"嗯"了一声。

这是要上来的意思吧？

随安然趴在窗口又往下看了一眼，那道伫立在车旁的人影果然抬步往公寓里走来。

她正要挂断电话去门口接人，就听那端传来一道悠然清冷的声音，低低的，念出他自己的名字："温景梵。"

随安然不解地"啊"了一声。

他解释："叫我名字就好。"

电话挂断之后，随安然的耳根子都还有些发烫。她用微凉的手背贴了一下脸颊，这才收起手机去门口等人。

这个时间点，不是吃完饭下楼散步的，就是下班回来的，电梯里挤得满满的都是人。偏生温景梵站在那里，依然清风朗月，周围的人都格外自觉地退离他一小步，隔出个小小的距离来。

随安然看见电梯里后半截挤得人满为患，前面电梯门一开，他一个人悠闲地走出来时，也难免小小怨念一下……

她就没这个待遇啊。

闻歌从安然的身后探出一个脑袋来，乖乖地叫人："景梵叔。"

温景梵抬眸看了她一眼，低低地"嗯"了一声，视线一转，落在随安然的身上，很轻微地点了一下头。

动作不甚明显，闻歌都没看仔细，却被随安然清楚地捕捉到了。

她也微微颔首，拉着闻歌往后退一步，对他笑了笑："先进来坐一坐吧，有什么要说的话，正好也有个地方。"

温景梵抬步迈进她的公寓。

玄关的灯光是暖橘色的，地板上铺着毛茸茸的小块羊毛地毯，上面正整整齐齐地摆着一双男式棉拖鞋。

随安然关好门，转身见他看着拖鞋似乎是在迟疑，立刻解释道："这个是新的，买来一直没用过。"

闻歌也是第一次看见这双男式的棉拖鞋，面色突然怪异了一下，支吾了一下，才说道："景梵叔也有一双这样的拖鞋，一模一样……"

随安然顿时愣住了……这个……她完全不知道啊……

温景梵却似没有听见两个人说话一般，抬脚换上鞋。他身上是一套参加婚礼的手工西服正装，因为 A 市已入冬，天气寒凉，出来的时候就套上了一件黑色的毛呢长外套。

领子竖起，衬得他肤色如玉，白皙清冷。那五官俊美精致，一双眸子微微敛着，那长睫掩盖而下，那眼睛便如同一道墨痕，狭长又幽深。

随安然看了一会儿就觉得刚冷却下去的脸颊温度又升腾而上，忙别开视线，先闻歌一步往厨房走去——她的那锅玉米排骨汤还没起锅。

温景梵走出玄关后四下看了眼，公寓的空间不知道是不是因为开放格局，显得十分宽敞，到处都是女孩子居住的痕迹。

相比较她在酒店时的干练，居所倒是温馨了不少。

他看了眼垂头走在自己身边的闻歌，这才问道："你和随安然是好朋友？怎么没听你说起过？"

"我以前有跟你说过啊，我说我有个挺好的朋友，可是你哪次有上心听过啊……"闻歌噘了噘嘴，拉了拉他的袖子，带着他往餐厅走，"安然做菜很好吃的，景梵叔要不要坐下来一起吃点儿？"

温景梵被她拉着在餐桌的一侧坐下，前方就是厨房。

随安然正在试味，长发垂下来被她一手撩到耳后，露出白净的脖颈。手指握着调羹柄凑近唇边，似乎是味道有些淡了，她抿了一下唇，又蹙了蹙眉头，又调了调味道。

厨房灯光昏黄微暖，熏得这一幕也像是被这暖意镀身，周身都暖洋洋的。

他目光停留了一瞬，原本还有些不怎么样的心情意外地好了几分，和闻歌说话时，都带了三分笑意："等会儿吃完饭跟我回去。"

闻歌来温家之后和温家的人接触得其实并不多，除了温少远，就是温家大宅工作了大半辈子的辛姨，再排下去也轮不到温景梵。

即使接触并不多，大多时候温景梵对她也是温和的，但闻歌面对温景梵的时候反而才有一种小辈面对长辈的感觉。

闻歌一向相信自己的直觉……这种平时温润如玉的人，真的着恼起来，反而会更加棘手。所以，她向来对温景梵言听计从，不敢造次。

这会儿她便立刻偃旗息鼓，虽然没直接应下，但也完全不敢抗议。

"他和我一样，是你的叔叔。"他略一沉声，眉宇虽然微敛，面上的表情倒还是平淡。

这句话就像根刺一般刺进了闻歌的心里，疼得她心尖一抖，什么话都说不出来了，脸色煞白。

随安然捧了汤出来，察觉到气氛有些诡异，再一看闻歌那委屈的神色，眉头皱了一下："什么话都吃完饭再说吧，温……"

她刚说了一个"温"字，他就抬眼看了过来，眸光清亮。

随安然到了嘴边的"温先生"在那眼神下默默地咽了回去："你要不要再用点？这汤清口，我给你盛一些吧？"

温景梵点点头，眉角一舒，漾开个淡淡的笑来："好。"

随安然进去拿碗筷，到餐桌边正准备替他盛上时，他自己站起身来，从她手里接了过来。

他个子高，偏偏那吊顶的水晶灯悬挂得过矮，虽不至于碰到，但他微微倾身时，那璀璨的光从他头顶笼罩而下。整个空间似乎都小了一些，靠近的两个人之间再多一个都容纳不下。

那温热的手指和她的相互摩擦，一瞬而过。他却似没有察觉，只声音清润低沉地说道："我自己来就好。"

等她坐下，温景梵才不动声色地收紧手指，那指尖似乎还有刚才柔滑的触感，一瞬温柔。

闻歌安安静静地吃饭，偶尔动筷子的时候倒是会往温景梵的小碗里夹上一些菜。

随安然坐在两个人的对面，反而吃得有些消化不良。

吃过饭，随安然收拾了碗筷去水池。用温水泡下，又转身烧了一壶茶，从柜子里取出干净的陶瓷杯，一杯用来泡茶叶，一杯用来泡牛奶。

窗外有骤然响起的风声，呼啸而过。客厅里，却安静得只有时间走过的滴答声。

温景梵自己对感情都是一窍不通，所以开解这回事他并不太做得来。但积累了五年的深夜电台经验，此刻也知道如何打开话题。见闻歌捧着牛奶低头抿着，一副抗拒谈话的姿态，他略一思忖，才说道："看你这段时间清瘦了些，是学业有些重？"

"叔你不用试探我……"她舔了一下嘴唇，一双眼睛蕴着一层水汽，显得湿漉漉的。

"我是对小叔有点儿不一样的感情，我知道我们不可能的。这次是我过分了，你放心好了，我等会儿就乖乖跟你回去认错道歉，以后绝对不会再犯。"

她这么直接，温景梵反而不知道要说些什么，沉默了会儿，才说道："我大概理解一些你的感受，但不支持的原因有太多，现在说给你听也许你还不能懂……"

"我懂的。"闻歌哽咽着打断他，"我什么都知道的，我不会妨碍他……反正我大学了，以后就住校。所有人，都该走上自己的轨道了。小叔大概有些知道我的心思，但我没有说破。景梵叔，你也不要说出来。大家不知道就好了，那就什么事都没有了。"

温景梵眼神一暗，犹豫了一会儿，手还是落在了她的头上，轻轻地拍了两下。

闻歌心底积压的那些委屈就被他这轻柔的两下一下子给激发了出来，那忍了许久的眼泪瞬间夺眶而出："安然也说过的，有些喜欢在一开始知道不合适的时候就应该停止。一时贪念，只会越陷越深，自己留在了回忆里，回忆里的人却越走越远……所以不知道才是最好的，这样喜欢还是不喜欢，就能自己决定了……"

温景梵落在闻歌发上的手微微一顿，似有所察觉，侧头往后看去——就看见随安然正站在柔和的灯光下，手里还捧着一个水杯，热气袅袅。

闻歌难得放开了大哭一场，哭完又不好意思了，红肿着眼睛钻进了洗手间。

"闻歌年纪小还有些不懂事，做事又莽撞……"温景梵顿了一下，自己先笑了起来，"但性子其实还是很单纯的，我知道你大概平时开解她很多，这倒是要谢谢你。”

“闻歌是我朋友，这些都是应该的。”随安然捧着茶杯在一侧的单人沙发上坐下。

“你对感情都是这么看待的？觉得不合适，便连试都不愿意试，喜欢一个人在你这里，好像就只是你自己的事情。”这段话以他们两个现在的交情来说，其实有些逾矩，但他用随意的语气说出来之后，便轻易地把这个问题变成了好友间的私聊，倒让她生不出半点不悦来。

“感情很复杂，我亲眼见证过很多残缺的爱情、婚姻。大概性格和经历的关系吧，对感情这方面有些敬谢不敏。”

温景梵抿了口茶，微有些凉了的茶水从他舌尖漫开，苦得他不经意地就皱了眉：“不试试怎么知道你回忆里的那个人是不是也在等你？”

随安然没再回答，只是笑了笑。

是啊，她其实就是个敏感、脆弱，又有些死心眼的人。听过的、看过的太多，她已经不想再用自己去证明一遍世界的残酷。

只是回忆里的那个人就坐在她的眼前，她虽猜不透他的想法，却也知道他并没有等人的习惯。

闻歌收拾了一番后，便跟温景梵离开。到门口时，闻歌不舍地倾身抱了抱她：“本来今天还想和你一起睡，说说悄悄话的。”

“下次也来得及。”随安然回抱了她一下，声音轻柔，“以后不要随便跑出来了，家里人都会担心的。”

闻歌努努嘴，没接话。

一直沉默着的温景梵却伸手到大衣口袋里，拿出那一盒德芙心形巧克力的喜糖递了过去，“这是订婚宴上拿来的喜糖，我不爱吃这个。”

随安然下意识地准备接过，手伸到一半，等看清是巧克力时，便立时顿在了半空。

闻歌若有所思地看了两个人一眼，很干脆地替安然接了下来直接往她怀里一塞：“拿着啊，这可是订婚宴的喜糖。你吃了赶紧沾沾喜气，找个跟我景梵叔一样的男朋友！”

随安然抱着那盒巧克力，只觉得像是抱着个烫手山芋，接也不是，不接也不是。

还没等她做出反应来，温景梵已经似笑非笑地瞥过来一眼，说了一句：“喜糖而已，就当沾沾喜气了，不用有压力负担。”

那喜糖被随安然置放在了床头柜的第一个抽屉里，端端正正地放在左侧的小角落。

这样“供奉”到第三天的时候，还真的沾了点喜气。

随妈妈打来电话，问她什么时候有假期，一边埋怨她上次到临近 L 市的 S 市上班都只是匆忙地回来住了一天，一边又心疼她这么高强度的工作。

随安然想了想，回答得很是小心翼翼：“……假期能休的也要等到年关了。”

“那也行。”随妈妈轻咳了一声，声音里带上几分笑意，“你隔壁的崔阿姨说给你介绍个男朋友，我听了听，觉得条件也不错。照片也看过了，仪表堂堂的，和你不管是学历、家庭背景、工作环境还是性格脾气，都很相近。妈就觉得还挺不错，加上又是你崔阿姨说的，我就替你应了下来，你有空回来，见一见……”

随安然高考的那一年原本恩爱的父母差点儿反目成仇，最后自然是以离婚收场。

时间已经有些久远，她有些记不清那时候是什么样的心情，每天回家都能听见家里如同战场一般的争吵声，原本相爱的两个人，毫不留情地互相攻击。

那也是随安然第一次看见妈妈褪去温婉，如此尖锐的样子。

在那之前，随安然因为父亲庞大的家业和财富也是被千娇百宠地呵护在掌心里。那是随安然曾经的年少时光，可后来她坚持跟母亲走后，她也泯然众人，再无半点光环。

她那时候填报的志愿本该是S市的重点大学，就因为这场颠覆她整个人生的变故，她偷偷改了志愿，去了A市的大学，离开了家，也离开了母亲。

这一走，她其实后悔过。

没有谁是真的可以不计较得失的，她的人生从那一场变故后就黯淡了不少，再也不是无往不胜，也再没有少年时的年少轻狂和意气风发。

因为她经历过才知道，看起来再牢不可破的东西，也终将会有一天，离你而去。

像父母那段让人艳羡的婚姻，像父母之间不会被人插足的感情，像她拥有了那么多年却骤然失去的父爱和家庭……也像身子越来越不好的随妈妈。

在外漂泊的经历终究让她明白，很多东西，永远，都有握不住的时候。

“好，有假我就回来。”她温顺地答应了下来，又简单地问了问妈妈的身体情况，正要挂断电话的时候，随妈妈犹豫了一下，还是叫住了她。

“安然。”

“嗯？”

“莫承出差回来后，来了我这里一趟，跑上跑下的，帮了我很多忙。今天他应该到A市了，你啊，约他吃个饭感谢一下人家。”

“哦，好啊。”随安然愣了一下才答应下来，神情有些清冷，只语气还是如刚才那般柔软，并无异样。

挂断电话之后，她从窗口望出去，心情顿时就糟糕了大半。

很多过去，是你想抹掉，却怎么也挥之不去的，反而会在记忆里扎下根，随着时间积累，那枝藤便越来越深。

下班遇上堵车，她心烦意乱地被堵在路上半个小时后，毅然把方向盘一拐，就近去了一家超市买食材。

周末的超市人满为患，中央广播里播放着轻柔的音乐，正是时下最火爆的电视节目——《盛世京华》的主题曲。

她跟着哼了两声，从零食区转到蔬菜区，错身而过时，恍惚中看见了温景梵的身影。

她推着推车一顿，轻手轻脚地凑过去往另一排货架看去，空荡荡的，哪里有人影……

等她买完食材，时间还早，她顺着零食区一路往收银台走，经过调料区货架时，才想起家里的醋快用完了。

她正挑着牌子犹豫不决，身后便传来熟悉又清越的声音："左手拿着的那个不错。"

随着这声音，一双修长的手从她的左侧越过来，直接落在货架上的一瓶香醋上，拿起，放进购物车里。

随安然顺着那手看过去，温景梵正微低着头看她，眉目间蕴着淡淡的笑意，温润如玉："刚下班？"

"是啊。"她惊喜地应了一声，"我刚才好像看见你了，可转过去没见着人，还以为看错了，原来真的是你啊。"

温景梵往她购物车里看了一眼，想起那晚去她家接闻歌回来时，那一桌色香味俱全的晚餐，喉结轻微一动："这些菜不适合保鲜。"

随安然循着他的视线看了眼，手指落在下巴上点了两下："我打算今晚就吃掉……"

温景梵眼底笑意渐深："一个人？"

随安然默默地窘了一下，有些困难地点了点头，语气都弱了几分："是啊，一个人吃……"

两个货架之间空空荡荡的，只有他们两个人，就这么一前一后站着，轻声交谈，哪怕背景是超市嘈杂的人声，也让随安然生出一种——有暗恋的人真好，起码心情不好的时候，只是遇见他，就觉得生活充满了好运。

两个人一起去收银台结账，耳边是超市收银员刷过条形码时轻微的“嘀嘀”声，她侧头看向另一边的柜台，他正在接电话，背影挺直，正低着头，说话的声音模糊得根本听不清楚。

即使只是看着他的背影，随安然也能想象出他的表情。

淡淡的，近乎没有表情，眸子低垂，掩去眼底光华，但对方说的话他一定听得一字不漏。

就像以前很多次，她打电话去他的电台节目倾诉，他虽然只偶尔应一声，却听得格外认真。

不只是对她，他对很多人都是这样。他曾在一次深夜电台节目里说过这样一句话：“每个人，都是独一无二的，值得被我尊重。”

付完钱，他的电话也已经挂断，他正站在不远处等她，见她拎着东西过来，问道：“需不需要我帮忙？”

“不用，我可以。”为了证明自己可以，她还用力提起放下。但等她看见温景梵唇边一抹浅笑时，才发觉这个动作还真的是够蠢的。

不等她尴尬，他已经微抬了一下下巴，示意她一起走。

“闻歌好点了吗？”她问。

其实她比谁都清楚闻歌的状况，可不提一下两个人之间关联的那个人，好像便没有别的话题可聊。

“她还好。”他的手搭在电梯扶手上，低头看了她一眼，“不过有些方面，即使是亲近的家人，也难以照顾到。”

他暗指的是闻歌感情方面的问题。

其实她完全能够理解温家人的想法，无论两个人是否有亲缘，单就辈分、年纪相差了那么多，这段感情便已经是畸形的。而这个基础，也并非针对闻歌。

随安然想了想，并未接话。

这个时候，她才意识到，两个人虽然亲近了许多，却依然横亘着跨越不过的距离。就像很多话，她都不能直接言明，因为没有合适的身份，没有恰好的感情，没有可以更进一步的理由。

她和这个人，也许依然是——仅此而已。

随安然这种低落的情绪一直持续到她回到家，打开灯，发现地板上只有孤单的自己的身影。她换上拖鞋走在屋子里，也只有自己一个人的脚步声。

她拿出购物袋里的食材，安安静静地清洗、处理，做大餐犒劳自己的心思瞬间冲淡了很多。

她简单吃过饭，收拾了下厨房，去卧室用电脑上网刷微博。

温景梵在一年前注册了一个马甲为“时遇”的微博账号，她悄悄关注了很久。

但微博并不经常更新，只偶尔才能看见他发表下只言片语，苍白得就像是做任务。

今天刷新的时候倒是有些意外，他上传了一张照片，看角度应该是从车内往外拍的，因为天色已黑，背景昏暗，清晰度不怎么样。

路况有些拥挤，却能看见前方不远处的红绿灯，光影模糊。

他写道：从超市出来之后突然就觉得身边有些空荡荡，这种情绪在堵车的时候越发强烈。这才察觉，已经一个人很久了。

随安然思想斗争了很久，这才发了自己关注他以来的第一条评论。

随遇而安：如果孤单的话，找个人陪你吧，大人的年纪也不小了，宜嫁娶，宜婚配。

发完她又瞬间后悔，手指落在删除键上面又挣扎良久，最后心烦意乱地关了微博，专心地等他上节目。

| 第四章 |

时遇安然

“我遇见谁，会有怎样的对白。我等的人，他在多远的未来……”轻柔的开场音乐，歌词清晰，语声柔和。

随安然抿了口手边的咖啡，微垂了眼。

时遇的声音就在这背景音乐里响起，清润，温和：“一场人生排除所有意外，起码有六十年安好的时光。而这个时间里，走走停停，一路行风过桥，将会遇见很多人呢，也遇见你命定的一场缘起。大家好，欢迎收听时遇栏目，我是主播——时遇。”

话音一落，那端声音泯去，背景音乐加强。

直到片刻之后，他的声音才再次清晰起来：“这还是我五年来第一次谈及‘遇见’这个主题，以前未深想，此间未重逢，如今眼前一幕幕越发清晰。因为工作需要，我每天都能相识很多人，有近在咫尺的，也有跨越半个地球而来的……”

他声音微微一顿，转而加重：“佛曰：万发缘生，皆系缘分。有时候，我也好奇，何为缘分，能够指引素不相识，甚至于交往圈子都不同的人，走上同一条轨道，继而走到命定的原点。”

喧哗到极致，又缓缓安静下来的夜晚，他的声音就如一湾清澈的泉，点滴间缓缓渗透。

随安然安静地听着，唇角不自觉地勾起一抹笑来，也在心里问自己：“哪来的缘分，才遇见的？”

时遇的这个节目时长很短，仅有25分钟。与别的电台节目主持人相比，他的话也不算多。

即使隔着一层电波，他给人的感觉依然是如沐春风，跟下来的听众越来越多，到如今，似乎并不在乎他说些什么，只在乎这简短的和他相处的时间。

安心，安然，安静。

所有的坏情绪都能在他的声音里被消弭。

他点了一首歌，那首歌的节奏刚落下，就有听众打进电话来，问题很简单：“时遇大大，你最喜欢的歌是什么歌？”

时遇沉默了一会儿，回答：“没有特别喜欢的音乐，我也喜欢好听的声音……嗓音好听的人，的确会让人好感倍增。”

这种交流的时间，通常都是听众一连问好几个问题，到了他这里总是轻描淡写的一句话，不热络，但也不失礼。

他的声音还在断断续续地响起，每一个字落下来，带上那似有若无的笑意后，简直能让这夜晚都沉醉。

“我始终觉得，该遇见的那个人，无论遇见的是早是晚，间或是否分开。等到合适的时候，终会走到你面前，恰到好处……”

他低低地笑了起来，声音里含着一丝愉悦，淡淡的，却格外清晰。

电台轻微的电流声里，他又不疾不徐地补充上了一句：“我不急，她还没来，我就慢慢等。等不到，那就我去寻……”

等不到，那就我去寻——

她的心头被这句话猛然击了一下，一阵战栗。

不知道是不是最近太忙太累，神经一松懈下来，便昏昏欲睡。但当她就在那音乐声里快沉入梦境时，他的一句话让她立刻睡意全无。

他轻咳了一声，声音微微放低了一些，语气略带笑意，清润的嗓音，说出口的话却如同投石入河，漾开巨大水波。

他说：“很抱歉，出于我工作繁忙无暇的原因，我将会辞去这一份工作。以后的周末，大概不能继续陪你们了。”

话落，他又补充道：“但我接下来已经接了一部电视剧的配音，这个是我的兴趣，在我有时间有能力的时候会继续做下去。”

这些年来，随安然并非没想过他有一日会离开这里，却不料，来得这么快，这么猝不及防。

整个夜晚已经安静下来……

随安然等节目结束后，立刻重新登录微博。

时遇傍晚发的那条微博已然开始被粉丝轰炸，评论一致都是挽留。她重新刷新之后，才渐渐看到了许多支持的声音。

“叮——”的一声脆响。

她冷清的微博页面上，显示一条评论以及一条转发，她还未来得及点开，就是疯狂如刷屏般的消息蜂拥而至。

随安然抖着手点开。

时遇转发了她的评论，并回复：“时光安然，宜嫁娶。”

……从来不回复评论的人，为什么突然转性了？

随安然还来不及消化一下，温景梵已经又更新了一条微博。

时遇：“离开，从来不是【时遇】的结束。”

这条微博下面，是一段音频。

他的声音微有些低沉，带着点沙沙声，悠远宁静：“入这行是意外，一直做到如今，并不全是因为喜爱，还因为在陪伴一个人。不论因果缘由，如今时光变迁，过去了那么久。我想那位小姑娘应该再不复当初彷徨无措，虽未收到她的任何信息，但这就是最好的结果。以后我会多来微博逛逛，每天都打卡如何？”

随安然默默地点了个赞……必须好啊！

刚才还萦绕着的伤感瞬间因为他这条微博消失得无影无踪。是了，离开这里，从来不是时遇的结束。

再者，她应该是其中最幸福的吧，好歹还能见到本尊。

洗完澡，随安然躺在床上，再听了一次他的那条音频，突然觉得他话里说的小姑娘——似乎很像曾经某段时间的她啊。

可她有“勾搭”过温景梵吗？完全没印象啊……

A 市的冬季寒冷又漫长，黑夜蛰伏。

酒店最近人手不足，随安然的工作安排紧凑，已经在酒店连续住了三天，值了两次夜班。

屋内的暖气充足，天际已经有了微微的亮光。窗帘并未拉严，交汇处留下一道细缝，那光亮就是从那里而来，照得桌上有一种寒凉的明晰。

随安然困倦地抬手捏了下眉心，又昏昏欲睡地打了几个哈欠，这才拢了拢身上披着的羽绒服靠着椅背清醒神志。

近来工作虽忙，但工作量还在接受范围之内，她看了眼自己的掌上电脑，很好，等换班她能休息到明天早上再过来。

这么一想，脑子立刻清醒了几分。她站起身来，拉开窗帘。

亮光争先恐后地涌进来，她闭了闭眼睛，然后看见将明未明的清晨时分，道路两旁的路灯还昏黄地亮着，一时竟有些不知今夕何夕。

窗户上弥漫着一层白色的雾气，湿漉漉的水珠正沿着一道弯曲的弧线，滚滚而落。

站得腿都有些僵了，她这才转身去洗漱，打起精神去大堂。

电梯停留在楼上，她按下键，看了眼跳跃的数字，对着不甚清晰的电梯门照了照，拢了几绺有些调皮的头发。

这一凑近，她才发现刚才补妆刷睫毛膏的时候没仔细，眼睑下方扑了一层墨迹。

随安然“咦”了一声，从口袋里翻出纸巾就着电梯门不怎么清晰的镜面细细地擦着，丝毫没有留意到跳跃的数字已经停在了她所在的楼层。

电梯门“叮”的一声打开——

随安然还保持着这个姿势，一抬眼就看见电梯门往两边退开后，露出电梯后面众人的脸来……这其中……

随安然一愣，脸已经比迟钝的意识先一步清醒，烧得有些发烫。

她镇定自若地把纸巾微微一卷扔进手边的垃圾桶里，对着电梯里的几个人微微地笑了笑：“早上好啊……”

温景梵似乎是在笑，唇角微微勾起，见她强作镇定，往前走了一步挡住电梯门：“是不是要下去？快进来吧。”

温景梵是前几天办的入住，除了他自己的房间，还在酒店订了几个相邻的 VIP（贵宾）客房给来 A 市洽谈合作项目的国际友人合作方。

随安然那天正好休息，并没有遇上。之后的几天出面的也只是温景梵的助理，并未见过他本人。倒不料这么大清早的……

随安然心里尴尬，面上依然镇定，微微颔首，抬步迈了进来。

“去楼下？”他侧头看了她一眼，见她点头，这才按下一楼的楼层，“这么早，是昨晚在值班？”

“嗯，值了两天夜班了。”说着，血液里还有些活跃瞌睡分子又开始冒头，她低头掩唇打了个哈欠，越发觉得熬夜是现代十大酷刑之一。

温景梵低头看着她，她的双眼有些泛红，打完哈欠后眼睛似是蕴了水，湿漉漉的，专注去看她的瞳仁还能看见那里倒映出的自己，清晰如画。

她的眼睑下方遮了一层粉底，即使如此，还能够看见透着青黑的眼圈。

电梯下降时，发出很轻微的运作的声音。

温景梵轻抿了下唇：“什么时候下班？”

随安然看了眼时间，这才说道：“还有一个小时。”

"嗯，我知道了。"

随安然有些发蒙，这个回答是几个意思？

说话间，温景梵要去的楼层已经到达，电梯到达时，发出清脆的提示声，他转身和身后几位合作方轻声交谈几句，一起走出电梯。

他刚走出几步，却停下来，回头看了她一眼，交代了一句："等会儿留意下短信。"

"啊……"

这声疑问实在没存在感，温景梵并未听见，转身就随着那几位合作方离开。在电梯门关闭前，随安然又追着看了一眼他的背影。

他刚才说的那几句日常英语，字正腔圆，低沉醇厚，是纯正高雅的伦敦音。一大早的，不只提神，还格外提升幸福感啊……

接下来的一个小时之内，随安然一有空就会看看手机，留意短信。虽然不知道温景梵要做什么，但他既然这么说了，自然是要给她发信息的意思……

以至于这临近换班最难熬的一个小时，都让她过得格外期待。

但遗憾的是，直到接班的同事迟了五分钟来了，她也没听见手机传来一点儿动静。哎……总不至于是手机出问题了吧？

换班的同事见她有些魂不守舍的，不由得好奇地问道："安然，还不回去吗？"

"这就走。"随安然笑了笑，最后看了眼手机，简单地收拾了一下东西，搭乘电梯去地下停车场取车，准备开车回家休息。

睡眠不足的她，现在满脑子转悠的只有"睡觉"两个字，再没有别的事能比之更重要。

车在地下停车场停了三天，她混沌的脑子一时半刻也想不起具体的车位，只知道放在了东面。

她正走着，身后似乎是有人叫了她一声，声音有些含糊，并不清晰。

随安然迟疑了一下，还是回头看了一眼——空荡荡的地下停车场除了惨淡的灯光之外，只有不远处的传达室里坐着刚换班的保安，安静得连风吹过的声音都清晰可辨。

此刻正好有一阵寒风吹来，随安然背脊一凉，硬生生打了个冷战，回头走得更快了。

等到了车前，她摸出钥匙，解了锁，手指搭在车把上微微用力，刚拉开了一道缝隙，身侧却越出一只手来，五指修长白皙，直接按住车窗，微一施力就把车门关了回去。

随安然脑海中第一时间掠过的并非是“身后有人”。那一日在超市，她站在调味料的货架上挑选香醋，温景梵那只手也是这样从身侧越过来，修长的手指落在她旁边的一瓶香醋上，轻轻拿起。

她一回头，就看见他笑容温暖，眼里映着灯光，清晰又明亮。

这么一想，她的第二反应这才终于回过神来，猛地转身看过来，然后就被近在咫尺的那张脸吓得立刻松开手，倒退一步狠狠地撞在了车门上。

温景梵抬手扶了她一把，微挑了一下眉，语气微妙：“我有这么吓人？”

随安然愣了一下，摇摇头，说不出一句完整的话来：“没……没有，是我……没想到你会出现在这里……吃过早餐要上班了？”

“我最近休假接客。”他淡淡扫了她一眼，握着她的手缓缓收力，扶着她站好，“抱歉，我刚准备给你发信息的时候才发现……”

温景梵顿了一下，才说道：“才发现手机没电了。”

“噗。”随安然笑出声来，见他眼底光亮微闪，认真地低头看下来，这才收敛笑意，只微眯着眼睛说道，“没关系，你找我有什么事？”

温景梵“嗯”了一声，尾音略略上扬：“我就必须要有事才能找你？”

自然不是……

随安然摇头，刚想说话，他已经移开目光，指了指不远处他那辆路虎座驾："我送你回去。"

"啊？"随安然错愕。

"现在正是上班高峰，你确定你这种疲劳状态能安全把车开到家？"他反问。

随安然沉默……她竟然找不出词来反驳。

温景梵理所当然地接口道："我正好闲着，我送你回去。"

那声音，清润低醇，语气温和，却完全不容抗拒。

随安然想，也没有坚持不让他送的必要理由啊，如果两个人是普通朋友关系，这一个做法无可厚非。而且，再怎么看都是她更占便宜一点儿啊。

这个时间点无疑车流量最大，刚驶出酒店没多远，就结结实实地堵在了路上。

温景梵侧头看她一眼，见她正襟危坐，不由得抿唇笑了一声："估计要堵一会儿，你可以先睡会儿，等到了我叫你。"

哪有人家好心送她回家，她却不陪聊，躺着呼呼大睡这种道理！

随安然被初升的那抹暖阳刺得眼睛有些疼，闭了闭眼，往车窗边上的暗影里靠了靠："我没事，值夜班倒不是不能睡，只是睡得不那么舒服而已。"

温景梵的手指搭在方向盘上轻轻地敲了敲："为什么想做这一行？服务行业很辛苦。"

"我之前学习不怎么好……"随安然抿了抿唇，抬手挡了一下阳光，就以这个姿势转头看着他，"后来进A大……分数正好够这个专业，就这么一路下来了。"

温景梵察觉到她的不适，侧头看了眼前面一时半会儿都散不了的车流，略一思忖，抬手解开安全带。

随安然看着他的举动，微微一愣："你……"

车内响起没系安全带的提示声，他却置若罔闻，倾身靠过来，瞬间离她很近。近到两个人之间只有一只手的距离，近到能在安静的车厢内听见他轻微又平稳的呼吸声。

随安然彻底石化，紧紧握着安全带就这么僵硬地看着他，呼吸急促："温景梵……"

"嗯？"他应了一声，垂了下眼，目光从她身前划过，看见她用力到有些发白的手时这才抬目看回去，眼底的笑意渐浓，"不用紧张，我只是想帮你调一下座椅。"

说话间，他的手指已经落到副驾驶调整座椅的按钮上，微微放低座椅。做着这些时，他边留意着座椅的高度，边对上她的视线，然后连唇角都微微扬起。

虽然笑得如沐春风，但落在随安然的眼里……

随安然一张脸烫得有些发红，躲闪开他的眼神，心里却是欲哭无泪——自作多情了。

接下来的路况就好了很多，随安然尴尬得不知道说什么，温景梵显然也没有聊天的打算。加上实在有些困倦，在平稳行驶的车上，随安然渐渐地闭上眼沉入了睡梦里。

车驶到她公寓楼下时，温景梵刚要出声叫她，一转头见她呼吸清浅，睡得毫无防备的样子。他就这么认真地看了一会儿，这才移开视线，寻了一处地方把车停在那里，拿了车后座上几本最新的财经杂志翻看起来。

随安然这一次睡得很安稳，呼吸的空气似乎都带着甜甜的香气，耳边更是有很轻很规律的声音，她分辨不出是什么，却安心得越睡越沉。

随安然做了一个梦，她梦见自己回到了那一年的梵音寺。

原本恩爱的父母在她上高一时感情就已经破裂，但为了她始终维持着表面和谐，暗地里却是争吵不断。高三那一年，所有的事情都爆发了……

她深陷漩涡，精神和心理都受到了很大的冲击，一病不起。等她住院几天出来之后，父母二人的婚姻也彻底破裂，为了家产分配以及她去留的问题开始新一轮的针锋相对。

她就是那个时候被送上梵音寺的。

那是夏天刚刚开始的时候，树木葱郁繁茂。山林阳光充足，漫布着夏日竹林的淡香，满目绿意。

那时候去寺庙的后段路行车并不是很方便，快到山腰时就需要步行上山。

穿着黄色布衣的小师父早早等在那里，引着她一路而上。

那寺庙巍峨矗立，黄墙朱瓦，岩壁清辉。那扇大门敞开着，一介凉石门槛，隔开了两个世界。

因为是工作日，客堂并没有多少人。风从敞开的屋门院落里经过，留下一缕清风，在耳边回响。

客堂打扫得很干净，连摆放的东西也格外整洁，竹藤椅，木桌，房间里都是木质的清香。推开窗户，还能看见后山，那一片没有被开发，也鲜有人涉足，树林茂密。

听着寺庙里的木鱼声和梵音，听那山林风声清啸，还真有几分不知年月的糊涂。

而这些，都是随安然在遇见温景梵之前，对梵音寺唯一清晰的记忆。

梦中，那随行指引的小师父轻柔的声音渐渐模糊，那温暖的日光，淡香的竹林，古老的寺庙，都在瞬间被骤然压低的浮云吞没，渐渐地，消失在她的梦境里。

随安然心头却生出一丝怅然，好像寺庙里的梵音还在耳，那香烛的火光还在摇曳飘忽，却怎么也寻不到踪迹了。

等她醒来时，一睁眼看到的，就是车顶。她迷茫地看了半天，意识这才慢慢回笼，她微微坐起身来。

温景梵听见动静转头看过去，见她坐起来，提醒道 :“先解开安全带。”

随安然乖乖照做，一低头，看见身上正盖着他的大衣外套，她一动，那大衣也顺着滑了下来。

她抬手拉住衣服，还有些迷糊的意识已经开始恢复清醒：“谢谢……”

温景梵只看她一眼，没接话。

随安然解开安全带，把手里的大衣递还给他，目光落在他手里拿着的已经翻了大半的杂志时，迟钝了一会儿才想起去看时间。

她这一觉昏天暗地地睡了好几个小时，现在已经是一点钟了！

温景梵看着她的表情就知道她在想什么，淡定地看了眼时间，淡淡地吐出一句话来：“我饭还没吃。”

随安然：“……”

随安然开门，先一步踏进了玄关，一边换鞋一边从鞋柜里拿出那唯一一双男式拖鞋放在白色的羊毛毯上，这才抬眼看他：“那你先坐一会儿，我去洗把脸。”

温景梵“嗯”了一声，垂眸看了她一眼，五官清俊，一双眸子幽深如墨：“不用管我，你自己先忙。”

随安然嘴上随口应了，但心里想的却是：哪敢不管你……

她匆匆收拾了一下自己，想了想，还是回卧室去换一身方便舒适的家居服。这些以往做起来起码需要二十分钟的事情，短短十多分钟就被她收拾妥当。

等她出来时，就看见温景梵正站在沙发一侧，身子有些倦懒地坐在沙发扶手上，身体微微前倾，正专注地看着眼前透明鱼缸里吐着泡泡的几条金鱼。

“上次来的时候好像还没有？”他问道。

“嗯，就前段时间买的。”她边说着，边走到厨房，打开冰箱四处看了看，“下面可以吗？”

问出口之后，却迟迟没有听见回答。

随安然疑惑地等了一下，拎出食材往客厅走，等走到厨房和客厅的交界处时，看见眼前的一幕微微地愣住了。

他大概是真的没听见，此刻正拿着她放在一旁的鱼饲料，垂着眸子认真地在喂它们吃的。

饿了那么多天，见到有吃的，那几条金鱼争先恐后地吞食起来。

阳光正好从侧面落进来，渲染得他整个人都有些慵懒。

他不知道是想到了什么，轻轻笑了起来，手指落下去点了一下那条黑鱼的脑袋："吃慢点。"

语气温和，除了一丝不甚明显的笑意，还带着点宠溺。

做完这些，他才发现随安然正站在不远处，神色还有些迷茫复杂地看着他。他垂手放下手里的鱼饲料，问道："怎么了？"

随安然这才回过神，扬了扬手里的面："下面给你吃好不好？"

"这些你做主就好。"他的声音清润，还带着一丝未收回去的笑意，听得随安然耳根一烫，匆忙应了一声，转身走到他看不见的地方时，摸了摸胸口，深吸了一口气。

啧，他到底知不知道自己的声音有谋杀人耳朵的能力？

随安然平常都是一个人，加上工作忙，时间也不是很规律，存着的食材并不多。她四处看了看，微微有些头疼，只有一袋子鸡蛋，两个西红柿，两根火腿肠以及一小碗的虾仁。

她先磕了两个鸡蛋打散，又放油热了锅，想着这会儿他正坐在外面，心里便绮思不断……随安然怎么也没想过，有一天，他们之间是可以这么相处的。

像是朋友，可是总又差了一步。进不得，也退不得。

油温有些高，嗞嗞地响着，她回过神，轻捏了一下眉心，用刀锋抄起切好的西红柿，下了锅。

温景梵闻着香味走了过来，她正拿着锅铲翻炒着，见他进来，随手指了一下餐厅："你先坐一会儿，等会儿下了面就能吃了，最迟不超过十分钟。"

温景梵没动，微微倾了身子靠着门框就这么看着她："今天休息，那什么时候回去上班？"

"明天早上啊。"她"唔"了一声，加了点调味料，又翻炒了下，见差不多了这才盛了水，盖上锅盖煮开。

"星期天……"他顿了一下，似乎是在措辞，见她绾过垂下来的发丝至耳后，露出线条优美，白皙修长的脖颈时，眸色深了些许，再开口时，连声音都低沉了些，"闻歌约我星期天一起去爬山，你有没有空？"

随安然这才转过身来，抬起手指专注地数了数自己的班次。

"山顶是金光寺，那里的斋饭很有名，如果你去的话，我们那天就在山顶用餐。"对上她看过来的视线，温景梵笑了笑，语气认真，"闻歌需要散心，你需要缓解下压力。你是女孩子，再有事业心，都要注意劳逸结合。"

可是爬山……这么需要体力的事情，真的是劳逸结合吗？

她兀自在那里沉思，却见温景梵不知何时已经站直了身子朝她走过来，经过她身边时微微顿了一下。

随安然有些窘地看着他，不知道他要干什么。

温景梵只是往她身侧移了一步，走到了料理台前，揭开锅看了眼——水已经开了，正咕噜咕噜地翻着泡泡。

随安然"哎"了一声，正要去下面条，他已经先她一步把放在砧板上的面条下了锅，又慢条斯理地执起筷子搅拌了下，就在那热气氤氲里侧头看她："你还没回答我。"

他的眼神清亮，就这么看着她，让她生不出半点拒绝的意思来。她手指不自觉地搅了搅衣角，本来……也没打算拒绝啊。

"就我们三个？"

温景梵似乎是笑了一下，又看了她一眼："应该还有我大哥。"

随安然："……"他大哥不就是她老板吗？这爬山有大老板一起，还能愉快吗?

“那就这么定下了。”见她沉默，他索性拍板。

随安然郁闷了一下，这才发觉他温润如玉的表象下，原来还有这样一面。

温景梵起了锅，随安然原本打算接手，手刚伸出去，他就出声阻拦：“锅重，我来就好。”

不知道是那天下午的阳光太好，还是眼前这个人是她放在心里多年的人，这句话由他说出口，竟让她的心口都微微有些泛酸。

没有他的时候，所有的事情都是她一个人完成。锅重又如何？没有分担的人。

可他不过不经意的这么一句话，就这么勾起了她心底的柔软，化成了水，一丝丝地泛着涟漪，久久不能平息。

过了两天，又轮到安然值夜班。她刚上班没多久，就接了一位重要客户的入住，等安顿好了这位客人，又吩咐了领班一些注意事项后，才知道闻歌在大堂等了她一段时间。

她到楼下的时候，闻歌正坐在前台跟前台的张咪说笑，见她过来，这才起身，拎着给她带的一盒点心和奶茶，跟她上楼。

“怎么过来了？”

闻歌提了提手上拎着的东西：“给你送夜宵，凉了也能吃，你晚点肚子饿了就能填一填了。”

随安然挪了椅子让她坐下说话，见她神情没有半分委顿，抬手捏住她的下巴盯着她看了一会儿，这才松开。

闻歌摸了摸自己的小脸，装出一副羞涩的表情来，眨了几下眼：“爷这么看着奴家，可是看上奴家了？奴家可是不卖身的。”

随安然轻笑了一声，捏了一下她滑嫩的脸：“没事了？”

“哪有事啊？”闻歌坐正身体，噘着嘴有些不满，“现在知道关心我了，之前怎么电话都不来一个？”

随安然语气平淡地回答：“温景梵能来带走你，我还担心什么？”

闻歌立刻“啧啧”了两声：“看来你跟我景梵叔发展得还不错啊……这会儿就向着他说话了。”

随安然抬眸睨了她一眼，面上表情并无波澜：“温景梵既然答应了过来带你回去，定不会让你回去吃亏。再者，我一直都向着他说话，你又不是第一天知道了。”

闻歌顿时被噎得说不出话来……

良久，见她还是没有反应，闻歌挠了挠头发问道：“你星期天有没有空啊？”

随安然正专心地刷微博，闻言眼神一闪，突然笑了起来，这才正经地转身过去看着她：“想约我去爬山？”

闻歌又傻了：“你怎么知道的？！”

随安然故意卖了卖关子，这才说道：“因为温景梵……已经约我了啊。”

闻歌：“……”这世界变化得如此之快啊！

随安然这边，清脆的微博刷新提醒之后，她看到了时遇刚发的最新微博。

时遇：“前几天在朋友那里吃了便饭，梵希迎我回来时在我外套上蹭了好久，自打那天之后每次我开门进来，它都会先张望我身后……这是什么意思？”

随安然落在手机屏幕上的手指缓缓僵住——

前几天在朋友那里吃了便饭……这个朋友，说的是她？

星期日。

卧房里窗帘紧闭，帘幕重重，一丝曦光都未透出，漆黑安静。唯有闹钟秒针走过的“滴答”声清晰可闻。

和闹钟同时响起的，是摆在床头柜上的手机。

随安然迷迷糊糊地从被窝里伸出一只手来，摸索着拿到手机，按了接听键之后这才凑到耳边。

刚“喂”了一声，那端就响起闻歌欢快的声音：“安然啊，你起来了没有？”

“没……”

“我就不去你那里了，我跟小叔顺路去吃早餐。接你的任务已经交给我景梵叔了，他已经出发了，你快点迎驾。”

“……”原本还迷迷糊糊随时都能再睡过去的随安然彻底清醒了。

随安然翻身拥着被子坐起来，看了眼时间，估算了下时间，手忙脚乱地起来洗漱换衣。

温景梵到的时候，她刚整理好自己。

温景梵提着早餐站在门口，一抬眼看见她站在门内，神色还有几分惺忪。袖口翻折至手肘处，露出素白的手臂，正绾着墨黑的长发，见到他，这才松开手，长发一散而下，如上好的绸缎，盈盈落落。

她长得又好，五官精致秀美，有江南女孩子的水灵和温婉秀丽。一双眸子如点漆，漆黑如墨，一眨又泛着淡淡水光，明亮透彻。

他站在门口，看着她，只觉得清晨的空气都如同她此刻给人的感觉一样，清新淡雅。

随安然退后一步，对他扬起笑来，映着晨起第一抹曦光，点亮了整个房间。

“你来啦。”

| 第五章 |

冬日登高

A 市的初冬早晨，他背着光站在门口，肩上披着一层清晨刚起的寒冷薄雾，那空气似乎都凝结成了霜，清清冷冷。

温景梵低头看了她一眼，很自然地问道：“早饭吃了没有？”

“还没有……”

“正好我带了些来。”他把手里拿着的早餐纸袋递给她。

随安然顺手接过来，隔着纸袋子还能触碰到那温热，她低头看了眼，有些窘迫：“哎，还要麻烦你……”

“顺便而已。”他说着这句话，抬步往前迈了一步，微侧了一下身，反手关上门。

随着那声清脆的关门声，清晨略有些刺骨的寒冷空气立刻被隔绝在了门外。

随安然半蹲下身，从鞋柜里拿出鞋子放至他的脚边：“你等一下，我去把早餐盛到盘子里。”

“不知道你喜欢吃什么，就随便买了几种。”他含糊地应了一声，随着她走到餐厅。

随安然打开纸袋，把里面的早餐一一拿出来。

有两杯豆浆，温度有些偏烫。还有包在袋子里的几根油条，大约两笼的小笼包子，除了这些，还有两个茶叶蛋。

随安然拿了碟子出来，嗅着那香气，只觉得喉间有些发紧，馋得恨不得立刻开动："劳你费心了，这些我都很喜欢。"

"喜欢便好。"他抬眸看着她，面色淡淡的，只眼角眉梢才透出些柔和，看着却是如沐春风。

"觉得最近总是麻烦你……"随安然见他执起筷子吃了一口小笼包子，咬着吸管低声说道，"这人情都要还不了了。"

温景梵"唔"了一声，唇被小笼包子的油烫得嫣红，他折起纸巾擦了一下唇，这才不紧不慢地说道："你若看重那便是人情，人际来往，本就是算不清的。"

随安然又默默地咬了一下吸管，原来在他眼里……不过只是人际来往吗？

这么一想，原本的好心情立刻被郁闷取代。她心不在焉地啃完整根油条，又吃了几个小笼包，解决了一个茶叶蛋，还干掉了整杯热豆浆。

等她察觉到自己吃得太多了时，胃已经胀得有些难受，而餐桌上已经被扫荡空了……

她握着筷子呆呆地看着桌上的空碟子，再看看饶有兴味看着自己的温景梵，脸顿时烧了起来——她什么时候才能改改一发呆就头脑放空的坏习惯！

"看着有些瘦，原以为是饮食上吃得少，看来并不是这个原因。"温景梵似乎是笑了一下，一双眸子眼底浮着深邃的笑意，起身帮着她一起收拾整理，"时间差不多了，我们要出发了。不然中午要赶不上开饭了。"

随安然"哦"了一声，脸颊还是有些发烫，她低下头，乌黑的发丝顺着遮掩下来，掩去了她半张脸。

终是自在了些。

时间还有些早，路上行人并不多。路虎一路畅通无阻，运气好得一路上连盏红灯都没遇到。

温景梵在附近停车，停车位旁边是一棵年岁已久的大树，枝丫伸展着，虽然冬季落了树叶，单就着枝蔓也能看出夏日时的光景。

此刻阳光从它的枝丫间洒落，落在车身上，洒了一片金黄，细细碎碎。

温景梵正侧头看着后视镜倒车位，侧脸线条光洁，那只正握着方向盘的手微微一转，露出手腕上戴着的小叶紫檀珠，那阳光恰好折射在手链上晶亮的隔珠上，那蓝光透亮，就映在了车顶。

但只一瞬，他的手落下来时，那光也随之消散。

停好车，他和她并肩往不远处的山脚下走。隔着一条马路的山脚下设有 A 市的交警大队。正值周末，铁门紧闭，但这条马路上依然人来车往，络绎不绝。

温景梵显然也看到了标识，问道："驾龄几年了？"

"一年，常走的路也就是从家里到酒店，新手上路……"随安然回答。

他点了一下头，语气里隐有笑意："难怪。"

随安然："……"这是又记起那次去 4S 店，她倒车倒了半天没倒进去的事了？

但"难怪"这个词用得也太……看轻她了吧，随安然默默垂眼。

等走到山脚下时，还未见到闻歌和温少远，随安然刚想发个短信问问，温景梵的手机便响了起来。

他看了一眼，说道："是闻歌。"

随安然揣在口袋里正摸手机的手便缓缓挪了出来。

接通后，不知道闻歌说了些什么，温景梵面色始终平静，只一双眸子映着晨曦的光亮，卓然生辉。

简短的通话内，他只在挂断前轻哼出了一声"嗯"。挂断电话，他抬眼看向她，微抿了一下唇。

随安然被他看得发虚，见他不出声，便主动问道："闻歌是遇上什么状况了吗？”

“他们先上去了。”他偏头往山上看去，似笑非笑的，“让我们随意。”

让我们随意……

我们随意……

随意……

不知道是他的声音太好听，还是这句话颇具深意，随安然从山脚往上爬，这句话在脑子里回响了一路。

随安然以前有休假还会去健身房，后来时间越来越不规律，加上事情多，这个隔一日去一次的习惯被打破之后，她便再没有去过。

平日里还觉得自己精力旺盛，身体健康，但今天这么一爬山，她才恍然醒悟，自己虽然不算是扶风弱柳，但也没比这个好多少。

温景梵始终和她保持着两步的距离走在她身后，见她这会儿停下来，眼一眯，笑了起来：“再坚持一下，到前面的亭子里再休息。”

随安然循着他的视线看过去，脸都白了：“还有好远……”

“以前在梵音寺，我们一起上山，一路到山顶也没听你说过‘远’这个字。那座山还没有这么精致的石级，行走更不容易。”

因为是周末，上山下山的行人皆有。停在这必经之路休息，实在不妥。

温景梵见她是真的没力气了，抬手虚扶了她一把，抬头看了眼不远处的凉亭，语气里带上一丝诱哄：“这里离亭子不过一小段距离，我牵你。”

随安然被他那句“我牵你”给震得晃了一下神，看了眼他白皙修长的手，艰难地咽了下口水，无法拒绝：“我自己可以。”

温景梵挑了一下眉，笑了起来：“好。”

虽说是冬日，温度有些低，但一路爬上来，依然出了一身的汗。好在衣服穿得轻便舒适，此刻倒也不觉得黏腻。

随安然抬步往前走了一半，便有些迈不开步子。

耳边除了风声，便是自己一下重过一下的心跳声，她抿了抿发白的唇，深呼吸了一口气。就差一点点了……

她心理暗示了一遍自己，正要抬步一鼓作气。温景梵已经上前一步，微侧过身挡住了她："不急，先深呼吸几次。"

他声音轻缓，有安抚人心的魅力。随安然下意识就跟着他的话做了几次深呼吸，急促的呼吸渐渐缓下来。

他手指落在她的肩上轻轻一敲："呼吸不畅时不要勉强继续，时间还早，急什么？"

话落，他松开手，声音轻上几许，悠远宁静："爬山的时候身子微前倾走得省力些，这里不是在酒店，不需要你仪态大方端庄。"

随安然有些发窘地看着他，低声反驳："习惯了……"

温景梵低低地笑了一声，见她呼吸已经喘匀了，抬步先往上行了几级石级："走吧，到亭子里便歇一歇，后半截路平缓些，就不会这么吃力了。"

随安然抬头看上去，他身姿挺拔，一路走下来呼吸竟然一直平稳，闲适得哪像是在爬山，而像是在散步！

而温景梵，抬步上石级时，缓缓收紧自己的手指，低下头时，抿着唇角无声地笑了起来。

随安然虽年龄增长了五岁，到底还是有些孩子气。敛去那常规到恰到好处的笑容，这么真真切切的表情，才看得顺眼又舒心。

这一次是一步未停，直接到了亭子里。

长亭是山腰上唯一一处供人休憩之处，亭子里坐了不少人，三三两两的。长亭尽头的景致也好，举目远望，能把半个 A 市尽收眼底。

山脚下有一湖泊，在山下看时还未觉得有何不同之处，此刻站得高了，俯视而下，那湖泊竟呈一个心形。水是碧绿的，深得有些发蓝，就像是一块宝石。水面隐有一层薄雾，朦朦胧胧，阳光落下来，水面波光粼粼，流动的水便像是闪烁的星辰。

温景梵离开了一会儿，再回来时，手里握了两瓶水，拧开盖递给她：

“水和毛巾都放在闻歌那儿了。”

这句迟来半天的解释让随安然郁闷得不行。

亏她刚才上山的一路都想着“让我们随意”这句话，原来只是这个意思……

她低头喝着水，察觉到他的视线落在自己的身上，随安然紧张得不由自主地捏紧瓶身，喝得越发投入……

等她一口气喝掉了大半瓶，终于停下来喘口气了，温景梵这才问道：“要不要我再去买一瓶？”

随安然：“……”没法交流了。

在长亭里休息了片刻之后，随安然流失的体力这才慢慢地恢复。

后半截上山的路果然如他所说的，轻松了不少。路面平缓，石级虽没有下面的那么精致，但青石板铺就，一路绵延，竟生出些许沁骨缠绵之感。

“这里春日过来景色才好看。”温景梵依然走在她的身侧，不紧不慢始终和她保持着两步距离。

“你经常过来？”她问道。

“只来过几次而已，加上这一次正好四季都行了一遍，还是春日时景致最好。”他低头往石级下看了眼，“春天的时候，站在山顶往下看，会觉得整个世界都被你踩在脚下。”

说着，他低低地笑了一声，疾走了两步和她并肩而行：“山上的寺庙虽然不大，但也是A市中香火鼎盛的，加上斋饭出名，访客络绎不绝。你一次都未来过？”

“没有。”随安然抬手蹭了蹭自己的鼻梁，耷拉着嘴角，“一切要付诸体力的活动我都不怎么感兴趣……”

“那平常喜欢些什么？”

“听广播……”三个字刚说出口，随安然像是想起什么，侧头问他，“你不是说接了个配音……”

话还没说完，身后有人气喘吁吁又格外惊喜地叫了一声：“温景梵。”

随安然一抬眼正好对上温景梵若有所思的眼神，心里一凛，这才惊觉自己神经放松下差点儿把自己知道他另一个身份的事给抖搂出来了——这么一想，小心肝立刻抖得跟被狂风肆虐过一般。

身后那男人又叫了一遍他的名字，他依然没有要回头的打算，就这么低着头，静静地凝视着她：“配音什么？”

随安然低头咬着唇，眉头皱得紧紧的。正思忖着是坦白从宽好呢，还是抗拒从严……

就在此时，那叫住温景梵的男人已经几步跑了上来，见到温景梵身边还站着她时，微微愣了一下，随即便笑了起来：“难怪有些人约了你那么多次，你都推托说有约了……原来还真的有啊。”

温景梵拧开瓶盖喝了口水，这才漫不经心地说道：“现在知道了也不迟。”

那年轻男人大抵和他一样的年纪，关系也应是极好，闻言笑得越发畅快：“还不给我介绍下，这位是？”

“随安然，我朋友。”他侧身看了她一眼，语气轻了些许，“这位是陆熠方，有没有印象？”

随安然愣了一下，见对方灼灼地看过来，不好意思地摇头，只能用询问的眼神，格外诚挚地看着温景梵……这个人，她应该有印象？

温景梵似笑非笑地睨了她一眼：“是国内知名导演，我的合作方。”

后面那半句不知他是有意还是无意，说完也不解释，眼神却颇具深意地看着她。

随安然被他那似乎洞悉一切的眼神看得浑身发毛，连忙避开，朝陆熠方伸出手去：“你好，我是随安然。”

“你好。”陆熠方温和地笑了一下，抬手握了握她的手，这么一握不知道是想起了什么，眼神有些疑惑，“你的名字……我好像听谁提起过。”

说这话时，他试探性地看了眼温景梵，后者面无表情地看回来……

陆熠方轻咳了一声，很是自来熟地和随安然说道："别误会啊，这绝对不是搭讪，我是真的觉得你特别熟悉……你能再跟我多说几句话吗？"

"啊？"随安然错愕，但见陆熠方的神情认真，不免又笑了起来，"我的声音让你觉得熟悉？"

"不只是声音。"陆熠方皱了皱眉头，又看了眼面色平静、丝毫看不出端倪的温景梵，"你的声音挺好听的，跟时遇是二次元认识的？有没有作品？"

随安然被他一迭声的问题问得有些发蒙，而且刚才她还露出马脚，让温景梵察觉自己也许是知道他另一个身份的，现在当面否认的话，会不会很不好？

她正犹豫着怎么回答，温景梵已经替她解了围："她不是这个圈子里的。"

"可声音好听又熟悉啊……"陆熠方喃喃嘀咕了一句，但见温景梵不想深谈的模样，立刻识趣地把后面的话给咽了回去。

等到山上寺庙时，正好赶上了饭点。

闻歌已经等候多时，几个人一起用过斋饭后，就在寺庙内随意活动。

深重的大门之后，便是一座小型的白石宝塔，以它为中心，下面是一池四方泉，泉水碧绿。

从白石桥上走过去，能看清水底下还在悠然游动的锦鲤。

走过这白石桥之后便是大殿，殿内是一尊金身佛像，盘膝坐于莲花之上，手指微曲，大拇指和中指拈成诀，神色安然平和，透着一股我佛慈悲之态。

两侧是层层叠叠的经幡，案台上供着香烛，香灰有些许落出来，桌面上更是有刚凝结的烛泪。

左侧摆着一个案台，上面放了竹签和解签册，闻歌兴致勃勃地去求签，回来时脸都皱成了包子，闷闷不乐地跪坐在佛像前的跪垫上。

随安然绕了大殿一圈，回来正好看见她这般样子，不由得发笑，边拉她起来边问：“怎么了这是？可是抽到下下签了？”

“我在你眼里就是这种人品嘛……”闻歌噘着嘴有些不高兴，半抱住她蹭了蹭，脸上神情却黯淡了几分，“不提这堵心事了。景梵叔说了，这种事信好不信坏，总之就是看你信不信。”

随安然屈指弹了一下她的额头：“陪我去后堂转转？”

“好啊，景梵叔也在后堂呢。”

后堂有一部分是僧侣居住的地方，因此是半开放状态。

此刻午后闲暇，阳光正暖。随安然拾级而上，从青石板上缓缓走过，沿着小路直走，经过一处板桥，便看见了金光寺的后堂。

眼前这座建筑堪堪三层，雕梁画栋，古色古香。大门正敞开着，温景梵和温少远就站在殿内，不知道在说些什么，表情有些许严肃，眉间蕴沉。看见两个人过来，这才抬步迈过高高的门槛走了出来。

温景梵手里还捏着他经常佩戴的小叶紫檀珠，手指微动，那念珠一粒粒从指尖而过，像是有不解的愁绪，可从大殿内迈出来之后，依然还是清隽的模样，眉宇之间已无半分忧愁。

闻歌惦记着竹签的事，非拉了温少远一同过去，“没人性”地把随安然推给了温景梵，美其名曰：“景梵叔你对这里熟悉，多带着安然走走。她这种不爱出门的人，下次想来一趟金光寺估计也只能在山脚下瞻仰瞻仰佛光了。”

随安然被她说得脸都黑了，刚想反驳，温景梵倒笑着应了下来：“说得也是。”

随安然：“……”

闻歌“嘿嘿”笑了几声，促狭地朝随安然挤了挤眼，就跟一阵风一样，去追温少远了。

后堂不远处还有一方泉水，他来过这里多次，轻车熟路地带她过去。泉水从亭下而过，亭子应该是新建不久，红漆色泽鲜艳，上方顶上的绘画更是栩栩如生。

这里大概是供香客休憩赏玩的地方，景色虽算不上绝妙，却精巧细致。

此处无人，寂静无声。风吹动的声响都清晰得似有回音，低低的，沙沙的。

他在前引路，随安然就跟在他的身后，不远不近始终隔着几步的距离。

对于温景梵，随安然是想亲近的，可这种亲近也带了些许彷徨不安。这种肉眼可见的彼此间的距离有些难以跨越，不单是物质方面，也有交友圈子、家庭状况等各种现实的问题。

两个人现在的关系虽然已经定位成了朋友，可因为她心里藏着小心事，对待他时，便做不到心无旁骛。

因此，此刻单独相处，她已经紧张得手心发汗。目光直直地落在脚下的长廊上，并未发现他已经停了下来等她跟上来。

“第一次见你，是在客堂院子里，伏桌抄写经书。”他突然看着她开口道，“后来我再回去梵音寺，看见过你抄的经书，就供在佛像前的案台上。”

随安然挠了挠头，有些不好意思：“其实那个时候还不是很爱学习，学习成绩也就中上游，佛经里好多字我都不认识……所以才写得一板一眼的。”

温景梵大概是没料到她回答得这么实诚，愣了一下，便低声笑了起来。声音压得低了，那嗓音便带了一丝沙哑，沉沉的，让随安然都能察觉到自己的胸腔也在同他一起震鸣。

“是吗？”他低声反问，笑容越发愉悦，“难怪有好多生僻的字都写错了。”

“……这你都看见了吗？”随安然更窘了。

“没仔细看。”他顿了顿，笑意更浓，“只是翻了几页都正好看见……”

错得有这么明显吗？

随安然正出神，并未仔细看前面的路，只觉得走着走着正好踢到了什么，脚尖一痛，那痛感就跟针扎一般，细细密密。

她还没品出滋味来，已经绊到什么，身子重心立刻失衡，往前扑去——

“小心。”不过一瞬，他已经比她先反应过来，伸出一只手稳稳地扶住她。

他的手指有些凉，握在她温热的手腕上，凉意侵袭，她还未从这场“事故”里反应过来，先感知到的，却是他手指的温度。

“不看路的吗？”他语气微沉，握住她手腕的手一收，拉起她。

随安然红着脸不敢看他，想道谢，动了动嘴皮子，却怎么也张不开口。她明明是想给他留下好印象，但今天一整天都出着各种各样的问题。

这么想着，她抬手捂住脸，暗叹了一声："没脸见人了。”

话音落下良久，也未听他发表任何意见。随安然心下忐忑又尴尬，想了想，分开了指缝去看他。

刚露出眼睛，就和他的视线对了个正着，黑白分明，透彻明亮的眼睛里满满的都是暖暖的笑意。

随安然原本就微微泛红的耳根子瞬间滚烫——

真的是分分钟爆血管的节奏啊!

幸好，他并未再提这些，一整个下午就和她坐在亭子里，聊着佛经，聊着手串，聊着闻歌，聊着彼此的工作。

他没问起梵音寺，没问起离开梵音寺后她的生活，没问起她早上不经意脱口而出的配音的事情，也没问起任何会让她觉得尴尬的话题。

两个人反而就像是久别重逢的好友，不知不觉就拉近了彼此的距离。

可事实……也的确是久别重逢。

随安然跟着他下山的时候，还迷迷糊糊地想，不愧是自己喜欢的人，真的是温润到每个细节都让她怦然心动。

下山的路轻松了不少，又有闻歌在旁边叽叽喳喳快乐得像只小鸟。随安然直到下了山，恍然回头看远远矗立在山顶的金光寺时还有些缓不过神来。

她早上爬得半条命都没了，结果就这么下山了?

此刻站在山脚下准备返程了，再回忆早上那几乎咬牙切齿的疲累无力感时，却是一点儿都回忆不起来了。

温景梵公司临时有事，下山之后便一个人先行离开。

随安然自然和闻歌一起搭温少远的便车。车开上高架的时候，她从窗口看出去，远处大海苍凉，波涛汹涌，那海水翻涌着，行船随之波荡起伏。

她的心里一下子就宁静了下来，纠结良久，还是拿出手机给温景梵发了个信息。

“时遇大大，其实我是你的听众，很喜欢你的声音。不告知是避免你误会，我知道你并不喜欢二次元和三次元相互牵扯……而且，我也没有勾搭的意思。苍天为鉴！”

编辑完短信，她又反复斟酌，确认没有问题后，落下自己的署名，狠了一狠心，发了过去。

闻歌转头看见随安然浑身紧绷如临大敌的样子，好奇地抬手戳了戳：“怎么了？表情这么壮烈。”

随安然默默地收回手机，轻声道：“没什么，就是在争取坦白从宽……”

“啊？”闻歌糊涂了。

温少远透过后视镜看了随安然一眼，微勾起唇角，笑得意味深长。

温景梵刚驱车到公司楼下，车刚停稳，手机就嗡鸣着振动了起来。他看了一眼，目光触及发件人上时，微微顿了一下，抬手拿起手机。

刚划开锁屏，车窗就被人不轻不重地敲了几下。

他皱眉看去，外面那张脸凑得离车窗很近很近，手搭在脸侧正费力地张望着，见他看过来，咧嘴笑了笑又敲了敲车窗：“温总温总……”

温景梵收起手机下车，随他一路往电梯走：“怎么样，查出来是谁了吗？”

“没有。”助理脸色僵了僵，叹了一口气，“这事做得干净又漂亮，一点儿蛛丝马迹也没有。但我有几个怀疑的对象……”

“如果只是主观臆断的怀疑就不用告诉我了。”温景梵打断他，侧头看了他一眼，语气凉薄，“这种信任本就单薄，只是自我感觉就怀疑否定，不只会让无辜的人伤心，也会影响判断。并且，信任这种东西难得，一旦摧毁，想再建立起来难如登天。”

他话音一落，助理半天没说话。

他按下电梯键，边等电梯边拿出手机，还不忘问他的助理：“是觉得我说得不对，还是觉得我这种想法太过……”

“温总说得很对，你一开始就让我找证据，别轻易怀疑任何人，是我过失了。”

“是正常人的反应，出了这种事情都会有这样的本能。公司刚迁过来，人事调动大，新鲜血液注入多，难免会出现这种情况。”他顿了顿，抬起眼来看了眼身旁的助理，“排异反应大家都有，但是身为管理层必须一视同仁，不然很容易有失偏颇。”

助理抿了一下唇，笑了起来：“好，我知道了，这件事我会按照您的意思交代下去的。”

温景梵点了下头，和助理并肩走进电梯里。

“温总，我们现在先去哪里？”

“先去监控室。”他回答。

助理还想说些什么，按完楼层回头去看他时，见他正专注地看手机，索性作罢。

未读的短信有些多，他清理了几条之后，手指移上去，触到“随安然”的名字上轻轻一点。

这还是她第一次给自己发信息，而且……

温景梵轻微地蹙了蹙眉，看完短信内容之后，似乎是微微怔了一下，随即唇角便不由自主地勾起，溢出个浅浅的笑来。

那笑声毫不收敛，声音沉沉的，就像是大提琴的低鸣，那种音质低调华丽，却又因为压得低，隐约便带了一丝魅惑。

助理听得耳朵发软，心尖如有蚂蚁啃噬，酸酸的，好听得牙根都有些发痒……

他状似若无其事地透过电梯金属镜面悄悄看过去一眼——

温景梵正好站在电梯明亮的灯光下，虽然低着头看不清神情，只那上扬的唇角还是毫不掩饰他此刻的愉悦心情。

助理默默地收回目光，有些不解……现在还能有什么事情可以让温总高兴得笑出来？

温景梵目光深深地看了那条短信良久，那笑容敛去之后又是轻轻地皱起了眉头。电梯的灯光明亮，映在他微抬起的脸上，光影之间，他那清俊的脸缓缓归于淡然。

拥抱着回忆的并不止她一个人，温景梵亦是。

他的回忆里也有那么一个明明本该是匆匆过客的人，却长久驻留。

他想起前不久在盛远酒店看见她时的样子，她娉婷地立在酒店明亮的水晶灯下，身量笔直，一双眼睛漆黑透亮，就站在他的几步之外静静地凝视着他。

大概她自己也不知道，那时候的表情，并算不上多自然，唇角微微抿着，绷直成了一条线。

与五年前相比，她的模样倒没有多大变化，只是清瘦了很多，也长高了些许，五官长开后精致了不少，是一种直击人心却又没有攻击力的美丽。

原以为是好久不见，可今日看来，他的某些猜测还真的渐渐清晰地浮出了水面。

随安然回到家之后，先去洗了个澡，洗完澡又简单地下了锅速冻的饺子当晚餐吃。

做这些期间，她始终把手机放在最显眼的地方，并且以防万一……她不只开了振动，还把铃声音量调到最高。

但直到她慢条斯理地填饱了肚子，又收拾了厨房，依然还没有收到他的短信。

这难道是绝交的节奏?

不应该啊，温景梵绝对不是这么小气的人啊……顶多气得说一句："你这个卑鄙小人，你瞒我瞒得好辛苦啊！"

就上面这种可能性也除非是火星撞地球、世界末日，才有一丁点儿的可能性。他那样温润的人，即使是有些不高兴，也会很得体地说上一句："荣幸之至。"

这么想着她自己便乐不可支地在沙发里打滚，一个回神看见沙发旁的金鱼，爬起来跪坐在沙发扶手上认真地喂饲料。

手机便是这个时候铃声大作，在寂静的房间里显得尤为突兀。

随安然吓得手一抖，手里的饲料撒了大半包。她顾不得先去处理鱼饲料，匆匆忙忙跳下沙发，几个箭步就冲到餐厅拿放置在桌上的手机。

但等看到来电显示是闻歌时，顿时失望透顶……

以至于接起电话后，声音都懒洋洋的。

闻歌正盘膝坐在沙发上啃苹果，她原本是打探到了有关温景梵的最新"敌情"第一时间来告诉随安然的，一听她的声音立刻就抛到了九霄云外。

"你生病啦？怎么没精打采的？"

"没，在等电话等信息……结果手机是响了，却是你打的。"这失望之情，溢于言表啊。

闻歌顿时脸黑了："我去，随安然你现在可真的是倍儿过分！快说，等谁的电话呢！不是我景梵叔的吧……"

随安然刚想说"是"，还没开口，闻歌已经一连串地问开了："我说啊，你跟我景梵叔怎么回事啊？感觉你们之间有戏啊……快点给我转播下进展到哪一步了。"

随安然那句"是"立刻就咽了回去——要是现在真的承认了，指不定她下一刻是不是要杀到她家来直接听直播了……

挂断电话之后，她也没了半分期待他回复的心思，把手机放在桌几上，捧着鱼缸去换水。

前几日随安然下班时，经过小区门口的时候就看见一个年过半百，颇有些沧桑的妇人推着车在卖盆栽、金鱼、乌龟、仓鼠，以及小兔子。

她的车原本已经驶过去了，可在后视镜上多看了几眼，便想起了远在L市的随母，心里酸涩得有些难受，停了车又折了回来。

她抱了好几株容易养活的仙人球，以及十条金鱼……

她并不是个有耐心的人，加上工作原因，能提供的爱心实在有限，只能挑自己力所能及的养活。正好家里有个鱼缸，就挑了十条鱼带了回去。

到如今，已经只剩下七条了……

换了水，她捧着鱼缸往回走，重新倒了一些饲料进去。

与此同时，短信的嗡鸣声响起，她低头看去，温景梵的名字赫然跃上了屏幕——

温景梵的短信很简洁：“我猜到了。”

随安然看着那几个字，笑了起来。突然就想起了他们两个人的初遇。

初遇其实是这样的。

梵音寺。

梵音寺坐落在山间，上山的小道略有些陡峭，青石板铺就，一路蜿蜒直抵山腰。绿树掩映间，能朦朦胧胧看见巍峨矗立的寺庙。

明黄色的墙，朱红的瓦面，山间笼着一层烟雾，如独立一景，出尘似世外之物。

诵经的声音伴着塔上古老的晨暮钟悠然传递开，随安然就在这钟声里醒来，拉开窗帘往外一看，天色已经亮了大半。

梵音寺流传了百年，香火鼎盛，从未有过衰败，是礼佛静心的好去处。

随安然已经来了好几天了，晨起吃过斋饭跟着大师拜佛诵经，下午便在屋里抄写佛经，处之安然。

前几天她还叛逆尖锐如同受伤的刺猬，竖起了所有的针刺迎向自己的家人。可来了这里几天之后，这样并不怎么好的记忆就已经模糊得像是很久很久以前的事。

刚开始抄佛经的时候，她整晚做噩梦，在梦里时，所有的感官都清晰得如同她正清醒着，正在亲身经历，可转眼被吓醒后，又浑然记不起半分。

她胆子并不大，这么被吓了两天，便换了住房。

那日和大师一起静坐半个小时听他诵佛礼经，这才把困惑自己几天的这件事说了出来。

“怕是应当的，倒不用觉得难以启齿。并非是你不能再抄佛经，做噩梦不过是化解了你的恶业。三日之期，今日，也该是尘净运来之时了。”

尘净运来……

那时候的随安然参透不了其中的意思。她正在经历着她人生前所未有过的噩梦，怎么可能会是尘净运来的时候？

午后她收拾了桌案继续抄佛经，在来梵音寺之前，她并没有什么强烈的信仰。就连抄佛经也不过是为了静下心来，可今日看着那些奇奇怪怪的字，却生出种比之以往更平和的感觉来。

屋内有些闷热，她索性就搬到了屋外的石台上。绿树成荫，石桌掩在其下透着丝丝的凉意。

她握着钢笔，一字一字写得格外认真。

院外响起脚步声，她都没有受到惊扰。

是名香客，和大师一起拾级而上，正轻声说着些什么。走得近了，随安然才听到他的声音，很温润的音质，因为压得低，醇醇的，格外有磁性。

她闻声看去，正好对上来人的眼睛。墨黑的，如一潭冷泉，清透，更清冽。

“天色有些不好，估计是要下雨，你还是早些进屋吧。”大师温和地对她笑了笑，抬手引着那少年往侧门而去，“施主，这边请。”

温景梵略一点头，视线却还是落在她的身上。

她乌黑的眼睛正一眨也不眨地看着他，五官精致，面容清冷，握着钢笔的手纤细又白皙，另一只手按住的白纸上是一整排娟秀工整的字迹。

过目之间，她已经转过头，继续抄写着她的佛经，安安静静的。

过了没多久，天色果然沉了，风声猎猎，天边隐有一道闪电蓦然闪过。她收拾了东西回屋，刚走到屋前，对门却“吱呀”一声打开，她抬头看去，正是刚才有过一面之缘的少年。

那少年似乎是正准备出门，见她握着门把，微一顿，客气地一点头，就和她擦肩而过。

大抵大部分的初遇都是如此，不过是在相同的一个时间，遇见了一个在相同地点的人，并无太多惊艳，也无太多牵挂。

只是恰恰好，我在这里，你也在这里，而你打开门，却正好看见了我。

但随安然自己也未想过，这只是初遇的开始……

随安然窝在沙发上，身上盖了件薄毯，握着手机反复地看着那简短的短信，迷迷糊糊地就睡了过去。隔日再醒来时，还一时有些迷茫。

待发现自己居然就在沙发上睡着后，随安然惊得直接从上面滚了下来。摔下来的瞬间，她觉得身体都不是自己的了。

突然爬山运动了一回，随安然的肢体关节都跟被人打断重接了一般，每动一下都疼得她牙根发紧发酸。

可惜，班还是要上的，假也不是她现在想请就能请的。

周小燕今天销假回来上班，见她一整天脸色都不好看，也难得识趣地不来骚扰她，让随安然成功地当了一天的木头人。

伴随着全身关节酸痛而来的，还有睡了一晚沙发得的感冒……

这次感冒来势汹汹，势不可当。

下了班后，她早早就回了家。简单地下了一碗面解决温饱后，吃了感冒药，就窝在沙发上看电视。

她看了没片刻就昏昏欲睡，洗过澡，关了电视就去睡觉。可是等做完这些，却半点睡意也没有了。

在床上来回滚了两圈之后，她终于认命地坐起来刷微博。

那晚时遇说过会常常来微博逛逛之后，发微博的频率就比之前勤快了许多。

他的微博依然言简意赅，提起最多的便是他养的那只猫——梵希。

又或者只是简单的音频，里面也许只有“早安”“午安”晚安”的问候，但只要是音频，转载数量都格外疯狂。

随安然这会儿默默地重温他的声音，血槽持续掉血中……

听了一会儿，不知道是睡意已经过去了便不再觉得困，还是他的声音只有提神效果没有安眠作用，随安然在本该入睡的时间，精力充沛地捧着茶杯不停地喝热水。

水喝太多的结果就是往厕所跑，等随安然行动困难地再回到温暖的大床后，她点开微博页面，快速地发了一条微博。

随遇而安：受美色所迷惑，周末和男神一起度过……美是美了，但后果也有些吃不消啊。突然运动之后，浑身酸痛，加上又感冒了，现在喘个气都觉得是种罪过。果然，男神的约不是那么好赴的，美人之福……也不是那么好消受的。

微博发完没多久，就听见“叮”一声脆响。

随安然赶紧刷新了去看——是一条微博官微发来的私信。她默默地关掉，刚删完，又是“叮”的一声提示声。

随安然往下一看——顿时石化了。

时遇：“如果不是肌肉拉伤的话，应该就是突然运动，导致体内产生了乳酸。你可以选择泡个热水澡缓解下肌肉酸疼，出浴后先做静态拉伸动作，再结合运动，慢跑二十分钟。”

随安然还没消化完他发过来的这段私信消息，又是“叮”一声脆响——

他补充了一句：“如果不爱运动……还有种按摩的方法可以缓解。”

随安然捧着手机，呆愣了半晌，这才猛然回过神来，巨大的惊喜瞬间充盈了她的整个胸腔。她几乎忘记了自己此刻行动受制，非常不便做了一个高难度的动作。

她直接从床上翻身坐起，欢呼声还未出口，就已变成了痛苦的呻吟声……

那种浑身各处的疼痛都在抗议，随安然只觉得胸腔里满满的幸福感瞬间被这种戳心窝子的刺骨之痛磨掉了大半。

啧，可真够疼的。

这种惊喜持续了几分钟之后立刻被她自己泼了一盆冷水——难道温景梵已经神通广大到连她的微博号都一手掌握了？

这么想着，她立刻恢复镇定，措辞了一会儿，回道：“刚收到大人的私信，还以为自己眼花了……忙着欢呼雀跃，忘记自己身体正疼着。猛地坐起来后……花了半天说服它们安静下来，所以这才给大人回复。竟然收到了大人的私信，我现在的感觉有些难以形容。”

那端安静了片刻后，又是“叮”一声提示。

时遇：“嗯。”

随安然看着那个“嗯”字，默默纠结了。

这么清冷的一个字，是让她回得冷静点，还是热烈点啊？

良久，她才快速戳着键盘回道：“大人你居然关注我了吗？”不然怎么会她发了微博没多久，他就来了私信呢？

可要是他的确关注了“随遇而安”这个微博号，没理由她会不知道啊！

这次快了很多，时遇：“不知道什么时候你在我的悄悄关注里。”

随安然捂了一下胸口，觉得鼻头热热的……似有什么正挣扎着要破涌而出。

居然……在……悄悄关注……里……

随安然刚满血的血槽，瞬间空了。

这强大的幸福感，怎么破……

所以，温景梵并不知道这个微博是她喽？不过她居然能跑到他的悄悄关注里，感觉有些微妙啊。

随安然这边正出神，他已经又发了一条私信过来："我正好有个朋友周末和我一起去爬山，我想她应该也遇上这种情况了，正好有个堂弟是医生，就顺便问了问……"

随安然的幸福感僵了那么一小下……这个朋友，说的应该是她没错了。

生怕自己露馅，破坏这难得的二次元上的亲近，随安然没敢多说什么，敲了一个笑脸的表情后，回答："非常非常感谢大人！"

等了片刻，时遇的微博再没有消息发来。

随安然把手机往枕头底下一塞，拿被子捂着脸深深地喘了口气，还是笑出声来。

怎么办？好幸福，这强烈的幸福感……

真的是太幸福！

她这边正自我陶醉，手机嗡鸣声响起，她从枕头底下摸出手机一看，是温景梵发来的信息。

不出意外的，是和刚才那段文字差不多的内容，却多了更具体的解释和做法步骤。

随安然看着短信良久，捂着有些发热的鼻尖，只觉得今晚这么多的惊喜和意外，让她握住手机的手都不自觉地发抖。

好像突然有些理解中彩票的那种心情了——

她深呼吸了几口气，强制镇定下来。等理智回笼，准备回复的时候，突然意识到一件事……精分这项技能对于她来说，还是有些困难的。

| 第六章 |

夏日少年

A 市的冬日越来越寒冷，天色亮起得晚，晨起霜雾浓重，晨光熹微。

随安然这几日因为感冒，睡眠都不怎么好，通常都是前半夜因为吃了感冒药的作用，睡得格外沉，但后半夜又因为口渴或者心肺有些热会自然转醒，再想睡下便很困难。

她拥着被子坐起身来，抬手按掉闹铃，就在这将明未明的天色里坐了良久，这才发现外面似乎是在下雨，有清脆的水声在寂静的时间里晕开。

她倦懒地不想下床，摸了放在床头的手机打开刷微博。

“随遇而安”这个号关注的人并不多，这种凌晨时分，正是酣甜好梦的时分，自然没有人会像她一样睡不着到需要刷微博解闷。

所有微博的更新时间都显示在凌晨两点之前，她只翻了一页，就已经翻到了之前看过的微博。

她顿了一下，从关注页面进去，去时遇的微博看了一圈。

微博的更新时间依然停留在几日之前，就那日他给她发过一条微博私信，此后微博上一直再未有消息。

随安然偶尔登录微博去看他的状态，也一直都是离线。

只前天，短信里进过一条他转发的冷空气来临的天气预报短信。但在她回了“谢谢”之后，再没有只言片语……

她这才想——没准他只是群发而已。

外面淅沥的雨声若有若无，她就这么无聊地拥着被子听了片刻，抬手，发了一条微博。

随遇而安：外面是下雨了吗？好像听见了雨声。

她发完又觉得自己无聊，丢开手机闷进被窝里。

所以当随安然听见那熟悉的“叮——”声响起时，浑身都抖了一下。

她把手机摸回被窝里，消息那一页的评论那一栏果然显示了“1”。

随安然这个时候才察觉出自己的兴奋，隐隐的期待着评论的那个人……会是他。可转念一想，又觉得自己这种想法很病态。

但到底还是点开了。

时遇：下了。

仅仅不过是两个字而已，可前面冠上了他的名字，一切便都变得有些不同。

随安然呼吸微紧，觉得喉咙有些发痒，轻咳了几声这才觉得舒服了些，马上回复评论：“大人是睡不着？还是睡醒了……或者只是起夜？”

“处理公事，加上今天，已经两天没睡了。”

两天没睡了？

那是公司很忙？难怪没空上微博。

随安然斟酌了片刻，这才回道：“大人，再忙也要注意休息啊。”

发完，她这才注意到他的状态，一直都是“离线”状态，所以并非一直不在，而是有时候在的时候也保持着隐身状态？

不过这一次，好像是真的不在了。

这条评论发出去很久，都没有再收到回复。

随安然在这算不上漫长的等待时间里，却慢慢地涌起睡意，不知不觉就睡了过去。

不知道是不是浅睡眠都是这样，脑海里思绪纷杂，很清晰，但也不受控制。

她年幼时有的零散记忆，记忆里有妈妈软糯恬淡的声音，也有爸爸开怀大笑的声音，她的童年温暖也湿润，带着江南水乡的温柔，似水般漾开。

后来，她渐渐成长，那温暖的记忆突然被父母的争吵声撕裂。

她的眼皮抖了两下，挣扎着想要醒来，但终是抵不过那倦意，怎么都无法睁开眼睛。

那是她最黑暗的时期，她的学习成绩不稳定，一直在下滑。因为那时候和班里的同学江莫承走得近，被班主任诬赖为早恋。也是因为这件事，父母始终隐忍的表象终于被撕破，而她那一直平和温暖的生活也随即落幕。

无休止的争吵，无休止的针锋相对，无休止的互相伤害。

大抵没有经历过是不会明白那种绝望到极致的感觉，你以为会一直天荒地老的爱情就那样在你眼前破碎，恩爱的两个人如同仇人一般互相攻击。

她在学校里受人指点，回到家面对的亦是一片狼藉。甚至于，她作为这两个人唯一的联系，必须要去调和开解。

她一点儿都不开心，没有谁会希望自己的家庭破裂，可是那样永无休止的争吵里，她终是忍不住摔了一地的东西，冷着脸对爸爸说："你们，离婚。"

她已经好久没有想起以前的事情了，可如今在梦里回忆了一遍，依然觉得痛彻心扉。

这么激烈的回忆却在回放到那个意外出现的少年时，瞬间又温柔了下来。

那一场相遇，真的温柔了随安然这一生的记忆。

古老的寺庙，清润的梵音，清俊的少年，拾级而上……

他侧头看过来，那眼底漆黑的亮光，唇边还未收去的笑容，都鲜明得似一幅水墨画，而他就自那画中，款款而来。

惊艳时光。

拜良好的生物钟所赐，虽然随安然又睡了一次回笼觉，但到了平日里起床的时间时，她还是准时地醒了过来。

她左手正紧紧地握着手机，右手扯着被角，还是睡着之前的姿势，不过，脸上却有一种紧绷感。

她抬手一摸，才发现自己真的哭了，泪迹干了，泪痕犹在，加上暖气实在充足干燥，脸上绷得难受。

做个梦都能哭成这样……

等终于缓过来，她这才看向手机——依然没有任何消息。

不知道是不是做梦的原因，她一早上都提不起精神来，连下达指令都因为心不在焉弄错了一回。

这种情况一直持续到中午吃过饭，她倒了热水，吃了药，刚准备坐下休息片刻，就接到前台电话。

“随经理，温景梵先生提前预订了五间双人客房，下午三点过来，办理入住。”

“五间？说了有什么要求吗？”她微微蹙眉。

“啊，有的。”张咪顿了一下，开口道，“这五间需要都在同一个楼层，并且五间要连在一起，相对也可以。温先生交代，他是工作所需。”

工作所需……

随安然想起今天早上和时遇微博互动的时候，他说的那句“处理公事，加上今天，已经两天没睡了”，蓦然就泛起淡淡的心疼来。

虽不知道具体的原因，但仅就这些有限的信息连在一起，她也直觉他是遇上了麻烦。

张咪等了片刻没等到她回答，不由得出声提醒道：“随经理，你看？”

随安然深呼吸了一口气，平复了一下自己的情绪：“暂时定六楼的五个相连房间，等下午三点温先生来了我亲自带他去看房间。”

“嗯，好。”张咪应下之后，犹豫了一下才说道，“那个随经理啊，温先生打到前台的第一句话……问的是，今天是不是你值班。”

随安然一怔，眨眼看向窗外连绵无尽的雨帘，心口微烫。

三点。

就在前台，北京时间的那盏挂钟，分针恰好走到十二的时候，酒店大门口也随之缓缓停下一辆黑色的保姆车。

车门打开，陆陆续续下来了几个带着简单行李的年轻人。

随安然抬起头看过去——

车内正有一个人迈步到了车门口，大抵是转身在交代些什么，微微侧着身，从随安然的角度看下去，只能看见他小半截的西装裤腿。

她隐约察觉到什么，从前台迈出来，缓步走过去，等她走到距离酒店自动门旁不远处时，那个人也终于抬步下车。

温景梵面容清冷，脸上并无一丝笑容。在八个年轻男女之间，他的个子最高，身材修长，连容貌长相亦是最出色的那一个。

他穿着一套黑色正装，外面仅仅披着一件长款的毛呢风衣，衣领被妥帖地熨好，服帖地衬着。

他正弯了左手弄袖口，右手手指修长，搭在露出一小截白色衬衫的袖腕上，更显白皙。此刻他微垂了眸子，神情专注认真。

这种随性清冷的性子，倒是一如既往。

随安然笑了笑，但到底没敢笑得太明目张胆。

大抵是察觉到了她的注视，他整理好袖口的下一瞬就抬眸看了过来。这一眼，眼睛漆黑澄澈，光华流转间，越发显得他五官清俊精致。

只是他看起来心情不好，面上蒙上了一层冷霜，加上他今日这一身颜色都深到极致，竟浑身都散发着生人勿进的冷冽气势。

随安然站着的位置很巧妙，正好有一落地的青花瓷大花瓶掩住她的身体。她打量得肆无忌惮，但外面站着的人，却是一无所知。

温景梵显然也是没发现什么，很快移开视线。

那辆黑色的保姆车在所有人员下车之后便缓缓开走，他回身看了眼，因为背对着随安然，加之又隔着一扇自动门，并不知道他在做些什么，但就凭着对面站着的八位年轻男女一致点头，神色认真的模样，也能猜测他此刻应该正严厉地交代些什么。

随安然审视了自己一眼，这才抬步迈过去等待。

本以为他会耽搁一会儿，不料只片刻，他就已经转过身来，抬眸看见她时，神色并不意外。

随安然想起张咪挂断电话之前犹豫着说出口的那句话……此刻又看着他近在眼前，面色清俊，俊秀清冷的样子，刚平复下去的心跳又有脱缰之势。

等她再抬眼看去时，温景梵已经站在正往两侧自动退开的自动门前，就这么看着她，眼底笑意细碎，却格外清晰明显。

走得近了，随安然才发现他神色间分明已经有了倦色。

她上前，神色自若地伸出手去："温先生您好，很高兴为您服务。"

温景梵的脚步却是一顿，微微侧头认真地打量了她一眼，目光落下去，看到她伸出来的手时，顿了一下，这才缓缓握住。

这一触手之间，便冷得随安然一个寒战——他手上温度寒凉，和她的温热一接触，便如同是冰与火的交会。

随安然诧异地看了他一眼。

温景梵却似没有接收到她这个疑惑的眼神，只礼貌地握了一下她的指尖，很快就松开，但那双眼睛，却是目光清亮地凝视着她。他缓缓说道："是我的荣幸。"

随安然的笑容顿了一下，待看清他眼神中那一丝快得差点儿来不及捕捉的光亮时，这才微抿了一下唇，说道："温先生，我现在就带您去看看房间。"

她这话一落，原本站在几步之外的两个服务员以及一个领班，立刻便跟了上来，随着她一起带路往六楼而去。

"根据您的需求，有两个楼层的房间是符合要求的。六楼的商务房，五个房间皆是双人床，空间格局大，能够最大限度地满足工作活动需求……"

她详细地介绍着，他就站在她身侧，微微低头，认真地听着。

她说话的时候有个很好的习惯，会很专注地看着你，面带笑容，声音柔美。

他想起昨天接的陆熠方的电话，看着她的眸色略微深沉，良久，才慢慢移开。等抬眼看见上升的楼层到六楼时，这才侧过身对着她说道："刚才是我没交代清楚，我是一个人住。"

随安然一声疑问的"啊"差点儿脱口而出，随即一回想，才知道他这句话所指的意思。

他说的是在打电话给前台时，要了五个双人房间，但事实情况是……他一个人住一个房间。

"那就给您安排您之前常住的 VIP 套房？"她问道。

温景梵摇头。

电梯正好到六楼，随安然和他一起步出，听见身后齐整的脚步声时，才反应过来，顿时暗骂自己一声，立刻改口道："六楼正好有商务单人房。"

温景梵不动声色地"嗯"了一声，眼底原本还浅淡的笑意却是渐渐加深，只不过无人注意到而已。

到了预订的房间门口，她一一介绍过去，这种简单明快，实用商务的风格对于这些快节奏的团队精英，自然是没有什么可以挑剔的，很快，八个人自行分组，拎包入住。

随安然一回头，见温景梵还站在身侧，笑了笑，继续往前引路："商务单人房和这些房间相隔一个过道和……"

"感冒还没好？"他打断道。

随安然抬手摸了一下嗓子："还有一些，你听声音听出来的？"

温景梵似乎是笑了一下，抬手轻点了一下自己的喉咙："对，你这里还有些沙沙的……而且鼻音有些重。"

随安然循着他的目光看过去，他修长的手指正好落在他的喉结上，此刻他正做着吞咽的动作，那喉结轻微滚动……在这不甚明亮的灯光里性感得诱人犯罪。

随安然不自然地移开视线，默默地咽了下口水，再开口时，声音怎么都不能平静无波："同事都没听出来……"

温景梵没接话，却是低低沉沉地笑了起来。

随安然没忍住，还是侧头去看他。他微低了头，侧脸的轮廓清晰，像是被打了柔光，朦朦胧胧得让人看不真切，但他的五官却又是十分清晰地印在她心里。

五年前，这个人，也曾这么对着自己笑过。

不过那时候，他的声音还不是现在这样低沉平和，要更少年一些，清澈得如同山间泓泉，足以洗涤灵魂。

这么一走神，差点儿走过头。

她带着他看了看房间："这个单人房的话空间就稍微小些，但是优点便是简洁实用……而且……"她微微一顿，走到窗边，推开窗，"这里视野很不错，工作累的时候可以远望一下，缓解眼睛疲劳的。"

"这里不错。"他不知何时走到了身边，就站在她身后，离她不过半臂的距离。就以这种姿势往外看了一眼，收回视线后，他神情自若地退开半步，四处打量。

"就这里好了。"他扬了扬嘴角。

随安然点头应下，见他已经走到沙发上坐下，很规范地念了一串酒店官方用词。等她边想边背完了，才发现他已经微闭了眼睛，一手撑在扶手上，支着额头在休息。

她放轻声音总结了最后一句："您好好休息，祝您入住愉快。"

说完，她正准备撤退，刚走了几步，就被他的声音留住了脚步。

"等等。"他声音低沉，沉得有些沙哑。

随安然侧身看去，他已经睁开了眼，虽然面色疲倦，但那双眼睛却依然清亮。见她听见了，并且已经停了下来，不知道为何他又说了一句："等等。"

随安然走过去，隔着几步距离看着他，有些担心："你是不是哪里不舒服？"

"就是有些困。"他动了动唇角，露出个很淡的笑来。

他左手伸进毛呢外套的口袋里，再拿出来时，手里拿着一个铁盒子，抬手递给她："可以试试这个。"

随安然顺着看过去，是一盒含片。

温景梵见她不接，手又抬了抬，坐直了些："我以为我们现在已经是朋友关系了，不需要这么拘谨。"

这么一说，她好像还真的没有不收下的道理了。

她抬手接了过来，轻声道谢："谢谢。"

温景梵只慵懒地坐在那里，抬眼看了看她，又合上双眸闭目休息。

随安然迟疑了一会儿，还是提醒道："累了的话还是去床上躺一会儿吧，工作是做不完的，身体才最重要。"

温景梵沉默了一瞬，开口时声音里也有了一丝极淡的笑意："我以为像你这样有事业心的女孩子，应该不大会说出这样的道理。"

随安然无言以对，在他眼里，自己的确拼命啊……

可不是，他三番两次入住的时候，自己不是在熬夜就是在加班，不是在加班，就一直在工作……

但如果有休息……她才不要加班啊！

想归这么想，随安然却没有解释的意思，见他依然不动，神色倦懒地靠在沙发椅背上，心底压抑着的淡淡心疼还是涌了上来。

“不知道你是遇上什么棘手的工作了，不过睡好了才有更好的精神。我今天一整天都在值，你有事的话可以直接打我电话。”

又是一阵良久的沉默，他才出声应下，声音清朗温和：“好。”

却不知道这一个“好”，回答的是她的前半句，还是后半句……抑或，他回答的是她的这一整句话。

回到办公室，她开始处理各种琐事，恍惚从工作中抽身，看见被她放在一边的铁盒子润喉糖，出了一会儿神……

似乎能想象，他在录音棚长时间配音时，嗓子有些不舒服之后，就会停下来，含一颗润喉糖的样子。

她打开盒子拿了一颗喂进嘴里，清清凉凉的感觉从舌尖漫开来，一点一滴，缓缓化进心里。

就像那一个清凉的夏日，他站在钟楼的顶层，执桩敲钟，一声声，声声入耳。

她抬眼看去时，恰逢他低下头来。

距离有些远，并看不真切，但依稀也能察觉这个少年目光清澈如同山涧清泉，波光粼粼。

那样的夏日并未有一丝的暑热，相反，以一种很舒适的温度，伴了她一整个季节。

南方的夏天，几乎每天都会有一场大雨，瓢泼而来，又转眼放晴。

下午闷热，蝉鸣一声急过一声。

随安然在客堂自己的房间里休息，她正靠在床头看书，窗外是大盛的日光，明亮得刺眼。

她一页页翻着，除了外面鸟声虫鸣，便安静得只有翻过书页的声音。

看了一会儿有些累，她卷上薄毯准备午睡，刚躺下，便听见一阵很轻微的脚步声，走到门前时，停顿了片刻，随即便是木门“吱呀”一声打开的声响。

她微撑起身子往门口看了一眼，不过自然是没能看见什么。

她无论是否在屋里，都会很妥帖严谨地关上门。这会儿能看见的，也不过是自己紧闭的房门。

那开门声之后，便很迅速地重归安静。

随安然躺在床上，看着天花板，却在不停地猜测着……为什么还不关门?

正这么想着，门口就传来很规律的敲门声。

她想得认真，这突然的动静吓了她一跳，惊坐起，却未出声。

对门少年声音清澈又动听，清清朗朗的，就像屋外偶尔掠过的风：“你好，我是住在你对面的房客。想跟你借支笔，可以吗？”

她愣了一下，随即起了身，到桌前拿了她的那支钢笔走过去开门。

她的动作不快，从下床，拿钢笔，到门口去开门，也用了一分钟左右，他大抵是听见房间里的动静，便始终安静地等待着。

随安然打开门，把手里的钢笔递给他，微微抿着唇，不说话。

他微微侧着身站着，穿着白衬衣，袖口卷起，在手肘处翻折，线条流畅，细节讲究。

走廊里有些昏暗，只尽头有日光。但那少年站在那里，身上便似带着光一般，耀眼夺目。

他接过笔，对着她笑着道了谢，转身要走时，又回过头来说了一句：“我会在这里住上好几天，你要是有什么不方便的，可以直接找我，我可以帮忙。”

那时候的随安然并不是很理解他这句话的意思，只当他是因为自己的帮忙而客气说的话，只点了点头，就合上门继续回去睡觉。

这一次，安然入梦。

而门后的少年，眉头轻微地蹙了一下，低头看着那支钢笔良久，然后才离开。

直到后来，随安然才知道……他那个时候以为自己有残缺，是个哑巴。

哑巴……

随安然想着便笑了起来，那个时候的自己叛逆又倔强，觉得全世界都辜负了自己。无论对谁都是一张冷脸，其实现在想想，那个时候自己的想法幼稚得可笑。

一下午简单而充实，事情一烦琐起来，便格外忙碌。

她吃过饭，这才有片刻闲暇，捧了杯子去茶水间，准备泡杯咖啡提提神。

除了她，茶水间已经坐了好几个员工，看见她过来，忙招手示意她也一起加入。

随安然笑了笑，泡好了咖啡才走过去坐下，听到她们讨论的话题时却忍不住笑了起来。

"随经理你别笑啊，听说是你接待入住的，快跟我们讲讲什么感觉啊……"

"感觉啊……"她故意卖了个关子，见她们胃口都被吊了起来，这才慢条斯理地说道，"感觉很好啊。"

众人默默地嫌弃了她一眼。

"这是真的贵公子啊，相比那些暴发户啊什么的，文质彬彬的，一点儿也没有架子，声音又那么好听。简直想承包他的房间啊！"

"房间你承包吧，人放着我来。不过说真的，温家的基因也太好了吧，看我们老板，多么成熟有魅力啊！底下这个弟弟，更是浑身飘满仙气……"

仙气……

随安然差点儿笑出声来，这个形容词要是说给温景梵听不知道他会是什么反应。

“安然，感觉你跟温先生挺熟的，你们是什么关系啊？”

“啊？”话题突然转移到她的身上，令她措手不及，但抬眼看向她们有好奇、有艳羡的复杂表情时，心里却是轻微咯噔一声。

在她们的眼里，自己一直是关系户。以前是经常在讨论温少远的时候牵扯到她的身上来，如今倒是换成了温景梵。

她低头抿了口咖啡，水温有些烫，她的舌头被烫得微微发麻，含糊不清地说了一句：“老板的弟弟可不是要更加 VIP 的关照吗？能有什么关系？”

“我听张咪说，温先生下午办理入住前还特意问了问是不是你值班啊。”

随安然眉头微微一蹙，果断装傻：“看脸的世界吧，前几天不是有个王总入住，也问了是不是我值班吗……”

说完这句，她很快地补充了句：“我还有事没忙完，先走了。”然后，她便丢下一室挂着“真的是这样吗”“你再多说点八卦啊”表情的众人，飞快地往外走去。

离开前，她还隐约听见一句：“张咪最喜欢接他的电话了，你们谁听他说过话的？”

随安然捧着咖啡站在门后，轻轻笑了起来。

随安然回到办公室刚坐下没多久，就被前台一通电话叫去三楼处理一则房客投诉。

随安然赶到的时候，房客正站在门口大声斥责负责公共区域的保洁员。她走近，询问了一下事情的缘由。

这位保洁员是新入职的，对客房服务还未完全了解，以为房间没人就进去打扫，结果就恰巧撞见了房客和男朋友的好事……

房客声称受到了心理伤害，不接受领班和保洁员的道歉。

随安然走上前，先是表明自己的身份，见对方安静下来，这才进一步协商。等处理完这件事后，她走出来时，头都是晕的。

房客的女高音，实在是如雷贯耳。

新来的保洁员不停地和她道歉，紧张得面色都有些发红。

随安然和保洁员往前走了几步，见四周没人注意，这才轻声问她："你还在实习期？"

"是，我刚来第二天。"

"那难免会有差错，但是如果遇到不懂的可以向同事和领班请教。"随安然抬手拍了拍她的肩膀，察觉到她的紧绷，这才低声笑起来，"快去工作吧。"

保洁员显然没料到她这么好说话，对她笑了笑，道谢后才离开。

随安然靠墙站了片刻，抬手捏了捏发疼的眉心，缓过那一阵头晕目眩，这才转身准备回去。

刚走了没几步，手机嗡鸣，她拿起来看了一眼。

是一条短信，言简意赅——

"来我这里。"

随安然仔细地看了几遍发件人，只觉得头更晕了……

等她上了电梯，按下楼层键后，这才快速回复他的信息："现在是……工作时间，私人事情不太方便处理。"

温景梵正要拧开保温杯的盖子，听见短信提示声，微微倾身看过去，很细微地皱了一下眉头，然后思忖了一会儿，拿起手机，直接拨了一个电话。

随安然接到温景梵电话的时候，电梯正好"叮"一声提示到达，她抬步迈出去的同时顺手接起。走了两步这才恍然觉得不对，一抬头看见楼层显示"6F"的时候，顿时气血一阵翻涌。

她不是要回办公室的吗？怎么跑六楼来了？

而同时的，温景梵清越沉稳的声音也透过手机传了过来：“你现在在哪里？”

随安然看着“6F”的字样，欲哭无泪，刚准备神不知鬼不觉地下楼回她的办公室时，电梯一侧的安全通道门突然被打开。

一个有些面熟的男人推门而入，看见她时很是惊奇地“咦”了一声，晃了晃手里提着的“周黑鸭”外卖，跟她打招呼：“随经理你怎么在这儿啊，是来找温总吗？温总就在房间，不用打电话。”

什么不用打电话……他们现在正在通电话啊！

“……”她无声抗议了会儿，终于想起这个人是谁了！

是温景梵的助理，和她有过几面之缘，但向来都是点头而过……偏偏今日，如此热情。

打完招呼没得到回应的助理顿时也是一头雾水，边走边回头，一步三打量。

她这边还不知道怎么回答温景梵的问题，那端的人已经笑了起来，随着他愉悦且低沉的笑声响起的，还有清脆的开门声。

她握着手机僵硬地看过去……

温景梵和她一样的姿势，正站在门口，隔着一段距离遥遥地看着她。

相距甚远，加上灯光柔和又略显昏沉，他半张侧脸隐在那层光晕之下，看不真切。但只听耳边那清浅又带着笑意的呼吸声也知道他此刻心情好极了。

随安然对着已经大致反应过来是什么情况的助理同志笑了笑：“呵呵……”

助理被那僵化的笑声笑得有些发毛，又看了看不远处自己老板一副守株待兔的架势，很识相地快速溜回了房间。

与此同时，温景梵也开口道：“只借用你几分钟的时间，如果这点私人时间也没有，那我只能打电话给总台，指名要求借用随经理几分钟的工作时间。”

这种近乎霸道的威胁般的语气，由他说出来竟无半分违和感，反而无比自然。

随安然不自觉地摸了摸鼻尖，想着这个选择题选与不选都已经是一道填空题了，立刻识相地放弃挣扎，挂断电话快步走过去。

随安然走到门口时，就看见他正坐在沙发上，微抬起手臂在倒着黑色的汤汁。

桌几上放着一堆文件，他的电脑还开着，随安然走过去的时候正好扫了一眼，是一个表格文档。

她在一边坐下，不由得问道："一直在工作？"

"没有。"他抬眼看了看她，唇角似漾开了一个极淡的笑容，似有若无，"睡了一会儿，晚饭的时候才被叫起来。"

话落，汤汁正好倒进了杯子里，他细心地拿纸巾擦了擦杯沿上的水渍，拧紧了瓶盖后递给她："知道你工作时间不方便，所以准备了保温杯给你。这是闻歌送过来的，家里辛姨煮的感冒药。只是寻常配方，感冒久治不愈的话可以试试这个。我每次喝，都见效很快，还不会犯困。"

他说完这些，又很寻常地问道："闻歌刚下去不久，你没碰到？"

"没有。"随安然抬手接过来，有些坐立不安，"特意给我……送来的吗？我会不好意思啊。"

温景梵指了指大保温杯里还有一半的药汁："不是特意，是顺便。"

那也很不好意思啊……

随安然有些局促，捏着瓶身的手都不自觉地收紧："真的谢谢……"

他察觉到她的这点小动作，眉头几不可察地皱了一下，略一思忖便说道："有一件事，需要你考虑一下。"

"啊……"随安然觉得自己的脑子没转过弯来。

"还记不记得陆熠方？"他端起那保温杯，将放凉了一浅杯的药汁，抿唇喝下，眼睛却是一直看着她。

“记得。”

“那记不记得我说过最近接了一部配音的剧？”

随安然心里隐约浮上一种猜测：“记得。”

他略挑了一下眉，声音严肃了几分：“陆熠方说你的声音很适合，你要不要试试看？”

随安然心头一跳，呼吸都慢了半拍，有些紧张地问道：“什么音？”

温景梵目光灼灼地看着她，微微一笑道：“女主音。”

| 第七章 |

请君入瓮

A 市的冬季一向干燥寒冷，这两日冷空气北上，这才连绵下了两天的雨。

随安然在这雨声里醒来，拥着被子看着窗外灰蒙蒙的天空良久，还朦胧的意识这才慢慢开始运转。

正是早上八点整，她刚握进手心的手机轻轻嗡鸣。

随安然低头看去，是温景梵的消息，短信依然是他以往简洁的风格，简单一句话，交代了整件事。

“我的工作下个星期五能完成，周六和我一起去试音。”

随安然眨了一下眼睛，很快地回了一个：“好。”

昨天傍晚，他提出配音这件事之后，她下意识的反应是拒绝。但话还没说出口，他似乎就已经预想到她要说些什么了，抿了口那药汁，慢条斯理地说道：“不要忙着拒绝我，你有考虑的时间。”

他的唇上因为沾染了药汁，泛着一层水光，眼底更是潋滟，映着满室的光华，就这么静静地凝视着她，沉稳而又内敛。

温景梵的身上向来都有种让人不由自主便安静下来的特质，这样寂静的环境里，他又这么平和淡然地看着她，她刚才还波涛起伏的内心一瞬间便平静了下来。

她想了想，说道：“我并没有配音的经验，一窍不通……”

温景梵显然已经想过这个问题了，见她是真的认真地在考虑，微弯着唇笑了起来："这个不用担心，我会教你。"

"可我学东西很慢……"再说了，让她一个完全没有经验的人去配这么重要的女主音，陆熠方的心一向都是这么大的吗？

"那你可以信任我。"他看到随安然抬眸看向自己，那双眼睛黑如曜石，清透得一览无余。

他抿了一下唇角，简略解释道："我第一次商配的时候也是一点儿也没有经验，并没有你想象的这么困难。无论是陆熠方还是我，都觉得你很适合，所以如果有兴趣的话，你可以考虑试一试。"

他的声音很温和，带了丝循循善诱，让人无法拒绝。

她仔细想了一会儿，一个"好"字就在嘴边，但怎么都无法顺利地开口说出来。

他便格外耐心地等着，眼神很专注地看着她，并未有什么多余的表情，只这一个专注，就让随安然更加拒绝不了。

随安然那时候还能跳脱地想，自己显然已经不受控制地深陷了——

她发现，只要是他提出的，她纵然有千般借口万般理由，可一旦注视着他的双眼……到了她嘴边的，唯有一个"好"字。

百般纠结之下，她犹豫着问道："……我真的可以？"

温景梵这么看了她一会儿，反问道："为什么不可以是你？"

为什么不可以是你……

这句话犹在耳边，让她怦然心动。

酒店的人手已经充足，随安然上下班的时间又开始恢复规律。

第三天去酒店上班，她闲下来之后，先往温景梵的房间打了一个回访电话。针对酒店 VIP 客户，三天都会打一个回访电话，问询意见。

这两日，因为她答应了要去试试配音，倒是一直和温景梵有短信上面的联系。他工作忙，她的时间也不规律，就这么断断续续地也聊了下来。

电话被接起时，随安然清了下嗓子才开口道："温先生您好，我是盛远酒店的大堂经理随安然。打扰您一分钟时间，向您征询下对酒店服务的意见可以吗？"

那边沉默了几秒："可以。"声音里掺杂着淡淡的倦意，带着微沉的沙哑，是刚刚睡醒的状态。

"请问您对酒店的服务还满意吗？"

"满意。"他似乎是笑了一下，这一次没有任何停顿。

反而是随安然，听着他那慵懒磁性的声线，被迷得耳根子都有些发软："谢谢您的配合。"

"你平常给客人回访都是这样的？"他的声音清晰，那慵懒之感倒是散了几分。

随安然到嘴边的一溜台词被他这么一打断，全部咽了回去，她想了想才回答："是啊，回访的都是酒店尊贵的 VIP 客人。"

话落，她才似想起什么，看了眼时间，问道："……我吵到你睡觉了吗？"

已经是早上十点了，她原本以为他已经起床在工作了，这才挑了这个时间打过去。

"没有。"他大概是坐了起来，听筒那端除了他的声音外还有细碎的杂音，他像她刚才那样清了下嗓子，这才补充道，"正好也该醒了。"

……这个回答，分明是拐着弯告诉她，你打扰我睡觉了啊！

随安然的"抱歉"刚到嘴边，就听见他的手机铃声响起。她一顿，很快说道："那我不打扰您……"

话还没说完，就听见那端很清晰的吐字："喂？"

随安然："……"大人，你两手抓不累吗？

她正准备悄悄挂断电话，听筒刚挪开几许，就模模糊糊地听见温景梵温和的声线瞬间收紧："梵希生病了？"

随安然呼吸一静，放轻了些许。但偷听客人讲电话是绝对不允许的事情，她连犹豫都没有，快速地挂断了电话。

她正处理着琐碎的日常工作，突然觉得喉咙有些发痒。她咳了几声，那感觉反而变本加厉。她起身去倒茶喝，抿了几口后，想起那还有一大半的铁盒子润喉糖，便去拉抽屉。

刚一拉开，随安然就看见了被她洗干净，正妥帖放在抽屉夹层里的保温杯。

自打那日喝了药之后她的感冒便好了很多，至少工作时间不会因为吃了感冒胶囊犯困犯得厉害。

隔日洗干净保温杯去还给温景梵时，他先是问了一遍药效，随即侧过身让她看见摆在一堆工作文件中的大保温杯，理所当然地说道："正好送来了，你再带点回去喝吧，不是说喝了有效果吗？"

然后，她就这么……又拿了回来。

今天再去还给他的时候，一定要说她已经好了！

但有句话怎么说来着？事情不到最后一刻，你永远都不知道最后会发生什么。

随安然趁着午休的时间去还保温杯，大抵是知道她午休的时候会过来，门已经微微开了一条缝。

随安然抬手敲了敲门。

"进来。"门后的声音清冷淡然。

随安然推门而入，转身把门掩好，这才轻声走过去。

他正坐在沙发上，神情专注地盯着电脑，屏幕上的白光打在他的脸上，越发添了几分柔和。

室内的温度适宜，他只穿了一件白衬衫，袖口微微翻折起，露出一大截手腕来。那手骨分明，越发衬得他的手修长白皙。此刻那十指正快速地在键盘上跳跃着，发出轻微的敲击声，赏心悦目。

随安然走到另一侧距离她最近的沙发上坐下，把手里的保温杯轻轻地放在桌上。

这轻微的声响引起他的注意，他侧头看过来，那敲打键盘的声音也因为他转移注意力而停止。

他没说话，只那双深邃沉敛的眼睛静静地看着她。

随安然立刻说出自己早就想好的说辞："那个……谢谢你，我的感冒已经好了。"

"感冒好了？"他轻声重复了一遍，语气浅淡，倒听不出什么情绪来。

随安然怕他不信，点了点头，语气更加诚恳："真的好了。"

"那正好喝点辛姨刚做的鸡汤补补身子。"他把保温杯拿过来，熟练地拧开盖，瓶口对着瓶口往里倒。

那盖子一旋开，鸡汤浓郁鲜美的香味就四溢而出，保温杯的保温效果好，加上刚送来不久，正热气腾腾，一层袅袅而起的白雾。饶是随安然刚吃过午饭，此刻也觉得那香味溢入鼻端实在勾人食欲。

但她看见那香喷喷的鸡汤正往保温杯里灌时，心尖像是浸了黄连的汁水，苦得她眉头微皱："温景梵……"

这三个字的话音刚落，随安然就隐隐看见一道影子飞快地往她这里飞来。她被吓了一跳，条件反射地往后避了避。

而同一时间，温景梵也注意到了，眉头一皱，沉声喝道："梵希，回来。"

随安然心神刚定，听到他这句话，这才凝神看向因为她的闪避正落在她刚才坐过位置上的……那只猫。

是一只美短，身姿轻盈地落在沙发垫上，它此刻还保持着刚才落下来时的姿势，身子略微后仰，留有一条退路。脑袋微微扬起，一双碧绿色的眼睛正直直地盯着她，带着几分警觉的审视，眼神明亮又清晰。

那碧色，浓郁又纯净，就像是上好的宝石，灿然生辉。

随安然惊讶的不只是这只猫就是梵希，更惊讶的是这只猫……它是怎么出现在这里的？

温景梵在一人一猫僵持间已经绕过茶几走了过来，他抬手拎住梵希的后脖颈，顺手抱进了怀里，手指落在它的身上，轻轻地顺着毛。

“它有些不舒服，被送到了我这里来。刚换了陌生的环境，会很警惕，对陌生人的防心也有些重，但并没有恶意。”

随安然看着在他怀里格外温驯的猫还有些出神：“……它怎么进来的？”

“辛姨带进来的。”他低头看了眼猫，神色柔和了几许，原本顺毛的手势也改为轻捏，手指勾住它的下巴轻轻抬起。

而梵希也顺着这个姿势抬头看了一眼它的主人，微微眯了眯眼，甜腻腻地“喵”了一声。

“这里是不让宠物进来的吧？”他似乎是想起什么，勾着它下巴的手指顿了一下。

随安然看着那只原本还警觉性非常强的高冷的猫就这么看着那修长的手指，微微侧头卷着舌头舔了他一下，顿时心都柔软了几分：“是啊，不准带进来的。”

温景梵眉头微微一皱，白皙的手指落在它的脑袋上轻轻地点了一下，神情里漾开一抹无奈：“本来是寄放在熠方那里的，他临时要出差，加上梵希肠胃有些不舒服，老爷子又对猫毛过敏，只能让辛姨先带到我这里……”

短暂的停顿后，他又补充道：“等会儿找家寄放宠物的，我会把它送走。”

“要送走吗……”她迟疑地看了眼把脑袋枕在他手心里的梵希，想着它肠胃不适还要被送去寄放，就涌起淡淡的心疼来。

她犹豫着伸出手去，抬手摸了摸它柔软的毛发。刚一动，梵希就突然扬起了脑袋，那双碧绿的眸子就这么凝视着她。

随安然被它看得不敢动，僵持几秒后，她先投降，有些紧张地抽回手。不料，手刚抽到一半，就听它声音轻软细腻地叫了一声，脑袋一扬，自己凑过来，在她掌心里蹭了一下。

那柔软的触感在手心里摩擦而过，细细软软的，却让她的心瞬间软成了一摊水。

大抵是刚才那威风凛凛的下马威的作用，此刻它主动示好，随安然还真有了几分受宠若惊……

温景梵似乎也是有些诧异，目光落在随安然的脸上，若有所思。

她还在专心地摸着猫，那原本只亲近他，分外高冷傲娇的梵希却微微眯着眼，微侧着脑袋蹭她的掌心。

久违的阳光透过厚厚的云层从窗口透进来，梵希一眨眼，眼底的碧色如琉璃在那阳光下近乎透明。

“安然。”他突然开口唤她的名字。

随安然“嗯”了一声，抬头去看他，唇边还挂着一抹来不及掩去的笑意，一双眼睛神采奕奕。

“如果方便的话，梵希能不能在你那儿住几天？”

随安然首先想到的就是家里那仅剩下的七条金鱼：“……它会吃金鱼吗？”

温景梵愣了一下，大概也是想到她那一缸的金鱼了，笑了起来：“告诉它那是不能吃的，它就不会吃了。”

既然七条鱼命能保证，随安然很爽快地就接手了梵希。约了下午把梵希送过去，随安然这才离开。

下午上班有闲暇的时候，她便开始恶补如何养猫，那认真程度倒是跟她每次考试前临时抱佛脚差不多。

风平浪静到快要下班时，才听总台的张咪说了一个消息——周小燕离职了。

随安然正站在总台看一则资料，闻言下意识地“嗯”了一声，等回过味来，才觉得诧异：“怎么那么突然？”

张咪一脸的不忿：“听说是被另一家五星的酒店挖角了，办完离职直接过去任职大堂经理。平时她倒是对谁都亲热黏糊的，这会儿回来办离职，趾高气扬得怕是连自己姓什么都不记得了。”

随安然没见着周小燕，自然也不知道这个“趾高气扬”有多高调，但听说明天就有一个新来的副经理后，半点不关心地抱着自己要看的资料回了办公室。

她走到门口时，好巧不巧，正好遇上了正收拾好东西要离开的周小燕。

她捧着纸箱站在门口，身后灯光把她的影子拉得格外长。她此刻微微眯了眯眼，那双画着浓重眼线的眼尾上扬，竟生出一分凛冽的味道来。

随安然对着她并不友善的表情愣了一下，这才扬起嘴角对她笑了笑，客气地侧过身子让她先行：“来收拾东西？”

周小燕“喏”了一声，颠了颠自己怀里抱着的纸箱：“是啊，收拾东西。”

话落，她轻咳了一声，声音带上了几分笑意：“说起来还要多谢随姐平日里的关照。”

随安然想起平日里两个人相处的情景，抿嘴笑着，笑意却淡了几分。

周小燕见她不接话，也觉得甚为无趣。但大家都是进了社会，还在一个酒店工作过的同事，就算平日里有些不愉快，如今她离职，各不相干，也没必要闹得不愉快。

这么一想，她倒是弯了弯眼睛笑道：“随姐你对谁都好，我离开前倒是也要说上一句，别人都以为我是被挖角，其实我不过是找了个男朋友，他又正好有点那酒店的股份……”

随安然这才认真地看向她。

周小燕又如以往那般对着她笑，露出洁白的牙齿，很是讨人喜欢的样子：“我很快就要订婚了，随姐你也赶紧找个男朋友吧。就算是不直接考虑结婚，你一个人孤身在 A 市的，有些时候是需要一个男人在身边的。”

她话音刚落，就偏了脑袋越过随安然看向她的身后，眸子里有一瞬的迷茫，随即想起来人是谁时，眼神略有些复杂："咦，我还真的是白操心你了。"

随安然听得一头雾水，循着她的目光往后看去。

温景梵正站在不远处，微垂着一双眸子，静静地看着这边。他身上穿着的还是那件白衬衫，袖口却已经放下来了，就这么站在灯光下，长身玉立。

见两个人都看过来，他这才往前走了几步，迈到灯光下，对着上下打量他的周小燕微点了一下头，视线很快转移到随安然的身上："我等你下班。"

随安然这才想起两个人约了她下班的时间把梵希带回去，她低头看了眼时间，正好到她下班的点。

周小燕闻言已经明白两个人之间怎么回事了，对着温景梵颔首，说道："随姐动作倒是挺快，下班了赶紧去约会吧，我先走了。"

随安然刚往前迈了一步，立刻僵住，看了眼面色如常的温景梵，解释道："没有，我们只是正好有事……"

"你放心，我会守口如瓶的。"说完这句，她对着随安然挤了挤眼，抱着纸箱就走了。

随安然被她这么堵回来，很是尴尬地对着温景梵笑了笑："我晚点打电话再跟她解释。"

温景梵"嗯"了一声，随口问道："她离职了？"

"是啊，回来办了离职手续收拾东西。"她边说着，边进去收拾了一下桌子。好在她刚才就已经整理好了，把资料文件归类一下就能离开。

温景梵只站在门口并未进来，目光随意地扫视了一遍她的办公环境："既然离职了也不用刻意解释，在她眼里反而更像掩饰。"

随安然关好抽屉，听到这句话愣了一下，迟疑地反问道："……会吗？"

温景梵只是一笑，并未接话。

梵希已经被他提前抱进了车里，两个人直接坐电梯到地下停车场。

地下停车场的温度比酒店低了不少，随安然迈出电梯时就被迎面而来的风吹得一凉，她边裹紧外套，边抬头看他："你就穿这么少，不冷吗？"

"衣服在车里。"他回答，旋即想起什么，淡淡地又补充了一句，"猫也在车里。"

那声音放低之后，微微的沉，却温柔得不可思议。

随安然想起很多次看见的，他抱着猫时的样子，心里不免柔软又嫉妒。

他的车就停在不远处，他解了锁，替她拉开副驾驶的车门。她刚抬腿坐上去，原本趴在后座无声无息的梵希一下子就跃了过来，在她膝头踱了踱，寻了个舒适的位置就趴下了。

他从车头绕到驾驶座时，随安然微倾了身子在扣安全带，但碍着腿上趴着的梵希便有些束手束脚。

他看着看着便笑了起来，倾过身子从她手里接过："我来。"

随安然没及时松开，他的手指就覆在了她之上，温热干燥。她抬头去看他，恰好他也抬头看过来，视线相交时，她微微愣了一下。

正想要说些什么，一直趴在腿上的梵希突然伸了个懒腰，伸出爪子搭在随安然的左手上轻轻挠了一下。

随安然被它这么一挠，下意识地松开手，低头去看猫时，它又是一副懒洋洋的样子，轻舔着自己的爪子，微微眯着眼睛看她。

"梵希很安静也很懂事。"他"咔嗒"一声扣上她的安全带，"我带它回了 A 市之后，工作很忙，经常顾不上它。它会自己找乐子，这次大概是不舒服很久了，可是我一直没有发现。"

随安然轻轻地摸着梵希的脑袋，梵希像是感知了些什么，咕噜了一声，舒展着身子，前爪往前，搭在她的手臂上，把脑袋靠过去，一动不动。

等随安然许久没有察觉到它的动静，凑过去看时，它已经睡着了。

中途去了一趟温景梵在朝阳名邸的公寓拿梵希的日常用品，等再到随安然家时，天色已经黑沉得没有了一丝光。

到家之后，温景梵就放下了梵希，见它在客厅转了一圈四处探索后，又下去了一趟拿猫砂、猫砂盆，以及梵希的猫粮、罐头、小零食。

时间已经不早，随安然见梵希一切正常，便去厨房看有什么食材。

正好昨天买了三条小黄鱼，不知道梵希能不能吃？还有青菜，可以做一盘素菜，再烧一锅青菜汤。还有她原本打算过几天做的可乐鸡翅，才两个菜一个汤，还不够啊……

她眼神一瞄，看见不远处桌上洗好放在竹篓里的西红柿，原本打算生啃的……正好切了肉，滚上鸡蛋，再做一个菜。

温景梵回来的时候，她刚烧上饭，正在洗菜。

他把东西放在客厅里，去寻梵希时才发现它正一本正经地蹲在鱼缸旁，虎视眈眈。细看之下，还能看见它前爪已经湿漉漉的，显然已经和那缸金鱼亲密接触过了。

温景梵一眯眼，脸上带了几分厉色，唤它名字时也带了几分严厉。

梵希抬头看过来，依依不舍地歪头看了眼受惊吓不小的那缸金鱼，悄无声息地跃了下来。

温景梵蹲下身子，捏了捏它的肉垫，手指微曲，在它头上不轻不重地敲了一下："不可以。"

梵希抬头看着他，一双碧色的双眸在灯光下流光溢彩，它有些不高兴地抬了抬爪子，"喵"了一声。

"不可以。"他重申。

梵希歪头看他半晌，这才心不甘情不愿地跑开。

它打消了吃金鱼的念头，温景梵也进厨房帮忙。她还穿着酒店的制服，就身前系了围裙，脚下是柔软的拖鞋，正低着头专注地切着菜。

她不穿高跟鞋的时候也不矮，但也只刚过他的肩头，头顶正对着他的喉结下方。

油锅已经烧热了，正发出细微的声响。旁边放着的，便是她已经处理好的食材，他大致地扫了两眼：“熬鱼吗？”

“是啊，梵希能吃吗？”

梵希？

温景梵不动声色地打量了那盘已经清洗干净，就待下锅的小黄鱼一眼，回答：“我喜欢吃。”

那语气，柔和中还隐约带了一丝……不易让人察觉的……

随安然切菜的手一顿，突然不知道怎么形容他这有些孩子气的柔软。

温景梵已经端起盘子，把鱼扫下锅，油星四溅，他微皱了下眉，侧过身子挡住她：“你站远些。”

随安然没有立刻回答，回头看见他半挡在自己的身前，想起上一次他也是站在这里，对她说：“锅重，我来就好。”

大概有些东西，哪怕是不经意间，也能让心瞬间柔软。

就算五年前没有喜欢他，现在重新遇上，怕也是同样的结局。

喜欢他，喜欢他，喜欢他。

随安然觉得，以后还是要避免经常和温景梵两人独处，不然迟早会因为血槽空了来不及补血阵亡。

除了小黄鱼，剩下的菜一并被他承包。看着卖相，闻着香味便知道他定然也精通厨艺。

梵希不知道什么时候跑到了餐厅里，正优雅地趴在饭桌上，看着他们。见饭菜都出锅，它这才半撑起身子，从桌上跃到椅子上，半蹲着等开饭。

它的精神倒是比中午看见它时，要好上许多。

等吃过饭，洗了碗筷，又收拾了厨房后，已经是晚上八点了。

温景梵正靠坐在沙发上，吃饱喝足的梵希正如同一块懒散的毛毯摊在沙发扶手上，偶尔轻扫一下尾巴，刷刷自己的存在感。

见她忙好了，他也起身告辞。

随安然送他出去，到门口时，察觉脚边有些发痒，一低头，梵希不知道什么时候跟了过来，就站在她身旁仰头看着温景梵。

见他要走，就轻柔地“喵”上一声，尾巴左右扫了扫。

“我自己下去就可以。”他换好鞋子，把拖鞋放进鞋柜里时，顺手摸了摸梵希，“你要听话些，我忙完了就来接你，不准捣乱。”

梵希看着他，安安静静的。

温景梵这才站起身来：“这几天要麻烦你了。”

“不会，正好家里一个人冷清。”

温景梵原本的视线还落在梵希身上，听到这句话，抬起头来看她，眼底闪过一丝笑意：“那是应该认真考虑一下你那位同事说的话了。”

随安然一时没反应过来，等反应过来他指的是周小燕说的找男朋友这件事后，蓦然觉得耳根子有些发烫，再开口时，已经完全不镇定了：“我不需要……所以不打算考虑。”

温景梵轻轻地“嗯”了一声，嘴角微微上扬，带了一丝疑惑。

随安然看着他目光流转间，眼底那光彩夺目摄人，脑子一热，冲口而出道：“我有喜欢的人了。”

话音一落，便是一片沉寂。

温景梵面色不变，却轻声重复她的那句话，声音低沉：“有喜欢的人了？”

随安然说完之后就有些后悔了，先不说这句话说得有些突兀，如果顺着告白……现在并不是好时机。

他还住在酒店里，他的猫也在她的家里……不久之后，她还要和他一起配音。

如果被拒绝，那得多尴尬？

这么一想，原先涌起的那股冲动立刻就被压淡了不少。想着补救，又怕自己越解释越乱七八糟，她索性转移话题：“梵希在我这里你放心好了，一定喂得白白胖胖的。”

被点到名字的梵希，眼也没抬一下，只抖了抖耳朵作为回应。

温景梵笑了笑，便离开了。他一转身，那原本就浅淡的笑意，再无半分。

他抬步迈出公寓楼，步子一顿，抬头看向她所在的楼层。梵希刚来，她每个房间的灯都点亮了，如江边渔火，暖色撩人。

他就这么站在楼下看了片刻，面上似也染上了冬日的寒霜，微微的凉。良久，他这才收回视线，低头翻下因为下厨而翻折起的袖口，快步离开。

随安然听到楼下汽车引擎声响起，这才透过开了大半的窗口看过去，只来得及看见他车后的尾灯一闪，便消失在了她的视野之内。

说情绪不低落是假的，喜欢的人站在自己的面前，不由自主想去靠近，可又胆怯一切都被揭开的时候，随之而来的会是毁灭性的结果。

那时候不只不能再靠近他，甚至连现在这样和谐的朋友关系都会消失殆尽。

她不敢在什么都没有把握的时候，贸然揭开这层纱……至少暂时，不能拿这些下赌注。

回过神，随安然关上窗，等缩回屋内的暖气里时，打了一个哆嗦，揉了揉有些冻僵了的脸。

A 市的这个冬天，可真冷啊。

梵希不知道什么时候已经爬到了客厅电视柜的上方，在那里静静地看了随安然半晌，见她关了窗退回来，这才了无兴趣地挪开视线，几下就蹿到了鱼缸的面前，继续盯着小金鱼看。

随安然看见梵希的时候，它正一动不动如同入定了一般，只那碧绿如宝石的眼珠子随着里面游动的金鱼转动。

“梵希……”她轻声叫它的名字。

梵希没理她，继续专注又渴望地看着鱼缸。

“你别冲动啊……杀生不好的。”

梵希耳朵轻微抖了一下，终于侧头看向随安然，那柔软的爪子抬起敲了敲鱼缸边沿，不理会随安然那微变的脸色，正襟危坐地继续蹲守。

温景梵的车刚驶出十分钟，手机里就收到了她的短信："梵希一直蹲在鱼缸边……没关系吗？"

他原本还面无表情，此刻不由自主扬了扬嘴角，正好行到路口等红灯，他快速地回复："应该没有问题，你过十五分钟给我汇报一次它的行动，我教你怎么做。"

随安然想起他这个时候应该是在开车，延迟了半刻钟，估摸着他这会儿应该回到酒店里，这才回了一个"嗯"过去。

过了十五分钟，随安然转头看去。

梵希还是很认真地蹲守着，姿势都未动一下。

她敲着键盘，认真地编辑短信："梵希还蹲在鱼缸边，保持着之前的姿势。"

温景梵晚上正召集了组员在房间里开会，话说到一半，被他放在玻璃桌面上的手机便"嗡嗡"振动着打断他的话。

他停顿几秒，看向屏幕，话题直接转给了他的助理："你接着说。"

助理推了推架在鼻梁上的眼镜，接着他刚才的话继续说下去，断句时，这才透过不远处一个侧对的镜面悄悄观察了一眼自家的大 Boss。

他正微扬着嘴角，面色柔和。大概在思考要不要回复信息，就这么看着手机片刻，这才抬手把手机放回原位。然后他似有所察觉地往侧对的镜面看了一眼，目光有如实质一般穿透过来，助理被那眼神看得背脊一凉，立刻端正态度。

于是，整场非常严肃的会议每隔十五分钟便准时地被"嗡嗡嗡"的振动打断，组员很尴尬。但当事人完全没有察觉到组员的情绪，神情自若。

随安然的短信很快就发了七八条。

"梵希还在鱼缸边上，一动没动。我不抱走它，它是不是就要这样一直蹲下去？"

“我愿意牺牲一条小黑鱼……”

“它终于动了一下，用一种很奇怪的眼神看了我一眼，我翻译成——你是傻瓜吗？”

“那缸鱼今晚受的惊吓不小啊，已经一个多小时了。”

“明天晨起我应该能去收尸了吧……我觉得金鱼要承受不了这么强大的压力，直接被吓死了。”

“我已经准备睡觉了，梵希不困吗……那几条鱼真的有这么大吸引力吗？”

“我把鱼缸搬走有用吗？梵希会不会打我啊？会打我的吧……”

“梵希还在蹲守。”

温景梵看了眼时间，一边解散会议，一边给随安然回复：“不好意思，刚在开会。”

这一条信息，他回得没有半分心虚。可不是一直在开会吗？

“没关系，我猜你也是在忙。”

温景梵刚看完这条短信，又是一声嗡鸣，她的第二条信息紧跟着进来：“对了，梵希的窝没有带来吗？那它睡哪里？”

“它从来不睡家里的窝，它会睡沙发。”

随安然抬头看一眼还津津有味盯着金鱼的梵希，揉了揉有些酸疼的脖子，叹气道：“怎么把它从鱼缸边弄走？我怕我一回卧室睡了，不是这缸鱼没了，就是梵希明天僵直了……”

温景梵收到信息时，正准备去浴室。他慢条斯理地解开衬衫纽扣，手指从每一处结扣上滑过，落到最下面那颗时，这才拿起手机，回复道：“直接抱着它进卧室，关门睡觉。”

随安然依言把梵希抱进卧室后，那家伙就已经从“不想离开鱼缸不想离开金鱼”的状态变成了“这里是朕今晚要就寝的地方，朕得好好转转”……

随安然郁闷地看着时间，早知道直接抱走让梵希看不见就行……她到底是为什么如临大敌似的像个傻瓜一样在那边一刻钟汇报一次梵希的状态？

梵希已经寻了她卧室里那把吊椅卧下，椅子上有软绵绵的软垫，加上屋内有暖气，她巡视了一圈，这才放心地关灯上床。

她翻来覆去没有睡意，就侧耳听梵希的动静，它大概是有些累了，安安静静的，没有发出半点声响。

她想了想，钻进被子里给他发信息："搞定了，你在干吗？还在忙工作？"

等了片刻，才见他回答："刚洗完澡。"

随安然看着那四个字，不受控制地脑补了一下——

满是雾气的浴室，热水袅袅，温景梵立于花洒之下，身躯精瘦健硕。头顶昏黄的暖灯打下来，那肌肤上一层水珠源源不断地往下滚落，沿着他身体的曲线，没入他的……

随安然掩住鼻尖的同时，捂住脸，低叹了一声——最近真的是越来越堕落了。

温景梵等了片刻没等到她的回答，正准备再发一条时，掌心里的手机微微振动。

他点开一看，蓦然一顿，随即那眼底的笑意越来越深，一路蔓延到了心里。

随安然："猫睡了，我睡了。"

自打梵希入住之后，随安然不仅要惦记着家中鱼缸里那七条小金鱼，还要努力赶饭点回去喂猫。

张咪原本是想约她今晚一起去逛街的，话还没说完，就见随安然抬腕看了眼手表，一副"我真的没有时间跟你说话"的表情，拍了拍她的肩膀，快速地离去。

张咪微眯了眯眼睛，手指摸着下巴，"啧啧"了两声，这是有情况的节奏啊……

随安然先去了一趟附近的超市，买了几条梵希爱吃的小黄鱼，又买了些牛肉、蔬菜后便推着购物车去结账。

到家的时候，她走到门口开锁，刚推开门，就看见梵希闻声跑来，不远不近地蹲在玄关不远处看着她。

那双碧绿色、好看得像是宝石的眼睛，正一眨不眨地看着被她放在玄关地板上还有些活蹦乱跳的小黄鱼。

随安然拎了拎那袋小黄鱼，问它："喜不喜欢？今天换清蒸的做给你吃好不好？"

梵希抬头看了看她，眼神清透，微微一眯，这才赏脸地挤出一声"喵"来……给人的高冷之感与昨日在温景梵面前表现的亲热完全是——云泥之别。

猫的性子本就清冷，真的是什么样的人，养什么样的猫。

她无奈地摇摇头，手落在梵希的脑袋上轻轻地摸了摸："会不会很无聊？"

"喵……"不会，愚蠢的人类。

"你喜欢吃什么啊？"

"喵……"朕要是能说话，朕不告诉你？

"肚子好点了没有？"

"喵！"不要问朕这么私密的问题。

一人一猫，即使语言不通，也非常愉快地在互相交流……

给梵希喂过饭，她去猫砂盆那里看了看，很愉快地给温景梵发了一个信息："梵希今天没拉肚子。"

温景梵大概在忙，过了一会儿才回道："那就好。你在忙什么？"

"给梵希换饮用水，梵希……又蹲在鱼缸边上调戏小金鱼了。"她回头看去的时候，梵希正把脸凑到鱼缸上，那白白的胡须碰到水面，立刻湿润了。

"梵希还对那缸鱼有兴趣？"他不免觉出趣味，养了梵希一年多，倒是没见过它对什么东西这么上心过。

"有啊。刚才我给鱼缸换水的时候，把鱼都捞出来，梵希全程紧盯。后来有条小黑鱼蹦出来，梵希还拿爪子拍拍我……让我给它把鱼捡回去。"

“那条你打算牺牲的小黑鱼？”

“是啊，不过我发现梵希更喜欢小白鱼……”其实它对小红鱼也喜欢，现在就垂着脑袋在看鱼，也只有这个时候才有几分萌宠的样子。

梵希的五官精致，被喂养得很好，毛色纯净又润滑，加上那双亮晶晶的如同绿宝石的眼睛，哪怕就那么不动，也赏心悦目得很。

但这家伙，大抵是知道自己的外貌优势，便对着随安然耍宝卖萌，然后一转头吃掉她还放在餐厅里准备冷却后放进冰箱冷藏的最后一条小黄鱼。

随安然对那缸饱受惊吓的金鱼这才放了心——它有的是法子不动声色地吃掉它们。

她这么随口说起时，温景梵想了想，这么回答：“既然现在听话不吃，又随时蹲守，那一定是在等着一个光明正大的机会。”

梵希像他，看中了的，不论早晚，最终皆会纳入囊中。

只是这一句，没有必要告诉她。

随安然半卧在沙发上回信息时，梵希终于舍得下来，沿着沙发靠垫轻缓而下，落在她的腿上，寻了一处蹲坐着。

她的手指落下去轻轻地摸了摸它毛茸茸的脑袋，脑海中灵光一现，便调整了梵希的角度，拍了一张照片给他。

奈何梵希不配合，抓着手机张嘴咬了咬，磨了半晌，这才勉强拍了一张给他发了过去。

温景梵正在用电脑看文件，电脑发出很细微的电流波动声，他似有所觉地看向手机。下一刻，屏幕亮起，手机嗡鸣着振动了两下，这才重归平静。

他点开信息，看见梵希被笼罩在随安然的身影下，挥舞着爪子十分不配合的样子，便很自然地想到随安然拍下这张照片时的样子。

他心里某一处，忽然就轻轻地动了一下……

随安然做了一个梦，梦见那晚的自己，趁着那一股冲动还在，很勇敢地告白了。

他在梦里也是很清俊的样子，黑色的外套衬得他皮肤白皙。他立在玄关处，明明只是和她相差了几步的距离，可她伸出手去，始终隔着一指尖的距离。

那暖暖的橘色灯光就在这个时候变了，温景梵站在那里，整张脸模糊得看不清。他对她冷笑了一声，神情不屑："随安然，我们之间不可能的。不只我对你没感觉，就单单温家，你也迈不进那个门槛。"

是啊，她知道。

"可是你对我不是很好吗？怎么可能会没有感觉？"

温景梵好像是嘲笑了一声，语气轻蔑："我对谁都这样，你自作多情了。"

她再来不及为自己争取半分，就看见他转身离去，那衣角被吹进来的风卷起一个小小的弧度，飞扬而去。

她失魂落魄地回到了房间里，打开微博，发现他更新了，内容是："既然想跟我做朋友，那就不要逾矩，不自量力。"

不自量力，自作多情……

随安然最怕的，无非就是他真的对她说这两个词。

正恍惚间，梦里日光大盛，耳边一声猫叫，她感觉自己垂在身侧的左手似乎是被那日光烧灼着，疼得不行。

她想大叫，又叫不出声，荒郊野岭，天地空荡荡的，唯有她一个人。

随安然从梦里猛然醒来，一睁眼看去，就看见梵希正蹲在她的被子上，爪子伸展着搭在她的手腕上轻轻地挠。

它力道控制得极好，只是微微有些疼。

见她醒来，梵希"喵"了一声，几步跳下床，蹲到门口，又挠了一下紧闭的房门，回头看她。

原来是叫她起床……

随安然看了眼时间，天色还并未亮全，只熹微地透着一丝晨光。她坐起来，抓了抓自己的头发，这才握着手机爬起来。

被提前叫醒喂食的随安然，边吃着泡面边发短信控诉："梵希每天早晨都起这么早吗？昨天也是。"

这个时间点，温景梵竟然也醒着，很快就回复："被梵希吵醒了？"

"是啊，喂了吃的，它现在又去看金鱼了……那缸金鱼已经被吓得都不敢吃鱼饲料了，生怕吃得胖了就被梵希叼走了。"

温景梵挑了一下眉，问道："梵希怎么叫你起来的？"

"挠我手……有问题吗？"

温景梵沉默了良久，这才说道："没问题。"

随安然侧头打量了一眼正襟危坐的梵希，放下手机去洗碗。等她收拾好了准备出门时，才想起放在餐桌上的手机。

梵希见她要出门，一路送她到门口。她换鞋子时，它就静静蹲在离她几步远的地方抬头看着她，见她看过来，便一直"喵喵喵"地叫着。

反正时间还早，她索性又陪了它一会儿，见它一本正经似在交代的样子，猜测道："今天还想吃小黄鱼？"

梵希沉默一瞬，又"喵"了一声。小黄鱼自然是可以的啦，可是朕明明说的是早点回来和朕一起用膳啊。

"我猜对了？"随安然笑眯眯地揉了揉梵希的脑袋，轻声交代，"你在家要乖乖的，晚上给你买好吃的回来。"

梵希瞪着一双碧绿色的眸子看着她。为什么是朕要乖乖的，难道不应该是让朕随意吗？

安然见它不出声，自动理解为梵希已经明白了自己的意思，笑得越发温和："那我去上班了，你不要打那缸鱼的主意，知道吗？"

梵希已经别过头不想理她了。朕是这么愚蠢的只知道吃的猫吗？

随安然出门后才想起温景梵刚发的短信没看，翻出来一看，差点儿笑出声来。

“梵希寄养在陆熠方家里时，叫他都是直接打脸，直到打醒为止。”

“那……你呢？”

“也是挠手。”

也是……

这个词用得可真是微妙啊。

随安然抬步迈出电梯，深呼吸了一口清晨微凉的清新空气，觉得满满都是正能量。

但这种能量持续到下午时，宣布告罄。

总台收到 VIP 房间客户的投诉，投诉房间没有打扫干净，床上的四件套都不干净。领班先参与处理，搞不定，就把电话打到了随安然这里。

她匆匆赶过去，房间的门正大开着，负责这个房间卫生问题的保洁员和领班都在，她一眼扫过去，眉目微微沉了沉，待见到客户时，微挑了一下眉，心下多了几分了然。

入住的是最近正当红的娱乐圈小花旦，蒋宁夏。她每次到 A 市时都会入住盛远，并且每一次都有客房投诉。

随安然的运气好，从来没有接到过她的投诉，听说另一位值班的经理最近一次处理的蒋宁夏的投诉是——酒店工作人员私下问她要签名，打扰到了她。

她调整了下自己的面部表情，这才迎上去：“蒋小姐您好，我是盛远酒店的大堂经理随安然。”

“你好。”她点了点头，抿着唇越发不高兴，“我是你们酒店的老客户了，我每次来 A 市入住的都是盛远，但每次都会有不愉快的事情发生。”

随安然心想：怎么别人都没问题，就你有问题啊，明明就是没事找事。

但面上她却依然和善温婉：“给您带来困扰，我非常抱歉。”

“你自己看看，房间的卫生间，浴缸没擦干净，窗边有灰尘，最过分的是被单床套发旧发黄，还有奇怪的味道。”她越说眉头拧得越发紧，到最后整张俏脸已经板了起来，冷若冰霜。

随安然不动声色地看了她一眼，按着她说的这些一点点检查过去。到床边后，拎起被子看了看，又凑近闻了闻味道。

这一系列检查下来，这才解释道：“是我们的疏忽，不过被单床套上面奇怪的味道大概是消毒水的味道。我们酒店对这些方面一向严格，但如果蒋小姐不喜欢的话，我马上让人给您换套新的。至于浴缸和窗边，让保洁员仔细再打扫一遍，您看这样可以吗？”

“哼，你们酒店每次都这么说，但每次我入住的时候又有问题，这是不想做生意了吗？A市五星级的酒店又不是只有你们盛远这一家！”

这话就有些严重了……

随安然抬了抬眉毛，笑容不变：“这样吧，我给蒋小姐换个房间，所有用品都换成新的，保证绝对不会再出现这样的问题。”

她话音刚落，手机便响了起来。她微皱了一下眉头，对蒋宁夏歉意地笑了笑：“蒋小姐抱歉，我先接个电话。”

见蒋宁夏冷着脸点了下头，她这才给一旁的领班使了个眼色，自己转身出去接电话。

是温景梵的电话。

她靠在墙上，这才接起电话：“喂？”

他正在敲键盘，有很清脆的敲击声，听见她的声音顿了一下才说道：“是不是在忙？”

“嗯，在处理客户投诉。”她语气有些闷。

“嗯？”他尾音微扬，再开口时，声音里有了丝笑意，“很难处理？”

“嗯……”她顿了顿，往里面看了眼，这才说道，“也还好，你找我有事？”

“嗯，我工作能提前一天完成，明天就退房。你什么时候有空？我请你吃饭。”他语气自然，也未提起别的，只说请她吃饭。

随安然莫名就想起早上那个光怪陆离的梦境，按捺下心里的蠢蠢欲动，答应下来：“好啊，我明后两天都休息。那梵希你是明天就带回去吗？”

温景梵沉吟片刻才道：“不了，明天晚上老爷子让我回去一趟。正好后天去试音，就那天吧。至于梵希，等见面再说？”

最后那句话虽然是疑问句式，却是肯定语气。

她才刚跟梵希相处，听话懂事，还会卖萌……她还真不想那么早就把猫还给他。这么一想，她立刻便答应了下来。

她正要挂电话，温景梵却叫住她：“安然。”

她心念一动，应了一声。

他却不再说下去了，片刻的沉默之后，才开口道：“没事了，你去忙吧。”

随安然顿了一下：“好。”

随安然站在门口整理了一下自己的表情，抬手揉出个笑容来，这才转身走回去。

蒋宁夏双手环胸坐在沙发扶手上，有些漫不经心地听领班说话。见随安然回来，这才把视线移过去，自己先开口道：“我晚点还有通告要赶，别耽误了我的行程，就按照你说的做好了。”

她既然愿意，那这件事就好办了。

随安然随口应下，带她换房间。陪她在新房间转悠检查的时候，蒋宁夏这才装作不经意地问道：“我听说 SY 的温景梵先生现在就入住在酒店里？”

被问到的随安然一顿，见蒋宁夏皱眉看过来，这才回答：“抱歉，蒋小姐。涉及客户隐私，不方便告诉您。不过温先生的确是盛远酒店的 VIP 客户。”

蒋宁夏似乎是笑了一下，神情间带了几分轻蔑：“不用紧张，我就是随口问一下。”

见她不接话，蒋宁夏转身离开卫生间时，又轻飘飘地说了一句：“我看你挺顺眼的。”

随安然纠结着想，要不要谢谢夸奖？

这段小插曲，随安然转眼便抛在了脑后。今天下班准时，她依然先去超市买新鲜的小黄鱼给梵希当晚餐。

冬天的白日短暂，她路上耽搁了一会儿，到家的时候天色已经黑了。

她打开门，还未进门，就轻声叫梵希的名字。

刚叫了两声，梵希就已经悄无声息地坐在了不远处的地板上，微微侧头看着她。房间里没有灯光，暗沉沉的，它那双眼睛碧绿的，从这个角度看过去，还发着光。

大概是怕吓着她，在她表情有瞬间凝滞的时候，它就微微转头移开视线，仰头看着鞋柜上方的灯光开关。

随安然因为蒋宁夏沉闷了一下午的情绪突然就爆发了出来，她灯也没开，换了鞋进屋，就蹲在梵希面前，抬手轻轻地摸着它毛茸茸的脑袋。

“梵希，你有没有喜欢的小母猫啊？”她自言自语，手指落下去时却很轻柔，“如果以后遇见了自己喜欢的小母猫，你就勇敢地把它带回家。暗恋什么的最要不得了，还没有拥有过他，却感觉自己已经失去他很多次了……”

梵希抬头看她，轻轻“咕噜咕噜”起来。你在说谁啊？朕肚子饿了啊，你这愚蠢的人类怎么还不去做饭给朕吃？

“说了你也听不懂。”她挨着身后的墙坐下来，满室的黑暗里，除了突然负能量爆发的她，还有一只安静陪伴自己的——他的猫。

黑暗，是最好的感情宣泄。你看不见自己的表情，所以你可以无所忌惮地暴露自己所有的不安、沮丧、负能量。

她真的有些累……其实已经不想再喜欢他了，可是哪有说不喜欢就可以不喜欢这么潇洒呢？

她手指落下去轻点了一下梵希的耳朵，轻叹了一口气。

梵希却能感知她的情绪波动，妥协地在她掌心里蹭了蹭。好吧，看你那么伤心难过，朕就勉为其难让你摸下朕的耳朵好了。

蹭了半天见她还没有反应，它这才转了身子去看她。它借着她屈起的腿爬上去，爪子搭在她的肩头，看了一会儿，抬起右爪拍了拍她的脸。

喂，起来去给朕做饭啊！

随安然可不懂它内心“真实”的想法，只以为它是想安慰自己，抬手抱起它，蹭了蹭。

梵希被这么一蹭，闻到与温景梵身上不同的香气时，还是乖顺地由她抱了一会儿，十分“牺牲”地做了半天的“美男子”。

等她的负能量散去，梵希这才从她的怀抱里几下挣脱下来，步伐轻快又妖娆地去清点今晚丰盛的伙食。

今晚有五条小黄鱼呢！

随安然拎了鱼去煮，见它兴高采烈地蹲在料理台上眼也不眨地看着小黄鱼，不免也笑了起来：“小馋猫。”

梵希举爪子抗议，叫声却清亮。

随安然想了想，摸出手机给温景梵发了条短信：“梵希什么时候有后代了，送我一只好不好？”

梵希见随安然瞬间抿嘴笑得双眸精光熠熠的样子，突然打了个寒战……

| 第八章 |

声音的碰撞

随安然再见到温景梵是在她刚下班的时候，他正好来退房。

大概是刚睡醒，他浑身上下都有种慵懒的气质，微微抿着嘴角，眼神清亮，却是面无表情的。

他手指落在前台上，轻轻敲了一下，声音清冷："你好，退房。"

随安然听见声音这才从总台下面站起身来，两个人一对面，皆是微微一愣，随即颇为默契地就隔着一个前台相视一笑。

她接过他递过来的房卡给张咪，抬眼问他："工作结束，要退房了？"

"嗯，结束了。"他抬手轻捏了一下眉心，微微皱起的眉宇间缠绕着淡淡的疲倦感，"你要下班了？"

"嗯，正准备要走。"随安然转身拿起挂在张咪椅子上的藏青色长外套，搭在臂弯里。

恰好他的退房手续已经办好，他正要刷卡，见她从总台后面绕过来，叫住她："一起走。"

随安然顿了一下，在张咪瞬间投射过来的暧昧视线里，很淡定地点了一下头，就站在他身旁，神情自若。

这种事情……多发生几次，也就习惯了……

温景梵执起黑色的水笔签字，修长的左手手指按住尾端时，还低声和她说道："那天的短信，我刚才清理短信的时候才看到。"

随安然循声望去，他低着头，侧脸线条优美。灯光打在他的侧影上，让他整个人如同蒙上了一层薄光，看不清神色。

她的视线往下一落，从他笔挺的肩胛处到手臂，再到握笔的手，以及那三个非常漂亮苍劲的字体。

温景梵。

随安然对他的字体很熟悉，不过这种熟悉，还停留在五年前他留下的那一纸便笺。

寥寥一句话，她反复地看，最后兴起临摹的心思，再到如今，写出来的字已经有九成像他五年前那样了。

时间眨眼而过，可毕竟是一个很漫长的距离。

五年的时间，当初的少年已经变了几分模样，更加俊美清隽，气质沉淀之后也越发沉稳内敛，冷静自持。

那一手漂亮的字，也随着时间的变化越发成熟，笔锋苍劲。

而这些过程，她都未能参与。

温景梵已经收起了卡，回头见她正看着自己出神，眸子微微一眨，露出几分笑意来："安然，可以走了。"

随安然立刻回过神来，忙低了头有些困窘地咬了咬唇，再抬起头来时，已经恢复了之前的表情，对他莞尔一笑："短信吗？不要紧。"

昨天她发了之后一直没等到他回复，想起他那日下午说的会提前一天结束工作，便知道他这一天会很忙，所以也没有放在心上。

"梵希的后代……应该不会有了。"他笑了一下，眼底带上了几分柔软的笑意，"梵希五个月大的时候，体重达标，身体健康，就去做了绝育。"

"绝育了……"随安然手指在唇边轻点了一下，"绝育也好，起码对梵希的身体也好。"

"梵希有没有给你惹麻烦？"

“没有，很乖。”她眯眼笑了笑，和他一起迈出电梯。

“安然？”

刚走出几步，就听见有人叫她。

随安然回头看去，迎面走来的一共有五个人，个个西装革履，正要上电梯去酒店大厅。而走在最中间的那个……就是江莫承。

她停了脚步，站在原地等他走过来。

他一身黑色的西装，衣着笔挺，面上带着淡淡的笑容，很标准的精英模样。

他几步走上来，旁若无人地握住她的手腕，仔细地看了看她：“伯母让我见到你之后好好帮她看看你，这么一看好像最近又瘦了些？”

“没有，和之前一样。”她不动声色地避开他的手，对他身旁的人都微微一笑以作示意，这才问他，“你来盛远干吗？”

“应酬。”他回答得简单，见她这副样子，这才岔开视线看向随安然身后的温景梵，“这位是？”

“哦，我给你们介绍一下。这位是我的同学，江莫承，也是从事金融行业的。这位是 SY 总裁，温景梵。”她回头看了眼温景梵。

后者正眉目淡淡地扫向江莫承，目光略带审视，微一颔首，清清冷冷。

两个男人，在第一次见面的时候就莫名地带上了几分敌意。

江莫承倒是意外地看了眼温景梵，先伸出手来：“原来是温总，久仰大名。”可那语气，却并非那么一回事……

温景梵低头看了眼他的手，余光看见随安然面容似乎有些紧张，眉头一扬，目光里的凛然又重了几分。但他依然不动声色地抬手握上去，淡淡一笑：“你好。”

“你既然有事，你先去忙吧。”随安然指了指不远处自己的车，“我下班了，先回家。改天有空我们再约。”

江莫承笑容微微一顿，转眼看向随安然时，这才又明晃晃起来：“好啊，随时恭候大驾。”

说着，他又深深地看了她一眼，这才移开视线对温景梵一点头，和身旁那四个西装男人一起往不远处的电梯走去。

随安然回头看了眼江莫承的背影，见他迈进电梯了，这才转身对温景梵说道：“走吧。”

“嗯。”温景梵应了一声，提醒她，“先把外套披上。”

随安然“啊”了一声，这才想起一直被自己挂在臂弯处的外套，低头穿上。

自始至终，两个人都没再回头看一眼身后的江莫承。

而后者，站在电梯里，一直看着两个人并肩远去的背影，目光幽沉。

闻歌有出国的打算，所以这段时间学业有些紧张。她不眠不休地在补习英语，除了偶尔几个诉苦的电话，倒是一直都没能看到她的人影。

但是今日，随安然收到了她的短信，很简单，也很直接。

老爷子在家里办了个家宴，在给景梵叔相亲……情况乐观，积极，老爷子倍儿满意。

随安然正在切水果，准备给梵希喂点，一边看短信一边切水果的后果就是，一个没留神，血流不止。

刚切出伤口时，还并没有那么疼。她垂眸看着那条短信，只觉得呼吸都紧了几分。等她终于反应过来时，手上的伤口便疼得似被火烧灼着。

她眼泪一下子就落了出来，觉得只是被刀切了一下而已，怎么就那么疼呢？疼得她都有些呼吸不过来，下一刻就会窒息一般。

梵希闻声跑过来，蹲在她面前看了一会儿，似乎是有些疑惑，抬起爪子拍了拍她的脚踝。见她没有反应，又认真地挠了她一下。

她一低头，那眼泪就落在梵希的身旁，“啪”一声碎开一朵水花。

梵希“喵”了一声，更用力地拍了拍她。

随安然低头看着猫，哭得越发不能自已。

伤口有些深，她自己处理不好，索性拿了钱包去附近的诊所清理伤口。她刚走到公寓楼下，就看见不远处的树下停着一辆车，一辆车身漆黑的奥迪。

车窗有些反光，加上环境昏暗，她看不清车内是否有人。她犹豫了一下，还是走上前去。

刚靠近车身，一侧车门就被推开，江莫承从车上下来，目光落在她攥着纱布捂着的手指上以及她身前那一大片的血色，面色瞬间变白。

“你怎么了？哪里受伤了？”

“还真的是你。”随安然松了一口气，见他一副紧张的样子，竖了竖自己还在流血的食指，“切水果的时候切到手了。”

“也就你能干出这么蠢的事。”江莫承眉头一拧，语气不自觉就重了几分。可说完，又是他自己先软下来，不敢去看她的手指，忙半搂着她去开副驾的车门，“行了，你赶紧给我上车。我送你过去。”

随安然也不推辞，上了车，他从车头前绕过来，伸手要扣安全带的时候侧头看了她一眼，倾过身子来替她扣上。

眼前这一幕和很多很多天之前重合，温景梵也这样替她扣过安全带，两个人那时候离得很近很近，她从未这么靠近过他——能看清他的睫毛，能感受他平稳的呼吸。

可她想起此刻他正在和别的女人相对而坐，款款而谈，心里便又酸又疼，这种糟糕的情绪，怎么都阻挡不住，还随着她越发清醒的神经愈来愈烈。

他终究还是到了这个年纪，她却依然不敢上前。这么一想，心里便复杂得枝蔓纠结，盘扎在她的心底，一下下疼着。

她抿着嘴不说话，等他退开身子，这才握着安全带低声说：“江莫承，谢谢。”

江莫承察觉她情绪不对，握着方向盘的手僵了僵，克制了片刻这才压抑下自己要发问的冲动，对她扯了扯嘴角，无奈极了：“不客气。”

而同一时间，被随安然忘记在厨房料理台上的手机嗡鸣着响起。梵希蹲着看了良久，挪了挪身子，一肚子压上去，趴着继续睡……

这一阵来电振动过去后，又进来一条短信，良久，手机才恢复平静。

随安然原本想就去小区附近的诊所，江莫承却坚持送她去医院。反正他有车，费不着她走路，她也没再坚持。

等处理完伤口，她和江莫承在医院附近这条街上买夜宵吃。

她剥着茶叶蛋，这才想起来问："你怎么在我家楼下？"

"想你了。"他抬眸看她一眼，一双眼在灯光下亮得似有火焰在燃烧，"但你上次可是放过狠话的，我要是不能拿你当普通朋友对待就不准出现在你面前。"

随安然剥蛋壳的手一顿，静静地看向他。

江莫承吃了一口粉丝，语气黯然："我现在还办不到，就只能在你楼下想想你。"

随安然咬了口茶叶蛋，拨进碗里，夹起一块鸭血放在嘴里，只觉得舌尖都是苦的："江莫承，你说你这是何必啊。你现在也是黄金单身汉，怎么反而没了当学生时候的风流了？"

江莫承被气得笑了起来，盯着她反问："你自己没做到的事情别拿到我面前来说教。"

随安然一顿，被入嘴的粉丝烫得舌头一麻，这才垂头掩下眼底的苦涩，轻声说："对啊，我们怎么就这么想不开？"

随安然和江莫承都是 L 市的人，两个人从初中起开始同班，高中也是同班同学，就连大学……她改了志愿来 A 大，他也追来了。

随安然有时候想想也觉得……现实可真虐心。

她在暗恋一个人的同时，另一个人也在长久地喜欢她，可两个人磁场不合，不能互相产生感情……还真的是彼此耽误。

并非是没有感动过，当你知道有一个人在时光长河里花了那么漫长的时间喜欢你，就算对方不做别的，也会因为这个，平添几分柔软。

可就是高三那至关重要的那一年，不知道是谁把江莫承在追她这件事捅到了老师那里，还歪曲事实变成了两个人正在交往中……

那位老师是江莫承的小姑，处理这件事的时候难免就有失偏颇，不仅口头警告还通知了她的家长，导致她父母因为这件事，原本脆弱的关系一触即溃。

她至今还记得老师说的那句："随安然，女孩子不能不知羞耻。现在这种年纪你懂什么情情爱爱？江莫承是要出国的，你这个时候和他在一起只会拖累他。你的家庭，你的父母会因你蒙羞，你知道吗？"

那句话像根恶毒的刺，扎在她的心口，让她无法喘息，只能眼睁睁地一步步逼死原来的自己。

也许没人懂她是怎么想的，事实上她什么也来不及想。她只知道这件事她没有妥善处理好，导致有人告状，从而惊扰到父母，以至于让原本表面还能维持平和的两个人因为这件事的处理而彻底爆发。

也没人懂她的执拗，她这十几年顺风顺水，父母疼爱，最珍视的也不过是这段温馨的亲情。可在一夕之间，全部崩毁……

她内心的茫然恐惧就像是一只怪兽，一点点蚕食她。

你是否经历过父母并不幸福的婚姻？你是否经历过不被人信任的绝境？你是否被人用有色眼镜看待？你是否无辜地就被人曲解，被恶意相待？

她有。

她的世界在那一瞬间崩塌，支离破碎。

所以她不敢面对江莫承，她不敢争取温景梵，不过是，曾经的年月阴影太重，偶尔一想起都痛彻心扉。

随安然回到家的时候已经是晚上十点了，梵希还没睡。她打开门之后看见的就是蹲坐在玄关地毯上的梵希，那双碧绿色的眸子在灯光下剔透如水晶，就这样仰头望着她。

随安然进屋换上鞋子，这才蹲下身抱起它。

它乖顺地由她抱在怀里，微微眯了眯眼，轻轻地冲她喵呜呜地叫。

随安然手指落在它的耳朵上轻轻地摸了摸，摸得它脖子一缩，不动了："你想跟我说什么？"

梵希晃了晃脑袋，在她怀里转了个圈，一扭身子就高高跃下，几下就蹿回了厨房，跳上料理台朝她示意。

随安然跟着看过去，它前爪正抱着手机往她面前推了推。

她这才发现，手机上有几个未接电话，以及两条短信。

其中一个未接电话是温景梵打的，另外几个……是闻歌。她滑下去，又看了短信。

闻歌："大反转了啊！景梵叔等把那些来相亲的姑娘都弄走了之后，回头跟老爷子发了脾气，说有喜欢的人了……我还是头一次见景梵叔这么发火。不过有喜欢的人……这个好像更虐一些。"

温景梵："后天早上八点我来接你去录音棚。"

喜欢的人……

随安然竖起自己左手的食指看了眼，表情平淡无波。

反而是梵希，看见她包着纱布的手指，拿爪子去抓了抓，见她没反应，干脆两只前爪都抱了上去，伸出舌头舔了舔……

这是什么东西？朕都没见过！好像味道不怎么好。

收回手机，随安然抱起梵希去卧室睡觉。关上门，她这才对梵希说道："过几天你就要回家了，会不会想我？"

梵希别过脑袋，在自己今晚要栖身的睡垫上跳来跳去——无知的人类啊。

小区的草坪上铺了一层寒霜，太阳升起后，那霜冰略有些融化，被那阳光一扫，亮晶晶地折射着日光。

随安然冷得原地跺脚，幸好她吃过早饭才下的楼，不然肚子里没有货，现在要被冻僵了。

她往双手掌心里哈了一口气，低眸看见手指上那分外显眼的白纱布时，想了想，从口袋里摸出手套戴上。

不远处有一个公告橱窗，她小步挪过去，对着不甚清晰的玻璃照了照，拨了拨头发……

冬天的静电绝对是个恐怖的存在，她刚才还自我感觉良好，手刚松开，那原本柔顺的头发就顺着手套的离开，紧紧地贴在了她的脸上。

随安然只能扯了手套拨开，又整了整围巾，这才听见由远及近的汽车引擎声。

她摸出手机看了眼时间，七点五十分，他提前十分钟便到了。幸好自己提前下来，不然接到他的电话时指不定会有多手忙脚乱。

她往前走了几步，趴在窗口往里看了一眼。

只隔了一日未见到他，再见面时却感觉已经过去了很久。

温景梵似乎是在笑，她这才抿了抿嘴，拉开车门上车。她笨拙地系好安全带后，才想起还未和他打招呼。见他正看着自己，抬了抬手，说道：“早上好。”

“早上好。”他这次是真的笑了起来，目光在她身上停顿了片刻，这才挪开视线道，“吃过早饭了吗？”

“吃过了。”随安然点了下头，又抬手往上指了指，“要喂梵希，开火了就一起吃了。你呢？”

“还没有。”他神情自若，微偏了下头看向后视镜，“先去录音棚吧。”

随安然眨了下眼，问他：“不吃早饭没问题吗？如果时间还早的话，就去我们小区的门口，那里有家早餐店还不错。”

温景梵倒完车，这才不紧不慢地说了一句："不想一个人吃。"

"……"随安然沉默半晌，小声说道，"我早上好像也没吃饱……"

温景梵很不客气地低低笑了声，那声音还带着清晨初醒的沙哑和磁性，沉沉的，听得人心口酥麻。

随安然没忍住，转头去看他。他眼尾上扬，脸上挂着笑，表情温和得让人如沐春风。

随安然很快转回头，手指隔着手套互相纠缠着，心里隐隐叹了一口气……什么时候才能按照自己的心意，停止喜欢他呢？

清早的早餐店，迎来送往，正是客流量的高峰。不过两个人的运气好，刚点完餐，不远处那对小情侣正好吃完离开。

随安然看着那旁边贴着的明晃晃的"情侣座"三个字，脸都僵了……早餐店什么时候也这么……没节操了？

正犹豫着是当没看见好呢，还是无视"情侣座"三个字直接坐过去好时，温景梵已经走了过去。

走得近了，自然也看见了那三个鲜红的字，他的脚步只一顿，便格外自然地坐了下去。

随安然四处张望了眼，很是心虚地小跑着坐下——哎，怎么就跟做贼似的？

因为已经吃过了早餐，随安然就点了一杯豆浆暖胃。假装很忙地东张西望了片刻，视线刚一落在他的脸上，他便准确地抬起眼来，正对上她的目光。

随安然更心虚了，眼睛一转，立刻装作在看他身后的那桌小萝莉。

小女孩大概四岁的样子，粉雕玉琢的，一双眼睛水灵灵的，看着便能萌化人心。正好是孩子好奇心最重的时候，吃口饭都要父母在一旁哄上半天。

见随安然在看她，小女孩很是羞涩地捂了一下脸，一转身就扑进自己爸爸的怀里了。

随安然看着便笑了起来，笑着笑着心里又泛起了苦涩。“爸爸”这个词……离她已有五年之远了。

她正出神，温景梵已经吃好了，循着她的目光看过去，便了然了几分，也不点破，只是唤了一声她的名字，见她回神，这才说道：“我们走吧。”

随安然收回视线，匆忙应了一声，跟他一起离开。

到录音棚的时候，正好是早上八点半，正是整座城市彻底苏醒的时候。

录音室就在三楼，电梯不知道出了什么故障，正在维修，两人便从安全通道上去。

清晨人还很少，安全通道里寂静得只有两个人的脚步声。见她走得慢，温景梵放慢了脚步等她跟上来：“早上试音，如果声音合适，下午就可以开始配音了。”

随安然正沉浸在自己的世界里，恍然听到他这句话，这才有了几分紧张：“假如……假如我正好合适，我还有酒店的工作，会不会耽误进程？”

温景梵转头看了她一眼。他走在外侧，此刻又比她先迈上一步，就这么居高临下地看了她一眼，才淡淡地说道：“陆熠方是个好导演，为了完美，他可以付出很多代价，何况只是配合你的时间。”

说完，他这才移开视线，抬头看了眼楼梯上贴着的楼层数字，补充道：“我会陪着你。”

随安然一愣，转头去看时，他偏了头，她的目光所及之处，不过是他完美的侧脸，迎着光，清俊优雅。

陆熠方和工作人员已经在场，陆熠方正坐在录音室小屋子前聚精会神地看隔音房间里面正拿着小本在配音的配音人员。

温景梵带她走过去，短短几步路而已，已经有好几个或在忙碌或是悠闲的工作人员认出他，和他打招呼，顺便……用一种很是好奇的眼神，打量她。

等走到了陆熠方的身旁，他这才察觉两个人的到来，摘下耳麦站起身来，朝随安然伸出手：“还记得我吧？”说这句话时，他扬起嘴角，笑得格外灿烂。

随安然摘下右手的手套，伸过去轻轻握了一下他的手：“记得，陆导演。”

“你能来我真高兴啊。”他偏头看了眼靠在桌子旁翻着本子的温景梵，露出一口明晃晃的白牙，“听时遇说你没有经验，不紧张啊，等会儿就先听听你的声音。你觉得能适应的话咱们就可以谈谈酬劳了。”

这话说得，好像就已经定下了她似的……

随安然只装作没听懂，微抿了下嘴，说道：“嗯，好，先试试音。别的再说不迟。”

陆熠方把一旁的本子拿起来，翻了几页，正要指定地方时，温景梵已经把手里的本子先一步递给了随安然。

“我折好的这几处，你等会儿都试试。不用紧张，陆导已经说非你不可了，你随便念念就行。”他当着陆熠方的面说这句话时，毫无半分不自然。

见她伸手接过去，这才淡淡地看了眼面前表情有些诡异的陆熠方，微扬了下眉：“难道我记错了？”

“没有……这话是我说的没错。”

随安然倒是觉得这两个人相处的模式自然得让人羡慕，笑了笑，寻了一处地方坐下来，仔细地看他折出来的那几处台词。

温景梵和陆熠方低声交流了几句后，便径直走了过来，拉了一把椅子就坐在了她身旁。见她看得认真，也不打扰，看着隔音房间录音的人，耳边听着的却是她软糯的碎碎念。

听着听着他便笑了起来：“不用紧张，这样就很好。”

录音室里开着空调，她坐下片刻便感觉有些热，加上情绪紧张，竟隐有出汗的架势。她捏了捏本子，搁在膝头，去脱外套。

她脱下外套后正准备挂在椅后，他已经伸手接了过去："我来。"

随安然下意识地拉住衣服，在他有些疑惑的视线里这才反应过来，立刻松了手："麻烦你了。"

"手套呢，左手的手套不准备摘下来？"他微微抬了下下巴，示意她左手还戴着手套。

随安然想着迟早也是要让他看见的，反正他不知道自己是怎么伤着的，也笑话不了自己……这么想着，便磨蹭着取了手套。

然后便听见他语气往下沉了沉："手指怎么了？"

随安然看了看自己包着纱布的手指，郁闷地回答："切水果的时候……切到了。"

她昨天碰了水，所以又去诊所换了一次药，不然昨天那外层还渗着有些红得泛黑的纱布更让人觉得恐怖。

温景梵看着她的手指片刻，面色有些不悦，但终究是没说什么，去把她的衣服挂好，回来的时候，随安然已经被陆熠方叫过去了。

他站在几步之外看着她，眸光渐渐清亮。

随安然进隔音房间之后，温景梵在外间站了一会儿。等工作人员替他挪了椅子过来时，这才坐下，取了耳机戴上。

说"开始"的是温景梵，他手里什么也没拿，就这么坐在椅子上，神情慵懒地透过隔音玻璃静静地看着她。

对上她的视线时，他才清了清嗓子，说道："准备好了没有？开始了。"

那是一种……很特别的感觉。

随安然有些无法形容他那一瞬间声音的变化，感觉透过耳机传来的他的声音比之现实里的要更加磁性好听，哪怕只是刚才那句简单的询问……

声线简洁低沉，音色重了几分，好听到爆。

她一瞬的怔忡之后，才在陆熠方意味不明的笑声里回过神来，调整了状态，朝他点了点头："准备好了。"

温景梵真的想用声音诱惑一个人的时候……那个人，绝对毫无抵抗能力！

随安然没有受过专业的配音训练，也没有过配音方面的经验，更不会有什么配音技巧。所以初次接触，一切全凭本能。

她的声音的确好听，空灵清透，淡淡的优雅，声色柔和，声线优美。若非要寻个形容，就如墨中点翠，清灵得似山间掠过的清风，缕缕飘香。

陆熠方听得直点头，这次的女主音他要的就是这样。

但如果要说缺点，那就是感情投入不到位……这个没关系，交给温景梵，他会慢慢教。

温景梵的手指搭在下巴处，半掩着唇，隔着隔音玻璃看着里面神情专注的随安然，微微蹙了一下眉，找出了她的第二个缺点——

暂时没发现她声音的多元化。

专业的配音演员，可以很自然地转换声音，变幻各种感情色彩。她的声音是好听，但纯净得有些单一。

不过他也不需要她专业，毕竟她不会因为这一次配音，就进入配音圈。

这么想着，他侧头看了眼满意得双眼都眯成一湾漆黑鸿沟的陆熠方：“如何？”

陆熠方戴着耳机没听见，但察觉他的视线回过头来，立刻点了点头：“很不错，是我要的声音。”

外面的声音是直接传到里面的，随安然正念着台词，被两个人这么旁若无人的交流打断，也抬起眼睛看过来——正好对上温景梵沉敛平静的眼神。

温景梵淡淡一笑，心念一动间，便有了想法。他起身摘下耳麦，朝陆熠方扬了扬手里拿着的本子：“既然我在这里，干脆也进去试试音，让陆导听听效果。”

陆熠方自然求之不得。

随安然原本还在犹豫，这会儿算是试音结束了呢还是正在进行中……又或者自己是推门出去，还是傻站着继续等指令。

思想还没斗争出个结果来，就看见温景梵已经站起身来，他个子高，身材又挺拔，加上今天的衣服又是他惯常喜欢的深色系，看着便显清瘦。

他转身的时候侧头看了她一眼，很简单地打了一个“等一下”的手势，便抬步往隔音房间走来。

门被推开，他迈进房间后转身关上门。

隔音房间里除了收音的话筒和耳机之外，还有一个高脚凳。

他随手拉过一个高脚凳坐下，见她还站着，这才抬头看了她一眼，抿着嘴又淡淡地笑了一声：“现在不是教课时间，你坐下来，我跟你对几段戏。”

“对戏？”随安然傻眼，进展这么快吗……

温景梵“嗯”了一声，再开口时，声音里都带上了些许的笑意：“不愿意吗？”

随安然摇头，也拉过高脚凳坐下，透过隔音玻璃往外面看了眼，把耳机摘下来拿在手里：“我对你的声音没有抵抗力……”

“我知道。”他低低笑了几声，再看她时，把手里的本子递给她，“多听几次就习惯了。”

这个……多听几次也习惯不了啊，时遇大人。

温景梵等她接过自己的本子，从她手里抽出她一直拿在手里的本子。握得时间有些长，已经染上了她的体温，暖暖的。

他顿了一下，不动声色地抬眼看了看她，她已经去看台词了，微垂了眼睫，遮掩着自己如皓月朗空的那双眼睛。

这样的画面如果没有隔音玻璃外那讨人厌的家伙一直干扰的话……会更美妙。

温景梵淡淡地扫了眼外面一直发射八卦信号的陆熠方，一脚曲起，搭在高脚凳突出的脚架上，翻到刚才自己递给她的那一页台词。

是一段缠绵悱恻的情话。

台词是——

男主晏司祁：“直到此刻才终能体会那句一花一世界，一叶一菩提的深意了。”

女主穆听夏：“你寻了我九世，可曾想过放弃？”

晏司祁：“从未。在你替我挡下仙魔劫，魂飞魄散后，我便执着要寻你，还你一瞬生息。寻了千万年，好在缘分未尽，机缘巧合下得了那一白莲，才知道你那一缕魂魄在此休养生息。若是再来一次，我依然愿意耗尽修为，重归上古之位，点渡你。你化为白莲，我予你仙池赐你仙骨。你再世为人，我便下凡寻你，寻到你就化作普通人陪你过完这一生，等你再次转世。只要你魂魄还在世间，我就一定会找到你。”

穆听夏：“如若有一天，你轮回转世，便换我踏遍黄泉碧落，九霄仙云，寻你九世，九转登仙。”

随安然是知道这个剧的，这是著名作家“长安等君来”的最新仙侠小说《九转》改编的同名电视剧。

讲述的是上古时期，天地混沌，仙魔大战起始，长刃破天，万物终绝。上古大神听夏为封印恶魔的形体为司祁争得一息之间的胜利，而染了魔性。后司祁无奈之下，用神剑九转将其斩于剑下，听夏神形俱灭，魂魄飘散。

历经千万年，她那残存的魂魄终于有了一丝精魄，从而拥有了意识，附在一朵白莲上休养生息。

后遇上千万年来一直寻找她魂魄的司祁，九生九死，九次轮回，他耗尽修为点渡她羽化登仙，九转不灭。

她未看过结局，但因为字里行间渗透的入骨缠绵和相思绝望，她只是翻了书页，便迟迟未读下去。

现实和感情给予她的，远比这书里故事更加刻骨铭心，她已经看不得一点儿不圆满。

“安然？”

随安然回过神，下意识垂下眼掩去那恍然涌上的情绪，再抬眼时，已经一派平静无波：“开始吗？”

温景梵点头，戴上耳麦，见她准备好了，看着本子念道：“直到此刻才终能体会那句一花一世界，一叶一菩提的深意了。”

他断句断得恰当，那佛经里的“一花一世界，一叶一菩提”被他放缓了语气，声音带了几分上古的空旷低沉，音色压低，声线稳沉，像是隐匿在地平线的最后一点儿光，柔和温暖，却又带了几分恰到好处的惆怅，苍凉。

随安然被他的声音一震，久久未回过神来。直到他轻轻触碰了一下她的手背提醒她，她这才掩去眼底惊艳之色，接下她的那句台词。

现场听声音，感觉更震撼……

“从未。”他的音色又往下压了几分，停顿了一瞬，这才继续接道，“在你替我挡下仙魔劫，魂飞魄散后，我便执着要寻你，还你一瞬生息。”

停顿处，他声音婉转，留了一息的空隙，转而声音越发轻柔：“寻了千万年，好在缘分未尽，机缘巧合下得了那一白莲，才知道你那一缕魂魄在此休养生息。若是再来一次，我依然愿意耗尽修为，重归上古之位，点渡你。你化为白莲，我予你仙池赐你仙骨。你再世为人，我便下凡寻你，寻到你就化作普通人陪你过完这一生，等你再次转世。只要你魂魄还在世间，我就一定会找到你。”

随安然只听了前半句和最后一句，中间的内容她彻底放空了自己……只知道声音好听得她有点不淡定，可现在……也不是喝彩的好时候。

她忍不住侧头看着温景梵，他一手按着耳麦，一手拿着本子，长腿舒展着，并不像随安然那样时时刻刻紧绷着。相反，这里似乎才是他能放松下来的地方，他只要开口，这里便是他的世界。

这种看着他配音，能看清他细微表情，能注意他随意的动作，能直接透过耳麦听到他声音的感觉……让她心尖都为之柔软，颤抖。

这大抵也是她无法拒绝的一个原因，想亲眼看看他配音的样子。

现在看到了，果真是没有最惊艳，只有更惊艳……

总是被他勾走心绪的结果是，这句话安然又没能跟上节奏。她捂了一下脸，道歉："对不起……"

"正常的，和时遇对戏的配音演员刚开始都会被他秒杀上几回，不过你稍微收敛点嘛……除了我这种知情人，还有录音师在呢。"说着，陆熠方便已经看热闹不嫌事大地笑了起来。

温景梵难得没有出声制止，摘了耳麦，对她无声说了一句"等一下"后，便站起身离开。等一分钟后回来时，他手里已经拿了两瓶矿泉水。

他抬手拧开瓶盖，这才递给她："最后那句台词，声音放柔些，至于语速，到时候还要对女主演的口型，现在随意发挥就好。"

随安然抿了一口矿泉水，水温有些凉，正好能降降她心里烧起的那股燥热。

喝了几口，她拧上盖子放到一旁，轻声低喃着用不同的语气、语速去念最后那句台词。

温景梵低头看着本子，却一直在留心她，见她渐入佳境，出声提点："就这样，发音清晰是基础，断句的时候不能急躁，'便换我'这里停顿下来后，再接上'踏遍黄泉碧落'。你再试试。"

"如若有一天，你轮回转世，便换我，踏遍黄泉碧落九霄仙云，寻你九世，九转登仙。"

温景梵捏着瓶身的手微微收紧，抿了口水，这才点了一下头，示范道："寻你九世，九转登仙。"

与她的不同，他的声音低缓温柔，八个字从他唇齿间而出，深情缠绵。

“再来一遍。”他收回视线，又抿了口水，旋上瓶盖。

因为有了他的示范，随安然这一次很快就进入了状态。

寂静无声里，只有微弱的电流声静静流淌。

温景梵清了清嗓子，低声询问她：“准备好了吗？”

随安然点点头，调整了一下耳麦的位置：“准备好了。”

他已经不需要看本子了，就这么慵懒地坐在高脚凳上，微微侧身，目光落在她的身上，开口时，声音低低的，比之刚才要更温柔一些。

随安然集中注意力念台词，念完转头看他时，他的眼角眉梢都染上了笑意，温润得如同春日时山间的清风，轻微声息。

“听夏。”念完全部的台词后，他突然又加上了剧中女主角的名字。

随安然愣了一下，眼神疑惑……这是哪一出啊？

他却并未直接解惑，只垂了眸子，一字一句格外清晰地说道：“我从没有停止过对你的喜欢。”

或许是他这句话说出口时，是看着她的，那双眸子里虽然平静，却光彩熠熠。或许是他这句话太过温柔，透过耳麦传来，就如鼓点，一下下敲击在心口。又或许是，她幻想已久，听到他的这句话时，才恍然有种被他一直念着、喜欢着、在意着的错觉。

温景梵念完这句话后，又轻咳了几声，拿起放置在一旁的矿泉水抿了两口。再去看随安然的时候，她已经专心致志地看本子了。

“你刚才说的那句台词，在哪一页？”

温景梵目光一闪，“唔”了一声，回答得很含糊：“忘记在哪一页了。”

果然是台词……

随安然轻叹了口气，不动声色地摸了摸胸口——心跳还是有些快。

温景梵今天似乎是配音的兴致不错，和她对不同的台词对了整整一个小时，这才和她从隔音房间里出来。

陆熠方还有些意犹未尽：“要不你再待一个小时？”

温景梵面无表情地转头看他：“不愿意。”

陆熠方：“……”

一旁听见两个人这段简短交流的随安然抿嘴笑了起来。

时间还早，温景梵并未急着离开，和她一起坐在控制台边听专业的配音演员配音。

这么安静了一会儿，陆熠方关了麦，随意地和温景梵聊了起来。两个人聊的都是工作上的事情，随安然听不懂，索性认真听配音演员的专业配音。

“梵希呢？好点了没有？”

温景梵翻着本子，头也没抬地揶揄：“等你想起它来，都不知道它那时候成什么样子了。”

陆熠方挠头：“我是男人嘛，难免粗心。梵希没事就好了，你自己照顾的？”

“不是我。”他手上的动作一顿，似笑非笑，“梵希还在安然那里，如果你很想梵希早上叫你起床的话，我可以等会儿就送货上门。”

陆熠方顿时倒吸一口凉气：“梵希在……她那儿？你那猫你不是宝贝得要死，怎么随便就给别人了？”

“她不是别人。”他抬头看了他一眼，又补充道，“而且梵希很喜欢她。”

“所以你因为梵希喜欢她，就对她……不一样了吗？”陆熠方有些惊恐，温景梵这二十几年来就没开窍过，别为了一只猫的喜欢，就随便把自己搭上了啊。

他抿了口水，转头看了眼按着耳机专心致志、完全没注意到这边的随安然，这才缓缓地说道：“应该是我对她不一样，梵希才喜欢她。”

陆熠方价值千金的脑子卡了一下，这才慢悠悠地恢复运转：“你……”

温景梵“嗯”了一声，随手把手里的本子往他怀里一丢：“所以以后不要随便调侃她，她会害羞。”

最重要的是，他还没开始，她就被这么吓跑了可怎么办？

陆熠方顿时石化，这万年光棍，终于开窍了啊……

因为还没有看过剧本，加之温景梵不怎么乐意大好的星期六要折在录音室里，中午和工作人员一起吃过饭之后，便先行离开。

刚驶出没多远，在路口遇上了红灯。

温景梵一手搭在方向盘上，一手撑在窗口，手指抵在唇边，那修长的手指轻轻地敲了敲，眸光深幽，若有所思。

随安然见他在想事情，也不出声打扰。透过窗口往外看去，阳光扑洒间，路边商店的招牌折射出有些刺眼的光。

不远处的高楼前 LED 的电子显示屏正在播放广告，声音在嘈杂的街道上并不甚清晰，但吸引随安然注意的，却是上面播放的内容。

是温景梵“SY 投资公司”的广告。

温景梵大概也看见了，笑了一下，踩下油门跟着前面的车辆左转离开路口：“怎么样？我自己设计的广告方案。”

随安然想了想，挤出六个字的评价来：“很精英很专业……”

如果他这位负责人再出个镜，露个声音……估计业绩要成倍地上翻了……

温景梵沉默了一会儿，转移话题：“还适应吗？”

随安然还沉浸在刚才那个大气恢宏的广告里面，顺口回答：“肯定适应啊，画面、声效、光影都很好，广告创意也很棒。”

温景梵扶额低声笑了出来，见她扭头看过来，才解释：“我问的是配音。”

随安然窘了一下，才说：“还好。以前听着你声音的时候就一直想看看你配音的时候是什么样子，现在如愿以偿了。”

温景梵沉吟片刻，一双眸子越发幽深起来：“除了这个呢……”

“除了这个……”随安然努力想了想，“除了这个还是觉得……你的声音真的很好听啊，尤其是念台词的时候，很诱惑。”

让她每每听着都会觉得心潮澎湃，那低音像是能引起人的共鸣，醇厚磁性，更不用说他带上了几分感情之后，简直能“谋杀”耳朵。

温景梵很自然地就问她：“那诱惑到你了没有？”

随安然一愣，察觉到他的目光也落了过来，虽然眼神是无形的……可是不妨碍它的存在感。

随安然脸皮薄，只觉得那目光有如实质，落在她的脸上，微微发烫。

“有的啊……”她轻声回答。

处于“娇羞”模式的随安然回答完后，久久没有得到温景梵的回答，甚至于连他的笑声都没听见，这才转头看过去。

可温景梵其实是在笑的，笑得很是肆意，那双眼睛漆黑得发亮，眼底似有流光，光华百转。

他说：“我好像找到和你相处的捷径了。”

温景梵对随安然最早的记忆是停留在他那日上山，大师带他去客堂。郁郁葱葱的山林，鸟声虫鸣，是城市这种钢铁森林未有的生机自然。

老爷子是 L 市的人，后来娶妻生子，温家几个孩子都分家了，他便带着奶奶来了 A 市。而后，却时常抽空来这梵音寺一趟。

温景梵从小和老爷子亲近，老爷子每次来梵音寺的时候他都会一起来。那一年奶奶身体不好，他便独自一个人过来求道平安符，顺便带走开光的小叶紫檀手珠。

然后就遇见了她。

她安安静静地伏桌抄写佛经，一双眸子清透得像是山涧清泉，那双眼睛看着你的时候似乎能看进你的心里去。

可印象最深刻的却不是这一次的初相见。

她就住在他房间的对面，很多天都没见她说过话，那时候他以为她的安静是因为身体的残缺——比如，她不会说话。

可那日，看见她惊慌失措地打开门，看见正站在过道上的他时，咬着唇软语，却冷声道："麻烦你让一下。"

他才知道，她不过是不爱说话而已，并非是哑巴。

她大概是遭遇了什么不好的事情，眼底的泪光清晰地要把她眼睛里的清透都遮掩起来。他下意识侧身让开通行的路，就见她飞快地跑了出去，经过身边时，还隐约听见她压抑的哭声。

他回屋坐了片刻，却静不下心来。

他开了窗看见外面乌云滚滚翻涌而来，拿了伞就出门了。他走着走着便走到了佛寺的后院，大师见到他，把供在佛堂上的紫檀珠交给他。

他道过谢，从后院往前面走时，迈过高高的门槛，站在巨大佛像后的拐角处时，就看见了跪在佛像前的她。

正殿里空无一人，佛像前却供着几缕香火，淡淡的烟雾，淡淡的香气。

他站在那里，透过垂下来的经幡看着她，却怎么也迈不动一步。

外面的天空已经彻底沉了下来，只那熹微的一缕金光从乌云的空隙里透出来，越发显得大雨来临前，这一片天地是如何压抑。

瓢泼大雨而下，她却恍若未闻，眼睛里还弥漫着一层淡淡的雾气。

然后……温景梵就听见了她的哭声，借着那大雨的声音，毫不掩饰地哭着。

"你不是佛吗？不是普度众生的佛吗？那我求你……是不是可以达成我的心愿？"

他侧头看去，她的一双眼因为含着泪而星光点点，脸上泪痕清晰，唇色有些发白，手指紧握着垂在身侧，已伤心到了极致。

"如果你达成了，我每年都会来供奉香火。"

她哭着哭着便泣不成声，混着外面的雨声，只觉得入耳凄凉悲伤。

他立在那里，过堂风吹来，带着湿漉漉的雨气，有些凉，他却似毫无所觉。

随安然闭了眼，双手合十，十分虔诚地在心底默念了她的愿望。再睁开眼时，弯腰磕下了头，一连磕了十个，再直起身的时候额头有些发红。

温景梵抿了抿唇，放下伞，拿起一旁的木鱼，轻轻地敲起来，另一只手，捻着他的紫檀佛珠，一粒粒，轻点而过。

蓦然听到木鱼的声音，她似乎是怔了一下，但身形却依然未动，就这么双手合十地跪着。

好像是把所有她力所不能及的希望都寄托在了这里。

念珠，原本是佛教徒诵经计数时左手握的珠子。后千年传承，念珠便由起先的参禅悟道演变成了终生大智慧的象征，变成了如今寄托着感情的念想，带上了佛意。

不知道佛珠转了多少圈，外面的雨声终于渐渐变小，淅淅淅淅沥沥。山间的一切似乎都染上了绿意，绿得葱郁。

她不知道跪了多久了，他停下动作，等僵硬的身体重新运转起来，这才拿着伞从佛像后出来。

听见脚步声，她睁开眼来，眼睛因为哭过还有些红，却清澈得如同此刻的天空。

他抬手戴回佛珠，看了她一会儿才问："要不要回去？"

她点点头，却不起身。

温景梵知道她是跪麻了起不来，但她不出声，他就假装不知道："我还没仔细看过这里的佛像，外面还下着雨，我有带伞，等我看好了，我们一起过去吧？"

她仍没有说话，抿了抿干燥得有些起皮的唇，点了一下头。

他那时候还想，这小姑娘真是一点儿都不识好人心，固执得让人无奈。

他转身去看佛像，刚走了几步，就听见她微弱得像猫一样轻柔的声音："小哥哥，谢谢你。"

小哥哥。

他淡淡一笑，大步迈开。

雨声，古寺，佛像，经幡，木鱼声。江南水乡的温柔，山间古寺的宁静，真是揉碎了所有静好的时光，安然入世，温柔了时间。

她绝望伤心的那日，跪在佛前。他立在佛像之后，透过经幡而望。这件事，大抵只有他和那日的佛像知道。

可陪了她这么一下午，却是他记忆里为数不多的最清晰的，每每想起都会觉得心尖温暖的事。

而这些他一个人的记忆，不用告诉她，一个人妥帖收藏就好。

| 第九章 |

我在你身边

很快便到了随安然的公寓楼下，因为是周末，小区里活动的人明显多了些。

温景梵放缓了速度慢慢通过，寻了一处地方停车后，和她一起下车进去。

她的工作时间并非朝九晚五，就算是有时间休息，也会自己在家里自由活动，或是上网，或是看书，很少出门。

所以整栋楼也就她对面那家人和她打过几次照面，还算略微熟悉，其余的，她连是不是这一栋公寓楼内的都不甚清楚。

所以，这会儿她和温景梵进了公寓楼，倒是省了一堆的麻烦。

和他一起走出电梯后，她低头在包里找出钥匙，边开门边道："那等会儿是把梵希直接带走吗？"

"嗯。"温景梵点头。

随安然刚开了门，屋内就快速地蹿出一道影子，踩着安然的脚直接扑进了已经蹲下身准备接住它的温景梵的怀里。

随安然看着鞋面上一个湿漉漉的梅花脚印，心底隐隐有种不太妙的感觉……

梵希还在亲密地拿脑袋蹭着温景梵的手心，一边撒娇一般甜蜜蜜地"喵喵喵"叫着。

随安然心里疑虑顿生，也顾不得先招呼温景梵进来，连鞋子都没换，直接冲到客厅去看。

鱼缸里，已经萧条得只有三条鱼了。

那水面还在波动着，上下起伏，随安然看着从鱼缸那里开始蔓延的湿漉漉的水迹，只觉得额头一阵发紧。

温景梵察觉她的不对劲，已经抱着梵希走了进来，见她僵立在鱼缸旁时，也循着她的视线看了过去，这一看……

他眉头微拧，抬手托起梵希的下巴，这才发现它嘴边湿漉漉的，还在滴水。

梵希被他托起下巴，有些不高兴地抬爪子挠了一下他的手，很是无辜纯良地回视：这么看着朕干吗？

随安然看着仅剩下的三条鱼，欲哭无泪。

不是说好了不吃的吗？

“梵希。”温景梵的声音瞬间沉了下去，隐隐还有一股凌厉。

随安然回头看去，他的面色已经变了，这还是头一次看见他沉下脸来这么严肃地看着梵希。

没预料到的，大概还有刚闯完祸的梵希，它“喵呜”一声，身姿灵活地从他手里挣脱开来，落在沙发上，双目圆睁，有些不敢置信地看着温景梵，犹带着惊恐。

这种情况下，她竟然还有心思分神……她看着梵希这难得一见的吃瘪模样，笑了笑，开始在一人一猫之间打圆场：“没事，梵希还给我剩了三条。”

说完，不知道是不是错觉，总感觉温景梵身上那股锐气又重了几分……

“呃……”随安然斟酌下，再开口道，“其实真的没关系，和那些鱼……也没有什么很深的感情，梵希喜欢就给梵希好了。”

他却突然直直地看过来，一字一句，格外清晰地问她：“你是对什么都觉得无所谓，还是只是对我这样？”

随安然出门之前，想起还未喂鱼，放下钥匙，又折回去喂了那几条鱼，这才出门。

A 市的冬天已经很冷了，每日晨起都能看见地上凝结的白霜。起得再早些，便是浓重得化不开的白雾，层层叠叠，朦朦胧胧的，隐约能听见人声，触目之间，却是一片浓重的迷茫。

因为这场大雾，她已经好几天没有自己开车上班了。

不过好在现在所有的学校都已经放寒假了，她只要早起些，早班的公交车并不会特别拥挤。

现今，年关将至，她忙得不可开交。而距离那一天，已经过去了一个多星期。这一个多星期里，不只再没见过温景梵，连他的动态消息都是在微博上知晓的。

他周末就去 S 市出差了，至今未归。除此之外，她什么都不知道。

梵希那日就被他带走了，原本说好的吃饭，也因为这段小插曲搁置。

不过随安然至今没懂的是……被吃了鱼的是她，为什么温景梵的反应反而更大一些？加之最后那一句话……实在引人深思。

饶是她再迟钝，也从这句话里听出了一丝不同寻常。

只是，她不敢问，怕自作多情。再加之，此后他都未主动联系自己。她的怯弱便一日日加深，怎么也迈不出那第一步。

而这段时间，陆熠方倒是和她偶有联系。最后嫌短信太烧钱……要了她的微信号直接语音联系。

至于短信烧钱这个理由，随安然觉得不能深究，一细想就满满都是槽点。

陆熠方通常会在下午茶时间发几条语音，如果不是说他中午吃了什么，就会说他的剧组有什么趣事。

就在几天之前，随安然才知道——蒋宁夏就是《九转》里的女配角，她的配音，会亲自来做。

大抵开始配音之后，两个人还能见上一面。

不过随安然对这种见面实在是一点儿也没有兴趣。

吃午饭的时候，张咪端了餐盘过来和她坐在一起，见四周没人注意，这才神秘兮兮地说道："内部消息啊，我听说蒋宁夏跟我们的温公子好上了。"

随安然刚夹起一块糖醋排骨，闻言，顿了一下，这才若无其事地往嘴里送去："你的八卦消息就没靠谱过。"

被质疑的张咪同学有些不高兴："什么啊，我跟你说，真的是内部消息。蒋宁夏不是签了陆熠方工作室吗？现在和陆导在 S 市拍电影，听说啊，温公子也在 S 市，同住一个酒店，还有人看见大半夜的，蒋宁夏去敲温公子的门……"

随安然面上毫无波澜，只眼底一瞬幽深如墨，嘴里咬着的酸甜的排骨都有些食不下咽起来："……后来呢？"

"后来？"张咪嗤笑了一声，"你可别天真地觉得大半夜的敲房门有多纯洁，温景梵啊虽然表面看着清心寡欲的，还不是一样来者不拒吗？蒋宁夏多漂亮啊，又是主动送上门的，这到嘴的肉哪个男人会不要？"

"说得也是……"随安然低低地接了一句，心底却是翻江倒海，如同一叶轻舟突然被一个凶猛的浪头打翻，覆了舟，满身都是水。

她拿着筷子戳了戳米饭，想了想还是说道："不过我还是觉得这个不太可信……温景梵，不是这样的人。"

"那你脸色突然这么难看干吗？"张咪一边咽着饭一边说，"我说你不会是真的跟温公子有些什么吧？"

随安然转头看了她一眼，抿了抿唇，一言不发地走了。

张咪愕然地看着她，突然发现自己有些看不懂她了。这落荒而逃恼羞成怒的架势，好像是真的有些什么啊。

随安然走得急，被冬日那凛冽的寒风一吹，这才清醒了些许。

她裹紧身上的外套，双手插在口袋里，慢悠悠地走过酒店的花园，等到了办公室，便去泡了一杯咖啡提神。

但她心里始终静不下来，犹豫了片刻，还是给陆熠方发了个微信消息。

“你说在外地，是在S市？”

正是饭点，估计剧组也正在吃饭，陆熠方回得很快：“对啊！咦，我没跟你说过吗？”

“没有啊，你只说你在外地拍电影。”

“时遇也在啊，他居然也没跟你说吗？我们剧组和他还是一个酒店的！”

随安然想了想，老实回答：“没有……我们已经很久没联系了。”

陆熠方看到这条消息的时候，一口饭差点儿噎死自己，他默默地抬眸看向对面安安静静吃饭的温景梵，神色蓦然诡异了几分。

察觉到好朋友“神经质”的眼神，温景梵顿了一下，还是抬眸看了过去，清冷着声音问道：“干吗？”

陆熠方咽下那口饭，把手机递过去：“你一个星期前才跟我说你对她不一样，就是这么不一样的？”

温景梵原本并没有兴趣看他在干什么，闻言，这才把手机接过来。

他先是看了一眼名字——随遇而安。果真是个懒散得不愿意在取名字上花时间的人，若说原先还对微博上那个“随遇而安”有些不确定和疑惑，现在几乎已经能够肯定是她了。

看完这个，他又去看内容，修长的手指点着屏幕，一路上移，看到时间时，微扬了一下眉。

他抬头看了眼陆熠方，语气又凉薄了几分：“你和她就有这么多话要说？”

陆熠方：“……”自己怎么就一时想不开把手机递给他了？

温景梵看了他一眼，目光凝滞了一瞬，动了几下手指头，发了一条消息过去。

“那为什么你不联系他？”

随安然一愣，反问：“为什么要联系……”梵希被他接走之后，两个人之间的共同话题都没了。

温景梵有些内伤。

“无话可说？”

随安然：“是啊，他好像生气了。他出差我也是从微博上知道的。”

温景梵皱了一下眉头，似乎是在回忆。

他那日的表情难道让她误会他是在生气？至于出差，因为太过匆忙，除了他的助理，谁也不知道。

等他到了S市，想给她发信息，可问了那句话之后相当于捅破了窗户纸，难道她……还没有发觉？

就在他沉思的时候，清晰的一声消息提示声打断他的思路，他低头看去，眉头一蹙，脸上的表情瞬间凝结成冰，比这冬日更要冷上几分。

陆熠方抖了抖身上的“冰碴子”，挪着碗离他远了些。

只见温景梵握住手机，轻声地，一字一句地，格外清晰地说了四个字：“等我回来。”

陆熠方见他使用完毕，这才伸出手把手机拿到了自己的势力范围内，很快速地瞄了一眼最后的对话。

随安然：“我听说……蒋宁夏半夜去敲了时遇的房门，可以求……‘然后’吗？”

这边陆熠方默默地给随安然点了几根蜡烛后，他才含糊着问面无表情继续吃饭的温景梵：“准备回去逮人了？”

“晚上的飞机。”温景梵放下筷子，端起一次性的纸杯抿了口红茶，透过那袅袅升腾的白雾凝视着陆熠方，“还有半个月就过年了，今年又不回去？”

陆熠方轻哼了一声，满不在乎地回答：“我干吗要回去？”像他们这样的工作已经稳定，并且单身没有交往对象的人，过年回家就等于接受永无止境的相亲。

陆熠方因为身在娱乐圈中，陆家都怕他一时想不开和哪个女星看对眼了，一旦他回去，只要停留超过两天，第三天就会立刻被“人生大事”攻占。

“那你呢，老爷子这个人又固执又不好说话，要是安然不招他喜欢，你们之间可有得磨。”

温景梵喝着水，神色被白雾遮掩着，看不清楚他的表情。直到陆熠方觉得他不会回答的时候，他才慢慢地说道：“你说得对，所以我还需要点时间。要和她在一起之前，我必须先扫平老爷子那里的障碍。”

陆熠方笑了笑，没再接话。

而随安然这边……

随安然看见发过来的语音消息，边喝着咖啡边按了下去。

温景梵清晰的声音就这么透过手机传了过来：“等我回来。”

一个震惊错愕之下，随安然一口温烫的咖啡没及时咽下去，呛得她不停咳嗽起来。

好不容易等咳嗽平息下来，她这才捂着发烫的脸盯着手机出神——刚才，是幻觉吧？

这么想着，她又按键重新听了一遍。

依然是他的声音，清清冷冷的，言简意赅。

所以……他到底用陆熠方的微信和她聊了多久？

这么想着，她指尖触着屏幕往上翻看记录，看了良久也没看出一丝头绪来，但视线落在她最后发出去的那一句上……她后悔得肠子都青了！

这下好了，两个人本来就到冰点的关系又一落千丈了……

她还记得那一日他说那句话时候的样子，周身没有一丝暖意，立在几步外，就这么遥遥地看着她。

语气也像今天这样清冷，不带丝毫温度。说话的时候也是毫无波澜……有些僵硬的样子。

她有些看不懂他，也读不透。

可她其实是知道一点儿的，他很多时候说话都是惯用这种方式、这种语气罢了。可就算是这样，她也丝毫分辨不出他的意思。

是随口一问，抑或是在试探她？可是如果知道她的心意，为什么不再问得直接点……

这样她退无可退，也就破釜沉舟了。

大抵这世界上有一种感情，还是让人分外尴尬的——恋人未满。

因为是朋友，因为彼此都不想失去，因为忐忑不安不明对方心意，所以始终小心翼翼，一句稍微有些歧义的话都会细斟慢酌半天，生怕一个不慎，满盘皆输。

随安然想着想着，便觉得额头隐隐有些作痛。就在出神间，她已经把整杯的咖啡都喝完了。她捏着杯柄，目光落在他发来的语音上，心底却升腾起期待来。

是否……真的可以触手可及？

见陆熠方的微信良久都没有新的消息发来，她这才凝了凝神，继续处理工作。忙完这段时间，她除夕夜之前还能赶回 S 市和母亲一起过年。

她，该回家了。

晚上十点，她刚巡视完酒店回办公室，坐下没多久，就接到总台的电话。

"随经理，有位 VIP 客人预订了房间，正从机场过来，让我们准备一个舒适的商务套房。"

随安然一边翻着酒店的宣传手册，一边答应下来："十二楼有房间，我这就下来。"

挂断电话，她看了眼时间，捏了捏有些酸胀的眉心，转身下楼。

VIP 的客人来得很快，随安然下楼没有多久，酒店前面就排起了一列五辆车的车队。被簇拥在中间的那辆车的副驾上快速下来一个人，去拉后座的车门。

随安然从总台走过去，走到大门口的时候，后座上的男人也已经从车里出来，穿着黑色的西装，因为背对着她，她并未看清客人的长相。

她只能就着那身形估算一下客人的年龄，大抵是中年，微微有些发福，但好在身材高大，这一点儿发福并不怎么影响他的整体气质。

她正自娱自乐地猜测着，垂眸看见车上的车牌号时，嘴上挂着的温婉笑容顿时一僵，连目光都冷上了几分。

而与此同时，那个一直背对着她的男人终于也转过身来了，目光先是落在酒店大门上面，不知道低声和身边的人说了些什么，抬步往这边走来。

随安然进不得退不得，就这么僵立在原地看着他一步步走过来，直到被身后的领班轻推了一下手臂，这才回过神来，深呼吸了一口气，迎上去。

“您好，我是盛远酒店的大堂经理随安然，很高兴为您服务。”

那行走着的男人步子顿了一下，就这么低头看了她良久，这才出声道：“抬起头来。”

随安然压抑下自己心里的反感，抬起头来对着男人盈盈笑了一下，抬手引路：“请问是要办理入住吗？先到这里来。”

说着，也没给男人拒绝的机会，她便径直抬步往前走。

她身后的领班和服务员见随安然这会儿的反常，互相对视一眼，也跟了上去。

办好入住，随安然带人上楼，一路沉默地进了电梯。

领班察觉出客人和随安然之间有些异样的气氛，便上前缓和，介绍着酒店的功能设施。

等到十二楼的时候，随安然抬步迈出来，引着他到了房间门口，刷了房卡之后这才垂首立在门边：“这里就是客房，祝您入住愉快。”

说着，她便把手里的房卡插进门口的卡槽里，房间“嘀”的一声轻响之后，灯全部亮了起来，映得整个房间亮如白昼。

随安然站在门口的阴影处，脸色却苍白如纸。她抿了抿唇，微微颔首：“不打扰您休息了，有任何问题都可以随时找我们。”

“安然。”沉默了一路的男人终是开了口，语气里有几分无奈，“你不愿意见我就算了，还能真的不认我了？”

随安然刚转身就僵在了那里，因为正好面对着领班和几位服务员，能清晰地看到她们脸上表情细微的波动。

她深吸了一口气，转身的时候又是微微笑着的样子：“我现在是上班时间，有什么事，请等我下班之后再说。”

她话音一落，就见随经国的脸色蓦然一沉。她双手交握，放于腹间，仪态周全地欠了下身。她正要退开，随父身边的管家却出声阻拦道：“那能否耽误随经理十分钟的时间和我们一起看看房间？”

随安然端坐在沙发上，对面坐着的是随父。随家的管家借口出去透透气，已经出去了。

随安然直视着这个五年未见过的人，开口的第一句就是：“你打扰到我的工作了。”

随经国的嘴唇顿了顿，终是没说什么。他抬手给两个人斟上茶水，这才慢悠悠地开口道：“我来 A 市谈生意，正好来见见你。工作，还顺利吗？”

随安然垂下眼，不语。

“你母亲还好吗？我听说她最近身体不适……”

随安然的眼睫颤了一下，交握的双手不由自主地颤了一下，终于抬头看向他：“我妈那年落下了病根你不是不知道，这些年反反复复并不是很好。这些你可以问我，但是不要去打扰她。”

心伤难愈，无论是随母还是她，都再也经历不起再一次的腥风血雨。

她想了想，又说道：“你家的那位一直都在打听我妈的状况，麻烦你帮我转告她，不用这么担心。我们……不会对她构成任何威胁。”

“你误会了，她是见我担心你们的情况，这才想着打听些消息告诉我……”

“现在和你过日子的是她。”随安然打断他，见他脸色有些难看，这才缓和了一下语气说道，“自打这个女人介入，自打你和我妈离婚，自打你不要我的抚养权之后，我以为你已经预料到我们再没有心平气和的这一天了。”

随安然起身离开，走到门边握住门把手的时候，顿了一下，但也仅是这么一下，立刻毫无留恋地关门离开。

那一年的事情其实很多已经记不清了，她的刻意忘记，随母的刻意回避，现在只能朦胧地感受到那时的情绪，有多绝望，有多黑暗。

她从酒店的走廊里走过，灯光不是很明亮，映衬得她整颗心似乎也泡在了冬日的寒冷里，一点点被那凉意侵蚀，侵蚀，侵蚀。

她正出神，手机铃声又响了起来。

她皱眉一看，是母亲的电话。而同一时间，她的眉心一跳，一种不好的预感，顿时蔓延开来。

她接起，却不是母亲的声音。

“你好，请问你是安女士的女儿吗？”

随安然心下一咯噔，强自镇定下来：“我是。”

“是这样的，我是L市第一人民医院的护士，安女士因为高血压昏厥，摔倒导致轻微脑震荡。你是家人的话，烦请过来交一下住院费用……”

随安然只觉得脑袋“嗡”一声，大脑顿时一片空白，脑海里只有护士的这段话不停地回放。

她踉跄了一下，险些没有站稳。

直到电话那头轻柔的声音反复确认她是否在听时，她这才回过神来：“我知道了，我很快就过去。”

挂断电话之后，她抬手捂着脑袋，强迫自己镇定下来，一边安慰自己已经没事了，一边快速地想着办法。

随母受伤了，照顾自然不是一天两天的事情，她肯定得请假。而她现在从 A 市赶过去，起码要明天才能到，在她到达之前，她必须找一个人先去照看母亲。

这么想着，她翻出通信录来，看见温景梵的名字时，一愣，几乎是下意识地就想依赖他。

他在 S 市，他离 L 市很近……

她颤着手去拨电话，冰冷机械的忙音，一声声回响。

她却在这漫长的等待里，心急火燎。

手机关机，手机关机，手机关机……

她颤着手挂断电话，一边飞快地回办公室，一边冷静下来继续翻通信录，等看到电话本里存着的邻居的电话号码时，这才松了一口气，飞快地拨过去。

真是越急越乱。

随安然只简单收拾了一个行李箱就赶到了机场，L 市没有直达的机场，只能先落在 S 市，再转车，到家最早也要明天早上八点。

她赶到的时候，幸好还有最后一架航班。只不过起航时间在凌晨两点，也就是说她还需要等上两个多小时。

随安然拉着行李箱准备去候机室。

机场里灯火通明，亮如白昼。落地窗倒映着里面亮晃晃的灯光，空旷得像是一个独立的空间。人来人往，人声鼎沸，这里亦是不夜。

被她握在手里的手机嗡鸣着响起，她低头看了眼，快速接了起来。

是随安然在 L 市的邻居崔阿姨的电话，崔阿姨已经赶到医院交费了，也看见了随母，转告她一切都好，让她路上不要着急，慢慢来。

随安然道过谢，低头看到自己一个人的身影单薄瘦削，想着远在 L 市正一个人无依无靠的母亲，鼻子酸得有些发疼。

母亲生病的时候，她不在身边，就连母亲住院的时候，身边守夜照顾的人也不是她。

随安然咬了咬唇，因为过度用力，下唇被她咬得发白。她却似毫无察觉一般，转头看向窗外浓重得似是有一张网密密实实遮掩下来的墨黑天空，只觉得连呼吸的空气都带了几分压抑。

她留在A市……到底是对是错？又到底……为了什么？

挂断电话后，她把有些发烫的手机紧紧地捏在手心，仰头往机场的上方看去，努力把到了眼眶的眼泪逼回去。

一个人太久，已经知道怎么掩饰脆弱了。

她想回家，想守在母亲的身边，她不想再一个人了。

收拾好了心情，她拉着行李箱继续往前走。眼前人影晃动，她却似在人群中看见了一个分外熟悉的人影。

但等她凝神再看去时，哪里还有温景梵的身影？

她抬手遮掩了一下有些雾蒙蒙的眼睛，深呼吸了一口气，那空气有些凉，她猛然吸入，便被那刺骨的冷意呛得不住地咳嗽起来。

温景梵的电话就是这个时候打来的，她愣了一下，迟疑了一会儿才接起来："喂？"

"安然，"他的声音带着寒冬深夜里化不开的厚重，隐约还有一丝疲倦，"我刚下飞机，刚看见你打给我的电话。"

"在飞机上啊。"随安然闷头接了一句，一步一步踩着机场大厅的大理石走。

温景梵沉默了一会儿，才微压低了声音问道："是不是出什么事了？你声音有些不对劲。"

有……这么明显？

随安然掩了一下嘴，把手机拿远了些，清了清嗓子，确定没问题之后，才重新把手机凑到跟前："没事啊，我能有什么事？我就是想问问你最近怎么样……结果好像不怎么巧，你在飞机上。”

“只是这样？”他微扬了扬尾音，似乎是在笑。他那边的人有些多，背景声音嘈杂，重重叠叠的，可他清越的声音依然清晰，仿若就在附近。

随安然定了定神，立刻就若无其事地问道：“那你现在在哪儿？”

她刚问完这个问题，就听见他身边正有人和他低声说着话，温景梵没有避开她，以至于随安然在这一头把两个人的对话尽收耳里。

“温总，那现在是去 SY 公司，还是您先回去休息一下？”

温景梵那边顿了一下，问了下时间，听到身旁人的回答后，似乎是迟疑了一下，下一刻便问道：“在酒店吗？在的话，我现在过去找你。”

随安然呼吸一窒，大脑空白了一瞬，反应过来后才回答：“没有，没在酒店。”

温景梵听出她语气里有一丝抗拒，犹豫了一下才说：“我现在在 A 市，我提前回来……就是想见你。”

她还没有回答，就听那端的声音清晰得好像就在耳边。

“安然，我在你身后。”

随安然这回不只是大脑空白了，连话都有些说不利索，抖着唇想开口，却又不知道说什么好，就这么握着手机转身看过去——

温景梵就站在不远处的柱子旁，一身黑色的长大衣敞开着，两排精致的金色纽扣，衣领妥帖地折着，里面是同色的西装，这身装扮正式得像是刚从某一个重要的场合出来，便直接上了飞机。

他此刻眉目间都蕴着淡淡的笑意，握着手机的手还未放下，很轻很缓地对着她说：“原来你在这里。”

那语气并没有任何的技巧，甚至于声音都很是平淡，但他独特又好听的音色，是多年前拉她出深渊的天籁。在这种她又将陷入孤立无援的境地时，听他这么轻柔、这么温和地对她说“原来你在这里”，她只觉得刚才费力压下去的酸涩，瞬间又涌了上来。

这次的情绪来得更加猛烈，她连压抑克制都来不及，就已经感受到鼻尖的酸疼和眼眶的温热。

她勉强地对着他笑了笑，收起手机时，借着低头的动作快速地擦掉了溢出眼眶的眼泪。

温景梵正和身边的助理交代着些什么，不知道有没有看见她的小动作，哪怕是在交代助理的时候，目光也落在她的身上，一下都没有离开。

随安然挪了挪脚步，想着是自己走上去打个招呼就离开好呢……还是……

她还未想出第二个选择，温景梵已经抬步往这里走了过来。

走动间，风过，卷起他的衣角，他却恍若未觉，步子迈得又快又稳，一双眸子深邃悠然，映着机场内的灯光，亮得像是夜幕上的星辰。

随安然一时就有些不知道怎么面对他了……

分明，她也没做什么对不起他的事情啊。可看着他一步步朝自己走来，突然就觉得自己有几分狼狈，迫不及待地想掩饰，想逃开。

她这么想着，也这么做了，脚下虽然犹如生了根一般，但在思想主宰行动时，还是动作非常快地转身就走。

奈何，她刚迈开脚，他已经几步走到了跟前，抬手就握住了她的手腕，颇有些强势地拉住了她："跑什么？"

随安然眨了下眼睛，越发觉得尴尬。其实打个招呼，两个人各奔东西……才是正常反应啊，她这心虚劲从哪儿来的？

"没跑啊……"虽然这么想着，但她下意识的回答依然是否认。

温景梵抿了抿唇凝视着她，好在他并没有非常执着于这个问题，松开手，一步站到她面前，目光落在她手里握着的行李箱手柄上："要去哪里？"

随安然还未来得及回答，却见他眉头一皱，微微俯下身来。

随安然被他的举动吓了一跳，抿着唇后退了一步，见他僵在原地不动，抬手摸了摸自己的脸，小声地问道："……怎么了？"

温景梵没有回答，只是唇角抿得用力，抬手轻抵她的下巴，一双漂亮的眼睛就这么直直地看着她，似乎是要看进她的心里去。

这种眼神的穿透力太强。

“你哭了？”他问。

随安然愣了一下，垂下眼盯着自己的脚背，没有答话。

温景梵这才松开抵着她下巴的手，两个人就这么沉默地面对面站着。

机场有登机的提示音响起，机械的女声虽然没有感情，却温和得很是好听。身边嘈杂声不断，可却只有她和他站着的地方，安静得像是另一个空间，出于尘，又立于尘。

就这么站了片刻，他似乎是无奈地叹了口气，轻声哄她：“不要这么傻站着了，先去找个茶座坐会儿，好不好？”

随安然抬起眼去看他，没说好，也没说不好。

温景梵就当她是默认了，很自然地从她手里接过行李箱，率先迈开步子。

但他刚往前走了一步，就察觉到袖口被一股小小的力量拉扯住，小得可以忽略不计，却又存在感十足。

他目光落下去看了眼拽着他袖口的手指，转过身，就看见她像刚才那样垂着头，声音闷闷的：“我妈妈……生病了。”

温景梵静静地看着她，面上虽然并无太大的表情波动，心口却像是被她的声音捏了一下，微微疼着。

她在害怕，捏着他袖口的手指正在微不可察地颤抖着，很轻微，但他却感受得很清晰。

他的心一下子就被触动了，心底那里的柔软一下子打翻，肆意蔓延。

温景梵将她的手纳入自己的掌心，见她诧异地抬起头来，指了指不远处的茶座：“你在那里等我，不能走开。”

随安然还没反应过来，他便四下环顾一周，快速地离开了。她看着他离去的方向，一时还有些反应不过来——温景梵要陪她回L市吗？

温景梵端起茶杯抿了口茶，淡淡地扫向对面的随安然。她双手都捧着杯子，整张脸似乎都埋在了咖啡杯里，到现在都没抬起过头来。

他终于忍不住低笑了一声：“能不能跟我具体说说是怎么回事？”

随安然被咖啡的热气熏得有些犯困，闻言抬起头来，暗暗腹诽：你连情况都没了解就跑去买票了，现在……倒想起来问问具体情况了？

她的唇被热咖啡烫得有些红，鲜艳欲滴，大概是有些不适，她还伸出舌头舔了一下，这才说道：“我妈有高血压，昏迷摔倒的时候没人在身边，轻微脑震荡了。”

温景梵喉结轻微一滚，漫不经心地避开视线，低头抿了口茶，清了清嗓子才开口：“哪家医院？”

“第一人民医院。”她说着，声音便有些低，“我接到电话的时候……不知道怎么办，然后……”

后面的话她没有再说下去，但温景梵也大致地懂了。那个电话大概就是那个时候打过来的。

很多很多年之后，温景梵想起这个时候，都不免庆幸，庆幸当时那么恰好——没有错过了她。

若是没有在下飞机之后就给她打电话，若是这个时候和她在机场错过，怕是真的就在人海里擦肩而过……一辈子的遗憾。

他透过那袅袅的白雾看着她，眼底尽是她看不懂的情绪，但很温和，温和得像是一块清润的璞玉，牢牢地吸引着她。

来不及避开，便听他轻柔，又带着丝安抚的声音对她说：“我陪你去，会没事的。”

随安然手心里被咖啡杯熨得发烫，就这么抬眸和他对视。他眼神深邃幽沉，褪去了平日里惯有的淡然，变得似乎触手可及。

此刻，那眼底带着安抚人心的力量。她看着看着，便渐渐沉迷。

她离开梵音寺的前一晚，那是一个很糟糕的夜晚，糟糕到让人恐慌，让人心底的恐惧如同蛰伏的怪兽，猛然破涌而出。

他陪着她，在微弱得随时都会被暴风吹灭的烛光里，也这么静静地看着她。而后，对着她安抚地一笑，说："我会陪着你，没事的，你不要害怕。"

那一晚，她便沉进了一个梦里，有温暖烛光，有清俊少年的梦里。

有他陪着她。

只要是他说的，她都会相信。

一切，会没事的。

夜航很安静，安静到起航之后整个机舱里都只有很轻的呼吸声。

她置身在这片像是毫无边际的黑暗里，很困很困，意识却格外清醒，能看见前排幽幽的蓝光，能听见身旁的温景梵很平稳的呼吸声。

她转头去看他，他似乎是睡着了，闭着眼，整张脸在黑暗里看不清晰，只能看清一些棱角和轮廓。

他的手指搭在扶手上，袖口往上有些折了起来，露出了他右手腕上的那串小叶紫檀。

"睡不着？"他不知道什么时候睁开了眼，声音压得极低，恰好保证她能听见。

随安然抬头对上他的视线，点点头，微微靠近了他些："我想睡，可是又很清醒。"

虽然是为了方便两个人说话她才靠近的，但温景梵看着彼此拉近的距离还是微笑道："那我们来聊一聊。"

"啊？"随安然愣了一下，"你不用休息吗？你刚从 S 市回来。"

他晚上乘坐的从 S 市回来的飞机，结果到了机场等了两个小时又和她一起飞回去，这来回两趟足够消耗精力。

"在飞机上的时候已经补过觉了。"他微低了头，让她能够听得更清楚他的说话声。

等随安然注意到的时候，两个人已经呼吸可闻了。她呼吸滞了滞，不动声色地往后挪了挪，这才问他：“想和我聊什么？”

“蒋宁夏。”他说。

随安然：“……”

她摸了摸鼻子，有些不好意思：“对不起，我不是故意的，我就是……觉得好奇而已。”

“没关系。”他低低地笑了一声，解释道，“她是半夜来敲我的门没错，但结果……你要不要猜猜看？”

随安然想了想，觉得照温景梵这种清冷性子的人，虽然不会不给面子地直接赶人，但估摸着也会让人知难而退。

她听张咪说的时候，还差点儿就真的相信了，毕竟蒋宁夏在她面前是表现出过对温景梵的企图心。

可是后来，她心思一转，直觉就否定了这件事情的真实性。她给陆熠方发微信原本是想求证一下这种真实性，结果——

随安然想起他那简单的四个字的语音，抬手扶额……不堪回首啊。

“我猜不到你说了什么，但大概能猜到……不是什么开门迎客说的话。”

温景梵失笑，开门迎客……大概也只有随安然会用这四个字来形容。

他落在扶手上的手抬起，微微支在下巴上，专注地看了她一眼，轻声说：“我说我不需要客房服务。”

随安然怔了一下，随即反应过来，差点儿笑出声来。刚才那点压得她喘不过气来的低气压也因为他这几句话轻而易举地消散了。

她笑着笑着便有些明白他的意思，他并非是真的想和她“聊聊”。

温景梵原本并未觉得这有什么好笑的，可看她笑得双眸微眯，如同新月一般，不由得也被她感染着扬了扬嘴角。

他抬手抖开压在她膝上的毛毯倾身盖在她的身上，见她停了笑看过来，那双眼睛里似是有星辉，闪烁分明。温景梵下意识就抬手盖了上去，挡住了她的双眼。

她眨了一下眼睛，那睫毛就在他的掌心里撩了几下，微微地痒。

他心里柔软，说话的语气不由得也温柔了许多："不要想太多了，睡吧。"

他的掌心温热，轻轻掩在她的眼帘上，传递的是安抚人心的力量。她抿了一下唇，想伸出手去握住他的，可心理建设了良久，也始终不敢伸出手去。

她是胆小鬼。

在黑暗里沉迷久了，便会染上夜色的温凉。

随安然不知道睡了多久，意识还清醒地活跃着，可大脑却分明在沉睡。她想醒来，可身体又有些累，于是便反复地挣扎，依旧不敌梦魇的力量。

她梦见自己回家了，打开门，家里却空荡荡的，没有一个人。她每个房间、每个房间都仔细地看了一遍，一声声地唤着"妈妈"。可除了自己的回音，便再无别的回应。

再然后，她瞬间就到了医院。

医院走廊里护士和医生行色匆匆，病人步履缓慢，一步一顿。死寂得没有阳光，天空都阴沉沉的，似乎是要下雨，气压低得让人喘不上气来。

她在不停地找母亲，一间一间，可是打开门看见的……都是完全陌生的面孔。

她恍然一个回头，就看见随经国站在她几步之外，抿着唇，面色黑沉："安然，你妈妈在我这里。"

说完，打开他身旁的一间病房……那里，明明是她之前已经找过了的。

可跟着他走进去，她便看见了躺在病床上的妈妈，闭着眼，沉沉地睡着。而她一直憎恨讨厌的父亲，就坐在床头，轻轻握着她妈妈打着吊针的手，神色温柔。

这是梦……如果不是在梦里，怎么能看见这些？

随安然朦朦胧胧间，只觉得身上有什么东西动了一下，她猛然醒转，抬起头来。

她刚一动，就感觉到额头上触到了一个温热柔软的东西。她垂眸看着正帮她盖毛毯的那双修长白皙、骨节分明的手指，突然僵硬得一动都不敢动。

刚才碰到她额头的，如果她没感觉错——应该是温景梵的唇……

温景梵也是一愣，随即后退了些，把手也缩了回来："抱歉，我只是想帮你盖一下毯子。"

随安然依然还是没动，只觉得后背冷汗涔涔，有些凉。她坐了片刻，这才转头对他笑了笑："没关系。"

温景梵正垂着眸子专注地看着她："哪里不舒服？"

他的语气很自然，自然得好像刚才什么也没发生——事实上，本身就是个意外。

"没有，只是做了一个不好的梦。"她摇摇头，靠在椅背上一动不动。

母亲出事和见到久未见过的父亲……都是同一天发生，她还有些消化不了。

她总以为自己在不断成长，能成长到足够保护妈妈，起码在她的守护下，能够免受曾经那段破碎婚姻的侵扰。

可是在面对随经国时，她便做不到心平气和。

她略微挫败地叹了口气，心口像是塞了一团棉花，郁结不已。

到S市下飞机的时候正好是清晨日出时分，辽阔的停机坪上一抹金色猛然跃出，那地平线顿时如同镶了一层火焰。

南方比北方的温度要高些，只是空气湿润，又没有暖气。刚从飞机上下来，随安然还是冷得打了一个寒战。

天气虽然晴朗，风却有些大，加之清晨的风总是带着冷意，吹得面颊生疼。随安然披散的长发被风吹乱，她抬手压住，勾至耳后。

她一抬头就看见温景梵走在她前面几步远，正在打电话。不知道他在说些什么，声音压得低低的，隐约还能听见几个“有事”“回不去”“安排”这样的字眼。

她不紧不慢地跟在他后面，心却暖得一塌糊涂。

若是说以前她总是要为他对自己不一样的好，寻一个理所当然的借口说服自己不要多想，现在却怎么也没法自欺欺人地催眠自己。

他对她，的确是不一样的。

他的每一次靠近、接触、相处，都与对待旁人不同，不单单是五年前那次萍水相逢……于他大概是微不足道，却是她那段黑暗时光里唯一的烛光。

她不知道他到底有多忙，可是他却立刻放下 A 市的所有工作陪她回到 S 市。在她又陷入无措的时候，伸手拉了她一把。她的心防已经沦陷……

随安然这辈子最不敢拥有的便是爱情，可是温景梵的存在，却让她想奋不顾身一次——她本来，就爱他，只是从未渴望过拥有。

哪怕是默默地喜欢，也坚持了那么多年。

她渴求的是陪伴，是彷徨无措时坚实的肩膀，可一直做到这些的……只有他。

一次，一次。

到 L 市的时候已经是早上八点了，暖阳升起，倒是温暖了不少。

下了车，温景梵从后备厢拿下她的行李，见她急匆匆地就要往医院里面冲，抬手拉住她，指了指医院附近的那家早餐店：“阿姨的情况很稳定，你不用担心。先去吃早饭，你的脸色很糟糕。”

随安然摸了摸脸，将信将疑：“很糟糕吗？”

“一夜不睡的人通常都是这样。”他笑了笑，已经握住她的手往早餐店走了。

随安然被他牵着走了几步，才后知后觉地问道：“你怎么知道……”

“阿姨还需要住院观察几天，正好有认识的人能说上句话，就把阿姨转到单人病房了。”话落，他顿了顿，又补充道，“我明天凌晨两点回 A 市，能替你做的并不多。如果你正好需要，那别拒绝我。”

随安然到嘴边的话都因为他最后那句“如果你正好需要，那别拒绝我”给堵了回去，她眨眼看了看他，眸子里不由自主地漫上一层水汽。

她的鼻尖微微有些红，就这么看着他，良久吸了吸鼻子，又笑了起来：“谢谢你……我很需要……”

她鼻子有些痒，抽手想去揉一揉，这么一动才迟钝地发现他从刚才拉住她到现在……都还没松开握着她的手。

随安然尴尬地瞄了一眼两个人相握的手，脸微微发烫：“那个……”

温景梵却很坦然地装作不知道，更加用力地握了一下她的手，牵着她往早餐店走去：“其实我也饿了。”

随安然：“……”

| 第十章 |

昨日旧梦

L 市远没有 A 市繁华，反而是一种慢节奏，像是载着树叶远行的河流，缓缓的，总有时光静好的意味。

穿过走廊到住院部，走到病房门口的时候，随安然却有一瞬的迟疑。

她回头看了眼温景梵，眼底有一丝怯意，不明显，却恰好被他的目光捕捉到。

“进去吧。”他抬起手越过她，抬手按下门把手替她推开了门。

单人病房的环境要好许多，阳光从窗口落进来，整个房间通透明亮，暖洋洋的。

随母安歆早上便已经醒过来了，这会儿病房里只有她一个人，安静得连呼吸声都清晰可闻。

听见开门声，她抬起头看过来，见到安然的时候虽然不意外，但还是有些惊喜。她刚坐正身子，看见随着安然一起进来的男人时，微微惊讶。

“妈。”随安然几步上前坐到床边。她还未开口说话，安歆便安抚她道：“我没事，你怎么也不提前说一声就直接跑回来了？”

随安然摇摇头，咬着唇不说话，眼眶却是微微泛红。

安歆拍了拍她的手，这才抬头看向温景梵，歉意地笑了笑：“你好。”

随安然这才想起来要给两个人介绍一下：“妈，这是我……朋友，温景梵。”

温景梵垂着眸子看了随安然一眼，唇边扬起抹温和的笑来，几步走上前去把鲜花摆在了床头：“阿姨您好，我是温景梵，是安然的朋友。正好顺路，就陪安然一起过来了。您现在感觉好点了没有？”

安歆笑了笑，除了面色苍白些，倒是看不出别的哪里有不舒服。她指了指旁边的沙发：“坐下说话吧，安然一点儿也不懂礼貌，怎么不招呼人先坐下？”

温景梵倒是从善如流地走到沙发旁坐下，替她解释：“安然好久没见到您了。”

“是啊，她工作忙，又远在A市，一年到头能见一面也不错了。”安歆目光落在随安然的脸上停留了片刻，见她面色微微有些异样，便对眼前的男人多留意了些。

他神情恭顺温和，加之气质又清俊，难得有他这个年纪的人少有的冷静自持。

“妈你好点了没有？崔阿姨早上就回去了吗？”

“我没事，只是前两天药吃完了，一时也没想起去买药。倒是你，不是说工作忙吗？你冒冒失失地就跑回来，这年关将至正是最忙的时候，也不怕你老板说你。”她的嘴上是这样说着，只握着安然的手缓缓收紧，满是见到她的欢喜。

“谁都没有您重要。”

随安然的话音刚落，门口就传来清脆的几声敲门声。病房里的人都随声看去，医生正带了几个护士来查房。

医生查看完随母的状况，一边记录一边吩咐道：“还是多休息，如果没有意外的话，明天就能出院了。”

温景梵闻言，微皱了一下眉头，问了问随母这次的检查情况。

安歆在一旁听着，眼底却带了分深思。

知道随安然这次起码会在这里留一个星期之后，安歆便先躺回去休息了。随安然在一旁坐了一会儿，给她掖好被子，这才转头看向温景梵。

他已经睡着了，手搭在沙发扶手上，露出一大截手腕。他的面色有些发白，看起来是真的很累。

随安然拿了毯子走向他，离得近了能听见他平稳清浅的呼吸声。她就这么垂眸看了他片刻，只觉得他无论是眉骨还是眼睛，每一处都精致得让她怦然心动。

她压低声音轻轻叫了一声他的名字，安静的室内，没有任何回应。

她这才抬手去给他盖毯子，只那毯子刚近身挨着他，他便立刻睁开眼睛看了过来。那双眼睛漆黑得深不见底，亮得如同里面有一汪波光粼粼的泉，就这么直直地看着她。

随安然被他看得一愣，维持着刚才那个姿势没动。

温景梵就这么凝视了她片刻，似乎是笑了一下，唇角几不可察地牵动，又缓缓地闭上了眼。

随安然给他盖毯子的动作越发小心翼翼，轻轻搭在他的身上。她正要退开，又看见他垂放在沙发扶手上的手，迟疑了一瞬，还是握住他的手也放到了毯子之下。

他的手是真的好看，指骨修长，指甲修剪得整齐，白皙得毫无瑕疵。

随安然握上去的时候，大拇指正好落在他的指关节处，其余四指轻轻落在他的指腹下，饶是这么短暂的接触，也能察觉他温热的温度，从他的指尖一点点蔓延，暖了她的手。

安歆刚睡下没多久，又觉得口渴，睁开眼看过去，就看见随安然侧对着她，正在小心地给温景梵盖毛毯，每个动作都放轻，生怕惊醒睡着的人。

她眉角一跳，到了嘴边的话咽回去，转头闭上眼。

温景梵是凌晨的飞机，但是晚上十点之前便要从 L 市出发，先转车去

S 市。

随安然跟母亲说了一声之后，便送温景梵出去。

今晚的天色并不好，乌云沉沉地遮掩下来，见不到一丝星光。两个人一路无话，直到到了医院门口。

温景梵看着停在不远处的车，停了脚步：“就到这里吧。”

随安然抬头看他，想了想措辞，才说道：“谢谢你。”

温景梵沉默了一瞬，抬手从手腕上摘下自己的小叶紫檀，珠子相碰时有很轻微的声响。他微抿了一下唇，握住她的手腕，把珠子戴到她的手上。

时间并不早了，住院部这一处医院出口更是没有多少人来回走动，街道上只偶尔几辆车呼啸而过，安静得只有灯光，只有两个人。

他垂眸看了她一会儿，出口时，语气轻缓，神色却难辨：“有事就打电话给我。”

随安然的注意力全部落在他强势为她戴上的那串小叶紫檀珠上，抿了抿干燥的唇，急忙想从手腕褪下来，却被他一把按住了手。

“珠子跟了我五年了，安然，我们也认识很久了。”他突然这么说道。

随安然见过这串珠子很多次，知道他从不离身：“我不能要……”

“在我这儿，没有什么是你不能要的。”他音色压得低，在这寂静的夜晚便有了一丝空灵的回音。

随安然一愣，被他话里的意思给震慑住，张着唇却说不出一句话来。

温景梵原本有很多话想跟她说，只是这突然的变故，让这一切都变得不合适。起码……不是现在，在这里，和她说这些。

他抬眸看了眼不远处的住院部，轻叹了一声，似是有些无奈：“有些话我想跟你说，只是现在不是很合适。等你回 A 市了……”

“我年前都不会回去了。”随安然闷闷地打断他，不敢看他的眼睛，只低头盯着自己的脚尖。

“总有机会的。”他接得理所当然，见她猛地又抬起头看过来，那双眸子映着路灯的昏黄，亮得像是星辰。他终是忍不住，握住她的手用力一收，把她抱进怀里。

他的怀抱温暖，和他给人的感觉一样，很温和，只那温和的表象下却是不被人发现的强势。

随安然被吓了一跳，不知所措，只能僵着身子由他抱着。可陷在他的怀里，心底却柔软得发酸。那不断从心底冒出的喧嚣和想拥有他的念头强烈得她心头发颤，几乎控制不住自己。

“温景梵……”

“嗯。”他应了一声，很快松开她，快得就像刚才那一切只不过是随安然的幻觉。她还没回过味来，他已经神色清冷地立在她面前，毫无异状。

随安然看着他，心头一阵阵酸楚，还有几分说不上来的复杂情绪。

她想不顾一切地冲破给自己设置的牢笼，可理智却又一再地打压着她的这股念头。

她所有的幻想和冲动，都在今天她迎着日光踏进病房时，看见母亲躺在病床上面色苍白憔悴的样子，全部瓦解殆尽。

她后悔自己为什么要留在 A 市，她后悔妈妈脆弱生病时自己不能陪在妈妈的身边，甚至连妈妈出事都是由不相干的人打电话通知她，她们彼此依靠，是这世间唯一的亲人了。

她无论现在走多远，终究是要回到这个地方。谁都没有她的妈妈重要，哪怕是她对温景梵的感情，也不足以支撑起这些。

“你照顾好自己，我就先走了。”见她不说话，他便先开口。

只是她的表情凝重，似乎是在下什么艰难的决定一般，他眉心隐隐一蹙，有些不安起来。

随安然想了想，还是把手里的珠子摘下来还给他：“这么重要的东西，还是不要随便给我了。我妈妈身体不好，我会留下来多照顾她一段时间，陆导那里估计要……”

她抿了一下唇，没再说下去。

温景梵却明白了她的意思，他垂眸专注地看了她半晌，这才从她手里接过佛珠又戴回自己的手上，眼神安静得毫无波澜，让人猜不透他此刻正想着些什么。

“签过合同了吗？”他突然问她。

合同？

随安然皱眉想了想，摇摇头：“还没有，本来是打算等你出差回来之后，开始配音了再签的。”

“陆熠方那里你不用担心，至于阿姨的事情你也别太忧心，一切都好，不会有问题的。别的，以后再说，不要多想。”他声音低沉醇厚，压在她的心口，却让她瞬间悸动。

别的，以后再说，不要多想。

她抿了抿干燥的唇，重重地点了一下头。

夜色微凉，他对着她缓缓地笑了笑，不再多说什么，转身离开。

每一步都拉开一段距离，只有他背影清冷，在灯光下连一丝暖意都没有。

不远处的车上下来一个人，远远地往这里看了一眼，拉开后座的车门等温景梵上车。他行到车前，身影顿了一下，似乎是要转身，但最后也不过是这么停顿了一瞬，便上车离开。

随安然就站在那里，等那车一个拐弯，再也看不见了，这才凉凉地吐出一口气。

今年的冬天，真冷。

温景梵上车之后便给陆熠方打了一个电话，开口便问：“合同没签？”

陆熠方想了半天才想明白他说的是什么，点头应道：“是啊，就等你出差回来签了。”

温景梵眉心一蹙，面上冷了几分，沉默了良久才说："如果女主角换人的话，我也不配了。"

陆熠方"啊"了一声，彻底傻了，这是什么情况？

深夜的住院部有些森冷，随安然从盘着枝蔓树藤的长廊里走过，摸着手腕，心思却飘忽不定。

腕上仿佛还有他的温度，以及那一串小叶紫檀的清润触感。她微微用力，指甲陷到了肉里都还无所知觉，只快走到门口了，这才步子猛地一顿。

她想起温景梵刚才离开时的修长背影，映着那路灯，让她想不顾一切地冲上去。可是她不敢……

他点到即止，她便更加却步不前。不是不想，而是不敢，只有拥有才会失去，若是体会过拥有他的感觉，哪一天她握不住了……是不是也会破碎得人生都不再完整？

她想着想着，顿时难受得像是浸了柠檬汁，酸得胃里一阵抽痛。

泪意上涌间，她仰头往上看，眨了一下眼，只觉得眼睫微微湿润，喉咙里像是浸了水，呼吸发呛。

就这么平息了片刻，她伸手揉了揉脸，确认自己一切正常后，这才抬步走进去。

等回到病房，黑漆漆得只有窗外的月光正落在床尾。

她合上门，正准备窝在沙发里将就一晚，却听床上传来细微的动静，随即便是随母微微有些沙哑的轻柔嗓音："景梵走了？"

随安然被吓了一跳，走得近了才发现母亲还没睡，正微微撑着身子靠着床头。她走过去调整了下枕头的位置让她靠得更舒服一些，抬手去开台灯："妈，你还没睡吗？"

"心里有些事，便睡不着。"安歆握住她的手和自己的比对了一下，唇边的笑意越发柔和，"以前你的手只有我一个掌心大小，现在都和我一样了。"

“我长大了啊。”随安然挽住母亲的手蹭过去，轻轻靠在她的怀里。

这种安静得只有两个人相处的时光，台灯的灯光似乎都被揉成了昏黄的纸页，温柔得人心都在一点点融化。

她好久没有依偎在母亲身边撒娇，此刻握着她温暖的手，神思被牵动，慵懒地靠在她的身旁，什么都不想动。

这才是她能全身心依赖的人。

“你上来，和我说说话。”母亲轻拍了她一下，笑意不减。

随安然眨了一下眼睛，刚想再蹭一下母亲的手心，却蓦然一僵……这蹭脑袋的习惯不是梵希专属的吗？才几天啊，她这就潜移默化了……

她默默地发窘，一言不发地脱了鞋子爬上病床侧躺着，仰头看着母亲不说话。

被子有淡淡的消毒水的味道，并不算好闻。她轻嗅了嗅，刚想开口，放在床头柜上的手机便是“叮咚”一声轻响，她越过去拿手机。

是陆熠方发来的微信。

她眉头微微蹙了一下，解锁划开。

陆熠方：随安然同志，你真的要辜负我吗？【可怜兮兮】

那表情图片看着着实委屈，随安然想象了一下这种表情出现在陆熠方脸上的样子，顿时笑了起来。

人和人之间的际遇其实很奇妙，不认识之前，他即使在你面前出现了一百次你也从来没印象。可一旦认识了，无论在哪里，总是能留意到。

随安然认识陆熠方之后，除了在电视报纸微博等各种媒体信息能看到他的鼎鼎大名，就连自己的同事在下午茶的时候都会谈论到他。

但一致的评价都是——不苟言笑，冷面导演。

可谁知道他私下里竟然有这样的一面，能插科打诨，能逗趣搞笑，可以瞬间拉近距离，让人觉得他不过只是身边一位很普通的朋友而已，只是他的工作，恰好是导演，还是位事业有成蒸蒸日上的导演。

其实他和温景梵给人的感觉都是一样，不熟悉的时候只是远观便会让人觉得他如同站在神坛上，遥不可及。一旦相处过，才发现，他温润如玉，细心又妥帖，总能恰到好处地照顾你全部的情绪，让人如沐春风。

安歆见她笑起来，眼睛也是缓缓一眯，说道：“我看今天陪你过来的男孩子挺好的，你们是不是在相处？”

随安然眼神一闪，摇摇头：“没有，我们只是朋友。”

“哦，这样啊。”安歆若有所思地点点头，见她垂头不说话，又慢悠悠地补上一句，“可我看你挺喜欢他的。”

随安然：“……”她表现得有这么明显？

安歆看出她此刻的想法，手指顺了顺她的长发，斟酌了下才问道：“你现在也该谈恋爱了，不然我还得替你操心终身大事。”

“你不说安排了相亲对象给我见吗？我这次回来，打算不走了。”

安歆的动作一顿，眸光微闪，抿了一下唇角并未接话。

随安然久久没听到她的回应，抬头看她一眼，小心翼翼地说：“我回来陪你，你不高兴吗？”

“自然是高兴的，你向来有自己的主意，我也干涉不了，想怎么做便由着你。但我表明一下我的态度，如果你是因为担心我的身体，那大可不必放弃好不容易在A市得到的这一切，我们彼此都有自己的生活。”

我们彼此都有自己的生活。

大概很少会有母亲这么对孩子说吧？可是安歆从五年前就一直在跟随安然强调，不要受到她失败的婚姻影响，也不要因为这段黑暗，便偏离原本的轨道。

只要是安然想做的，依然可以放手去做。母亲不会是牵绊，而是随安然休憩时的港湾。

只是哪有可能不影响？反而是安歆这副姿态，才让那已经结痂的伤口从根底开始腐烂。

一个女人，在最好的年华嫁给他，为他绵延子嗣，赌上了这一生。从嫁给他开始便在燃烧生命，可感情依然还是说破裂就破裂，她油尽灯枯时，他的舍弃无论出于何种原因，都已经令人不齿。

她守着回忆度日，孤身一人，病痛时都没人候在床侧添水倒茶。而那男人早已再娶，红袖添香。

不是安然心结太重，只是这样的对比让她觉得不公和委屈。

她并非没有看见他们曾经的样子，也并非没有经历他们分手时的样子，怎么可能说不影响，它就可以不存在？

她这一出神，两个人就是寂静无话。

随安然按键给陆熠方回复："抱歉。"并未解释什么。

陆熠方那端回得很快，是一段语音，随安然余光看见安歆在注意这里，犹豫了下，放下手机陪她说话。

夜色渐渐加深，说话声也渐渐地浅了。

安歆临睡前低声呢喃道："安然，很多事情并非你看见的那样。我最怕的就是我的失败影响了你，可终究还是……"

"妈你胡说什么呢？"安然轻拍了拍她的手以示安抚，又提着被角给她掖了掖，就侧躺在一边借着台灯的灯光看着她。

安歆困极，可闻言还是惦记着："回去吧，陪我几日就回去……"

随安然没说话，渐渐地睡了过去。

不知道什么时候起了风，外面隐约有轻微的风声而过。随安然就维持着这个姿势良久，听着母亲的呼吸声渐渐平稳规律后，这才关了台灯，轻手轻脚地下了床窝去沙发。

这才听了陆熠方的那条语音，语气很是无赖："我不管了，女主音就要你的，你不配我就不让时遇配了，你等着被时遇的听众追杀吧！"

随安然瞪圆了眼，愤然戳着键盘回复："你要理智思考啊！女主音多好找啊，就是要陆导费些工夫。你怎么可以感情用事，不要时遇配了？”

毫不夸张地说，有多少人就是冲着时遇配音才期待这部剧的！

陆熠方忧愁地揉眉心，脑子都打结了。但总不能说这是温景梵的意思吧？别到时候两边都打了水漂……他可是两手都要抓，两手都要硬的人！

只是作为无辜躺枪的人，陆熠方有些不开心："电视剧是暑期黄金档上映，所以我有的是时间等你回心转意。"

他说完觉得力度不够，又补充了一句："景梵原本回来就可以开始配音工作了，现在嘛……女主角都没了，也不需要他了。"

随安然满头黑线——

能否来个资深的八卦人士给她科普下，为什么陆熠方这种幼稚的性格还能成为名导？

她正准备给温景梵发信息，却见陆熠方丢过来一串数字："时遇刚申请的微信账号。"

随安然刚要道谢，陆熠方又很贱地丢过来一句："时遇的手机号码你应该很熟了吧？"

随安然："……"没法聊了。

陆熠方收到随安然一串无语的省略号后，心情终于雨过天晴灿烂起来了。哼！你欺负我，我就欺负你喜欢的人！

随安然正要加温景梵的微信时，他已经先一步出现在了通信录的新朋友里。

的确是新创建没多久的，资料头像朋友圈都是一片空白，只有一个名字——时遇尔安。

随安然默默地盯着时遇后面的那个"安"字良久，陷在柔软的沙发里，微微笑着。

喜欢一个人的时候真的是一点点小动静都能联想到自己，而后便觉得分外满足甜蜜。

随遇而安："还在路上吗？"

时遇尔安："嗯，刚上高速。"

回复完这句，温景梵往窗外看去。漆黑一片，只能看见远山模糊的轮廓。他想着她这会儿应该坐在沙发上给他发信息，刚才还压抑着的心情便好了几分。

他想着刚才陆熠方发来的信息，笑了笑，开始和某位奸诈的导演唱双簧。

他低头，握着手机直接输入语音："陆熠方好像生气了，不过你不用理他，他脾气来得快也去得快。"

刻意压低的声音，淡淡的疲倦，语气柔和轻缓，落字时渐缓，简直是恰到好处的一把利器。

随安然愧疚了，她咬了咬唇，皱着眉头想对策："要不我回去的时候请他吃顿饭吧……不知道能不能消气。"

温景梵挑了一下眉，清了清嗓子，继续输入："不用，冷着他就行。"

随安然挠了一下头发，觉得越发头疼了，又怕直接说出来伤他自尊心，万一陆熠方只是诈她呢！她反而就成了挑拨离间的……

"我还是很期待你配《九转》的声音，你们不要因为我的事……"

温景梵微微一笑，慵懒地往后靠着椅背，手指搭在膝盖上轻轻地敲了一下："我也没有那么想配《九转》。"

随安然看着这句话顿时愣了……陆熠方来真的啊？

温景梵见微信良久都没有她的回音，想了想，说道："我家养了鱼，我挑来是打算给你赔罪的，可来不及……"

清俊低沉，带着丝慵懒，声音低醇入耳。

随安然抿了抿唇，反复听着那句话，听他声音里的倦怠，好似能触摸到他微皱的眉心。

“梵希现在每天都要吃小黄鱼，呵呵。”

那笑声，越发低沉。那声音更是越来越慵懒，尾音轻缓上扬，带了分随性，却是真真切切的秒杀。

随安然只觉得耳朵一酥，全线崩溃。

随母隔日例行检查没有大碍之后便能出院，随安然和她一起去交费的时候，被告知所有的费用都已经付清。

随母闻言微微皱了下眉，问道：“你知道是谁吗？”

“是我们医院的温医生。”护士正说着，眼光往后撇去，眼睛都亮了几分，“就是那一位。”

随安然和母亲皆侧头看去——

楼梯口一位穿着白大褂的男医生正倚在楼梯扶手上，旁边站着的是位女医生，双手插在口袋里，清清冷冷地看着他，两个人正在低声说着些什么。

医生微侧着脸，光从楼梯中间的窗口投射出来，落在他的侧脸上，平添了几分贵气优雅。

似乎是察觉到两个人的视线，他偏头看过来，那轮廓和温景梵很是相似。只是两个人的气场都不同，虽有那么几分相像，气质却是完全不同。

他犹豫了一下，低声和那女医生说了些什么，抬步往这里走过来。他走到近前几步距离的时候停住脚步，微微颔首。

随安然的目光落在他左胸别着的金色的名牌上，外科医生——温景然。

“你们好，我是温景然，是温景梵的弟弟。”他朝站在前面的安然伸出手来，修长的手指，是很适合进行外科手术的手。

随安然抬手轻轻握住他的手：“你好，随安然。”

温景然抬眸和她对视，略微弯起嘴角笑了笑，收回手后转头看向随母：“阿姨感觉还好吗？”

“挺好的，没什么大问题。”随母对他笑了笑，面上带了几分犹豫。

温景然的视线越过随安然看向身后的收费窗口，微微笑了一下，说道："我只是受了我哥哥的嘱托，他对……"

温景然恰到好处地停了一下，这才缓缓道："他对随小姐比较上心。"

随安然的眉头下意识一跳，还未来得及阻止，他已经说了出来。不料，随母也没有丝毫的诧异，只是抬眸看了随安然一眼，眼神颇有些复杂。

随母正要说话，远处小跑过来一个护士，边跑边喊："温医生，病人醒过来了，您快去看看。"

温景然表情一正，快速地留下一句"我在这里工作，如果有需要帮忙的不要客气。我还有病人要看，先失陪"后，跟着那位护士疾步走远。

随母看着温景然离开的方向半晌，才说道："他们家是两个儿子啊？倒是长得都不错。"

随安然："……"

随母见她没反应，又补充道："这人情欠的，你怎么也要回去好好谢谢人家了。"

随安然抿了抿唇，良久才道："妈，我自己心里有数的。"

安家就在医院不远处的那条街上，并不是主街，但一溜都是很早期留下来的老房子。

随安然的爷爷奶奶以及外公外婆都离开得早，她尚不记事的时候，四老便接连离开，她只有朦胧的印象。

再后来，便是每年见两次，一次清明扫墓，一次过年之前。

她吵嚷着要外公外婆的时候，随母便会抱着她给她讲外公外婆生前的事，再后来便每年都会带她回这里小住一段时间，直到五年前和随经国离婚之后，才搬了回来。

屋子临水而建，是一户独门的院落，占地面积不大，但也说不上小。除了房子看着老旧，屋内的建筑设施皆为现代化，只保留了外公外婆生前的房间，一如从前。

随安然小的时候不敢进那间屋子，总觉得有种深沉压抑的感觉，里面有红木雕花的衣柜，有檀木的梳妆台，上面的首饰盒或是别的摆设都有种古旧的时光感。

只是后来年龄渐渐大了，她便不再害怕这些。有时候心烦了，她开门去里面坐一坐，翻一翻母亲旧时的照片，心便渐渐地宁静下来。

听母亲说，当年她是有口头婚约的，就是隔壁街上卖玉器的旧识家的竹马。只是她对那竹马并没有什么动心之说，后来参加工作之后认识了随经国。

随家起初并非是什么大富大贵之家，安歆一意孤行地想和随经国在一起时，老爷子气得差点儿和她断绝父女关系，觉得悔婚太没有面子，始终不愿意点头。

安歆从小就听话，和随经国从未逾矩。大概是这么坚持得久了，老爷子还是心疼闺女了，便问她，是不是真的做好了选择。以他之见，随经国并非是最适合她的人。

安歆那时候的回答是，可他是我喜欢的人，他也喜欢我，只要互相喜欢，没有什么是不能克服的。

隔日老爷子就厚着脸皮亲自去旧友家道歉，回来之后便郁郁寡欢。随安然三岁的时候外公便去世了，外公走的隔年，便把外婆也带走了。这个家，就这么冷清了下来。

至于随经国，结婚之后，生意便好了起来。随安然出生的时候，随经国办了公司，一切都越来越好。而这些，都是夫妻两个人的共同努力，安歆的奉献和牺牲，她从来不跟随安然说起，可随安然明白，几十年前和如今，是如何的天差地别。

随安然永远都是静静地听着母亲反复说这些，话音里满满都是回忆的酸痛和甜蜜，以及浓烈得化不开她却以为掩藏得很好的遗憾和后悔。

“不是有爱情便能一直在一起的，说不上是人心会变，还是时间能改变一切。安然，以后结婚，一定要看清楚看仔细，找个爱你的、依你的，能踏踏实实、本本分分和你过日子的人才行。”

这是安歆和她说了不下十遍的话。

大抵这个世界就是这样，没有经历过感情伤痛，没有感情阴影的人是永远都不会明白，父母失败的婚姻会给子女带来多大的痛苦和隐患。

听安歆说，以前外公总夸她文静，有大家闺秀的样子。可其实越是这种沉静的性子，便越会藏事情。埋到心底，腐烂生臭，依然一个人捂着，默默伤神。

谁懂呢？又或者……谁会在意你看不见的伤痛？

随安然有时候想想，觉得自己这辈子——完了。

她回家之后便简单地整理了一下自己的行李，看着空荡荡的衣柜，想着 A 市那一处的房产，微微头疼。

如果要回来，A 市的房子到时候还要挂着卖掉才行。家具可以不要，但要带回来的东西估计能把她那辆车塞得满满当当的。

她想了想，打开笔记本电脑开始编写辞呈，等文笔利落地写完打印出来封存在信封里，这才给温景梵发了微信消息。

“我妈妈没有大碍出院了，这次真的很谢谢你。给我你的银行账号，我想把费用还给你。”

温景梵将睡未睡，听见手机有消息提示，抬手点开。看到那一行字体时，酸涩的双眸一眯，按下语音：“我的私人账号只有我自己知道，想还给我，那你回来。”

他的声音慵懒低沉似乎是很疲倦了，带着一丝沙哑，像是含了一口沙砾。

随安然犹豫了一瞬，按了语音问他：“你的声音怎么哑成了这样？是不是太累的原因？多喝点水，上次给我的润喉糖还有吗？”

温景梵抬手探了一下自己的额头，温度暂时还正常，只是身体里的焦灼感像是牵扯不断的丝，一缕一缕，从深处缓缓上浮。

他轻咳了几声，这才回答："好像是感冒了。"

不知道是不是随安然的错觉，知道他身体不舒服之后，便觉得他连声音都疲倦病态了许多。

她暗暗皱眉，想起以往的那一次……那个时候温景梵还在主持电台节目，换季变温的时候他没注意，便感冒了。

他的声音全程都是沙哑的，大概在录音的同时还喝热水，声音像是陷进了湿润的棉花里，不复清润。后来她才知道，他那晚不只感冒发声困难，还在发烧。

温景梵的体质特殊，一般不生病，但一感冒，发烧总会接踵而至。

"你身边有人吗？万一半夜发烧的话你一个人会很糟糕……"

听出她语气里的担忧，他微微笑了一下，还带着慵懒倦意的眸子清亮了几分："没关系，一个人早就习惯了。"

谁不是习惯一个人？

陆熠方的电话来得很不是时候，正巧在随安然洗澡的时候响起，她拿毛巾擦了擦脸，对就在她房间看电视的随母说道："妈，帮我接一下电话。"

随母远远地应了一声，回头看见她还在洗，瞄了眼时间暗暗嘀咕："怎么感觉回来之后就一直心不在焉的……洗个澡都洗了半个多小时了……"

而在浴室里的随安然，依然处于"不在线"状态。

随母接起电话，还未来得及自报家门，便听那端的男声有些急切："虽然你是打算放我鸽子给我开天窗让我一天损失几万元的场地费，但也不能就不听我的语音了啊！"

随母微微皱眉："你好，我是安然的妈妈，安然现在不方便接电话。"

陆熠方顿时跟吞了苍蝇一样，脸色一变，良久才清了清嗓子，正经起

来 :“阿姨您好，我是安然的朋友陆熠方，刚才的不礼貌还请您不要往心里去。”

“你好像有急事找安然，可以告诉我，我替你转达。”

“阿姨，请您务必转告她。温景梵的手机以及家里的电话都是通的，但是没人接听。他的助理有急事找他，但是完全联络不上。但景梵和安然的关系还不错，不知道有没有别的办法可以联系他。”

这种理由……也就是随母完全不知陆熠方和温景梵的关系才能蒙混过去，不然简直是破绽百出……

随母虽然没听随安然讲起过陆熠方，但他提到的温景梵她却是见过的，当下便不疑有他，答应后正要挂断电话，陆熠方急忙叫住她，声音放柔和，可怜兮兮地说道 :“阿姨，我还有一件事想麻烦您……”

挂断电话之后，随母面上隐隐阴沉了几分，沉默了一瞬，才压下那点火气去浴室敲门。

“安然，是你朋友陆熠方打来的电话。问你有没有其他联系温景梵的方式，说是电话手机都通的，但是没人接听，怎么也联系不上，还说……”

她的话音未落，里面却是一个不大不小的动静，“哐当”一声，突兀地打断她的话。

随母眉头一跳，有些不安地又唤了两声安然的名字，没听到回应后，立刻急了。

随安然捂着额头，痛得说不出话来。见母亲急得去找钥匙来开门，这才扶着墙上的淋浴器站起来。

身上刚换好的睡衣，因为她这么一摔已经湿了一大片。她一手捂着额头，一手撩开头发，低头去看同样火急火燎疼着的膝盖有没有磕到。

她刚一低头，就看见浴室的地面晕开一滴血渍，随后便是一滴接着一滴，晕开在浴室湿漉漉的地砖上。

随安然看着那片血色，只觉得脑子疼得一阵阵发晕。

随母手忙脚乱地找到钥匙来开门，钥匙刚要插进门锁里，就听随安然带着一丝哭腔的声音："妈……"

随母越发心慌，手上也是一抖，开了门看过去。

随安然撩开头发的那只手已经捂住了还在不停流血的额头，面色苍白如纸，见母亲瞬间失了血色的样子忙出声安慰："我没事，磕到额头了……流了点血。"

随母过了那阵眩晕，几步走过来扶住她，见她捂着额头伤口的指缝间还有血不停地渗出，沿着她的手臂蜿蜒而下，吓得说话都带了几分颤抖："好好好，你别说话，妈妈先给你简单处理一下，然后换身衣服去医院……"

随安然踏出浴室后，发晕的脑袋才算清醒了几分，她抿了抿唇，很用力地握了一下母亲的手："妈妈……我想回去了。"

随母一愣，那双有些咖啡色的浅瞳静静地看着她。安然像极了他的脾性，说风是风，说雨是雨，就连倔强执拗的时候都如此，抿着唇角，眼睛眨也不眨地看着你。

并非是要你同意，仅是她的告知。

"你之后要干吗去我管不着，我们先去医院把伤口处理了。安然你听话好不好？"

随安然看了眼时间，急得心里似有爪子在挠一般，她现在赶过去没准还能赶上凌晨两点回 A 市的飞机……

可额头的剧痛，指尖濡湿黏腻的触感，以及飘浮在空气中清晰可闻的血腥气味，无一不在强调她此刻有伤口需要处理。

随母按着她在床边坐下，拿了医药箱简单地给她清洗处理伤口。等洗干净那一片的血渍露出伤口时，她的脸色又白上了几分。

"安然，伤口有些大，估计去医院还要缝针。"说着，随母手上的速度加快，替她止了血，帮她换了身衣服后急匆匆地赶去医院。

夜色比之昨日更凉，不知道何时下起的小雨，浸得 L 市的空气都染上了更深的寒意。那湿漉漉的水汽淬着空气里的冰凉似要钻进人的骨子里去。

随母先打开一侧车门下了车，这才伸手扶了随安然下来。

她刚站稳，便听见警笛声由远及近。医院门口冲下来好几位医生护士，等着不远处的救护车。

随安然拉着母亲往边上避了避，等救护车上的病人被送进了急诊，这才迈上台阶去医院大厅挂号。

随安然坐在不远处的急诊室门口的等待区座椅上休息，额角一阵阵疼。她面色苍白，唇干燥得有些起皮，一抿就微微地疼。

急诊室的大门开合，时常有护士快步走出来，急匆匆的样子。她抬眸看过去，还未看清什么，身旁便传来一个有些诧异的声音："你额头怎么了？"

随安然转头看去，微微愣了一下，随即苦涩地笑了笑："磕到额头了。"

温景然把手里握着的笔别在胸口的口袋上，几步走过来，抬了一下她的下巴，揭开那粗糙处理的纱布看了眼伤口。

有些深，还有出血现象，得立刻缝针。

他微微皱了皱眉头，低下头扫了她一眼，问道："我哥知道吗？"

"啊？"随安然怔了一下，再开口时声音都虚弱了几分，"我和温景梵不是你想的那种关系。"

"我也没说你们是什么关系啊……"他把那层纱布贴回去，"一个人来的？"

"不是，还有我妈妈，她在挂号。"随安然的话音刚落，就看见母亲从收费窗口走回来，看见温景然的时候微微愣了一下。

"今晚是我值班。"他笑着解释了下，从随母的手里接过那挂号单看了一下，"跟我上来吧，我来处理。"

温景然经过护士台的时候叫上了一个护士来打下手，自己则去消毒双手，准备给她缝针。

随母有些不放心，皱着眉头问了那护士一堆的问题。

温景然垂眸看了一直安安静静坐着的随安然一眼，声音虽轻却足以安抚她有些紧张的心情：“你不用太紧张，温景梵左手手臂曾经也有过缝合处理，是不是看不出来？”

随安然抬头看他，他眼神平静地又补充了一句：“那是我缝的。”

左手手臂……

随安然想了半天也没想出来温景梵的左手上哪里有不一样的地方，就这么分神之间，伤口被很快地处理。

伤口比较深，但面积不大，缝了四针。

随安然疼得浑身冒冷汗，唇都咬白了时，温景然已经收针了。

“如果不是疤痕体质的话，不用太担心留疤。我缝合用的是美容针，这段时间伤口愈合的时候你再注意些，该忌口的忌口，不会有问题的。”

说话间，他已经开了药，又叮嘱了一些注意事项，把单子交给一旁的护士说道：“你陪着阿姨去一趟，麻烦了。”

等随母和那位护士离开，随安然才微微皱着眉头说道：“麻烦你了。”

“不麻烦。”温景然握着笔的手一顿，又淡淡补充了句，“迟早是一家人。”

“……”随安然沉默半晌才想起她是为了什么才会磕伤额头，“之前我和温景梵通话的时候他好像就有些不舒服，现在根本联系不上人了。不知道是不是发烧得有些昏迷了，你……”

“所以你把自己给弄成了这样？”温景然倒没有半分担心，反而关心起她额头上的伤口是怎么来的。

也的确不用太担心，温景然每年春节回家一趟，都会给家人备上足量的常用药。温景梵就算发烧神志不清了，应该也不会糊涂到忘记家里有救急的退烧药。

随安然再度沉默：“……”温家的男人都是这样的吗？简直没法聊下去。

温景然见她不说话，刚想说“你不用太担心”这样的话时，随安然的声音却陡然低了几分：“他一个人这样，又在生病，你就不担心吗？”

温景然翻着病历表，正在写着些什么，闻言头也没抬：“你确定这句话要问我？”

随安然这次彻底沉默了，她已经放弃和这位外科医生的对话了。

两厢皆沉默着，室内安静得只有他手上的钢笔落在纸面上的轻微声响。

随安然坐了片刻，估摸着时间也差不多了，起身告辞。正要转身离开时，温景然却叫住她，这次眼底有了很淡的笑意，轻声说：“他没有什么左臂缝合过，我刚才只是看你太紧张才这么说的。看来，的确是分散你注意力的好办法。”

随安然没说话，只觉得伤口一阵阵地疼，疼得她想立刻遁地。她暗暗磨了磨牙，转身便走。

随安然回家收拾行李，东西不多，她想着过不了多久又要回来，无关紧要的一些衣服就直接留在了家里。

随母帮着她一起收拾，见她从医院回来之后就一直闷闷不乐的样子，以为她是伤口疼，犹豫着说道：“不然你明天再走吧？刚受伤，你在家好好休息一晚，妈妈给你熬点补汤喝？”

“我这次回去处理完事情，就给酒店递辞呈。我想好了……”她抿了一下唇，面色越发惨淡，“在哪儿都可以，我想陪着你。过年我会回来的。”

随母愣了一下，眉目婉转间，但是轻笑了一声：“安然，你还是不懂。我们彼此都有自己的生活，不需要为了谁而绑缚在一起。你在 A 市有朋友有事业，你不必这么急着下决定。”

话落，她似是想起什么，又补充道：“我差点儿忘记说了，听说你答应了你朋友配音，后来又反悔了？”

随安然闷闷地点了一下头。

“人家不是来告状，是想让我劝你再考虑考虑，他是真的想要你配音。你这么一耽误下来，他租借录音场地一天也要好多钱。别说他还是你朋友，就算不是，你也不能这么不负责任啊。”

随安然没接话，整理好自己的行李箱后，提着往楼下走。

鞋子踏在木板上发出轻微的声响，随安然深吸了一口气，开了门，回头看向身后不远处的母亲时，才说道：“妈妈，其实我真的很累了。”

她眉目间染着浓浓的疲倦，那张苍白的脸在玄关的照明灯下惨白得毫无血色。她回眸静静地看着母亲，眼底是墨色的哀愁，浓烈得化不开：“我觉得我需要时间冷静下，好好想一想我该怎么办。”

随母就这么温柔地看了她一会儿，上前替她整理了一下围巾，见她神色放松下来了，这才轻柔地开解她：“所有问题都会有解决的办法，最简单的就是顺应自己的心。我不是想逼你，只是我知道你还放不下 A 市的一切，那何必为难你自己？”

“过年回来也好，但别钻牛角尖。我还是觉得那个男孩挺好的，你要是喜欢可以试一试，不相处怎么知道他适合不适合你？你长大了，向来有自己的主意，我是左右不了你的。”

“那你愿不愿意跟我去 A 市？”

随母一顿，抬眸看了她一眼，摇了摇头。

凌晨两点飞往 A 市的航班没有空位了，最早的也是明天早上八点的。随安然买了票，坐在候机厅里，额头上的伤口一阵阵疼着，疼得她脸色越发难看。

母亲的话还在耳边回响着，和温景梵的声音渐渐重叠。

她蒙眬间睡意上涌，想起那晚他站在路灯下，神色寡淡看着自己的样子，便觉得胸口有只巨兽在撕扯，她在这种疼痛里反复煎熬着。

想摆脱，可始终不得其法。只能一遍遍受着，期待这种痛楚早点散去。

半睡半醒间，耳边似是熟悉的声音响起，她挣扎了下，从那无边的黑暗里醒来，面前空空如也。

她抬手摸了一下额头，刚睡醒下手没有轻重，按疼了伤口，“嘶”的一声，扯动着唇角。

嘴里干得有些发苦，她看了眼时间，早上六点。

这一夜的半梦半醒，实在消耗体力和意志。

她喝了口水，拿起手机继续给温景梵打电话，手机始终是通的，不过依然无人接听。

她的手指搭在扶手上，不知道是不是错觉，总觉得额头上的伤口越发疼。加上困倦，整个人有些筋疲力尽。

那凉意也不知道是从哪个角落里侵袭而来，冷进了骨子里，冷得她牙关都发颤。

她不厌其烦地始终拨打着这个电话，听着电话那头的忙音最后被机械的女声切断后，再回拨……

就这么反复了不知道多少次，这个动作几乎都成了她的无意识动作时，那一端轻微的一声轻响后，接通了——

温景梵沙哑的声音透过手机传了过来：“安然？”

随安然握着手机的手指不自觉地收紧，原本打电话是想确认他有没有事，可现在他好不容易接听电话了，却完全不知道要说什么。

她压抑着轻轻地呼吸了一声，知道他在那端安静地等她，张了张嘴，只是叫了声他的名字——

“温景梵。”

| 第十一章 |

抽丝剥茧

机舱内有人走动和说话的声音，安然抬手遮掩着眼睛，身上盖着的毛毯一直拉到颈部遮掩得严严实实，可还是抵不住从脚底蹿上来的冷意，一阵一阵的。

空姐推着小车来回了几次，见她一张脸苍白，唇色又淡得毫无血色的样子，终是忍不住轻拍了一下她的手臂。

见她放下手睁眼看过来，递过去一杯温水，温声问道："是不是哪里不舒服？"

随安然突然睁眼视物，眼前晕了一下，一阵天旋地转之后这才能看清面前站着的人，微微笑了笑，摆了摆手："我没关系，只是没有休息好。"

那空姐把手里拿着的温水又往她那里递了递："要不要喝水？"

"谢谢。"随安然接过，低声道了谢，捧在手心里一点点喝完。

飞机降落在 A 市的机场时，已经是正午了。

A 市这几日降温，接连着几天都是阴沉沉的，乌云下压，沉得分辨不清时日。

她从停机坪出来，先拐去洗手间洗了把脸。站在了洗手台前，这才知道自己的脸色有多吓人。

那面色白得就像是刷了一层白漆的墙纸，毫无血色。因为睡眠不足，眼眶下面还有淡淡的青黑，再加上额头上那一处显眼的纱布——

她好久没有这么狼狈了。

她掬了一把水洗脸提神，那水温冰凉，扑在脸上格外刺激。见面色稍微好了一些，她又抬手拍了拍脸，等双眼都有了些神采，这才抽出纸巾擦干净脸，转身离开。

走出了机场，她才知道A市这几日降温的强度，那空气里似乎是有冰凌，呼吸之间都觉得冷得让人窒息，喉间发疼。多待一刻，都会有任何东西能在这种环境下轻易折碎的错觉。

她裹紧外套，没敢再多停留，匆匆拦了一辆出租车便直接去温景梵的公寓。

在S市临上飞机前她接通了温景梵的电话，他的声音听起来有些糟糕，沙哑得不成样子。

不知道是那天他离开的时候她的婉拒让人尴尬，还是有别的原因，再直接通话，彼此都不知道要和对方说些什么。就这么僵持了良久，他似乎是听见了电话这端有些杂乱的背景声，这才轻叹了一声，问她：“你在哪里？”

“我在机场……”她回答。

温景梵沉默了一瞬，慵懒的声线终于恢复了几分清明：“你……回来了？”

“我还在S市，快要上飞机了。你……在家吗？”

“在家。”他断断续续地咳嗽起来，随安然听得心口也共鸣一般，传来微微尖锐的疼。过了一会儿他才缓下来，再开口时，声音比刚才更加沙哑：“几点回来，我去接你。”

“不了。”随安然拒绝。

话音刚落，就听得那端是长久的沉默，还隐约夹杂着他有些重的呼吸声。

随安然轻咬了下唇，含糊着补充完了下半句：“等我过去吧。”

所以她就这么来了。

随安然从车上下来站在温景梵的公寓楼下，微微仰头往上看去。

他在七楼。

随安然上次过来也是在这个位置，等他上去拿梵希平常要用的东西。现在她站在这里，却准备登门入室了……

她抬手轻敲了一下隐隐作痛的额头，这才抬步走进去。

电梯缓慢上升着，她的思绪就有些乱。但是纷杂的念头太多，她心头有些焦虑，却不知道问题出在哪里。

等她提着一箱行李站在温景梵门前的时候——她才明白那种焦虑是什么……

她刚想扭头进一旁的安全门想想等会儿见面怎么说，或者是模拟下见面时该有的表情，可一转身又犹豫了下来。

里面那个人……估计病得都分不清东南西北了，她纠结这个似乎没有什么太大的意义。

只是抬步迈出的第一步，总是分外艰难。

她还在纠结怎么样才是最合适的见面方式时，房门却“咔”的一声从里面打开了。

在门口站着的人，和在门内正要出门的人，面面相觑之间，皆是一愣。

但最先反应过来的还是温景梵，他抬步走出来，目光落在她的脸上，在看见她额头那一处纱布时，眸色瞬间幽深，眉头已经在不经意间轻轻地皱了起来。

随安然下意识地往后退了一步。

她自己还未察觉自己这个退缩的动作，温景梵却已经敏锐地看见了。他往前走的步子顿时停住，和她隔着一臂的距离。

就在随安然觉得他会止步在那里时，他却大步迈了过来，站到了她的身前。

他的脸色也有些不好看，苍白得没有血色，眉间倦意浓浓。

“额头……”他轻吐出两个字，话落便侧过头去，掩口轻咳了几声。回头的时候似乎才发现她身后拖着的那个行李箱，眼神微微一闪，似乎是有笑意掠过，但速度太快，随安然来不及捕捉，就已经从他的眼底泯去。

他没再说话，只是抬手轻碰了一下她额头上的伤口，看到里面隐隐的血色时，面色一变，声音沙哑得像是含了一把沙砾：“怎么弄的？”

随安然没脸说自己是听到联系不上他的消息后，在浴室摔倒磕伤的额头。她只抬眸看了他一眼，一副欲言又止的模样。

温景梵眼底柔软了几分，一手提过她的行李箱，一手强势地拉住她的手腕往房里带：“先进来。”

屋里有暖气，比外面的天寒地冻不知道要暖上多少。

温景梵进屋之后顺手关上门，把她的行李箱放置到客厅的一角，见她还站在那里，还未出声，厨房里已经蹿出了一道黑影，飞快地往玄关蹦去。

随安然看见梵希的时候很是惊喜，刚蹲下身去，梵希已经就着她的手臂跳进了她的怀里，撒娇一般轻轻蹭她的胸口，还黏糊糊地“喵喵”叫着。

那碧绿色如同宝石一般的眸子映着亮光，漂亮极了。

她换了鞋走过来，手指在梵希身上轻轻地抚摸着。她这才有空打量他的公寓，和他给人的感觉有些不同，简简单单的，并未有多余的装饰，只是该有的都有，恰到好处。

他抬手拎着梵希的后颈把它从随安然的怀里拎开，轻放到了地板上。直起身后，他的面色肃然了几分：“额头的伤严不严重？”

“是温景然处理的，缝了几针，没有什么大碍。”她摸了摸额头，看见他比之平常要苍白上许多的脸色，才想起正事……

“你呢？”说话间，她抬手便触碰了上去。

她和温景梵的身高相差有些大，这么一踮脚便有些重心不稳，她本能地抬手想去握住他的手保持平衡。

温景梵也是下意识地伸出手去，稳稳地扶住她。

相贴的掌心，熨烫的温度有些灼人。以至于随安然还未觉出他额头过高的温度，便已经被他掌心的灼热给吓着了。

“怎么这么烫？”

“怎么这么凉？”

话落，两个人皆是沉默。

温景梵把一直拿在手里的车钥匙往沙发上一抛，很干脆地略微倾身，打横把她抱了起来：“到我房间里先睡一觉，你看起来很糟糕。”

随安然挣扎了几下没挣开，微微地恼了：“我不是来你这里休息的，我是想确认你有没有事。”

“有事。”他回答得斩钉截铁，看着她的那双眼眸深邃，似有光要把她吞噬，让她移不开眼。

“所以你留下来陪我，顺便让我照顾你。”

这句话……说得有些矛盾，可又理所当然。

随安然半天没找到话回他，只能默默地偃旗息鼓了。

就这么一瞬的沉默之间，他已经走到了自己房间的大床前，把她轻放下来，不知道何时跟上来的梵希从床尾跃上来，几步走到床头的两个枕头间，优雅地卧了下来。

随安然有些尴尬，侧头避开他的视线，看见床头柜边上凌乱摊着的药片。

温景梵在她身侧坐下来，先是很仔细地看了一眼她额头上的伤口，但不敢揭开，确定周围没有红肿后，目光落在她有些糟糕的脸上，眉头皱得越发地紧。

“还疼不疼？”

随安然点点头，心里的脆弱被他这一句话便勾了出来，咕噜噜地冒起了泡，酸得她牙齿都有些发痒。

“先在我这里睡一会儿？我去给你煮个粥，等会儿叫你起来吃。”他手指落在她的肩头，准备扶她躺下。

随安然周围盈满了他的气息，一时便慌乱了起来，抬手反扣住他的手。见他微微一愣，耳根子突然就有些热："我……我担心你……"

温景梵怔了一下，随即低低地笑了起来："我刚吃过药，烧也退了些，没有什么大问题。"

"你刚才是准备出去？"她的目光落在他穿戴整齐的衣服上。

"是。"他似乎是注意到了这些，脱下自己的外套挂在不远处的沙发扶手上，"准备去接你，但我记错时间了。"

随安然看了眼自己身上的外套，红着脸默默地脱下来。

温景梵却很自然地从她手里接过外套挂在一旁的衣架上，看见她有些僵硬的神情，思忖了片刻才道："你不用紧张，我不会对你做什么。"

虽然很想做些什么……

"昨晚，陆熠方说联系不上你……"见他走回来，她下意识往边上挪了挪，腾出了他的位置。

她不自知，温景梵却看在眼里，不动声色地挑了一下眉，很自然地在她身旁坐下："所以担心我了？"

随安然犹豫了一下，又点了点头。

"昨天吃过饭后开始发烧，吃过药之后就休息了，手机一直静音，所以才联系不上我。"说话间，他也已经上了床，见她还坐着，抬手虚揽住她的肩膀按着她躺下，"我这里的客房是梵希的游乐场，所以能睡的只有我这里，你将就下。"

随安然抬头看了眼正在悠闲舔毛的梵希，默默失语……

回答什么都不合适啊。

察觉到随安然的视线，梵希偏头看了她一眼，轻轻叫了一声，那声音里似是有几分——兴高采烈。

朕觉得朕做得简直棒极了！

随安然这一觉睡了很久很久，久到她醒来时都有些不知年月几时。

窗帘紧闭着，不透一丝光亮。屋内只有一盏台灯的光昏黄，除此之外，没有任何可以辨别时间的东西，比如钟表。

她额头上的伤口却比之刚才还要疼，一阵一阵的，像是谁一脚一脚踩在她的太阳穴上，“突突”地跳动着，血脉叫嚣着，疼痛汹涌而来。

她忍不住“嘧”了一声，刚想拥着被子坐起来，一抬手，却发现隔着一层被子温景梵的手正横揽在她腰间。他并没有用多少力气，却让她动弹不得。

她偏头看上去，温景梵还在睡。双眸紧闭，那长睫如羽扇，在他眼睑下方打下一圈淡淡的阴影。鼻梁挺直，唇有些发白，轻轻地抿着。

本就是清俊精致的容颜，此刻睡着了没有一丝防备的样子，更是让人觉得不食烟火。

不知道是不是察觉到了她的视线，他那睫毛一颤，缓缓地睁开眼睛看过来。

那双眸子漆黑深沉，带着刚睡醒的慵懒随意，清澈如一汪清泉，水波荡漾。对上随安然的视线，他就这么看了她良久，笑了一下：“醒了？”

随安然这才发觉自己和他此刻的姿势有多暧昧，她的身体被他半侧着身拢在怀里，他身高腿长的，就算两个人只是占据着床的半边睡着，此刻看起来仿佛都像是被他拥在怀里。

再加上呼吸可闻的距离，随安然一下子就不自在极了。

她不动声色地往后退了退，岔开话题：“现在几点了？”

“快到早上四点了。”温景梵看了眼手表，随即似乎是想起了什么，说道，“你的电话响了很久，是阿姨打来的。我怕她担心，替你接了。”

随安然愣了一下，“哦”了一声，面色却有些红。

……不知道安歆同志在电话接通之后发现自己跟温景梵在一起的反应如何？

这么想着，她抬眸看了眼温景梵，这才斟酌着问道："那我妈妈有说什么吗？"

"有。"他微微坐起来了些，靠在床头，一手摸着还卧在枕头上睡着的梵希，一手依然搭在她的身上，"阿姨让你好好休息，还有记得换药。"

随安然抬手摸了摸额头，躺在床上不想起来："我感觉我的额头越来越疼了……"

温景梵握住她落在伤口上的手轻轻移开，见她抬眸看过来，说："我看看。"

他温热的手指落在她伤口周围，轻扯开胶布的一角看了看伤口。他看到伤口以及缝线的疤痕，上面似乎是有些发炎了，微微红肿着。

他皱了下眉，语气沉了几分："现在能不能起来？我带你去医院重新清理下伤口，好像有些发炎了。"

随安然"啊"了一声，忍不住去碰伤口，这一次又和刚才那样，被他握住手拦截了下来："不要去碰。"

"我能不能等天亮了再去……"

温景梵原本要翻身而起，闻言顿了一下，似乎是想到现在的时间点有些不上不下，迟疑了下才妥协："那再过一会儿我们吃过早饭去。"

随安然掩口打了个哈欠，困意又上涌，她拽着被子的一角往里又缩了缩，只露出一双眼睛来："那我再睡会儿。"

温景梵"嗯"了一声，微闭了一下眼睛，再睁开眼时，随安然已经整个人缩进被子里睡觉了，只露出一截头发，就搭在梵希前面不远处。

他看着看着便无声地笑了起来，等她睡熟了些，这才轻手轻脚地起身下了床。

枕头上卧着的梵希抬头看了他一眼，懒洋洋地伸了个懒腰，优雅地迈着猫步，在温景梵的注视下，硬着头皮钻进了被窝里，拱到了随安然的怀里继续睡。

只一条猫尾巴懒洋洋地扫出被外，晃了两下。

温景梵面色变了几变，一边想着扣掉梵希多少伙食，一边却是替这一人一猫掖了掖被角……

等皮蛋瘦肉粥下电饭锅煮起来之后，他这才绕去洗手间洗了把脸。回房间时经过客厅，梵希半夜起来过一次，碰倒了她的行李箱，还顺便扒拉开一大截行李箱上的拉链。

他有些头疼地捏了下眉心，发现梵希最近这段时间真的是有些皮痒欠收拾了。他简单地替安然收拾下被梵希用爪子勾出来的衣服时，看见了她放在行李箱里的辞呈。

白色的信封，上面用水笔写着秀气的“辞呈”两字，折痕都还是新的，看来准备了没多久。

信封的纸面有些凉，触到手里，便觉得每一处的棱角都在划着手心。

他垂眸看得认真，眸色却一点点，一点点加深。

A 市冬天的凌晨，即使是隔着满屋子的暖气，他还是体会到了冷。不知道从哪个角落钻来的冷意，一点点侵蚀他。

他捏着那信封看了良久，最终还是妥帖地放了回去，按照原本的那样。他起身时，面色却是瞬间冷凝。

他早该明白的，随安然这样执拗的人，怎么会轻易地改了主意？

那个在佛前跪了一下午都不动一下的女孩，曾经有多么脆弱，如今就有多么坚强。她的心，岂是他一招半式便能轻易攻陷的？

他就在一旁的沙发上坐下，垂眸看见桌几上的香烟和火柴时，眉头几不可察地一皱，手指落在扶手上轻轻地敲了两下。

他犹豫了只一瞬，便俯身去拿起香烟，修长的手指从烟盒里抽出一根香烟夹在指间，最后叼进嘴里。

他并不经常抽烟，只偶尔觉得压力大或者工作到夜深的时候会抽几口，但今晚……看着便压抑不下那股躁动。

他抽了一根火柴出来，手指往那块粗糙面一擦，火光骤亮。

他缓缓吸了一口，苦涩入嘴，呛得他眉头缓缓一皱，他不由得抿了抿嘴，眼神复杂难辨，还真是好久没抽了。

这应该是随安然第二次看见他抽烟，又是第一次看得如此分明清晰。

这是很不一样的温景梵，面容依然清俊平静，只那指尖夹烟的随性样子却隐隐透出了几分孤寂之感。那双远眺的眸子看上去像是蒙了一层雾，看不清，看不透，似是朦胧的远山，可见影却不见形。

她在门口站了片刻，思忖良久，还是默默地退了回去。

脚边的梵希却不管这些，见她回屋上床，掀了被子又要睡觉的样子，很不满地划拉了一下爪子——

说好的一起上厕所呢！大骗子！

梵希几下跳上沙发，钻进温景梵的怀里，他在这里坐得有些久了，似乎也染上了几分寒意。梵希在他怀里踩了好几下都没找到暖和舒适的位置，正准备回去继续将就下里面的那个女人时，温景梵抬手按住它。

梵希贴着他的手心不动了，抬了头去看它，一双碧绿的眸子满含疑惑——逮着朕干吗？不约！

温景梵把它抱在怀里，手指在它柔软的毛发上轻轻梳理，另一只手拿出手机给温少远发了一条短信："收到安然的辞呈，请务必压下来，不计后果。"

后面的四个字，完全是因为考虑到了闻歌。

他不想放走的人，谁也别想干涉。

随安然再次醒来的时候已经是早晨七点了。

窗帘不知道什么时候被温景梵拉开，她懒洋洋地看出去，看了好久才发现窗上弥漫的水雾之后是朦胧的雪花。

在江南的时候很少看见下雪，就算有，也很少积起来。来了 A 市之后，每年都能踩着积雪"咯吱咯吱"地走过，即使已经看了很多年，依然不减她的热乎劲。

因为昨天是在温景梵这里留宿，两个人都有些拘束，仅是除了外套便一起睡下了。现在回想起来……随安然都觉得自己那时候一定是疼糊涂了。

一路跌撞过来，他却这么配合，什么都不问不提。

她磨蹭着爬起来，温景梵这里的室内温度比她公寓的要舒服许多，温暖却不干燥，却依旧暖和，她就是这么直接起来也并未觉得有半分凉意。

门外是他在叫梵希的声音，嗓子听起来已经好了很多，虽然还是低沉的沙哑。

她走到窗前看雪，玻璃上蒙着的水汽看不真切。她正犹豫着是拉开窗看还是趴在窗口上看时，温景梵已经推门而入。

见她站在窗口回头看着自己，那脸被天光映衬得雪白，眼睛漆黑得像是黑曜石，灼灼发亮。

他斜倚在门口，就这么凝视着她，两人对视良久。

已经吃完早饭十分满足的梵希优雅地小跑过来，蹲在温景梵的脚边欢快地舔着自己的爪子。

“煮了皮蛋瘦肉粥，你收拾下就过来吃吧。”说完这句，他笑了笑，便转身离开了。

随安然收拾好了出来时，他正端着三个刚煎好的荷包蛋出来。梵希不知道去哪里了，不见踪影。

大抵是经常下厨给自己做饭，他对饭量掌控得正好。两个人吃完饭，他简单地收拾了一下厨房，带她去医院换药。

上了车，温景梵并未急着起步，反而问她：“一般人谈恋爱是什么样子的？”

随安然被问得一怔，想了想才回答：“大概是先是朋友，然后有好感，就在一起了……”

温景梵抿了下唇，握着方向盘的手一转，车缓缓驶离停车位。

这场雪大抵是从凌晨开始下的，一直下到现在，只增不减，路面上已经铺上了一层白雪。

他开得很慢，似乎是在想事情，车内的气压低得让人有些喘不上气来。

直到第二个路口红灯，他才恍然转头看过来，一本正经地问她："安然，你还信不信爱情？"

随安然只觉得额头隐隐作痛，垂在膝上的手不自觉地捏紧，良久，在他的注视下，缓缓地点了点头："我相信的，只是我从来就不是那么幸运的人。"

察觉到她的紧张和却步，温景梵有些挫败，面上却是不动声色，只一双眸子静静地看了她一会儿——他最近总是喜欢这么看着她，因为生怕会错过。

这一段简短的对话并未让车内的低气压减经半分，反而越发沉闷。

随安然想说话，可每次目光落在他微微绷着的侧脸上便犹豫着怎么都说不出口，反复几次之后，心里的那股欲念就这么被她淡化了不少。

她默默地咬唇，有些懊恼起这样的自己。

红灯转绿，车辆通行。温景梵跟着前面的车辆起步前行，漫天的大雪，纷纷洒洒。耳边只有车内轻微响着的引擎声，车外车轮摩擦地面的簌簌声。

温景梵握着方向盘，手指搭在上面轻轻地敲了敲，再开口时，语气已经恢复了之前的平静。他转头看着她，一字一句格外清晰："留下来吧，起码，先陪我完成《九转》。《九转》之后，我也许不会再接剧了，所以这最后一次，想和你一起。"

有些感情，从开始便小心翼翼，深陷泥沼之地。

她的却步他从一开始便能体会到，不然这个人怎么会甘愿以一个平凡到尘埃的"随遇而安"陪伴了自己那么多年？

这样的感情相许，他的每一分用力，都务必恰到好处。

总是会遇见这么一个心思敏感细腻的人，你的一切都要小心斟酌，不是防备也不是警戒，只因为她在你的心上，无论是进攻还是防守，你都会不自觉地先照顾她的感受。

温景梵参与过她的人生，知道她曾经的支离破碎。

也正因为这样，他才更想一步步得到她。这样的人，要么不许终身，要么此生仅一人。

这场雪似乎缠绵得没有边际，始终纷杂下着，毫无停歇之势。

天色也沉沉的，云层压得极低。

温景梵正在挂号，随安然站在他的身侧，看见上面显示屏上红色的LED光打在他的脸上，映衬得那双眸子也染上了几分猩红，亮得惊人。

护士忍不住多看了他几眼，问道："叫什么名字？"

温景梵眉头轻挑了下，回答："随安然。随意的随，岁月安然的安然。"

在一旁静静听着的随安然唇微微颤了一下，凝神看过去……五年前在梵音寺的时候，他问自己名字时，她便是这么回答的。

"随意的随，岁月安然的安然。"

他听过之后有一瞬间的静默，才说："如果以后谁问起我对江南女孩子的印象，大抵就是像你、像这个名字这样了。"

那时候的随安然并没有明白他这句话的意思，是后来一次电台节目中，他和听众聊到了江南这个话题，一位女听众问他："时遇，你对江南女子的印象是什么？"

他的回答是："眉目如画，温柔淡然，大气温婉，又自有一股灵气。而且，每次提起江南这个词想起的那个人，也有着如江南一样诗意又雅致的名字。"

那听众再追问名字时，他却再也不肯说了："我的小秘密，深埋的，只我一个人回味的记忆。"

以前不愿意相信，可如今——那对应的人，就是她吧？

温景梵挂完号，拿着病历单转身，就看见她静静地看着自己出神，不由得抬手在她眼前轻晃了一下，轻唤她的名字："安然。"

语气里的温柔，声音的缱绻，让那护士忍不住又往这里多看了几眼。

随安然回过神，和他一起去二楼的外科门诊换药处理。

医生看着她的伤口沉默了半晌，才叹息着说道："你们年轻人就不懂事，伤口还是新的就不知道爱护，搞得发炎了，怎么连药都不吃？别到时候破相了，你小男朋友跑了你才知道哭。"

随安然被说得发窘，去换药的时候都没敢开口让医生轻点儿。

"医生，麻烦你轻点儿，她怕疼。"

那医生垂眸看了眼随安然紧咬的唇："现在怕疼了？"说着，手上的动作倒是慢了不少。

可换药时，棉签轻按伤口上时还是有尖锐的疼，疼得她头皮发紧。

温景梵皱了皱眉，干脆半蹲下身子，抬手握住她的手。见她低头看来，他无声地用口型说了句："加油。"

加油……

随安然差点儿笑起来，只觉得双手交握间，那暖意直入心底。

换完药，又去收费的窗口交钱拿药，这才离开医院。

温景梵去取车，随安然就在门口等着。正拿着药盒看吃法用量，后面却是一股大力猛地撞了上来，猝不及防之间，随安然手里的药盒脱手摔在了地上。

而对方也没有比她好上多少，手上的东西散落了一地。

随安然回头看去，对方正懊恼地皱了眉头，心不在焉地说了声对不起，就蹲下去捡检验报告。

医院门口人来人往，脚步纷杂。随安然捡回了药盒，索性也帮她收拾，目光落下去，看见病患名字那一栏上是——温融。

这个名字，随安然听闻歌提起过几次，是温家的老爷子。

她微微一愣，往那报告上快速地扫了一眼。只是简单的体检，几样血常规的报告。

温时迁看了随安然一眼，从她手里接过那几页纸张拢进手里的资料夹里："多谢。"

这一看，似乎是觉得有些眼熟，微挑了眉峰审视了她一眼。虽然冷傲，却并不会让人觉得她的目光有什么不舒服。

随安然对她淡淡地笑了笑，低头把药盒放回手里拎着的袋子里。

不远处一辆车滑行过来，在两个人的面前停下，降下车窗，里面的男人面目温润，看着站在一起的两人，微微有些诧异："时迁？"

温时迁抬了抬眉，却是先侧头看向随安然，目光在两个人之间一逡巡，这才懒洋洋地一笑，抬手拨了拨头发："我说怎么看着这车那么眼熟呢。"

她倾下身子微倚着车窗，看向里面的男人，那微长的指甲轻轻地敲了两下，笑道："哥哥的女朋友？"

温景梵眉目一舒，轻斥了她一声："只是普通朋友。什么时候回来的？"

"就这几天。"她回头对安然笑了笑，替安然打开车门，"不打扰了。"

说完，她扬了扬手，踩着那高跟鞋便要离开。刚走了几步，她像是想起什么，回头看了眼随安然，绕到温景梵那边轻声说了句什么，就见温景梵的脸色微变，握着方向盘的手指也在瞬间微微收紧，然后沉着脸点了下头："我知道了。"

随安然扣好了安全带后，他的脸色已经恢复如常，只轻微下垂的唇角还是透出了几分不悦。

"陆熠方明天早上就能回来，明天下午签完合同，后天就开始配音。你时间上有没有问题？"

随安然摇摇头："没有。"

话音刚落，手机便轻声嗡鸣起来，随安然拿过来一看，是陆熠方的微信消息，很简单的一句话："剧本熟悉了吧，明天晚上开始配音，你跟时遇说一声。”

随安然想起自己才翻了三分之二的剧本，整张脸都苦了。

随安然早上先去了一趟酒店，只是递的并不是那一封辞呈，而是申请休假。

年关将至，正是用人之际。随安然原本以为等待她的会是辞退，却不料温姨连原因都没问，直接准了，只说什么时候休够假了，就回来上班。

随安然虽然心里疑惑，却没敢问……

陆熠方这次回来一改往常的低调，不仅在机场就接受了媒体的拍摄，还在车上接了两个杂志访谈，以至于到工作室时便耽搁了一些时间。

进门他便被助理提醒：“随小姐已经等了一会儿了。”

陆熠方被迎面而来的暖气烘得有些发蒙，正在脱外套，闻言漫不经心地问了句：“时遇呢？”

“还没有来。”

“哎，奇怪……”陆熠方念叨了这么一句，脚步却是不停，往会客厅走去。

会客厅是全方位透明设计，陆熠方抬步迈上二楼便能看见里面的情况。

随安然正坐在沙发上翻看着什么东西，微垂着头，神情专注认真，并没有半分不耐。

他握上门把正准备推门而入时，脑海中恍然闪过不久之前温景梵说的那句：“她一向是个很有耐心的人，对待她，就要拿出比她更有耐心的决心才行。”

他随口嘀咕了声：“对待你可不一样……”

比如温景梵的一句“留下”比他百句挽留还有用这种真相，他已经不想提起了。

陆熠方生怕随安然到时候遇到什么事情又反悔了，也不管温景梵还要多久才能来，拉着她先签了合同，简单地讲了讲注意事项以及工作时间等，正要转移话题聊些风花雪月，那迟迟未来的人，推门而入。

他肩上还漫着一层薄雪化开的水汽，有些湿漉漉的，抬眼看见她时，很自然地坐到了她的身旁："额头好点了没有？"

陆熠方不满："你怎么不问问我好不好，我们好久没见了！你进来连看都没看我！"

温景梵这才懒洋洋地瞥去一眼："你好不好？"

陆熠方冷冷哼了一声，推了一下面前的合同："安然的签好了，就差你了。"

温景梵垂眸看了眼合同，抬手拿起随安然的，仔细地看了眼条款，目光落在右下方她的字体上时，眸色渐渐加深。

他写字的笔锋笔画和常人不同，所以这有几分像他的笔迹，别人看不出来，他却能一眼看出门道。

随安然暗自吸了一口气，原本还想着他应该发现不了，毕竟笔力不同啊，但眼角余光瞄见他唇角微扬起的那抹意味深长的笑容时，不禁扶额暗叹："完了完了……"

意外的是，温景梵并未说什么，只是拿过自己的合同扫了几眼，抬笔落了字。

签完合同之后，正好将近饭点，陆熠方心情好，便请客去附近的 TC 会馆吃饭，除了温景梵和随安然之外，还有几个已经开始配音工作的演员。而这其中，便有蒋宁夏。

蒋宁夏进来看见随安然的时候也是一愣，大概是在奇怪为何她会出现在这里。只不过面上只有瞬间的诧异，很快便恢复如常。

蒋宁夏在圈内的人缘向来不错，而这个基础通常都是在饭桌上打下的。与随安然安安静静地独守一方相比，她从入场开始便已经格外自然熟稔地和人聊开了，倒是一点儿也没有在酒店里盛气凌人的模样。

“温先生真的是贵客，我都往录音棚跑好几天了，也没见着人。”蒋宁夏抬了抬手里的酒杯，向温景梵敬酒。

温景梵正在剥虾，闻言只抬了一下眼皮，声线慵懒得近乎敷衍：“等会儿还要开车，不喝酒。”

他向来是中心人物，对这些酒局从不热络，能和他同桌吃上一顿饭并不是易事。所以蒋宁夏刚一开口的时候，众人都安静下来，这会儿他的回绝便显得格外突出。

陆熠方是圈内人，和蒋宁夏还在合作，自然知道她的心思。他心里憋着笑，但还是开口解围：“酒驾不可，我不开车，找我喝啊，喝醉了有景梵送我回去。”

温景梵已经剥好了虾，闻言淡淡地扫去一眼，附和都懒得，刚准备把剥好的虾肉夹到安然的碗里去，转念想起医生的叮嘱，抬眼看了眼埋头吃菜的安然，筷子一转塞进了自己的嘴里。

之后他才用公筷给她夹了几块肉，放进她的碗里，做完这些，他才平淡道：“你和安然不顺路。”

言下之意便是，我不送你，送安然。

这台拆得陆熠方简直内伤……

蒋宁夏看了随安然一眼，轻撇了一下嘴，只一瞬的尴尬之后便又恢复如常：“陆导和我一起走好啦，我经纪人会来接我。”

陆熠方抿了口酒，却是不经意地笑了笑：“哪能劳美人大驾。”

蒋宁夏眯着眼笑，转头却是看向了随安然：“随经理还记不记得我啊？”

随安然并不适应这种环境，从刚才开始便一直埋头苦吃，不料这么减少存在感了，话题还能转移到自己身上。

察觉到众人的视线看过来，随安然对蒋宁夏笑了笑：“记得。”

哪能不记得……都被拉进“黑名单”了。

蒋宁夏又是一笑，精致的妆容，亲切的笑容，若不是随安然见识过她难搞的一面，大概真的要“融化”在她的笑容里了。

不过基于多年的酒店服务经验，她很快就调整出得体的表情，眉眼一转，对她微微扬起个笑来，不卑不亢，恰到好处：“以后还要麻烦蒋小姐多多提点了。”

蒋宁夏原本就在猜测她出现的原因，见她这么说，扬了一下眉，有些不解。

随安然又是一笑，轻声道：“我也参与《九转》的配音。”

蒋宁夏愣了一下，目光在温景梵和随安然身上转悠了几圈，反应过来后大概也发现自己表情的诧异，干脆直接问道：“你怎么会？”

随安然面上微笑着，心里却有些抓狂。见众人的目光都在温景梵和她之间徘徊，顿生一股无力之感——她简直要成后门专业户了。

一直沉默不语的温景梵却放下筷子，低沉了嗓音维护道：“陆导三顾茅庐请出来的，这《九转》的女主音，也只有她能配。”

这样堂而皇之的维护，落在众人的眼中自然又多了一层意思。

温景梵却没有半点不自然，就在众人举目相望时，低头看了眼随安然，声音轻柔随和：“吃饱了没有？医生虽然说让你多吃点清淡的，也没有让你一点儿都不沾荤的。”

说到最后，尾音微微上扬，竟是带了几分笑意。

这种亲昵的姿态，就连陆熠方也是第一次见，早知温景梵待人体贴，只不过这份体贴也是因人而异。

就连他这样的，偶尔都会尝到他给人的清冷之感，何时有过这么如沐春风的时候？

这么想着，帮腔也迟了一分，见温景梵的目光淡淡地扫过来，这才笑出声来，端起桌上的酒杯向着众人举了举：“是啊，我三顾茅庐请来的。虽然是圈外人，也没有过配音的经验，但就是我要的声音。”

话落，他一口抿尽，又补充道："大家都是这一行的都知道，声音对人物性格的塑造有多重要。"

"是啊，陆导的'惜才'在圈内都是有名的。"蒋宁夏优雅地端起酒杯抿了一口，目光却是微微一闪，静默地看了眼正和温景梵低声说话的随安然。

随安然虽然察觉到蒋宁夏的视线，但并未直接对上，反而是当作不知道，直接避开。

如果不是因为温景梵，她也不会来配《九转》的音。再者，无论温景梵《九转》之后，是否收山，她也不会再有下一次的机遇。

《九转》是她和温景梵的时遇，而这时遇，仅此一次，以后再无瓜葛。

吃过饭，一行人便直接去了录音棚。

随安然自然是坐温景梵的车，刚坐稳扣上安全带，就见蒋宁夏走了过来，径直走到了温景梵的车窗旁，抬手敲了敲车窗。

温景梵不耐烦地皱了一下眉，降下一半的车窗看向她："有事？"

蒋宁夏笑了笑，目光落在副驾驶的随安然身上，只一瞬便立刻移开了视线，对着温景梵盈盈一笑："陆导的车坐满了，我经纪人有事赶不过来，能不能搭温先生的顺风车啊？"

温景梵搭在方向盘上的手微微收紧，似是有些不悦，顿了一下才道："不好意思，我对香水过敏。陆导的车比较宽敞，挤挤应该还能坐。"

"啊？"蒋宁夏眉头一皱，精致的脸顿时露出抹楚楚可怜的委屈来。

随安然忍不住想笑，但笑出来又怕招恨，便微低了头去遮掩，结果呛了一下，直接咳嗽了起来。

这幸灾乐祸……也是有成本的啊。

温景梵听见她咳嗽，转头来看了一眼。灯光有些疏离，她又刻意隐在黑暗里，便看不清神色。

温景梵的耐心立刻耗尽："安然最近身体不好，不能吹风，蒋小姐的问题我亲自跟陆导说一声。”说罢，他便升上车窗，打了方向盘绕开蒋宁夏就往前面驶去，车轮滚了几下就和陆熠方的并行。

他踩下刹车，就这个姿势倾身过来，降下了随安然这边的窗户，然后闪了两下车灯，鸣了一声喇叭。

他的右手没有支撑点，干脆搭在了她的座椅旁。

见陆熠方降下车窗看过来，他才冷着声音说道：“我这车不方便带人，蒋小姐的位置麻烦陆导务必挤出一个来。”

陆熠方原本还想打趣嬉笑他，看见他眉宇间皆是不耐，就知道他是动了真格的了，目光不由自主地瞟向副驾驶上的随安然，心下立刻了然几分……

温景梵最近碰壁这事他知道得最清楚了，这种时候就应该多多包容，多大点事啊不是……

这么想着，他立刻点头应下：“你放心，没问题。”

温景梵这才透过后视镜看了眼不远处的蒋宁夏，升上车窗，却不急着收回手，反而就着这个亲近的姿势看了随安然一眼，见她眸色浅浅，蕴着淡淡的水汽。刚才包厢空气有些阻塞，她面上被暖气熏得有些微的红，看上去就像是眉间含了情，双眸漾了水。

他的喉结轻滚了滚，就这么看了她一会儿，才浅笑着问她：“笑什么？”

随安然见被他看穿，也不藏着了，抿着唇又笑了起来，双眸微微眯起，像一轮弯月，波光粼粼：“这么拒绝蒋小姐真的好吗……”

这么拒绝一个女孩子，其实有些过分了啊。

不是你在车上吗?

温景梵淡淡地笑了起来，回答的却是：“香水味太重，我的车不是谁都能上的。”说罢，他又颇含深意地看了她一眼，这才收回手，坐正了身子，扣上安全带。

随安然被他那句话说得耳根都有些发热，紧紧扣了扣座椅的两侧，看向了窗外。

陆熠方已经从后座下了车，亲自安顿了蒋宁夏。

到录音棚的时候不过晚上七点，华灯初上，A 市的冬夜凉得有些快，再加上天日短，天色已经暗沉得没有边际。夜空似乎都染上了一层寒霜，雾蒙蒙的，看不真切。

江莫承的电话就是在随安然要上电梯的时候打来的，她看了眼电梯满满的人，退了一步，向温景梵示意："我先接个电话。"

"那我等会儿在三楼电梯口等你，你上来就能看见我。"

"好。"

等电梯合上，随安然这才接起电话："喂？"

电话那端沉默了一会儿，只有沉重的呼吸声，良久才有人问："是随安然吗？"

这个声音并未带多少感情，还隐隐藏着一丝凌厉。随安然想，她这辈子应该都不会忘记这个声音。

是江莫承的母亲。

那年老师通知双方家长的时候，江莫承的母亲冲到学校来，在上课的时候就冲到她的课桌前抖落了她的课本，扫空了她的桌面，歇斯底里地冲她吼："给我离莫承远一点儿，你这个没家教的！"

随安然抬头静静地看着她，她的表情狰狞冷冽，一句句地说着如同刀尖般锋利的话，一下下刺在自己的心里。饶是她是无辜的，也因为那些话，觉得羞耻万分。

那时候她还不懂如何去反抗一个成年人，那无法言说的恐慌遮天蔽日而来，几乎要吞噬了她。

同学的异样目光，老师的冷眼相待，让她心里的城墙瞬间崩塌。

她压抑了一下急促的呼吸，冷静了一下，这才开口问道："您好伯母，请问有事吗？"

“我是想和你谈谈关于莫承的事情。”

随安然皱眉，下意识便有些抗拒：“伯母您是不是找错人了？”

“没有，我找的就是你。”她的声音很平静，平淡得如同一汪水，毫无波澜，“我给莫承介绍了很多相亲对象，他从来没有答应过。甚至和我吵闹、翻脸，这些都是以前没有过的，是你改变了他。”

随安然想起那一年，江莫承一脸隐忍羞愧地看着她，声音压抑阴沉地说：“对不起，我妈妈她身体有些不好，对外界的刺激会有很大的反应。所以她才会这样对你……她是因为生了我才变成这样的，在家里谁都不能反对她，不然就会像那次那样……对你。很抱歉，给你造成的困扰。”

随安然理解，但从来都没有释怀过。

何止是困扰，还有她家庭翻天覆地的变化。

被撕裂的家庭，被同学孤立，被老师漠视。

而这些，都是永不能磨灭的。

她沉默着没说话。

那端安静了片刻，开口时情绪便有些激动起来：“随小姐，我求求你，放过莫承吧。你们都该有彼此的生活，你何必要吊着我家儿子为你死心塌地的？”

随安然心头微颤，心口顿时烧起一把怒火，她压抑了一下猛地蹿上来的火气，冷笑道：“伯母，你在打这个电话之前江莫承知道吗？我建议你，最好的办法就是和你的宝贝儿子好好沟通一下。我就如伯母你所说的，已经有了自己的生活。请你，不要再以长辈的姿态来介入我的生活，这对我是很大的困扰。”话落，她再也没听那头说了些什么，挂断电话，然后迅速关机。

看着屏幕瞬间黑下来，她这才长长吐出一口气，近乎疲累地靠向墙面。就这么靠了良久，准备上楼时，她一转身，就看见了站在楼梯口的温景梵。

他双手插在裤子口袋里，姿态闲适，大概是站了有一会儿了，眸色深深地看着她。

见她终于察觉到自己的存在，这才走过来，抬手探了一下她的额头："怎么了？脸色这么糟糕？"

"好像吃撑了……"她揉了揉肚子。

她没撒谎，刚才一个劲埋头吃，加上他后来一直往她碗里夹菜。一桌的人都时不时看过来，她就费力地吃，一顿饭吃下来，的确撑到了。

温景梵眸底闪过一丝笑意，率先转身往电梯走："走吧。"

随安然站直身体，看着他挺拔修长的身影，在这满是寒意的夜晚，心却暖得不行。

好像……越来越喜欢了。

分明他什么都没做，只是恰好的时候出现在那里。静静地等待着她，给了一个非常合适的距离，让她有安全感的同时，也能真切地感受到他的陪伴。

所以梵音寺那短短几天的相处，才这么刻骨铭心。

在她以为被全世界都背弃的时候，他就站在她的不远处，恰到好处的距离。让她一念心动，此生难忘。

她回想起自己和他的开始，也回想起了那一段让她觉得分外惊喜的日子。

她和闻歌是打小认识的，虽然有年龄差，但并不妨碍她们成为无话不谈的朋友。后来闻歌家里出现了大变故，她被接走去了 A 市后，一直没断联系。

那时候流行笔友，她就和闻歌以寄信的方式一直在保持联络，一个月一封，不多也不少，恰好能够知道彼此的情况。

温景梵在做电台的事情家里就她一个知道，她觉得自己藏了一个大秘密，激动得不行，就说给了安然听。

起初并不知道温景梵就是她遇见的那个温景梵，只因为这相同名字的缘分去听了电台，一听声音，她就知道是他，便生出了想去 A 市上大学的心。

她想避开这里混乱的一切，也有那么几分希冀，想认识他。

后来她真的来了 A 市，却发现自己和他的差距除了这距离，还有很大的鸿沟，年龄、家世，以及能力。

连一起努力的感情都有朝夕会破碎，更遑论半路相识？

她来 A 市上大学的这四年并未见过他，只从闻歌那里知道他毕业了，他去毕业旅行了，他违背了温家老爷子的意思去 S 市做投资了，他自己成立了一家公司叫 SY……

然后在她已经习惯暗暗地喜欢他，在她习惯永远只是听闻歌说起他的消息时，他回来了。

原来这故事的起初，她是对他抱有幻想的。

| 第十二章 |

谁说我，不爱你

录音棚的暖气充足，大抵是录音的工作轻松一些，加上场地除了必要的录音师等工作人员之外，并没有闲杂人等。

温景梵进来之后就脱了外套，挂在了一旁的衣架上。里面穿着的是一件灰色的毛衣，纹理平整，针脚密集。

随安然离他近，能清晰地闻到上面还糅杂着淡淡的香气，像是专用的毛衣洗涤剂，又像是洗发水的味道。

温景梵略微挽起袖子，翻折出一个精致好看的弧度后，转身看向她："这里待久了会越来越热，外套先脱了，等会儿出去的时候再穿上吧，不然容易感冒。"

随安然点点头，脱下外套正准备挂在衣架上，他已经很自然地从她手里接了过来，一抬手，就借着他的身高优势把外套挂了上去。

陆熠方刚从工作人员那里接了矿泉水走过来，大步路过又大步退了回来，挤到两个人之间左右看了看："我的司祁和听夏，今晚的重头戏就是你们啊，准备好了没有？"

温景梵倏然抬眸看向随安然，唤道："听夏。"

随安然愣了一下，才抬头看过去："嗯？"

他抬手落在她的肩膀上轻拍了一下，直接忽略一旁星星眼八卦状的陆熠方，虚揽着她往隔音室里走去："等会儿我们先对一遍看看感觉，如果没问题就正式来了，有没有问题？"

"应该没有……"随安然想起自己读剧本时，一句一揣摩那时候的状态默默地发窘。

进了隔音室，随安然见又只有他们两个人，指了指外面站着的蒋宁夏和配音人员问道："他们不进来吗？"

"他们很多音都是单独完成，已经提前开始了。"他拉过椅子，按着她坐下，替她调整了下位置，随意地在她身侧落座。

"那他们今晚……"她还是有些不解。

温景梵这才微抬了一眼眸子，淡淡地说道："围观我们。"

言简意赅……四个字概括。

随安然却被话里的意思震得要吐血，面色几变。

"不过不用紧张。"他突然笑了起来，眼睛略微弯起，漆黑的光闪闪烁烁地挠人心扉，"这样多几次就习惯了。"

说了……跟没说一样。

随安然拧开矿泉水瓶喝了口水，微凉的水滑过喉间，她还有些昏沉的意识便彻底醒了过来。她拿起剧本又看了看，几句不知道该怎么配的句子问了温景梵后，两个人便开始对戏。

相比较真的录音，他对戏的时候声线慵懒，并不是十分投入。眼尾轻轻上扬，静静地注视着你，就像是已经入了戏，而他……就是那画中的人。

陆熠方戴着耳机一直在听着，哪怕是温景梵的随口而来的对戏，也让录音师给录了下来。

正式录音的时候，温景梵又替她调整了下收音的设备，确认一切都在舒适的范围后，这才坐回了自己的座位，向她指了指不远处播放着的电视片段："还得注意语速，声音要和嘴型对上。刚开始会有些不习惯，慢慢调整就好。"

随安然点点头，表示自己明白。

他在工作状态时无疑是非常认真的，唇角会不自觉地往下一压，一双眸子微微垂着，眼角上扬起一个清冷的弧度。面上的表情因为带上了几分专注认真，反而少了温润的气质，多了几分深沉。

不知道是因为心情好还是如何，他虽然面无表情的，但每次轮到她出声配音的时候他总会不经意地抬起眼来，淡淡地扫过来一眼，又不经意地垂下眸子，然后唇角略微弯起。看上去像是在笑，可仔细看去，又没有什么不寻常的地方。

随安然被他这么来回地看了几次之后，一个紧张便忘记注意对口型。他手指微微一抬，似笑非笑地睨了她一眼，这才压低了声音沉沉道："这里是初识，带几分紧张是对的，再来一遍。"

他的感冒并没有彻底恢复，仔细听还能听到他声音里压抑的沙哑，沉得像是沙砾碰撞时扬起的尘土，并不清晰。

休息的时候他停下来喝了几口水，用手指捏了捏自己的嗓子，有些无奈："今晚似乎要先收工了，我嗓子有些不行。"

陆熠方一直戴着耳麦听隔音房里两个人的对话，闻言也没有半分犹豫地就同意了："那你赶紧休息，作为一个有长远目光的导演，我并不急于这一时。"

温景梵似乎是笑了一下，又喝了口水，看向她："今晚很不错，比我想象的要好多了。"

随安然想起他一句句的指导和示范，又看了眼他轻揉着嗓子的动作，默默地愧疚："如果不是你指导的话……"还不知道是什么糟糕的情况。

她从一开始，就没进入过状态。

窗外若有若无的视线，那么多人听着他们配音，评头论足。她不知道自己做得好不好，可是那一瞬间，隐藏在心底很久的小自卑一直在隐隐作祟。

这不是她熟悉的领域，她每分钟都在想着撤离。

回了家，随安然匆忙洗了个澡便上床休息。关了灯，她才想起江莫承母亲打来那通电话的事情，微微皱了下眉头，又认命地爬起来去客厅拿回手机开机。

屏幕亮起，片刻之后就有短信提醒，江莫承的手机曾在什么时候呼叫过她。

她暗暗皱眉，翻到夹杂在其中一条短信时，抬手微揉了揉自己的眉心，一阵疲惫感而来。

江莫承："安然对不起，我妈妈最近精神有些不太稳定，给你添麻烦了。没收到我短信之前，我的电话都不要接。"

她歪着身子靠在床头，黑暗里只有她手里手机的屏幕亮着光，她看了眼时间，压抑住想给随母打电话的心情，钻进被窝里休息。

不知道是不是最近这段身子有些发虚，抑或是这几天太累了，她从浅眠进入深度睡眠之后便一直做着光怪陆离的梦。

她一梦回了五年前，她还是十八岁的样子，在梵音寺的钟塔上，遥遥下望看见正抬头看上来的少年。

他眉间温柔之色明显，映着晨光亮如火焰。他轻轻地笑着，好像在和她说些什么，只是嘴巴一张一合，发出的声音却微弱得如同小猫咪一般，轻得风一吹就散了。

因为始终听不清楚，随安然就双手抓在栏杆上，用力地俯低了身子，却不料在刚听见他那句话时，手下一松，她就犹如那断线的风筝，飞快地从塔顶坠落。

她分明是离他越来越近，眼看着就要摔在地上，他伸出来的手她却始终摸不到，刚挨着边，还没碰触到他的体温，就擦肩而过。

温景梵低沉温凉的声音就在这个时候入的梦："安然，为何不牵住我？"

她是想牵他的啊，可是……没有牵住。

似是知道她的所想，他的声音再次响起："那再给你一次机会，你一定要牵住我好不好？牵得牢牢的，不要放开。这个世界，只有我能陪着你，给你你要的一辈子。我一定会比你活得更久，哪怕多活一天，也不会让你先看着我离开。"

随安然突然从梦中惊醒，一睁眼，却是窒息一般压抑的漆黑。

她吓得浑身发抖，背后一身冷汗，摸索着把压在枕头边上的手机摸过来，按键看了眼时间。

只不过是凌晨两点，她才刚睡了几个小时而已。

她蜷缩着身子，手里紧紧地握着手机，浑身绷得神经都有些隐隐作痛。她渐渐从噩梦中清醒过来，翻开通信录，拨了一个号码出去。

温景梵刚睡下没多久，就被一阵急促的手机铃声叫醒。

他看了眼来电显示，是温时迁。

他撑着身子坐起来，边打开台灯，边接通电话，声音沙哑得几乎不能出声："喂？"

温时迁愣了一下，才迟疑地问道："二哥？"

温景梵清了清嗓子，沉沉地应了一声。因为突然被吵醒，眉心隐隐作痛，总觉得有什么纷乱的思绪正在缠绕着自己，又理不出头来。

"你让我做间谍的啊，爷爷回来了。心情看起来不怎么好的样子，你明天早上过来吗？"

听出那端也是浓浓的倦意，他喝了口水醒神，这才回答："帮我留着门，我现在就过去，明天早上就见老爷子。"

不然谁知道这个老爷子又会消失多久，避而不见？

那日在医院碰见温时迁时，温时迁告诉他的便是："我在爷爷的书桌上看见了一个档案资料，上面的名字署名是'随安然'。我想应该跟你有关系，调查那一栏里最多的就是和你相关的信息。"

温老爷子年纪大了之后便患得患失起来，加上身子也不够爽利，对膝下的孙儿就诸多干涉。

温景梵当日就回了温家，和温老爷子关在书房里彻谈，只是温老爷子顽固，就是不肯同意：“我不答应，一个单亲家庭长大的孩子，心理方面或多或少有缺陷，更别说门不当户不对的。你们现在总觉得我封建老土，也只有到了中年才知道我这是为你们好。门当户对的感情才能真正长久地维持下去，喜欢不喜欢有什么重要的？”

“你调查她就是你的不对，我和她如今什么关系也没有。”

大抵是有些理亏，老爷子哼了一声不再作答。

不欢而散之后，温老爷子就借口要散心去了 L 市。这还是老爷子这么多年来第一次回去，但真实的原因就是不愿意见他。

温景梵起身穿衣，夜色凉如水，他从窗口望出去，一望无际的黑暗里只有几盏孤灯明亮，点点星火。

他起身去了客厅，正准备出门时，才想起手机没带，刚准备折返。今晚一直不见猫影的梵希叼着他刚才放在床头的手机蹲在他的不远处。

屏幕上正显示着通话中。

温景梵眉头一皱，蹲下身来朝梵希招了招手：“梵希，过来。”

梵希这才迈动步子小跑过去，把手机叼着放进他的手里，还抬起爪子往他手心推了推。

他眼底闪过一丝笑意，看见屏幕上正在通话中的通信录名字时，却是微微一顿。

“安然？”

随安然压抑着呼吸声小心翼翼地应了一声，这才问道：“刚才你是在叫梵希吗？”

“嗯。”他干脆坐在了地板上，把梵希揽进怀里顺着毛。那修长的手指落下去，梵希微扬着脑袋满足地叫了一声，抬了爪子挠了一下头，示意：

舒服，继续给朕挠挠。

“怎么还不睡？”

“没有……”她斟酌了下，似乎是想说些什么，话到了嘴边却欲言又止。

温景梵听出她呼吸不稳，微皱了一下眉头：“是不是做噩梦了？”

她咬着唇点了点头，完全忘记了那头的温景梵看不见她的动作。

“醒来就好了。”他低低地笑了起来，想了想，又安抚道，“你在这里，没人能带走你。”

这句话，深沉得如同广袤星空，他说完自己也是一顿，继而无声地笑了起来。

除了他，没人可以走进你心里。所以你在这里，没人能够带走你。

深夜又下起了雪，温景梵在落了一层薄雪的车前站定，借着熹微的路灯灯光看向车前，车前盖上有用树枝挑开薄雪写的字。

不知道是谁留下的“I LOVE U”，此刻已经模糊得有些看不清了。

他淡淡一笑，拉开车门上车。

到温家的时候已经是凌晨三点了，整个别墅区静悄悄的，没有一丝人声，除了路灯薄影，便是远近层叠的黑暗。

他平日里并没有多大的烟瘾，很少抽烟。此刻坐在车内，看着外面飞扬的大雪缓缓而落，烟瘾便一下子上来了。

他拉开暗格看了看，摸出香烟和打火机，捏在手里良久，才凑到唇边点燃。

那烟雾散开，眼前的雪景便更加朦胧。他想起不久前接到的安然的电话，心下不由得就缓缓柔软了下来，连眼底都漫上了一层浅浅的笑意。

很好的进展。

他正陷在自己的回忆里，丝毫没注意有人开了一侧的小门走了过来。

闻歌走到车窗边轻轻地敲了敲，看见窗内一闪而过的红点后，便绕过车头往副驾驶走。一个不经意的一瞥，就看见车前盖上几乎要模糊了的几个字母。

她一挑眉，顿时乐了。

拉开副驾驶的同时，车内浓重的烟味扑面而来，她刚张嘴狠狠吸了一口，顿时被呛得肺都要咳出来了，快速上车开了车窗通气。

温景梵降下车窗把刚捻熄的烟从窗口扔出去，正好扔进不远处的垃圾桶里，这才回头看她："怎么是你？这么晚还没睡？"

"就许小姑等得？"闻歌噘了噘嘴，有些不满。

见他双眸沉静地看着窗外不知在想什么的样子，闻歌犹豫了一下，放缓了语气说道："景梵叔对不起，如果不是我说漏嘴了，也许……"

"迟早会有这么一天。"他看了她一眼，见空气里的烟味散得差不多了，升上车窗，"不用自责什么，只要我想和她在一起，迟早要面对老爷子的。"

闻歌诺诺地没说话，垂着眼睛玩手指头。

"她什么时候知道我是时遇的？"他问。

"是我说的，我知道之后的一个月她就知道了。"闻歌抬眼看他，见他面容清冷地望着窗外，不敢多说，回答完这句又沉默下去。

"知道我为什么会不顾老爷子的阻拦，去S市吗？"他却突然笑了起来。

闻歌摇摇头，开始有些后悔自己大晚上爬起来替小姑守门的英勇举动了……

温景梵似乎是苦笑了一下，并未多解释什么，摇了摇头，也沉默了。

两个人就这么静静地坐了半个多小时，就在闻歌就要睡着的时候，温景梵又开口道："你和他怎么样了？"

闻歌眼皮子抬了抬，还是困极了的样子，就这么蜷在座椅上，含糊地哼唧着："就是那时候……爷爷知道了……我不小心说漏了你的事……"

鼻子有些痒，她抬手揉了揉鼻尖，声音困顿又哀伤："其实景梵叔你说得对，我和他真的没有可能。一直都是我一个人自作多情了……"

话音缠绵温吞之际，她咕哝了一声，就彻底睡着了。

温景梵静静地看了她一会儿，心里想的却是：很少见她对谁多交心，只这闻歌，性子单纯直接又热烈的，的确适合她。

正这么想着，屋前又出现一个人，只穿着单薄的睡衣，身上披着一件长外套几步走了过来。

温景梵抬了抬眉，看了眼已经睡熟的闻歌，低不可闻地嘀咕了一声：“我看不见得……”

话落，副驾驶那侧的车门就被打开，温少远目光清冷地看了他一眼，最后落在已经睡着了的闻歌身上，微微皱了下眉：“她睡着了也不知道给她盖件衣服？”

“我要是盖了，现在应该是你把那衣服直接甩我身上了吧？”温景梵的手指搭在方向盘上轻轻地敲了敲，似笑非笑地看着自己的大哥。

温少远睨了他一眼，唇线抿成一条线，直接脱了自己的长外套盖在闻歌的身上，裹住她后，小心翼翼地抱进怀里就要往屋里去。

“你也赶紧进来吧，时间还早，休息一下再跟老爷子谈。”话落，他抱着人便走了进去。

温景梵静静地看着这个背影良久，眸色渐渐幽深。

拜良好的生物钟所赐，随安然一早就醒了过来，她躺在床上思索了一下自己今天的行程，偏头看了眼时间，拿起放在一旁的 iPad 刷微博。

温景梵好久没有更新的微博在凌晨三点四十五的时候更新了。

时遇：总觉得自己还未经过毛头小子的年龄就迈入了成熟稳重期，连带着处理感情的事情也带了几分斟酌慎重。凌晨有事回家，因为一些人，一些事，一些景，改变了一些想法。如果你能听见，你是不是会懂？

下面两幅图片。

一是朦胧灯光下隐约能看出的车前盖上的“I LOVE U”字样，二是雪景里一串孤单脚步的照片。

最后面，是一段很简单的音频。

随安然犹豫了一下，按了播出。

很轻微的杂音里，他的呼吸声便格外清晰，夹杂了 A 市冬夜落雪的寒冷，清冷却缠绵。

那声音低低的，就像是在耳边低喃：“I love you。”

随安然总觉得感情再浓烈也不过是一句“我爱你”，可他这样低沉清冷的声音，低缓得像是钢琴黑白键上沉沉的尾音，落下来，如拉满了的弦，怦然心动。

她深爱的他的伦敦腔，贵气又优雅，深情又缱绻。

清晨刚开始，已然温柔。

只是有良好的开端，却并一定有美好的结局。随安然下楼看见随经国的车就停在公寓楼前时，笑容顿时僵在嘴边。

随经国降下后座的车窗，隔着一段不远不近的距离就这么看着她，见她站在原地丝毫不想靠近的样子，眉头几不可察地一皱，沉声唤她：“安然，还不过来？”

随安然别开头，闭了闭眼，手指落在额头上轻轻地拍打了两下，试图让自己保持平静。等都平息下来，她才冷着脸拉开车门坐进去。

车内暖气充足，随经国拎过来一个早餐袋递给她，见她接过去，脸上这才有了几分笑意：“去哪里？爸爸送你过去。”

“到市中心的广场下就行。”她打开纸袋看了眼，兴致缺缺地尝了几口便拿了纸巾擦手，“你找我有事？”

“中午陪爸爸吃一顿饭吧。”话音一落，怕她拒绝，忙补充道，“有件事，你也该知道了。”

随安然蹙眉看过去，面上是毫不掩饰的防备之意：“如果不重要的话，麻烦你现在就告知我，我最近很忙，大概没空和你一起吃饭。”

随经国丝毫不介意她的态度，放柔了声音轻哄着：“那就在附近的餐厅，不会耽误你多少时间的。”

随安然张了张嘴，见他温和地冲自己笑，生怕自己会拒绝的样子时，拒绝的话怎么都说不出口来。

难得温家这一辈的小辈齐全地聚在早餐桌上，温老爷子下楼看见除了温景然几个孙子孙女都在，难得开怀地笑了起来。

老爷子去院子里浇了浇花，又不紧不慢地练了一会儿太极拳，直到早上七点多了，这才在辛姨的提醒下回去一起用早餐。

闻歌最近犯了事，不敢主动找老爷子搭话，全程都缩在温少远的身旁当个闷葫芦。温少远偶尔给不敢伸筷子的闻歌夹些小菜，至于温时迁，安安静静地喝着自己碗里的粥，整个饭桌上姿态最闲适的当数温景梵和老爷子两个人。

一老一少如同在比赛一般，谁也没先开口。温少远吃完早饭拎着闻歌离开，温时迁抬眼看看两人僵持的状态，也识趣地赶紧保持安全距离。

等人一走光，温景梵这才放下筷子，直言：“陪您吃顿饭，手脚都不灵活了。”

温老爷子看他一眼，没搭理。

“不理我？”温景梵挑了一下眉，颇有些耍赖地说道，“您也好久没见到梵希了吧？等会儿我就把它接过来陪您解解闷。”

温老爷子的碗往桌上重重地一搁，吹胡子瞪眼：“混账。”

“我的事您可以插手，提意见或者您不满意不高兴都可以，但随安然不行。”温景梵抬眼看过去，一双眼里的冷凝让老爷子看得真真切切。

“这么多小辈里就你敢这么跟我说话。”老爷子哼了一声，“我不高兴你就能不做了？”

温景梵摇头，淡淡地说道：“您不高兴是您的事，该做的我还是会做。”

“我都说了这姑娘不合适，别说家世什么这种虚的，单就性格也不行。”

温景梵双眸下意识地一眯，面上那仅有的一丝笑容也瞬间敛去：“您跟安然接触过了？”

“我跟这孩子的爸爸一直有来往，这次回去之前他亲自来拜访过我。”老爷子沉吟了片刻才道，“景梵啊，这个女孩子真的不适合你。沉默寡言，做事又温吞，父母离异。听经国的意思啊，是打算让安然回去接他的班，你们一个在天一个在地，她不能顾家还指望你生孩子养家？”

温景梵显然是并不知道这回事，双眸微闪，没接话。

“话我先说到了，我们温家哪一辈的孩子结婚不是听家长的？你和少远同胞，父亲没得早，我不管还有谁来管？别说我封建思想，成家立业，传宗接代，那都是老祖宗传下来的。你要开公司，我让你开了；你说要去S市开，我管不了你，你去了。你还想怎么样？”

温景梵抬眸静静地看了老爷子一眼，手指轻轻摩挲着，依然未改初衷：“我只想和她在一起，没有绝对合适的两个人，我只想要她。”

老爷子闻言顿时虎了一张脸，胡子一颤一颤，气急道：“混账！我告诉你，她老子也觉得你们不合适，已经开始准备给她相个合适的人了。你想要，你想要有什么用？”

温景梵眉头一皱，手指更是微微僵住，一身透着冬日清晨的寒凉。

他沉默无声的抗议，老爷子在那边越发生气，扯住桌布一手便扫落了桌上的碗碟，发出巨大的声响，惊得一直在注意这边动静的辛姨快步跑过来，可看着爷孙两人剑拔弩张的架势又不敢上前。

温景梵仍旧这么坐着，神色淡然，手指落在那串小叶紫檀珠上，轻轻地转动着：“我是在梵音寺里认识她的，认识了多久就喜欢了多久。不是没有放弃过，我的喜欢不是你以为的那种三分钟热度。也的确如你所说，她的性格不圆滑，不善交际，做事温吞。但我喜欢，哪里都觉得很好。”

老爷子面色铁青，因为怒气压抑到极致，那威压瞬间扑面而来：“我不管你娶谁，怎么娶，我只有一个要求。”

“你——必须给我留在 A 市。”

随经国把安然送到录音棚之后，车便没有离开过，停在对面街口的停车道上，等她午休下来一起去吃饭。

一个早上，温景梵都没有过来。

陆熠方见她有些不在状态，和温景梵通过电话之后，皱着眉头看了眼安安静静坐在隔音室外面翻着剧本的随安然，抬手让一旁的专业配音人员先进去。

听见关门声，随安然抬头看了眼隔音室，想了想问道：“他今天不来了吗？”

“下午过来。”陆熠方坐回座位，给她递了瓶水，“你先在这里听听，熟悉一下。等时遇来了，你们再对。”

随安然不觉得自己一个人能搞定配音，没有异议地答应了下来。

中午吃饭时，随安然和陆熠方打了声招呼便离开了。

午饭就在广场一家高级餐厅用餐，随经国已经提前到了，见到安然推门进来，对着对面的人微微一笑，微抬了一下下巴：“我女儿来了。”

冬天是越来越冷了，短短一段路的距离，就让随安然体会到了什么叫作天寒地冻。

她在餐厅门口站了片刻，这才推门而入。

餐厅内的暖气充足，空气里还有食物的香气。她深吸了一口，环视四周，便看见了坐在不远处前面窗口的随经国，以及他对面坐着的年轻男人。

她眉头微微一皱，步子一缓，见随经国看过来，这才缓缓走过去。

木质地板踩上去有轻微的声响，她往窗外看去，广场上萧瑟得只有两三个行人。永无止境的寒风，呼啸而过，冷意蔓延。

她走到桌前时，两个人的交谈也随之停了下来。

随经国站起身为两个人介绍："这位是爸爸知交好友，也就是你李伯伯的儿子——李沥。这是我的女儿，安然。"

李沥站起身朝她温尔一笑，伸出手来："你好。"

随安然却没看向他伸出的手，转头直直地盯着随经国，一字一句，近乎咬牙切齿地问："不是说你有话要跟我说，让我陪你吃午饭的吗？现在是什么情况？"

随经国笑容一僵，压低声音道："什么情况，人家跟你打招呼你怎么那么没礼貌？"

随安然冷睨了他片刻，突然扬起嘴角笑了起来，转身看向有些不明所以的李沥，压抑下满腹的怒气之后，这才轻缓地说道："李先生，不好意思。能否请你先离开一下，我有些话想单独问问我的父亲。"

李沥皱了皱眉，显然是有些不高兴，但碍于有随经国在场，点了点头："那伯父，我先去趟洗手间。"

随经国目送着人离开，那张脸顿时冷了下来："你怎么回事？"

"我怎么回事？"随安然压低了声音，那怒气不张扬，却抑郁得人心发颤，"你在做什么？"

见随经国依然冷着脸不回答，她手指压在桌上，用力的关节处都有些发白："你要记住一点，你已经放弃了我的抚养权。所以也请你不要私自干涉我的生活，我有监护人。"

她那双眼睛像极了安歆，温和安然，但生气的时候却有细微的不同。安歆即使是生气的时候也极为温和，安然却是眼角微微上扬，眼神清透，那点戾气更是毫不掩饰。

整张脸，都因为张扬的表情，鲜明亮眼。

随经国对她有愧疚，说话声不由自主就缓了许多："你妈妈难道没告诉你，你的抚养权一直在我这儿？"

“什么？”她惊诧地抬头看去。

“我和你母亲的确是感情破裂，但并没有你想得那么不堪。那个时候公司的账务也出了问题，把你送上梵音寺之后，我和你母亲心平气和地商量了一下，决定离婚，至于你的抚养权……我知道你在我们之间一定会选择安歆，加上公司账务的问题，我主动放弃，就是为了把公司那一笔钱提出来，然后全部给了你母亲，当作放弃抚养权对你的补偿。”

见她面色瞬间惨淡下去，随经国眉头皱了皱眉，沉吟片刻才道：“公司的事情不提也罢，都是过去的事情了。和你母亲离婚一年之后，我们就协议变更抚养权。你永远可以和你妈妈在一起，我不会让你为难。安然，爸爸从未想过要放弃你。”

“你以为我会感激你？”随安然震惊地看着他，心底酸涩得像是被谁捅了一个大窟窿，正不断地释放着寒气。

“安然……”随经国抬手想去握住她，却被她一甩手直接避开。

她一张脸半掩在围巾里，脸上血色尽褪，白得如同一张纸，那双眼睛却漆黑得像是黑曜石，光芒刺人。

“你什么都别说，我不相信你。”

说完这句，她抬手拢了一下围巾，几乎是慌乱地要逃离，刚走出几步，又脚步凌乱地转过身来：“别试图安排我的人生，我不是我妈，到离婚的时候还在替你考虑，迁就你。她和我说得最多的一句就是我们彼此都有自己的生活，以前我不懂，现在……”

她放柔声音，似是笑了起来，只是面上却没半分笑意，就这么沉沉地看着他，一字一句道：“我有我自己的生活，我不会被你安排的，你想都别想我会按照你的意志去过我的下半辈子。”

说完这句，她转身离开，步子迈得又快又急，那脚步声踩在木板上，沉闷得像是压在了随经国的胸口。

他突然觉得胸口一阵阴郁之气翻涌，抬手抵在桌上，捂着发疼的心口缓缓坐下。

而从他身后的窗口看出去，是已经推门出去的随安然，背对着他，越走越远。

直到走出了一段距离，随安然才停下来，转身靠在墙上，仰头望着灰沉沉的天空，眼里的酸涩压迫着她，鼻尖酸得发疼。

她眨了眨眼，硬是把在眼眶里打转的眼泪逼了回去，拿起手机给母亲打电话。

母亲给她的回答是很久的沉默，在她就要承受不住无声的威压时，她才凉着语气问道："怪我吗？我只是觉得你落在他的名下，起码这一生都有保障了。"

"妈妈没有本事，能给你的只是温饱。但是随经国能给你的，却是不一样的世界。原本是打算等过年的时候告诉你的，既然你现在知道了也没有什么不好。"

随安然抿着唇没说话，沉默良久，在母亲轻缓的呼吸声里挂断了电话。

蒋宁夏刚从外面回来，见一众人都聚在一起，刚想坐进去参与，一抬头瞥见坐在不远处窗口的随安然，微挑了一下眉，也不急着过去，反而朝她走去。

她正在看剧本，安安静静地坐在那里，整个人沉静得像是毫无波澜的水面，投射出宁静致远的安好。

她在一旁站了会儿，终是没有她的好耐心，抬手拿走她的剧本，"喂"了一声。

随安然这才抬眼看过去，一双眼睛黑白分明地看着她。

蒋宁夏被她看得背脊一凉，噘了噘嘴问她："这么看我干吗？我又不是来欺负你的。"

见她转头看向窗外，不想回答的样子，蒋宁夏干脆在她身旁坐了下来：“你跟温景梵是什么关系？我也没听说他有女朋友啊。”

“没有关系。”她拢起眉心，有些不耐烦地看了她一眼。

蒋宁夏还以为自己看错了，再仔细看去时，她依然是一副不怎么耐烦的表情，一张脸也瞬间冷了下来：“不就是跟你打听下事情嘛，给谁看脸色啊。晦气。”说着，她翻着白眼起身离开。等她转身时，她面上又挂上和善的笑容，往那堆人里钻去。

随安然捡起被她扫落在地上的剧本，刚要拿起来温习，手机嗡鸣着响起，江莫承发了一条短信过来。

江莫承：“你在哪里，我有很要紧的急事要立刻见你。”

随安然皱眉，思忖了片刻才回答：“我在常青路凯越男装旁的录音棚，二楼。什么事？”

这条信息发出去之后，便是死寂一般的沉默。

随安然反复看着短信，还是有些不放心，打了一个电话过去，长久的忙音一阵阵回响着，却始终无人接听。

温景梵过来的时候，随安然正坐在陆熠方身旁，戴着个耳机在听蒋宁夏配音。

他收起车钥匙走过去，两个人皆是认真非常，并未察觉身后的动静。直到他走到了安然的身后，那一直认真听着配音的两人才同时转头看了过来。

“总算来了。”陆熠方拉过一把椅子让他坐下，边摘下耳机边起身要走，“我出去一下啊，等我回来就轮到你们俩上了。”

温景梵点了一下头，接过耳机并没有直接戴上，先是偏头看了眼随安然：“早上有自己进去吗？”

随安然摇摇头，却没开口说话。

“那等会儿你自己先去试试音？我……”

“你不和我一起吗？”她抬了抬耳机，露出耳朵来，就以这个姿势看着他，眼里竟有几分执拗和赌气。

温景梵一愣，怕她这样耳机会夹到耳朵，抬手取下她的耳机后，手指就搭在她的肩上，挨着她的耳后根，温热的触感一擦而过。他这才收回手问道："怎么了？"

随安然大概也察觉到了自己的语气有些奇怪，抿着唇摇摇头，戴上耳机转头过去专心地听配音。

蒋宁夏从温景梵进来之后注意力便有些分散，一句话说得零零散散的，最后自己也不好意思了，清了清嗓子，朝一旁的录音师打了一个手势，说道："不好意思，我重来一次。"

温景梵注意到隔音房间里蒋宁夏的动静，又看了一眼随安然，这才戴上耳机听起来。

蒋宁夏刚准备开口，瞥见温景梵这个动作，眼珠子一转，放柔了声音说道："温先生，这句话我有些把握不好语气，你能不能给我示范一下？"

温景梵刚过来，自然不知道她配的是哪句，"嗯"了一声，说道："你自己先来一遍。"

蒋宁夏透过玻璃看过来，对着温景梵笑了笑，低头看着本子道："听夏，既然你和司祁没有可能，为何不成全了我？"

"语速放慢些就没有什么问题。"话落，他轻咳了几下，"唔"了一声后，又补充道，"尾音可以往上走，你试试。"

蒋宁夏又笑了起来，声音清脆得像风铃，放缓了语速又念了一遍："温先生，这次呢？"

"尾音往上走，你刚才那句还有些感情，这句太单调了。"

他话刚说完，就看见随安然一下摘下了耳机放到了桌上。见他看过来，她低了一下头，缓了一下突然猛冲上来的苦涩，揉了一下鼻尖，含糊着说道："抱歉，你们继续，我出去一下。"

温景梵却不容她就这么走了，她刚起身，他便握住她的手，也站起身来：“安然……”

触手之间，她那双手如同浸在冰水里一般，凉得透彻。

“安然，外面有人找你。”陆熠方刚从外面回来，握在手里的手机还显示着通话中，便从门外探出半个身子叫她。

等看见两个人拉拉扯扯的样子，似乎是疑惑了一下，又重复了一遍：“外面有人找，你等会儿出来看看。”

随安然应了声“好”，从他手里抽出手来，想说些什么解释一下，可话到了嘴边见他目光灼然地看着自己，只低头摸了摸自己的手腕，轻声道：“晚点再说，我先出去看看。”

温景梵收回手，就这么看了她一会儿，才点点头：“嗯，好。”

见她转身就小跑出去，那刚扬起的唇便轻轻抿住，他抬眸看了眼隔音房间里的蒋宁夏，淡淡道：“蒋小姐何必开我的玩笑？”

蒋宁夏“啊”了一声，颇有些委屈：“我不太懂温先生的意思。”

温景梵坐回椅子上，疲倦地闭了闭眼，再睁开时，眼睛里又是一片清冷。他干脆摘下耳机，跟了过去。

走廊里铺着厚厚的卡其色繁复花纹毛毯，灯光也仅是能够照明而已。

随安然快走到门口的时候就感觉走廊里一股冷风倏然而至，凉得面上被风刮得有些生疼。

她握住门把手拉开，就靠在门口的陆熠方不知道是在讲电话还是在和外面的人在说话，声音清朗，语速飞快。

她笑了一声，侧身走出去。

陆熠方听见动静回头看来，对她笑了笑：“安然……”

话音刚落，随安然就觉得一侧有人影冲过来，几乎是劈头盖脸地就扑了上来，与此同时，除了陆熠方错愕的低呼声，还有一股夹杂着劲风的手落下来。

随安然虽然躲避不及，但在人面临危险时，本能的反应，下意识地侧身一避。那手指擦着她的脸颊而过，留下一道抓痕，火辣辣地疼。

随安然错愕地捂住脸，匆忙往后退了一步，这才看清来人。

是江莫承的母亲。

江莫承的母亲已经褪去了刚才和陆熠方说话时的温文尔雅，眉眼一竖，整张脸的表情都冷厉了下来，威压迫人。

“随安然，你躲啊，你再躲我也能找到你！”她冷笑了一声，又要扑上来。

刚才还处于石化状态的陆熠方已经第一时间反应过来，抬手一把扣住江莫承母亲的肩膀，牢牢地把她控制在了原地。

“有话好好说，打人是什么意思？你再冲上去，我报警抓你。”

“抓啊。”江莫承的母亲侧脸看他，挣扎着想摆脱他，那双眼似是染上了杀气，一片猩红。

“你讲不讲理啊？”陆熠方险险地避开江母的手，更用了几分力抓住她。

奈何，他有顾忌怕伤了人，江莫承的母亲却没有，几乎是不顾一切地往上扑来。

随安然被她疯狂的举动吓得直接退进门内，一个踉跄险些摔倒。刚一个不稳，想抬手去抓点什么稳住重心时，身后正好伸出一双手来，稳稳地托住她的腰。

随之而来的，是温景梵沉得如同冰凌的声音：“怎么回事？”

“怎么回事？”江母破口大骂，“这个狐狸精，不喜欢我儿子还吊我儿子的胃口。我儿子不仅违逆我，连相亲处对象都不愿意……你怎么那么狠，就因为我当初对你不客气了，你要拖死我儿子？你就不能和他说清楚吗？”

随安然被刚才那样一吓，腿还有些发软。刚想握住门把站直身体，温景梵已经揽住她的腰拉进了自己的怀里，侧身抱住，并且，抬手掩住了她的眼睛。

“这位女士。”温景梵打断她的长篇大论，面色严肃了几分，就以这样的姿势看着几步外的中年女人，一字一句道，“请不要对我的太太指手画脚。”

话音一落，江母就是一愣，有些难以置信地看着他：“你说什么？”

温景梵笑了笑，笑意却是丝毫不达眼底：“我说随安然是我的太太，我们已经结婚了。”

他的声音压得极低，沉得让人无法反驳。

那双眼睛依然温润，只那眼神里带着的摄人目光却让江母再也不敢上前一步，连完整的话都说不出来一句。

随安然的身子也在轻颤，五年前的屈辱，又在他面前上演。

她握紧手，指甲掐进了手心也毫不自觉，只是用力地握紧，握紧……

她的噩梦。

温景梵察觉到她的状态不对，揽在她腰上的手又是微微收紧，垂下手来握住她的包裹在掌心里，然后偏头在她耳旁轻声安抚：“没事了，没事的。”

“我没有纠缠江莫承。”她颤着声音，一字一句地看着江母说道，“我和江莫承什么关系也没有，伯母，我请求您，不要再来干扰我的生活，像五年前那样。”

“就像我先生说的，我已经结婚了。”

江母面色发白，难以置信地看着他们两个人，下唇还微微颤抖着，不住开合：“你骗人……昨天小承喝醉了还说非你不要……因为你，所以别的女孩子他都看不上……”

“那是你们的事，跟我无关。请您回去转告江莫承，从此以后，我们连朋友都没必要做了。因为我很怕像您这样蛮不讲理的人，会这样永无休止地骚扰我。”

她的声音并不大，甚至连语气都不重，但话里的意思却如锋利的刀，一下子打中了江母的软肋，疼得她一阵头晕目眩。

陆熠方一直拦着江母不让上前，闻言，面色一冷，干脆地赶人：“请你离开这里。”

温景梵静静地看了眼随安然渐渐发白的脸色，双眸一眯，眼里的冷沉毫不掩饰：“我先带安然离开这里，有事的话电话联系。”

陆熠方点头，抬手扣住有些失魂落魄的江母，看了眼紧抿着嘴唇的随安然，轻声安慰：“没关系，你好好休息下。”

随安然点点头，再也没看任何人一眼，率先离开。

温景梵跟了几步，想起什么，转身交代：“嘴碎的人可以敲打下。”

陆熠方看了眼半开着的门后，众人好奇的目光，眼神一闪，应了下来：“知道了。”

不知道什么时候下起的雪，纷纷扬扬的，地面上已经铺了一层薄薄的冰凌。

随安然出了电梯之后便走得飞快，她不知道自己要去哪里，脑中只有一个强烈的念头——离开这里，越远越好。

但她刚走出录音棚的大门，温景梵就已经从后面追了上来，不容反抗地抬手握住了她的手腕拉住她：“去哪里？”

他不自觉用了很大的力量，扣得她手腕一阵发紧发疼。她垂眸看下去，他修长的手指正握住她的手腕，因为用力，指关节处都有些青白。

温景梵循着她的视线看过去，微微松了点力，见她垂着头不说话，轻叹了一口气，说道：“如果你不知道要去哪里，就跟我走。”

随安然抬眸去看他，他五官依然清俊，带着寒霜，有些不易近人。只那双看着她的眼睛，目光却是刻意柔和下来，让她无法拒绝。

雪越下越大，雪花飘落在他的肩头、发梢、手指，他却似毫无所觉一般，只静静地注视着她，又轻声重复了一遍：“如果你不知道要去哪里，就跟我走。”

她迟疑了一下，点点头。

正好，有些话，她也想说给他听。

温景梵的车就停在不远处的临时停车位上，这里是风口，原来飞扬散漫的雪花在这里便形成更大的攻势，成片落下，连这一方的空气都冷冽了不少。

温景梵走在她的前面，替她挡风。走到车旁时，他先绕去副驾驶上替她开了门。

不知道是因为工作日还是因为飘着大雪，街上的行人稀少，连车辆都不似以往的多。

他开得极慢，目光沉沉地看着窗外，一言不发。

车内的暖气充足，随安然有些热，但压抑的气氛下又不敢有什么举动，心理建设了半天才开口道：“对不起，不过我真的不是江妈妈说的那种人……”

“我知道。”他低声应下。

随安然侧头看他，只看见他的侧脸，温润优雅，却带上了几分不甚明显的冷意。

见她不再说话，他斟酌了下这才问道：“就是上次我们在酒店地下车库碰到的那个男人？”

随安然顺着他的话回想了一下，点点头：“是他。”

“过去的事情都过去了，你不用再停留在原地。”他抿了一下干燥的唇，侧头看她，“你似乎对‘过去’很忌讳。”

“不是的。”随安然小声抗议。

她十八岁那一年，虽然全部都是灰色的不好的记忆，可也有让她终生难忘的，比如遇见他……

在那个如同世外仙境一样的寺庙里，他的温润温暖，就像是及时的泉水流进她干涸的心里。

她的一去不返里，唯有与他的记忆是她不愿意，也不舍得忘记的。

“如果有机会……”随安然舔了舔干燥的唇，见他抿着有些发白的嘴唇看过来，不由得微微一愣，心里那怪异的感觉又升腾了起来。

“如果有机会，你要怎样？”他似乎是微微笑了一下。但随安然看过去的时候，他的唇线又拉成了平的，只唇角还保持着很细微上扬的弧度。

“没什么。”随安然的眼神闪了闪，想起两个人如今暧昧尴尬的状态，微微有些懊恼。

她始终想把自己最好的一面展现给他看，即使不在一起也没有关系，只是希望哪一天别人在他面前提起“随安然”这个名字的时候，他会眼睛微亮，唇角上扬地“嗯”一声，然后满满都是笑意地说道：“是个很不错的女孩子。”

其实……仅此而已。

但是，她似乎正在一点点搞砸它。

“既然你说完了，我有些话想说。”他的声线微微收紧，带了一分不自然。

随安然“啊”了一声看过去。

温景梵握着方向盘的手一转，靠路边停车。而后，两只手就压在方向盘上，直直地看向她，一字一句分外清晰地说道：“愿不愿意和我结婚？”

随安然一愣，一时间有些说不上来此刻的心情。

她好像完全没听懂他的意思，却又明白他在说些什么，这样复杂交错的情绪交汇在一起，让她额头突突地发疼，看着他的目光也有些难以聚焦。

“你说……”

“我想跟你结婚。”他重复。

随安然觉得自己脑子有些晕……

“我偶尔提神或者工作的时候才会吸烟，应酬很少。我很有耐心，会处理好很多小细节。我有一定的经济能力，能够保证我们的生活衣食无忧。我也有足够的时间，去维持一个家庭，维持我们的婚姻。我也可以负责你所有大的小的问题。我还有……”

他目光一闪，原本严肃的声音里带上了几分笑意。

在安然不解的目光里，他低下头轻笑了一声，低低地说道：“我还有一只梵希，你喜欢的梵希。”

随安然还是有些呆滞反应不过来，但她保证，温景梵说的每一个字她都听得很清楚，就是连在一起她有些消化不了……

她那小心翼翼的故步自封，小心翼翼的试探，在他这番话里……显得有些可笑。

她眨了一下眼睛，嘴唇动了动，刚吐出一个“我……”字，温景梵便打断道：“你考虑考虑好不好？觉得有哪里不适合的可以提出来，或者有什么要求，我都会尽力做到。”

车外是越下越大的雪，车内的温度却高得能融化冰凌。

安静得只有车身轻微振动的声响，她双手交握，不知所措地看着他。他垂下眸来，手指搭在方向盘上，姿态比她的局促闲适了不少。

“安然，我可以给你一个你想要的婚姻。”

她漆黑的眼睛专注地和他对视，良久再开口时，声音都微微有些沙哑：“不会吵架，不会离婚吗？”

“是。”

“那你……喜欢我吗？”这句话她问得小心翼翼，因为太过小心，话音都带了一丝颤意。

却不料，他的眼神越发温和，声音也带了几分慵懒的笑意：“谁说我，不爱你？”

| 第十三章 |

我愿意

“谁说我，不爱你？”

那声音低醇入耳，清透婉转，像是清风，丝丝缕缕。

他向来知道怎么用他的声音蛊惑她，语气拿捏得恰到好处，直入她心底，引起阵阵回音。

那一年她在梵音寺住了好久，自打他也住进来之后，她便再也没有天天想着要回去。

原本两个陌生人，却在一种不知道是什么的力量下缓缓靠近。

那天她知道了父母离婚的消息，在佛前跪了一下午，只希望能得偿所愿。只是愿望没有实现，现实，比她想得还要更加残酷一些。

从佛堂离开的时候，他撑着伞送她回去。

寺庙的上下小道只有极少数的路面铺了石砖，更多的地方都是僧侣自己一步一步踩出来的泥土小径。

回客堂的路上，他握着伞柄，伞面往她那侧倾斜。虽然是夏日，雨丝倾泻而下时依然有些凉。

他微微低头看着她，低声道：“如果有心事可以听听梵音，可以静心。”

她抿着唇没说话，只留意着脚下，鞋面已经被雨水沾湿了大片，丝丝缕缕的凉。

温景梵也再没说话，迈上石级时，躲在屋檐下避雨的那只猫跳了下来，隔着几步的距离跟着温景梵往前走，见他偶尔回过头来，便仰头“喵喵”地叫。

然后便是他清澈好听的笑声，低低的：“你别走在雨里，往屋檐下走。”

那猫便似听明白了他的意思，看了他一眼，换了一个方向，走在了随安然的脚边。

她起初是吓了一跳，这么一停下，那猫也停下来静静地看她一眼。伞面上的水珠顺着伞骨落下来，正好落在它的耳朵上。

它一甩头，就这么席地而坐舔了舔自己的爪子。

她并不怎么亲近这些有生命的东西，总觉得这些小家伙脆弱得很。而那天，她鬼使神差地蹲下身去，抬手去摸它。

那只猫就这么看了她一眼，任由她摸着。

温景梵也在她身旁蹲下来，手指落在那猫的耳朵上轻弹了一下，低声说了句什么。

那猫懒洋洋地睨了两个人一眼，在一阵钟声里，警醒地站起来，几下蹿走了。

送她到客堂房间的门口，他垂下伞，细心地收起，见她转身要进屋，叫住她：“回去洗个热水澡，女孩子家的身体总是要弱一些，如果生病了会很难受。”

随安然就握着门把手转头看着他，良久轻点了一下头：“谢谢。”

那个时候的他，便已经很妥帖细心了。

再后来……

便是那一天的傍晚。

又是一场惊天动地的雷雨，闪电破空，在天际划过一道绚烂至极的光，伴着雷声，那雨点飞快地落了下来，瞬间淋湿了地面。

轰隆隆的雷声如同炸雷，配着那闪电，就像撕裂了整个天空，露出一个巨大的黑洞来。

这场雨有些不太寻常，连着下了好久，雷声轰隆，似是要把前段时间的干旱一扫而空，竟不停歇地一口气下到了晚上。

知客僧打伞而来叮嘱了香客今晚早些休息之后，又匆匆地离开了。

他走了没多久，雷声大作，闪电劈空而至，“啪”的一声，灯光微闪，挣扎了一下，整间屋子就陷入了黑暗之中。

随安然被吓得一愣，反应过来之后快速地去按开关，根本没有反应。她咬着下唇，努力抑制住自己的恐惧，可心跳声在这恐怖的夜晚却越发清晰。

门外突然传来敲门声，她被吓得一惊，心里越发紧张。

温景梵很耐心地又敲了几下，说道：“我是你对面的房客，因为打雷，寺内的电路坏了，今晚大概都不能通电。你一个人可以吗？”

话落，门外依然没有动静。

他又等了片刻，正要转身走开，门却从里面被打开，她握着门把，声音怯怯的：“我一个人害怕。”

这个院子里住的人少，整条走廊怕是也只有他们两个。供电坏了，这里便也是黑沉沉的，一丝光都不透。

温景梵思忖了一下，才道：“那我们去外面的堂厅里坐会儿，等你困了再回来吧。”

她点点头，跟着他一路走过去。

他走得很慢，保持着很恰当的距离。她隐隐透过那微光，看着他的背影，莫名心安。

坐了片刻，那知客僧又来了，看见两个人坐在门口不由得愣了一下，随即笑道：“幸好，我还怕女施主一个人住着会害怕，正打算来看看。房间里有香烛、火柴，我今晚守夜，有事的话就到下面那个院子找我。”

他说着，又匆匆打伞走了。

温景梵看了她一眼，问道："我知道你住在这里好几天了，看着年纪也不大，倒是一直没问过你的年龄，一个人上山的？"

随安然捏着手指，摇了摇头："是我父亲送我上来的……"顿了顿，她又补充道："因为一些原因，我就到山上来了。"

"你几岁了？"

"我十八岁。"

"很快就高考了吧？"他轻声笑了起来，那声音伴着雨声，很清透，几欲迫人心。

她愣了一下，脱口而出："你声音真好听。"

温景梵顿了一下，这才说道："我之前以为你不会说话，这是你第一次夸我。"

随安然终究是年龄小，再加上他的声音柔和温暖，长得又极好，这么温温和和地和自己说着话，便有些不知所措起来："真的很好听……"

他又笑了起来，透过微亮的天色打量她，却再没有开口说话。

"你呢？你来梵音寺是干什么？"良久，还是她害怕这黑暗的寂静，先开口打破沉默。

"散心。"他回答得简单，手指落在手腕上轻轻拨弄着小叶紫檀。只是这细微的动作，随安然并没有看见。

又一次雷声大作里，他突然开口问道："你叫什么？"

随安然看向外面的闪电，有些害怕地双手紧握："我叫随安然，随意的随，岁月安然的安然。"

他听过之后有一瞬间的静默，似乎是在反复咀嚼着她的名字，很久之后才说："如果以后谁问起我对江南女孩子的印象，大抵就是像你，像这个名字这样了。"

随安然有些听不懂，就借着外面薄弱的灯光看着他："那你呢？"

"温景梵。温暖的温，景色的景，梵音的梵。"

两个人的名字都像是冬日午后动人的暖阳，带着一丝暖意，安然静好。

良久，雷声终于渐渐歇了下去，雨势也开始淅淅沥沥。他刚想提出送她回房，一抬头看去，她已经枕在扶手上睡着了。

他讶然，轻声走近，正逢闪电划过，他瞬间看清了她的眉眼。少了下午那时看见的清冷，眉角微微蹙起，显然睡得不是很安稳，困倦之色很明显。

他蹲下身，刚想叫醒她，可一个“随”字刚出口，就见她眉心隐隐一蹙。他伸出手去想碰她，又不知从何下手，一时无措。

这么僵持了片刻，听见她梦呓一般，略带哭音：“不要离婚，我不要离开，不要分开……”

他站直身体，居高临下地看了她好一会儿，才回到他的座位上又陪了她片刻。

她的声音还断断续续的，拼凑不整齐。他垂眸看了她半晌，回屋拿了一件外套和纸笔，就着偶尔还闪过的闪电，写下了一句话。

而后，他轻轻地将纸条压在了她的手指之下。

那件外套就披在了她的肩上，很宽大地拢住她略蜷起的身子。

他坐在离她几步之外，看着深沉的夜色，眸色清亮。

“菩提本无树，明镜亦非台，本来无一物，何处惹尘埃。”出于佛经。

这样清俊淡然，又温和俊朗的男人，就以那样绝对又无声的姿态，侵占了她的生活。无论何时想起，缱绻又眷恋。

从回忆里抽身，随安然看着面前正安静等着自己回答的温景梵，深呼吸了一口气。像是做了一个什么巨大的决定一样，一双清亮的眸子专注地凝视着他，说道：“对不起……”

温景梵的眉头几不可察地一蹙。

随安然舔了舔干燥的唇，在他那样的视线下不自觉有些胆战。她用指尖狠狠地划了一下自己的手心，这才颤着声音说道：“我从来没想过……能和你在一起。其实了解得越多，就越不敢逾矩……我是个很胆小的人。”

温景梵唇角微舒，安静地看着她。

“我的家世有些复杂，我父母离异，我跟着我母亲。我知道温老爷子……对这些好像是不怎么同意，我……”

“不要顾及这些。”他打断她的话，抬手扣住她的手纳在掌心里，发觉她手指正颤抖着，声音又柔和了些许，“我就是因为一直在考虑我们之间的障碍，所以才会一直停步不前。我知道你的问题在哪里，我愿意负责，只要与你有关，全由我负责。”

他顿了顿，又补充道：“所以不要想那些，只要遵从你自己的心意。你愿不愿意和我结婚，只是这么简单的问题。”

随安然看着他，他眉角舒展，温润柔和，见她看过来，更是扬起唇角笑了笑，有些自嘲道：“其实我知道地点时间都不合适，但还是想这么做。我们虽然还没谈过恋爱，但是结婚之后，我的时间都是你的，我们可以慢慢适应磨合。”

他的声音越发清浅，带了一份诱哄，那语气里的宠溺和一副“结婚之后全凭你做主”的姿态实在是诱惑得不行。

随安然的心像是有什么东西在不停冲撞，那些勇气冲动全部破茧而出。

她眨了一下眼，不知道是高兴抑或是别的什么情绪，眼里泛起水雾。他的身影就在这片朦胧的水雾里渐渐模糊。

温景梵抬手去擦她的眼泪，终是不忍心逼她太紧：“对不起，如果你觉得……”

“我愿意的。”她反握住他落在自己脸上的手，一瞬间失声哭了起来，“我愿意的……”

随安然也说不清自己为什么会哭，就是那一瞬间有种坠入地狱又被他拉回人间的感觉。她多年期盼得偿所愿，再也不是求而不得。

就像温景梵说的，不要想那么多，只遵从自己的心意，那一切都会变得简单。

是，她抛下一切之后，所有的念想都变得简单而统一——喜欢他，和他在一起。

那从五年前那座古老寺庙开始延续的缘分，断断续续了那么多年，终于……交汇在一起。

时间没有改变什么，只是让她变得更加成熟，他也变得更加稳重。

而这些，都是合适的时机，合适的时候。

温景梵一瞬的怔忪之后，便笑了起来，抽了几张纸巾去擦她的脸："哭什么？"

"我不知道……"她呜咽着回答。

"别哭了，嗯？"他轻声哄着，手掌落在她的背上轻轻拍着，"好了好了，不要哭了。"

这样温柔的轻哄，却让她压抑那么久的委屈彻底爆发。

温景梵一时不知道要怎么哄她，只觉得指尖触到的液体烫得他不知所措。也很难得，见到她的冷静淡然一瞬间崩溃，哭得那么孩子气。

他微微一笑，手指落在她的两颊上，轻轻地摩挲了一下："我要亲你了。"

随安然哭得正投入，没有及时反应过来。

温景梵已经微微抬起她的脸，指腹用力，微倾过身子去，低头压在她的唇上。

她的唇有些烫，软软的。触上去的瞬间，他心底飞快地掠过一声很轻很满足的叹息——得偿所愿。

对她，温景梵是真的付出了自己此生全部的耐心和温柔。

他的唇轻轻地蹭了一下她的，很温柔的一个吻，只是浅尝辄止，一触即分。

但依然就这么轻抵着她的额头，并未远离。他乌黑深邃的眼睛就在她的眼前，清晰得能让随安然看见占据了他全部视线的自己。

他似乎是微扬起了嘴角，连带着眼睛也微微地眯了起来。然后，他压低了声音，如他刚才用声音诱惑她时一样，轻缓地，用低沉婉转的声音，对她喃喃低语："不要哭了，嗯？"

A 市今天依然还是延绵不绝的大雪，从昨晚停歇了片刻之后一直下到了清晨。

有句老话是说，下雪天不冷，雪融化的时候才冷。

所以，这几天虽然一直在下雪，随安然倒没有 A 市已经迎来了严寒的感觉。

此刻，她正站在自己的公寓楼下。出门之前，某人还特意发了信息提醒她保暖，所以这会儿她是帽子、口罩、围巾、手套，装备齐全。

满世界都是银白色的，她一身雪白的羽绒服站在公告栏前，就像是融进了这雪景里，遍寻不到。

随安然低着头在公告栏前来回踱步，因为时间早，楼下并没有什么行人，安静得只有她双脚反复踏在雪地里时的"吱呀"声，很细微，却格外好听。

她就不厌其烦地来回走着，不知道走了第几遍，突然笑起来，一双眼睛弯得细细的，只露出漆黑明亮的眸光。

她抬手捂住脸，深吸了一口清晨冰凉的寒气，只觉得浑身都畅快了不少。

是不是在做梦啊……

昨天还没有那么直接的感觉，可今天一早醒来，迷迷糊糊去摸手机看时间的时候，正好等到他的短信进来，虽然言简意赅的只有一句话："注意保暖，等会儿要检查的。"

分明提醒她，很多事情，在昨天下午就已经悄然改变了。

于是，整个清晨她都在不停地傻笑，全然忘记了她曾经为这段感情是否应该开始挣扎得有多困难。

记吃不记打，说的大概就是她这样的……

可还是很高兴啊，说不出来的高兴，好像以后每天睁眼想起他时，眼前都是一束温柔的光。

有他相伴，多好？

正出神间，一辆车飞快地靠近，随安然低头看去正准备避让的时候才发现来人是……江莫承。

他的神情有些憔悴，看起来像是已经好久没有好好休息了，下巴上有青黑的胡碴儿，一双眼沧桑又疲惫。

他下了车，就站在那里看了她一会儿，这才缓缓靠近："安然。"

随安然一时有些不知道怎么面对他，两人就这么僵立良久，她才垂下手，把双手塞进口袋里，缓缓朝他走去："你怎么来了啊？"

"我是来……"

"如果是我想的那件事，就不必说了，我已经跟江伯母说得很清楚了，她也应该把昨天那些话传达给你了。"随安然笑了笑，抬手拍了一下他的肩膀，"我知道你的情况，跟你无关。"

江莫承抿着唇不说话，就这么安静地看着她。

"我听我妈说你已经结婚了……"良久，他终是忍不住说了出来。只是话里却是满满的沮丧，大抵只有经历过求而不得这种无奈的人才知道用情至深的痛苦。

"其实没有。"随安然抽出手拍了拍自己随身带着的包，"但是今天去领证。"

"所以你在等他？"

"是。"

江莫承又是一阵沉默，很久之后才低低地轻叹一声，那一声叹息里有着说不上来的复杂情绪。

"那我知道了。"

随安然没答话，只在看见不远处拐角出现的那辆路虎时，这才偏了偏头："他过来了，我也该走了。"

"你真的考虑好了吗？"见她要走，他抬手握住她的手腕，隔着一层厚厚的衣服，并不能感触她的体温。

"考虑好了。"随安然看了眼被他握住的手，轻轻一抽从他手里挣脱开来，一字一句道，"如果这辈子还有谁让我想不顾一切试一试的，那就只有他。"

那个已经穿透她生命多年的人。

江莫承只觉得喉间一阵发紧苦涩，那双眸子里的光辉都黯淡了些许。他低头拿脚尖踢着雪，直到鞋面湿了一大半了，这才低声说道："其实我知道我没有什么理由来找你，我们早就说清楚了的……"

"莫承。"她突然叫他的名字，见他抬起头来，似乎是笑了一下。但等江莫承再细看过去时，她已经敛去唇边那抹弧度，安安静静地看着他，说："跟你打个赌好不好？没有什么赌注，只希望我赢了之后你能放下过去，结束这一切。"

她的声音轻柔温和，带着江南女孩子特有的软糯，似是一曲岁月静好。

他专注地看着她的眼睛，她的眼神平和，只是眼底笑意明艳，丝毫遮掩不住。

他哑声问道："怎么赌？"

"我走过去，他一定会下车，然后先替我拍掉身上的落雪，再送我上车。"

他有些不明白地看着她。

随安然已经对他笑了笑，抬步走了过去。

江莫承转身看去，她不过才走了几步远，不远处那辆路虎的驾驶座上的人就已经打开车门下了车。

隔着不算远也不算近的距离，先是看了他一眼，只这一瞬，什么都来不及的一瞬，那眼神已然透出一股威压，沉沉地笼罩过来。

他抬步迎上去，见她身上落了一层薄雪，抬手挥去，眉心不由自主地轻皱了一下：“等很久了？”

“你迟到了。”随安然握住他的手，虽然隔着一层皮手套并不能感知他的体温，她也这么抬手握住他，一双眼睛漆黑明亮地看着他，一字一句道，“给我那么多时间，你不怕我反悔吗？”

温景梵半拥住她，缓步往副驾驶走去。

两个人的鞋面落在雪地上，发出轻微的声响，他抬手拉开门，见她坐上车，拉了安全带替她扣上，这才就着这种亲近的姿势抬眸看着她，语气认真道：“后悔也没有关系，我很坚定。”

那声音轻柔，并没有太多语言上的技巧，却恰到好处地击打在她的心口，逼得她呼吸就是一窒，温柔得窒息。

昨天下午吃过饭，他送她回来时说：“你还有十几个小时的时间可以反悔，如果你还是这样的决定，那拿好户口本，明早在你家楼下等我，我们明天就去登记。”

随安然虽然优柔寡断，却也偏执得不行，一旦认准了一个道理，哪怕遇上重重阻碍，也会拼命去完成它。

更何况，她的心一直都偏向于他。

一旦做了决定，那便是奋不顾身。

他绕过车头去驾驶座，随安然就坐在车内远远地看向站在自己车前的江莫承，唇角一点点抿起。

温景梵上车之后，不经意往江莫承那边看了一眼，丝毫没有放在心上，只低声说道：“不用说再见吗？我们先走了。”

“不用了。”随安然捏着安全带，心底轻叹一声，再开口时，声音都轻了些许，“没有再见了。”

温景梵看了她一眼，利落地倒车，转弯，离开。

大概是因为工作日，天气又不好的原因，今天来领证的人很少。温景梵和随安然到得早，第一个填了资料，拍了照，钢印落下，从此便组成了一个家庭。

快得连……消化的时间都没有。

两个人很默契地没有通知任何人，除了一大早撞上枪口的江莫承先生，再没有人知道两个人今天就飞速地领证，开始婚后生活了……

随安然捧着有些沉甸甸的结婚证，有些反应不过来："就这样吗……"

"不然还要哪样？"他反问。

见她还有些发愣，温景梵抬手揽住她的肩，把她半纳进怀里，拥着慢慢地往前走。

民政局前面是一条宽阔的绿荫道，只是冬天了，叶子早已掉光，只有光秃秃的枝丫，加上这几日的大雪，此刻到处都是没有融化的积雪，厚厚的一层。

车停得有些远，两个人慢慢走过去，一路寂静无声。

等到了车前，温景梵沉吟了一声，从口袋里拿出一串钥匙递给她："这是家里的钥匙，等会儿就搬过来吧。"

随安然接过来，钥匙上带了他的体温，是温热的。她轻抿了一下唇，点头应下："好，不过我还没来得及收拾，大概要一点儿时间。"

"不急。"他笑了一声，"你方便就好。"

那刚才……还说等会儿就搬过去。

随安然捏捏被她塞进了口袋里的钥匙，默默腹诽。

"那中午想吃什么？"他问道。

随安然想了想，突然有些嘴馋馄饨，这个想法还没从大脑过一遍就已经脱口而出。

温景梵似乎是思考了一下，颇认真地回答："那等会儿要去买点馄饨皮，还有馅料。"

随安然窘了窘，一时有些说不上来此刻的复杂滋味。

两个人领了证后的对话……竟然如此家常自然，天知道，他们连恋爱都没有谈过——却能如此熟稔。

随安然下意识又捏了捏口袋里被她焐得更热的钥匙，轻声问道：“那可以这样吗？等会儿你先送我回去，午饭就在我家吃好了。下午我收拾下东西去你那里……”

说到最后，她的声音便越来越小，连直视他都有些不好意思，默默地移开眼。

温景梵抿了抿嘴，并未笑出声来，只揽着她肩的手缓缓收紧。见她被这力道压迫得抬起头来，他趁势低下头去，亲了亲她的唇，声音轻柔，还带着浅淡细微的笑意：“我们的同居是合法的，安然。”

随安然被他突袭得一愣，连带着反应也慢了半拍。

等他松开她，拉开车门等她上车时，她才回过神来，只觉得耳根子一烧，热度瞬间蔓延到脸颊，烧红一片。

她手忙脚乱地上了车，装作很认真地扣着安全带，再也没敢看他一眼。

唔……其实根本没有什么十八违禁词啊，谈论的事情也非常正经自然啊。可她就是忍不住因为这句“同居合法”觉得不好意思，觉得有些小害羞啊……

想她二十多年都没谈过恋爱，一下子就把自己给嫁出去了，这过程——

随安然暗暗扶额，有些头疼地捏了一下额角，她似乎忘记了一件更重要的事情。

同居合法……那什么……也……

她心底哀号着，却不知道自己面上也现出了几分懊恼的神色。

温景梵不动声色地移开目光，只当不知道她在想什么，只不自觉扬起的唇角非常能表达他此刻愉悦的心情。

到家的时候还早，剁好馅料、包起馄饨也很快。

氤氲的热气有些烫，随安然抬手捏了捏耳朵，转身要去拿碗，把馄饨分碗分装好。

温景梵不知道什么时候进来的，就站在她几步远的距离，见她目光四处巡视着找东西的样子，问道："找什么？"

随安然回头调了小火，回答："碗，馄饨熟了。肉馅和虾仁馅我都混在一起了……"

"我都喜欢。"他拿着碗走近，很自然地从她手里接过筷子拨弄几下，微侧了一下头，说道，"不是喜欢醋和辣椒吗？把调料备好，这里我来就行。"

随安然看了他一眼，他眉目柔和，眼帘低垂，看不清眸底深色，只能察觉出他语境的平和淡然。就像很多次，他细心妥帖地对她说："放着我来就好。"

还真的是一点儿都没有改变。

吃了饭，温景梵接手去洗碗，见她坚持要自己来，不由得挑了挑眉："夫妻义务都是共同承担的。"

随安然静默："……"这跟夫妻义务有半毛钱关系啊？

总而言之，从领证之后，两个人的状态并没有立刻调整到"夫妻模式"，反而在各种尴尬中慢慢摸索着。

她也不再坚持，洗了手就去收拾衣服。

她的行李并不算太多，加上也没有把东西全部搬过去的打算，她便简单地整理了要穿的衣服和必需品。

即使这个"不多"，整理下来也花了两三个小时。

随安然看着被她整理出来的两个大行李箱和两个小纸箱，微微有些头疼。

外面只有电视播放新闻的声音，除此之外便是马路上车鸣声匆促而过，这个下雪天的午后安静得像是时光都停滞了一般，留在了原地。

随安然走出卧室的时候，温景梵已经靠在沙发上睡着了，睡得很安稳宁静。他的头微微低垂着，发梢落下来正好挡住了他的眼睛，只看得清侧脸，线条清晰优雅。

他一手搭在沙发扶手上，露出手腕上的小叶紫檀。

似乎是已经入睡很久了。

随安然放缓了脚步靠过去，拿了毛毯替他盖上。他的眼睫微微抖动了一下，似要醒来，最终却又恢复平静。

只原本垂放在一旁的手不知道何时落下来，正好握住了她的手，力道用得不大，却恰到好处得让她挣脱不开。

怕用力过猛把他吵醒，随安然思想斗争了良久，干脆挨着他坐下，把自己也缩进毛毯里面，闭眼休息。

原本是闭着眼睛想事情，不知道是整理太多疲累，还是昨晚神经兴奋过度导致了睡眠不足。她才刚闭上眼没多久，就沉沉地睡了过去。

那应该沉浸在梦乡里的男人却在听见她呼吸平稳时睁开眼来，眼底有一瞬的慵懒，却清醒得不像是刚醒来而已。

他低头看了眼低着脑袋、明显姿势不是很舒适的随安然，浅浅一笑，手从毛毯下伸出来，轻轻托住她的下巴往自己的肩膀上缓缓一移。

随安然的脑袋顺着便轻轻地搭在了他的肩膀上，大概是这个姿势舒服了许多。她嘤咛了一声，另一只原本捏着毛毯一角的手松开，微侧过身，环住他的手臂，又靠得近了些。

那呼吸就落在他的锁骨上，轻轻的，像是羽毛拂过，又带着让人心痒的温热。

窗外的天光因为下雪的缘故暗沉沉的。

温景梵就着日光低头看着她，不知道看了多久，眼睛都有些发酸了，他这才移开眼看向窗外。

大雪纷飞，满目银装素裹。

饶是他这样对周遭环境有些反应迟钝的人，都觉得此刻美人在怀，抬眼望去又是一片极致雪景的氛围有多暖心。

这就是他要的生活，身边有一个她，可以什么都不做，只是这样静静地靠在一起。

他就牵着她的手，一辈子慢慢地过。

在这么重要的日子，两个人却姗姗来迟，梵希表示非常不高兴。

听见开门声的时候梵希就坐在玄关地毯上，以一种“朕不开心，朕要小黄鱼”的表情默默地瞪着两个人。

随安然拎了行李箱进来，没有看见它。

梵希甩了甩尾巴，继续端着架子：朕要有耐心。

温景梵把她的东西都先搬到玄关，等她进了屋，拉开鞋柜道：“鞋子放这里，洗漱的用品我都买了新的，你要是不习惯可以用你自己的。晚饭叫外卖行吗？正好你可以先收拾一下。”

随安然没异议地一一应下，默默地从正等着被发现正在生气的梵希身旁路过。

梵希终是没忍住侧头看过去，抬了一下爪子，很委屈地“喵”了一声……

随安然拎着行李箱走进温景梵卧室的时候，有些不自觉地开始颤抖，总有种使不上力的奇怪感觉。

她咽了下口水，努力压抑下心里那种类似于不安的心态。她把衣服拿出来一件件挂好，全铺在了床上，刚拉开衣柜，温景梵就端着茶杯走进来，过来帮忙：“这里我可以帮忙。”

随安然“哦”了一声，松开手，给他让出位置来。

见他放下杯子，抬手让出一大半的衣柜给自己时，随安然犹豫了一下还是没能忍住：“那个……”

“嗯？”他侧头看她。

随安然咬了咬唇，被他专注的目光看得呼吸都紧了几分。

见她不说话，温景梵把手里的衣架一个个挂进去，这才缓声说道："朝阳名邸我买来就是做婚房的，所以装修也很简单。你什么时候有空，我们一起去装修公司看看。或者还有些什么家具想置办的，都跟我说。"

随安然继续点头，要过日子，小家的装修还是要的……这个不能省。

加之两个人的生活都有一定的习惯上的差异，结婚从来都不只是领个证这么简单，还有一段很漫长的磨合期。

温景梵略微倾身把刚才被他放置在床头柜上的茶杯端起来递给她，那声音就像是染了雾气，有些凉，清润透彻："有什么想法都可以告诉我，我们一步步慢慢调整。"

"我有些紧张……"随安然捧着茶杯，轻吐出口气来，"也有些害怕……"

温景梵似笑非笑地看了她一眼，清了清嗓子，正色道："正常的，我现在也有些紧张。"

随安然捧着茶杯的手轻微地抖了一下，抬眸看过去："你……"

"嗯，也有一点儿。"他这回是真真切切地笑了起来，"所以我们慢慢调整，很多事情我都有分寸，所以你不用过度紧张，我会很尊重你的意见。"

毕竟，他要的是一辈子，而一辈子，还很长。

随安然也不知道他说的"很多事情我都有分寸"里面到底包括了哪些，可见他面容清朗，没有一分不自然，便也很大方地点头应下。

低头抿茶时却差点儿被烫得掉下眼泪来，她咬住唇，轻抽了一口气，缓过那一阵灼烫后这才舔了舔牙齿，发现舌尖果然烫麻了……

"安然。"他突然叫她的名字。

随安然"啊"了一声，抬头看去。

他正半倾下身子拉开抽屉，从里面拿出了一个信封，转身递给她："里面有一张银行卡，家里的水电支出以及一些日常开销都从里面取，密码都写在里面了。"

随安然迟疑了一下，这才收下来。刚拿到手里，就听他又补充了一句："里面有不少存款，想买什么就用它。"

随安然愣了一下，顿时觉得手里这信封有些烫手起来……

也只有和他在一起的时候，通常他几句话便让她一句也说不出来……永远都处于嘴笨无法回应的状态。

两个人是合法夫妻，他给了银行卡支付家里水电支出和日常开销很正常。所以随安然这卡接过来完全没有心理压力，但他后面补充的那句话……

随安然默默咬唇，想了想，这么回答："那以后买菜什么的都我来吧。"

温景梵垂眸看了她一眼，并未和她就着这个话题继续聊下去，只是上前一步，抬手覆上她握着茶杯的手凑到自己的唇边抿了一口。

他的手比她的要烫，也远比她的宽厚有力。

借着喝水，他微低头看了她一眼，背着光，也只有那双眸子是越深越亮。

他的唇上染着淡淡的水色，就这么含糊地说了一句："准备吃饭了。"

随安然想起下午她一觉睡醒时，自己就缩在他的怀里，他一手环过她的肩，靠得极近。两个人呼吸彼此相闻，她一抬头，看见的也是刚才那个眼神。

带着淡淡的笑意，温柔又清浅。

好像很多话不用说出来，仅凭这双眼睛，就能窥探清楚。

随安然"哦"了一声，收回视线，手里不上不下地端着两个人共饮过的茶杯……

目光瞟了一阵，她才干脆地把杯子往他手里一塞，说道："我把翻出来的东西整理一下就来。"

温景梵的视线循着她的落在那摊开的行李箱上，有一个她带来的小巧的枕头，想必是很贴身的东西，便装着带了进来。

他心念一动，问她："那今晚……一起睡吗？"

北倾 著

谁说我，不爱你

下

天津出版传媒集团
百花文艺出版社

目录 CONTENTS

| 第十四章 |

两个人，一只猫

雪不知道什么时候停了，那轻微的落雪簌簌声也歇了。只是天光已经彻底沉没，黑暗悄然而来。

温景梵站在随安然面前不远处，垂眸看着她，眼神比这到来的夜色都要深沉许多，却又像是谁在里面点了一把火，正灼然地放着光。

随安然被他这种无比自然的语气问得哑口无言，手里的茶杯差点儿都拿捏不住。幸好天色沉下来，房间里也没有开灯……不然，她此刻绯红的脸色藏也藏不住。

她不自然地低头避开他的视线，心下暗暗懊恼。

这种问题怎么可以摆到明面上来问，那她是回答好，还是不好啊？

良久没有等到她的回答，温景梵眼底飞快地掠过一抹笑意，轻声说道："不回答就当作你默认了。"

随安然的脸更红了，他视线落下的地方烫得像是下一秒就会燃烧起来一般。

她终是有些恼羞成怒了，将手里拿着的枕头直接摔了过去，力气并不大，但足够表达她此刻的羞恼。

温景梵抬手接住，一晃眼再看去时，她已经转过身，闷闷地去整理东西了。

在房间里，围巾早已经取了下来，她穿的是圆领的毛衣，露出修长的脖颈，微微低头时，那线条流畅优美。

温景梵的眸色一深，忽然想起很久之前，在她家。她在厨房烧菜，也是这个姿势，这个角度，露出修长又白皙的脖颈，让人想一亲芳泽。

只是那个时候，他没有合适的身份，而现在……一切合法。

想着，他便笑了起来，把手里的枕头顺手放置到不远处的沙发上，几步迈过去，从她身后圈住她。

他动作轻柔，双手到她身前缓缓交握。随安然的视线垂下来时，正好能看见他戴着小叶紫檀的手腕和修长的手指。

她身子微微僵了一下，手上的动作立刻就停了。

温景梵比她要高些，这么抱着她格外契合。他微低下头，先在她耳郭上轻轻地落下一吻，那温热的呼吸洒下来，她很细微地颤了一下，不自觉地双手从他怀里挣脱，抬手扣在了他的手腕上。

温景梵的动作一顿，见她并不是排斥，只是在紧张，试探性地又往下移了寸，唇落在她的耳后，又是轻轻一吻。

只是很简单的碰触，随安然却觉得他的呼吸声都被她清楚地听到，那被他吻过的地方热得有些发痒，让她心尖发麻。

不讨厌……反而很喜欢他的触碰。

温景梵彻底低下头，张嘴在她的脖颈上轻轻地咬了咬，牙齿落下去时，轻轻刮过。而后环着她的双手缓缓收紧，抱得她更紧了些。

随安然整个人陷在他的怀里，呼吸之间都是他身上淡淡的香气。两人体温相触之间，逐渐升温。

她握着他手腕的手不由自主地又紧了几分，呼出的空气都带上了几分热度。

察觉她这么细微的变化，他眼睛微眨了一下，眼底尽是笑意。

但渐渐地，温景梵就有些不满足于这样的亲吻，他抬手轻握住她的下巴转过来，自己偏头吻了上去。

她的唇有些烫，还带着茶水里的香气，淡淡的。

只两个人都是情浓之时，所有的细节都被一一放大。他睁眼看向她，那眼睛透彻清亮，看得他心头就是一动。

他握住她的腰的手微微一转，把她正面抱进怀里，那扣在她下巴上的手用了几分力，唇落下去，重得随安然有些发疼。

她犹豫了一下，握住他手腕的手松开，缓缓地探到他的腰间，伸手抱住。

就像她很多次想象的那样，是她喜欢的样子。

她就这样被他按在怀里，微仰着头，承受着他的亲吻。

感觉到她的顺从，他扣在她下巴上的手微微一用力，她的唇顿时张开，他乘虚而入地缠住她。

随安然一愣，一动都不敢动，只知道自己正在一步步沉沦。

天色已经彻底沉了下来，房间里更是暗得没有一丝光亮，这一处的安静在这片越来越浓的夜色里便格外暧昧勾人。

门铃声突兀地响起，随安然被这突兀的动静吓了一跳，几乎是反射性地从温景梵的怀里挣脱开来。

温景梵恰好也放松了力道，就让她这么后退了一步，然后——她一脚踩上了不知道何时进来的梵希的尾巴。

梵希彻底奓毛了，凶狠地“喵”了一声，在随安然惊吓的避让下，盘起自己的尾巴就跳进了随安然的行李箱里。

那绿得像是宝石的双眼在这黑暗里一瞬发光。

它又不停歇地“喵喵喵”了几声，那叫声委屈又可怜。

温景梵低低地笑出声来，抬手揽了一下随安然，微倾过身子去开灯。

“啪嗒”一声轻响后，整个房间瞬间亮了起来。温景梵这才松开手，顺手抱起还在呜咽委屈的梵希，抬手顺了顺它的毛。

随安然一脸愧疚："对不起啊……我不知道……"

门铃声还在持续地响着，温景梵的手指搭在梵希的脑袋上轻敲了一下，警告一般地看了梵希一眼，见它瞬间安静下来，这才把猫递给随安然："它不过是虚张声势而已。"

被递过去的梵希挣扎了一下，还是乖乖地被随安然抱进怀里。它低头舔了舔自己的毛，觉得更加委屈了：朕踩你的尾巴你试试，居然敢说朕是虚张声势！哼！

不料，温景梵看都没看梵希一眼，转身去开门了。

随安然摸了摸自己发烫的脸，有些不好意思地把脸埋在了梵希的背上。

梵希双眸瞳孔微睁，扭动了几下：愚蠢的人类，你要对朕做什么！朕的金体怎能容你如此玷污！

只可惜随安然一点儿也没懂梵希的心理活动，还蹭了几下梵希，这才抬起头来："梵希身上好香。"

梵希"喵"了一声，非常赞同地睨了她一眼：朕自然是香香的。

晚餐是温景梵下午就订好的 TC 会馆的外卖，很丰盛的一桌，全是她喜欢吃的菜。

梵希也有一碗鲜美的小黄鱼，这会儿它正餍足地吃着大餐，慢条斯理得像个绅士。

一盏灯，一只猫，两个人。

吃过饭，他收拾了东西去厨房，见她进来，微抬了下眼皮，说道："明天要不要再休息一天？"

随安然洗了两个苹果，切了块，闻言摇摇头："还有很多事情要做，明天就去录音棚吧，不然不好和陆熠方交代。"

温景梵略微沉吟，似正在思考着什么，过了一会儿才道："也好，正好我这段时间空余时间很多。"

收拾好东西，他洗了洗手，刚要去拿抹布擦干，随安然已经顺手递了过来。

她切好苹果，往上面插上竹签，往他面前递了递："那明天要不要空出时间来去看看家具？"

"你安排就好。"他插起一个先喂到她的嘴边，见她微愣，拿苹果碰了碰她的嘴唇，语气也带了几分笑意，"张嘴。"

溜进厨房找小黄鱼的梵希僵立在那儿，"囧囧有神"地看了一眼两个人，郁闷地转身离开——当着朕的面就敢秀恩爱，差评！

温景梵去书房处理一下公事，随安然就回房间继续整理东西，收拾好衣服之后，便剩下一些简单的用具。

她带了自己的电子闹钟，闹钟是粉色的，搁在黑白冷色调的床头柜上，怎么看怎么奇怪。

把纸箱里的东西一样样收拾出来，整个房间渐渐多了一些柔和的东西，和她一样，正一点点地进驻温景梵的世界，参与进他的生活。

等终于收拾好，已经是晚上九点了。

随安然探头看出去，书房的门半开着，透出明亮的光线来，还隐约能听见他在用字正腔圆的伦敦音说话的声音，矜贵优雅，又低沉好听。

她看了一会儿也没看见他的人影，倒是看见自打被她踩了尾巴就一直有些不高兴的梵希，蹲在沙发上一下下梳理着自己的毛，十足冷艳高贵地正睨着她。

随安然缩回身子，起身去浴室洗澡。一身的疲惫在热水的抚慰下缓解，她闭着眼，抿着嘴缓缓笑了起来。

好像一切，都很不错的样子。

只是有很多事情，都还没有解决。

想到这里，她睁开眼来，有一瞬的迷惘。良久，她才回过神来，穿上睡衣出去。

温景梵不知道何时已经进来了，也换上了睡衣，正斜倚在床头，手里还抱着笔记本，正专注地在键盘上敲打着。

听见动静，他侧头看过来，一双眼睛在灯光下，明亮又深邃。

随安然一僵，突然想起个不得了的事情……那什么……洞房花烛啊……

电脑屏幕上的光有些亮，映得他半张脸都泛着白色的光。光束微凉，他微抿着唇的表情在这种冷色系的光线下便严肃了许多，一双眼睛显得十分幽深。

见她站在门口不动，温景梵心下觉得好笑，面上却是不动声色，很自然地问道："洗好了？"

他手边正放着一杯喝了一半的热茶，袅袅的热气升腾而上，他那微扬起的嘴角染上这一层白色的雾气，便有些看不真切起来。

房间里暖气充足，她赤脚踩出来也不觉得冷，听他这么问又感觉他一直在看着自己，突然便有几分不自在起来。

她扯着睡衣的袖口扭了扭，半晌才含糊地点头应道："嗯，洗好了。"

电脑正好发出一声提示声，温景梵看了一眼，抬手托了一下笔记本电脑，微微坐正了身体。随即又腾出另一只手来，拍了拍自己身旁空出来的大半床位，声音清浅，又意味深长："那过来睡吧。"

床单、被套、枕套，都是今天整理的时候一起换掉的。

幸好他公寓里什么东西都有备着，换一套也省事。但此刻他就这么姿态慵懒地斜倚在床头，那动作，那神情，以及那语气，似乎都是在向她提出邀请一样。

随安然没控制住多想了想，脑子里瞬间掠过了很多种可能，每一种可能都有他的参与，或是香艳，或是暖昧，或是寻常……

却让她繁杂思绪所到之处，处处都点了檀香一般，香气悠远。

她不自在地低头看自己的脚，看着光溜溜踩在地上的脚丫，这才想起来，她进浴室的时候忘记脱棉拖鞋，被淋湿了，搁在了门旁的角落里。

她看了眼自己嫩白的脚趾，暗叹了一口气，有些不好意思地挠了挠头，问道："家里有多余的拖鞋吗？我的淋湿了……"

温景梵的目光从电脑上移开，直接落在她的脚上，然后眉头几不可察地一皱，立刻把电脑往床边一放，起身走过去。

"玄关鞋柜里应该有，你先踩在我脚上去床上，我去给你拿。"说话间，他已经走到了她的面前，一手揽在她的腰上，一手和她的手指相扣，微微一用力就很轻松地把她从地上提了起来。

随安然则是被动的，被他一拉一抱，等回过神来，她已经踩在了他的脚背上，和他之间的距离不过寸许。

她用了他惯用的沐浴乳，带着一种很淡雅的香，只有凑近了闻才能发现香的绵长。

他低头看向她，她脸色微红，那双眼睛却比以往任何时候都亮，像是宝石，正灼灼发光。

随安然站稳后才抬头去看他，刚抬起头来便对上他的视线，微微愣了一下没有立刻避开，反而伸出另一手去，缓缓地搭在他的肩头，然后收紧，环住了他。

做完这些，她大概是有些不好意思了，搭在他颈后的手指缓缓紧了一下，那不长的指甲轻轻地刮过他的颈后，温景梵一阵酥麻。

温景梵的眼神越发灼热，喉结更是轻微一滚。

只是这样的僵持不过一瞬，他便先回过神来，揽在她腰上的手又扣紧了些。

到床边不过几步的距离，却走得很缓慢。

他微抬起脚的动作，他收回脚又迈开的动作，因为她这么踩在他的脚背上，便能格外清晰地感知到。

随安然突然想起一句话，一句在很多人恋爱时都曾许下过的一句话：

“以后老了，你腿脚不便的时候，我就做你的拐杖。”

她抬头看向温景梵，他眉目柔顺温和，五官精致清俊，在这温柔的夜色里越发蛊惑人心。

而他，会直接做她的双腿吧，就像现在这样。

除了去领结婚证的前一天，他在车上说的那些话之外，便再也没说过什么情话，只是一举一动，都温柔细腻地做了出来。

这种细节，却偏偏最能让人的心防一点点，一点点，悄无声息地崩塌。

把她放到床上后，他端起床头柜上的茶杯，准备去客厅：“电脑你可以用，我正好去厨房煮红枣茶。”

随安然点点头，掀起被子一角把腿缩进去。见他出去了，左右看了看，自己的手机和平板电脑都在外面充电。

暂时能消遣娱乐的，只有眼前他刚才还在用的电脑。这么想着，她便随手抱了过来。

他停留在微博的页面，正是他“时遇”的那个账号。

就在十几分钟前，更新了动态，所以现在的消息还在疯狂地增长着。

随安然忽略掉右上角的消息提醒，到主页去看他发的微博，这么一看，自己也愣了。

时遇：“不久前刚想脱单，今天就如愿以偿了。领了证，把她带回家了，以后我和梵希都有她来照顾了。很高兴，今天会成为我生命里为数不多重要的日子。”

很平淡朴实的一段话，甚至没有加什么修饰词，表达心情的也只有一句“很高兴”，可偏偏前面冠上了“时遇”两个字，便让人觉得一切都不同。

他向来低调内敛，加之三次元只靠声音认识他，哪怕是他随便一句话，随安然都会下意识地用声音脑补出来。

如果由他来说——

这段声音一定是带着很低沉的笑，却并不会压抑。尾音婉转，一句话下来，低醇沉敛，带着几分诱惑，让人欲罢不能。

很多时候随安然都会想，如果不知道时遇就是温景梵，那她会觉得这个有着好听声音的男人长什么样子呢?

只是想了很多次都没有设想成功，因为温景梵就是时遇，时遇就是温景梵，她心目中，最完美、最契合的就是他。

无论哪一处，他都优秀得毫无瑕疵。

温景梵煮了茶便端了进来，手里还提着一双拖鞋。见她正在上网，放下茶杯靠过去。

随安然指着他刚才发的那条微博，笑意盈盈地看着他："能不能说出来给我听？"

温景梵循着她手指的方向看去，微挑了一下眉，清了一下嗓子便念了出来。和她想象中的一样，低沉入耳，直抵人心。

她恍然一抬头，才发现他说这段话的时候一直都看着自己。

她设想过很多种开始，包括在十几分钟前，却唯独没有料到，会是自己先主动。

两个人近在咫尺，所以她只要微微仰头就得逞了。

他的唇有些凉，带着淡淡的香，不知道是他唇上的香气，还是那杯热气腾腾的红枣茶的香气，她呼吸之间，只有这种甜腻的味道，丝丝环绕。

她这样有些累，但是又不敢去环住他。好在没多久，他就已经贴了上来，拥住她。唇舌交缠，他的呼吸也渐渐烫了起来，睁眼看着她："准备好了吗？"

他说这句话的时候，声音含糊得有些发紧，低沉得像是紧绷到了极致，略带了一丝沙哑，让她像是踩在了琴弦上，一路颤动不已。

那相贴的唇，因为他一张一合地说话，就这么擦着她的唇瓣。越是这样若有若无的接触，越是撩人心。

随安然有些紧张地咽了下口水，她是想点头的，可心理建设了一万遍，动作却始终下不去。

那双被他拉到他胸口的手反而不自觉地轻微颤动了些，她眨了一下眼，不知道要怎么表达此刻的心情。

复杂得有些发酸，她并没有做好准备，可如果是他的话……她并没有什么不可以。

就在这瞬息的僵持间，他便似乎明白了她的想法，手指收紧，握住她的手十指交缠。唇压下去，不轻不重地咬了她一口，这才退离了一些，轻声低喃："今天就先放过你。"

大概是觉得他的体贴尊重让她感动温暖，又大概是觉得自己先主动去吻的他，可最后却没能彻底迈出这一步很好笑。

她弯着眉眼就笑了起来，一点儿也没遮掩。

温景梵原本刚想退离，见她这番表情动作，扣住她的下巴又在她唇上亲了亲。

和她交缠的手指落到她的无名指上，不动声色地丈量。

随安然这才想起梵希，四下环顾都没看见梵希的身影，转头问他："梵希呢？"

温景梵轻松开她的手，默记了一下尺寸，这才回答："以后它都不会在我们休息的时间出现在这里。"

还真的是意味深长，模棱两可啊……

随安然当作没听懂，"哦"了一声。

温景梵收起电脑，把红枣茶递过去："喝几口，准备睡了。"

随安然接过来，那红枣茶色泽清润，芳香四溢，香甜可口。她捂在手心里多喝了几口，直到见底了才把杯子放回去。

而同一时间，陆熠方正满脸红光地刷着微博评论。

早餐奶小笼包："恭喜时遇大大脱单结婚，祝福时遇大大一生幸福。"

台米奶茶："摔，男神结婚了，天台上的姑娘该跳的跳，老娘上来了！"

柚子清凉凉：“……时遇大人真的是不鸣则已，一鸣惊人。过两天是不是又要微博通知，升级当奶爸了？正好可以领着酱油娃去参加节目啊！”

宇宙星球杯：“别结婚了就隐退啊！不然我去挖墙脚！”

说好的彼此杏仁呢：“有些难以名状的悲壮，喜欢大人五年了。就这么悄无声息地结婚了，那个女人上辈子是拯救了银河系吧，也太幸运了。大大的声音每天都能听，360 度无死角地听啊……光脑补就阵亡了。P.S. 虽然嫉妒得快要死掉了，不过还是祝福大人。”

陆熠方激动难耐地啃了一下自己的爪子，觉得自己知道的这个内幕绝对能炸翻一群人啊。而且，作为一个藏不住秘密的人，这种激动人心的时候，怎么能不跟广大人民群众亲切地分享一下呢？

于是，他立刻转发并且评论：“和时遇领证的是《九转》女主的配音这件事我会说吗？”

短短一句话，彻底引爆了这个不同寻常的不眠夜的激情。

豌豆豌豆我是蘑菇：“两个都是好声音？天哪，这谁家受得了啊……”

柚子清凉凉：“不管陆导是不是炒作宣传《九转》，就为了时遇大大这两口子，《九转》的收视率我承包了！”

说好的彼此杏仁呢：“啊啊啊啊啊，彻底疯了……”

微博上一片腥风血雨，热血沸腾，已经熄灯就寝的两个人自然是一无所知。

沉沉的黑暗里，呼吸声清浅又平稳，自然得像是很多个怀着回忆入睡的夜晚。只是今晚，回忆里的那个人正陪伴在身旁，伴你入梦。

随安然其实有些累，但是一想到身旁躺着的是温景梵，是她今天刚领证结婚以后要共度一生的丈夫时，身体每一处的细胞都活跃得像在参加篝火晚会，喧嚣不眠。

不知道过了多久，温景梵微动了一下身子，随即便是很轻微的珠子碰撞的声响。

随安然还没猜测出他在干什么，他温热的手就已经从被子底下摸过来，缓缓地握住她的手。

“嗯？”她疑惑地出声。

温景梵没有立刻回答，他把珠子一圈圈套上她的手腕，细致地抚了一遍，这才握着她的手指轻声解释：“认识你那年，在梵音寺求的，开过光。不是很贵重的东西，但跟随我多年，是我唯一能想到的。”

数日的大雪终于彻底停了，只是厚厚的积雪还未开始融化，外面依然是一片银装素裹的世界。

走道上的积雪已经被扫落至两旁，高高地堆起。

绿化带里种了几株梅花，压了厚厚的雪，那雪下透着红梅淡香，看着便赏心悦目。

不知道是谁家起早的孩子，正在楼下堆雪人打雪仗，颜色鲜明的外套在这种冰雪的世界里明艳得像是一抹流光。

吃过早饭，两个人一起去录音棚。不知道是温景梵的授意还是陆熠方的安排，换了另一间录音棚，除了陆熠方、录音师，便只有他们两个人。

温景梵踏入录音室的时候，便转身看了眼身后正跟录音师说话的陆熠方，轻声对她说了声“你先等会儿”，便拉了陆熠方走出去。

不知道说了些什么，几分钟后两个人再进来的时候倒是面色如常。

随安然已经断断续续接触过配音的工作，如今便也有几分顺手，加上旁边还有温景梵，一上午的配音工作格外顺利。

中午吃过饭后，温景梵直接和她一起去附近的购物广场。

大概是周六的关系，人来人往的。他信步走在外侧，面部表情虽然漫不经心的，却时时注意着她的动静。

一整圈逛下来，几乎都是随安然说什么，他都说好，结果就是买了好大一车。

还有时间，但两个人都不是喜欢逛街的人，便绕去二楼的茶餐厅准备休息一下。

不料，二楼是童装卖场，除此之外，还有一个大型的儿童乐园就在茶餐厅的隔壁。

温景梵从坐下开始就目不转睛地往隔壁的儿童乐园看，不知道在看什么，却格外专心致志。

片刻之后，他才收回视线，抿了口茶，说道："我出去一下，很快就回来。"

随安然虽然疑惑，但也只是点头应下。

他走开之后，她便顺手拿起桌上放着的杂志看起来，并未留意他离开的方向。

再回到录音棚时，连早上不断挤眉弄眼的陆熠方也不在了，就录音师坐在设备前，正在看报纸，见他们进来，才说道："陆导下午有事，说温先生一个人可以。"

"那就按照早上那样。"他去拿了瓶水来，递给她，"现在就开始？我们录一会儿，等会儿提前回去。"

"提前回去吗？"随安然愣了愣。

"忘记了？"他笑了笑，拉开隔音房间的玻璃门走进去，这才缓缓说道，"买的东西我约了下午五点送回家，我们当然要回去得更早一些。"

随安然"哦"了一声，没有异议。

配音的工作并不是随安然以为的那样生动有趣，有时候感情不到位或者是口型对不上，就会反复重复那一句，念着念着便更加麻木。

温景梵倒是不厌其烦，手指搭在她的椅背上，虽然坐得并不近，但依然有一种揽着她的感觉。

他却无比自然，长腿微伸，很是镇定地看着她。

随安然起先还觉得有些怪怪的，但见门外的录音师目不斜视，专心致志得连眼神都没有分过来，又觉得自己小题大做。

总是有那么一个人，会让你不自觉地把自己心里的感受不断放大。就算只是呼吸，他的存在感也过于突出。

《九转》的配音已经渐入佳境，她也掌握了不少窍门，所以，一下午虽然过程有些跌撞，但整体还算顺利。

当然，随安然最后总结下来，工作效率高，完全是因为身边的这位大神——几乎所有的台词都是一遍过。

自然节省下不少的时间。

等到家时，天色已经沉了下来，夜幕即将来临。天空云卷云舒，已入黄昏时。

梵希在阳台上倦懒地伸了个懒腰后，便进了屋。它刚进屋，载着今天"胜利品"的大车也准时来了。

因为楼层有些高，买东西时也考虑到了这一点，很多大件物品都是能够拆装的。虽然费了些时间，但总算是都装好了。

家里开火的条件依然不够，还需要一些新的厨房用具，所以晚上自然又是吃外卖。

温景梵打完电话后，去找随安然。她正在打扫房间，梵希绕在她脚边"喵喵"地叫着，仿佛在指点江山。但实际上，它东踩一下西踩一下的，颇有干扰的架势。

随安然有些头疼地捏了捏眉心，和梵希商量道："你出去玩，明天我给你三条小黄鱼。"

梵希"喵"了一声，晃了晃尾巴，不满足：才三条小黄鱼就想打发朕走？这白日梦不是那么好做的啊！

"五条，再多你也吃不下了。"

梵希那如同绿宝石一般的眼睛悠然闪过一抹光，竟像是真的在思考一样：才五条，朕一口气吃不下你可以分期付款嘛！

“连着两天五条。”随安然其实只是在自娱自乐，见梵希的反应好玩，这才生了几分逗弄的心思。

不料，话音刚落，梵希便抬起爪子在她的脚背上轻拍了一下，颇有些“一言为定”的意思，然后迈着它高冷的猫步，离开了。

温景梵倚在门边，抬脚勾了一下梵希，笑出声来。

梵希动作灵敏，抬腿一跨就目不斜视地离开了：愚蠢的人类，娶了媳妇忘了朕，不跟你玩。

听见笑声，随安然转过身来，见是他，问道：“都弄好了？”

“嗯。”温景梵几步上前，抬手握住她手里的拖把，“我来就好。”

收拾好了房间，外卖也到了，还是热气腾腾刚出炉的样子。

装了碗，坐下一起吃饭，倒也是很家常的样子。随安然与昨天相比较，倒是自在了不少。

温景梵往她碗里添了一碗汤，略一沉吟，说道：“还有十天就过年了，今年过年去L市吧，我们回去见见妈。”

他话一出口，随安然就是一愣，那汤勺热烫的汤水滴下来她都未有所觉。就这么发了一会儿愣，她才慢吞吞地咽下那口放凉的汤点了点头：“我晚上就和妈妈说。”

温景梵抬头看了她一眼：“是不是有什么问题？”

“没有。”随安然摇摇头，“妈妈知道你的，也很喜欢……”

温景梵沉沉地“嗯”了一声，察觉她还有话要说的样子，眉头微微一皱，说：“吃过饭再说。”

“嗯。”

等吃过饭，天色已然全部黑了下来。

从厨房的窗口看出去，能看见外面灯火闪烁，整个夜晚都像是笼罩在了灯光里，明亮璀璨。

他洗碗，她便烧上一壶热水，又去切一碗水果。

等一切忙完安静下来，也不过才七点多。

梵希正窝在沙发上看电视，中央频道正在播放动物世界，它卧成砖块的样子，目不转睛，兴味盎然。

等温景梵一坐下，它却又自动自发地挪过来，几下跳上他的腿，寻了个舒服的姿势直接睡下。

不知道是碰到了什么东西，硌得它有些不舒服，它便一本正经地坐起来，抬爪子挠了挠。

温景梵眼底笑意一闪而过，抬手轻拍了一下梵希的脑袋："别动。"

梵希认真地盯着他大腿左侧半晌，又抬眼看看温景梵，一脸的迷茫。

随安然在他身旁坐下，酝酿了片刻，这才说道："我还没跟我妈说我结婚的事。"

温景梵专注地看过去，眼底的神色晦暗不明。

"我原本……回来是想辞职的。"她的声音又低了几分，"想辞职回去，只是那时候脑子里想法很乱，也不知道自己到底想要什么，又要得起什么……"

所以他让自己留下来的时候，她便留了下来。

除了对他的顺从和不舍，还有一半是自己的原因。但她从未猜想过……会有这种可能。

和他结婚。

几乎是没有怎么考虑，全凭冲动。

如果理智点，恐怕她又会退缩。

所以这一会儿，她格外庆幸。只是想起这不顾一切的后果下……乱七八糟的摊子，她就有些头疼。

"那担心什么？"他抬手握住她的手腕把她拉得离自己更近了一些。

梵希默默扭头，一脸不高兴地甩了一下被两个人突然挪近距离夹到的尾巴：朕在这个家真的是越来越没有地位了。

“我也不知道担心什么。”随安然眼眶有些湿润，她眨了一下眼睛，眨去那一瞬的酸涩感，不知道要怎么说。

“那今晚的电话我来打。”他握住她的手，用拇指轻轻地蹭了几下，声音轻缓柔和，“妈妈那里交给我，你不用担心。”

随安然点点头，似乎是想起什么，问道：“那老爷子那里呢？过年不过去没关系吗？”

温景梵抬眸看了她一眼，似乎是笑了一下：“过几天提前过去一样的。”

随安然：“……”

所以，今晚的重点是在见家长上，是这样吗？

冬日的夜晚，即使是在满是暖气的屋内，不经意也会感受到清浅的寒意。

因为温度差，玻璃上蒙了一层水汽，雾蒙蒙得看不清窗外的灯光，一切都像是揉碎在了这片水汽里，朦胧得只剩下光影。

电视上正播放的动物世界已经结束了，那狩猎者豹子还在草原上奔跑，如同一抹光，飞快掠去。

梵希看完了这一集，懒洋洋地在温景梵的怀里伸了个懒腰。

温景梵目光沉沉地看着电视，正在播放广告，他却看得非常专注，眼底不断地掠过电视里的光影，像是入了定。

随安然看着看着，突然反省过来自己的态度……似乎对他不怎么公平。

从开始到现在，他始终都站在她的角度考虑，可她一直在自己的世界里徘徊瑟缩着。不是找不到解决的办法，而是纷乱的头绪太多，她便疲于解决。

现在摆在面前的最紧迫的问题是什么？

两个家庭的接受和祝福。

这也许并没有她想象得那么困难。

两个人皆陷入了自己的思绪里，就这么沉默地坐了片刻，他抬腕看了眼时间，起身去书房处理公事。

虽然他这段时间并没有去公司，但并不代表他不需要工作，只不过不重要的工作都分配下去由助理解决。

即使这样，每天晚上他起码要花上两个小时的时间过目一遍。

随安然抱着梵希在客厅里坐了片刻，怕吵到他工作，电视的音量调得很低。她坐在那片昏暗的光影里，就像是一座沉默的雕像。

八点的时候，她起身关掉了电视去卧房。犹豫了良久，她还是主动给母亲拨了一个电话过去。

L 市的冬天比 A 市要温暖许多，只不过没有暖气，这漫长冬夜还是需要御寒。

随母正在织围巾，看见来电显示是安然，微顿了一下，很快接了起来。

"妈妈。"

"安然。"

简单的问候过后，随母便语带笑意地和她说起家里发生的趣事，说了几句便敏锐地发现她的兴致并不怎么高，犹豫了一下，这才问道："是不是在 A 市遇上不愉快的事情了？"

"没有。"随安然往后靠在床头，深呼吸了一口气，才道，"有件事我想跟您说，也许您会生气……"

随母眉头微微一皱，并没有打断她的话。

随安然抿了抿唇，下意识地拽紧了手边挨着的床单，深呼吸过后，她才缓缓说道："我结婚了，过年的时候我会带他回去的。"

她的声音柔和，就像很多个清晨，她挽着母亲的手臂赖在她怀里不起床时一样，柔软得能够融化人心。

安歆一瞬间猜测过很多种可能，却万万没有料到这一种。她沉默了片刻，刚才那点柔和的笑意早已敛去，问她："原因呢？不是因为和爸爸妈妈赌气？”

随安然被母亲问得哑口无言，倒不是因为被说中了，而是根本没有料到母亲会以为她结婚是因为和他们赌气。

“我没有，那个人你也认识的，前段时间陪我一起回来的，温景梵。”

她的语速很慢，尤其是落在“温景梵”这三个字上的时候，声音更是轻柔了些许。听着母亲没有说话，她略微沉吟，说道：“我喜欢他很久了，决定结婚是因为发现他也喜欢我。您知道您和爸爸离婚给我造成的影响，我甚至有些抗拒婚姻。但是答应他时，我没有犹豫。”

“你爸爸……知道吗？”

随安然想起那天中午，随经国还带了一个她不认识的年轻男人企图给她相亲，脸色顿时就有些不好看起来：“他不知道，我暂时没有告诉他的打算。”

“安然……”

随安然打断她：“妈妈，今晚打这个电话给您是因为您是我的母亲，我很尊重您。我结婚并不是小事，您应该知道。我也知道，我的确鲁莽了，但是温景梵是个很好的人，至少我和他结婚我不会后悔。最后就是，我和他决定过年回来看您。”

夜色浓重得几欲沉下来，安歆握着手机的手一点点收紧，心头思绪万千，最终在随安然条理清晰的这段话里冷静下来。

她对安然的教育向来都是所有问题自己决定，自己解决。给了安然完全独立的处事权，虽然恼于安然决定仓促，不知规矩，又怕安然这样和温景梵结婚会吃亏，一时之间竟然一句话也答不上来。

就在今天她都还在担心安然的感情问题，只是知道安然已经结婚，她半分喜悦也没有。

“那温家的大人呢？你们的决定这么仓促，那边的大人怎么说？会不会看轻了你？”

“他那边只有一个爷爷，父母都不在了。”她避重就轻。

安歆沉默了良久，似乎是在思考，呼吸声渐渐凝重。良久，她才缓下来轻叹一声：“安然，我有些说不上来我现在的感觉是什么。我很生气，也很害怕你吃亏。”

“他在不在，让他接电话，我有话要和他说。”

随安然犹豫了下，觉得现在要是忤逆母亲的意思，估计就没那么容易过关了，便说了声“稍等”，轻声往书房走去。

书房的门开着一条缝，透出些许灯光来。

随安然在门口站了一会儿，这才敲了敲门。

温景梵大概正在开视频会议，暂停了会议之后，便拉开椅子走了过来。走到门口拉开门，他才发现她正赤着脚站着等他。

他眉头微微一皱：“怎么没穿鞋子，先穿上拖鞋。”

随安然看着他没动，只是眨了一下眼睛，把还在通话中的手机递过去：“我妈……想跟你说几句话。”

温景梵微一挑眉，专注地凝视了她一会儿，这才接过她递来的手机，与此同时，微俯低身子，手落在她的腰上用力往上一提，把她抱了起来。

吓得随安然惊呼了一声，赶紧抬手抱住他，双腿更是直接夹在他的腿上：“你干吗？”

温景梵却没理她，已经低声和那端的随母打了个招呼：“妈，我是景梵。”

不知道那端说了些什么，温景梵看了随安然一眼，嘴角微微上扬，就这样揽着她往卧室里走去。

把她放到床上后，温景梵垂眸看了她一眼，手指落在她的唇上轻轻地点了一下，随即若无其事地挪开手，折回书房接电话。

随安然坐在床上还有些回不过神来，他刚才……那个动作是什么意思？

梵希不知道从哪里进来的，一进来就以“朕刚干了拯救人类的伟业，现在有些筋疲力尽”的姿态横挂在了超薄电视机上。

不知道过了多久，温景梵这才回来，手里的手机因为长时间的通话有些发烫。他把手机顺手放在了床头柜上，低头看了她一眼，语气略带了几分警告：“虽然房间里有暖气，但也不能赤着脚，女孩子容易感冒。”

随安然好奇电话内容好奇得不行，穿上拖鞋就跟在他身后追问：“妈跟你说什么了？”

温景梵拿了睡衣出来，见她跟在后面，微微一笑并未回答，反而转过身，微俯低了身子，凑到她跟前，微挑着眉说道：“帮我解一下扣子。”

随安然顿时僵住，见他一脸闲适的样子，还是抬手去解他的衬衫纽扣：“冬天就穿这么点，你不冷吗？”

“家里有暖气。”他低声回答，眼睛微垂，看着近在咫尺的她。

她认真地解着纽扣，偶尔触碰到他的身体，触感清晰。

“可我就要穿很多啊……”她继续喃喃碎语。

温景梵忍不住笑了起来，就着这个姿势低头亲了亲她的额头：“穿多点好，抱着比较舒服。”

随安然抬头去看他，还未开口，他又抬手把她抱进了怀里，只是轻轻一搂随即放开。

她忍不住微微脸红，不敢和他对视，但呼吸之间皆是他身上清冽的淡香，想忽视都不行。

“妈没说别的，只让我们好好过日子。”话落，他退开一步，走进浴室。

随安然眼巴巴地看他走进去，想也没想就跟了上去：“一句话说了那么久，我不信……”

温景梵把睡衣放到一旁的篮子里，见她跟进来，顿了一下才道：“那你想知道什么？”

知道他有心逗自己玩，随安然一时语塞，良久才憋出一句：“我就是好奇。”

温景梵已经开始解皮带了，见她迟钝地还没有反应过来，突然想起什么，直直地看向她。

随安然被他这么一看，才恍然发觉这个地点实在有些暧昧。正准备撤退，他声音沙哑地叫住她：“安然。”

“啊。”随安然被那诱惑的声音刺激得心肝一抖，怎么都挪不动脚步了。

“你过来。”

随安然被他那暗沉的语气吓得有些心里打鼓，但他眼神专注地看着她，又是一脸纯良……她就完全没办法拒绝。

她小步挪到他面前后，这才低声含糊地问他：“干吗？”

“想要个什么样的婚礼？”他问。

随安然被问得一愣，一时没能反应过来。

说实话，她以为自己和温景梵结婚，应该就仅限于此了，没有婚礼，也没有别的烦琐礼节。只是两个人确定在一起，领证结婚就好。

再加上她对婚姻本来就没有什么幻想，更没有想过自己的婚礼……要什么样的。

“要办婚礼吗？”她抬眼对上他的视线，问道。

“要的。”他轻笑了一声，解释，“不办婚礼有些不太好，而且要办两次，在 L 市和 A 市都要办一次。”

“妈说的吗？”她有些头疼地蹙了一下眉心。

“妈没说。”他抬手握住她的手指捏在手心里把玩，“只是觉得娶你必须要办个婚礼才体面，你嫁给我是一辈子的事，我不能让你连个婚礼都没有。更何况，有必要让人知道你是嫁给了我。”

话落，他自己也笑了起来，眼角眉梢都染了淡淡的笑意，温润如玉。

“你是嫁给了我……”

这句话，听着便让人心动。

“这件事需要和两家的大人都商量一下，现在也不急。”他目光专注地看着她，手指轻轻地勾着她的手，动作轻而缓，增了几分暧昧。

随安然咽了下口水，在他那样灼热的视线里，保持冷静地点了一下头。

这瞬息的沉默里，他却握住她的肩膀，微微用力，把她反身压在了墙上。墙砖有些冰凉，她被这突如其来的冷意凉得瞬间清醒了几分。

只是这清醒，不过是用来看着自己如何沉沦。

他的手指碰了碰她的脸，好像是呢喃着叫了她的名字，不过声音压得极低，加上含糊不清，随安然并没有听清。

他的身体紧贴着她的，那手落下来扣在她的腰间，俯低了身子，那唇压下来，就落在她的唇上。

两个人在一起，尤其是情投意合又陷在暧昧情境中的男女，在这样寂静得好像只有彼此的夜里，所有的心理活动似乎都能被放大，以至于行为都大胆不少。

沉沉的呼吸之间，周身热得似乎都燃烧了起来，随安然面红耳赤地缩在他的怀里，几乎是无力地承受着他的亲吻。

始终被他握着的手指指尖微凉，她疑惑地睁开眼看向近在咫尺的他。

他那双眼睛格外漆黑，像是蒙着一层水光，看得并不真切。只那微扬的眼梢，让她知道他此刻的心情很愉悦。

那微凉的东西沿着她的手指继续往上，她一动不敢动，刚凝神想去感受，他的唇落下来，她再也没有心神去关注他做了些什么。

她微颤了一下，呜咽着攀上去环住他。一睁眼，却借着浴室里明亮的灯光看见了自己无名指上的那一枚戒指。

她一愣，还来不及仔细看，他原本在她身上点火的手指不知道何时绕到了她的身后，微微一用力，就把她整个人彻底压进了他的怀里。

他低头看着她，一双眸子亮得惊人："等办婚礼的时候我们再一起去挑，这一次，只是我许给你的戒指。"

他说着，又抬手去扣住她，随安然这才在彼此相扣的触感上发现，他的手上不知何时也戴上了一枚钻戒。

“你……”

“嗯？”他轻扬了尾音，专注地看着她。见她抿了唇，双颊嫣红，眉目含情的样子，又低下头去吻她。

这一次越发缠绵温柔，他轻压着她柔软的身体，若有若无的接触中，呼吸渐渐浓重。再停下来时，说话的声音沙哑得几乎要破碎了，他问她：“可不可以了？”

随安然没说话。

外头的梵希不知道打破了什么，传出一声轻响，只不过浴室里升温的两个人都无暇顾及。

他就这么安静地等待她的回答，保持着温文尔雅的模样。

只那眼底的野性与志在必得，让他整个人瞬间妖冶了许多。

随安然怎么也没有想过，“妖冶”这个词有一天……居然可以用来形容温景梵。

那薄唇嫣红，润着水光，那双眼睛幽深得似是一个无底洞，只清浅地倒映出她此刻情动的模样。

早已沉醉了，何必要拒绝？

她依然没有回答，只是一手拉住他的衣领，轻轻拉下，一手环住他，不留余地地迎上去。

所有的声音似乎都在这瞬间远去，只有彼此渐渐浓重的呼吸声和滚烫的空气。

夜色缱绻，暗香浮动，却温柔了一室月光。

十指相扣间，她的承受也带上了几分绮丽，像是一卷画卷，正在缓缓打开。

夜，长安。

| 第十五章 |

关于你的，我都喜欢

由于随安然酒店的工作停职休息，接下来的时间，她便专心致志地做配音的工作，每天过得也很是充实。

年关逼近，温景梵也越加忙碌起来。原本还能在晚上抽出时间处理公事，这几天已经不得不早上也要亲自去公司坐镇。

这种时候，随安然便会自己先去录音棚。她渐入佳境，即使他不在身旁，也能很快适应。再者，很多情节并不是和温景梵的对手戏，她单独来录即可。

即使是资源紧张的情况下，依然能单独给她一个录音棚，保证她配音环境的清静。

这日配音完毕，她等温景梵来接她去温家，陆熠方作陪。

随安然便顺口提了提自己非常愿意回归大部队一起配音，不必要特殊对待。陆熠方犹豫了一下才说："不是给你特殊待遇，是给温景梵特殊待遇。"

随安然没能反应过来。

陆熠方抿了口水，清了下嗓子，这才一本正经地说道："温景梵虽然低调，但你也知道认识他的人也不少。你们领证那么高调，有的是人想来看看温景梵的老婆长什么样……"

随安然愣了一下，随即笑了起来。虽然早就猜到有这么一部分的原因，但听陆熠方说出来还是会觉得有些惊讶。

“我撇开是你们的朋友，单单从我是《九转》的导演和制片人的角度出发……巴不得你曝光啊。不仅能炒新闻，还能增加关注度啊，你看你跟时遇都长得那么好看，声音又好听……真组个夫妻档出道，得抢多少人饭碗啊。”

随安然点点头，淡然提醒：“话题扯远了……”

“哦哦……”陆熠方摸了一把脸，又换上一副语重心长的表情，“你要好好说说时遇啊，这种摆明了能捞钱的机遇不能错过啊。”

随安然默默无语。

越是和陆熠方相处，才越能发现这个“天才导演”的表象下有多么不正经……一个本真灵魂。

“扯回来啊，说回来就是温景梵啊，偏偏要晒自己结婚了。但晒完又让我收拾摊子，这不，又威胁上我了。说是不单独给个录音室，就毁约。”陆熠方说着说着便一脸要哭的表情，“安然你知道的，我只在乎时遇的声音啊……要钱干吗！”

随安然看了眼悄无声息进来的温景梵，微挑了一下眉，并未提醒眼前入戏渐深的陆熠方，反而又加了一把火：“他不缺钱……”

“我知道啊！不然怎么死活把你拉入伙啊！虽然你声音好听，也完全符合，和时遇都是我的心头宝。但起用新人也是有风险的嘛！我跟你说个秘密啊，非要你配女主音的其实是时遇，他一口一个暗示，我想忽视都不行啊……”陆熠方全然不知道危险已经降临，“啧啧”了两声，一脸鄙夷，“别看那小子温柔体贴，实际上是一肚子的坏水。你早就被他算计着了……”

“那你应该也知道，我一开始也在算计你。”温景梵面无表情地轻拍了一下陆熠方的肩膀，见他回头看过来的表情惊恐得跟见了鬼一样，淡淡一笑，语气越发温柔，“让我想想，这一次……拿你怎么样比较好。”

陆熠方呜咽一声，直接把自己的脖子凑到温景梵的跟前：“别想了，拧断我脖子泄气。”

温景梵扬了扬嘴角，笑容温和，说出口的话却让陆熠方瞬间跟掉进了冰碴子里一样。

“今晚我回温家，听说老爷子明天约了陆老爷子下棋赏梅花……”话点到即止。

陆熠方“嗷”了一声，再不敢多留一刻，直接撒腿跑了。

温景梵并没急着和随安然一起离开，见录音师也离开，只剩下他们两个人时，慢条斯理地绕过沙发坐到她身旁：“今天怎么样？”

积压了太多的工作，他今天一整天不是在开会就是在看报告。现在办公室还摞着高高的一堆文件。

只不过下班的时间一到，他便利落地收了笔，拿了车钥匙准时下班。

越是他这样的人，越不愿意工作渗透到生活里，宁愿工作的时候神经紧绷地高效完成任务。更何况，今天很重要——他要带安然回去见老爷子。

“还行，进度很快。”她翻了本子给他看自己折了页的地方。

“不用特意加快速度，《九转》的档期在暑期，还有大把的时间。加上《九转》投资方财大气粗，投资的钱还有大把没用。”言下之意便是……不用替陆熠方省钱。

随安然见他暂时没有离开的意思，翻了翻本子，把自己夹在其中的一张打印纸递给他，一脸期盼地看着他：“陆熠方说《九转》的主题曲你已经录好了，我还没听过，能不能唱给我听？”

温景梵并未看向那张打印纸，反而是垂眸专注地看着她：“想听？”

随安然小鸡啄米一般地点头：“特别想……”

《九转》的主题曲录了没多久，更是还未曝光，在做后期处理。要不是今天她自己发现的，恐怕也要过很久才知道他竟然唱了《九转》的主题曲。

他淡淡地笑了起来，点头应下：“你想听，那就唱给你听。”

说着，他便起身准备去隔音玻璃后面录音。

随安然被他这认真严谨的架势给唬了一下，有些疑惑：“你要录音？”

“要。”他边拉开门，边说，“有录音你就能单曲循环反复听，我说得对不对？”

最后那句，带了和他表情严重不相符的笑意，毫不遮掩地——调戏她。

随安然扶额，想起这几天……

《九转》的剧情已经进入了相许的感情部分，很多缠绵悱恻的情话，很多感动人心的对白，很多不经意便能让人心软的句子。她和他配音时便深陷其中，离开录音棚之后更是每每回想起来，一心动就让他再念一遍台词。

他耐心极好，她想听，他便不厌其烦地说。但偶尔也有不想念对白的时候，他便微微严肃了表情，在她以为他有什么话要说的时候……直接上来封嘴。

但说归说，她还是去隔音房间前坐下，戴上了耳机，洗耳恭听。

大抵没有人能比她更迷恋他的声音，那是救赎她的声音……任何人都不会有比她更深的感触。

随安然调出配音，她在知道《九转》的主题曲是温景梵唱的之后，便存了心思想听一次现场版的，便让陆熠方调出来存了一份，不料，这么快就派上了用场。

温景梵试了一下声音，又调了调耳麦，清了清嗓子，说道：“可以了，准备开始。”

配音的旋律响起，他微合的眸缓缓扬起，透过玻璃看了她一眼，又认真地把视线落到纸上，唇微动，应该是在合节拍。

一世红尘，几度牵绊。一缕红线，辗转九霄。

梦入回忆，想起你转世模样。一朵清莲，盛开在清水河旁。

曾渡你生息伴以短暂相存。后你入世我寻觅九度清寒。

皈依佛前我为你点亮长生灯，转身却入魔让我为你引魂。

…………

他的声音低沉又带了几分凄凉，就像是旷古之时，白衣翩翩，世间凡尘庸扰，他却一人独醉，遗世独立。

风间雪月而过，片叶未沾身，清高孤傲又冷漠得只有凄凄一颗寻觅之心。

随安然听得入神，被他的声音带入那首歌的意境里，竟为那歌里唱的人，心神俱碎，心尖隐疼。

即使是上古的天神，也有自己力所不能及的时候。眼睁睁看着自己心爱之人几世轮回，他要在这芸芸众生里，一次次找到她。然后，重新与她认识，引她相爱。

每一世都不同，唯一相同的，大概就是她永远不认得他。

每一次见面的第一句话，永远都是："你是谁啊？"

他爱了一生，她却从未记得他……

人世九转，我蹁跹而来伴入世的你。

一生九度，你嫁衣为谁新嫁又为谁？

阡陌以北，折了沧海引渡你魂归。

尽负天下，九度入世寻你半度息。

…………

直到最后的音律落下，随安然才恍然回神，她眨去眼底泪光，刚想结束录音，便听他启唇，声音比起刚才的浓烈，要清淡许多。

"人世九转，一生九度。梦回六朝，世世共度。"

随安然恍然抬眼看去，正对上他的眼睛，带着一抹流光，璀璨的光华百转千回，竟让她有几分眩晕之感。

她关掉了配音，出口时才发现自己的声音隐约有几分颤抖："为什么叫时遇？"

温景梵顿了一下，拎起放在一旁的矿泉水，拧开盖抿了一口，沉吟了片刻才道："是你夸我声音好听，记不记得？"

随安然点头。

"取名字的时候想起的就是那年梵音寺的客堂，有个伏桌抄写佛经的女孩子……"他说得慢条斯理，声音里隐约带着几分回忆时的笑意，轻柔得像春风拂过。

他转眼静静地注视着她，声音更加清润："那时候脑子里就有这样一句话一闪而过。"

是哪句话，他却并没有急着说，只是隔着那层隔音玻璃安静地看着她。虽然并未有别的动作，但仅是这样看着她，便让随安然感觉到他那从骨子里漫出的浪漫深情。

两个人都未动，似乎是生怕惊扰了此时的氛围。

他在里，静静地看着她；她在外，安静地回视。他们看见了彼此眼中，相聚的光点。

随安然被勾起了好奇心，忍不住问道："哪句话？"

温景梵似乎是笑了一下，回答："时遇倾城色。"

因为在配音室耽搁了一小段时间，从录音棚里出来的时候天色已经渐黑，隐隐的一息日光，也渐渐沉没。

"冷不冷？"他握了握她的手，有些凉。

"不冷。"随安然摇摇头，一张脸还微微红着，幸好在这沉沉的夜色里看不清楚，只当作是不远处霓虹闪烁投下的色彩。

温景梵还是停下步子替她紧了紧大衣和围巾，又从她的包里翻出她的皮手套给她戴好，然后才一本正经地握住她的手继续往前走。

随安然忍不住笑，笑着笑着便笑出声来，引得温景梵又看了过来。

"别看我啊。"她另一只空着的手捂着脸转过头去，那霓虹灯正好闪烁成红色，映得她耳郭红红的，分外招人。

温景梵把她揽进怀里圈着走，一低头，唇落下来就能贴上她的耳朵。他低头吻了吻，见她像是被人踩了尾巴一样霍然转过头来，微挑了眉，把她刚才对自己说的那句话又丢了回去：“别看我啊。”

随安然：“……”陆熠方说得没错，温景梵表面上看着就是一副温润如玉翩翩公子的模样，但内里却是一肚子的坏水，黑得浓郁。

正是下班的高峰期，路上堵得厉害。

随安然就窝在副驾上静静地看着窗外，在温景梵第三次刻意放缓速度等红灯亮起时，她这才发觉他的不对劲：“你是不是……不太愿意回去啊？”

正遇上绿灯，他挂挡起步，闻言，侧头看了她一眼，语气平淡：“有这么明显？”

随安然犹豫了一下，老实地点了点头：“是不是老爷子不喜欢我？”

“不是。”他回答得很快。

身后有车要超车在鸣笛，他偏头看了眼后视镜，“唔”了一声，说道：“老爷子给我们几个小辈提的标准就是你这样的，为什么会不喜欢？”

随安然没怎么听懂，但见路上车多，怕转移了他的注意力，便不再搭话。

她这时的沉默在温景梵的眼里却是另一个意思，他手指搭在方向盘上轻敲了一下，略微沉吟，说道：“老爷子那个年代结婚早，听他自己说那个时候他差不多就是个无赖。年纪到了看上了我的奶奶，就二话不说把人强抢了过来。还好最后是两情相悦，奶奶很早就生下了我伯父。”

他顿了顿，一双眼睛在亮着车灯的车流里显得格外流光溢彩。

“除了温少远，我上面还有一个哥哥。你跟闻歌交好，应该知道一点儿？”他问。

“知道的。”随安然点头。

闻歌是个直率的姑娘，受了委屈不会自己憋着。她在温家的变故，随安然全部都知道，后来听得多了，虽然是零零散散的，但拼凑在一起，还是能拼出整个故事来。

温老爷子一共有三个孩子，长子留下了两个儿子，一个是温敬，一个是温少远。次子留下了两个，温景梵，温景然。老三留下的是温时迁，那个曾经和随安然有一面之缘的女人。

只可惜温家的人都命运多舛，温老爷子的夫人生下老三后就去世了，几位长辈怎么离开的就连闻歌也不是很清楚。

唯一知道的，就是温景梵和温景然的父亲离开得早，把两兄弟直接过继给了温少远的父亲。后来他们大伯因病去世，走的时候也很年轻，这才有了温景然立志从医。

温敬进入部队，成了特种兵，娶了女军人。在一次出任务的时候双双牺牲，只留下闻歌这个从战友那里领养过来的孩子。

老爷子原本就不太赞同长孙领养闻歌，后来温敬去世，老爷子悲伤过度，让人悄悄把闻歌送去另一户普通人家。后来机缘巧合之下，便由温少远一力担了下来，他成了闻歌的监护人。

总之……温家的关系盘根错节，也很复杂。

“我奶奶去世之后，教养孩子的重担就在老爷子的肩上。他一个糙人哪里会教育孩子，便都用军人的标准要求。后来时间久了，便养成了如今的性子，谁反抗他，他就不高兴。年岁越大，越想掌控，加上大哥的事情，虽然是意外，但是老爷子心里终究有心结，总觉得是大嫂的错。他总觉得大嫂像奶奶那样贤淑，大哥就会像他一样，渐渐变好，也会听他的话了……”

随安然静静地看着他，没说话。

因为闻歌的关系，温老爷子的性格她也是知道的，只不过不知道这其中还有这缘由。

沉默一瞬，她问：“你说的掌控就是……会干涉婚姻大事？”

“是。但他希望我娶的就是你这样的，又怎么会不喜欢你？”说完，他自己也笑了起来。

绕了这么一大圈……就是为了让这句话可信一些吗？

她领证的第三天就约了闻歌出来把这件事说了，闻歌起先的反应是很诧异，随即又高兴得像个孩子，抱着她又哭又笑地说：“我和你终究有一个人能圆满，这样就挺好，真的挺好，我好为你高兴。”

就这么坐了一下午，快要分开的时候，闻歌才恍然问道：“那老爷子那里怎么办？”

她放寒假之后就一直住在温家，自然是知道老爷子这边的动静。可话一出口，看见随安然微变的脸色，懊恼得差点要揍自己……

随安然就是那个时候知道老爷子对自己并不是欢喜的。

这是第一次去温家，也是第一次以这样的身份过去。

驶离市区，大路渐渐宽敞，车流也少了很多。将近过年了，年味渐浓，整条街上的行道树上都挂着红艳艳的灯笼，抬眼看去，虽掩在夜幕中，可那喜色却是分毫遮掩不住。

到温家的时候，已经是掌灯时候了。别墅里灯火通明，一派热闹的景象。

门口已经站了一位中年妇人，见车开进来便迈下楼梯迎了上来，站在车前几步远的地方等着两个人。

下了车，温景梵又拉开后座的车门提出一堆的礼品来。

这些是来温家前，随安然和温景梵一起准备的，其中就有特地备给辛姨，也就是眼前这位妇人的。

闻歌也从门后探出半个脑袋来，见随安然发现了她，欢快地朝她招了招手。

等进了屋，才发觉这里面和外面给人的反差感……再多暖气也驱逐不完的冷清。

闻歌勤快地给两个人拿拖鞋，四下看了看，指了指楼下悄声说：“老爷子一直在等你们来，上下好几次了……刚听见声音又上楼端着了。”

辛姨跟在后面正好听见，对随安然笑了笑，说道：“老爷子今天高兴，不用太紧张。我去烧菜，老爷子怕做早了凉了不好吃，我还有几碟没下锅呢。”

“辛姨辛苦了。”温景梵微微颔首，面上带了几分敬重之意，想来是这位长辈对他很重要。

“不辛苦，老爷子都等很久了，你们小两口快上去。老爷子要是发脾气，你别跟昨天那样和他对着干，服个软也就是了。他又不会真的和你计较，记住了？”说着话，辛姨已经拉着闻歌一起去帮忙了。

温景梵等人走远了这才收回视线，眉角这才轻轻舒展开，手指无比熟稔地搭在她的腰上虚虚一揽，带着往楼上走。

随安然边注意着脚下，边问道：“你昨天回来过一趟？”

温景梵顿了一下，侧头看她：“我的回答很重要？”

随安然看了他一眼，见他眼底明晰的笑意，忍不住心中一暖，就算他不回答，她也知道他是回来了，也大概知道他回来做些什么。

他是想，在力所能及的范围内，替她解决所有的问题。

而这些都是他当初向她承诺的——他会负责她所有的问题。

老爷子在自己的卧房里，他的房间很大，前面和居室被一扇门隔开，是一个规模不小的书房，舒适又惬意。

他显然已经等了很久，桌上那茶杯已经凉得没有升腾的热气。

而他，正戴着一副眼镜，在看书。

看见两个人进来，他只抬了一下眼，正想摆摆姿态，可触及自家孙子的眼神时，不自然地轻咳了一声，扬起抹和善的笑来：“安然来啦，坐。”

随安然和温景梵对视一眼，看见他眼里的放松和鼓励，心渐定，和温景梵在不远处的沙发上坐下，恭敬地叫了一声“爷爷”。

老爷子抬了抬架在鼻梁上的眼睛，似乎是有一瞬间的怔忪，就这么看了她一会儿，推开椅子站了起来。

他合上书端着茶杯走过来，不动声色地打量了她几眼，目光略带几分审视，颇具威严。思忖片刻，他终于开口："这是第一次来，我也没什么好送你的。这个白玉手镯还是景梵奶奶留下的，我留在身边很多年了，就给你当作见面礼了。"

说着，便把桌上放着的蒙着红布的手镯递了过来。见她开口便要拒绝，老爷子忙阻止道："既然是一家人了，就不用客气，见面礼总是要收的。"

随安然还想说些什么，温景梵抬手轻握了一下她的手，见她转头看过来，点了点头："爷爷的心意，收下吧。"

随安然看着面前和善的老人，那最后一点儿防备也彻底卸下，大大方方地接了过来："谢谢爷爷。"

她的笑容和煦，倒是一点儿也不做作，是真的欢喜他的重视。

老爷子自认自己看人准，这会儿见到本人，见她模样端正，气度大方，倒是和温景梵十分相配。如此，他心下那点芥蒂也打消了大半，目光掠向温景梵时，不由自主带了几分恼意。

就在昨日下午，温景梵突然回来，上楼来第一句话便是："爷爷，我明天带安然回来见你。"

老爷子正在自己下棋，看了他一眼，招了招手："陪我下一盘，边下边说。"

温景梵坐下，就着残局和他杀了一盘，吞了老爷子的帅后，又规规矩矩地倒茶给赔了礼，等他心气顺了才说起来意，字里行间皆是对随安然的维护。

老爷子从未见过这样的温景梵，姿态放低，谦和恭谨，并不求他立刻接纳，只是让他明日不要多为难。

他原本正想着这孙子都低姿态成这样了，那得卖个关子啊，刚端起架子，就听他说："反正婚已经结了，你要是不同意我就去 L 市种田挑水，怎么都不会回来了。"

种田挑水！还怎么都不会回来了！

老爷子气得差点儿掀桌子，虎着脸瞪了他半晌，他愣是刀枪不入，一副闲适样子，那几分无赖的模样倒是像他年少轻狂的时候。

辛姨更是被他拉来当说客，今天从他起床起就和少远家养的那丫头唱双簧，一人持一端话头，吵得他耳朵都有杂音了。

罢了，他何时，有赢过他们的时候？

这么想着，他的目光直接从护短至极的温景梵身上滑过，对着随安然淡淡一笑，道：“你们结婚这事啊，是真的太仓促，别说我老爷子古板，这点我是真的看不惯。亲家要是不知道，还以为温家不重视，怠慢了你。既然景梵选择了你，那该有的礼数一样都不能少。听景梵说，过年他陪你回去，我就想啊，正好我老爷子一天到晚都闲着没事干，跟你们一块去。该办的事情都要办了，该下的聘礼都补上。”

话落，他得意扬扬地看了眼被这回马枪杀得有些反应不过来的温景梵，心底轻哼了一声，面上却是依然保持着刚才的笑容，又补上一句：“家里冷清，听闻歌那丫头说你们是十几年的……闺密？既然都是闺密了，那就住下吧，好歹多住几天，陪陪我这个老爷子。再说了，我们温家也一向有成婚要在家住几日的习惯。”

早就料到老爷子会再来一手的温景梵止不住轻声叹息了一声。

而随安然的心态是——本来以为跟老爷子之间是场很难攻克的持久战，结果人老人家就这么愉快地接受了她，那小小的住下来的要求……又有什么难的！

只稍一考虑，她便脆声应了下来，同时，也忽略了温景梵微微有些复杂的神色。

陪老爷子说了会儿话，闻歌便上楼来叫吃饭。

她穿着一双兔子拖鞋，走路没有声音，那长长的兔子耳朵倒是一甩一甩的，格外生动活泼。

“可以吃饭啦。”

老爷子看她一眼，微沉了眉眼，轻喝道：“走路好好走，跳来跳去的，真以为自己是个兔子啊。”

话里虽是责备，眼睛却微微弯着是在笑。

想来闻歌也是习惯了老爷子的这种脾性，笑眯眯的一点儿也不恼，上去挽着他的手臂一起往外走：“我高兴嘛，下次一定改。”

“你都说了多少下次了，一次也没改。”

闻歌吐了吐舌头，一本正经道：“爷爷的记性是越来越好了……”

随安然抬头看了眼温景梵，他眉眼间也漾着淡淡的笑意，似乎是放松很多，整个人都柔和了下来：“老爷子一向都是这么外冷内热的吧？”

“也有发倔的时候。”他抬手捏了一下眉心，握住她的手牵她下楼，“今晚就住下来，我明天早上要去趟公司，中午回来陪爷爷和你吃饭，下午再去配音室。”安排完，他又低头去看她，轻声问道：“这样好不好？”

“好啊。”虽然她对这种未知环境，以及这些要相处的人都还带着一些不知所措，只是迟早要适应的不是吗？

毕竟，像老爷子说的，以后是一家人。她总归要走进他的生活里，融入这一切，爱他所爱。

“闻歌会留下来陪你。”他的笑容渐深。

走到楼梯口的时候便能闻到饭菜的香味，辛姨准备了一大桌子菜，还炖了一只鸡，端着鸡汤过来。清淡些的小菜摆了三碟，各种荤素搭配的家常菜也有小半桌，连冷盘都有一席之地。

闻歌一边吃一边夸，那机灵的样子，让老爷子都忍俊不禁：“家里也就少远能制住你。”

闻歌正往碟子里夹红烧肉，闻言顿了一下，朝温景梵挤了挤眼：“谁说的，我最听景梵叔的话，最尊敬爷爷。”

“哼。”老爷子轻哼一声，眉角却因为她这句话轻轻舒展开，“你当我不知道你在拍马屁啊，花言巧语的。跟安然学几分，女孩子文文静静的，看着就赏心悦目。”

闻歌叼着那块红烧肉，闷闷地回答：“爷爷用成语的水平是越来越高了，其实我也想做一个安安静静的美女子。”

温景梵往随安然碗里夹了块肉，看着她吃下去了，这才淡淡地说道：“你做好一个女的就好了。”

闻歌一颗心顿时碎成渣……

随安然没忍住，差点儿笑出声来，又怕笑出来会伤自己和闻歌多年来的战友感情，忍了一下，顿时内伤了。

刚下嘴的肉一下子滑下去，正好卡在了她的喉咙里，呛得她背过身去猛地咳嗽起来。

温景梵时刻注意着她，见她吃东西呛到，眉头微皱了一下，给她盛了一碗汤添到手边，等她气顺了，干脆喂她了几口。

老爷子不动声色地看着，心里却“啧啧”有声地冷哼：我吃东西呛到也没见这小子添茶倒水的……

老爷子嗜睡，吃过饭在楼下的客厅里坐了片刻消了食，便上楼去睡觉。

他刚上去没多久，门口便传来动静，随即便是温少远推门进来，见客厅里除了闻歌还有温景梵和随安然，倒是没有半分诧异。

换了鞋，他抬步走过来，在温景梵旁边的单人沙发上坐下。

大概是刚从某个饭局下来，他面色微微有些发红，一双眼睛亮得像是缀了光，漾着一层朦胧的水汽。

脱下来的大衣挽在手里，他坐下来之后，闻歌便倒了杯水给他递过去。见他不接，她抬手拍了拍他的手臂：“小叔，喝点茶醒醒酒。”

温少远这才回过神来一般，垂眸看了眼闻歌，缓缓伸出手去接过茶杯，凑到唇边轻抿了一口后这才抬眸看向温景梵，微勾了一下唇，笑道：“恭喜。”

温景梵姿态闲适，仅微点了一下头："你也要抓紧了。"话落，便不再打算多留，和随安然一起上楼回房："我们走吧。"

随安然一直走到了楼梯的转角，偷偷回头看去时，闻歌正跪坐在温少远沙发前的地毯上，微微仰着头看着他，不知道在说些什么。

温少远手里捧着茶杯，目光却低垂下来，嘴角似乎是轻扬起，露出一个淡淡的笑容来。

这一幕，到很久之后，随安然始终忘不了。就像是印刻在了她的记忆里一般，总能在不经意间想起。

发黄的旧时光里，这一幕成了一瞬的永恒。

温景梵的房间倒是和朝阳名邸那儿的公寓风格差不多，简洁利落，充满了现代感。

辛姨刚才已经重新铺了床，窗户也微微打开，进了新鲜空气。不知道是不是窗口放着的那盆花的原因，房间里都有淡淡的香气。

他脱了外套顺手挂在衣架上，回头看着她："要不要一起洗澡？"

随安然还在打量他的房间，被这句话惊得猛然回过神来，很直接地拒绝："你先洗……"

温景梵低低地笑了起来，拿了睡衣去浴室。走进去之后没多久，就着一件单薄的衬衫走出来，关了窗口，又替她开了电视。

他是真的很适合白衬衫，干净利落，衬得他的身体曲线也格外优越。加上他本就长得清俊，这白衬衫简简单单的，倒是让他的气质更显出挑。

没多久，浴室里就传来水声。她不禁面颊微微发热，想着要分散注意力，便四处看看。

他的房间里也摆着一个书架，不过比较小，而且留存的书年代也比较久，有些纸页都已经发旧发黄。

玻璃窗内还摆着很多的奖杯和奖状，随安然一个个看过去，发现温景梵简直是全能啊。

什么动手发明，什么阅读家，什么奥数比赛，还有各种体育项目。

她一点点摸过去，好像也能凭着这些奖状看见他的过去一样……

读书的时候，无论哪类女孩子都会对学习成绩好、体育又优秀的男生更关注一些，像温景梵这样的，恐怕身后的爱慕者都能组成一个排了吧？

这点倒是一点儿都没变，单就“时遇”这个名字，有多少人日夜牵挂着。

她还在出神，温景梵已经洗好出来了，浑身还蒸腾着热气。额前的头发还在滴水，就这么隔着一段距离看向她。

随安然目光不受控制地落下去……说不上来是遗憾多一点儿，还是庆幸多一点儿，他穿了睡衣。

等她再洗完澡出来，他已经上床了，头发微干，光泽柔顺。屋内只开了几盏壁灯，昏黄的灯光下，所有的一切都似镀上了一层暖意。

她走过去，就挨在他身旁躺下。

他原本还在上网，回头看了她一眼，微微坐直了身体，一手依然在键盘上跳动，另一手却自主地伸过来，把她揽进怀里。

“会不会不习惯？”他问。

随安然有点认床，刚搬到朝阳名邸的第一天睡得不安稳，第二天么……劳累过度，也没那个矫情去失眠。不过第三天又开始……直到第五天才彻底适应。

温景梵一直都留意着她，所以老爷子留她住下来时，他才觉得略有些头疼。

“不会。”她摇摇头，僵着身体有些累，干脆又往他身侧挪了挪，把头靠在他的胸口，“身边有个熟悉的人会好很多。”

温景梵手指轻移，关掉电脑，这才慢条斯理地说道：“如果不习惯，我们可以做点别的。”

随安然起先还没反应过来，看着他把电脑放到床头又关了灯，这才后知后觉地明白他话里的意思。

关了灯之后，温景梵已经抬手扣住她的腰：“老爷子会有些小脾气……”

他的唇落在她的额头上，又顺着她的鼻梁滑下来，在她的唇上轻轻一点：“所以这几天会有些困扰。”

“比如？”她微微推开他问道。

“比如明天一大早叫你起来陪他去散步，比如一定要让你陪他听佛经，比如让你记得他后花园里的那些花草名称……还有很多花样。”他轻叹了一声，似乎是也有些无奈。

“没关系啊。”她抬手轻拍了一下他，“这里空气好，早点起来还能吃辛姨刚出炉的早饭，辛姨的厨艺真的很棒啊。佛经我也喜欢听，修身养性……”

“都愿意？”他打断她。

“愿意的。”她抬手揽上他的脖颈，凑到他唇边亲了亲，这还是她第一次这么主动。

“爷爷同意接纳我，我就很高兴了，你也说过的，人老了总会觉得孤单。我陪陪他有什么不好？”她的声音渐渐轻了些许。

见他没有反应，揽在他脖子后面的手指轻轻地挠了一下他的耳朵：“我是真心的，不只是因为你。”

温景梵轻“唔”了一声，并未接话，唇却落下来，滚烫滚烫地在她的耳边。

“我怕你不喜欢。”他含糊着说道。

随安然闭上眼，眼底却微微发烫：“喜欢的，只要是关于你的，都会很喜欢。”

| 第十六章 |

走进你的世界

今晚的星空难得晴朗，虽然看不见星辰，但一轮清月悬挂着，月光清冷又明亮。

房间的窗帘没有拉上，那月光就落在窗前，照明了那一寸空间。

到处都很安静，所以两个人彼此交叠的呼吸声便显得格外清晰。他从她身前抬起头来，一双眼睛竟比那月光还要亮上几分，看得随安然心跳加速。

“我也喜欢。”他似乎是笑了一下，虽然看不真切，但随安然还是能在黑暗里隐约看见他扬了扬嘴角，“你的哪里我都喜欢。”

他的声音低得近乎呢喃，带着沙沙的磁性，落在她的耳里，让她心跳如擂鼓，敲在她每一处的神经上，叫喧得她浑身都有些酥麻。

声音好听的人，无论说什么，都会格外有感染力。

这蓦然温柔下来的声线，缠绵得让她深陷其中，再也不愿醒来。

就在两个人都要沉沦的前一刻，随安然搁在床头的手机铃声大作。她被这声音吓得猛然清醒，下意识地推了他一下：“电话……”

“你的。”他并未松开，只微微撑起自己的身子给她留出一点儿空隙来。

他见她抬头看上去，顺手便把手机拿过来递给她，顺便看了眼来电显示——很不巧，是他丈母娘的。

随安然接起前，借着手机屏幕的光看了温景梵一眼，嘴角轻抿，竟是有些幸灾乐祸的笑容。

温景梵双眸缓缓一眯，原本还想暂时“停战”的，捕捉到她这个细小的表情之后立刻改变了主意。

他微倾过身子去，打开了床头柜上的台灯。

“啪嗒”一声轻响之后，台灯温馨的橘光便洋洋洒洒地落下，微微地刺眼，他抬手挡在随安然的眼睛上，自己的双眼也缓缓一眯。

等他松开手，随安然清了清嗓子，这才开口道：“妈妈。”

“嗯，饭吃过了没有？”

“吃过了。”

“那和温家爷爷的见面还顺利吗？”

温景梵离得近，两个人的对话都听得一清二楚，闻言垂眸看向随安然。她的长发在出浴室的时候就顺手解开了，披散在枕头上，如绸缎一般，衬得她那张脸越发显小，眼里含着淡淡的水光，眸光流转间，光彩动人。

“顺利的。”随安然抬手抵在温景梵越靠越近的胸口上，忽然弯了笑眼，轻声对着电话那端的母亲说道，“有他在，没问题的。”

安歆沉默了一瞬，说道：“自己别不当回事，两个家庭相处是很重要的。第一次见面是给你面子，你要是不贴心不懂事，以后时间久了难免会生嫌隙，对你们两个人的感情也会有影响……”

温景梵静静地听着，忽然就低下头来吻她。

随安然“唔”了一声，用力推了他一下，没推开。

安歆听见这边的动静顿了一下，又道：“怎么了……”

随安然很是心虚地回答：“没事，我听着呢。”

“别不当回事啊，景梵对你好我知道。但在婚姻中也不能时刻依赖对方，自己要能拿主意，别一时就昏了头脑，分不清东南西北了。感情也要好好经营，小两口该商量的就要好好商量。景梵比你稳重多了，遇到事情拿不定主意还得交流，记得了？”

随安然点点头，点完才意识到母亲看不见，忙应道：“我都记住了。”

刚开始那几日，随母和她通话的重点还是：“结婚了你就要懂事，虽然两个人在一起要互相信任，但是该拿在手里的东西还要自己拿好。你那边的房子留着，你也算远嫁，妈妈不在你身边，以后要是小两口闹个矛盾，你还有地方可以去……别缺心眼的就把房子卖了。”

或者是：“自己清醒点，别结婚了就什么都不管不顾了。工作是必须要有的，女人就得经济独立。小两口恩爱是应该的，感情得好啊。但也别傻乎乎的一头热，对待男人，就算是你老公，都要保持清醒和理智。”

然后到如今的：“你要多听听景梵的意见啊，他比你能拿主意多了。像他这样的成功男人，你拿捏不住也是正常的，别操之过急啊……”

有句话说什么来着？

丈母娘看女婿，越看越满意。这句话还真的是古人诚不欺我。

她刚想说什么，温景梵已经从她手里接过了电话，他的声音还有些沙哑，沉沉的却格外柔和：“妈，最近怎么样？”

安歆愣了一下，随即便笑了起来。她最近会不定时给安然打个电话，打着打着便从和随安然交流经验变成了和女婿交流感情……

加上温景梵有心要给随母留下好印象，是以，两个人的关系简直是突飞猛进。到什么程度呢，到随安然都开始怀疑她是不是亲生的。

“我很好啊，你们过几天过来的时候正好降温。A 市和 L 市的气温差异大，别感冒了。”

温景梵“嗯”了一声，又随意和随母说了几句，只视线始终落在随安然的脸上。分明语气还是一本正经的，只那眼神已然带了几分不同。

另一只手不是在她的腰侧轻捏，就是扣着她的手指。姿态闲适又慵懒，却看得她面红耳赤，越来越不自在。

那眼神——就像是猎豹在瞄准猎物一样，而且是已经到手的猎物。

等挂断电话，他手指落在关机键上按了一下，轻描淡写道：“没电了。”

随安然双目圆睁，太无耻了！她的电量明明还在百分之九十以上！

“其实妈有些话你可以选择听过就忘记……”他含糊着说道。

随安然比他更含糊，声音都有些模糊：“比如？”

“比如你可以全部信任我，比如你可以按照你的想法生活，哪怕不工作也可以，在家喂梵希。”他声音里带上了几分笑意，动作柔和地轻掐住她的腰，又补充上一句，“比如，依赖我。”

所有你要的，我都能给你，我只怕你不敢要，所以一切都小心翼翼，给得悄无声息。

第二天清晨，天还蒙蒙亮的时候，就有人来敲门，那敲门声还格外用力，随安然都怀疑敲门的人跟那扇无辜的门有仇，几乎像是在拆迁。

她“唔”了一声，缩在温景梵的怀里不愿意动。

好困……太困了。

温景梵换了个姿势抱着她，抬起手腕看了眼时间，微蹙了一下眉。

门外的敲门声还持续地响着，他抬手捏了捏眉心，怕吵醒她，轻手轻脚地起来去开门。

老爷子整装待发，精神奕奕，满脸笑容。见是他来开门，眉头瞬间皱了起来：“我不想看见你，我孙媳妇呢？”

“在睡觉。”他抵着门框，有些无奈，“现在六点都没到。”

“我五点就醒了。”

温景梵垂眸看了老爷子半晌，闭了闭眼，再睁开时，那半星睡意都了无踪迹了：“那就再等一个小时。”

“不行，半小时。”

“成交。”话落，温景梵就毫不犹豫地关上门，转身回去。

门外的老爷子被关门时那股袭来的风吹得面颊一凉，他抬手摸了摸脸，不高兴地哼了一声，嘀咕着了句“臭小子，娶了媳妇就忘了爷爷”，转身下楼浇花去。

随安然在他起身时就已经蒙眬地醒过来了，奈何身体太累，她挣扎了良久没能起来，索性放弃。

等他一回来，她就自动自发地挨过去，咕哝着问道："是爷爷？"

"他路过，你继续睡。"说着，轻拍了拍，哄着她又睡了过去，自己也闭眼休息。只是，再未睡着。

半个小时后，老爷子准时地又来敲门，这次直接隔着门就叫随安然的名字："安然啊，起来陪爷爷跑步锻炼去啊……"

随安然睁了睁眼，刚想爬起来，温景梵已经抬手揽住她，结结实实地裹在怀里不愿意放人。

"爷爷在叫我。"

她的声音还带着浓重的睡意，还有几分她自己也没意识到的娇憨。

温景梵抬眼看了看她，她还闭着眼，只是手脚都不老实。

外面已经天光大亮，暖阳从地平线上升起，一抹金光铺洒开，照得整间屋子都暖洋洋的。

想了想外面精神着的老爷子，再看看怀里半睡不醒的随安然，温景梵终是有那么几分心疼，低头在她的额头上亲了亲："不想去就不去。"

"要去的。"随安然睁开眼，迷迷糊糊地对上他的视线，凑过去抱了抱他，为他拢了一下被角，"你继续睡会儿，我先出去。"说着，便转身要坐起身来起床。

温景梵从她身后贴上去，又暖乎乎地抱了她一会儿，才在她一遍遍的抗议下，拥着她一起起来："走，我们一起。"

等到随安然和他一起，一人占据一边刷牙时，她还是忍不住想笑："你那么紧张干吗？"

她说的是老爷子的事情。

温景梵没说话，只是透过面前的镜子抬眼看了看她，拧了毛巾递过去："擦脸。"

热毛巾熏得她皮肤都有些发烫，她闭上眼，刚想再蒸一会儿，却突然想起什么，一下子扯下毛巾，转头问他："万一……爷爷要是提起什么生孩子的事情，我要怎么回答？"

闻言，温景梵微挑了挑眉，低低地笑了起来："怎么回答？"

随安然看着他。

他微微一笑，低声道："都已经在做了，你说呢？"

声音蓦然温和婉转，带着丝不易察觉的蛊惑，听得随安然顿时心跳失序。

一大清早的，好好说话行吗？

直到下楼时，随安然的耳根子都还微微红着。

老爷子正站在客厅的落地窗前打太极，一招一式缓慢又标准，推拉之间，似乎真有风骨一掠而过。

随安然抓了抓头，刚往前走几步，老爷子就已经回头看了眼，收回手笑眯眯地对她道："时间还早，先陪我跑一圈再回来吃饭好不好？"

随安然哪敢说不好，赶紧点头跟了出去。

温景梵原本也要一起去，临出门前，老爷子回头狠狠地瞪了他一眼，压低声音喝道："怕什么，我又不会吃了你媳妇。"

温景梵："……"

老爷子解决了"障碍物"，身手灵活地就跟了上去。

一圈下来，随安然也只能勉强跟上老爷子的速度，累得气喘吁吁的。

老爷子放慢速度往前走着，边走边说："年轻人啊就是好吃懒做不爱运动，闻歌那丫头啊，我喊她起来跑步就跟要她的命一样。好不容易叫起来了，又是三天打鱼两天晒网，坚持不下来。"

随安然直觉老爷子这句话是为后文铺垫，很识相地没有吭声。

又往前走了一段路，隐隐能看见超市的入口了。老爷子沉吟了片刻，才问道："养孩子是个力气活，身体好机会才大……"

随安然猛地一跳。

老爷子看了她一眼，试探着问道："你跟景梵是打算什么时候要孩子啊？"

随安然心头暗叹一声：果然啊……

也不知道该说她是料事如神好呢还是乌鸦嘴好……

心理活动虽然激烈，但她面上却依然保持着淡淡笑着的表情，脑子飞快地转动，怎么回答比较好？

要不然怎么说她和温景梵结婚得太过仓促呢，她现在也如此觉得……倒不是琐碎事情太多比较麻烦，而是很多问题和观念都没来得及统一。

比如眼前这个迫在眉睫的问题，两个人都没正经商量过。

温景梵没说他想不想要，想什么时候要。她也总觉得这件事离她还很遥远，结果……

也就早上的时候她灵光一闪突然想到这件事，不过问了也白问。

温景梵那回答……哪里是在认真回答。

随安然不动声色地打量了一眼老爷子的神色，清了清嗓子，一本正经地回答："我觉得都可以，景梵最近工作也忙，我们倒是没怎么商量过这件事。不过我觉得顺其自然就好了，来了便是缘分。"

老爷子似乎是还挺满意的，微微眯了眼："你这想法好，景梵那里啊，你也得说说他，多大年纪了，还跟我说再晚一点儿。"

原来是在温景梵那里探过口风了，可是今天早上他可不是这么回答她的。

随安然向来知道他的细致体贴，却不料她没有想到的这些问题，他都已经提前在做了，心里顿时被熨帖得暖暖的。

"还有啊……"老爷子拾级而上，又道，"过年我过去是不合礼数的，我也就是吓唬吓唬景梵，让他把这些事上上心。等过完年啊，我初十左右过去一趟，聘礼要下，彩礼要全，婚礼要办……"

随安然静静听着，陪着老爷子买了一些新鲜的菜回去，一路快到家门口了，老爷子突然“嘿”了一声。

随安然循着他的视线看去，温景梵正站在门口，似乎是等了有一会儿了，远远看见他们回来，抬腕看了眼时间，大步迎了过来。

她忍不住笑了笑，思忖了片刻才鼓足了勇气说道：“爷爷，我也许并不会做到满分，但是我会努力去做。对他好，照顾他。”

老爷子转头看了她一眼，眼底泛开淡淡的笑意：“做到满分多累啊，你这样就挺好，对我胃口。你嫁给他，理应是他照顾你。你踏实又安稳，虽然可能不是最适合景梵的，但是他喜欢，这就够了。你也别觉得老爷子说这话酸，其实很多结婚过日子，一辈子到头来也不过就是这么一句话的事，好好过下去。”

随安然点点头，示意自己都记下了。

话刚说完，温景梵已经走到了跟前，很自然地从老爷子的手里接过东西，偏头看她：“在说什么？”

老爷子轻哼了一声，不高兴了：“刚才是我在说话，你怎么不问我？”

他微微侧过脸去，似有笑意，清俊又温和。

清晨的阳光还带着些凉意，他的侧脸被光线勾勒明晰，像有一条金线沿着他完美的侧脸轮廓一寸寸而下，终于汇聚成光。

见她出神，他的手落下去握住她的手，不轻不重地捏了一下，趁老爷子看不见的时候偏头在她唇上亲了亲：“我去公司了，中午回来。”

“好。”她点点头，正要松开他的手让他离开，不料他却又重重地握了一下，没松开她的。

老爷子见他们在门口黏黏糊糊的，不高兴地竖起了眉头：“像什么样子……”说着，却抬手把温景梵手里拎着的袋子拿了回来，留下一句，“安然你快点进来吃早饭啊，有你喜欢的皮蛋瘦肉粥。”

“哦，好。”

老爷子前脚刚进门，温景梵便拉着随安然往旁边走了几步，停在路口不远处的路虎旁。

随安然还在腹诽：“难得我表现得好了一点儿，你又瞬间破坏了……”

温景梵不知道她在想什么，但就凭她藏不住事的表情也能知道一二，抬手轻捏了一下她的鼻尖，说道：“等会儿先回家一趟，拿几件你的换洗衣服。在这里住几天，我们就直接回 L 市，朝阳那里先空出来。”

随安然“啊”了一声，第一反应是：“那梵希怎么办？”

它一只猫，家里又没有鱼塘填饱它的胃，这是要饿死喵的节奏吗？

“带回来。”

随安然刚想问老爷子不是过敏吗……梵希过来怎么都不行的节奏啊。只是还未开口，他已经微微用力，一手揽住她的腰，缓缓收紧，贴近自己的怀里。一手扣在她的后脑勺上，低头吻了上去。

随安然被他诱哄着一步步深陷，就在快要忘记周遭的时候，楼上窗台传来一声熟悉的轻笑。她一个激灵，彻底清醒了。抵在温景梵胸前的手又轻推了他两下，奈何他还是不愿意放开。

“唔唔……”抗议啊！有人！

也不知道这么过了多久，他这才松开她，见她张嘴就要说话，又吻上去，眼底还闪烁着笑意，那神情竟有那么几分像吃了 N 条小黄鱼餍足地舔毛的梵希。

“早上欠我的温存。”他这才轻轻松开她。

随安然抿着唇，恼羞成怒：“刚才有人。”

温景梵“嗯”了一声，以还半抱着她的姿势抬头看上去。闻歌原本还偷偷露出一个脑袋来，被温景梵那冷冷的眼神一扫，顿时“砰”的一声关上窗户，溜了……

随安然更恼怒了，哀叹了一声，一头撞进他的怀里，不轻不重地挠了他一下。

“晚点我收拾她？”他试探性地问道。

随安然抬起头来瞪了他一眼，瞪完见他满脸笑意，自己又先害羞了。

说起来，她的进步也很大了。温景梵一次次挑战她的底线，她从开始的无可奈何，到现在已经敢拿眼瞪他了。

所以，有些时候，男神啊，真爱啊……还是保持距离的比较好啊。

虽然温景梵在她这里无论做什么都不会形象破灭，但是……那点敬畏崇拜的心是一点儿也没有了嘛。

“你没吃早饭啊？”

温景梵“嗯”了一声，放开她。

“其实我还是更喜欢家里那支牙膏的味道。”说完这句，她摸着发烫的耳根子飞快地就跑了，留下温景梵一个人在原地若有所思。

良久，他回过味来，忍不住低低地笑了起来，心情好得不行。

等吃过早饭，老爷子果然还有层出不穷的花样在等着她。

温景梵提到的那几种可能都是冰山一角，除此之外还有学下棋，练书法，学园艺，辨认字画，鉴赏名家作品……

闻歌不知道是不是得了温景梵的指令，一整个早上寸步不移地陪着，到最后她都软趴趴地趴在了沙发上，看了眼做什么都十足配合的随安然，无奈地问精神抖擞的老爷子：“太爷爷您这是在培养全才吧？哪是教孙媳妇啊……”

老爷子睨她一眼，抬手一挥道：“去给我抄《般若波罗蜜多心经》去，不抄好不给吃饭。”

闻歌：“……”果然不是亲的。

温景梵中午回来的时候，只有闻歌一个人在客厅里，她正跷着二郎腿边看电视边吃水果，左手捏着哈密瓜，右手捏着一瓣西瓜。

桌上摆着的一盘水果拼盘已经被她解决了一半，除此之外，还有一沓纸张和一本佛经。

他走近了几步，看见上面闻歌留下的歪歪扭扭的小狗爬般的字迹，懒洋洋地、似笑非笑地睨了她一眼："又干什么闯祸了？"

"哪有啊？"闻歌立刻坐正身子，一脸的浩然正气，"我是实在看不下去太爷爷对安然所做的一切，忍不住出声抗议，结果被太爷爷迁怒惩罚的！"

说完，为了让他相信自己所说的真实性，她赶紧端着盘子凑到他的跟前"汇报任务情况"："我是圆满完成任务，绝对没有偷懒啊什么的……"说着，便细数起随安然这个早上都干了些什么，就差事无巨细地一一描述出来。

温景梵微垂了眼睛扫了眼果盘，捏起一块苹果片喂进嘴里，直到听到闻歌说："安然现在就在厨房跟辛姨学做你爱吃的菜，太爷爷可满意了，所以他就上楼去等开饭了。这人上了年纪啊就是不能逞强，太爷爷就是不听我的，又是这样那样的，他不累，我看着都替他累。早上啊，是有那么些兵荒马乱。不过我们家安然是谁啊，应付自如啊，一切都好……具体感受你得问当事人，不过单单就我旁观的战况分析啊，安然还是挺乐在其中的。"

温景梵轻推开她又往他面前递了递的果盘，往厨房里看了一眼，淡淡地反问她："你叫她什么？"

闻歌"咝"了一声，被温景梵这么一提醒才想起她和随安然如今差了一级的辈分。那感觉就像是糊了满嘴的橙汁，它还不是甜的……啧，怎么一眨眼，她闺密就成了她婶婶啊。对着随安然这么如花似玉的，她实在是有些改不了口啊。

温景梵淡淡地扫了她一眼，又问道："她是谁家的？"

闻歌暗暗地腹诽：我是个女的啊！有必要在我面前宣誓主权吗？我又不抢你老婆！

温景梵见她一脸欲语还休的模样，抬手轻弹了一下她的额头，用的力道刚刚好，落下去时弹出一个浅浅的红印："他下午在 TC 会馆，好像是见客户。想见他，可以去那里找。要是经理不行方便，你就说我的名字，让经理去问问会馆老板准不准。”说完，便抬步想去厨房。

闻歌一个错步拦在他的面前，一双眼睛亮晶晶的，发着光：“景梵叔，你说温少远怎么那么爱去那家会馆啊，那老板是谁啊？”

温景梵垂眸看她一眼，只回答了后面那句：“秦暖阳。”

闻歌捧着果盘呆立原地。

厨房里，随安然刚调了小火在焖排骨，转身要切葱调下味道时，毫无预兆地一头撞进了刚进来的温景梵的怀里。

温景梵也不料她会突然转身，抬手扶了她一下，笑出声来：“慢点。”

辛姨原本还在洗菜，闻声看过来，不免也笑了起来：“回来啦？”

“回来了。”他顺手从她手里接过那把葱，“洗过了？”

“洗过了。”随安然点点头。

他看了眼身后的砧板和菜刀：“怎么处理？”

“切成小葱花给排骨入味用。”

温景梵又看了她一眼，把那葱搁在了砧板上，握住她的手往自己身上的灰色毛衣上蹭了蹭，蹭干了水珠这才松开她问道：“累不累？”

随安然偷偷看了眼辛姨，见她眉目间都漾着淡淡的笑意，但并没有往这边看时，这才松了一口气，过去给温景梵帮忙。

他这么问的时候，她一时还有些不太理解，他问的是和老爷子一起累不累，还是做饭累不累，索性就没回答。

他低下头，修长的手指握住刀柄，利落地切下去，手势利落又漂亮：“怎么不说话？”

“不累。”随安然摇摇头，见排骨已经焖得差不多了，等他切好葱花，就拿刀铲着直接下了锅。

“过两天有个聚会，愿不愿意去？”他声音压得低，温和浅淡，正好让她能够听见。

“聚会？和谁？”

“《九转》的配音组，除了我们入组比较迟，还需要几天时间，其他角色已经全部收官了。年后聚会不合适，加上也不是很方便，干脆就提前了。”他解释。

《九转》的配音组……

其实上一次她签了合同答应配音后的那次吃饭，差不多就是一次小聚会了，但和收官聚会还是有些差别的。

随安然思忖了片刻，询问他的意思。

温景梵微挑了一下眉，有些无奈：“我听老婆的。”

简简单单一句话，也就五个字。他声音略带了一分无奈，入耳依然动听。

她轻笑了一声，又想了想，才说道：“一起去吧。”

毕竟是全组收工聚会，她一个人不去倒没什么，但……温景梵，无论是谁都会希望他能够出场的吧。

再者，他们是男女主角配音，一下子都缺席，也实在是不好看。再加上本来就是一个简单的聚会，也没必要上纲上线的。

下午吃过饭，温景梵和随安然要先回一趟朝阳名邸。闻歌下午也要出门，知道他们要去市中心，便蹭了顺风车一道过去。等到了市中心，随便寻了一处临时停车点下了车。

温景梵并未急着马上离开，透过后视镜看向闻歌离开的方向，神情似是若有所思。

随安然循着他的目光看过去，只看见闻歌的身影渐行渐远，缓缓消失在人群之中：“怎么了？”

温景梵这才回神，手指搭在方向盘上轻轻旋转，启动车子离开。

回到家收拾了一下换洗的衣服，随安然自己的倒是方便，等到帮温景梵收拾时，她就有些傻眼了。

她站在衣柜前愁眉苦脸地考虑了半天，还是有些拿不定主意，最后选了几件衣服，提着衣架过去咨询本人的意见。

温景梵正在检查开关，毕竟这次离开会很久不回来，门窗插头等一切安全措施都要做好。

她拿着的都是他平日里经常会穿到的，可又怕到了 L 市这些衣服不耐穿，便怎么也下不了决定。

温景梵眼底漾开一抹笑意：“你做主就好，如果冷的话，去了那边也可以买。”

随安然：“……”这人今天一口一个听老婆的，一口一个你做主就好，这算是什么节奏啊？

出门的时候，随安然把梵希也带了下来。她抱着暖乎乎的梵希，还是有些忧虑：“老爷子不是对猫过敏吗？这样带过去没事吗？”

温景梵顿了一下，想了片刻，这才想起来……

那次在盛远酒店封闭式完成工作的时候，陆熠方临时出差，梵希又肠胃不舒服，不太适合放在宠物寄养那里。

那是随安然和梵希的第一次相见，当时，他是说过老爷子对猫毛过敏。他微挑了挑眉，沉吟道：“老爷子是很轻度的过敏，刚开始的时候会打喷嚏……”他顿了顿，看了她一眼，斟酌了一下才道，“其实早就已经适应了，不过如非必要，我不会带梵希回去。”

随安然默默瞪圆了眼睛：“那一次……”

“辛姨去陆熠方那里带了梵希回来，原本是下午回温家的时候带回去的。那个时候和你还没有太多的交集，我就想，梵希作为一个桥梁……”话说到这里，他便没再说下去了。

随安然也已经懂了。

原来，那一次梵希被她抱回家并不是她做了好事帮了男神啊……而是男神在不动声色间给她下的套。

可是这种悄无声息被算计的事情，怎么一点儿不开心的感觉都没有，反而很高兴呢。

随安然揉着梵希的脑袋，又去碰碰它的耳朵，正想说些什么。

温景梵却突然伸出一只手来轻捏了捏梵希的下巴，说道：“安然不高兴了。”

原本懒洋洋打着瞌睡的梵希抬眼看了看温景梵，似乎是思考了一下，随即一脸无奈不爽地打了个滚，翻着肚子躺在她的腿上伸了个懒腰，懒洋洋地掩着嘴巴——卖了一个萌！

随安然“扑哧”一声，顿时笑了起来。

也不知道是在笑温景梵的这个小举动，还是在笑梵希的卖萌。

总之，心里就像是灌了暖乎乎的蜜，一直甜到了心底。

温景梵转头看过来，轻捏了一下梵希毛茸茸的爪子，以示表扬。随即抬手握住她的，十指相扣。

并未再开口说什么，却什么都已经说了。

今天的配音格外顺利，配音的剧情也渐渐走到了收尾。

随安然戴着耳机听录音的回放，温景梵刚和陆熠方讨论了一下《九转》配音的后续安排和活动，见她听得认真，便拉了把椅子坐在她的身旁。

手臂轻搭在她的椅背上，另一只手随意地拎了台词本子在看。

也就是这个时候，随安然接到随经国的电话。

听见嗡鸣的振动声音，温景梵侧头看了她一眼，轻碰了一下她的手臂，示意她来电话了。

随安然拿出手机一看，看见上面显示的名字时，面色便是微微一变。并不是很明显，却足以让温景梵捕捉到。

他垂眸看了眼，微移了一下椅子，椅子下方有滚轮，所以很轻易就移到了随安然的对面。

他抬手摘下她的耳机，漆黑明亮的眸子静静地凝视着她："要不要接？"

随安然并没有很详细地和温景梵说起过随经国，单就平常的联系次数以及偶尔提及时，她的反应……温景梵也能知道，她对这位父亲的感觉并不是很亲近。

所以，现在才有这么一问。

"要接的。"随安然深呼吸了一口气，按下接听键。

录音室里除了他们两个人，还有在不远处逗猫的陆熠方。此刻，没人说话，便安静得连风吹过的声音都能听得一清二楚。

他把耳机挂回架子上，双手自然地撑在她椅子的扶手旁，长腿微微伸展，已然是把她纳入自己触手可及的范围。

电话那端不知道和她说了什么，她始终是安静地看着他，良久，才轻眨了一下因为长时间看着他而有些酸涩的眼睛，轻轻应了一声。

温景梵心头隐隐有不好的预感，但见她神情宁静并没有什么不妥的地方，犹豫了一下还是问道："怎么了？"

"爸爸在盛远门口等我，说有些事想跟我说。"

温景梵眉头微皱："要不要我陪你一起？"

她迟疑了一下，并未直接回答。但这一瞬的迟疑已然就是答案，温景梵微扬了一下眉，站起身来："那我必须得送你过去。"

他的声音并不大，但语气却坚定得不容拒绝。

随安然微微愣了一下，抬手去拉了一下他，顺着这个力道也站起来，就这么握着他的手没松开。

温景梵原本已经迈开脚步先走了，被她这么轻轻一拉，干脆又停下来，等她跟上。

陆熠方正在和玩纸箱的梵希玩耍，这么大一个男人，蹲在地上和一只猫戳纸箱子玩……这场景怎么看怎么奇怪。

温景梵来带走梵希的时候，陆熠方还有些舍不得："怎么这就走了啊……我还没和梵希玩够呢。"

梵希一脸傲娇地从陆熠方的手上踩过去，几下借着一旁的桌子跳到了温景梵伸出来的手里，蹲在他的怀里等待顺毛。

陆熠方眉头一束，抬手戳了一下梵希，重重地"哼"了一声："有你求我的时候！"

梵希懒洋洋地看了他一眼，换了个方向，拿毛茸茸的后背对着陆熠方，继续悠闲地舔毛。

陆熠方一张脸彻底绿了。

温景梵淡淡扫了眼那个正要发脾气的男人，淡淡道："你吃过的教训还不够多？"

陆熠方一想起梵希"拆迁破坏"的能力，一张脸又黑了……

始作俑者这才回过头来，得意扬扬地发出示威般的一声叫声。

陆熠方："……"

幸好路上不堵车，从配音室出来到盛远酒店，也不过用了十几分钟的时间。

温景梵一边驾驶一边留意着车辆，看见盛远酒店对街行道树下孤零零的那辆奔驰时，缓缓放慢速度，在不远处停了下来："我在这里等你。"

随安然不知道怎么回答，便点点头，把睡得正香的梵希小心地递过去，推开车门就下了车。

他看着她走过马路，到了那辆车前，隔着车门和车门内的人交谈了几句，抬眸向他看来。

距离有些远，看不清她的表情，只能看见她那双眼睛，在阳光下似乎映着淡淡的光彩。

他坐着的方向，正好斜斜打进来一束阳光，那浮光不远不近就落在他的身后，把他所在的角落划分成了两块区域。

随安然的目光从那一片光影里落在他的身上。

隔了一条马路，距离实在不算太近，她只能朦胧地看个大概，其余的全靠自己的记忆。

他今天里面穿着浅灰色的毛衣，领口微微敞开，露出线条优美的锁骨。左手也许正搭在方向盘上，怀里抱着一只安然酣睡的猫，右手应该就搭在梵希的身体尾部轻轻抚摸着。

指甲修剪得很干净，微微曲着。目光看向她，柔和且专注。

所有的画面，她仅凭想象便能描绘出来，悄无声息的……

心下略定，她拉开车门坐了进去。

随经国目光沉沉的，隐在阴影里，看上去疲倦不堪。因为感冒而有些低沉沙哑的声音微微粗嘎，算不上好听："我前段时间去看了看你母亲。"

随安然粗略估计了一下时间，知道他的"前段时间"也就是这两天左右，颇有些警惕地看着他："你又想干什么？"

"她说我好心办坏事，说我不了解你，也没有一点儿责任心。"他笑了笑，掩着唇低咳了几声。

随安然没说话，她知道这句凭空出现的话指的是什么——是数日之前，也就是她决定和温景梵结婚的那一天发生的事情。

"现在说这个也没用了，安然你别这么防备我，这很伤我的心。"

随安然这才抬眸看向他，颇有些无奈地叹了口气："您是我爸爸，您做所有的事都有您的权利和道理。其实我觉得我们之前的相处氛围还是挺好的，要是不介意就像以前那样吧。不用太多来往，各自安好。"

谁都不会改变她和随经国的血缘关系，只是他们之间只能这样浅薄地维系。

总有那么些事情，是你想改变，却总是无能为力的。

随经国已经和安歆离婚多年，而且在离婚后快速地组建了另一个家庭。

她曾想心软和亲近他一些，可想到他如今属于另一个家庭时，心里免不了无奈挣扎。

人和人之间的距离都不是一蹴而就，而是日积月累，渐行渐远。

在还来得及弥补的时候没能及时修复，等再想靠近的时候，已然没有别的途径。

现实就是这样，一层层的阻碍，一层层的牵绊。永远有一处岛屿，是你到不了的彼岸。

梵希被温景梵接电话的声音吵醒，趴在他的腿上做伸展运动。等他挂断电话之后，再抬眼看向对街时，随安然已经推开车门出来了。

她似乎正在皱着眉头。

温景梵也忍不住皱起眉，一手托着梵希的前身，一手轻挠了一下它的耳朵，低声轻喃："怎么皱眉了？"

梵希忍不住翻了个白眼。

随安然在那里站了有半刻，始终没有过来。

温景梵的眉头皱得更紧，手指微曲轻捏着梵希的耳朵，又是喃喃自语道："穿得这么少，等会儿又得手脚冰凉了。"

被捏住耳朵的梵希又翻了个白眼：回头给她吃几条小黄鱼就暖回来啦！快放开朕的耳朵！朕尊贵的耳朵岂是你等平民可以随意摸的？

兀自沉思中的温景梵似有所觉察，瞥了梵希一眼。

梵希立马耷拉下耳朵：好吧，不要克扣朕的小黄鱼，什么都好说。

随安然有些心不在焉，等走到了车前还未有所察觉，还继续往前走。温景梵抬手摁了一下喇叭，那短促又响亮的声音顿时惊醒还在沉思的她，她猛然抬头看了过去。

见她上了车，温景梵这才眸色淡淡地扫了眼马路对面还停留着的那辆奔驰，问道："冷不冷？"

车内暖气充足，她坐上来便觉得暖气四溢，哪里会觉得冷。

刚摇完头，他已经伸手替她拉上了安全带，又握住她的双手感受了一下她的体温。

果然如他所料，冰凉。

他的手指往上又移了一寸，摸到她的腕骨，这一处有衣服覆盖，这才有了几分温热。

“以后出门都戴着手套吧。”他抬眼看了看她，见她脸色如常，暗松了口气，拎住梵希的脖子把它放在她的膝上，这才说道，“梵希身上暖和。”

梵希在半空不甘地挥舞了一下爪子，但连抗议的声音都没发出来，就已经被温景梵直接丢进了安然的怀里。

作为一只有尊严的猫，梵希想说：当朕是暖手炉考虑过朕的感受吗?还不给朕加一筐小黄鱼!

随安然知道他不会问，但她却不能不说，等车起步，驶离了这一片，她才斟酌着开口道：“我爸爸想见见你。”

温景梵毫不意外：“那我们一起去。”

随安然犹豫了一下，面上似乎是有难色，但见他看过来，还是点了点头：“好，我们一起去。”

她的犹豫实在是太过明显，想忽略都不行。

只不过他还没斟酌着开口，她已经轻声地说了出来：“我爸爸在和我妈妈离婚后，新组建了一个家庭，那个女人……怀孕了。”

她的声音平静，就像是在说着和自己不相干的事情。连那眼神，都如同古井一般，毫无波澜。

一瞬的沉默和压抑。

温景梵知道她的敏感脆弱，而这个曾经美好又突然破裂的家庭便是她的不可承受之重。所以两人还未在一起时，他才小心翼翼，迂回前进。

如今她这么平静地说出这件事情，他一时也不知道要做如何反应。

他看了眼后视镜，方向盘往右侧一拐，几乎是毫无预兆地就靠边停车。

随安然被吓了一跳，不自觉地抱紧了梵希。

“你……”他犹豫着开口。

随安然轻眨了一下眼睛，他这种欲言又止的样子，她还是第一次见到。

夕阳已经彻底沉了下去，漫天的霞光都在悄然而来的夜幕里缓缓消散。街边的路灯不知道什么时候亮了起来，一路而下，像条蜿蜒的灯河。

耳边是隔得很远的鸣笛声和人声，闪烁的车灯里，唯有这一处，安静得像是另一个空间。

“你不用担心我，我没有关系。”长久的沉默里，她先打破了这寂静。

随安然解开安全带，倾身靠过去抱住他。

她的声音很温婉柔美，又带着点撒娇语气，显得很是娇憨：“我刚听到的时候都有些反应不过来，我以为他对我最大的弥补应该就是放弃除了我之外的孩子，结果并没有……爸爸还是不懂我想要的是什么，他跟我承诺随家该留给我的东西绝对不会给那个孩子。”

她轻声笑了起来：“我什么都没说，很多赌气的话都在嘴边了，可是回头一看他苍老的样子，又心软地说不出口。然后我那个时候就在想……我的身边有你陪着，我生病了以后会有你照顾我，我有人心疼、有人宠爱、有人在意。我就觉得自己正在被这个世界温柔地对待着。我多大的幸运，可以拥有你。只要想到这些，好像别的都无所谓了。”

那些她曾经在意的或不在意的时光，都在拥有他之后渐渐释怀。

当人有了另一个世界可以依托时，所有的过往，都只是曾经。

人有时候就是那么奇怪，一直生活在一个孤独的怪圈里，出不去，也没有人进来。但直到有一天，终于有一个人迎着光走进你的世界，救赎你——

从此你的整个世界都与他有关，处处皆是阳光。

| 第十七章 |

某人的醋意

路灯的灯光透过车窗折射进来，她微倾着身子拥着他。第一次说出了这些，一直想说却又难以启齿的话。

温景梵被她拥着，她的脸侧紧贴着他的，能嗅到她发上的清香，和他的一样。

很多很多安抚的话就在嘴边徘徊……只是到最后，他都觉得没有必要说出来。

他和随安然最契合的一点，便是他做的很多事情，不需要告诉她，她也能自己发现。

而这个时候的他们，就像是已经剖开了彼此。

“我会一直在你身边”“我会永远陪着你”“我会和你一直走下去”……这样的话，在她的面前，反而更显得苍白。

而他，从来都不是用这些承诺来打动她的。

就像是很多时候他理解的随安然，虽然看似淡然处之，其实心思细腻敏感。并非不好，相反，她很容易就能体会到埋藏在细节里的表达。

所以他此刻并不用多做什么，他们是夫妻，他们将会参与对方的生活，直到生命的终结。

他抬手缓缓抱住她，轻缓的呼吸就在她的耳畔。

“觉悟挺高的。”良久，他才这么评价了一句。

随安然虽然不指望他也回给她一段缠绵情话，但就这么一句苍白的回答，还是心生不满。

她松开手，虚环着他的脖颈，有些不高兴地看着他。

温景梵低下头去吻她，碰了碰她的唇，又轻轻咬了一下，轻声询问：“陪我去公司？”

虽然已经这样亲吻过很多次，但随安然依然会心头小鹿乱撞。

她“嗯”了一声，微退开些看着他。

“我到公司开会，原本打算先回家吃饭，然后我自己去公司的。但现在时间已经来不及了……”话落，他抬腕看了眼手表，“嗯”了一声，又道，“而且在温太太刚才那么深情的表白之后，温先生有些舍不得放她一个人离开了。”

面对他这种直接的调戏，随安然无话可说，只红着耳根子缩回去，装作若无其事地扣上安全带，这才闷闷地“嗯”了一声。

温景梵方向盘一转，偏离原本的路线，就近转弯又折了回去。

看来……还真是临时起意想带她过去公司的。

只是他去开会，她干吗?

还在路上的时候温景梵往家里打了一个电话，老爷子不知道在那头说了些什么，温景梵淡定地转头看了她一眼，说道：“不一样的，我们夫妻也需要情趣调节生活。”

随安然虽然不知道他在说什么，但单凭这一句也知道他回答得并不是十分正经，不由得红了脸，轻扯了一下他的袖口。

已经快到公司了，他又握着电话听老爷子数落了几句，这才以一句“我还在开车，先这样”挂了电话。

随安然：“你跟爷爷说什么啊？”

“他说闻歌也不在家，刚打了电话过去说在外面吃，声讨我们集体放他鸽子……”他轻捏了一下眉心，唇边的笑意却渐渐淡去，语气很认真地叮嘱道，“如果今晚闻歌联系你的话，你一定要留意些。等八点左右，给她打个电话，确认一下安全。”

随安然听得一头雾水，但见他神情认真的样子，不禁也严肃了起来。

她总觉得中午捎带闻歌在市中心广场下车的时候，温景梵的表情有些微不对劲，这会儿听他这么郑重其事的交代，心头不禁有些担心起来："你是不是知道一些什么？闻歌她下午去干什么了？”

“她和少远之间有些矛盾，也很久没有见面了，上次在温家才见了一次，所以她下午去找他了。”他偏头看了眼后视镜，注意后面的车况，车速渐缓。

“我不知道会发生什么，但少远的意思一直都很明显……”他往右打方向盘，缓缓往一栋建筑物靠近。

随安然却沉默了，她不太懂他说的温少远的意思一直很明显是什么意思，至少在她看来，一切都是模糊不清的。

只是温景梵说得隐晦，那语气渲染得她也有些坐立不安起来。

“闻歌真的很喜欢……”她斟酌着说道。

“感情的事情是最不能干涉的，安然。”他似乎是笑了笑，并未再和她讨论下去。

随安然看着暮色沉沉的窗外，叹了口气。

闻歌比她要洒脱肆意，只是一旦碰上温少远的事情，便方寸大乱，比她还要倔，倔到死都不愿放开。

公司的附近有一家餐馆，温景梵叫了菜品打包，又带她去附近的蛋糕店买了些甜品和小零食，这才带她去了公司。

这是她第一次来到他的公司。

因为已经是下班的时间，前台已经没有人了，只留了一个偏门，门口站着两位保安。

温景梵的公司在十到十二楼三个楼层，公司的规模不大不小，但占据着整栋办公楼最有利的位置。

会议室在十二楼，电梯一路直上。很多办公室都已经空了，关了灯，黑漆漆的。

他稳稳地揽着她，她……稳稳地抱着梵希，一直到快走到会议室的门口，才问她："先去我的办公室？还是就和我一起在会议室里？"

"去你办公室好不好……"

会议室，这种地方她过去当雕塑吗……更何况，她还抱着一只猫呢，去会议室这么严肃的地方，确定不是搞笑吗？

温景梵的办公室里还有一个休息室，梵希显然是这里的常客，卫生间里还有它用的猫砂盆。

随安然第一次过来，有些新鲜。她很少问起他公司的事情，再加上温景梵除了处理重要的公事，更多的时候都会按时回到家。无论是午餐还是晚餐的时间，风雨无阻。

在他办公室到处转悠了一圈，和梵希一路东看看西翻翻，好奇得不行。等她把整个办公室都转遍，刚坐下来准备看会儿电视，才发现肚子已经饿了。

梵希蹲在她脚边，抬眼看着她，轻轻地"喵呜"了一声："朕也饿了……"

一人一猫就这么对视了良久，还是随安然先败下阵来，蹲下身子抱起它，准备出去觅食。

刚打开休息室的大门出去，就和正推门而入的女人四目相对。

门口站着的陌生女人似乎是有些诧异，视线落在她的身上打量了良久，在落到她怀里抱着的梵希时，眉头一皱，很快就扬起笑容来："是不是温总的侄女啊？"

随安然差点儿吐出一口血来："我不是……"

话还没说完，那个女人已经兴冲冲地走了进来，把手里捧着的咖啡放到了桌上，四处张望着："咦，温总没在办公室啊？"

“他没在，你是？”随安然警惕地打量了她一眼，见她抬步要上前，抱着梵希往后不动声色地退了退。

“我是这里的员工，看温总好像是有些累了，就泡了杯咖啡拿了过来。”她又笑了笑，眼神颇为和煦地看着她。

随安然被她那个眼神看得毛骨悚然，心里却清明地把事情都联系在了一起。

大抵是都知道温景梵有个侄女，就把她错认了。只不过这个送咖啡的人……却是有些动机不良的感觉。

随安然斟酌了下，也对她笑了笑，解释道：“你大概误会了，我不是景梵的侄女，我是他的……”话还没说完，半开着的门又被人从外面推开。

温景梵的助理一手一杯热饮正要走进来，看见办公室里站着的两个人，顿时愣了一下，惊讶地问道：“巧思，你怎么在这里？”

那位叫巧思的看着助理手上的咖啡，似乎有些尴尬，拢了一下头发才说道：“我给温总拿咖啡啊。”

助理瞄了眼桌上摆着的那杯咖啡，又瞥了瞥站在一旁面无表情看不出丝毫情绪的随安然，脑袋都疼了——无事献殷勤，非奸即盗。

随安然虽未说话，但一直看着两个人的表情和互动。见助理一脸的复杂莫测，和那女人一种被撞破的尴尬，心下顿时了然。

见助理看过来，她这才微微一笑，向他点了点头。

“温太太，温总等会儿就过来……”助理说完，又淡淡扫了眼一旁戳着的巧思，恨铁不成钢地轻咳了一声。

随安然想了想，觉得这会儿自己要说些什么，便扬起笑容对那女人笑了笑，声音异常温和：“刚才的话还没说完，我是景梵的妻子。”

“妻子”两个字，她说出口时，自己也是微微一怔。

这种介绍……感觉颇有些微妙啊。

助理刚才还有些不明就里，以为两个人这种架势已经正面交锋了，听到这儿豁然开朗，开始装死……

而那女人显然也是被这句话震慑到了，呆呆地张着嘴。

随安然抱着梵希，面上很淡定，心里却微微有些抓狂！

正这么僵持间，正主终于出现。

温景梵拎着食盒进来看见办公室站了那么多人，眉头微微皱了一下：“怎么回事？”

随安然当作没听见，低头去捏梵希的耳朵。

助理垂下头，继续装死。

温景梵抬眸看过去，她正有一下没一下地轻捏着梵希的耳朵，目光却是在留意着他这里。

他微一审度，温声道：“是不是饿了？”

梵希抖了抖自己的耳朵，“喵”了一声：朕饿了！

随安然刚才还能绷着的脸顿时有些挂不住了，她抬眼，不动声色地又打量了一遍还呆呆站立在原地的女人，有些不满，却又无可奈何。

思想斗争了一下，她便立刻倾向于自己内心所想，抱着梵希就凑上去看看今晚的菜色。

温景梵见她走过来，把手里的食盒放在办公桌上，一个个打开给她看：“都是你喜欢的。”说完，他看了眼还愣着不走的两个人，微沉了声音问道，“要和我们一起吃饭吗？”

虽然是温和的询问语气，但话里的警告之意也让人听得真切。

助理毕竟是在温景梵身边多年了，闻言，立刻明白了自家 Boss 的意思，强硬地拉着还深陷打击里的巧思飞快地离开，出门后还不忘折回来把门掩上。

温景梵淡淡地扫了眼桌上放着的三杯咖啡，很快就分辨出哪一杯是巧思送进来的。端起咖啡走进休息室，等他再出来的时候，手指上湿漉漉的，还挂着水珠。

随安然心里暗爽，面上却不显山不露水，只抽了纸巾递给他擦手：“快点吃饭吧。”

温景梵轻“嗯”了一声，把纸巾扔进了垃圾桶里，问道：“高兴了？”

随安然点点头，用一次性的小勺子挖了一口蛋花递到他的唇边。

温景梵张嘴含了下去，手指轻扣住她的手腕摩挲了下，这才松开：“以后我会避免这种情况发生。”

“没关系啊……”随安然就着那勺子也挖了一口蛋花喂进嘴里，见他眸色沉沉地看过来，轻笑道，“你自己心里有杆秤就好了。”

不过说完，她又迟疑了一下，这么说，会不会有些太放松了点？

温景梵似笑非笑地睨了她一眼：“温太太说得是，不过温先生心里的这杆秤永远是偏向你的。”话落，他似乎是想起什么，又淡淡地扫了她一眼，一本正经道，“既然这样，去L市之前，公司会办个聚餐，你过来吧。”

“作为家属出场蹭饭吗？”随安然顿时石化。

吃过饭，温景梵整理了一下开会要用的文件去会议室，怕她无聊，电脑下载了她常玩的游戏让她打发时间。

酒足饭饱之后就犯困，梵希已经懒洋洋地躺在键盘上了。任凭随安然怎么戳它，它都一副“朕已经懒死了”的样子，就是没有反应。

被占用了键盘，随安然干脆放弃游戏，转战微博。

一如往常，她先去温景梵的微博主页里转悠了一圈，他更新得极少，最新的那条消息也停留在他们领证那天……

评论和转发的数量都很惊人。

随安然不敢点开看，就默默地略过去看他别的微博。

有一条是音频和图片组成的微博，更新的时间是在凌晨的三点四十五分。

随安然那天凌晨第一眼看见的时候，先入为主的感觉并非是浪漫，而是从心底升腾起的孤凉。

她和他都一样，彼此孤单太久了。

第一幅是朦胧灯光下的“I LOVE U”，第二幅是脚印。

那段音频更是简单的只有这一句近似于告白的话。

她这下安静下来，反复地看着他发的微博内容，这才恍然明白。

他的微博最后一句话是——如果你能听见，你是不是会懂……

她想起那天凌晨，万籁俱寂时，他那矜贵优雅深情款款的伦敦腔带给她的怦然心动，恍惚之间，突然有一个模糊的念头一闪而过，让她的心跳不由自主地加快。

越想越觉得有可能，她迫不及待地拿出手机给他发了条短信。

随安然：“那条说了我爱你的微博，是说给我听的吗？”

温景梵正专注地听着下属做报告，指尖捏着一支笔，思考的时候会不经意地轻轻转动一下。

精致的眉眼在灯光下，越发显得清冷。那双黑眸，沉如雾霭，深邃得似波澜不惊的古井，幽沉沉的，见不到底。

他薄唇轻轻抿着，眉头微皱，表情严肃之间还透着一股明显的不悦。

他正要开口说话，被他压在桌面上的手机轻微振动起来。他垂眸看了眼，看见发信人时，一直紧皱着的眉头微微松开。

没有迟疑，他拿起手机看完信息，漫不经心地扫了眼注意力都转移过来的众多下属，轻描淡写道：“一个个的方案和目标都不合格，是不是快要放假了就心浮气躁了？”

他训诫的话一出，众人纷纷垂下头，努力减少存在感。

温景梵握着手机慢条斯理地回复随安然，眉头依然轻微蹙着，说出口的话却是柔和了几分：“需不需要给你们十分钟的检讨时间？”

随安然很快就收到了他的回复。

很简短的一句话——

温景梵：“我以为你一直都知道。”

我以为你一直都知道……

可是她一直都不知道啊……要不是今天转悠到微博，研究了一会儿，都不知道他在那天就已经对她说过了这样的话。

用她沉迷的伦敦音，字正腔圆地说了一句：“I love you。”

那晚的 A 市下了整夜的雪，她半梦半醒间，始终记得那声音，朦胧又清澈。

她曾经还对这样的告白嗤之以鼻，但如果换成是他说的……便是缱绻又缠绵，几欲入骨。

随安然把头埋在梵希的背上，轻笑了一声，随即便揉捏着梵希，强迫性地把梵希抱了起来。

“梵希，我好高兴！”

“朕一点儿也不高兴……”

“梵希……”

“滚开啊！愚蠢的人类！”

不过梵希内心的喧嚣，安然这辈子也听不懂，但见它一脸的不开心还是放下它，轻柔地安抚着：“我这么开心，明天给你煮一碟小黄鱼好不好？”

梵希勉强抬眼看了看她，傲娇地扭过身子，拿圆润的屁股对着安然，静静地思考猫生。

刚思考了一会儿，它爪子踩着的手机便嗡鸣着振动起来。梵希低头看了看，抬起爪子踩踩踩……

然后——

随安然刚想去抢救手机，就见梵希按到通话键后又毫不客气地踩了一脚免提……

江莫承的声音就混着酒吧嘈杂的背景音响了起来：“安然。”

随安然垂眸看了眼来电显示——是闻歌的号码。

她微微皱眉，从梵希爪子下拿过手机凑到耳边接听："莫承？你怎么……"

话还没说完，就听见闻歌的声音由远及近，哀怨至极："安然，你说我都成年了，温少远他凭什么还凶我！"

那端还断断续续地说着，这边……被抢了玩具的梵希不高兴了，喵喵叫着想拿回来，爪子抬起就被安然轻轻拍下，几回之后它彻底怒了，嘶吼了一声，在键盘上滚了好几圈，直接半挂在了电脑显示屏上。

不过，随安然显然没有心思去注意这些，站起身，推开椅子往前走了几步，问道："闻歌？你在哪里？"

"我在哪里？我不知道我在哪里……你知道吗……"

显然是有些喝醉了，说话的语气都带了几分醉意，更别提那已经颠倒的逻辑。

随安然抬手捏了捏眉心，让自己声音清晰又准确地传达过去："闻歌，你把电话给江莫承，我现在过去找你，有什么话你到时候再说给我听好不好？"

幸好闻歌虽然不太清醒了，但这句话还是听懂了，左右张望了眼，嘴里还喃喃道："江莫承……江莫承呢……谁是江莫承啊……"

江莫承暗叹一口气，揉了揉刺痛的太阳穴，从她手里接过手机，快速地报了一个地址。

随安然记下地址，连东西都没收拾，抓起手机便往外走。

半挂在显示屏上准备和随安然长期抗战的梵希傻眼了，睁着一双圆溜溜的绿宝石般的眼看着她跟阵风一样刮出去，就这么思考了良久……

良久之后，在它得出"她被气跑了，离家出走"的结论后，非常满意地从显示屏上滑了下来，继续踩着键盘玩。

随安然一路横冲直撞气喘吁吁地到了楼下，这才猛然清醒过来，边走边给温景梵发了条信息。

“闻歌喝醉了，我现在过去接她。江莫承在那里看着她，我接到人了就回来，不会有事的。”

发完这条信息，她快步小跑出去，拦了一辆出租车直奔酒吧。

她刚上车，温景梵的电话就追了过来，声音隐隐含着一丝清冷：“现在在哪里？”

“我已经在去酒吧的路上了。”

“你一个人不安全，把地址报给我，我过去。”

“你开完会了？”

温景梵沉默了一瞬，才道：“还没有。”

随安然急得气息都有些喘不匀：“江莫承在闻歌身边，我去接了闻歌就回来，不会有事的。”

在听到“江莫承”三个字时，温景梵几不可察地皱了一下眉头，但这种情绪很快被他压抑了下去。

他回头透过会议室的门缝往里面看了一眼，会议已经开得差不多了，顶多十分钟就能结束。即使是这十分钟，他都不想等。

思忖了一下，他沉吟道：“地址先报给我，我这里很快就忙好了。你接到闻歌了先把她带出来，去附近哪里坐一会儿。等我过去，我们再一起回去。”

随安然在脑子里快速地把他说的话过了一遍：“好。在常青路……”

温景梵记下地址，挂断电话之后，又在窗前站了片刻，正准备给温少远拨去一个电话，但临到按键时，又是微微一顿，颇有些头疼地捏了下眉心，转身回了会议室。

随安然到酒吧时已经是半刻钟之后了，她很少来这种鱼龙混杂的地方，刚推开门，就被里面汹涌而出的音乐声震得倒退了一步。

酒吧里的灯光很暗，朦胧得像是有一层烟雾缭绕在上空，连呼吸到的空气都沾染了烟酒的浓烈，混浊不堪。除了黑压压的人群之外，根本看不清任何东西。

随安然留意了一下自己的手机，发现没有任何消息，调成了振动模式后贴身放在了上衣外套的口袋里，一只手轻轻按住。

她在门口的台阶上站了片刻，可惜酒吧的灯光讲究的就是昏暗朦胧，只有不远处舞台上方射灯五颜六色的光飞快掠过。

小舞台上有人正唱歌，重金属摇滚风。声音一下下落下，不只耳膜在震颤，连带着她脚下踩着的那块地方似乎都在震动着。

她扶着扶手从一侧的台阶走下去，沿着那一排的酒桌而过，都未发现闻歌和江莫承的任何身影。

她缓步绕到吧台前，调酒师正在调酒，懒洋洋地笑着，侧头看着她。

吧台前更是三三两两地坐着人，清一色的都是男人。见到她出现，视线落下来，微带审视，等她看过来时，其中两个更是很轻佻地朝她笑了笑，举了举杯。

她心下焦急，一路找过去，终于在酒吧的一处隐僻角落里看见已经喝成了两摊烂泥的闻歌和江莫承。

闻歌正抱着酒瓶子哭，泪水涟涟，可怜至极。一双眸子闪着水光，那委屈的神色真是丝毫都遮掩不住。

不知道两个人在嘀咕些什么，闻歌狠狠地捶了一下江莫承的肩膀，抱起酒瓶子又仰头灌了小半瓶。

酒吧的环境实在有些糟糕，嘈杂的音乐、人声，还有刺鼻的空气。

随安然轻皱了一下眉头，走过去按住闻歌手里的酒杯，见她迷茫地抬眼看过来，微弯下身子轻声哄道："闻歌，清醒一点儿，别喝了……"

昏暗的灯光下，闻歌花了一番大力气才辨别出眼前的人是谁，拉扯住她的袖子硬抱住她的小臂把她拖到了自己的身旁坐下："啊，是安然啊，安然过来了……正好，我们一起喝酒。"

江莫承原本还保持着头埋在双臂里的姿势，闻言一下子抬起头来，黑亮的双眸精准地对上了随安然的，随即一笑，拿起酒杯和闻歌比画了一下：“我好像真的喝醉了，居然看见了安然……”

“哪有……你才没醉……”闻歌噘了噘嘴，又从桌上拿了一瓶啤酒和他的碰了碰，舔着瓶口咽了一大口，这才含糊着说道，“就是安然，来找我的……”

随安然轻捏了一下眉心，额角有些发疼——这两个人是怎么凑到一起，还喝成这种样子的?

她已经许久未见江莫承，他消瘦了很多，整张脸都有些清瘦，下巴上是冒出来的胡碴儿，加上喝醉酒后的神态，看着狼狈又消沉。

她想了想，抬手按住他手里捏着的酒瓶：“莫承。”

“你结婚了。”他突然定定地说道。

“安然你知道吗?江莫承他……失业了。我来的时候，他已经在这里……一天了……”闻歌抱着酒瓶打了一个嗝儿，憨态可掬地举了一下爪子覆在两个人的手背上，“正好，我们都是伤心人……喝！”

“失业了？”随安然愕然。

记得前不久遇见的时候，他还是意气风发的样子，怎么眨眼……

“证明了你的选择是正确的……”江莫承打了一个嗝儿，又懒洋洋地趴在了桌上，神情怏怏的，“你选择他是正确的……你看我，连工作……都丢了……饭碗也没了……”

“安然你知道吗?我真的死心了……什么喜欢，我不要喜欢他了。”闻歌抱着她的小臂又往上攀了攀，把头靠在她的肩上，“再也不要……喜欢他了……”

“乖。”安然轻拍了拍闻歌的背，低下头看去时，正好看见她闭上眼的瞬间，眼泪夺眶而出的模样。

闻歌轻抿着嘴角，落在她唇边的眼泪被她一抿，晕散开来。舌尖一咸，却酸到了她的心底，一阵阵尖锐的疼。

“好，不喜欢他。我也不喜欢他，让他这么对我们的闻歌……”随安然轻声哄着，一边抽了纸巾给闻歌擦眼泪，等她似乎是睡着了，又垂眸看了眼对面已经悄无声息睡去的江莫承，拿出手机给温景梵发了条信息。

“我在酒吧里面，闻歌和莫承都喝醉了，暂时不能出去。”

温景梵关上车门，拿出手机看了眼信息，眉头轻微地皱了一下，言简意赅地回复：“我到了，你的具体位置。”

“吧台最右侧那条直走，拐角的小角落。”

收起手机，他抬眼看了看霓虹闪烁的酒吧招牌，复又拉开车门，倾身拿了一盒烟出来。

深夜比之白天的温度要更凉一些，寒风吹拂而过时，冷冽得像是刀，一瞬凌迟。

点燃烟，他垂眸看了眼指尖的星火，凑到唇边抿了一口，姿态优雅又贵气，慢条斯理，已经吸引了不少正往酒吧里走的女人的视线。

他却连余光都没舍去，弹掉那一纸烟灰，捻熄烟头，利落地扔进一旁的垃圾桶里，这才抬步往酒吧里走去。

随安然也尝了几口酒，倒是没尝出什么借酒消愁的滋味，只苦得自己舌苔都有些发涩。胃里被这酒液一浸泡，就酸得有些反胃。

她一向不喜欢喝酒，对这种东西也向来没有任何的欣赏力。

江莫承咕哝着又醒了过来，手撑着桌子要站起来，不知道是喝晕了还是别的原因，第一次没能站起来，一下子重重地摔了回去。

随安然伸手扶了他一把，问他：“你想干吗？”

“上厕所……”江莫承大着舌头说完，似乎是觉得面前的人有些奇怪，勉强站起身来，撑着安然的肩头低头仔细地看了看，“安然……你真的来了啊……我怎么一下子就醉得连你来了都不知道……”

他喃喃自语着，头垂下来直接撞在了她的肩上，疼得随安然倒抽一口凉气，又不敢推开他。

正想站起来扶稳他，一转头，却看见温景梵正站在几步之外，静静地看着她。

酒吧里的灯光晦暗不明，他站在暗处，整张脸都看不真切，只身后一束光斜斜地打过来，他背着光，清俊的气质更加凸显，身上似乎还带着夜色的寒意，凉得人发颤。

见随安然看过来，他很快就抬步走了过来。目光虽然落在她的身上，手上却一用力，很是轻松地把靠在她怀里的江莫承给扶了起来。

扶起江莫承后，温景梵微微一顿，就这么垂眸看着她，然后微微倾下身子，以一种亲吻的姿态一寸寸逼近。

就在随安然以为他会就这样亲下来的时候，他却蓦然停住，轻闻了一下她唇上的酒味，轻声问道："喝酒了？"

随安然心虚地看了眼桌上的酒瓶，拿手指比了一下："一点点……"

温景梵睨了她一眼，干脆就低下那一寸的距离亲了亲她："能扶起闻歌吗？"

随安然愣了一下，见他面色自若地直起身，下意识摸了一下嘴唇，见他微挑了眉看过来，耳根子蓦然一热，连忙回答："可以。"

闻歌原本已经睡着了，被随安然扶起来后又渐渐醒过来，趴在她的肩头嘤嘤嘤地哭。

一直到出了酒吧，闻歌几乎已经成树袋熊的模式，紧紧地抱着随安然不放。

等把两个酒鬼都安置在了后座上，随安然这才上了副驾，看了后视镜一眼，闻歌东倒西歪地正靠在江莫承的身上哭。

那眼泪就像开了闸的水，汹涌而下，一直未停过。

"江莫承的住址知不知道？"温景梵启动车子后，打着方向盘从右侧汇入车流。

"知道，就在常青路。"她微抿了一下唇，往后看了一眼江莫承。脑子里回想着的全是闻歌说的那句——他失业了。

温景梵看了她一眼，眼底的幽深一闪而过。

江莫承的公寓就在酒吧前几个路口处，家里并没有人。随安然跟着温景梵把人送上楼后，简单地替他收拾了一下，等安顿好后又有些不放心，喂了解酒药等他睡熟了，这才离开。

温景梵等她做好这些，和她一起下楼。

闻歌等得有些不耐烦，开了车窗挂在窗口，见他们两个人下了楼来，挥了挥手，打了一个酒嗝儿："莫承……他没事吧？"

"没事了。"安然干脆坐进后座，抱了闻歌轻轻地拍着她的背，"会不会难受？"

"不会。"闻歌摇摇头，一张脸因为酒意上涌微微地红。她抬脚踹了踹驾驶座，语气蛮横："我不要回家。我去安然那里……"

温景梵回头看了眼醉得已经分不清南北的闻歌，眉头一皱，轻声道："不想去？那就偏偏送你过去。"

"送到温少远那里？"随安然错愕。

"带回家瞒不住老爷子，你想闻歌今晚被关禁闭？"说话间，他已经拨出了电话，听着那端的忙音，又不紧不慢地补充道，"带回家的话我今晚就要独守空房了。"

这么蠢的事，他才不会做。

温少远刚到家不久，今晚的饭局有些累，他洗完澡正要睡下就接到了温景梵的电话。

"闻歌在我这里。"

温少远挑了挑眉，没接话。

"现在快到你家门口了，你准备接收下。"

温少远微皱了一下眉头，问道："她怎么了？"

温景梵从后视镜瞥了一眼，淡淡道："情况很不乐观……"

等温少远在公寓楼下看见“情况很不乐观”的闻歌时，眉头狠狠一皱，声音不自觉也沉了几分：“怎么回事？”

温景梵今晚的心情也不怎么好，冷着一张脸，面无表情道：“自己不会看？”

温少远抬眸看了他一眼，似乎是笑了一下，随即又抿紧了唇，低低地问道：“下午是不是你让闻歌来找我的？”

温景梵沉默了一瞬，看着温少远的眼睛，一字一句道：“如果不要就干脆点，如果要就狠绝点。”

温少远眼底的光一明一暗，看不真切，良久才轻吐出一口气，有些无奈：“我以为你是最明白我的人……”

温景梵把怀里的闻歌推给他，再没说一句话。

回去的路上，气氛有些压抑。随安然沉浸在自己的思绪里，温景梵则是不愿意开口说话。

公司里还有人在加班，他回了趟办公室，把梵希接了过来，便直接回了温家。

到家的时候已经夜深了，客厅里还留着一盏灯。怕吵醒老爷子，两个人上楼连灯都没开，轻手轻脚地进了房间。

随安然先进的房间，进屋正要开灯，手刚伸出去摸索着按钮，就被温景梵抬手扣住手腕，反身压在了墙上。

随安然被他吓了一跳，背脊撞到冷硬的开关疼得倒抽一口凉气……她今晚磕撞了两次，还都是人为的……

温景梵的呼吸有些压抑，是以并没有听见她那声低呼。

房间被辛姨打扫过，窗帘也妥帖地拉上了，所以这会儿，整个房间黑沉沉的，连一丝光都看不见。

随安然被他扣着手腕，听着他沉沉的呼吸声，莫名就有些害怕起来：“景梵……”

话还没说完，就感觉下巴被他微凉的手指轻轻地扣住，他低头就吻了下来。和在酒吧里那个轻柔的一触即止的吻不同，这个吻带了十足的侵略性，攻城略地。

随安然被他吻得喘不上气来，呜呜地抗议了两声。

似是察觉到她的不舒服，他微微顿了一下，张嘴轻咬了一下她的下唇，还未等她的痛觉反应过来又暧昧缠绵地轻吻住，一寸寸摩挲安抚。

“安然……”他的声音低沉沙哑。

察觉他今晚情绪有些不对，随安然犹豫了一下，微微挣开他扣着自己的手，缓缓地环住他的腰，靠近他的怀里：“怎么了？”

他有一下没一下地轻碰着她的耳郭，良久没有出声。

这种温柔的触碰一直持续着，直到彼此的呼吸都有些灼热起来，他才低低地在她耳边说：“怎么办……我吃醋了。”

人在黑暗之中，所有的感官都会格外敏锐。

伸手不见五指的黑暗里，她完全没有视物的能力，只能感觉到耳边的皮肤被他的呼吸熏染得有些发烫，他的声音低沉得像是提琴，又隐约含着一丝清亮。

那么正经的语气，偏偏说出口的话……却很是不正经。

被培养成声控，又找了个声音倍儿棒老公的随安然，此刻表示……心脏负荷压力几乎破表。

以前她还没觉得，可自从两个人结婚领证，住在一起之后，她才渐渐发现……温景梵经常在不动声色之间，就拿他的声音蛊惑自己。

这种怀疑被她缓缓追溯而上，才发现这不是偶然行为，而是……自始至终，是贯穿了两个人回忆的一条重要纽带。

只是知道是一回事，无法反抗，甘心沉溺又是另一回事。

她被那诱惑的声音刺激得心尖一麻，说话都有些不利索起来：“……你说什么？”

“我说……”他的吻又断断续续地落下来，“我在吃醋……”

她下意识地抬手抓住他的手腕，身子不自觉地又往他怀里靠了靠：“景梵。”

“不要开玩笑……你知道莫承和我之间完全……”

“我知道。”他打断她的话，原本停留在她肩上的手也落下来扣住她的腰，微微一提就抱起她。

随安然顺从地环住他的脖颈。他似乎是有些累了，抱着她回卧室。

随安然被他一点点勾走的魂魄终于在这片刻的喘息里又清明了几分，她抬手轻捏一下他的耳垂，她的手有些凉，触上他温热的皮肤，那感觉……对比鲜明。

她双手贴在他的腰侧，轻声问：“那干吗要吃醋……他在你这里，应该都排不上名号吧？”

“是排不上。”他微曲了手撑在她的身侧。

黑暗中，彼此相贴的温度暖得整个夜色都柔和了几分。

“我的心不大，无关的人在我这里什么都不是。”他轻轻叹息了一声，摸到了她的手腕，又去摸她腕上戴着的佛珠，“所以我自己酸一会儿就好。”

最后那一句，故意带上了几分委屈无辜的语气，随安然差点儿笑出来，干脆扯着他的领口，把头埋在他的胸前闷闷地笑了一会儿，这才一本正经地捧着他的脸，郑重地说道：“我们才是要过一辈子的人。”

并不是多么轰轰烈烈的感情，平淡得几乎有些朴实。

可是谁又知道她芳心暗许多难，一个人默默暗恋时，尝尽了百般滋味。一面爱着，一面承受着，还要说服开解自己——一场婚姻里，爱情并不重要。

只有真正经历过的人才懂，那种喜欢对方，喜欢到自己都觉得下一刻会为他疯狂，却又被现实的种种绊住脚步，寸步难行的绝望。

不是所有的感情都能恰好遇上合适的时间，如果不是正好这个年纪再次遇见他，也许……这一生，她会是截然不同地活着。

是这样的，这个世界不会因为你的求而不得，你的伤心落寞，就停止前进。相反，你只是这不圆满中的一粒尘埃，微不足道。

所以多么幸运，喜欢的人也在喜欢着自己。那种感觉就真的像拥有了整个世界，你立在世界之巅，哪怕一无所有，身边也有一个他。

并不是感情有多么伟大，而是人心就那么小，小到只要装了一个年华正好的人，便再也没有空余。

他又吻了上来，温热的手指轻握住她的下巴，温柔地和她纠缠着。

他一贯体贴和耐心。

温热的掌心，温暖的身体，温柔的心。

这就是她喜欢的人，一点点喜欢，一点点酝酿，然后感情浓烈得如同醇酒，寸寸芳香。

想彼此占据的心，已然超过一切。

正待两个人意乱情迷时，却听见浴室传来梵希一声凄厉的惨叫。

随安然被那声音吓得一个哆嗦，顿时清醒了几分。

温景梵显然也是一僵，沉默了一会儿，拉过一旁的被子盖住她，低头在她的额上吻了吻，边起身边道：“我去看看……”

随安然被梵希那声惨叫吓得浑身发毛，不敢一个人待，见他抬手要去开台灯，慌乱地去按住他的手：“我跟你一起……”

察觉到她的害怕，他低低笑了一声，握住了她的手，这才开了台灯。

突如其来的光线刺得随安然双眼下意识一眯，和他相握的手又是一紧，抓得更加用力。

温景梵等她适应了灯光，这才和她一起往浴室走。

浴室是推拉式的门，大概是梵希自己关上的，打开浴室的灯时就看见梵希一脸惊恐地在浴缸边缘挣扎着……

浴缸放了水，上面还撒了花瓣……看来是精心布置了一番？

随安然默默地看了眼温景梵。

温景梵先把梵希捞上来，也顾不得它浑身湿漉漉的，就抱在了怀里，抽过干毛巾替它擦干。

温景梵此时衣冠不整，但这丝毫没有影响这个男人的俊美程度，反而添了几分随意慵懒，看上去更显魅力。

随安然又默默地移开目光，看到已经凉透的水，欲言又止……这该不是温景梵准备的惊喜吧？

不过她整晚和他在一起，又没时间准备啊……

梵希一直惊恐不定地喵喵叫着，直到被温景梵拿浴巾裹了起来，这才安静了下来。

随安然从他怀里接过梵希，见他衬衫上因为梵希身上的水浸湿了大片，透明得能在灯光下看见若隐若现的腹肌，轻咳了一声，提醒道："那个衣服要不要换下，我去给你拿换洗的衣服。"

"不用，等会儿直接洗澡。"他瞥了眼浴缸里的花瓣，颇有些头疼地捏了捏眉心，解释道，"如果我没猜错，这应该是老爷子提供创意，辛姨执行……"

所以下午他说不回去，晚上还要加班时，老爷子才那么气急败坏。

还真的是……

他抿嘴笑了笑，侧脸的线条瞬间柔和了下来。

温景梵就这么看了她一眼，问道："要不要和我一起洗？别辜负了老爷子的好意。"

刚才意乱情迷是一回事，现在神志清醒了又是一回事……随安然衡量了一下，果断选择了三十六计走为上策。

"我去给梵希吹吹干……"

温景梵捞起一手的花瓣，见她逃之夭夭的背影低低地笑了几声，愉悦地开始清理工作……

完全忘记了半个小时前，自己还是一个完全打不着边的醋坛子……

吃醋什么？人都是他的了。

隔日一大早，随安然陪老爷子跑完步后一起去买菜，回来的时候温景梵正好准备出门，正在玄关换鞋子。

随安然见他这么早就出去，忙扯了一把他的袖子道："你等等我，我去换件衣服，和你一起过去。"

温景梵"嗯"了一声，问道："跟我一起去公司？"

"不是……"随安然踮起脚尖在他脸上轻轻亲了一下，笑眯眯地颇有些讨好地说道，"去看看江莫承。"

温景梵微挑了一下眉，静静看了她一会儿，抿嘴淡淡地问道："所以才亲我？"

随安然："……"不要这么犀利好不好！

昨天是谁说吃醋来着，她这不是想着好好表现下嘛。

温景梵见她不答话，沉吟片刻，食指在唇上不经意般点了点："诚意不够。"

随安然："……"以前怎么没发现温景梵这么爱调戏她！

她窘迫地往客厅方向看了看，见没人注意这边，扯住他的领带微微用力拉低他，微凉的手指轻捏了一下他的耳朵，凑上去亲他。

温景梵清晰地看见她眼底明媚的笑意，心情不由得也跟着好了几分，张嘴不轻不重地咬了她一下，这才算过关："快去换衣服。"

随安然重重地点了一下头，赶紧上楼。

温景梵站直身子，摸了摸被她捏过的耳朵，眼底也缓缓漾开一抹笑意，如潋滟的池水，泛着一圈圈涟漪。

把随安然送到公寓楼下后，温景梵便准备开车离开，临走之前，还不忘提醒：“这边结束之后来公司等我，下午还要去录音棚。”

这边结束之后……

随安然默念着这个形容，心底不禁觉得好笑，说得像是她在例行公事一样。

随安然自己也有车，但是自打两个人闪电般结婚，她的车一直留在公寓那边的停车库。她本就不热衷开车，再加上技术不好，温景梵持着“有我当司机”的态度，很干脆地让她歇了自己开车的念头。

随安然扯了扯围巾围住自己半张脸，正准备转身走，可想了一想，又回头绕到他那侧的车窗轻敲了敲。

温景梵降下车窗，正想问她“怎么了”，她已经摘下手套贴了贴他的脸，说了声：“暖的。”说完，也不等他的反应，转身就小跑进去。

温景梵怔了一下，弯了弯嘴角笑了起来。

那只手……在一分钟以前，一直都被他握在自己的手里。

| 第十八章 |

我与你的完美时刻

随安然到门口的时候，正好遇上江莫承开门拿外卖。

估计酒醒有一会儿了，头发还湿着，滴着水，身上已经清理过了，连昨晚看见的青色胡碴儿也剃了干净，清清爽爽的。他只是垂着眸子，眉头微微皱着，倒是一点儿笑意也没有。

他签完单子，顺着外卖小哥的视线看过来，看见站在楼梯下的随安然时，微微一愣，竟有一瞬间不知道要摆出什么表情来。

随安然微侧了身让外卖小哥下楼，见他还戳在门口，上前几步站到他面前，说道："我有些担心你，所以过来看看。"

江莫承这才回过神，让她进屋："外面冷，你进来说吧。"

江莫承的房间有些乱，沙发上堆着很多杂志，有近期的，也有很久以前的。地面上还算干净，只是东西摆放得有些凌乱。

他倒是没有半分不好意思，简单收拾了一下让她先坐："家里很少有客人来，我对生活质量要求也不高，就一直这么凑合着。前阵子我妈过来，帮我收拾了一趟，现在么……"

他笑了笑，在一旁的单人沙发上坐下："早饭吃了吗？正好我叫得多，和我一起用点？"

"我吃过了。"说完，她又觉得这句话的语气有些不妥，思忖了一下又补充道，“我一般都吃了早饭才出门。”

江莫承不知道是想起什么，表情微微僵硬了一下，随即又缓缓笑开，只是再没有和她纠结于吃早餐的话题。

“昨天听闻歌说你工作……”她顿了顿，因为找不到好一点儿的措辞，没再说下去。

江莫承倒是不以为意地笑了笑：“在职的时候犯了点错误，引咎辞职了。”话落，他似是想起什么，问道：“上次去盛远找你，听说你休假了。是不打算回去了？”

两个人之间的关系很是微妙，以至于这种寻常的话题说起来都带了几分尴尬。

随安然想了想，说：“最近有些事才休假的，等过完年又要上班了……那你以后是什么打算？”

“我？”江莫承想了一下，“我打算回去了，去L市。”说完这句，他便有些不想深谈的样子，慢条斯理地吃着外卖。也不知道这样沉默了多久，他突然看向她，眉目灼灼的：“他对你好不好？”

随安然一愣，片刻后才反应过来他说的是温景梵，点了点头：“挺好的。”

“那就好。”他笑了起来。

江莫承本就生得俊挺又阳光，这么微扬了嘴角地笑，衬得他那双眉眼越发俊逸。

他笑着笑着便沉默了下去，看着窗口照射进来的阳光，温和地说道：“其实我没多大的关系，你不必过来一趟看我，有些不合适的。要是他知道，不知道要怎么想。”

这种时候就应该一笑而过，不置可否才对，偏偏随安然脑子一抽，维护的话脱口而出：“不会的，他不会这样想。”

“他亲口跟你说你去吧，我不介意？”他又笑了起来，笑容里带了几分愉悦，“只要是个男人，自己的女人跑去找她的追求者，他都会有些不爽吧，何况你家那位看起来虽然温润如玉，但以我的直觉，他其实还是个占有欲比较强烈的人。”

随安然还就真的默默地想起了昨晚——温景梵那一句低沉沙哑的“怎么办，我吃醋了”。

只是可惜了，当时没开灯……也没看清他吃醋是什么样子。不过想到后来发生的事情，她又默默在心里打了一个叉，要珍爱生命啊……

又坐了片刻，江莫承送她下楼。

已经快到中午了，阳光渐暖，还是 A 市这段时间难得的“高温天气”。

他一路送她到小区门口，替她拦了车。等随安然拉开车门时，他却蓦然抬手握住她握着车门的那只手。

随安然诧异地回头看他。

他手上用了几分力，眉眼间都是执着：“其实我还有一句话……”

马路上车来车往，鸣笛声不绝于耳，可这一方天地却安静得并未被那嘈杂的声音影响。

他垂下眸子，看她的样子认真又专注：“我对你从来都是认真的，现在你也结婚了。我对你的感情是真的要画上句号了。我挺羡慕温景梵的，但不可否认，他比我要更适合你。说起来，你还是嫁给他比较好。求而不得太苦了，安然。”

求而不得太苦了。

是的，很苦，苦得难以形容。

所以她对江莫承始终做不到全然不顾，有这样一个人在你知道的地方一直等着你，那份感动是时光也抹不去的。

只是她再也不能感同身受，每个人都有自己的故事。幸福，从来都是不可复制的。不是每一个人，都能幸运地找到属于自己的“恰好”。

随安然打车到公司的时候时间还早，天气实在是冷，哪怕是“高温”，也带着一丝寒冷，冷得人发颤。

她摸了摸自己凉透的手，想着等会儿上去他肯定是要先试试温度，这么冷，他一定会先皱眉，然后认真地看着自己，无声地谴责。

这种细枝末节，也只有他会始终坚持着。

这几日辛姨都给她开小灶，她在家的时候都会煲点汤，熬些阿胶，补血气。

虽然效果并非立竿见影，但她的气色确实好了不少。

这么想着，她先去公司附近的奶茶店坐了一会儿，喝了小半杯奶茶后也把手焐热了，看了眼时间，这才上楼去找他。

只是随安然猜到了开头没猜到结尾……

前台小姐一脸微笑地重复问了一遍：“请问您有预约吗？”

随安然抿了抿唇，有些头疼地捏了一下眉心，对她颔首：“你稍等一下。”话落，她便寻了一处空地，给温景梵发了一条信息：“那个……你快好了吗？我在你公司楼下等你？”

温景梵正在听助理的工作汇报，一直放在桌面显眼处的手机一振动他就看见了，打了一个暂停的手势，他滑开锁屏看了眼内容，示意助理继续汇报。

只片刻，随安然就收到了他的短信：“上来。”

随安然犹豫了一下，默默地继续回道：“哦……其实在十楼了……”

助理瞄了眼手机的显示屏，瞄到了“温太太”三个字的时候，不动声色地挑了一下眉，很机灵地拣着重点，言简意赅地汇报完毕，退了出去。

温景梵看着那条短信，思忖了一下，起身出门。

于是，三分钟后，百无聊赖地准备打电话的随安然就看见温景梵只身一人下了楼——嗯，接她。

电梯里有不少的人，温景梵就站在最前面，长身玉立。

外套已经脱掉，公司里暖气充足，他只穿着一件单薄的衬衫，袖口微微卷起，翻折出一个优雅的弧度。

他几乎是一眼就发现了她，微垂了眼角，静静地看过来。

等电梯门彻底打开，他这才大步迈出来，明明是一段不短的距离，他却几步就走到了她的跟前。

还真的是随安然想到的那样，很是自然地先握了一下她的手，感受到是温热的温度，眉角一舒，微侧过身半揽住她往前走，说出口的话却没他表现出来的那么一本正经："比我预计的提前了很多时间……要不要打赏？"

随安然被他揽着本就有些不好意思，加上前台小姐那灼热的探究视线，唇边泛起的尴尬笑容还没维持多久，就因为这句话又抿了回去。

她偷偷伸手在他腰上掐了一下，面色自若地说道："我们之间不用客气。"

她那点力气在他那里实在是不够瞧的，温景梵微微一笑，笑得如沐春风："温太太放心，一定不和你客气。"说着，便把她带到了前台。

随安然没明白他想做什么，刚递过去一个疑惑的眼神，就听温景梵一字一句颇有些交代重要任务的态度，语气严谨又严肃："这位是我的太太，以后看见她，无论什么时候，她在这里都没有限制。"

随安然害羞得不行，伸手偷偷拽了一下他的袖口。

温景梵这才不多停留，带着她上楼。

电梯里还有不少公司的员工，见到温景梵和她的姿态亲密，自然是猜到了她的身份，但碍于当事人就在眼前，一个个都眼观鼻鼻观心地沉默着。

等到了他的办公室，随安然面上的淡定彻底瓦解，她捂着脸有些不好意思："这样会不会影响不好？"

"为什么会影响不好？"温景梵反问。说话间，他给她倒了热水，又在办公桌旁边加了个软座，递了个平板过去，"再等我半个小时。"

"比如对你的形象啊……"她小口抿着水，含糊不清地嘀咕了一声。

"你不觉得老板是个事业有成，家庭圆满，爱岗敬业，又能对老婆温柔体贴一心一意的好男人，形象更好？再加上老板娘貌美如花，我觉得在某种程度上也许还能刺激他们的工作热情……”他微扬了扬嘴角，低低地笑了起来。

话语里那调戏的意味……不言而喻啊。

还有，哪有像他这样夸自己的？什么事业有成……好吧，的确是事业有成；家庭圆满……好吧，的确是圆满了；爱岗敬业，这个虽然不太明显，但基本上还是能够成立的……对老婆温柔体贴，一心一意……

随安然捧着水杯默默地抿着，一口一口，心里已经对自己的这个分析无可奈何了。

虽然有夸大的成分，但是还真的是基本存在。

讲不过他……就装傻。

奈何，她这边有退让之意，对方却是一点儿也没有感受到她的诚意，并未放过她。

只见温景梵微微倾过身子来，正好能把她困在怀里。他低下头，专注地看着她，那压迫感犹如实质，沉沉落下。

见她紧张，他却笑了笑，十分惬意：“说起家庭圆满……我有了夫人，但还差一个……”

他眉目微转，声音婉转低沉：“但还差一个孩子，温太太打算什么时候成全我，嗯？”

他目光灼灼，唇边虽有笑意，眼神却没有半分玩笑的意思。

随安然被他那个眼神看得面颊微微发烫，微微愣了一下，低头避开他的视线，小口吞咽了口温水，这才弱弱地说：“……这个主动权，本来就在你那里啊。”

“那你的意思是愿意？”他又追问道。

随安然只觉得原本在面颊默默蔓延的热度有逐渐扩散的趋势，没一会儿耳根子就微微发烫，口干舌燥。

结果……结果就是她恼羞成怒了，她捧着茶杯瞪了他一眼，只是语气依然娇羞，毫无威慑之力：“我什么时候说我不愿意了？”

温景梵这才低低地笑了起来，修长的手指微曲，在她的鼻梁上轻轻地一刮，慢条斯理道：“我们是合法的，这种繁衍生息的事情没有什么好害羞的。”

随安然沉默：“……”不想和他聊下去了！

温景梵刚拿起文件看了几眼，突然想起什么事，低声说道：“《九转》的宣传片花出来了，你可以去看看，听听声音。”

随安然“嗯”了一声，顿时来了兴趣，把水杯往桌上一放，拿着平板电脑上微博。

时遇的微博已经转发了视频，她一上去就能看见。

《九转》不愧是陆熠方倾尽心血的大作，无论是镜头效果，还是背景配乐，皆是实打实的精心制作。

后期的效果更是和《九转》十分贴合，既有磅礴大气，亦有婉转动人，细节之处格外精心。

开篇先是电视剧《九转》的同名主题曲惊艳献声。

随安然还记得当初听温景梵在录音棚里唱这首歌时的感受，那声音犹如旷古而来的天籁，低沉中带着醇厚的磁性，语调轻柔之间又不失俯视苍生的霸气。

那尾音婉转，承接之时，每个转音都恰到好处，好听得简直谋杀耳朵……

此刻伴奏一响，那节奏似能振奋人心一般，不知道是不是因为她知道这首歌是温景梵唱的，感觉格外突出。

随着音乐而来的，是一副和尚模样的男主，他慵懒地披着僧衣，盘膝坐在莲花座上，双眸微合，在莲花池旁打坐。

池中一支白莲随风摇曳，那岸上的人忽然睁开眼睛，专注地看过去，声音清浅又低醇：“听夏。”

后期处理过的声音……

随安然摸了摸已经软了的耳朵，一脸幸福地看了眼正专心办公的温景梵，继续专注地看片花。

镜头已经转到了古时候的街头，女主正背着布包往学堂赶，一路跌跌撞撞的，就在快到学堂门口时，恍然一回头看见半倚在大树上白衣飘飘的男子时，脚步蓦然一停。

“你是谁啊？”

这是她的声音……

随安然听着自己的声音，配在如花似玉的女主身上，突然涌出一丝怪异感来。

接下来便是九生九转，片花剪切得恰到好处，多一分不多，少一分不少，正好丝丝入扣，挠得人心痒。

随安然是配音的人，代入听夏这个角色，跟着片花走过了这个主角的一生，感触分外不同。只是她一直以来的习惯，却是分毫未改……

每次到他的声音时，她都听得格外专注，会一点点去抓他的语气，去猜测他说这话的神情，比听自己的部分更用心。等全部看完，她还有些怅然若失般，又回头看了一遍。

后来去看微博底下的评论时，才发现反复看好几遍的大有人在。

虽然随安然对这些没有研究，也不太了解宣传活动这些东西，但就目前放出片花就获得的一片好评，她不禁开始期待起《九转》开播的那一天。

如果爆红……她这个参与者也是与有荣焉啊。

下午去录音棚的时候，随安然原本还想亲自恭喜下陆熠方的，结果整个下午都没看见他的人影。

等中途休息的时候，问温景梵，才知道这会儿他正在工作室坐镇，宣传《九转》。加上片花已经出来，很多宣传活动，都要办起来，陆熠方今年这个年会过得很忙很忙……

晚上没有事情，两人便回家吃饭。

闻歌已经回来了，正陪老爷子下棋。她这一手棋艺一半师承老爷子，一半师承温少远，说不上棋艺精湛，但在随安然这样的门外汉面前，绝对是高手一枚。

闻歌面色看上去并不怎么好，眼睛下方有浅浅的眼袋，眼圈青黑，像是一夜没睡。面色更是有些苍白，唇色泛紫。

温景梵有些不放心，小声在随安然耳边交代了几句，这才去帮辛姨布菜。

等老爷子上楼去加件衣服的空当，随安然拉了闻歌到客厅落地窗附近，仔细地看了看她的神色，这才小心翼翼地试探道：“你……怎么了啊，闻歌？”

闻歌挤出个笑容来，那笑容阴森森的——格外惨烈。

随安然向来了解她，见她这副强颜欢笑的样子，心下一咯噔，渐渐不安起来：“说句话啊。”

“没怎么，就是被收拾了。”她扒了扒头发，沉默了一会儿，再抬起头来时，笑得比哭还难看，“我跟他说了，我说要去美国当一年的交换生，让他给我开个后门……我原本以为他要是对我有那么一点点感情，起码会犹豫一下，结果他连那点反悔的机会都不给我……”

随安然以前并非没有埋怨过温少远的做法，只是她自己也知道，两个人之间的差距会给其中一方带来多大的困扰。

温少远是个很成熟的男人，他的思考方式和闻歌的天差地别。横亘在两个人之间的种种难题和障碍，完全是一道难以跨越的鸿沟。

闻歌可以什么都不考虑，只喜欢他，但是他不行，他不只要对他自己负责，更要对闻歌负责。如果在一起，更是要负责两个人的未来，一点儿都马虎不得。

相爱很简单，但两个人相守，并非易事。更何况，还牵扯到一个家庭，那阻力，可想而知。

“那你呢……”随安然问她，“你怎么想？”

“去啊，为什么不去，那么好的机会。我跟你说，我听那些已经面签的小伙伴说啊，领事馆的工作人员……小到保安都帅得掉渣。没准我一出国就想开了，找个蓝眼睛的外国人，生个混血儿！”

夜色已经渐深，她面上的表情也渐渐看不清晰，随安然只能看见她眼底的光，一闪一灭，分明是在压抑着什么。

随安然什么都没说，只凑上去抱了抱她，鼻尖酸得不行。

等吃饭的时候，闻歌见老爷子快吃好了，就含含糊糊地提出了这件事。

老爷子沉默地看了她一会儿，似乎是笑了笑，一张脸看不太清表情，但随安然离得近，能感觉到老爷子骤然压下来的气场。

“少远怎么说？你毕竟跟他更亲近些，你有这个想法得跟他说才算。”

“他答应了，他说我出去锻炼锻炼也挺好的……”闻歌垂着脑袋，盯着眼前的饭碗，手都微微地抖，“但太爷爷的意见也重要啊，所以闻歌要跟太爷爷说一声的。”

老爷子这回是真的笑了起来，只是那笑容并不达眼底。他淡淡地瞥了眼随安然，这才一字一句说道：“你也长大了，什么事情该做、什么事情不该做，都应该知道了。很多事情我不说破不代表我不知道，闻歌，你知道太爷爷的，这辈子执着于门第，喜欢给小辈铺好路，只是少远这一辈的，就没一个省心愿意听我的……”

他叹息了一声，就着辛姨添的汤喝了一口，这才继续道：“我对你是没什么好说的，出去也好，冷静一年，想想自己应该做点什么。”

闻歌依然低着头不说话，随安然静静地看了她良久，这才发现她正在哭，眼泪一滴滴掉下来，落在碗沿，又猛然溅开。

她的手一抖，张唇刚想说什么，温景梵的手在她腿上轻轻一按。

她转头看过去，温景梵无声地用嘴唇说道：“不要管。”

随安然皱起眉头有些不高兴，但目光在老爷子和闻歌身上转了几圈，最终也因为沉默压抑的气氛，没有开口。

老爷子没有胃口，又吃了几口，就上楼歇着了。闻歌等人一走，也撤了，整个饭桌顿时冷清下来，只有他们两口子，还有辛姨。

辛姨有些担心，简单地吃了几口，又给闻歌做了她喜欢吃的鸡蛋羹，准备端上去给她。

随安然见状，赶紧拦了下来自己送上去。

闻歌倒是比刚才的状态要好很多，正在玩游戏，紧抿着嘴角，见她端着鸡蛋羹进来，游戏也不打了，坐下来把鸡蛋羹吃了个精光。

两个人就像以前那样，钻在被窝里说悄悄话。也不知道过了多久，门外传来敲门声，闻歌耳朵一竖，咧开嘴就笑了起来："一定是我景梵叔来了……"

随安然想起刚才温景梵无声地对她说的那三个字，心里就有些郁结，干脆眼一闭，语气不善地交代："就说我睡了，今晚歇在你这里。"

闻歌不知道两个人之间发生了什么，惊奇地"咦"了一声，打趣道："你居然也有甩脸子给我景梵叔看的时候啊……啧啧，就说女人不能宠啊……"

话还没说完，温景梵便出声打断："我自己进来了。"

闻歌偷声笑着，就不看随安然递过来的眼色，笑眯眯地叫了声"景梵叔"，又指了指安然，悄声说道："睡着了，你赶紧挪走吧，我这单人床可不像你们那大床……怎么滚都没事。"

温景梵看了眼闭着眼像是睡着了的随安然，屈指弹了一下闻歌的脑袋，沉声道："净知道胡说。"

闻歌"嘿嘿"笑了两声，不再接话。

温景梵却没有立刻就走的意思，在随安然这侧的床边坐下来，手指在她脸上流连了片刻，落在她的耳垂上轻轻地捏了一下。

目光虽还停留在随安然的脸上，开口的话却是问闻歌的："有没有要我帮忙的地方？"

闻歌摇摇头："没有，又不是多大事，我自己就能准备妥当。"

温景梵点点头，不再说什么。就这么沉默了半晌，他这才俯身下去抱起随安然："人带走了。"

闻歌又笑，笑得没心没肺的。

随安然一边腹诽闻歌没义气，一边思忖着是要醒过来呢还是继续装睡呢……最后触动心里的那点郁结，果断选择了继续装睡。

温景梵哪里看不出她在装睡，只当作不知道，由着她。等进了屋，把她放到了床上，她依然一副"我已经睡着了，拒绝谈话"的姿态，他这才颇有些无奈地捏了一下她的脸："不打算和我说话了？"

那声音……委屈至极。

梵希那帮凶也不知道何时出现的，撒娇一般跟着"喵呜"了一声，抬起爪子拍了拍她的手背。

起来！不要给朕装死！说好的小黄鱼呢！

随安然依然没睁眼，只一手拉过被子，侧身背向温景梵，虽然不再装睡，却还是强硬的拒绝沟通状态。

谁说她总是温温柔柔一副好脾气的？

温景梵见她犯起倔来，不由得抬手捏了一下眉心，失笑道："梵希，怎么办？好像温太太很生我的气。"

梵希"喵喵"叫了两声，附议赞同——的确非常生气。

不然平常的时候，只要梵希凑到她的身旁，她不管在做什么都会抬手揉揉它的脑袋，这次连它的主动搭理都不理会了……给朕赔！

随安然小声嘀咕道："梵希卖萌也没用……"

"那我呢？"他不知道什么时候也上了床，从她的身后拥住她，声音极具质感，像是流水，流淌间犹如实质般，清亮透彻。

随安然被他抱进怀里，眼睫一抖，再也装不下去了，可心里闷着一口气又难受，抿了抿嘴角依然没有出声。

声音诱惑什么的……不厚道啊。

屋内暖气充足，他又贴得近，体温透过薄衫传递过来，温温热热的。

见她依然无动于衷，温景梵终是放软了语气，手指握住她的，往后拉到唇边轻轻吻了一下："老爷子是倔脾气，越是来气的时候越劝不得。你大概不知道为什么少远这么坚持不回应闻歌，老爷子在这里占了一定的分量。"

他轻叹了一声，手指摩挲着她的，十指相扣："老爷子真的恼起来，我们是一点儿办法都没有的。而闻歌，一直都是老爷子心头的一块心病。具体的也没法探究了，老爷子的心思我也摸不透……我只知道他对闻歌这件事，格外坚持。"

随安然睁开眼看去。

梵希卧在她身前不远处的被子上轻舔着爪子，梳理毛发。那双绿色的眼睛一闪一闪地发着光，慵懒的神态倒是和身后那个人有几分相似。

都是微眯着眼睛，极其放松的样子……

还真的是什么样的人养什么样的猫。

她抿着唇无声地笑，被他握着的手微微用了点力，渐渐收紧。

察觉到她的软化，温景梵低头吻在她的耳后，那灼热的呼吸喷洒下来，烫得她一颤，用力地挠了他一下。

温景梵倒是不以为意，低低地笑出声来，把她抱得更紧了一些，几乎嵌进了自己的怀里："如果那个时候你开口，无论是替闻歌说话，还是劝着老爷子都是不妥的，所以我才拦着你。你应该已经发现了，少远、闻歌和老爷子之间，就像是有无形的屏障，在这个问题上，无论是谁都走不进去。"

"那你呢？"她问。

就她知道的，从闻歌那里听来的，老爷子的确是不好相处的。可是她却异常顺利，几乎是第一次见面，老爷子便是和颜悦色的，此后虽然脾气有些怪，但总的来说并未为难过她，这段时间相处下来，还挺和谐融洽的。

她问得没头没脑的，但是温景梵却知道她的意思，略一沉吟问道："想知道？"

随安然想了想，摇了摇头："也不是很重要……重要到非知道不可。"

温景梵又笑："我跟你说过的，老爷子是喜欢你的，不信？"

就这么简单吗……随安然默默腹诽。

不过对于她来说，这个回答的确不是很重要，越是知道得清楚，也许心里的包袱越重。所以何必问得那么明白，心里隐约知道就好了。

知道他对这段感情付诸的努力，知道他对这段感情的认真，知道他对维护这段感情所下的决心。

并非所有的恋人相爱都要轰轰烈烈，历尽千难万险，更多的其实是像她这样的，细水长流。

这一辈子，一双人，说得简单，但又谈何容易？

她沉默，他也沉默。

这夜色温柔得像是连时间都要停摆，一点一滴，深入人心。

"闻歌离开其实也很好，一年的时间并不算太长。闻歌一个人过去，权当锻炼了，离开一个熟悉的环境才能更好地成长，你应该深有体会。"他屈指刮了刮她的鼻尖，又补充道，"至于少远那里，也正好需要这个一年。一年之后，能在一起，自然便会在一起。如果还是不行，那便真的是有缘无分。"

他的声音低低沉沉的，好听得像是很久之前在深夜做电台时那样，很轻易地就能带人入梦。

随安然说："那我们是不是很幸运？无论是谁多走一步或者是少走一步，也许都不会在一起……"

"是，很幸运。"他似乎是低叹了一声，"我以为在 S 市会遇见你，早知道你在 A 市，我就不跑那么远了。"

随安然起初还没听出个所以然来，再回味才明白他话里的意思，刚想转身去看他，却被他牢牢地扣住腰，掌控在怀里。

“别动。”他按住她。

“你去S市是……”

“是。”他微微低头，不轻不重地咬了一下她的耳朵，“有一半的原因是想着遇见你。”

只是可惜，那个时候并不知道她和闻歌熟识，两个人之间唯一的联系也仅限于几年前在梵音寺的一次相遇。

他原本以为，只要离她近一点儿，那总有一天是会遇见的。

意外相遇的概率虽然很低，但只要他认真一些，总有一天，是能够遇见她的。

可惜，她和他的空间相错，至于那梵音寺，她更是一次都再未踏足。这么一想，便有着一种淡淡的遗憾。他吻着她，声音模糊：“这次回去……陪我去一趟梵音寺吧……”

她微微闭上眼，感觉到他细腻的柔和，吞咽了一下，稳着声音应下：“好，回去看看。”

她也想知道，那时候的梵音寺，如今是何种模样了。

只是这些，此刻都比不上她内心的震动……在她还小心翼翼喜欢他的时候，原来他早已把自己放在了心上。

想着想着又有些遗憾两个人这些年错过的时间，可仔细一想又渐渐释怀。

如果提前几年遇见，也不一定会修成正果啊。时间的历练多重要，它会把一个人的性子磨砺得平整，那些一点一滴的经历，是每个人不可复制的财富。

梵希舔着舔着，一扭头就发现有些不对劲。它好奇地看着两个人，绿宝石一般的双眸倏然跃过一抹精光。随即，它迈着轻盈的步伐慢慢靠近，然后猛然一个跳跃直接从两个人的身上踩过去！

当然，梵希嘚瑟完之后，就被面色阴沉的温景梵拎着后颈带去关禁闭了……

暖气？没有！小黄鱼？更没有！

想起刚才温景梵抱着她无奈叹息的样子，随安然捂在被子里笑得不能自已……

《九转》配音组人员聚餐，温景梵和随安然是和陆熠方从录音室出发的，自然是最早到的那一批。除了配音组的工作人员，到场的还有《九转》的原著作者，也是《九转》的编剧叶长安，及剧中友情客串的沈默哲。

沈默哲这些年已经开始转战大银幕，很少接电视剧了。加之他的太太又是《九转》的作者和编剧，为了避嫌，就推掉了主演的剧本。

这件事随安然听陆熠方说起过很多次，那遗憾可惜的样子，随安然几乎都能模仿了。不过随安然没想到的是，温景梵竟然和两个人都很熟稔。

等入了座，温景梵才轻声解释道："忘记了？我配过沈默哲的音。"

再者，这个圈子实在是不大，他认识的几位都有不浅的交情，这一来二去的就算不熟识，也熟知。

《九转》的片花首映获得了很高的点击率以及关注度，这对精心筹备《九转》的整个剧组而言，都是非常棒的开端。

是以，整个聚餐就像是庆功宴一般热闹。

等吃过饭，陆熠方提议去附近的 KTV 放松下。大概是接下来会有繁重的宣传工作，而且配音工作人员的工作已经告一段落，这最后的聚餐总是要尽兴的，在场便没有一个推托的。

因为这个决定太仓促，众人便直接选择了餐馆附近的 KTV。这里是市中心的热座，早已满满登登。幸好陆熠方和这里的经理有些熟识，所以很轻易地就拿下了一个大包间。

虽然说是大包间，但因为人数有些多，空间依然还是有些不够，略显拥挤。

温景梵和随安然都是喜欢安静的人，对这种嘈杂的环境虽然不会反感，但是也谈不上多享受，自然坐到了靠边的位置，减少存在感。

但 KTV 这种地方……众人自然是会把目标瞄准温景梵的。

前段时间温景梵在微博上公开自己结婚的消息后，陆熠方那不算低调的低调转发，几乎是已经半公开了温太太的身份……

所以今天聚餐，众人一看皆是明了。

见温景梵不为所动，便开始把火力转向了随安然。

“时遇和你太太一起合唱一首啊，你们是《九转》的夫妻档啊，来一首嘛！”

陆熠方乐见其成，抢过话筒开腔道：“安然，你不唱是不给我面子啊……你们两口子随便哼几声都行啊。”

随安然被起哄得面红耳赤，但她毕竟也有几年的“公关”经历了，干脆拿出自己招牌式的笑容……微笑、微笑、微笑。

众人见她笑得温婉又柔和，不忍心为难了。于是就在陆熠方这个幕后推手的引导下，开始强烈炮轰稳坐如山的温景梵。

温景梵其实也随意，侧头看了眼随安然，轻声问道：“那就唱一个？”

合唱吗……

随安然默默地对着手指，说起来，她听过他清唱，哼曲还有录音棚现录……就是没有尝试过和他合唱。

好像……是可以期待一下下？

她只是一瞬间的犹豫，温景梵便知道了她的意思，从陆熠方手里接过话筒递给她，轻声问：“想唱哪首？”

“我会的不多。”随安然伸手握住他递过来的手，站起身来。

“*Perfect Moment*？”他突然问道。

随安然愣了一下才反应过来他说的是什么歌。

以前，他还在做电台主持的时候，有一期是以情感话题为主题。那天正好有一个刚结婚的女孩子打进电话来。

她是时遇的忠实听众，认识现在的丈夫也是因为时遇的一次电台节目。所以在他们结束爱情长跑进入婚姻殿堂的那一天，她打进电话来，想听时遇唱首歌祝福他们。

他只犹豫了片刻，便答应了下来，那天他唱的就是 *Perfect Moment*。那个无论是旋律还是歌词，都美妙得不像话的歌。

随安然现在还记得很清楚，他那晚不经意说过的那句话："这是首老歌了，但是我很喜欢。如果有机会，我想我也会唱给我的太太听。"

随安然那时候还艳羡将来会和他在一起的女人，如今回忆起来，倒是显得有几分好笑。

"好。"她点头。

这首歌并非是男女对唱，但那日温景梵唱过之后，她便百听不厌，后来闲下来的时候还去查了一下，这首歌在国外，新人结婚时经常会对唱。

唔，也是当年红极一时的《流星花园》的英文插曲。

所以，那一日，他才会唱这首歌祝福。

温景梵在点歌台点了歌，又置顶上来后，这才转头看向她，似乎是笑了一下，一双眼睛在不甚明亮的昏暗包厢里，却像是染了火焰的星辉，清亮得让人不能忽视。

轻缓的节奏响起，他不知道什么时候走到了她的身旁。

虽然并没有排演过，但两个人却是默契十足，只一个眼神便能明白对方想表达的意思。

随安然轻呼出一口气，有些紧张，目光灼灼地紧盯着电视屏幕。

那绿点一个个减少，终于……

她的声音有江南女子特有的温柔和清婉，每一个单词都像是润了水，又带了几分糯软，轻轻地飘散开来。

加之她刻意放柔声音时，那语气里的温柔，就像是随波漾开的水纹，缓缓的，却一圈圈深入人心。

她唱得认真，目光紧紧地盯着屏幕，生怕错过一个音调。

温景梵看得有些发笑，在众人皆沉浸在她的声音里的时候，缓缓握住她的手，再渐渐收紧。

随安然恍然回头看去，温景梵正好接上下一段。

“This is my moment.This is my perfect moment with you...”

一如记忆里，他温润清澈的声音，优雅矜贵的伦敦音，带着十足的贵气。

低醇磁性，温柔深情。

两个人配合默契，每一个转音都带着一丝冬日午后暖阳普照的慵懒随意。

随安然忍不住去看他，他正好也看过来，一双漆黑明亮的眼睛带着淡淡的笑意。她只觉得一直未平息的心跳声又如擂鼓般骤然响起，一声声，失序的节奏让她几乎有些窒息。

啊……简直受不了！

用她最迷恋的伦敦音，又用这种语气声调唱这首歌……含情脉脉的，不是溺死在他的声音里，便是溺死在他的眼神里。

这么想着，她便开始在这种本该专心致志的时候分了神。

这首歌的歌词每一处都和他们这一路走来的情形十分贴切。

随安然一直以来最喜欢的便是这句：“You're more than a shadow, that's what I believe. You take me to places I never dreamed I'd see.”

（你不只是我生命中的过客，我也始终这么相信着。你引我经历了前所未有的感受。）

“I wish I could keep you all of my life.”

（我多么希望，此生能与你共度。）

一首唱完，整个包厢里是一片死寂般的沉默。良久，不知道是谁先发出的声音，便听见陆熠方语调不明地说了一句：“能把 KTV 唱出演唱会现场的感觉……你们俩也是够了啊……”

他一说完，便是此起彼伏的附和声。

在这么多并不算熟悉的人面前，随安然到底还是脸皮有些薄，抿着嘴淡笑着，耳根子却红得发烫。

坐了片刻，便有人上前来和温景梵搭话。

他微笑着，心情不错的样子，但对于上前来搭话的人却是只有一个表情——礼貌而疏离。

好在，都知道他身旁坐的随安然就是温太太，所以还没有女人来挑战权威，就算是过来敬酒，也是客客气气地保持着一定距离。

温景梵对这种有些嘈杂的环境是不太喜欢的，但今晚兴致好，始终没露出一丝的不耐，无聊的时候握着她的手指把玩。两个人在这样的喧嚣里偶尔悄悄说话，都觉得分外闲情逸致。

聚会结束之后已经将近十二点了。

温景梵喝了酒不能开车，便由随安然负责把人载回家。

午夜时分的街道安静得只有风声呼啸而过，路口的通行指示灯灯光明亮，却在这寒冷的冬夜透出一股凄凉来。

她已经很困了，只是意识却还很是活跃。又路过一个路口，她偏头看了眼微垂着头，似乎在闭眼小憩的人，淡淡笑了起来。

明天他们要出发回去 L 市陪母亲过年，这会儿两个人安安静静地在同一个车厢里，外面天寒地冻，彼此却是呼吸可闻，触手可及。

她这才有了几分真切的，已经和他在一起，并且会一直走下去的现实感。

多么好，他们在一起了。

机票是早就订好了的，时间充足，正好吃过午饭出发去机场。只是不太美丽的是，温度实在是太低，飞机需要除冰，航班延误。

正是春运的时候，机场的客流量比平常更加汹涌。

好在他们这次回去也只是小住一段时间，行李也不多，几乎可以说是轻装出行了，所以也并不是十分困扰。

飞机降落在 S 市的时候，天色已经黑了，S 市正在下雨，整个地面湿漉漉的，加之南方的气候寒冷，随安然刚下飞机就结结实实地打了一个喷嚏，冷得浑身打战。

温景梵顺手把她揽进怀里，用自己的大衣裹住她，语气略带了几分严肃："让你多加一件衣服当耳边风了。"

昨天看天气预报的时候说的还是阴天，温度虽然不高但也不低……她就没想到要多加一件衣服啊……

谁知道一下飞机，又是下雨又是刮冷风的。

再加上北方和南方的差异，她这会儿是什么都说不出来了，见他面色有些不好看，拽了拽他的毛衣，小声呜咽了句："不是有你嘛。"

那声音小小的，倒是有几分梵希做错事讨饶的样子。

原本就不是在气她，这会儿她摆出这副模样来，那最后一点儿郁结也轻而易举地被她挥散。

温景梵怕冷着她，并没急着连夜赶回 L 市，给在家等着的安歆打了一个电话报平安后，决定留在 S 市一晚，明天一大早再回去。

安歆见今天天气不好也是这么想的，叮嘱两个人注意安全之后便挂了电话。

温景梵收起手机看了眼在他怀里越发显小的随安然，不知道想起了什么，低低地笑了起来："今晚去开房。"

"开房"两个字被他咬得清晰又暧昧，随安然想忽视都不行，只能一本正经地回答："不要耍流氓。"

“合法的算什么耍流氓？”他一手揽着她，一手拎着行李。两个人在匆忙来去的旅客中便显得格外闲适。

随安然见他又开始日常调戏她，恼羞成怒地在他腰侧轻拧了一下：“合法的也不行。”

S 市有盛远的分酒店，虽然离机场有一段不小的距离，但出于各方面的考虑，还是决定在 S 市的这一晚，入住盛远。

随安然从车上下来，看着这个自己工作过一个月的酒店，不由得轻叹了一声：“没想到，我再回来，是这样子……”

那一次她临时调动工作，正好遇上超强台风。知道他因为公事不顺利正在 S 市散心，却不料状况频出的一晚正好能遇上他。

她边走边默默算时间，数下来，发现也就是今年夏天的事情，只这半年，她因为身边有了一个他，便不是当初的样子了。

前台接待的小姐并不是她在这里工作认识的那个，就连下来接待的大堂经理也不是和她共事过的王姐。

随安然一边心里暗暗松了口气，如果不在的话……也正好能省下解释自己和温景梵之间关系的工夫了，但一边又暗暗失落，毕竟也是愉快共事过一个月，虽然时间不长，但是回来能再遇见，总是会让人觉得惊喜的。心理活动一复杂，脸上的表情也格外莫测。

温景梵见她一路都若有所思的样子，等刷了房卡进屋后，这才问她：“在想什么？”

“在思考人生意义。”她眯着眼睛笑了笑，推着行李箱去卧房。

行李不多，但一个箱子装了两个人的东西，自然还是有些挤，加上其中还有给安歆带的礼物。

她翻出两个人的睡衣，想了想，又扬声问还在卧室外面的某人：“你先洗还是我先洗？”

不知道温景梵是没听见还是在忙别的，随安然等了片刻都没听到回音。她心里暗自觉得奇怪，就抱着两个人的睡衣出去看看。

走到玄关处，发现他正专心致志地在挑选着什么。

她被勾起了好奇心，边走边问："你在看什么？"话音刚落，她的脑子里顿时闪现出整个酒店布置摆设的格局……

有什么东西飞快地在眼前一闪而过，但太过模糊，她并没有抓牢。

等快走近了，温景梵这才侧头看了她一眼，眼底漫开淡淡的戏谑，偏眼神格外专注，语气又格外认真地问道："你喜欢哪种？"

随安然一脸迷茫地循着他的目光看去，面色猛然一红。

| 第十九章 |

言念君子

随安然在这种事情上自然是没有什么经验的，但是在他这种“调戏”的攻势下，即使脑子有些迷糊，依然还是能很清明地想起。

他最近一直在反复地，强调着想要个孩子，所以——

她目光复杂地看了他一眼，确认道：“你认真的？”

“认真的。”他唇边的笑意更深，手指轻点了一下，一本正经道，“不如我们今晚试试看？种类还挺多的……什么……”

随安然整张脸已经红得像是要烧起来了一般，她自己都能感觉到脸上发烫的温度，像是有什么东西在不知疲倦地蒸腾着，一点点，逐渐接近沸点。尤其是在这种非常紧张的时刻，他还目光灼灼地看过来。

随安然抱紧了身前拥着的睡衣，小声嘟囔道：“那什么……我来那个了啊……”

温景梵一挑眉，沉默了。

这种一拳挥出去，拳风虎虎生威，落招时却像打在了棉花上的感觉——还真的不是一般的郁闷。

于是……什么都没有了。

随安然迷迷糊糊要睡着时，想起他之前的表情，忍不住笑了起来。往后一滚，滚进他的怀里，环住他的腰。

酒店的床被有一股很淡的消毒水的味道，她闻着有些不太舒适，在他怀里轻蹭了几下。见他一直没有反应，那睡意散了几分，微撑起身子看了看他。

不远处留了一盏光线昏暗的壁灯，她恰好就着那暧昧不明的光线看过去。倏然对上他睁开的眼睛时，随安然还被吓了一跳。

温景梵一直在想事情，察觉到她的亲近，这才睁开眼来，却不料这么毫无预兆，倒是把她吓了一跳。

他抬手揽着她的背，微微用了力，把她轻按回自己的怀里，这才语带笑意地问道："做什么坏事了？这么心虚？"

"没有……"随安然摇摇头，又在他身上蹭了蹭，鼻尖那萦绕不去的消毒水的味道这才终于淡了不少。

"你在想什么？"她问。

"在想见到妈之后要做些什么，说些什么。"他的手指落在她的背脊上轻轻拍着，声音低醇，说话时胸腔震荡。随安然倚在他的胸口，听到他好听的声音时还能感觉到那一丝丝的回音。

"紧张？"

"还好……"说完，他轻"唔"了一声，声音含糊地又改口道，"有一点儿。"

随安然顿时来了兴趣，问他："为什么？"

她是真的一点儿也想不到，他竟然会觉得紧张。先不说他镇定淡然的外表根本看不出什么来，单说婚后的这段时间，他每天都能和母亲相谈甚欢的气氛……实在不应该有这种情绪啊。

"身份不一样了……"上次是以她朋友的身份出现，所以并未觉得有什么。在这之前，温景梵都没有体会到这种感觉。不知道是不是离 L 市近了，加之这突然静下来的氛围，他便想得有些多了。

只是他一想起这位母亲把她唯一依靠的女儿许给了自己，便不自觉地带上了几分敬意。

温景梵沉吟片刻，又补充道："你在我心里的分量很重，所以只要是与你有关的，我都会非常在意。"

随安然原本正在思忖怎么跟他分享一下自己要见老爷子时的心情，闻言，心里的某处柔软就这么毫无预兆地被他触动，一时泛起层层涟漪。

两个人都安静了下来，不知道过了多久，随安然才撑起身子，俯在他的上方，和他对视着，边握住他的手，边认真地说道："我会陪着你。"

不是一时，是一辈子。

只一瞬的沉默，便听他压低了声音，温柔地回答："我知道。"

万籁俱寂，他这一句便格外清晰，声音在她耳边不断放大，触动心弦。

他抱得她更近了一些，把她整个人都揽在了怀里："睡吧，明天早点回去。"

她赖在他的怀里，只觉得心里的满足感一点点充实，然后满溢出来，再也盛不住。

随安然的生物钟在温家的那几天已经被温老爷子给调整了过来，只是因为室内开着空调，温暖得像是春天一样，她虽然醒了，但并没有起来的意思。

等她意识刚清醒了一些，脑子便一帧一帧地闪过不少回忆片段，因为想到的事情都太过美好缱绻，她闭上眼，眷恋着被人拥着的温暖，不知道何时又沉沉地睡了回去。

等她再醒来的时候，已经是暖阳高照了。

温景梵已经穿戴整齐，正靠在床头，腿上轻搭着被子的一角，上面放着一沓报纸，而他正专心致志地看着。

等她醒来时，他恰好地低下头来看着她："醒了？"

那微低下来的眉眼似是蕴着一抹春意，眉梢温柔地轻弯着，眼神清亮。

唇边更是含着一抹似笑非笑，看上去带了几分慵懒随意，竟隐隐透出一丝魅惑来。

随安然原本还有些迷糊的意识，瞬间清醒……

大清早看到如此美景，怕是真的没有心思再睡下去。

随安然一边叼着牙刷刷牙，一边透过镜子里看向正在整理东西的温景梵，然后低头瞄了眼自己的肚子，若有所思。

吃过早饭，下楼去退房。

前台已经换过班了，她出现得突然，倒是让前台的姑娘惊喜得一时说不出话来，好一会儿，才站起身来，朝她笑了笑，问道："安然，你怎么来了啊？没听说有什么工作调动啊。"

"过年回家，飞机有些晚了，就住在这里了。现在退房回去。"随安然也高兴，两个人就隔着工作台一本正经地握了握手，握完又各自觉得好笑，对视一眼都看见彼此眼中闪烁的笑意。

前台的姑娘一眨眼就看见了站在她身旁的温景梵，一时没想起来他是谁，大概是觉得面熟，多看了几眼。等办完退房手续时，她才霍然想起这位是谁，想问又不敢问，欲言又止的。

随安然转头看了眼温景梵，介绍道："我刚结婚，这位是我先生——温景梵。"

温景梵原本的注意力还不在这边，听到她软软的声音略带了笑意这样介绍他，不由得微微侧头看过去。

她扬着笑，眼角略弯，像是轮新月。大概是察觉到他的目光，她转回头来和他对视一眼。

前台的姑娘一脸羡慕，见温景梵面色柔和的样子，便说道："你上次调职的时候我还说来着，都没空找男朋友，你倒是神速啊，直接结婚了。"

随安然想起两个人之间这断断续续的缘分，笑容渐深。

好像自打回来，她便总控制不住多想，想起很多年之前的事情，有关于那一年破碎的记忆，也有关于他的……

说起来也有些不可思议，以前的暗恋和挣扎，那种到心尖都漫着苦意的感觉，如今再回忆好像已经回忆不起来了，只隐约知道那时候自己是这种感受，却再也说不清那种感受是什么。

不知道是不是因为得到了，而这个梦寐以求的得到，让那些深刻都变成了曾经。

行车的路上有些无聊，她又没有睡意，便靠在他的肩上和他小声说着话，话题从 S 市的重逢聊到梵希，又从梵希聊到梵音寺。

她念念不忘的少年，她沉沉相思的少年，她恋恋不舍的少年——

就像是拨开沉沉雾霭而来，清润得像是一束光，照亮她的生命。

等到 L 市的时候已近中午，安歆已经等了片刻。见两个人进门，她笑着便迎了上来，并没有丝毫的生疏或者不自在，自然得就像是这样的场景已经上演过了很多次。

随安然想起自己路上默默发的那几条短信，偷偷地抿嘴笑。

昨晚温景梵虽然说自己有些紧张，但随安然观察了半天也没看出他有半分的紧张来。他本就讨随母的喜欢，更何况这第一次上门他想好好表现……

所以，原本准备下厨房打下手的随安然清闲地在一旁吃水果，吃了几口刚想出去溜达下，安歆一眼瞪过来，轻声说道："就光顾着你自己了。"

随安然正好往嘴里塞了一瓣橘子，酸冷得她牙齿打战，不知道是不是最近吃东西有些不节制，牙齿的神经敏感了些。

这一口下去，那钻心的凉意之后便是一股尖锐的疼。

随安然"嘶"了一声，连盘子都拿不稳了，在厨房里原地转悠了两圈，刚要出去，被温景梵握住手腕拉到了跟前，认真地问道："磕到舌头了？"

随安然捂着嘴摇摇头，眼睛里蓄了水。她张嘴刚要说话，一旁的安歆却是一笑，打岔道："我倒是想起衣服没晒出去，你们先在这里忙，我等会儿再下来。”说着，她便转身出去了，留下厨房这空地给这小两口。

随安然这才有些不好意思起来，含糊地说了声：“没事……”

温景梵却不信，手指落在她的眉心轻轻一点：“眉头都皱起来了还说没事，张嘴我看看。”

随安然想了想自己张嘴被检查牙齿的不雅形象，便摇摇头，握住他的手把他的手心贴在脸上，十分严肃地申明：“真的没事，就是最近吃冷的酸的吃多了，牙齿有些敏感了。”

温景梵这才松开手，屈指弹了弹她的额头，低低地笑了起来：“晚些我陪你去做个检查，看看有没有什么问题。”说话间，他已经转过身去继续处理食材了。

随安然看了他一会儿，想起那冷冰冰的医院，摇摇头：“我不去……”

温景梵带着质疑地“嗯”了一声，见她眼睛里蕴着的那层水雾还没散开，俯低身子亲了亲她，压低了声音说道：“要的，迟早。”

随安然有些不太明白……

温景梵笑了笑，解释：“怀孕的时候会很辛苦，景然说怀孕期间比较特殊，不能用药。除了检查身体，口腔健康也要注意。”

随安然沉默：“……”那你昨晚还那么说！

“昨晚逗你玩的。”见随母不在这里，他看着她微微抿起的、润着水光的唇，喉结轻微一滚，抑制不住地想吻她。

这么想着，自然也这么做了。

他低下头，吻着她的唇，含糊地问道：“准备好了没有？”

随安然还未来得及回答，就听见母亲下楼的声音。她抬手拍了拍温景梵的手臂，轻“唔”了一声，弱声抗议。

温景梵偏头，不轻不重地咬在她的耳郭上，看她那耳朵瞬间红透的样子，心里就像是被梵希的猫爪挠了一下一样，痒痒的。只听那脚步声近了，他这才压抑下来，沉沉地看了她一眼，转身继续切菜。

随安然这会儿也不好意思出去闲坐着，再说她这会儿的表情任谁都能看出刚才发生了什么，她才不敢出去面对自家母上若有深意的那种眼神。

他们结婚之后，在家做菜的时间也不少。通常都是温景梵掌厨，随安然打下手，后来住进了温家和老爷子一桌吃饭，他这才一段时间没进过厨房，只偶尔回去得早了，帮辛姨一起忙着。

安歆从厨房经过，便往里面扫了一眼。见小两口各自占据料理台的一边忙着，不由得笑了笑，又走开了。

吃过午饭，安歆有事离开，就留下小两口在家。

年关将近，随安然倒是有心想和温景梵一起去外面走走。只是天气实在算不上好，昨夜下了一场雨夹雪，今天骤然降温，家门口那一处的河流已经结了一层冰。

不仅冷风阵阵，天空更是阴沉得像是随时都能落下一场雨来一般。

她只是在外面站了小片刻，就觉得手脚都僵硬得不是自己的了，冷得一个劲打寒战，那想出门逛逛的心思立刻歇了大半。这么想着，她拉紧身上的外套，赶紧小跑着回了屋。

温景梵刚从她的房间里下来，见她小跑着进屋，微挑了挑眉问道："不是打算出去逛逛？"

"太冷了。"随安然摸摸有些凉的耳朵，朝他走过去。

的确是冷。

温景梵看着她才一会儿就冻得有些红的鼻尖，轻叹了一口气，拉她到面前裹进自己的大衣里，抱在怀里。

这是他的习惯。

起初随安然并不太习惯他这种无论在何种场合下就这样亲近，可后来时间久了，才知道他这样做的原因，而且这个办法……的确快速有效。

L 市是南方地区，冬季湿冷，空气里似乎都带着冰凌，呼吸之间便能感觉到那凉意丝丝入侵。那种冷是透过你的身体，一路霸道侵占的冷。

而北方的冬天温度虽然低，但身上穿得够厚实，不会有这般难耐的寒意。

温景梵是北方人，虽然在S市待过几年，但毕竟体质还些差异。

安歆怕他过来冷着，屋里的空调几乎都开了。只不过楼下太空旷，又是老式的楼房，封闭性倒是没有楼上休息的房间那么好。开了这么半天，也只是上面浮着一层薄薄的暖意。

“那下午就在家，等想出去了再去。”见她的双手都暖了起来，他这才松开。

随安然也是这样想的，再加上昨天又是飞机，今天早上又是乘车过来，虽然都有休息，但身体还是有些疲累。

吃饱饭之后，那种困顿的感觉便越发清晰，只想着下午好好地窝在被窝里睡上一觉。

冬天的时候，被窝里才是好地方啊。

温景梵陪她睡了一会儿，因为是浅眠，他只睡了片刻便清醒了过来。侧头看过去，她正拥着被子，整张脸微微地泛着红。

他抬手试探了一下她额上的温度，见一切正常，这才放心地抱了笔记本电脑去处理一些公事。又由着她睡了一个多小时，他的工作也处理完了，这才起身去叫醒她。

随安然被叫醒的时候还有些迷迷糊糊，睁开眼看了他半晌，眼睛水润如玉，透着柔和的光。

“不认识了？”他抬手捏了一下她的鼻尖，抱她起来后给她披上外套。

做完这些，随安然的神志也清醒了一些，微微坐直身子揽住他的脖子在他怀里蹭了一下：“几点了？”

“下午三点了。”

随安然眨了几下眼睛，没说话。

她刚睡醒的时候不爱说话，温景梵也没太在意，只轻声哄道：“不能再睡了，再睡的话晚上就该睡不着了。”

随安然大概是真的没清醒，顺着他的话就接口：“晚上睡不着，不是正好吗？”

温景梵微愣，垂眸看向她，正对上她水光潋滟的双眼，低声笑了起来：“最近不是特殊时期，不能对你做什么嘛，所以要好好表现，争取日后温太太能打赏些。”

他又开始调戏她了……

随安然默默地腹诽了他几句，却乖乖地爬了起来。

到楼下的时候，安歆还没有回来。

随安然和温景梵在楼下的客厅坐了片刻，就听见外面有人吆喝着卖麦芽糖。

L 市这片古城区，一到三四点左右的时候都会有不少小贩推着推车走街串巷地卖些小玩意儿，有吃的，有小孩玩的，有时候也有些日常用品。

随安然小的时候和母亲回这里看外公外婆的时候，每天下午都会买些小东西吃，这种习惯养下来，到现在也改不掉。

温景梵随她一起出去，见她喜欢，倒是每种糖都买了一些。

附近邻居三三两两地正在外面，也有邻居家的小孩来买吃的，见到随安然身旁有个相貌出色的男人，便忍不住问道：“安然，这是男朋友啊？”

随安然给崔阿姨的小孙女递了麦芽糖，又捏了捏小姑娘柔软的脸，这才回答：“我们刚领证。”

那邻居阿姨“咦”了一声，又追问：“之前也没听你妈妈说你结婚了啊，这么快啊……那婚礼什么都不办了？”

随安然眉头几不可察地微皱了一下，随即又笑了开来：“觉得合适就在一起了。”

那邻居阿姨也笑了起来，也没顾忌，直接说道：“我说呢，就前段时间还听你崔阿姨说年底你回来给你相了几个不错的见见。还是你自己动作快啊……”

随安然眼皮子一跳，都没敢去看温景梵的脸色，皮笑肉不笑地又应付了几句，这才拉着温景梵快步回了屋。

温景梵面上淡淡的，一点儿也看不出什么来。

随安然深知他有偶尔出来作祟的“腹黑因子”，立刻先发制人地扬了眉，一脸怒意：“阿姨说话也太不招人听了，一直以来都是这样！”

温景梵被她那模样逗笑，见她没有注意自己，无声地笑了笑，只一瞬间又把那笑意压抑了下去，并未打算就这样放过她：“前段时间是什么时候？”

随安然咬着麦芽糖，眼神左右飘忽就是不敢看他，良久，见他依然没有放弃的架势，这才含糊地低声说道：“跟你结婚之前的之前的之前……”

那时候她根本没想到自己能和他修成正果啊，毕竟自己一直在退缩，这样的表现任是谁看了都不会觉得有下一步的希望吧……

而且，她本来的打算就是过年辞职回 L 市，然后就在 L 市工作和生活了。

在她的想法里，如果和她共度一生的人不是温景梵的话，那无论是谁，她都不会太在意了。所以母亲安歆传达了这个相亲的安排，她才一点儿抗拒都没有，并且是十分顺从地答应了下来。

温景梵看着她欲言又止又带了几分委屈的脸，继续问道：“和谁？”

他的语气已经柔软了不少，话语里的玩笑成分更是占了大比重，连眼角眉梢淡淡的笑意也是如此，只是随安然正想着怎么解释呢，所以完全没注意到这些。

“我也不知道，我就知道崔阿姨有意向给我介绍，我都没关心是和谁……而且没人提起的话，我都已经忘记了……”话落，她瞄了眼温景梵的神色，这才发现他面上已经带了和缓的笑意。微微一愣，随即反应过来——自己又被他调戏了！

她鼓着嘴含着麦芽糖咬了好几口，也只有这个时候，她才有几分这个年龄的娇俏。

屋里终于有了几分暖意，温景梵坐在她身旁，看她慢条斯理享受地吃着麦芽糖，突然对这些甜食也有了点食欲。

随安然见状，不用他出声，也把手里的糖递到他的嘴边："尝尝。"

她嘴里还含着一小块，说话有些含糊，吴侬软语，语调又柔软得像是浸了蜜汁。

他听得心口一酥，看了她一眼，并未去接她手上的糖块，反而低下头直接吻了上去。

随安然的唇色嫣红，加上吃糖，润得红艳艳的。他亲上去便尝到了一股甜味，还有淡淡的糖香。

随安然轻推了他一下，温景梵却没放开。

"哎呀……又不是没有了……"干吗非要吃她嘴里的那块！

随安然弱弱的抗议还未说完，他已经就着她张嘴说话时，直接去抢了。

他一手落下去扣住她还拿着糖块的那只手，微微有些凉，他握在掌心里。那一寸寸摩挲而过的触感让随安然有瞬间觉得心头像是过了电一般，几乎要颤抖。

她嘤咛了一声，温景梵这才放柔了力道，只是并未离去，就以这样半压着她的姿势，勾勒着她的唇形，像是撩拨，像是诱惑，更像是在疼惜。

随安然这才勾住他，整个人窝进他的怀里，空着的那只手轻捏了捏他的耳垂。

不得不承认，"喜欢一个人的时候，就会不论时间地点地想要亲近"这句话是正确的。

他对随安然，就像是会上瘾一般。一天比一天更想将她困在身边，更想要亲近她些。总觉得她顺从乖巧，柔软温和的样子，像是嵌进了他的骨子里，割舍不了，只能一点点更深入地宠爱着。

随母回来的时候，随安然正躲进厨房里做饭。温景梵在客厅里，手里捏着遥控板，正漫不经心地换着台。

见随母回来，温景梵起身叫了她一声。

随母笑着应下了，不动声色地打量了两个人一眼，心里暗暗奇怪……

她没有怀疑温景梵的体贴，因为在这次见面之前，每次和安然通电话的时候，问起温景梵，随安然的回答都是："他去帮我泡茶了""他去帮我收衣服了""他在洗碗"……

所以这会儿就随安然一个人折腾晚饭，她忍不住便要猜测一下小两口之间怎么了。

等她进到厨房一看，这才了然。

随安然唇上水润，整张脸都微微地泛着红，她一看便知道两个人是怎么回事，心下暗自好笑，又怕面上表现出来，随安然会更加别扭，只当作什么都不知道，一起帮忙做饭。

这一顿晚餐下来，温景梵倒难得清闲，一直在客厅里，就算是偶尔过来看看，也始终是走到门口就停步了。

因为就在不久之前，有人在门外敲门。

她一时警醒过来，推开他要去开门。结果这位正在兴头上的男人丝毫没有放开她的意思。

敲门的人渐渐没了耐心，停顿了片刻，便听见门外有人出声："安然不在啊？不应该啊，肯定是在的。我刚还看见她和她老公进屋去了……"

等温景梵放开她去开门后，门外站着的人看了看温景梵，又往屋子里面色绯红的随安然看了眼，面色复杂地递过来一张单子："我是来送水电单的……"

随安然自然是看见了那饱含深意的眼神，恼羞成怒。

温景梵见她有几分置气，这才发现这次的“情不自禁”似乎是惹恼了害羞的温太太。他刚准备上前抱一抱，捏一捏，亲一亲，随安然已经退开了几步，和他保持安全距离：“你别过来了，我要去冷静一下！”

温景梵挑眉看着她。

随安然继续补充：“今晚的晚饭我来做，我们划个楚河汉界，你不准进厨房半步，不然我就不理你了。”

划分楚河汉界？

温景梵微微眯了眯眼，眼底一闪而过一抹危险的信号，只可惜，随安然逃得快，几下就跟兔子一样蹿进厨房里了。

等蹿进了厨房，随安然这才捂着脸，懊恼地叹气：“……美色啊，自古以来皆是美色误人！”

敢和他划分楚河汉界……那晚上自然要好好算算这笔划分地盘的账。

正在吃饭，安歆想起回来之前隔壁家邻居提到的水电单，便问道：“我刚回来的时候听你隔壁的婶婶说她往家里送了水电单？”

随安然莫名心虚地红了红脸，头埋得更低了，一个劲儿地往嘴里塞米饭。

温景梵见她脸皮薄成这样，笑了笑，回答道：“送过来了，我压在客厅的茶几上了。”

随母自然注意到了随安然不怎么自然的举动，微微顿了一下，才问道：“安然你怎么回事？一整晚都有些怪怪的，吃个饭怎么一点儿样子都没有。”

随安然摇摇头，更加专心地扒饭了。

温景梵见状，替她回答：“大概是下午累到了。”

话音一落，随安然一口饭就呛住了，猛然咳嗽起来……

随母皱着眉头“啧”了一声，刚想去给她拍拍后背顺气，温景梵已经先她一步这么做了。等她好些了，他又往她手边添了一碗汤，喂着她喝下。

随母静静地看着，良久笑了起来，有些无奈地摇摇头，不再管她了。

冬天的夜晚，寒冷又寂静，连街道上都很少见到行人，商铺更是能提前打烊便提前收拾东西关门收摊。

才没有多久，整条街便冷清了下来。

吃过饭，安歆切了一盘水果，留了两个人在客厅坐下一起看会儿电视。看电视倒是次要的，只不过是留他们下来一起说说话而已。

她不清楚随安然是怎么想通了，决定和温景梵在一起，但这个局面却是她乐于见到的，便没有再过多纠结，倒是问起了两个人以后的生活规划。

随安然已经打算好了，等过完年之后便回去销假上班。至于再以后的事情，因为自己既定的道路突然发生改变，她倒还真的没有好好想过。

想了想，随安然看了眼坐在身旁面目沉静的温景梵，沉吟道："等过年，我和景梵去 S 市看看爸爸……"

随母颇有些意外地看了她一眼："自己的决定？"

随安然别扭地看着她，有些不情愿："不是，是爸爸说的。"

"那便过去，你结婚不是小事，于情于理都是要过去让你爸爸正式见见的。"话落，安歆转眸看向温景梵，笑了一下，温声说道，"安然的事情你应该都知道，你陪她去我也放心。她这么大的人了，还是不懂事，性子也不知道收敛。要是安然做错了事情，你尽管说她就是。"

嘴上是这么说，但安歆知道他对安然的疼惜，自然是放心的。

等回了房间，随安然先去洗澡。温景梵就坐在她的书桌前，她的东西整理得都很整齐。书架上还留着不少高中时期的课本，他随意抽出一本，刚翻开，便看见她娟秀的字体，柔柔婉婉的，倒是跟她的脾性有几分相像。

上面的笔记很多，也很工整，他一页页翻下去，看完了这本又抽出另一本，翻到一本整理着各种做错的例题的本子时，一张便笺缓缓落下。

他看过去，那是一张有些泛黄的小便笺。他蹲下身捡起来，翻过来一看，赫然看见自己几年前的字迹——

菩提本无树，明镜亦非台，本来无一物，何处惹尘埃！

正是那一年梵音寺相遇的时候，临分别时，他留下的。上次听她提起过这张便笺被她收了起来，但此刻在她的本子里看见的时候，却是另外一份心情。

就像是自己的心意被她妥帖珍藏，暖洋洋的，几乎要满溢出来。

随安然出来的时候，就看见他目光灼然地看着那张便笺，她这会儿倒没有什么不好意思了，把那便笺夹回书里，又往后翻了翻，翻到其中一页递给他看。

那一页，全是模仿他的字迹写的这句话。

他目光清亮地看向她，嘴角微微含了一丝笑意："想告诉我什么？"

随安然抿了抿唇，笑了起来，不答反问："你想知道什么？"

他不说话，就这么垂眸专注地看着她，良久才轻叹一声："不愿意说？"

随安然难得有一次能占上风，很果断地摇摇头："不愿意。"

温景梵合上那本书，半靠在她的书桌前，一本正经地说道："既然不愿意，那我们先解决一下下午的事情。"

随安然一时有些没反应过来："……什么？"

温景梵似笑非笑地睨了她一眼，轻声问道："划分楚河汉界？"

那声音轻得近乎有些缥缈，但话里的警告之意却是半分不弱。

随安然被他的声音震了一下，直勾勾盯着他看了一会儿才说道："我发现我现在最喜欢你在《九转》里的声音。"

她要转移话题，他便配合地"哦"了一声，略带了几分兴趣地问道："那这个意思是不喜欢我现在的声音？"

随安然默默闭嘴……

温景梵继续道："这几个问题你选择哪个回答？"

随安然沉默抗议。

壁灯的灯光泛着暖意，她的眉目似乎也洒上了灯火的光辉。大概是因为刚刚从浴室出来，她面色绯红，眉目如画，顾盼生辉，看着……格外秀色可餐。

她却丝毫不知道自己此刻的模样对他的杀伤力。

温景梵抬手把她落在额前的那绺长发勾至她的耳后，俯低身子在她额头上亲了亲，放柔了声音轻声道："我在这里，可以听你说……你藏了那么多年的话，现在……都可以一点一点地告诉我……"

不只是声音上的刻意诱惑，他分明就是故意引诱她，眼神温和地看着她，深情缱绻，显然还用上了——美男计。

随安然心里默默腹诽了一句"无耻"，却忍不住闭上眼，等他落下的吻。

温景梵扬起嘴角笑了笑，见她乖顺的样子，心里越发柔软，轻捏着她的手指，又耐心地问了一遍："真的不说？"

倒是很少见他这般执着地问过自己，随安然想了想，睁开眼和他对视良久。

他倒也耐心，就这么凝视着她，静静地等她开口。

也不知道过了多久，随安然这才轻轻笑了起来，这一笑，眉目都生动娇俏了不少。

她略微沉吟道："言念君子，温其如玉。"

温景梵带着疑问地"嗯"了一声，等她继续说下去。

随安然踮起脚尖，吻了吻他的下巴，退开后这才补充完整："言念君子，温其如玉。我恋君，已有很多年。"

| 第二十章 |

新年伊始

我恋君，已有很多年。

这就是她想说给他听的，以前总害怕没有机会，后来是不敢说。至于现在，是根本未想到要说。

两个人的结合，就像是这世界上很多的普通夫妻一样，互相合适，彼此喜欢。特别之处大概是两个人多年来牵扯不断的缘分，直到现在才终于开花结果。

她这么多年的执着喜欢，沉沉迷恋，暗暗相伴，终是得到了他一眼垂帘，从此一路天涯，皆有君相随。

没有什么比你喜欢对方，对方也恰好喜欢你这种“时遇”更加浪漫。

“很多年？”他压低了声音问道，语气里似乎是有着很浅淡的笑意，温温和和的。

“不要得寸进尺。”她轻挠了他一下，面上带了一分恼意，语气却是明显的娇羞。

温景梵低低地笑了起来，抬手握住她的，他的手比她的要大上许多，正好能把她的手包裹在手心里。

他微微施力，轻捏了她一下，半是认真半是玩笑地说道：“对你……总是什么都觉得不够。”

随安然抬头看着他，一双眼睛里似是有水光在浮动，映着灯光，光华千转。

温景梵心念一动，想的却是……

如果不久之后，他们会有一个孩子，那个孩子也许会眉眼像她，脾气像她，不知道做起这些小动作的时候，是不是也这么可爱。

只是这么在脑海里勾勒着，他便有些蠢蠢欲动的期待。只是想起，他们不过结婚没多久，还没有过够二人世界，要是来一个小麻烦……

随安然见他突然便陷入了沉思，略有些疑惑："怎么了？"

"没什么。"他抬手轻捏了一下她的鼻尖，松开她，抱起睡衣去洗澡，"我去洗澡。"

快走到浴室前，温景梵似乎是想起什么，说道："明天早上要早起吧，去置办点年货。想吃什么写个单子给我。"

这个意思是……今年过年，他是要满足她的口腹之欲？

随安然高兴完，一转身，脑子里突然掠过一个念头——养肥了，好斩杀？

隔日，L 市的气温回温，总算是看见了好久未见到的太阳。

小城镇的步调走得缓慢又温和，就连清晨都有着别样的细腻。外面的街道上已经有杂七杂八的声响了，似乎还有水流声轻缓而过，像悬挂在窗口的风铃，铃声轻微又透亮。

随安然昨天睡多了，晚上便睡得早。在这种有别于 A 市的清晨里，还是早早地就醒了过来。

被窝里实在温暖，她懒洋洋地伸了个懒腰，倦懒得不愿意起来。

温景梵还在睡着，眉眼安静，原本他的长相就清润，五官也是俊美精致。此刻毫无防备的样子更是一点儿攻击力都没有，映着晨光，暖得随安然心里柔软得一塌糊涂。

喜欢一个人的感觉……就是这么奇妙啊。无论他做什么，什么姿态，总觉得一切都格外美好，忍不住怦然心动。

她往被子里又缩了缩，摸过手机刷微博。刚登录上去，温景梵就从她身后揽过来，握住她的手机拿了下来搁到一旁的床头柜上："躺着看手机对眼睛不好。"

刚睡醒，他的声音里还有着浓浓的睡意，随意又慵懒，带着沙沙的低哑，性感得简直一塌糊涂。

随安然被他这样拥在怀里，不安分地又动了动，小声嘀咕道："上次坐着看，你也说对眼睛不好。"

"上次是晚上……"他接话。

随安然愤然指控："你剥夺我的生活乐趣。"

温景梵笑起来，从善如流道："既然是我剥夺的，那你可以从我身上找回乐趣。"

随安然鼓了鼓脸，不怎么高兴："你又不好玩。"

"温太太想玩什么我都可以奉陪。"见她蠢蠢欲动地想起身，他干脆把她抱得更紧了一些，直接困在了怀里，下巴轻搭在她的耳侧，修长的一条腿牢牢地压制住她。

随安然被他困得死死的，挣了一下没挣开，索性放弃挣扎："我想玩微博。"

温景梵想了想，回答："你说我现在拍张我们这样的照片传上微博好不好？这样一定很好玩。"

随安然郁闷地低头咬了他一口，并不用力，只那牙尖尖地落下去，微微有些痒。

他偏头咬了一口她的耳垂，察觉到她猛然一颤，愉悦地道："以牙还牙。"

随安然："……"说好的一大清早醒来，温柔体贴、暖洋洋呢！

两个人就这么闹了一会儿，直到那暖融融的被窝都浸上了几分凉意，这才起身去吃早饭。

安歆已经不在家了，她还有工作，等明天才开始放假，然后一直到年初七恢复上班。

早餐是清粥和小菜，小菜是安歆特制的，味道极好。清粥盛在保温杯里，随安然打开时，还冒着袅袅雾气。

她俯低身子轻嗅了一下，喃喃说道："妈的厨艺很好的。"

温景梵刚从厨房拿了碗进来，闻言看了她一眼："那我跟妈好好学学，回去做给你吃。"

只一句简单的话，她却听得动作一顿，抬头去看他时，他正专注地在盛粥。

随安然抿着唇笑了笑，脆生应道："好。"

吃过饭，两人准备去超市大采购，很多年货安歆已经置办好了，但还有很多还来不及弄。反正在家也是闲着，两人便把这事给揽了过来。

随安然长期在 A 市工作生活，家里只有安歆一人，烟火气总是不够的，略显冷清。

随安然打开冰箱看看家里有哪些食材，可看到那些被母亲分类放置的吃食时，还是冷不丁心里微微酸涩。

冰箱里的冷意蹿出来，她被凉得指尖都有些微微的疼，这才回过神来，清点了一下食材，回去写清单。

温景梵就坐在一旁看她写，她握笔的姿势倒是一直没变，比起一般人握笔的姿势，她的手指要捏得更高一些。

他边看边提醒，这么一点点清算下来，倒是还有很多要买的。

列完清单过去了差不多一个小时，随安然上楼换了衣服，和他一起出门。

安歆的工作单位就在这附近，所以来回上班不是步行就是骑自行车。家里多余的交通工具也没有，所幸随安然的居所位置还是比较优越的，临近市中心，去哪里都很方便。

超市里的人很多，温景梵推着车，和她并肩往前走着，始终护着她和周围的人保持着两步的距离，让她能够不被拥挤的人群碰到。

超市糕点区的专柜正在叫号卖小蛋糕，随安然对那巧克力的小蛋糕有兴趣，就领了号排在队伍里。

温景梵见时间已经不是很早了，安歆今天中午又要回来吃午饭，便留她一个人在这里等，自己先去了海鲜区。

A 市地处北方，虽然什么海鲜都应有尽有，但总是比不上靠海的 L 市海鲜丰富新鲜。而且随安然对海鲜也略有偏爱，他便多选了几样。

刚转悠到鱼缸旁，他似是察觉到了什么，微微抬起头往随安然站着的方向看了眼，正好捕捉到她灼然的视线，忍不住勾起唇笑了笑。

他这么一笑，随安然便有了几分窥伺被发现的窘迫，红着脸扭过头去，老老实实地排她的队。

这边她刚一回头，就看见迎面走上来的……两位高中女同学。

随安然的高中生涯大部分时光还是比较欢乐的，但这种美好的记忆停留在高三的上半学期，下半学期就像是一场噩梦，让她连想都不愿意想起。

而这会儿遇见的这两个女同学便是当时和她闹得最不愉快的两位……

随安然拉扯了一下围巾遮住了自己半张脸，心底暗叹——什么叫作冤家路窄？这就是……

原本她还想着，几个人之间的气场那么不合，这两尊大佛心高气傲地转身就走就好，不料，这两个人对视一眼，竟然直接朝她走了过来。

“安然！”

随安然见避不过去，这才拉下半遮住脸的围巾对两个人笑了笑：“好巧。”

叶小琴也跟着笑了笑，双眼弯弯的，看着十分和善：“不是说在 A 市吗？怎么回来了？”

在 A 市就不准回家了？

随安然心底暗暗翻了个白眼，面上却是不动声色，轻声道：“哦，回家过年。”

“怎么样？之前听说你留在A市的时候，还怕你适应不了那边的快节奏。是不是还是家里好？”

随安然笑了笑，没回答。这种略显幼稚的试探，她实在没有什么兴趣回答。

若是不知道叶小琴的为人，估计也要被她这样和善可爱的样子骗过去，只当她是在关心自己。但随安然亲眼见过她翻脸不认人的样子，加上之前又闹过不愉快，此时才没有那么多耐心应付她们。

只是自己拿了号，就这么转身走了有些不甘心，但继续留在这里……

她暗暗头疼，来回张望着，想寻到温景梵的身影，这种时候就要靠她英明神武的老公大人来救场了！

“我在L市第一医院实习。”叶小琴笑了笑，一双眸子里皆是笑意，但仔细看便能发现，那些笑意并未达眼底。

随安然“哦”了一声，眉眼一挑，那姿态不自觉中倒是和温景梵平时做的这个动作有些像：“白衣天使啊，那挺好的。不过现在医患关系紧张，你得小心些才好。”

叶小琴的笑容僵了一下，复杂地看了眼面色淡淡的随安然：“你有男朋友了没有？”

随安然摇头：“没有……”我已经结婚了。

只是后面半句还没说出来，叶小琴身旁的那位女生突然看着她的身后惊呼了一声。她这么一叫，叶小琴也循声看去，眼底迅速闪过一抹欣喜和惊讶。

随安然转身看去，温景梵和温景然正朝她这里走来。两个男人的面容有几分相似，容貌出挑，五官皆精致出众，加上身形挺拔，长身玉立，在人群中便格外出挑。

几步的距离，两个人就已经走到了她的跟前。

温景梵看了眼她面前站着的两个女人，轻声问道："遇到朋友了？"

随安然没承认也没否认，只简单介绍："高中的同学。"

客气疏离，摆明了划清界限的语气……任谁都能听出里面的不愉快来。

温景梵闻言，只微微颔首，算是打过招呼。

他来了，随安然的气场也立刻找回来了，她笑眯眯地挽住温景梵的手，向叶小琴介绍道："我没男朋友，但是我已经结婚了。"

叶小琴瞪圆了眼睛，视线在她和温景梵的身上转悠了一圈，这才干巴巴地笑道："眼光不错啊……"

随安然的笑容微滞，面色也冷了几分，再开口时也不客气了："这么多年没见，你还是不那么会说话。"

叶小琴似乎是有顾忌，抿了抿唇没接话，只看着一旁的温景然笑了笑："温医生。"

温景然对她倒是有一点儿印象，笑了笑就算是打过招呼，等转头看向随安然时，倒是语气温和地叫了一声："嫂子。"

随安然虽然对这声"嫂子"并不怎么习惯，甚至还觉得有些……不适应，但辈分毕竟是在的嘛，当下便大大方方应了下来："等会儿一起吃午饭吧？"

温景然想了想，看了眼温景梵，见他一副"我太太说怎么做就怎么做"的嘴脸，便答应了下来。

这边和乐融融的，叶小琴的脸色却并不是很好看。她想了想，问道："安然，正好年初五的时候有同学会。你既然都在家，就过来一起参加吧。你老公也可以一起过来，能带家属的。"

随安然皱了皱眉，正想着怎么婉言拒绝，温景梵却是一挑眉头，说："要是想去便去。"

她是一点儿也不想去……

但见温景梵语气虽然淡然，却还有几分鼓励，她犹豫了片刻便答应了下来："到时候把地址发给我。"

见她这算是应下了，叶小琴笑了笑，转头又问温景然有没有时间，今晚科室的人聚会唱 K，明天晚上又准备去自助烧烤……

温景然未等她说完便打断道："不去了，你们玩得尽兴些。"

等叶小琴走了有片刻了，随安然想起她离开时的那脸色，笑得格外欢畅……

午饭多了一个人，气氛便更热闹了一些。

随安然从温景梵手里拎了菜要往厨房走："今天的午饭我来搞定！你和景然在外面坐着说说话好了。"

温景梵不置可否地看了她一眼："你去泡杯茶来，别的我来就好。"

这哪行？

这种可以表现她温柔贤淑，上得厅堂下得厨房的好时机，怎么可以错过？

随安然正想着怎么才能委婉地表达一下自己这强烈的渴求时，一旁的温景然听见两个人的对话，不由得笑了笑，插嘴道："嫂子你让我哥来就好，他跟我可没什么话可以聊。"

温景梵似笑非笑地睨了温景然一眼，没再和随安然坚持，一起进了厨房。

等几道菜做好的时候，安歆也正好下班回来了。看见门口停了一辆私家车，她还在疑惑是谁来了，看见温景然的时候，就着两个人相似的面容一下子就想了起来："是温医生啊。"

温景然微笑颔首："叫我景然就好。"

一顿饭下来，依然没能成功地让随母改掉称呼。

温景然下午还要去医院上班，临走之前，正好和安歆的时间吻合，两个人便一起出门。临出门前，安歆倒是提了一句："我之前听景梵说你是一个人在 S 市的，今年过年不打算回去？"

温景然顿了一下，这才回答："嗯，过年不回去。"

随母倒是没有继续打听，只笑着说道："既然一个人，就来我这里吃饭吧。人多也热闹些，又都是一家人，没必要分里外的。"

随安然原本还以为温景然这样冷淡的性格是不会同意的，不料，他只犹豫了一瞬，便应了下来："恭敬不如从命，等过两天，我就要过来打扰了。"

等人走了，随安然这才有些不解地问道："景然过年为什么不愿意回去？"

温景梵正喝着水，闻言轻描淡写道："不想回去被逼婚吧。"

他不愿意多提，随安然自然也就不问了，就连这点好奇也直接给掐灭了。

谁的身上没有那么点小秘密呢？

午后的阳光正好，就连冬天刺骨的冷意都在这阳光下消散了七八分。

L 市这种生活节奏慢悠悠的城市，感觉无论做什么都带上了三分的醉意。

难得的大晴天，自然不能挥霍掉。

随安然的家后面有条小巷子，穿过那条小巷，再路过一座桥，便是 L 市闻名在外的旅游天堂。

那一座座木屋沿河而立，阳光落下来，整条河波光粼粼的。

大概是因为年关将至，旅客并没有很多，三三两两的都不能成群。

随安然也是好久没有来过了，和他手牵手从长廊里走过，两旁的商铺开着，暖暖的阳光照射着，如入画了一般，美不胜收。

"陪妈过完年，年初二去梵音寺吧？"他说。

他们的时间并不多，初七之前是一定要回去的。再加上老爷子似乎等初三过后还要舟车劳顿地来这里一趟，初二去梵音寺，初四的早晨回来，是最合理的安排了。

"婚纱照想在哪里拍？"决定了日期之后，他的话锋一转，跳跃得随安然差点儿没跟上节奏。

“回 A 市之后找家影楼拍？”她对这个执念倒不是很深。

“我知道有一家专业的团队还不错。”他低头笑了起来，眉眼一瞬间温柔下来，细碎了时光。

随安然看着他的笑容，心跳得有些快。等他牵着自己从桥上而过时，才想起来问：“哪家？”

“秦暖阳有个专业的团队，拍婚纱照一生也只有一次，自然要最好的，回头去把他们借过来。”

随安然不禁微微有些窘……这样好吗？

“酒席和婚礼的话……”他顿了顿，停住脚步。

正好走到了风口，他微微侧身挡住穿巷而过的冷风，把她把微微敞开的衣服拉好，又重新系了系围巾，这才牵着她继续走。

“酒席和婚礼的话就交给长辈决定吧，这些应该听听妈和爸的意见，还有老爷子……”

他握着她的手，塞在他的上衣口袋里，包裹得严严实实的。

不知道是什么原因，他的面色看上去比以往都要白皙，映着阳光有些微的透明。

随安然不禁更加握紧了他的手，轻声应着：“好，我都没关系。”

两个人就这样一路往前走着，踏着青石板缓行，遇到长桥时，漫步而过。竟有那么一会儿，安然觉得……两人像是回到了几年前的梵音寺里。

那时候也是这样，不知年月时间，安静得像是入了另一个世界，时光静静地流淌着，不想走出回忆。

和喜欢的人在一起，无论是做什么，都觉得格外满足。

除夕夜很快就到来了。

温景然下午从医院出来后就直接来了这里，不只人过来了，还带了不少的熟食、水果和礼品。

安歆一边说他破费了，一边又是高兴的，她也是许久没有这样过一个热闹的年了。

L 市的除夕夜有放鞭炮的习俗，一到除夕夜，家家户户都关门闭户做大餐。

随安然这边还没吃上呢，外面已经响起此起彼伏的鞭炮声。

除夕夜的菜肴格外丰富，四个人围桌而坐，客厅里亮着灯，电视的声音又添上几分人气，气氛格外和乐。

温景然下半夜还要回医院去替班值夜，所以便只开头碰杯的时候小酌了几口。

随安然兴致上来，加上大姨妈也已经离开，今晚倒是她喝得最开心，到最后喝得有些微醉。还是温景梵拦住她的酒杯，喂了她不少吃的。

一顿饭吃完，温景梵收拾了碗筷又要拿去厨房里刷洗，安歆忙拦着他道："安然喝醉了，你照顾她就好。"

温景梵低头看了眼正捧着杯子小口抿着热水的随安然，心里不禁柔软了几分。

安歆收拾了东西去厨房，温景梵这才拦腰抱起随安然去客厅。

她还有几分清醒在，只那胆子倒是大了不少，抬手捏着他的脸，一声声地叫着他的名字："时遇？景梵，景梵，时遇……"

她的声音柔软温和又带了几分醉意，软和得一塌糊涂。那念着名字的声音，一声一声，叫得他心都软了。

他偏头咬住她作乱的手指，轻声问她："抱你回卧室睡一会儿？"

随安然摇摇头："不行，还要守岁呢。我要去客厅……"

温景梵便由着她，抱到了客厅后，又去卧室抱了厚毯子过来盖在她的腿上。

温景然正坐在一旁的单人沙发上看新闻，默默地看着他做完这一切，这才轻声说道："嫂子幸运。"

他这话说得极轻，随安然并没有听清，倒是温景梵听见了，回头看了他一眼说道："是我的幸运。"

温景然笑了笑，觉得有几分道理。

温景梵性子虽然温润，但是这温润是建立在冷淡疏离上的。虽然他做事也一向贴心，但温景然却从未见过他这么亲力亲为照顾一个人的样子。

在这世间，得一自己喜欢的人，说来简单，却需要极大的运气。

至少，他还未遇见他的良人。

等安歆洗完碗出来时，随安然已经被温景梵喂了些醒酒汤，清醒了许多。

送温景然离开之后，她抱了烟火一起去放。她从小怕火，但是后来爸爸妈妈离婚之后，每年春节放烟火的这件事便是她来做的。

她喃喃地说起这件事的时候，温景梵正在一旁安静地听着，见她点了火却怎么也碰不到信子的时候，握住她的手凑到烟火的引线旁。

看着那火光一瞬吞没，直直地往前涌去。

他这才拉起她往后退开，退到院门口的时候正好点燃烟火。他抬手捂住她的耳朵，她回头看了他一眼，仰头冲着他笑。

那几分娇俏和温柔，落在他的眼底，就像是有只猫爪在他心尖轻轻地挠。

他偏头吻她，正好她转头去看烟火，那吻落下来只落在她的唇边。

那烟花在夜幕下绽开，那星星点点的火花四溅。入耳的皆是这种欢喜的声音，映着这整夜都闪光的河流，美得像是一幅画。

而她，就是这画中人。

放完烟火之后，随安然原本还想在客厅里待着，温景梵怕她冻着，哄着她回了房。

她原本还坚持着数着时间等新年的到来，但没等一会儿就沉沉地睡了过去。

温景梵答应了替她守岁，虽然也有些困倦，倒也没立刻就睡着。他就坐在床边，翻着书，偶尔看看她。

随经国在离新年还有半个小时的时候打来电话，动静不大，但依然吵醒了随安然。

她迷迷糊糊地睁开眼，侧头看过去时，他的侧脸映在灯光下，柔和得有些模糊。

温景梵接了电话，避着随安然往窗口走了些，等随经国的话交代完，他这才皱着眉头应了一声，挂断了电话。

随安然睡了一觉之后酒醒了大半，掀开被子赤着脚就过去从他身后抱着他："怎么还不睡？"

"替你守岁。"他转过身来，把她抱进怀里，眉头却紧锁着，正思忖着应该怎么把随经国刚才说的话转达给她。

他异常的沉默让随安然有些不安，故意用光着的脚踩上他的脚背，还微微用力地多踩了几下。

等温景梵发现她赤着脚后，干脆把人打包塞回被窝里，按着"打"了一顿。

见她面色委屈地埋在枕头里的样子，不禁又觉得好笑："又没打疼你。"

"尊严受损……"她含糊地回答。

温景梵俯身去看她，手指捏住她的下巴刚要转过她的脑袋来，她已经转过头来不轻不重地咬了他的手指一口，留下个痕迹清晰的牙印。

结果咬完了，她又心疼了，一骨碌爬起来，一头扎进他的怀里撒娇一般地蹭了蹭。

虽然酒醒了，但分明还是有几分醉意。要不然放在平日里，她自然做不出这样的举动来。

温景梵意识到这一点，捏住她的下巴缠缠绵绵地吻了好一会儿，吻得她都有些喘不上气了，这才开口说道："刚才爸打电话过来了。"

随安然混沌地"嗯"了一声，并未有太大的反应。

温景梵实在喜欢她这般模样，忍不住又亲了亲，见她抗议一般抬眼看过来，这才低声说道："做好准备了没有，有件事，要跟你说。"

随安然点点头，依然不是怎么在意的神色。

"那个孩子……没了。就刚才，在医院，救不回来……"

他的声音沉沉的，像是提琴一般悦耳。随安然却无心去感受，在他话音刚落下的瞬间便觉得意识都放空了，浑身一僵，一时反应不过来。

温景梵仔细地注意着她的神情，抬手在她的背上轻拍着，一下下安抚。

良久，她才回过神来一般，问道："那大人呢……平安吗？"

"平安。"

"平安就好。"她呜咽了一声，刚才那柔情百转的心思也瞬间没了，有些怏怏的，"你说我是不是很坏，听见孩子没有了的时候竟然有几分快意……"

"我不敢想象，我都要做妈妈的年纪了，却有一个完全陌生的小孩子以后会叫我姐姐……我已经连续做了好几次这样的噩梦……可是我又觉得自己这样很坏……"说着说着，她便有些词不达意起来。

温景梵低头亲了亲她的额头，捏了捏她的后颈，等她平静下来了，这才说道："不坏。哪里坏了？我的安然，最好了……"

好得他都舍不得看她有半点的难过，看不得她皱眉伤心的样子。

随安然闷闷地吐出一口气来，看了他良久："我都觉得我之前要经历那些，都是为了要遇见你……"

这样想虽然可笑，但也只有这样想，她才觉得一切都不是那么糟糕。

她所有的过不去，在他的面前如纸一般脆弱，一撕即碎。

如果不是为了遇见他，她为什么要经历那些？而经历了那些后，又为什么，始终是他来一一抚平？

新年的钟声遥遥地响起，沉沉的声音，悠远又漫长。

新年，来了。

就在随安然家的不远处，是一处民国时期留下来的钟楼，那大钟前后修了很多次，到如今也算是 L 市一处地标性建筑。

随安然打小就很喜欢听钟楼的钟声，那声音低低沉沉的，响起来的时候像是有声音在震颤，连带着感觉空气都悠远地荡漾开来。

她总是喜欢这些带着点旧味的东西，总感觉一不留神，时间就会停止。

小的时候外公外婆还在，她就喜欢搬个小板凳坐在自家的小院子里，有时候会吃着小零嘴，有时候就是干巴巴地坐着。

那钟声响起的时候，她便一下下地数，全神贯注的，就怕自己记错了时辰。

那个时候随经国还是个爱妻顾家的好男人，对她也是格外宠爱，简直就是捧在手里怕摔了，含在嘴里怕化了，就连外公这样不喜他的，对这一点也觉得分外欣慰。

那次也是过年，她站在院子里玩仙女棒，钟声响起的时候随经国抱着她举高高。

她透过那满城的烟火努力地看向钟楼的方向，总觉得有什么东西在心底停驻，安宁又美好。

可如今……

她想着想着便觉得鼻尖有些发酸，又怕被他看见了笑话，就埋在他怀里不说话。

那钟声悠然地飘荡而过，一声一声……整整落了十二下。

温景梵这才察觉她情绪起伏得有些大，不敢强硬地抬起她的脸来看，只抬手摸了摸，微微温热的手指顺着她的嘴角缓缓往上，摸到了她微凉的鼻尖，然后就是她的眼睛。

她闭着眼，眼角却有些湿润。

他眉头一皱，抱住她往上提了提。

他这个动作做得有些突然，随安然被吓了一跳，睁开眼看向他，正好对上他沉静的双眸。

“哭什么？”他用手指擦了擦她的眼泪，“我永远都不会复制随安然的‘曾经’给我们的孩子。”

他很认真，眼神专注地看着她：“你以后都不是一个人。”

她没说，他也懂。

她是那样一个重感情又念旧的人，表面上看起来温婉又淡然，初识的时候周身更是有一股疏离的气场让人不易接近。

可只有靠近了，才知道她的心思有多么敏感细腻。

温景梵一向觉得，能因为声音喜欢上一个人的女孩子，骨子里多少都带着几分柔情，心底总有一块地方是柔和的。

就是这样一个人，让他念念不忘，再未放下过。

她的情绪来得快也去得快，没一会儿就被温景梵哄着睡着了。

大抵还是酒精作祟，她藏得细细小小的感情全被酒精放大，才如此情绪化。

他微侧着身子看着她，她眼皮还有些粉粉的，鼻尖也红红的，唇色更是嫣红得像是涂了上好的胭脂，衬得整张脸都明艳了不少。

他看了良久，伸出手指去摩挲她的脸，忍不住笑了起来。

明天起来，怕是眼睛要肿了。

随安然一觉睡醒之后想起昨晚自己那大起大落的情绪，又想起自己昨晚干的那些事，顿觉丢脸。

温景梵比她要醒得更早一些，下楼的时候安歆也起来了，正在院子里浇花。看见他下来的时候，她还有些意外：“怎么起得这么早？我以为你们昨晚守岁闹得晚了今天会起得迟一些。”

温景梵笑了笑，走到院子里从她手里接过花洒，轻声道：“有些想吃妈做的馄饨了，今天早上吃这个好不好？”

安歆听他喜欢，自然高兴，忙不迭地应了下来。

这几天的相处下来，她是打心眼里喜欢这个女婿，总觉得皮相好、性格好，哪儿哪儿都好。有时候她静下来想一想，还会觉得安然实在是运气好，怎么就捡着了这么好的男人？

再加之，温景梵本就是个细心体贴的人，对谁都妥帖有礼，安歆那天平想不倾斜也难啊。

等馄饨快下锅的时候，温景梵折回房间去叫随安然起来。

随安然已经把昨天的事都回忆起来了，总觉得有些不好意思，再加之刚才用手机屏幕看的那一眼，自己眼睛微微肿着……别提有多不能见人了。

是以，听见温景梵的脚步声越来越近，她干脆闭眼装睡。

温景梵原本也以为她还在睡，刚坐在床边，就看见她的睫毛动了动，连那嘴角都轻微地扯动了一下。

他微微挑眉，也不揭穿她，只一双手伸进被窝里去摸她。

他的手带着凉意，随安然身上又热乎，他这样碰上她，冷得她一个哆嗦，偏偏还是不愿意醒来。

温景梵悄然覆上去，声线压得低低的，故意用一种慵懒又性感的声音在她耳边低喃：“起床了，再不起来就把你下锅了。”

随安然还没想好要不要一脸睡眼惺忪地醒来时，他微带着凉意的唇就印在她的耳后，又张嘴咬了她的耳垂一口，声音更沉了：“还不起来？”

随安然被他那销魂入骨的声音刺激得心尖都微微地颤抖……可是已经骑虎难下了，这会儿醒来好像更没有面子了。

温景梵见她抖得更厉害了，心里越发觉得好笑，无声地笑了笑，微微拉下她睡衣的领子，沿着她的后颈一路吻下去。

随安然这会儿是真的不敢继续装睡了，一把握住他的手，转头看他：“我醒了……”

“已经晚了。”他这回是真的忍不住笑了起来，声音低低沉沉的，很是悦耳。

随安然被他的声音秒到渣都不剩，连抗拒的力气都没有，就被他按住准备就地正法了……

温景梵到底还顾忌着安歆待下锅的馄饨，也没闹得太狠，狠狠地撩拨完她这才放她起来，自己下楼去厨房的冰箱弄些冰块来给她敷敷眼睛。

安歆见他拿冰块有些奇怪：“拿这些干吗？”

随经国昨晚给随安然打了电话，显然是没有告诉安歆的打算，或者说他是想借着随安然的口告诉安歆。

所以温景梵并没有瞒着的打算，只是自己主动提起总是不合适的，便寻了这个契机说道：“昨晚爸来了电话，说是……”

他微微顿了顿，措辞道：“他在医院里，那孩子没有保住。安然昨晚酒喝得多了，有些上头，情绪便有些不稳定。”他没有说得太透，但显然也没有很含蓄。

安歆站在那里愣了一会儿这才反应过来，淡淡地笑了笑，转身的时候轻声说了句：“这样啊……”

说不上是叹息多一些，还是如何。

温景梵看着她的背影，目光沉沉的，像是古井，悠然深邃。

他不太理解安歆对随经国的感情，就连随安然也是点到即止，从来不会多说起这些。

但直到此刻，她只一声叹息，转身留下的背影，却蓦然让温景梵觉得有些发堵。

他回来的时候随安然正在刷牙，叼着牙刷透过镜面看着他，仰着头冲他笑。那神情，越发像只猫了。

等她收拾好自己，他把冰袋贴上她的眼睛轻敷着，沉默了良久，才说道：“刚才妈问起来我就说了。”

没头没尾的一句话，随安然却听懂了，她握了握他的手，却没说话。

吃早饭的时候，温景梵提了提老爷子年后要来的事情。这个安歆早有准备，看了眼埋头吃馄饨的随安然，应了下来：“你们之前不说初二要去梵音寺？今天要带的东西都收拾好，别到了明天匆匆忙忙的。”说着，又叮嘱了几句，这才作罢。

阔别这么久，再回到这里，随安然的心情还是有些许复杂。

她好久没有运动了，爬个山累得不行，但此刻站在梵音寺的大门前，那些疲累便瞬间都不见了，只觉得神清气爽。

迈上台阶，她挽着温景梵的手跨过门槛走进去。

客堂大概是新修了，比之五年前要好上许多，里面的设施也齐备了，一进屋就能闻到淡淡的檀香味。

知客僧是认识温景梵的，这次见他带了人进来，弯着唇，了然地笑了。

等他走了，随安然这才问温景梵：“他怎么好像认识我的样子？”

温景梵正站在书架前，闻言头也没抬地说道：“自然是知道你是我太太。”

随安然才不信，但见他没有想解释的意思，自己又抓心挠肺地想知道，就耍赖地钻进他和书架之间。

他正在拿书，一手落在书架的书上。她这么一靠上来，他刚拿出来的书又被她压了回去。

温景梵挑眉看了看她，低头亲了她一下：“乖，让开。”

随安然摇摇头，很是执着：“我总觉得这里有很多你的秘密。”说完，她又补充了一句，“还是关于我的……”

温景梵扬唇笑了起来，干脆放弃看书的念头，手撑在书架上微微低头看她：“何以见得？”

随安然想了想，摇摇头："直觉……"

"他是大师的关门弟子，我来这里来得勤，都是他接待的。"他解释道。

还没说到点子上啊……

随安然继续星星眼地看着他。

被她那眼神看得受不了，温景梵摇头失笑，那眼底的宠溺毫不掩饰："每回来，我都会问大师，那位女孩子有没有回来过。你那么特殊，他想装作不知道也不行。"

他说得倒也是真话，只是还有一小半的话并未说起——例如，他每回来住几天，都会抄些佛经，篇幅不长，抄完就供到佛前。并且求了大师，如果哪天随安然来了，就把佛经送给她。

只可惜，她一直未来，那佛经已经堆得厚厚一摞，压在最底下的纸页都有些枯黄发旧了。

"万一你带的不是我呢……"她心里发甜，那甜意简直要满溢出来，连嘴角都压不住那笑容，面上却又故作一本正经，那模样倒是看得温景梵的心像是被猫爪挠了一下。

他的声音一下子就低沉了下来，仿佛还带了沙哑的回音，轻声回答："不会的。这里是我们初遇的地方，如果不是你，我不会带任何人过来。"

更何况，怎么可能会不是你？

他眼中涌动的情绪浓烈得几乎化不开，像是翻涌的潮水，汹涌而来。

温景梵低下头去吻她，吻得格外用力。这一刻拥着她，才真切地有种归属的感觉。他一个人在这里寻觅了那么久，怕是佛祖也被感动了。

他做得不多，却一处处都用尽了心思，也用得恰到好处，起码等随安然知晓了，一点点回忆起来，怕是整颗心都要柔软成一摊水了。

时遇倾城色，时遇，倾城色。

他当初想的便是她，才有了"时遇"这个名字。

这世间所有的好，总结起来，也不过"如愿以偿"这四个字了。

| 第二十一章 |

重游梵音寺

一整个上午，两个人都窝在客堂里。

阳光透过窗洒下来，落在窗前，映得整个房间都熠熠生辉，格外明亮。

梵音寺在山腰偏上的地方，后面是一片竹园，除了行人行走的地方，其余都有植物覆盖。

只是现在少了郁郁葱葱的绿意，有种萧瑟清冷的感觉。但这种清冷，却因为梵音寺的存在，变得虚无缥缈起来。

今日虽然是暖阳高照，但山腰处过堂而来的风依然还是很大，拂过山林时，能发出呼呼的风声，像是有野兽在咆哮。

那空气里似乎也带上了几分冷冽，混着草木的香气，丝丝袅袅。

窗开了片刻，屋内的空气都散得差不多了。温景梵放下书，起身去关窗，折返回来便点了香。没多久，那香气就飘了出来，闻着便觉得心旷神怡。

随安然从书架里抽了一本杂书看，她对那些佛经并不大感兴趣。因为她对佛经的了解并不透彻，就连读音，十个里面她也能念错九个。

这一整本的，她一眼扫下去，就没有翻阅的欲望。

她不像是温景梵，对佛极为虔诚。再者他无论做什么都极有耐心，又喜静，哪怕手里只有一本佛经，估计也能打发一整天。

见她盯着自己发呆，温景梵抬眼看过去，微微一笑，说道："佛门重地，不宜再三犯戒。”

随安然被他打断思绪，有些哭笑不得。

刚才他那样投入地吻她，随安然却在他攻势柔和下来的瞬间寻到了几分清明……这里怎么说也是寺庙的客堂，这般亲近多不好啊。

所以当即，她就避开他的吻，气息不匀地说了句：“这里是佛门清静的地方，怎么能……”

然后，他现在时不时就要拿出来提醒她一下，以让她能清晰地回想起自己是怎么打断他的。

幼稚又记仇。

却偏偏让随安然又觉得，那个以前她总觉得有些遥不可及的人，此时是多么亲近。

她歪头看了眼他手里的佛经，问他：“会不会念？”

“自然。”他回答得快，见她有兴趣，朝她招招手，示意她坐过来一些。

随安然想了想，搬着椅子就坐到了他身旁。

温景梵念着佛经时，承转起伏都用了转音，低低沉沉的，就像是这满屋子沉郁的香气一般，丝丝入扣。

他的声音里有让人沉静的东西，那佛经由他念出来，格外好听。一声声，一句句，他不急不缓，又带上了几分柔和和虔诚……

随安然想，如果是在古时候，就冲着他的声音，她也会每日过来念经礼佛吧。

念到最后，他突然收了声，抬头看向她：“在想什么？”

随安然脑子还没嘴快，想也没想就回答：“想日日听你念经。”

温景梵笑了笑，屈指弹了一下她的额头，力道掌控得刚刚好，只在她的额上留下了一个浅浅的红印子。

“你现在不就日日在我身边？若是喜欢，便每晚念了给你听，哄你睡觉。”话落，他又补充了一句，“将来有了孩子，念念佛经，也好让他能心神安宁，性子沉静些。”

随安然没忍住笑了出来，轻掐了一把他的手，说道：“你不怕孩子一出来就要剃度出家吗？人家都觉得孩子性子活泼些好，怎么到了你这里，反而希望他安静？”

温景梵垂眸专注地看着她，一字一句格外清晰地说道：“因为我所有的耐心，都已经给了你。”

午饭吃的是梵音寺里的斋饭，斋饭是远近闻名的，每天都有桌数限制。

吃过饭，两个人沿着小径四处走了走。到底是中午，阳光温暖，晒在人身上暖洋洋的。

寺庙的后面有一处放生池，随安然之前见过几次，知道放生的人不少，而且她还亲眼看过放生鳄龟的香客。

后来似乎是有和尚来阻拦了，但最后到底怎么样了，她却不知道了。现在不知不觉地走到这里，她便沿着白玉石的桥栏往下看。水是碧绿的，并不清澈，上面还漂着几片叶子，但依稀能看见里面有金黄色的锦鲤在缓缓游动。

“早秋来的时候能看见更多。”见她不知道进退地往河里探过身子，他握住她的手拉回来，补充道，“我上次来的时候天气正暖，倒是能看见不少乌龟探出头来凑到水面上换气。一有动静，它们又很警惕地游下去，小心打量。”

话题一打开，随安然就有了兴趣：“有人说放生池里的动物多听听佛经，就会开佛窍，是不是真的啊？”

“那你下去问问它们？”他含笑地指了指水面，见她微微恼了，又和她缓步继续往前走。

“动物都有灵性，开不开佛窍又有什么关系？像梵希和它的……”他微微顿了一下，侧头看她，“不是都很聪明？”

一提起梵希，随安然心底便燃起几分想念来："倒是好久没见它了。"

温景梵不知道是想起了什么，沉默了下来。

兜兜转转地溜达了一圈，温景梵领着她去大师那里下棋。

随安然看不懂，就坐在一侧听他们说话，只是两个人都专心得很，并不怎么开口说话。她看着看着便有些犯困，懒洋洋地耷拉了眼皮子就想睡过去。

那大师却倏然看向她，似乎是笑了一下，说道："施主总算是来了。"

随安然已经在温景梵那里知道了一些，有些不好意思地笑了笑，并未接话。

"今年可是还要继续抄佛经供在佛座下？"他笑意温和地看着随安然，话却是对温景梵说的。

温景梵掀了掀眼帘看了大师一眼，也笑了："这次就不了，时间有些匆忙，后天早晨就要回去了。"

慧合大师但笑不语，良久才道："这段姻缘能成就，也算是了却了老衲的一番心愿。"

温景梵转头看了一眼有些不明所以的随安然，抿着嘴笑了笑："是必然的。"

"女施主是有所不知，自打你们五年前在梵音寺一别之后，温施主偶尔有空都会来这里小住几天，每次皆要问问是否有你的消息，次次失望而归。后来依然还是每次都问，但来了这里就会抄些佛经供在佛座前。若是你来了，让我们转交给你。"

随安然此刻听说不由得有些震惊，更多的还是心底满溢的满足和幸福，那种被人珍视，被人妥帖放在心上的感觉就像是潮水，汹涌地扑上来。

她张了张唇，想说些什么，只是这毕竟不是只有两个人。她想了想还是咽了回去，只抬手，轻轻地握住了他的。

温景梵心念一动，执着黑子缓缓落下，嘴角也随之微微扬起。

随安然有时候会想，她这样喜欢他，怕是这个世界上再也找不出第二个人对温景梵这样喜欢。

可现在她却想，这个世界上，怕是再没有一个人会像温景梵一样，这样小心珍重地对待她。

那心底的喜欢，就像是被浇灌了营养液，疯狂地滋生着，直到塞满她的心，也还在不断地生长。

幸好，他们在一起了。

隔日，却突然下起了雪。

随安然在佛堂里坐了很久，等他和大师说完话出来，两个人这才一起去吃午饭，经过钟楼的时候，她抬头往上看了一眼。

漫天飘落的雪花，纷纷扬扬。那古钟沉静地吊在木桩上，隐隐透着漫漫年岁的古旧和沉淀。

这种宁静得像是时间都停止了的生活，真的是……太美好，就像是闲来偷得的时光，会不自觉地想要更多一些。

南方很少下雪，再加上气候湿润，就算下了雪，没多久也会融成水，积不起来。

这场雪一直持续到了下午，天色沉沉的，云层压得极低，都辨不清天色。后来还下了雨，湿答答的。

原本计划去后院饮茶赏景，也因为这场雨雪，以及陡然降下去的温度改了。

随安然立在书桌前磨墨，磨着磨着便笑了起来，问他：“我像不像你的小书童？”

温景梵在练字，刚提笔开始写。随安然也是今天，才知道他的软笔写得也格外好，笔锋苍劲大气。

她不太会欣赏，也说不出什么专业的词来形容，只知道他写得极为好看。

闻言，他抬头看了她一眼，漆黑的眼睛似有笑意闪过，跟流光一般：“温太太是红袖添香，怎么会是小书童？”

他最近是越来越喜欢在言语上调戏她，随安然鼓了脸没回答他。

他练了一会儿，似乎是找到了感觉，看了她一眼，提笔写下“随遇而安”四个字，见她眉眼一亮，轻声问她：“偷偷关注我多久了？”

“我哪有偷偷关注……”她关注得还挺光明正大的啊。

“以前倒是没注意。”他看了看这四个字，把它拿到一边，又提笔开始写，“陆熠方有一次住在我这里，登了我的微博，我才看见你在我的悄悄关注里。忘记是什么时候关注的了，也忘记是什么原因了……”说着，他自己便笑了起来，好像——他说了不少废话。

随安然最近知道得有点多，此刻已经淡定了，甚至已经敢揶揄他：“其实你才是偷偷喜欢了我很久吧。”

“没有偷偷。”他看了她一眼，一本正经，“明明是一直想让你知道。”

随安然沉默，她还是说不过他。

这说话的时间，他已经又写下了“时遇倾城色”这五个字，他自己看了看，又把纸移到一边，继续写。

随安然见他没注意，拿了他的手机找个角度拍了张照，又用他的微博上传了上去，等做完这些她扬扬得意：“你的粉丝要是知道你这么德才兼备，一定会更喜欢你。”

温景梵倏然停了笔，目光直直地落在她的脸上，轻笑着问道：“那你呢？”

随安然：“……”没法聊了。

“要不要试试？”他问。

随安然想了想，点点头，站在桌子前握住笔，正要涂鸦的时候，他从身后圈上来，手心覆盖在她的手背上，收紧之后微微一提，抬高她的手腕：“这才是正确的握笔姿势。”

他贴得近，说话的声音就在耳边，那温热的气息洒在她的耳郭上，痒痒的，还有些发烫。

她的注意力瞬间就分散了，视线落在他和自己相握的手上，脸微微发红。

温景梵一手揽住她的腰，一手握着她的手教她写，更多的时候是他的力量引导着她，一笔一画，皆俱风骨。

随安然的童年记忆里，有一幕很深刻，也是在L市，在随家过年。

那一年家里买上了大房子，也买上了新车，爸爸妈妈带她回外公外婆那里过年。

这一次过年安歆留得久一些，初七的时候随经国回S市坐镇，正月十四那天又赶回来接她们回去。

他是中午到的，L市那天正下着雪，屋里实在是冷。安歆怕她冻着，生了个小暖炉在屋子里。

她吃过饭跪坐在书桌前折纸鹤，一抬眼就看见随经国迎着那雪花快步地进了门。她下楼缠着他玩了一会儿，才被安歆抱回去睡午觉。

醒来的时候，天色昏沉了许多，她从床上爬起来的时候就看见爸妈坐在窗前，电视开着，两个人坐在沙发那边悄声说话，那灯光映在他们的脸上，看上去暖得人心都发烫。

她那时候就想，以后也要找个像爸爸一样的男人，她对幸福的定义就是温馨，简单，却能一辈子。

只可惜，后来支离破碎。

但现在，她就像是回到了那段时光里，她的身旁有温景梵。外面飘着雪，湿漉漉的寒冷，屋内，却暖得如同春天。

温景梵是在一个小时后收到陆熠方的微信，这才知道他的微博现在已经热闹得炸开锅了。

他看了眼握着毛笔正写得兴致勃勃的随安然，点开手机里的微博客户端。

微博的客户端上显示他的账号一直都是在线状态，所以不需要登录。

消息那一栏上的数字提示已经超过了一万，并且这个数据还在继续攀升。手机的运行速度因为这不断增加的信息缓慢了许多。

他挑了挑眉，目光落在不远处那几张他一小时前写的字帖上，若有所思。

片刻之后，等微博客户端的运行速度恢复如常，他从主页进去，点开自己的微博看了眼——最新发表的微博就在一个小时前，配图赫然就是他写的那些字。

他微一审视，放大图片，找到了问题的关键。

大概随安然在拍照的时候没留意，那些字的对面摆着镜子，恰恰能看到他们在做些什么。还能看到模糊的人影。

他目光落下去，一眼就看见了她露出的手腕上戴着的自己送她的小叶紫檀珠串。

他失笑，看了眼还完全不知情的随安然，想了想，并没有删掉照片的意思，反而转发，评论道："夫人不小心就入画了，算不算我们的合照？"发完，看了眼之前的评论，哑然失笑。

"时遇大大和夫人吗？夫人看着好漂亮，就是没看清脸，夫人果然威武啊！要是大大的照片再清晰点就更好了。"

"哇，是时遇大人吗？哇，好高！看着好帅！"

"又是一位上辈子拯救了银河系的女人啊……"

"大大的字写得好漂亮……好嫉妒大大的夫人。"

"大大的夫人手上戴着的手链不是时遇大大的吗？定情信物吗？"

他看着看着便笑了起来，随安然抬眼看去时，便看见他笑得极为开心，眼睛里闪着光。

“笑什么？我脸上又沾上墨水了？”不明所以的大大的夫人抬手摸了把脸。

“没什么。”他还是笑，手指落下去，看见他刚发的那条微博下，统一又整齐的回复——“不算！要高清无码的！要大大和夫人的大图！”

温景梵笑得越发荡漾，眉目间的魅惑，隐约间勾人无声。

初四的清晨，两个人离开梵音寺。雪已经不下了，地面上湿漉漉的，整个地面上的浮雕都如刚绘上去的一般，线条明晰。

已经开始融雪了，这气温比之寻常，要更冷一些。

她裹得厚厚实实的，被他牵着往外走，走到客堂的小院子里，便看见了坐在石凳上等候已久的大师。

那石桌还是她那年来的时候，伏在上面写过经书的。客堂翻新过了，石桌石凳的位置却依然在那里，没有变过。

大师亲自送两个人出去。等走到了门口，温景梵对着大师微微一礼，轻声说道：“大师你最近身体不好，就送到这里吧。”

大师笑了笑，目光落在两个人的身上，笑得格外温和：“你下次来，指不定还能不能见到我了。我们认识这么多年，我就想来送送你。”

温景梵的神色有一瞬间的凝滞，那目光也瞬间沉凉。他微抿了抿唇，一时间没再接话。

又送了一段路，大师这才止住脚步，目送他们下山。

随安然察觉到他内心的波动，有些不安地握紧了他的手，见他转头看过来，斟酌了片刻说道：“你在难过？”

“没有。”他干脆揽住她，踏着石级往下走，“大师给过我很多的指点，为人又随和，和老爷子的关系也不错。只是后来老爷子腿脚不方便了，就没再来过，向来都是我在替他们两个人传话。”

唔，说下来还是在难过。

随安然轻捏了捏他的手，不再说下去。

两个人并未下山回家，反而直接去了 S 市。

到的时候已经是中午，随经国已经等了一上午，看见他们来，倒是未说什么，直接招呼了一起吃饭。

随经国和安歆离婚之后，随安然前前后后来过很多次，每次来都会避开那个女人。但今天这种场合，看见她的时候，随安然却还有些意外。

这个时候，不应该卧床休息吗……

随经国淡淡地扫了她一眼，转头对随安然解释道：“这毕竟是你结婚后第一次带景梵上门……”后面的话他并没有说下去，点到即止。

随安然的目光落在那个女人身上，并未有什么波澜。她坐在随经国身边，给他添了一碗汤，这才淡淡地说道：“我不需要。”

这句拒绝的话说出口，饭桌上的气氛便有一瞬间的凝滞。

随安然却恍若未觉一般，继续说道：“我还叫你一声爸爸，所以才和景梵一起回来。她对于我来说是外人，所以她没必要出现在这里。”

温景梵没说话，薄唇轻抿，显然是站在随安然这边，毫无异议。

随经国面色有些不好看，但终究是没说什么，看了那个女人一眼，大概是递了一个让她少安毋躁的眼神安抚。

随安然看在眼里，拿着碗的手微微收紧，总觉得刺眼万分。

一顿饭吃下来，别说是说话了，她是连正眼都没递过去，直接彻底忽视了那个女人。

但等到吃完饭，随经国叫了温景梵去书房说话。她留在客厅里，那个女人竟然也不回房，端了茶到她面前后，就在一边坐了下来。

随安然继续冷处理，见她半分没有挪步的意思，终是压抑不住，先开口问道：“有话跟我说？”

“我知道你看见我不高兴，你对我有隔阂有意见是不会改变了，这点我是明白的，所以也不指望这辈子你能对我亲近些。”她笑了笑，因为刚失去孩子，她的脸色还很苍白，毫无血色。

“你爸爸对你怎么样，你应该是知道的，我就是想告诉你，你父亲除了你，不会再有任何的孩子了。这些话他不会跟你说，也不好意思说。”

随安然微皱了一下眉头，语气却柔和了些许：“所以你到底想告诉我什么？你这辈子没法有孩子了，你委屈？还是你需要因为这个理由，而从我这里得到一点儿随家的家产？”

“身外之物生不带来死不带去的，我倒是没那么执着。”她抿了口茶，看了安然一眼，又缓缓说，“其实我也想尽办法才怀了这个孩子，你父亲知道的时候倒是很意外，也没有很高兴，甚至对你越发愧疚。他怪我自作主张……”

她苦笑了一声，神情凄婉：“我年纪大了，这个孩子便没能保住。孩子刚没的时候我还伤心了一阵，有些想不开。但这几天下来我倒是觉得这样也挺好的……你放心，我没有别的意思。只是这些话不说给你听有些难受，就只能借着这次机会和你一并说了。

“你离开家很多年了，你的房间一直都保留着原样。他就怕你哪天愿意回来了，能够住进来，别的我没法细细地说给你听。我知道因为这件事，你们父女的感情生了嫌隙……”

“这些话不应该你来说。”随安然打断她，心底虽然因为她的这些话柔软了几分，只是想着这个女人如今占着自己妈妈原本的位置，便怎么都对她产生不了好感。

“我还是不太想和你说话，至于我和爸爸的事情，不用你太操心。”她的语气凉薄，刚才那一丝柔软就如同是幻觉。

那个女人张了张嘴，似乎是想说些什么，但最终也只是把到了嘴边的话咽回去，起身上楼了。

随安然一个人坐在客厅发了一会儿呆，总觉得这里有冷风从门缝里挤进来，让她觉得有股凉意从脚底直往上蹿。

她鼻子微微发酸，倒并不是想哭，只是觉得心里堵得难受。

家里的摆设倒是没有太多的改变，至于她的房间，的确还是她五年前离开时那样，每一处都没有改变。

只是这样做又有什么意思？她已经完全不把这里当作家了，所有的摆设可以原封不动，那感情呢？

她一小口一小口抿光杯子里的茶水，终是有些坐不下去，悄声上楼去。

书房就在扶手左边，门并没有关严实。她靠在墙壁上，就能透过那一丝缝隙看见背对着她坐着的温景梵。

两个人的声音没有刻意压低，她放轻了呼吸声，便能听得很清楚。

不是她所想的那样，在谈婚礼的安排或者是商讨日期，两个人似乎是在聊最近的金融市场。

温景梵的声音清润好听，说话时徐徐道来，倒是像在传道授业的老师一样……

她抿着唇笑了起来。

聊了一会儿，就听随经国突然沉吟了一声，说道："昨天温老爷子打电话给我了，说初六那天过来，把你们俩的事情给定一下。我跟安然的母亲是一样的态度，对你们两个这样不打招呼就领证的做法不是很满意。"他说这句话的时候带了沉沉的威压，声音压得低，显然是在给温景梵压力。

温景梵思忖了片刻，这才回答："是我考虑不周。"

随经国似乎是有些不敢相信，这么"恶性"的行为，他竟然只用这么一句话轻描淡写地盖过去："就这样？"

"事情是我欠考虑了，不瞒您说，安然愿意点头也是因为那时候出了一些事情，我有趁火打劫的嫌疑。我怕她会后悔，所以才下的这个决定……但绝对没有不重视的意思。我喜欢安然很久了，也迟早会和她在一起。"他对待安歆的态度可不向对随经国这样理直气壮，完全是有恃无恐的样子。

随经国沉默了很久，这才问他："那你们今后是什么打算？"

温景梵有些吃不准他的意思，并没有立刻回答。

“我以前也以为我和安然的母亲能白头到老，只是……”随经国顿了顿，似乎是无奈地叹了口气，再没说话。

温景梵笑了笑，看向随经国的眼神专注又认真，还有几分势在必得：“我会尽我所能对她好的，只要她不变，我这辈子……就绝不会变。”

他给人的第一感觉总是温润如玉，只是相处久了才知道，他骨子里也有霸道、偏执、强势。

就像他此刻，褪去了温和的外衣，双眸安静地凝视着随经国，只眼神便让人感觉沉静幽深。那一直被他隐藏的另一面，毫无保留地展现出来……让人觉得他的承诺，一旦许下，至死都会遵守。

随经国蓦然失声，没再说话。

随安然看不见他在干什么，刚想往前溜达一步，还未动，一直背对着她的温景梵却似有所感，转头看了过来。

那目光清亮透彻，洒满了阳光。

他这样直直地转过头来看她，随经国自然也随之发现了门外有人，沉声问道：“谁在外面？”

随安然这才小步迈进屋：“是我。”

“怎么不进来？”随经国看了她一眼，指了指自己身旁的沙发，“坐这里来。”

随安然看了看，默默地坐到了温景梵的身旁：“我喜欢这里。”

随经国的脸色沉了沉，似乎是压抑了一下，这才面色如常地看了眼温景梵，问随安然：“你妈妈最近还好吗？”

“挺好的。”话落，她又淡淡补充一句，“估计今天会觉得不怎么好。”

随经国本来就觉得对随安然十分亏欠，就算知道她是有意的，也说不出半个不好来，只当没听懂她的话里有话，转头和温景梵聊别的话题了。

她就坐在一旁安静地听，听到入神后，也不知道什么时候他握住了自己的手，牵到他的膝上放着。

见她看过来，他便轻挠一下她的掌心，用手指在她掌心里慢慢地写字，用这种方式和她“说话”。

随安然装得辛苦，面上要不动声色，心里却暗暗地笑起来。这样三心二意的，也实在是为难他。

下午吃过晚饭后，随经国开口挽留两个人在随家住一晚。

随安然自然是不愿意的，拒绝得很是果断。

随经国想来是已经料到她会这么说，略微沉吟后，说道：“这种天气，回L市的车也少，不方便。外面的车哪有自己家里的车舒服，既然不愿意留，那我让司机送你们回去。”

随安然这回倒没直接拒绝，想了一想，偏头用眼神询问温景梵，看见他眼里的默许之意，这才点头答应了下来。

随经国自然是看见了这些小动作，心底暗暗叹了口气，只觉得酸楚得难受。

只是父女之间的关系，也不是他能强求回来的。想恢复到以前那样……这辈子怕是都不可能了。

出门的时候天色已经很沉了，路上有些湿滑。

大概是因为天气不好，又加上才年初四，街道上的人和车都很少，早上来时还能看见一些，一入夜就鲜能看见了。

夜晚赶路，总是会比白天来得要更无聊一些。她靠在椅背上有些无精打采，也不知道什么时候就睡了过去。等途中迷迷糊糊地醒来时，还隐约听见温景梵压低了的声音在问：“什么时候能修好？”

她这才清醒了几分，有些困难地睁开眼看过去。

大概是车出了一些故障，已经停在了高速上的应急停车道。

她是靠在温景梵的怀里睡着的，这会儿一动，温景梵就察觉了，低头看过来，替她拢了一下盖在她身上的外套，轻声问道 :“睡醒了？”

“车怎么了？”她揉了揉眼睛，坐直身子。

“出了一点儿无关紧要的小问题，你继续睡你的，等会儿就能走了。”他声音轻柔，抬手遮住她的眼睛，顺带着又把她抱回了怀里，轻声哄着，“再睡会儿。”

这一睡，便一路睡到了家门口。

因为路上出了点故障，耽误了一段时间，所以到家的时候已经是十一点多了，路上已经没有行人。

温景梵抱她出来的时候她才醒过来，抬手环住他的脖子，四下看了看，还一时有些不能回神。

“到家了？几点了？”

“到了，十一点多。还困不困？”他问。

随安然抬头看见二楼母亲的房间还亮着灯，有些迷茫 :“妈怎么还没睡？”

“妈下来开门。”他低头，吻落在她的脸上，试了一下她现在的温度，这才说道，“困的话接着睡，我抱你回去。”

随安然被冷风一吹已经清醒了很多，回头看见母亲关了门正往回走，这才有了些不好意思 :“你就当着我妈的面这样把我抱回来的啊？”

她的声音软软的，还带着初醒的娇憨，温景梵不禁多看了她几眼，解释道 :“我叫了你好几次都没醒，我不抱你下来难道留你在车里过夜？”

可事实上是……司机提议叫醒她，温景梵却想着她昨晚没睡好，今天来回坐了一天的车，便舍不得叫她起来，直接抱着出来了。

“那司机呢？这么晚了他还往 S 市开？让他先在 L 市这里的酒店住一晚好了。”

倒还有工夫想别人……

温景梵抱着她进屋，这才回答 :“你想到的，我会没想到？”

随安然 :“……”这什么人啊，她咕哝了一声，把脸埋在他的颈边，一动不动。

等他抱着她准备上楼了，她又霍然抬起头来，拍了拍他的肩膀：“家里楼梯窄，我下来自己走好了。”

她脸上还有明显的睡意，双眼熬得有些红，映着昏黄的壁灯看上去竟有几分楚楚可怜。

温景梵便更舍不得放她下来了，沉吟道：“我以后还得扛起你的整个人生，现在只是抱你上楼，怕我把你摔下来？”

“我不怕。”她低低轻喃了一句，又老老实实地趴回去。

等温景梵抱着她到了房间时，刚推开门就感觉到颈间有很轻柔的触感，淡淡的，一扫而过。他微微一顿，低头看了她一眼。

随安然环在他颈后的手有些紧张地微微收紧，始终没抬头。

温景梵低低地笑了一声，也不拆穿她，只放她到床上时，偏头在她的颈间不轻不重地咬了一口，这才给她盖上被子：“想不想吃夜宵？”

随安然闭着眼摇摇头，翻身背对他，手指却扯着被角偷偷地笑。

他正要起身，便听见门口传来规律的敲门声，他转身看去，安歆端了杯水站在门口，温和地看着他们俩：“安然睡下了？”

温景梵边起身过去，边回答：“睡下了。”

“也难为你照看了她一路，这孩子也真不懂事。”安歆轻声责备了她一句，把手里的温水递给他，“肚子饿不饿？要不要我下楼给你弄点吃的？”

温景梵也没有吃夜宵的心思：“妈，我肚子不饿，您别忙了。这么晚了赶紧去休息，安然这里有我。”

随安然听得迷迷糊糊的，原本还想再听一耳朵，渐渐的，那睡意上涌，什么时候睡着的都不知道。

隔日安然醒来的时候，安歆还在楼下给她下馄饨，见她一个人下得楼，看了她一眼，先问道：“景梵呢？”

“还在睡。”她揭开锅盖，锅里翻腾的水汽涌上来，有些烫。随安然眯起眼睛看了看，看见翻滚的沸水里正浮动着的小馄饨，仿佛已经闻到了馄饨的香气，食指大动。

“估计一时半会儿也醒不来，等会儿他下楼来，就再下一锅馄饨。别什么都等着他来做，看你都快被他养懒了，什么都不动。”安歆看了她一眼，见她并没有认真地在听，抬手轻拍了一下她的手，瞪了她一眼。

随安然不满地反驳：“是他不让我做的啊。”

安歆笑了一声，轻斥：“你也就仗着他宠你。”

嘴上虽然这样说着，但安歆却是高兴的，没有什么比自家女儿找了个疼爱她的男人更让她觉得欣慰。

她一直害怕安然会过不去她和随经国离婚的这道坎，如今看到随安然和温景梵的相处，看到温景梵对随安然的态度，她已然放下了大半的心。

随安然吃过早饭后上楼去叫温景梵起来，他已经醒了，正半靠在床头，慵懒地看着窗外。见她上来，他懒洋洋地问道：“妈去上班了？”

“嗯。”她坐到床边，“起来了，我下馄饨给你吃。”

“不急。”他说道。

随安然疑惑地“嗯”了一声，他已经微微坐直身子，一手抱住她：“你早上起来的时候我跟你说什么还记得吗？”

随安然想了想没想起来：“你说什么了……”

他的动作开始不安分起来：“我说不要穿太多，还有吃饱点……”

咦……她说呢，她还以为自己听错了，以为他是让自己穿多点，结果真的是不要穿太多？

她这边还没想明白，他已经微带着些不满地抗议：“脱起来太麻烦。”

随安然顿时瞪圆了眼，敢情他是存了这个心思才赖床的？这么无耻的人真的是她的时遇大人？

这样预谋已久是大丈夫所为吗？

不过无论她是否抗议，还是没能抵过温景梵的势在必得，许久之后才终于得了解脱。

浴室里放了水，温景梵抱她进去洗了澡，见她懒洋洋想睡的样子，抬手轻捏了一下她的脸：“不说下馄饨给我吃？”

随安然默默扫他一眼，眼神里尽是控诉——都这样了，还让她下馄饨？他已经把她当作馄饨下锅了，好吗？

温景梵失笑，凑过去亲了亲她，温声安抚：“辛苦温太太了。”

随安然浑身都是酥的，想生气也生气不起来，就地一滚把自己深深地埋进被窝里，闷声道：“那也太不节制了。”

温景梵颇有深意地看她一眼，反问：“这个难道不就是放纵？”

随安然沉默：“……”她说不过他。

于是，安歆耳提面命了一早晨，让随安然勤快点，不要仗着温景梵现在宠她疼她就懒得什么也不做的结果——依然还是失败了。

因为太累……

随安然默默地在床上又翻了个身，看着窗外像是雾霭弥漫而显得格外阴沉的天空，更加不想出门了。

今天早上不用说了，是温景梵不放人，以至于两个人就这么虚度了一上午的时间。等吃过午饭，她不思进取地重新爬回了床上补眠，这一觉睡到了下午。

温景梵推门进来的时候，随安然还裹在被子里，只露出一个脑袋感时伤秋地看着窗外。温景梵微微一顿，开始反思自己是不是真的太放纵了些……以至于随安然这种悲壮的表情持续了这么一整天。

听见他的脚步声，随安然往被子里缩了缩，咕哝道：“别叫我起床，我不想起来。”

“忘记四点的同学会了？”他轻扯了一下她的被子，见她扯得更紧，挑了挑眉，说道，“不想去？”

随安然点点头：“不想……很不想，非常不想，特别特别不想去。”

温景梵的本意是想带着她从那段黑暗的时光里走出来，她永远不会主动提起的那一年，就算偶尔提及，也是一语带过，不愿深谈。

说实话，他一点儿也不喜欢看见她躲闪皱眉，陷入回忆便无法自拔的样子。

而且，那段记忆他没有参与，从而也不知道她到底经历了什么，只是在随母那里听过只言片语。

见他沉默，随安然不安了一下，翻身去看他：“你不高兴啊？”

“我为什么要不高兴？”他俯下身，按住被子的一角，看着她刚睡醒有些绯红的脸，抬手探了一下她的额头，“不去就不去，有这个时间我们还可以做点别的。”

这一次过年，仔细算下来真正的二人时光，其实反而比在 A 市的时候要少。

他一本正经地提议，随安然却……一本正经地想歪了。

于是随安然很麻利地翻身坐起来：“你出去等我吧，我马上就起来。”话落，更是毫不留情地开始赶客。

温景梵略一思忖就知道是自己刚才那句话颇有歧义，但也不做解释，从善如流地出去等候了。

没一会儿，随安然就收拾妥当走了出来。

她边穿外套边看外面冷风肆虐的天气，眉头皱得更深了：“真的要去吗？”

“我记得家里的大小事一向都是温太太全权拿主意。”

就因为全权拿主意……反而拿不准主意了啊。随安然大概是知道他的用意的，所以才选择困难症发作。不然按照平时，就算是人到门口请了，她也是说不去就不去。

这么想着，心底暗叹了口气，和他一起出门。

比起温景梵一脸闲适地像是去散步，随安然的表情简直要用惨烈形容。

同学会是下午四点开始的，随安然一向准时，就算在路上磨磨蹭蹭，到达地点的时候也比预定时间提前了十五分钟。

班长和叶小琴已经在酒店的大堂等候，随安然往里面看了眼，便发现除了他们两个人，还有三三两两刚找到组织的同窗同学。

她犹豫了一下，看了眼温景梵，目光灼然。

他也低头看她，用鼻音轻声地“嗯”了一声，带着询问的意味。

叶小琴在班里的人缘向来不错，所以像同学会这样需要号召力的活动一向都是交给她和班长一起安排策划的。

往年的同学会，随安然通常都是推托自己不在L市赶不回来，从来不参加。但偶尔也会留意一下，加上江莫承是每回都去，一来二去倒是也知道一些。

只是她从来不会放在心上。

高中的第三年，她的存在感就像是一张白纸，几乎透明。

正这么想着，身后便传来熟悉的声音，在叫她的名字。

她转头看去，江莫承正大步地往这里走来，眉眼间带着淡淡的笑意，走到跟前时对温景梵微微点了点头示意：“怎么不进去啊？”

她还没做好进去的准备……

明显底气不足的样子，江莫承自然也看明白了，笑了笑，四下看了眼，指了指酒店旁边那家咖啡厅：“反正时间还早，一起去里面坐坐吧？”

随安然还在默默地想，自己来都来了，已经走到了门口，现在又不进去，是不是有些太矫情了啊……

而且只是一个同学会而已，又不是鸿门宴。就算是鸿门宴，她也有人撑腰啊，也不知道心虚打战个什么劲。

温景梵见她在出神，无奈地笑了笑，替她答应了下来：“好，过去坐会儿。”

大概是因为是大年初五，咖啡厅里的人少得可怜，以至于本来就安静的氛围更加安静了。

只有轻柔的音乐声在回响，舒适又清新。

不打算久坐，三个人便直接选了咖啡厅一楼拐角处的角落坐下。

“这次来是不回去了吗？”江莫承问。

“初七回去。”温景梵抿了口茶，目光清润地看向他。他的眼神虽然平和无害，但江莫承还是觉得有一股凌厉的威压。

他看了眼有些不在状态的随安然，好奇地问道：“这次怎么愿意来了？”

随安然看了他一眼，含糊地回答：“在超市碰到叶小琴了，她亲口提了就没拒绝……”

江莫承认识了随安然这么多年，哪会不知道这句话的真实含义。叶小琴和随安然是对头这件事整个班都知道，哪有叶小琴亲自开口她就给面子不拒绝的道理？

江莫承斟酌道：“同学会就是同学联络感情，你一直没来，大家偶尔会提起你。”

随安然也觉得自己有些小家子气了，点点头，没说话。

温景梵静静地看了她两眼，慢条斯理地抿着茶水，良久才说道：“安然不想去那我们就不去了，没必要浪费时间。”

浪费时间……

江莫承心头微微不爽，怎么就浪费时间了！说谁浪费时间呢！

他正想说几句什么，手机却响了起来，江莫承拿起手机看了眼，眉一挑，面色复杂：“叶小琴的电话，估计是催我了。”

随安然被茶水烫得舌头有些微的麻，她舔了舔唇，这才说道：“那你先过去吧，我再坐一会儿。”

江莫承犹豫了片刻，刚想说一起过去，正要开口便看见原本一直目光淡淡的温景梵倏然看过来，那目光清亮得像是能看透人心。

专注地看向他时，那压迫犹如实质，毫不掩饰地压过来。江莫承的心跳慢了半拍，下意识地便移开目光不敢和他对视。

所以说……男人之间的较量，只一个眼神便能分出胜负。

江莫承到了嘴边的话只能变成："行，我就先过去了。"

等江莫承一走，随安然小口抿着柚子茶偷眼看温景梵，见他神色自若的闲适样子，斟酌了片刻才开口道："我知道你的意思……"

温景梵用鼻音哼出个"嗯"来。

随安然熟知他的声音，见他似是没有半分不悦，反而还微微带了几分轻快，不禁一头雾水……他高兴什么？

见她开了头又不说下去，温景梵手指搭在桌面上轻轻地敲了敲："继续说。"

"其实没必要……"她垂着眸子看着茶水里的柚子，继续说道，"我不愿意去同学会倒不是害怕，也没有觉得往事不堪回首……"

再说了，当年她又没做错什么，就算是有过计较，在这几年也看开了。

"我的高中学校是寄宿的，同学大多都是住校的。但我是走读生，每晚爸爸都会开车来接我回去，反正出于各种原因，我就没交到什么朋友。所以觉得……同学聚会没有什么必要。"

都不熟嘛……而且后来的事情更是闹到连普通朋友都敬而远之了。她那么久不出现，今年却突然带着老公出现在同学会上，那得多奇怪啊。

而且私心里，随安然也没有想要把温景梵带过去。如果有问题，她也能够解决，她并不想把温景梵也拉到这种幼稚的较量里。

温景梵静静地看了她一眼，见她那一脸小心的样子，不禁失笑："原来温太太是这样想的，我还以为是我带不出去。"

这飞来的一笔罪状……

随安然赶紧摇头："哪能啊，时遇大大这么倾城绝艳的，一出场肯定能艳压群芳。再说了，他们那都是庸脂俗粉，哪能和您比较。"

这狗腿的……

温景梵倒没见过她这个样子，只记忆里有一次是在微博上，她一口一个“时遇大大”的样子，倒是有几分小女孩的活泼俏皮。

他思忖了片刻，转了话题：“附近哪里有电影院？”

随安然还在等他回答呢，结果她这么拍马屁，他居然一点儿反应也没有，严重打击了她溜须拍马的积极性。

见她一脸郁闷的样子，温景梵目光微亮，叫她：“安然。”

“嗯。”她闷闷地应了一声。

温景梵指了指她的脸：“好像有脏东西，你靠过来。”

他一本正经的样子，随安然自然不疑有他，乖乖地把脸转过去。两个人本来就坐在同一处的沙发上，一直亲近着。

她只微微靠过来，便已经在他的势力范围内。

温景梵扣住她的下巴微微收紧，低头浅浅地在她唇上落下一吻，见她呆愣，抵着她的唇低喃了一句“温太太态度积极，温先生很喜欢”作为评价。

而这句勉强算夸奖的话，却让随安然有些摸不清他夸得是哪方面了……

她……好像就没有积极的一面啊，而且在他的纵容下，越发懒散了好吗……

既然打定主意不去了，那这四点之后的时光便空闲了……某位占了便宜，心情越发愉悦。

在咖啡厅又坐了片刻，等到天色擦黑，两个人这才去寻吃饭的地方。

最后随安然以“想吃的太多吃不过来，就随便吃点”为由，去一家砂锅店吃砂锅面。

她显然是经常来，菜单也不看，随口便点了几道小菜下面，又叫了一笼咸蛋蒸饭，这才问他：“想吃什么面？”

北方和南方的习惯不一样，为了省事，他通常都回答：“和你的一样。”

而这边，同学会开始。

叶小琴还惦记着随安然，眼看着都快要开席了，人还没来，不禁抱怨道："随安然这是放我们鸽子的节奏啊。"

江莫承坐在她的不远处，正好听见这句话，抿了口酒，淡淡地笑了笑："对，被她放鸽子了，今晚不会来了。"

叶小琴看了他一眼，越发不高兴了："怎么这样啊，说好要来的啊。"

"我怎么不知道你们俩的关系什么时候变这么好了？"江莫承又是一声轻笑，这一次便带了几分轻蔑。

"我知道你喜欢她，有必要当着老同学的面这么帮她说话吗？"叶小琴不高兴地嘀咕了一声，正有人问她要喝什么，她别过头去张罗，忽略了江莫承那一闪而过的阴郁眼神。

席间热热闹闹的，气氛倒是不错。

有个跟叶小琴关系好的，突然就问道："叶小琴，你不说随安然这次要来吗？怎么人没来啊？"

"不想来呗，谁有那么大的面子能请得动她啊。"

"你不说上次在超市看见她，她已经结婚了吗？那男人谁啊？干什么的？"

叶小琴嗤笑了一声："鬼知道干什么的，就长得还不错，原来随安然喜欢那个调调的。"话虽这么说，叶小琴心里却有些发酸。

温景然叫她"嫂子"，而且她身边的男人和温景然的面容又有那么几分相似，十有八九就是一家人了。

至于来头，再清楚不过了。不说是权贵，也是富贵之家。

说着说着，几个人便笑作一团。

江莫承今晚心里本就压抑，听到这些，便更是难以抑制心底而起的邪火。

他把酒杯重重地往玻璃转盘上一放，那清脆的碰撞声大得几乎有些刺耳，整个房间的人瞬间都沉默下来，转头看向他。

他微眯了眼，虽是在笑着，但语气却低沉："她嫁的是A市温家的温景梵，如果这个不知道，那S市的SY投资公司知道吧？就是温景梵的公司。她也的确是在做酒店的大堂经理，不过盛远牌子这么大，你以为进去容易？而且不巧的是……也是温家的。还需要详细些吗？"

叶小琴被他当众驳了面子，恼羞成怒，脸色一变，厉声喝道："江莫承你怎么回事啊？"

他却不管不顾，继续说道："而且叶小琴，你一副看不起她的样子，你难道不知道你使出十八般武艺都没能追到的温医生也是温家的？说起来那位温医生还要叫安然一声嫂子，哈哈……"

他笑出声来，但片刻又突然止住，严肃地看向她，一本正经道："别用外貌来定义一个男人，像温景梵这样的……"

"呵。倒真的是一出喜剧啊，你追了几年没追上，现在倒还有心帮情敌说话。"叶小琴冷笑。

"我活该追不上。"他霍然站起身来，眼神里毫无怜惜，那满身烈焰的样子吓得叶小琴脸色苍白。

他看着叶小琴，一字一句道："温景梵对她的好是我怎么也做不到的，所以我输得心服口服。但就算这样，我也容不得你说她半句不好。你算什么东西？"

叶小琴脸色青一阵白一阵的，见众人目光各异地看过来，面子终于挂不住，瞪着江莫承的眼神几乎想要吃了他："江莫承你给我记住。"

"告诉你，千金难买小爷乐意。你就是不如随安然，上学的时候你嫉妒她家世好，她一落魄你比谁都高兴。但人家现在过得依然比你好，你这辈子……也就只能这样了。"江莫承说完这些，心里的郁结终于散去了不少，那三分醉意也清醒了，肃容正色道，"叶小琴，你记住。不要随意践踏别人的尊严和感情……想和你计较的话，随安然估计会让你怎么死的都不知道。"

同学会最后不欢而散，但引起这不欢而散的主角却是从开始到结束都未曾参与。以至于这件事在过了很多很多年之后，她知道的时候，不禁心尖微微泛软。

总是会有那么一个人，让你偶尔提起时，会带有一丝遗憾。而江莫承，就是随安然的这个不可提及的人。

| 第二十二章 |

一日不见兮

虽然还是年初五，但店里吃饭的人倒是不少，从厨房的小窗口看进去，里面雾蒙蒙的一片，空气里更是飘散着食物的香气。

随安然小口吃着糯米饭，感觉那软糯在舌尖化开，满足地眯了眯眼。

等一顿饭吃完，她却有些傻眼。

她面前的砂锅几乎快要见底了，只剩浅浅的一层汤底。因为加了辣椒，在灯光的润泽下红艳艳的。

至于桌上那几盘小菜更是已经被一扫而空，干净得不得了……

随安然默默地看了眼温景梵，他吃东西的样子优雅又好看，但速度却很快。她记得刚才她努力地在吃的时候，温景梵就在一边给她夹菜，反而自己没吃几口。

那这会儿……这满桌子的菜品不用说了，有一大半都是她消灭的。

想着想着，随安然就有些悲愤起来："……我怎么又吃了那么多？"

"能吃是福？"他似笑非笑地看了她一眼，补充道，"前几天有人还一直把这句话挂在嘴边，忘记了？"

没忘——

反正自打她和温景梵在一起之后，别的变化倒是不怎么明显，唯一可观的就是她与日递增的饭量……

不过这个也不怪她啊，几乎一天三餐都被他包了，吃过饭又不用刷碗善后，这种美好的生活怎么能不让她放下一切包袱，一点点一点点地……吃胖自己呢?

温景梵给她递了张纸巾过去，指了指她的嘴边："吃东西还跟小孩子一样，嘴角脏了自己擦。"

随安然接过纸巾狠狠地在唇上蹭了两下，抬眼就见他有些无奈又有些不赞同地看着她："是右边，不是左边。我来。"

说着，便握住她的手凑到唇边轻轻擦了一下："刚才擦那么重干吗？"

"啊？"随安然一时没明白他这句话的意思。

温景梵把纸巾往一旁的垃圾桶里一扔，起身和她一起往外走的时候，这才轻声说了一句："我还要亲的。"

随安然脚步一顿，脸"轰"的一下就热了起来——

不正经!

这句话的效应一直持续到两个人散步走到电影院门口。

温景梵略微有些无奈地看着坚持要和他保持"安全距离"的随安然，声音低沉："过来。"

随安然摇摇头，坚定立场："你会耍流氓。"

"也不是一次两次了，习惯就好。"温景梵往她那里迈了一步，就见随安然跟个兔子一样，又往后退了两步。

温景梵颇有些头疼地捏了捏眉心，怎么自家的媳妇过个年——返老还童呢?

电影院在商场的顶楼，需要坐电梯上去。这次随安然是避无可避，刚迈进电梯就被温景梵逮到了身边，紧紧地揽在了身侧。

同趟电梯的还有三三两两的年轻人，大概是有些不好意思又有些好奇，偷偷地用眼角余光往随安然的方向瞄。

随安然被看得有些不好意思，刚想往后躲躲，温景梵已经十分默契地揽住她往后退了一步，站到了最后的位置，又微微侧身把她挡在了身侧，把她护得严严实实。

电梯里的灯光虚虚实实，她拉住他的手腕，摸到那一寸的温热，不禁笑了起来，头抵在他的胸口一直到电梯到顶楼。

“现在又不怕我了？”等人都走光了，他这才慢条斯理地拥着她走出来。

“还真的跟我计较啊，刚才跟你闹着玩的。”随安然挠了一下他的掌心，生硬地转移话题，“咦，没想到人还挺多的。”

温景梵似乎是笑了一下，眉眼微弯，俊朗的面容瞬间柔和了下来。

说起来，好像两个人还没一起看过电影。

随安然看着 LED 显示板上显示的电影，转头询问他的意见：“我们看《末世》好不好？”

“喜欢这种？”他问。

“喜欢。”她点头，看到主演名单上一个熟悉的中文名时，轻扯了一下他的衣袖，“咦，是秦暖阳主演的啊？”

“喜欢她？”温景梵淡淡地扫了眼她指着的名字，面无表情地问道。

随安然早已经过了追星的年纪，再加上她的丈夫又是标准的偶像男颜……她还真的对娱乐圈不怎么感兴趣。

只是因为上次听他提起过，才对这个名字有些不一样的反应。

她没回答，温景梵便当作她是默认了，轻拍了一下她的脑袋，语气宠溺：“喜欢的话回去约出来你们见见？估计会投缘。”

唔……这种你想要什么我就给你什么的语气是怎么回事！

《末世》的放映时间在半个小时后，时间还早，两个人便在外面的等候区小坐。

等候区的大墙上安装着一个大屏的 LED 显示屏，上面正滚动播放最近上映以及即将上映的电影的片花节选。

随安然似乎是想起什么，看了眼正闲适地喝着水的温景梵，思忖了片刻这才斟酌着问道："上次配《九转》之前，你有提过说是以后不打算再配音了？"

温景梵"嗯"了一声，并未直接回答，反而直直地看向她，反问道："你希望我继续配下去吗？"

随安然点点头，如果他不配音了，真的就可惜了。

"如果没有特别心动的剧本，应该不会再配了。以后要专心地赚钱养老婆。"他说着自己也笑了起来，一双眼睛清亮透彻。

这种答案说了跟没说一样。

"不只要养老婆，还要赚奶粉钱养儿子。"

随安然不满："你怎么就知道是个儿子，不喜欢女儿啊？"

"不喜欢。"他一本正经地回答，"是女儿要娇养，儿子就可以随意放养了。我这辈子最大的目标可是独宠温太太。"

独宠……

随安然的脸默默地发烫，幸好光影暗下去，并不能看得清楚。

她抿着嘴，想抑制到了嘴角的笑意。可他这样故意看这儿……不想笑的，也被他看得不好意思起来。

温景梵微扬了嘴角，握住她搭在椅子扶手上的手，压低了声音，却格外认真地重复了两遍："我是认真的，安然。"

等他们看完电影回家已经是晚上八点多了，安歆以为他们今晚回来得会比较晚就没等他们，只在客厅留了一盏灯。

随安然推开院门进屋的时候就看见客厅里亮着盏灯，顿时心里暖暖的。

她身上披着他的外套，又被他护在身侧走，这一路都没吹到风。等到了客厅就把外套递给他，他的侧脸清俊，像是披了一层夜色的微凉，即使在这温暖的灯光下也散发着淡淡的冷意。

"我去给你倒杯热水，别感冒了。"

温景梵不置可否，接过外套时，手指落在里面那层，上面还有她的体温，暖暖的。

他随意地把外套挂在了沙发椅背上，正准备进厨房看看，还没往前走几步，手机便响了起来。

他看了眼来电显示上的名字，微微挑了挑眉，眉眼间一抹诧异一闪而过，很快又被他压了下去。

厨房里有烧好的热水，随安然想了想，给他泡了蜂蜜柚子茶端了出去。

出来的时候，他还在打电话，眼睛却是看着安然的，满满的都是笑意，不知道是遇到了什么高兴的事情。

随安然放轻脚步声走到他身旁，把手里端着的茶杯放到他的右手边，正要离开，被他握住手腕，然后带到身旁坐下。

他嘴角微微扬起，低下头来看她的时候，背着光，那双满是笑意的眼睛便格外明亮。

他轻轻“嗯”了一声，握住她手腕的手指缓缓松开，在她的手心里轻点了两下，写了一个字——猜。

是让她猜猜有什么好事?

随安然想了想，梵希生了？梵希是公的……而且已经绝育了。

那是工作上的事？财源广进?

刚想到这个可能性，随安然就毫不留情地把这个念头拍飞——上次她现场围观温景梵用伦敦音和别的公司开视频会议，就那样轻松拿下一个项目。后来听温景梵的助理说起这个大单子足够SY公司上下的员工吃一整年了……

随安然暗暗咋舌的同时，回想了一下温景梵那时候的表情。

除了淡定之外，还是淡定，丝毫没有多余的表情……哪像现在，笑得让人这么心神荡漾。

唔，那是《九转》？《九转》还没配完啊……

想了一圈也没想到是什么好消息，她拉过他的手在上面洋洋洒洒地准备写上一句——“温太太脑容量不够，脑洞也没开，猜不出来”，但她刚写下“温太太”三个字，他一手把她的手指都裹在了掌心里。

他眼神幽深，隐隐还亮着一簇火焰。

随安然一愣，她刚才……也没干什么啊。

温景梵握着她的手没放开，只眉眼之间对这通电话却有丝不耐烦。他打断对方，轻声道：“我已经知道了，一定会去的。”

对方不知道又说了些什么，他轻应了几声，便挂断了电话。

随安然问：“什么事？”

“电影节，《夜长安》入围。今年设了配音演员的奖项，很不巧的，我拿到了。”他看了她一眼，见她有些没听懂，解释道，“国内很少有专门给配音演员设立的奖，就算有，好像也是译制奖，就是给国外的影片翻译配音。”

随安然迷上他的声音之后有专门了解过，知道这种机会格外难得，不禁也高兴起来：“真的啊，那太好了啊。”

她也笑了起来，双眼微微眯起，一弯如新月，眼角眉梢都是笑意。

温景梵弯了弯嘴角，倒是比她淡定许多。他端起茶看了眼，又抿了口：“有些偏苦了。”

“偏苦了？不会啊……”她刚才还偷偷抿了一口试了味道的。

见他把杯子递过来，她低头抿了口，水有些凉了……只是味道没问题啊。

“哪有偏苦……”她话音还未落下，他已经欺身逼近，低声轻喃了一句：“那我尝尝。”

随安然被他突然袭击，一时呆愣，差点儿没拿稳杯子。被他一手扣住，扶稳了，又从她手里接过杯子随手放到了桌上。

在做这些动作的时候，他甚至没看上一眼……只专注地亲吻着她。

随安然突然想起在电影院的时候，正好看到一场男配和女配的亲热戏。外国演员动作激烈又不失浪漫，加上电影的背景是末世，那种环境下，让人觉得充满几分野性。

她看得有些脸红，想看看他是不是也在认真看。刚回头就对上他的视线，但因为戴着 3D 眼镜，看不清他的眼神，只借着那光影看到了他微微上翘的唇角。

然后他凑过来想吻她，却猛然停住，转头看向前座。

小男孩七八岁的样子，正趴在座椅上目不转睛地看着他们。显然是这种镜头不适合他看，他被父母勒令不准看，才会转头趴在座椅上……

然后温景梵就低声地在她耳边呢喃了一句："孩子还是不要要得太早的好。"

她想起来，突然就笑了起来。

温景梵轻咬了她一口，睁眼看她："不专心。"

"没有，就是想起在影院的时……"后面的话，温景梵没给她机会说出来。

他摩挲着她柔软的唇，想起影院的那一幕，越发坚定了要迟些再要小宝宝的决心。

只是该进行的……却是一点儿也不耽误。

因为掉以轻心才落入了狼爪的随安然已经被他折腾得连抗议抱怨的力气都没有了，懒洋洋地蜷在他的怀里，微合着眼，随时都能进入深度睡眠。

温景梵抱着她温存了一会儿，想起刚才那通电话，微扬了扬嘴角："没想到我都快金盆洗手了，还能拿一个奖项纪念一下。"

随安然一边暗暗腹诽"金盆洗手"四个字不是这样用的，一边轻捏了一把他还有些不老实的手，咕哝道："要是时遇大大愿意，这碗饭是能吃到老的。现在是小鲜肉，以后就是老鲜肉……"

"小鲜肉？"温景梵微眯了眯眼，放在她腰上的手微微收紧，揉捏着她腰上一处最柔软处。那一处是她的敏感点，每次轻轻碰到她都会笑。

这次实在是累极，她反抗了几下没能挣扎开，干脆破罐子破摔，紧紧揽着他不让他再有机会乱动。

“配音没前途，我现在拖家带口的，该收心了。”话落，他思索了一下，又一本正经地补充道：“而且也已经把温太太娶回家了，没必要再抛头露面了，以后专心伺候温太太一个人好不好？”最后那句话，突然放柔了声音，在她的耳畔响起，却又带了几分故意，撩得她心尖发痒。

她抬手捂住他的唇，有些哀怨：“如果节制一点儿会更好。”

温景梵“嗯”了一声，尾音上扬，眼角也微微上挑，低头看了怀里的她一眼，含糊地说道：“什么年纪做什么样的事情，为夫正值身强体壮的时候，此时不夜夜笙歌，待何时？”

随安然无奈：“……”反正她永远说不过他。

又过了片刻，她在他的安抚下困顿得下一刻便能睡着时，又恍惚地听他问了一句：“那到时候陪我一起去拿奖好不好？”

随安然觉得自己应该是有一条神经专门处理和温景梵任何有关的信息的，所以才会对他妥协，时间一久，就有了传说中的系统默认。

只要是他想要的，她便从未拒绝过，这次，亦是如此。

虽然意识已经昏昏沉沉，浑身的细胞都在叫嚣着入睡，但也下意识地点点头：“好，我陪你去……”

再说，这样重要的日子，能待在他的身边，再好不过。

初七的上午老爷子就来了，除了老爷子，随行的有老爷子的贴身司机，还有几个脸生的。

温景然跟在老爷子的后面进了屋，手里还拎了几盒礼物。

安歆知道老爷子的来意，几天前就请了今天的假，早早地在家等。

等客一到，她便泡了上好的茶叶。

关系到两个人的终身大事，自然少不了他们在场。

随安然一直觉得那一天离自己还很远，但现在大家围坐在一起，聊起婚礼的准备，酒席几桌，请什么客人，还有其他各种烦琐的事情时，才恍然有一种自己真的已经出嫁了的心情。

老爷子虽然在某些方面很坚持，但也是通情达理的人。来之前和温景梵已经私底下商量过了，一切以安然这边为主，以表示重视。

而安歆的想法也是如此，她原本还有备选的几个想法，毕竟安然是她唯一的女儿，她自然是想看见女儿的婚礼隆重盛大。

但这段时间和温景梵相处下来，她从他的一举一动中能看出他对安然的用心和爱护，那点想法也被磨成了——先看温家怎么说。

毕竟女儿嫁过去也是希望她过得好，两个人两情相悦，早早就领了结婚证，一个婚礼的仪式并不用太过计较。要是双方意见相左，再闹个不愉快就糟糕了。

是以，两边的想法不谋而合，只一个上午，就敲定了大概。

婚礼要办两次，A 市一次，L 市一次。虽然温景梵和随安然的意见是一切从简，但是老爷子却很坚持。

“你都已经犯过一次错了，怎么，还想知错不改？”

这句话说得虽然含蓄，但只要是知道内情，就知道温老爷子指的是哪桩事。

是在怪温景梵两家都没打招呼，就带了安然去领结婚证。

这其实并不算什么大事，可说小也不小，关乎的是礼节。而且他这么一提，显然是偏袒维护了安然，让温景梵一力扛了这事。

温景梵对此没有丝毫不满，他的确是这样做了，还对这件事的“后果”非常满意，至于过程，那算什么？

婚礼要办两次，接下来便是确定良辰吉日。温老爷子显然是有备而来，对了两个人的八字，挑了最合适的时间。

温景梵看了眼时间，微微皱眉，最早也在半年之后了。

温老爷子自然看到了孙子颇有些嫌弃的神情，不动声色地踩了他一脚，等两边的日期一定下，这才说道：“这俩孩子也是新婚不久，这婚礼又定在了来年的九月和十月。亲家要是舍得，让安然今晚就跟着一块回 A 市吧。”

老爷子的潜台词十分明显。

安歆喝了口茶并未直接回答，反而抬眼看向一直没作声的安然，轻声说道：“这得看孩子的主意。”

这皮球踢过来——随安然完全没法接。

她看了眼明显很期待的老爷子，正襟危坐、眼神略带暗示的温景梵，以及一旁似笑非笑的温景然，彻底窘了。

偏偏满屋子的人好像没有一个看出她的窘迫，都屏息以待地等她回答，丝毫没有给个台阶下的意思。

随安然思忖半晌，才小声地回答：“好像得先回去一趟……那个配音还没完成，就差收尾了。”

温景梵看向她的眼睛里顿时便有了亮光，他压住嘴角的笑，这才跳出来打圆场：“倒是差点儿忘记配音的事情了，配音就差个收尾了。等空闲了，便回来。”

安歆脸上这才有了笑，看着温景梵的眼神带着赞赏。

果真是，丈母娘看女婿，越看越满意。

晚上留着又吃了一顿饭，温景梵和随安然便随着老爷子一起启程回 A 市。

到了临别之际的时候，随安然又舍不得了，和安歆一起洗了碗，收拾了厨房，总是要找一些事情待在她的身边忙。

安歆提醒她时间，随安然就会闷闷地接上一句：“事情还没做完呢。”

“都嫁人了怎么还有小孩脾气。”安歆拿过干毛巾给她擦手，见她垂着头，轻叹了口气，“想妈的时候随时回来，一天就能回来了，也不远。”

“我一想你一个人在这里就心疼……”她抬起头来，眼圈已经红了，在灯光下漾着水光。

安歆一下子就想起了五年前，她带着安然离开 S 市的随家，站在大院门口，认真地问她：“安然，你真的要跟妈妈走吗？”

她点点头，眼圈也是微微红着，一副要哭不哭的样子：“妈妈一个人，我想陪着你。”

安歆那时候直觉得心疼，咽喉也像被掐住了，喘不上气，说不出话。

她十几年的婚姻，在那一刻全部都凝结成了安然的这一句话。

安歆往外面看了眼，温景梵就在客厅里耐心等着，自始至终都没来催一下。

“说什么傻话呢，你上大学，实习工作的时候不一直都在 A 市的嘛。我觉得这样挺好的，你在家，我还得伺候你这个小祖宗。”她揉了揉安然的头发，见她还是那副样子，笑了笑，转身出去，边走边说，“我现在是治不住你，我让景梵来看看，不知道是谁家的，因为舍不得走偷偷躲在厨房里哭鼻子。”

随安然差点儿笑出来，这么一哭一笑的，那点不舍的情绪倒是淡了几分。

她把碗筷又整理整齐，正准备出去，就看见温景梵拿着条热毛巾走了过来。走到她跟前时，捏住她的下巴微微抬起，就着厨房的灯光打量了她一眼，拿毛巾给她擦了擦脸。

“不想走的话就多留几天，哭什么，嗯？”那语气轻柔，最后一声尾音扬起，甚至带着几分宠溺。

“我没哭。”她小声辩解。

“不舍得就多住几天，《九转》那里没那么急。”说完，他似乎是想了一下，说道，“那这样好不好，给你两个选择。一是你先留下来住几天，我回 A 市看看，没问题了就回来再陪你在 L 市留几天再回去。二是现在跟我回去，先把《九转》录完，然后我们一起回来。”

随安然摇摇头，一个都没选。

她怎么会不知道年后公司会有多忙，不然他也不会初八一定要赶回去了。至于《九转》，虽然说拖几天的确是没事，但她也清楚情况，早点制作完成才能早点回本，多少人等着《九转》吃饭呢。

只是想起离开后，母亲又要一个人住在这空落落的院子里，她心里便觉得难过不舍得，然后脚步就沉得怎么也迈不动了。

“那你想怎么办？”他屈指刮了一下她的鼻尖，见她抿着唇一副认真思考的样子，不禁失笑，“出嫁从夫，温太太这次得听我的。”

随安然抬眼看他，他嘴角扬着笑，温和得像是春日初升的暖阳，和煦温暖。

他低下头吻了她一下，又很快分开，一字一句说道：“只给你一个星期的时间，然后我回来接你。下次就算你真的哭了，我也会把你带走的。”

随安然现在才猛然发觉——

不只她对他是下意识地妥协，温景梵对于她，更是珍之贵之，处处体贴细致，无论是退让还是进攻，每一步迈出的距离都恰到好处。

正好合适她这种温吞别扭的脾气。

她吸了吸鼻子，可怜兮兮地看着他，想起那一次配《九转》时，听夏对着司祁撒娇，软软糯糯的声音，以及他听后瞬间幽深下来的眼神，动作已经比意识快了一步，回想着那一日的语气，柔软娇声道：“时遇大大，我等你回来。”

温景梵只觉得那声音冲撞着他的心口，让心尖最柔软的地方瞬间软成了一摊水。

他低头凝视着她眉目如画的娇俏样子，深深地后悔刚才自己的大度——

为什么不直接带走她！

老爷子已经在门外的车上等着了，随安然怕老爷子等久了，送温景梵出去，经过客厅的时候，温景梵拉了一下她，说：“得先跟妈说一声。”

“老爷子会不会等太久了啊，我跟妈妈说就好了。”随安然往外面看了一眼，隐约能看见夜色中停靠在门前的那黑色车辆。

“难怪妈说你。”他似笑非笑地睨了她眼，“你怎么说，这些话应该我来说的。”

随安然仔细一想便明白了他的意思，赶紧做了一个请的动作：“那客官里面请。”

温景梵还有闲心纠正她的错误：“是官人。”

官人——

好吧。

安歆在楼下的小书房里，温景梵进去的时候她正在整理书架：“准备要走了？”

温景梵点点头，斟酌了下，说道：“妈，我回去公司也忙，怕到时候没那么多时间照顾安然。想让安然在这里再住些时候，我那边忙完就来接她。”

安歆的动作一顿，转过身来，没看见随安然，心下却了然：“她没跟进来？”

温景梵笑了笑，上前帮她的忙：“妈平时也别太辛苦了，不然安然也不放心。”

“她还真是被你宠坏了，下午还是她自己的意思，结果现在想不走就不走了。”安歆面上佯怒。

温景梵把书全部搬上去，这才回答：“是我的意思，不关她的事。”

安歆面上这才现出几分笑意来：“你别弄脏了，时间也差不多了，别再耽搁了。老爷子怕是等得不耐烦了。”

温景梵笑了笑，又和安歆说了几句，这才推说不用送了，让安然陪着就好，便走了出来。

随安然踮着脚尖在地上画圈圈，专注得都没看见温景梵已经出来了，直到面前的灯光被挡住，一片阴影沉沉地笼罩下来，她这才恍然抬头：“说好了？”

温景梵没回答，往小书房里面瞥了眼，伸手抱住她又翻身压在后面的墙上，见她惊慌失措地想挣开，眸色一深，低头就吻了上去。

这次用了点力，她“咝咝”地倒抽了两口凉气。他这才觉得泄愤，微微抬起头来看她，语气还是有些不善：“早知道昨晚就不该心软饶过你。”

随安然愣了一下，委屈地看他：“不是你自己答应的吗？”

温景梵没回答，一双眼神幽深沉静，静静地看了她良久，又低头吻了吻她，终于松开。

随安然赶紧喘了两口气，往里面看，生怕被母亲撞见了……到时候就没脸见人了。

温景梵看出她的心思，只是心里还有些恼，好像是有些明白她舍不得离开的心情了。

他抬手替她理了理刚才弄乱的衣服，手指擦过她的皮肤时，微微顿了顿，再没说一句话。

随安然向来不敢跟他胡闹，这会儿也就乖乖地顺着他，一直送他出了院门，快走到车旁的时候，温景梵转过身来看她一眼：“赶紧回去。”

随安然抿了抿唇，抬手拽了一下他的袖口：“那个……你路上小心。”

他就站在那里，身侧是一条河流。今晚有月光，照得那条河波光粼粼。那水光映在他的脸上，让他身上的气场更为柔和，温润得就像是这月光。

他的双眸在黑暗里更为明亮，像是有一簇光，正缓缓燃烧：“温太太送出来就想跟我说这些？”

随安然心情好，便有了几分玩笑的意思，想了想，调侃道：“怕说多了你又后悔让我留一个星期了。”

没料到，他却回答：“你不说我也后悔……答应下来就后悔了。”

随安然扬着唇笑，也顾不得老爷子看了会怎么想，上前两步抱住他，手从他的腰间穿过环在他的身后。

他的怀抱一向宽厚暖和，十分有安全感。

她抱了一会儿，仰起头看他，正好对上他略带几分笑意的眼神，这才软声说道："我又不是不回去了，而且也没多久，就一个星期。"

温景梵一想，的确是没必要跟她在意这一个星期，低下头去，吻了吻她的额头："外面冷，你又没穿外套，赶紧进去吧。"

随安然摇摇头，手从他的毛衣下摆钻进去摸到他的腰间，贴上去，见他看过来，很认真地说道："我不冷啊。"

温景梵失笑，轻拍了她脑袋一下，抓住她还贴在自己腰上的手握在手里，牵着往前走："过来跟老爷子道个别。"

随安然顿时苦了脸，忘记老爷子那边还要交代一声了。

老爷子刚才显然是也看到了两个人那种依依不舍的临别戏，听完随安然的"请罪"很是理解地大手一挥："到时候想回来了让景梵去接你。"

又说了些话，时间实在是不能再拖了，温景梵这才上车离开。

他和老爷子都坐在后排，一直看着后视镜，直到转弯离开再也看不见随安然站在那里的身影，这才移开视线。

"这姑娘挺好的。"老爷子笑了笑，轻拍了温景梵的肩膀一下。

温景梵淡淡地看向老爷子，倏然一笑，回道："那是自然。"

老爷子瞪眼："我又没夸你，你高兴什么？"

温景梵似笑非笑地回答："你夸的是我的媳妇，跟夸我有什么区别？"

老爷子："……"

温景梵到 A 市之后的第一个夜晚，收到随安然发的一条微信："某人今晚要孤枕难眠了。"

他忙了一整天，神经都还紧绷着，却在收到她的消息后一瞬间放松下来。他脱了外套挂在椅背上，回复："说你自己？"

随安然早有准备，发了一张图片过去："我和妈妈一起睡。"

那图片赫然就是安歆的房间，床上摆着随安然的卡通抱枕。

温景梵挑了挑眉，干脆发语音："洗澡了没有？和我一起？"

随安然阵亡……

第二个夜晚。

随安然晒了一桌丰盛的晚餐。

温景梵在办公室里加班，看到图片放下文件，直接语音：“温太太自己怎么不出镜？”

随安然回答：“因为不能喧宾夺主。”

这局，随安然胜。

第三个夜晚。

随安然发了一杯茶的图片过去，贴心提醒：“工作忙也别忘了喝水，要提神的话不要喝咖啡，泡点茶叶。”

温景梵回：“温太太不在，没人红袖添香，只能喝白开水了。”

“这么可怜？”

“还可以更可怜。”

第四个夜晚。

温景梵抢夺先机，发了一办公桌的文件图片过去，附言：“今晚又要加班。”

随安然正在收拾行李打算明天就回 A 市，看到图片暗暗皱眉：“还这么忙？”

“今晚是最后一次加班处理公事，明天能准时下班。”明天晚上要是不出意外的话，他就能出现在 L 市。

只是这一句，温景梵并未打算说。

安歆给她煮了红枣茶，端着水进来后帮着她一起收拾：“你们在家的时候家务活都是谁做的？”

随安然想了想，回答：“大部分……都是他做。”

闻言，安歆便笑了起来：“我猜也是这样，景梵现在是宠着你，但是你也别恃宠而骄了，不然时间久了他也会觉得累的。”

随安然又想了想，似乎对“恃宠而骄”四个字有些不能理解，手上的动作一顿，偏头问她：“妈妈，你和……爸爸以前也是这样吗？”

安歆愣了一下，唇边的笑意浅了一些：“不这样，家里的事情你爸爸不喜欢插手。他不愿意在小事情上下功夫，所以我才会觉得累。只是那个时候喜欢他，便觉得什么都没关系。”

这个回答，预料之中，又是意料之外。

只是感情方面的事情，哪有那么好定论？又怎么会有相同的模板去参考复制？

但随安然设想了一下——如果未来的哪一天，他对自己失望了怎么办？

见她沉默不语，安歆稍一忖度就知道她在胡思乱想什么：“你啊，就是想得多，现在两个人好好的，就好好过日子。所以妈妈让你别恃宠而骄，婚姻是要靠两个人维持的，彼此都要珍惜。”

话落，又补充上一句：“你也懂事，什么事情自己心里都明白。妈妈老是说景梵有多好多好，不过是想让你知道珍惜，但他再好，也好不过你是我的亲生闺女，我肯定是要向着你更多点。景梵是个负责的人，对你也珍惜重视，是能托付终身的人。妈妈百年以后，也能放心。”

随安然笑了笑，凑过去抱了抱她：“妈妈你要保重身体啊，等着我们好好孝敬你。别的放心，我们两个肯定好好过日子。”

安歆并不知道两个人五年前便认识，她没细问，随安然也没特意说起。

温景梵曾经是她的灯塔，如今，是她停靠的港湾。

| 第二十三章 |

他的城，她的城

随安然原本的计划是到家做一顿大餐给温先生一个惊喜，结果她拖着行李箱走到朝阳名邸的公寓门口时，才恍然想起……自己没带钥匙。

她在家门口站了一会儿，确定自己没有穿墙术后，还是认命地决定先去他的公司找他。

随安然把行李寄放在门口的保安室，拦了车就往温景梵的公司走。

因为上次温景梵拉着她特意到前台小姐那里认了认，所以这次进去得格外顺利。

到了温景梵办公室的楼层，她刚从电梯里迈出来，旁边另一架电梯也到达，发出“叮”的一声轻响。

随安然转头看去，温景梵的助理也正好看过来，看见随安然出现在这里时，他显然有些吃惊，第一反应是先看了眼手里的机票——温景梵昨天让他订的去S市的机票，还非常主动地解释了一下去S市的理由——“我要去接太太回来。”

可现在，这位太太……出现在这里……

随安然先反应过来，往温景梵的办公室方向指了指：“他在里面吗？”

助理点点头，见她抬步就要过去，想了想，提醒道：“那个……温总正在和客户谈事情。”

说完，助理在要不要再提醒一下客户的性别时犹豫了片刻，终于决定少说话多做事，领着随安然先去旁边的会客室。

不料，他刚带着人走进会客室，办公室的门就从里面打开。

随安然闻声停住脚步，转身看去。

温景梵就站在门口，目光沉沉地越过自家的助理，直直地看向她。他的身后是微微有些疑惑的女客户，正循着他的视线看过来。

随安然还没想好要不要打个招呼，那边站着的清风朗月的男人已经抬步走了过来，走到她面前之后，面色淡定地向那位女客户介绍道："抱歉，临时打断你是因为我的太太来了。"

女客户闻言笑了笑，对着随安然微微颔首："你好。"

等随安然也同样微笑颔首回了一礼后，那位女客户才笑盈盈地说道："我十分理解。"

温景梵微扬了扬唇，得寸进尺："那林总应该不介意我再多借用十分钟的时间和我许久未见面的太太说说话吧？"

随安然："……"

被称呼为林总的女客户似乎是愣了一下，随即又笑了起来，不过那笑容落在随安然的眼里……倒是有些僵硬。

随安然默默地想，她要是那个女客户……绝对二话不说，翻脸走人……

也亏得人家见惯了场面，才不被这点小波涛给打翻，镇定大方地一颔首，转身走回了办公室："温总随意。"

助理极为有眼色地扭头跟上。

只一个瞬间，会客厅的门前便只有她和温景梵两个人。

温景梵低头看了她一眼，先开口问道："怎么不提前跟我说声，我也可以过去接你。"说话间，已经抬手推开会客室的门，侧身让她先过。

随安然回头往他办公室方向看了眼，还有些犹豫："你这样真的没问题？这样好像不太好……”

温景梵循着她的视线看过去，似笑非笑：“放心，没问题的。”

他不是不分轻重的人，这点随安然自然知道，既然他说没问题，她便也不再纠结这个问题，抬步走进会客室里。

她前脚刚走进去，便听见身后传来“咔嗒”一声轻响，她回头看去，温景梵已经关上门，就站在了她的身后。

随安然回头看了眼合上的门，再看了一眼……一本正经的温景梵。

后者十分坦然地看回去，又走到饮水机前给她接了杯热水。

会客厅有隔音的效果，是以，关上门之后整个房间便格外安静。在这种只有彼此轻缓呼吸声的安静里，饮水机“咕咚咕咚”的声音就很清晰。

随安然侧头看去，他微倾着身子，垂着眼，目光专注地看着杯子里的水。那修长的手指捏住杯壁，窗外正好有一寸阳光落下，那水光一漾，衬得他的手白皙得像细瓷。

一个男人的手这么好看……也太不科学了！

她正出神，他已经接了水走回来，见她戳在沙发旁微一挑眉，问道：“站着干吗？接受我的检阅？”

随安然鼓了下嘴以表达自己的不满：“我还以为你看见我会很高兴。”

温景梵拉着她在长沙发上坐下，触到她微凉的手时眉头几不可察地皱了一下，先放下了水杯，待她要坐下时，握住她手腕的手力度一紧，直接把她抱坐在了他的腿上。

随安然被他吓了一跳，慌忙往门口看。会客厅这种随时都有人会进来的地方……这样明目张胆的，胆子小的会被吓死好不好?

温景梵似乎是知道她在想什么，轻拍了下有些不太安分的温太太，轻声安抚：“不会有人进来，除非我助理不想干了。”

……还有人自觉放风，随安然默默窘了。

“我没打算来公司打扰你工作的。”她很主动地把微凉的手塞进他的手心里，解释，“只是我到家门口的时候发现我没有钥匙……”

上次去见了老爷子之后，又把梵希也带去了温家，两个人便再也没回去过。她怕弄丢了钥匙，想着两个人都在一起，怎么也不会出现回不了家的情况……于是就很安心地把钥匙丢给了他。

结果——还真的出现了她没有钥匙回不了家的情况。

温景梵显然非常理解，眉角微扬，眼里也漫开细碎的笑意：“来之前没想到？”

随安然没好意思点头，沉默地看着他。

“幸好你来了一趟。”他说得含糊，见她不解，也没有解释的打算，把那水温已经温和的水杯递到她的唇边喂着她喝了半杯，这才说道，“你没叫梵希？梵希会开门。”

随安然一口水顿时呛住，咳得上气不接下气，整张脸都咳红了，这才勉强能咬字清晰地说出一句话来：“你说……梵希……会开门？”

温景梵低笑出声：“它会，但是它不喜欢出门，所以很少开门，我也只见过一次。”

他回忆了一下：“那次是我生病，高烧不退。辛姨过来给我送药还有些吃的，还有梵希的猫粮和罐头。我听见门铃声出去的时候梵希正站在鞋架上，爪子搭在锁上在开门……应该不是偶然。”

随安然震惊了，公寓门上的那把锁有些重啊，而且要拧开……梵希居然连这种技能都能掌握……她果然是小看了一口气能吃完十条小黄鱼的猫了。

显然是觉得她还不够震惊，温景梵很淡定地又补充了一句：“你以后会发现它还能做很多你想不到的事情，所以它要是想捣乱的话……会很头疼。”

所以这句话的中心思想是——幸好梵希懒得捣乱是吗？

她还沉浸在新世界的大门里，便听温景梵语意不明地问她：“那么久没见，不想跟我说些有营养的？”

有营养的？

“你想听心灵鸡汤吗……”

温景梵微微直起身，那双眸子似乎是略微沉了一下，静静地看着她。

随安然抿了下唇，有些沮丧：“好吧，这个一点儿也不好笑。”

话音刚落，他落在随安然腰上的手微微收紧，低下头就吻了上去。

她的唇，温热柔软。他的手缓缓游离，从她的腰间往上，覆在了她的后颈处轻轻地扶住。

她没戴围巾，又穿着低领，那一寸皮肤原本是有些凉的。他的手覆上来，随安然才惊觉他手上的温度竟然这么烫人，烫得她心底像是有一座火山在喷发，那热度一点一点，把她整颗心都占据了。

随安然被他吻得有些发颤，只是想念他，一点儿也不抗拒他的亲近，干脆抬手环住他，紧紧依偎了多去。

这样的态度，分明是在迎合。

温景梵微微一顿，吻得越发用力。

渐渐地，也不知道是谁的呼吸先开始乱的。随安然只知道自己的大脑在一瞬间放空了之后，便再也没有恢复往常的正常思考能力，所有感官都在不断放大。

也不知道过了多久，就在随安然觉得自己再也不能承受更多的时候，门外终于传来了小心翼翼的敲门声。

温景梵丝毫没有停止的打算，随安然却已经清醒了，捏了一下他的耳朵，又推了推他：“景梵……”

温景梵这才睁开眼看她，那双眼睛里似有什么东西缓缓凝聚，浓烈又鲜明。

他静静地看了她一会儿，这才出声：“说。”

那声音低沉微哑，性感诱人，偏又带了几分凌厉，无形之间反而更带了几分压迫。

门外静了一会儿，才传来助理强作镇定实则非常心虚的声音：“温总，已经过去一刻钟了……林总还在等。”

温景梵似乎是这才想起还有这么一个人在等他，他微闭了闭眼，再睁开时，眼睛已经恢复平静。他又抱了抱她，低声说：“在这里等我，这边好了我们就回家。”

我们回家——

“回家”这个词真的是平凡简单，却又有着最能触动人心的温暖。

他刚离开一小会儿，助理就泡了杯蜂蜜柚子茶进来，还随手抱了一堆杂志放在她面前：“随小姐在这得等一会儿，温总那里还要一段时间。”

随安然轻声道谢，看了眼杂志……全部都是娱乐八卦杂志。

察觉到她有些怪异的目光，助理立刻解释：“这是从前台抱来的，我不看这些……”

随安然轻笑了一声，抬头看了看他：“我理解。”

助理和她前前后后接触过几次，知道她脾气温和，人也好相处，想了想，便说道：“其实你来得也巧，再是再晚点过来，估计温总现在正在往机场赶。”

随安然倒是没听温景梵提起最近有出差，不免疑惑：“他有公事要出差？”

“不是。”助理解释，“订的是去 S 市的机票，说是去接你回来。东西都让我准备好了，本来这会儿就出发要去机场了。”

难怪他刚才说“幸好你来了一趟”，原来是这个原因。

她陷入自己的思绪里，也没发觉助理是什么时候离开的，只知道等她心暖暖地回过神来时，手边那杯茶已经水温正好。

随安然没有等太久，温景梵这边就已经收工了。他下午原本就要提前走的，手头上要紧的公事处理好之后便和她一起离开。

温景梵结婚的消息在公司里公开了，加之随安然也已经到公司“报到”过两回了。第一次倒是没见到什么人，但第二次——是温景梵亲自下来接她上的楼，更别提电梯里满满的都是 SY 的工作人员。

这回大家知道随安然这个传闻中的温太太来了，引发了一路围观。

回家之前，两个人先绕去超市买东西，家里好久没人住，虽然有辛姨偶尔过来投递食材，但怎么说也好久没开过火了，很多东西都需要重新买。

买着买着，随安然就发现有些不对劲了："……你这几天都没回家住？"

温景梵还在挑着水果，闻言，点了点头："住公司里了，梵希有辛姨过来喂，我两天回去看一次。"

随安然抿了抿唇没说话，心里也说不上是什么感觉，有些酸酸的："对不起，要是我跟你一起回来的话，也不用这么麻烦辛姨了。"

温景梵手上的动作一顿，转身看她："和你无关，每年都是这样的。"话落，他又补充道："如果你还是觉得有些歉疚，等会儿回去给梵希煮小黄鱼？我发现它最喜欢吃你做的，都不买辛姨的账。"

随安然的注意力果然立刻被岔开了："梵希不喜欢吃辛姨做的？我觉得辛姨做的更好吃啊……"

温景梵缓缓笑道："梵希跟我一样，认人。"

认人的梵希听见动静已经在玄关处等着，安安静静地蹲坐在壁灯之下，一身的毛色被灯光照得发亮。

听见开门声，它抬起头来，盘在身侧的尾巴轻轻一扫动，"喵呜"了一声。

随安然在前，刚抬脚迈进来，就感觉有什么东西飞快地朝自己蹿来。她低头看去，梵希的两只爪子正抱着她的小腿，仰着头看她。

那双如同宝石一般的眼睛，湿润润的，温柔透亮。

见随安然看过来，它又抬了抬爪子，轻轻地"喵呜"了一声。叫完，似乎是犹豫了一下，这才用脑袋蹭了蹭她的腿，轻声地"喵喵喵"叫着。

随安然那颗心顿时就被它叫得溶化了，也顾不上手里拎着的是吃的，直接松手放在地毯上，弯腰把梵希抱了起来。

能看见梵希撒娇，那是千载难逢的好嘛！

“梵希，想不想我啊？”她学着温景梵以往逗弄它那样，轻勾着它的下巴挠了挠，梵希一脸冷静地被她轻摸着下巴，半眯着眼睛，轻声地又“喵”了一声。

温景梵随后进来，看到这画面忍不住笑了笑，弯腰把随安然随手搁在地毯上的东西拎起来，拿去厨房。

随安然小心翼翼地抱着梵希，跟在他身后走进厨房：“它这么叫是舒服的意思吗？”

温景梵把袋子放到料理台上，转身看向她时，略微思忖了下，笑着摇头：“不是。”

随安然现在整颗心都被梵希虏获了，也没看见温景梵瞬间幽深下来的眼神，拖着梵希的前腿往上抱了抱，这才抬头看它：“那它最喜欢什么样的？”

温景梵想了想，修长的手指落在她的额头，他的手指温热，缓缓往下沿着她的脸颊落在她的下巴上，手指轻轻地勾了勾她的下巴，轻柔抚摸了下，见她石化，这才轻声解释：“它喜欢这样。”

梵希在一旁看着，对被吃了豆腐占了便宜还石化状态的随安然颇为怒其不争地瞥了眼：愚蠢的人类，不要拿朕当借口行调戏之事好吗？朕才不喜欢这样！

随安然也沉默，刚才……那是被调戏了吧？还是被温景梵一本正经光明正大地调戏了吧……

女主人回来，最高兴的除了男主人，还有一只最近都没吃到丰盛美食的猫。

梵希今天是打定主意黏着随安然不走了，就连她去洗手间上厕所，也一脸严肃地跟进去。

随安然看着蹲坐在洗手台旁边低头梳理自己毛发的梵希，还是有些压力，挣扎了片刻，只能寻求场外帮助。

温景梵正在烧菜，身上还系着围裙，接收到随安然的求救信号进来一看，微挑了一下眉，不禁觉得好笑。

不知道是不是因为被冷落了所以不开心，最近梵希面对他总是一脸高冷。这会儿看见他进来，挪了一下屁股，长长的尾巴一扫，从洗手盘的一边拖下去，毛茸茸的。

温景梵抬手轻点了一下它的脑袋，然后在梵希还没反应过来的时候，轻轻拎住它的后颈，另一只手轻轻拖了一下它的腿，直接塞进了围裙里的大口袋。

随安然看得目瞪口呆，等听到梵希渐渐远去的愤怒叫声时，这才笑了起来。

温景梵正在炖汤，他半倚在一侧的料理台上看着火。梵希还被他装在大口袋里，微微仰着头看他。喵喵声比刚才那剑拔弩张的吼叫温柔了不知道多少，那毛茸茸的爪子正搭在温景梵朝它伸出手的手指上。

窗外是斜阳，光影从树影间穿透而来，落在这一人一猫身上，似是镀了一层柔和的光，暖得随安然心里都满满的。

梵希今晚的大餐自然是随安然亲手做的小黄鱼，整整十条，童叟无欺。

为了表达它对这次晚餐的满意，梵希吃一口就把盘子往前推一推，一直挪到了随安然的脚边，这才低着毛茸茸的脑袋投入地吃，吃相格外优雅。

温景梵看了它一眼，微皱了一下眉头，低声说：“怎么突然这么黏你了……”

他话音一落，随安然便说道：“为了不浪费这种美好的时光，我今晚抱着梵希睡。”

简直是晴天霹雳吧？

梵希吃着小黄鱼，默默地想，想完十分高兴地眯着眼笑，舔了一下自己的爪子，继续慢条斯理地吃。

听闻“噩耗”的温先生却淡定地纹丝不动，只抬眼看了随安然一眼，不置可否。

但等吃过饭，随安然就知道原因了……

两个人一起收拾完厨房，温景梵一脸严肃地招了梵希过来。

梵希向来乖巧，对温景梵的脸色更是了如指掌，自有应对。刚还一脸高冷地表示不约，见他眼角微微下压，嘴角微抿的样子，想了想还是夹着尾巴灰溜溜地小跑过来端正地坐在他的面前。

“剪刀石头布，输的今晚关小黑屋。”说完，便很是正经地出了剪刀。

随安然正在旁边吃橘子，看到这一幕，一口橘子没咽下去，呛住了……顿时咳得五脏六腑都移位了一般。

温景梵倒了水给她：“今天是第二次了。”

随安然喝了点水这才缓过来，有些哭笑不得：“你欺负梵希。”

“闻歌就是这样对梵希的。”他自己说着也笑了起来，把她抱进怀里，“闻歌年后要去美国，这两天就动身了。你明天帮我去看看她那边有没有需要帮忙的，嗯？”

“这么快？”随安然诧异。

“本来年初三就想走，老爷子训了一顿，这才安分下来，定了年十五那天走。”他用下巴蹭了一下她柔软的头发，“闻歌不容易。”

随安然点点头，也不知道是在赞同这句不容易，还是在答应他之前说的……但就算他不说，这几天她也是要陪着闻歌的。

虽然说去美国当交换生一年，但一年，说长不长，说短不短。更何况隔了那么远的距离，即使想念也不能立刻飞到她的身边。

这么想着，随安然的心底便生出一分惆怅来。这世上当真是没有不散的宴席。

温景梵还要上班，但还是先把随安然送到了温家，这才离开。

老爷子正在院子里浇花，看见她也不意外，笑眯眯地留她过来说几句话，这才让她上楼去找闻歌。

她刚上楼，便看见闻歌的房门口还站着一个人。

她步子一顿，在楼梯口站了片刻，这才走上前去。

相比她有些尴尬，温少远神情自若，见她走过来淡淡地颔首，说了句："来了啊。"

随安然点点头，问他："想找闻歌吗？"

温少远没回答，沉默了几秒这才岔开话题问她："我听景梵说你这边的事情很快就能弄完了，打算什么时候回来上班？"

"再过一个星期就能回去了。"随安然想了想，又试探性地问道，"要不你等一下，我去叫闻歌出来？"

"不用了。"他抬手捏了捏眉心，唇边扬起个很浅的笑容来，转身便走了。

随安然在原地站了片刻，这才推门而入。

闻歌还在睡觉，整个人缩在被窝里，只露出个毛茸茸的脑袋来。随安然在床边坐了片刻，眼见着她这睡得昏天暗地的架势，决定叫她起来。

闻歌睡眼惺忪地坐起来，等看清来人，身子一歪就扑进了随安然的怀里，跟只大猫一样打滚磨蹭："你总算舍得回来了，我这个年过得简直要无聊死了。"

"我听景梵说温少远过年每晚都回来，你居然还能无聊？"她揶揄道。

"那你怎么就没听我景梵叔说我这整个年都是跟梵希过的啊！"她哼唧了一声，手脚并用地爬下床穿衣服，那微微翘着下巴的模样……倒是跟梵希傲娇时有几分像。

随安然忍不住笑起来："刚才我进来之前看见温少远站在你房门口，但我过来他就又走了。"

闻歌穿衣服的动作一顿，僵了一僵，随即又没心没肺地笑起来："你别老在我面前提他，现在他就是我的过去式。"

"你现在是想感谢他这些年没被你感化？"随安然帮她把衣服拿过来，见她垂着眼显然是还在意的样子，轻拍了一下她，"闻歌，我了解你，所以在我面前你怎么样都没事。你这个人嘴挺硬的，可心却是最软的。”

闻歌冷笑一声，勾住随安然的下巴，很是轻佻地说道：“小娘子既然这么了解我，不如就委身了爷，爷带你夜夜笙歌。”

随安然倒是想配合她娇羞一次的，奈何话到了嘴边，却是：“没景梵那声音你还是歇了吧。”

闻歌顿时暴走：“一结婚就嫌弃我了，你可以啊，随安然！”

“结婚了有了比较才知道什么是天上飞的，什么是地上追的。”随安然笑了笑，推着她进卫生间洗漱，自己先下了楼。

闻歌刷牙的时候还愤愤不平地叼着牙刷嘟囔：“见色忘义！没有良心……啧啧，跟着我景梵叔才多久啊，这嘴就这么毒了，以后可还了得……”

一直被某人默默腹诽的随安然就这样连打了几个喷嚏，而且从这之后便没有好转。到中午吃饭时，辛姨才疑惑地问：“是不是感冒了？”

随安然捧着热茶一口一口抿着，那氤氲的热气腾腾而上，晕染得她鼻尖都微微地变红。她眨了一下有些湿漉漉的眼睛，摇摇头：“应该不会。”

老爷子刚从院子里走回来，闻言说道：“等会儿和闻歌去逛街，顺便去看看，身体上的问题可别马虎了。”

下午逛街的时候这种情况便更严重了，而且初步断定……是感冒无误。

闻歌怕她在外面又受凉，到时候情况更严重，和她经过药店的时候进去买感冒药。店员推荐了几款速效的西药，随安然拿了正准备付钱，却又突然想起什么，喊住正在结算的店员，问：“有没有不伤身体的中成药，就是那种特殊情况时候吃的。”

她说得含蓄，但店员毕竟见多识广，立刻便知道她想要的是什么，从柜台里重新拿了两盒感冒药递给她：“那可以吃这个，这个孕妇吃都没问题的。”

她话音刚落，先震惊的却是闻歌，她一脸踩了狗屎的惊讶状，甚至都忘记压低自己的声音，大声地问安然：“你、你、你有啦？”

随安然“大姨妈”一个星期前刚走，现在就算是怀了也不知道。但既然两个人有这个准备和打算，自然一切都要小心为好。

所以相比闻歌的惊喜交加，她格外淡定：“放心，不是你的。”

“噗……”一旁的店员没忍住，顿时笑了起来。见随安然看过来，不好意思地摆摆手，又说道：“有在吃叶酸片吗？叶酸片在怀孕前三个月就可以吃了，确定怀上了也要继续坚持吃三个月。”

随安然心头一动：“帮我拿一盒吧。”

闻歌还回不过神来，但药店里的顾客又多，她再厚脸皮也不好意思瞎嚷嚷，等随安然买好药走出了药店，这才又跟脱缰的野马一般，绕着她跑来跳去的，反复确认：“你真的怀了啊？不对啊，太老爷还不知道吧，怎么可能这么淡定？”

正好是路口，随安然伸手拉了她一把，等她安静下来，这才解释：“还没有，只是我和他都有要孩子的打算，所以小心点为好。”

闻歌闻言，顿时失望：“唉……不早说，白高兴了。”

随安然还是那句话：“不是你的……你高兴什么？”

闻歌：“我们可以友尽了，完全聊不下去。”

回到家的时候，温景梵还在公司没有回来。梵希正懒洋洋地趴在阳台的猫窝上晒太阳，听见声音也只是微挪了一下脑袋，看看是谁来了。

见是随安然，算是勉强打了个招呼地抬了一下爪子，“喵呜”了一声，然后扭回头，继续思考“猫生”。

她先给梵希换了自动饮水器里的水，见时间还早，干脆到阳台和梵希一起晒太阳，还没晒一会儿，就看见温景梵那辆路虎从不远处驶了进来。

随安然抬腕看了眼时间——温 boss 今天又早退啊。

从路虎停在公寓楼下起开始数数，数到二十的时候，门口果然传来了开锁的声音。她起身过去，刚走到玄关，门就从外面被推开。

温景梵还扶着门把手，抬眼看向她。

他站着的地方正好是阳光和阴影交接的黑白之处，他迎着光，整个人更显清润雅致。

“听闻歌说你感冒了？”他抬脚进屋，反手关上门，把人揽在怀里，等换好了鞋，这才揽住她往里走。

“就是有些流鼻涕。”随安然蹭了蹭鼻尖，说话的声音里已经带了上几分鼻音。

温景梵微微皱了一下眉：“我问问景然。”

“哎。”随安然拉住他，有些不赞同，“景然在L市那么远……就算说了他也不清楚啊。”

“总归比我方寸大乱的要好。”他按着她在沙发上坐下，返身去厨房烧水。没多久，就传来很轻微的说话声。

随安然探身过去看了眼，他正握着手机在打电话，那手指修长有力。而另一只手……正拿着她刚从药店买来的药。

她刚才给梵希换水，就顺手带进了厨房里，结果忘记拿出来了。

他似乎是在跟那边确认什么，声音略微有停顿，良久才挂了电话。

因为不确定她是风热还是风寒，他没有给她煮姜水喝，只盯着她吃了饭又喂了药，早早地让她去休息。

“你今天回来得那么早就是因为我感冒？”随安然那么早睡不着，就靠在他怀里边看电视边说话，他偶尔喂过来几口水，也一一喝干净。

“这难道还不值得我提前回来？”他反问。

这理所当然的语气……还真的是挑不出什么错来。

随安然在他怀里蹭了一下，刚想继续蹭几下，被他轻推住额头，老老实实地按进怀里：“不许再动了。”

随安然顿时僵住，等他手指在自己额头上轻弹了一下，这才在他怀里寻个舒服的位置躺好，不知道什么时候就睡着了。

等醒来的时候，觉得自己憋了一身的汗，浑身黏糊糊地难受。

她刚一动，温景梵就醒了过来。房间里没有灯，漆黑一片，他抬手探了一下她的温度，这才生怕惊扰了她一般，压低了声音小声叫她：“安然？”

“唔。”随安然应了一声，扯了一下他的袖口，抿着干燥的唇要水喝。

他很快便起来，开了一盏灯光柔和的壁灯，又掖好被角，转身出去倒水了。寂静的夜晚，那倒水的声音以及他的脚步声便清晰可闻，她透过那光看过去，就看见梵希亦步亦趋地跟着他走进来。

他抱她起来喂水，梵希就坐在床头安静地看着，看了一会儿喉咙里发出一声低沉的似安抚般的咕噜声，然后自己寻了个位置先睡下了。

温景梵看了梵希一眼，倒没赶它下去。

这一夜倒是安稳又平静，更难得的是这次随安然在晨光里醒来，温景梵竟然还在，并未离开。

她眯着眼看了看时间：“九点了，不上班？”

“请了陪病假。”他一本正经地回答。

“我只是感冒而已……”而且好得差不多了，完全不需要家里的劳动生产力请假看护啊。

似乎是猜到了她的想法，温景梵抱过梵希，手指轻挠了它几下，淡淡地补充道：“最近家里的猫心情不太好，顺便逗逗猫。”

梵希心想，你才心情不好，朕的心情真的是好极了！而且是前所未有的好！

闻歌打来电话表示关怀，结果接完电话总结得出——别人生病那是生理心理双重难受，需要修复。但到了随安然这里，那整个流程下来，简直是不动声色秀恩爱。

她一边羡慕一边酸溜溜地说：“你就流个鼻涕，我景梵叔就紧张成这样，那以后你生完孩子坐月子，岂不是要被当菩萨供起来了……”

随安然认真地想了想，发现是这个道理。因为不只感冒，就连她每月的生理周期，他似乎都要比自己更重视一些，算好了时间，到来的前几天就开始给她煲红枣汤，等来了之后又是不让她碰冷水，又是不让做家务，每天变着法地炒猪肝或者折腾些补血的食物。

细心到让随安然开始反省自己这么些年到底是怎么亏待自己的。

于是，几番被提及的“孩子”问题，又被提了上来。

随安然原本只是随口一问，温景梵却很认真地回答：“顺其自然就好，我们都还年轻，不急。”

随安然默：“……”她记得前不久有人还急着要孩子来着，怎么突然就改了态度？

就这么精心地养了两天，随安然的感冒还没怎么开始发作，就直接被闷了回去。

温景梵临时出差，早上去的公司，中午回来吃了午饭就收拾了衣服去机场。他前脚刚走，隔日又是闻歌去美国。

随安然这连续两天往机场报到，不免也生出几分惆怅来。

来送机的只有随安然，闻歌并没有通知别人，这趟出去得悄无声息。老爷子腿脚不便，闻歌临出门前他倒是特意把人叫去书房说了一会儿话，送到门口后就把人交给了随安然。

而温少远——从前两天，就一直没有出现过。

就要检票了，闻歌又等了一会儿还是没等到人，眼中不掩失望之色，连眼眶都悄悄地红了，又怕随安然看见了会跟着难过，就一直低着头和她说话。

“你跟我景梵叔要好好的，两个人有好消息了一定要第二时间告诉我啊。第一时间留给阿姨好了，我是不是特别贴心？

“你也别有太大的压力了，太爷爷说了你不爱听的话，你就当耳旁风，别难为了自己。受了什么委屈要跟景梵叔说，他肯定会帮你讨回公道的。

“工作的事情也慢慢来，我知道你有些不想在盛远工作了，怕别人说走后门……其实你后门走了不少次了，就是你自己不知道。而且在小叔这里工作没人敢欺负你，你是自己人，多好啊……你要是走了，小叔还缺了得力干将……”

随安然忍不住打断她：“能别这个时候还想着你那个小叔吗？”

闻歌撇撇嘴，叹了一口气，这才改口：“好吧好吧，知道你吃他的醋，今天他不在就让让你。别我这一走一年你就忘了我啊，到时候心里就只有我景梵叔没有我了。”

“说什么傻话呢？”随安然捏了一下她的脸，听着广播再一次提醒登机，轻推了她一下，“行了，别黏黏糊糊了，不就一年嘛，哪这么快就忘了你。倒是你别觉得外面好，找个男朋友就不回来了。”

闻歌沉沉地吐出一口气，眼睛看向远处，一眨不眨。

等随安然循着她的视线看去时，她已经若无其事地转过头，拎着行李就走了进去。

这一次闻歌倒是格外潇洒，只和她说了再见，连回头再看一眼也没有，就这样离开了。

随安然看着她的背影，心里酸得像是被喂了柠檬汁，都被揉皱成了一团。

正月十五的元宵节，就这样过得冷冷清清。

到了晚上，随安然去泡了一杯咖啡，抱着梵希在阳台上看整个A市的辉煌灯火。大概是知道随安然的心情不好，梵希也不高冷了，安安静静地窝在她的怀里，她偶尔低头看下来的时候，便抬起爪子和她击掌。

就这么来回几次之后，随安然也顾不得情绪低落了……毕竟和猫击掌什么的……这样萌逗的场景，真的低落不起来——

巨大的烟花落下，她眼里映了这座城市的璀璨。想起以前原本是打算离开的，可最后……却是以这种让她梦寐以求又意想不到的结果留了下来。

此后，这座有他的城，便成了她的城。

| 第二十四章 |

时遇，倾城色

温景梵的电话来得恰好，正在烟火盛放的时候。随安然听不太清楚，进屋关了门接电话。

梵希从她怀里跳下去，自己蹦跶着去别的房间玩了。她就站在落地窗前，仰头看着烟火，耳边是他轻柔低沉的声音。

没几句就察觉到她情绪不高，略一思忖便知道了原因：“是不是因为闻歌走了？”

“有一点儿。”她手指绕着一旁的窗帘，想了想，问他，“你什么时候回来啊？”

“很快了。”他低低地笑，笑声微沉，婉转入耳。

随安然耳根子一酥，再开口时，声音更加糯软：“我想你了。”

那边呼吸一顿，沉默了好久，才回应：“我也想你了。”

说这句话时，正好外面的烟花已经落幕，瞬间的安静让这句话格外清晰。

随安然不知道怎么的，觉得好像心里最柔软的一块被他触碰到，眼眶一红，就有些想哭。她努力压抑了一会儿没压抑住，直接破功。

“安然。”温景梵突然出声，随着这句话还有一声车门碰撞的声音。

她还来不及问他是不是在外面，他已经低沉缓慢地说道：“安然，到客厅，打开落地窗，走到阳台上，然后低头看下来。”

她一愣，反应过来后，立刻跑了出去。

楼下是公寓入口，此刻正停了一辆路虎，车灯开着。而车旁，赫然站着一个身材修长的男人，捧着一束花，隔着那么多的灯火，遥遥地看上来。

并不能看清楚，可随安然却像是看清了他的眼睛，如同初见时清澈透亮。

“等我回来。”

来不及等他回来，随安然连鞋子都来不及换，匆忙开门出去。梵希一直跟在她的脚边，见她跑出门，犹豫了一瞬，也跟了上去。

幸好电梯还在上面的楼层，她按了电梯下去，因为用力，捏着手机的手心隐隐作痛。

到一楼大厅的时候，温景梵还没过来，还留在车旁，在翻找些什么东西。

听见脚步声回头，他一眼就看见她，一瞬的诧异之后便扬起嘴角笑了起来：“怎么下来也不披一件衣服？”

随安然心尖酸酸涩涩的，可浑身又暖洋洋的。原本还冲动地想跑下楼来一头扎进他的怀里撒个娇的……

不过撒娇这种事情于她来说，还是有一定的难度，所以她也就是想想。现在站在他面前，反而连上前一步都觉得困难。

温景梵见她站在那里不动，几不可察地皱了一下眉头，往后退了一步关上车门。几步就迈到了她的面前，低头看她。

她眼眶微微有些红，倒是有些像哭过的样子。

他抬手碰了碰她的脸，声音不自觉便放柔了：“哭过了？”

“没有。”随安然有些不好意思，“跑得急，被风吹的……”说完，她又觉得这个理由太像借口，怕他不信，赶紧又认真地重申了一遍，“是真的。”

“在我面前哭也不丢人。”他无奈地轻叹一声，拉开大衣把她抱进怀里，“冷不冷？不是让你等我吗？”

随安然被他问得哑口无言，有些懊恼地咬了咬唇。

她刚才到底是冲动个什么劲啊……

梵希英俊地蹲在原地没动，但就这样僵坐着看两个人难分难舍地抱在一起良久，它的耐心也告罄。它优雅地起身，优雅地走过来，然后优雅地一屁股压在了温景梵的鞋子上，还用爪子挠了挠他的裤腿。

温景梵微皱了一下眉，终是松开她，低头看下去时，梵希已经一本正经地站在一旁了，只仰着头目不转睛地看着两个人。

朕等得尾巴都秃了，什么时候回朕的寝宫啊！

温景梵蹲下身，抬手伸到它的面前，轻拎起它的后颈抱进怀里："先上楼。"

随安然回到家之后才发现外面是真的天寒地冻，她跑下去的时候还不觉得，等上来一接触暖气，才发现只这片刻的工夫她已经被冻得嘴唇微微发白。

一直喝了好几杯的热水，这才觉得暖回来些。

温景梵去放了行李箱，又把文件整理好，这才走到她身旁坐着。

随安然正要喝第五杯白开水，刚送到唇边又觉得有些不对，看了他一眼，把水杯递到他面前。

温景梵正在开笔记本电脑，目光也没挪过来，就着她喂过来的手喝了一口："闻歌上午走的？"

"嗯，上午十点多，都快中午了。"见他不要了，她便捧着小口小口地抿着，偶尔一抬眼能看见对面杯口有他很浅淡的唇印。

"她去一年也好。"他的手指在键盘上轻敲几下，看了她一眼，"闻歌心性不成熟，还有几分小孩子的脾气，等一年后回来她还是非少远不可的话，到时候再说。感情这种事，也只有当事人明白。"

"这些我都明白的啊。"她顿了顿，问他，"怕我想不开？"

"温太太的心思太细腻，怕温太太想多了，所以开解下。"他放下电脑，把她抱进怀里，“刚才跟我说的话再说一遍？”

“怕我想不开？”随安然重复。

见她装傻，温景梵低笑了一声，偏头不轻不重地咬了一口她的耳垂：“不是这句。”

“这些我都明白的？”

温景梵睨了她一眼，似笑非笑：“需要我提醒吗？”

随安然眨了一下眼，和他安静地对视。

温景梵眼眸漆黑，又落了几缕水晶灯的灯影，亮得像是星辰。他轻捏住她的下巴，低头吻上去，边吻边抵着她的唇含糊地提醒：“不是现在说的，是刚才……”

随安然忍不住抬手握住他的手，她的手因为刚才捂着水杯，现在比他的更烫。

她闭了闭眼，轻捏了一下他的耳垂，见他停下来，这才垂眸看着他，声音温柔得似江南的水，圈圈涟漪，缱绻缠绵：“我想你了，很想很想你。”

她的眼神黑得浓郁，眼底含了笑，静静地看了他一会儿，先主动地凑上去吻他的唇，又沿着他的唇线往下，轻咬了一下他的下巴，那声音柔和得简直要溢出水来：“温景梵，我好爱你。”

真的好爱好爱，总是有那么一刻，她觉得她对他的喜欢已经深入骨子里，每次一想念，都牵扯着全身的神经。

她以前是怎么会觉得这辈子只是默默地喜欢他就好？怎么会觉得这辈子不跟他在一起也没关系？

她这辈子，分明是不能没有他了。

她有些紧张——

温景梵察觉到这一点时不由得微微觉得好笑，任由她吻下来。她显然是很生涩，只学着他平时对她的那样。

他轻拉住她的手，见她迷茫地抬头看过来，笑了起来，在她还未反应过来时，弯腰抱起她一路走进卧室。

吃饱喝足的每一天，温景梵的好心情持续了很久。

《九转》的小尾巴也很快就录完了，录完的那天晚上，陆熠方请客，几个人去 TC 会馆吃饭。

温景梵中途去了一趟洗手间，回来的时候，身旁多了一个人。他正微微低着头听那个人在说着什么，浅浅地笑着。

等进了屋，见随安然诧异的表情，这才忍不住低声笑了起来，给她们两个介绍："这位就是秦暖阳，这是我的太太随安然。"

秦暖阳对随安然是有印象的，就在上一年随安然因为工作调动在 S 市任职大堂经理的时候，和她有过一次很短暂的接触，虽然只那么一次，倒是印象深刻。

所以，这会儿见到，虽然有些诧异，她倒还是挺高兴："还记得我吗？"

随安然站起身来，对她笑了笑，笑容温婉又大方："自然记得。"

温景梵原本以为两个人根本没见过面，见状不由得微微挑眉问随安然："你们之前就见过？没听你说过。"

随安然回想了一下："在 S 市的时候，就是台风到来的那天，下午见到的她，晚上遇见的你。"

秦暖阳对温景梵的认识是先在声音上，再者是他本人。听了温景梵几句带过的"初遇"和"相遇"，心情极好："这是兜几个圈子都能兜回来的缘分。"

两个人只是第二次见面，但分外投机，聊着聊着便熟稔了起来，交换了手机号码后，秦暖阳见另外两个男人没注意这边，悄声说道："我最喜欢的声音也是时遇，我男朋友也就排第二……"

只不过这句话她在唐泽宸面前是怎么也不敢讲的——

即将散席的时候，这个整晚都处于传说中的唐先生也出现了。他是过来接秦暖阳回去的，见这边饭局还在继续，干脆也进来喝了几杯。

陆熠方抓紧机会约秦暖阳的档期，正好说到电影节，一拍脑袋想起了件事：“景梵拿了配音奖，到时候也是要过去拿奖的。你们一起走红毯好了。”

唐泽宸倏然扫过去一眼，声音冷淡：“我还是投资方。”

秦暖阳眉眼一转，侧头看了唐泽宸一眼：“你不说那天有事吗？”

唐泽宸似笑非笑地看了她一眼，语气略微有些危险：“这点时间还是有的。”

“我没打算走红毯，和安然直接去内场。”温景梵扫了几个人一眼，转头看向随安然，轻声道，“她不喜欢热闹的地方。”

随安然被他看得微微脸红，一时也说不上来是屋内的温度太高还是别的原因，只低头猛喝了几口水：“其实也还好……”

这一句还好……让她从颁奖典礼留到了结束。

配完《九转》的隔日，随安然就销假上班了。

盛远酒店倒是有不小的人事调动，她回到工作岗位后熟悉了几天才记住新来的同事。

上班的一个星期之后，倒是在周一的会议上看见了许久不见的温少远，人似乎是清瘦了一些。他原本就不爱笑，现在更是面无表情，整场会议气压低得所有人大气都不敢喘。

随安然有话要跟他说，便特意收拾得慢了一些，等人走得差不多了，温少远这才站起身来问她：“有事要说？”

随安然原本是想问他那天在机场到底有没有来，又有没有再和闻歌联系，只是话到了嘴边又觉得自己多事……

就像是温景梵说的，感情是两个人的事，她和闻歌的关系再怎么亲密，也只是旁观者，所以这些事不该她来替闻歌问。

这么想着，她倒是对他释然了些，笑了笑，只说了句：“好久没见你。”

知道她想说的不是这句，温少远便也没接话，静静地看了她一眼，示意她继续说下去。

“没有别的话要说了，你自己注意身体。闻歌那边要是你有什么不方便出面的，可以找我帮忙。”

温少远意外地没有拒绝，笑着应了声“好”。

中午午休的时候，温景梵提前来了电话让她在酒店等他。再过半个月就是电影节，随安然既然要去，自然要准备礼服。

礼服的款式温景梵已经提前看过了，下午便打算带她亲自去看看有没有喜欢的。

电话来的时候随安然正在洗手间里，她最近胃口有些不好，肠胃似乎也有问题。等挂断电话之后，她才推开隔间走出来洗手。

人事部的温姨这几日都和她一起在食堂吃饭，见她几天都这样，忍不住说道：“你这样都几天了还没跟景梵说啊？”

随安然洗了手，看着镜子里脸色有些苍白的自己，微微苦恼：“我没刻意瞒着他，在家都好好的，就在酒店里这样……”

温姨皱了皱眉头，直催着她趁着午休让温景梵带她去医院看看。

她随口应了下来，想到温景梵今天连着有好几个会要开，便请了一个小时的假，自己去了医院。

但临走到了医院门口，她突然想起什么……又猛然却步了。

这几天就是她的生理期了，是不是大姨妈没有来——就说明有消息？

这么想着，她想着情况也不严重，掉头便回了酒店。

临到下班的时候，接到投诉，她匆忙赶去处理。见一时半会儿也好不了，她就悄悄给温景梵发了个信息让他多等一会儿。

温景梵接到信息，等了片刻还是没等到人，干脆在地下停车库停了车，准备上去找她。

刚走进大厅，来接班的大堂经理便从总台迎出来，一脸殷切地问他：“温先生，需要办理入住手续吗？”

温景梵微挑了一下眉，回答：“不需要，我来接我太太下班。”

大堂经理顿时一头雾水，也没听说有亲卫军在职啊……

温景梵见她一连迷茫，也不打算解释，侧身错过她准备去电梯，刚按了电梯键，从上面下来的电梯便已经抵达了一楼。

随安然正要出来，抬眼看见他，不由得诧异：“你怎么直接过来了？”

温景梵从她手里接过外套挽在手肘，也不在意看过来的众多视线，很是自然地揽住她：“我来接你下班，等了一会儿没等到，想上来看看，家法不准？”

家法不准……

随安然差点儿笑出声来：“再等我一下，我交个班。”

来接班的大堂经理就在不远处站着呢，两个人的对话听得一清二楚，此刻一脸复杂地看着随安然，动作却更加殷勤了：“赶紧下班吧，早知道我早点上去了，怎么能让温先生多等。不过安然你也藏得太好了啊……”

随安然淡淡地笑了笑，没接话。

难道要说……就怕你知道会这样了才干脆不说的吗？

她交完班，快步走到他身边，仰起头看他：“我们走吧。”

我们。

温景梵扬唇笑了起来，牵住她的手。

随安然还不知道他这一瞬间，思绪已经转了好几个弯，还在想今晚吃什么，报了一堆食材，发现身旁的男人根本没上心，微微不满：“你没认真听我说话。”

“夫人声音太好听了，光顾着欣赏了。”他低声地笑，笑声沉沉的，低醇入耳。

随安然耳根子一酥，默默回味去了。

入春之后，酒店的客流量比之以往稍减。盛远是大酒店，对旺季和淡季倒是没有太明显的分化。但春天来了，盛远酒店一年一度的交流会也来了。

所谓的交流会，其实就是所属盛远总店以及各家分店的经理级管理者的聚会，交流工作经验，每年轮到的人都不一样，还分外派和原地接待。

很不巧的是，随安然这次不仅要参加，还是外派，去 B 市，为期一个星期。

随安然在日历上画上一个大圆圈，又算了算电影节的日期，不由得有些苦恼。时间上有些紧张，交流会结束的隔天便是电影节，但如果是交流会结束的隔天回去，时间便有些来不及。

再加上……

温景梵也才回来没多久啊，这就变成她出差了——

出差的前一晚，温景梵带她去看老爷子，一家人一起吃饭。在饭桌上时，温景梵就不动声色地告了温少远一状。

随安然眼观鼻鼻观心，只当作没听见。

她以前对这个交流会的名额很垂涎，而且这个排期是轮流的，也就是说她其实早就知道今年开春有她参加，并不是温少远临时起意……

被无辜错怪的温少远已经好久未归家了，自然不知道自己默默地就这么背上了黑锅，还被人在老爷子面前参了一本。

温景梵理解她的工作是一回事，但是他不高兴又是另一回事。这种“不高兴”的表情从他知道这个消息开始一直挂在脸上，明显得随安然想忽视都不行。

“那我提前回来？其实最后几天就是到处放风……我提前回来好不好？”

温景梵正在看文件，闻言，把视线从电脑屏幕上移到她的脸上：“我十分理解夫人这次交流会的性质，既然难得有这个机会就别提前回来了。我想接下来会有好几年你都没有外派的机会……”

随安然："……"

嘴上是这么说着，但随安然整理行李时，温景梵还是放下了工作过来一起帮忙。除了她日常要用的护肤品，他更是直接往箱子里塞了一小盒常备用药。

梵希在边上围观了一会儿，不甘寂寞地把自己也塞进了箱子里，尾巴盘在腿边，端端正正地蹲坐着。

随安然哭笑不得，尝试了几次把梵希抱出来，最后都以梵希耐心地重新蹲回去的结果宣告失败。

喵星人对箱子的执念——真的不是一般人能懂的。

隔日，随安然起得早，生怕吵醒了他，正要轻手轻脚地下床，结果刚一动，腰上就被修长的手扣住，微微用力就毫不费力地把她扣了回去。

他刚睡醒，声音沙哑，带着低低的磁性："怕我不让你去？"

"我想早点起来给你做早饭。"她无辜地解释。

温景梵轻叹一声，有些无奈："不起了，等会儿下楼去早餐店吃吧，你再睡一会儿。"

天才刚透了光，她从未起得这么早过，又是一个挚爱懒觉的人……温景梵想到这些，自己也犯了懒劲，就把人扣在床上一起睡了半个小时的回笼觉。

起来之后，不紧不慢地收拾好自己，两个人吃过早餐，出发去机场和同事会合。

前段时间，温景梵出现在盛远酒店接她下班之后，她是"皇亲国戚"的身份已经不胫而走。同事的反应倒是在她的意料之中，虽然意外，但总的来说还是非常欢欣的。

打那天以后，温景梵每次来接她下班也不再是隔着一条马路等她了。通常时间还早的话直接去她的办公室，这样高频率地出现，盛远酒店的工作人员已经完全见怪不怪了。

于是，今天随安然和温景梵姗姗来迟的时候，同行的几位还有胆子开两个人的玩笑。

温景梵默默笑纳了。

离登机还有时间，温景梵再一次和她确认了时间，地点。聊了一会儿，他还是有些不放心："有事给我打电话，最近胃口不好，在外面别吃太油腻的，容易坏肚子。"

随安然点头点头再点头，对他昨晚已经交代了一遍的事情完全没有任何的不耐烦，始终笑盈盈地听着。

尝过默默暗恋的苦涩之后，才会更懂得珍惜。那种只有一个人一座城的时候渴望的，如今拥有了，她一点一滴也舍不得错过。

因为是清晨的飞机，乘客们似乎还带着睡意慵懒，机舱里安安静静的。同行的是客户部一组的经理，平日和随安然的关系还算不错，飞机起飞后有些紧张，便和她说话分散注意力。

聊着聊着，两人的话题就转移到了温景梵上。

"你们怎么认识的啊？"

随安然想了想，回答："五年前就认识了，不是在A市，在L市。"

"原来早就认识了啊，我说呢……运气真好啊。"她笑了笑。

随安然也笑了起来，点头应下："是的啊，我的运气真的挺好。"

能够在那个时候遇见他，现在还能够和他在一起。

很多女人对于婚姻的定义，更多的是将自己绑定在男人的身上，而一段婚姻是否成功通常是看男人的条件。

温景梵可以说完全没得挑，至于他点点滴滴的好，随安然更有体会。只是她对自己的好运气定义，并非在温景梵的优越条件。

只因为他，是她喜欢了很多年的人，而恰好，这个人又很优秀。

所以说她的运气的确很好，这么不早不晚的，正好遇见了他。

交流会很成功，落幕之后便是一些休闲活动，随安然原本还想提前回A市的，晚上正要订机票的时候，接到安歆的电话，便临时改了主意，回了一趟L市。

随经国回去找安歆了，在随安然婚礼的问题上两人有些意见不合，闹了不愉快。随安然离L市近，和温景梵商量了一下便跑了一趟。

在L市待了几天，处理完这边的事情之后，她软硬兼施地磨了安歆请了个长假，一起回到A市。

S市飞A市的航班不多，为了不耽误时间，随安然订的是晚上夜航的机票，早上到的A市。

温景梵来接机，见她脸色不太好的样子，不免有些担心："是不是哪里不舒服？"

"好像是没睡好，有些累。"说着，随安然打了个哈欠，有些困倦地挽住他的手，"我回去先睡一觉好不好？下午要出发的时候你再叫醒我。"

温景梵又看了她几眼，眉头始终皱着。

随安然在回去的路上便睡着了，靠在副驾的椅背上，把他的外套一直罩到了下巴处，显得整个人小小的。

他回忆起这段时间她的反常，眉头微拧，心里有种蠢蠢欲动的情绪在不断萌芽。

下午原本是要去公司的，只是看她午饭也没吃，他始终有些不放心，便干脆留了下来。倒是随母，早上略作休息之后，便和辛姨出去了。

随安然睡到下午三点的时候终于醒了过来，看见温景梵靠在床头看书的时候还有些迷茫地放空了一会儿。

温景梵抱她起来喂了点水，等她神志清明了，这才开门见山地问道："安然，你有没有觉得自己最近有些不对？"

随安然“嗯”了一声，有些不太理解：“我怎么了？”

温景梵沉吟道：“胃口不好，嗜睡，容易疲劳……”话未说完，他微微打量了她一眼。

早上见她的时候脸上苍白得没有血色，现在刚睡醒，面上红润润的，眉目如画，只不过……这么几天不见，下巴好像尖了一些。

他抬手碰了碰她的脸，脸上的温度有些烫。他倾身靠过去，以自己的额头抵着她的，试了温度才退开些，垂眸看着她：“自己没有感觉？”

随安然原本还有几分笑意的嘴角一下子就抿了起来，表情也凝重了几分：“你的意思是……”

温景梵微合了一下眼算是默认，并未直接说破：“时间不早了，我们要准备出门了。明天请一天的假，我们去医院看看。”

随安然的表情更凝重了，隐隐有几分要哭了的样子：“我十天前就觉得有些不对劲了，而且那个……已经推迟一个星期没来了。我是有想到这个可能性，但这段时间太忙，我就没顾上。”

温景梵了然，抬手轻碰了一下她的额头，安抚道：“是我不好，我竟然也没察觉。”

见她表情还是有些郁郁的，他思忖了片刻：“这没什么不好的，现在没去检查，也不知道什么情况，别自己瞎想。等明天我们去医院检查检查，如果有喜事，那再好不过。”

随安然的表情这才缓和了下来，心里不禁暗暗责怪自己粗心大意。就在换衣服的时候都还在努力回想着上一次生理期的时间和症状。

她的生理期并不准时，常常会推迟几天，但这次……好像也推迟得太久了？

有了这重心事，这个电影节便没有随安然想象中的那么激动人心了。

她和温景梵直接进入了内场，温景梵的身份特殊，并未按照之前的座位去坐，带着她直接坐到了第一排的贵宾座上。

随安然起先还以为是谁来得早谁先坐——结果当星光熠熠的艺人们或风度翩翩或貌美如花地在后面几排开始落座时，她便有些坐立不安了。

“我们没有坐错位置吗？”

温景梵嘴边有一抹淡淡的笑容，反问：“你觉得我像是会坐错位置的人吗？”

正说话间，一袭长裙的秦暖阳也从走道上翩然而来。原本她还拎着裙角四处张望着在找人，看见温景梵微抬了抬手示意了自己的方位后，微微一笑，便缓步走了过来，在随安然的身侧坐下。

唔……一脸理所当然，完全没有犹豫。

随安然默默地想，那应该是能坐的吧。也许是因为前排镜头太少？

她正乱七八糟地猜想着，连秦暖阳和温景梵在说些什么都是左耳朵进右耳朵出，完全没过脑子。然后她就看见很多在电视上才能看见的大腕，纷纷……坐到了他们的后面，那种忐忑不安的感觉越发强烈。

她干脆放弃问温景梵，直接转头问秦暖阳，不孚众望的，她给出了稍微有些靠谱的回答：“这里是贵宾座，他们比较谦虚，所以不用管他们。”

好像……还是有哪里不对。

当然，在不久之后，随安然知道第一排代表的含义之后，默默地窘了很久——难怪那次电影节被各种强势围观，原来还有如此之深的含义。

配音的奖项在最佳男主角、最佳女主角，最受欢迎女主角、最受欢迎男主角这一堆的奖项的光环下并不是很显眼。

颁奖嘉宾笑着报了时遇的名字以及获奖的作品时，场内的气氛还并不是十分热烈。

温景梵怡然地站起身，看了眼一旁微笑看着他的随安然，而后抬步往领奖台上走时，场内顿时哗然。

温景梵经常被各大财经杂志提名，出现在财经杂志封面的次数也不少，算是公众人物。自然有不少人知道他，但当“时遇”和温景梵重合在一起……画面便变得格外惊险了些。

原来重金难求的时遇竟然就是 SY 的执行总裁。

随安然忍不住笑，倒并非因为众人精彩的表情，而是因为他被肯定。

这种与有荣焉的感觉……还真的是爽歪了啊。

温景梵拿过奖，却是面向她示意了一下："入这一行是意外，但还是很高兴能够得到肯定。如果说要感谢，那要谢谢我的夫人。我这一生为数不多的坚持，几乎都与她有关，而时遇——"

他略微一顿，声音微微压低了些，低沉醇厚得像是梵音寺里塔楼上的钟声："时遇缘起于她，也只她一人所有。"

最后一句，隐约又委婉地透露了他想退圈的意思。

随安然知道他有这个打算，可听他这样认真地说出这句话，说他只为她一人所有时，那满心的甜蜜都控制不住地溢出来。

温景梵后面还说了些什么，随安然已经听不进去了，只视线牢牢地锁定了他的一举一动，像是要刻进心里，每一眼都看得认真。

那一刻，连言语都不能表达。随安然不免庸俗地在心里想——无论什么，都阻止不了她爱他，爱得简直要入魔。

她突然就有些明白了，为什么《九转》里的司祁一生都在寻找听夏，舍不得、放不下，爱得深入骨髓，早已刻骨铭心。

意外的是，这一次电影节的亮点除了秦暖阳何时结婚，便是温景梵。

他现身领奖，加之他的身份又特殊，竟然能抢占不少新闻版面。而随安然作为温太太……更是以"感动落泪"的形象出镜。

随安然对着自己的照片看了又看，还是忍不住说道："把我拍得不好看……你的粉丝会不会觉得我配不上你？"

温景梵低头亲吻了一下她的额头，并未直接回答："你多久没去我的微博看看了？"

等他去厨房做早饭，她便进了他的微博主页。

昨晚的电影节后，他一共发了两条微博。

第一条是很官方的获奖感言……算是获奖感言吧，虽然只有简单的一句——“谢谢你们的肯定。”

这条微博下面是一票粉丝哭着狂刷：“大大最后那句话的意思是要退圈吗？大大不要啊！”

第二条，是在昨晚的凌晨，特意为她发的长微博。

我和她的故事其实一句话就能说清楚，我们五年前在寺庙遇见，彼此牵挂了五年，后来重逢，我顺从了自己的心意留下了她。很幸运，她的未来都将与我有关。很多人问过我“时遇”的由来，她也这么问过我。我的回答是：取这个名字的时候想到的是那年寺庙里伏桌抄写佛经的她。还未长开，但眉目间淡然温婉，有江南女孩子的软糯温和。那时候脑子里就突然跃过五个字——时遇倾城色。

我为数不多的坚持也几乎都和她有关，不定期便要去那寺庙一趟，想着会不会能够再偶见一次。每次去都会小住几天，还住在我以前住的房间，和她曾经的房间面对面，也想过会不会哪一天就像初见时那样，我一打开门，她就站在那里。

我会为她抄写佛经，供在佛像前。不知道我的虔诚能不能替她消灾减难，但那时候为她做这些，是我们之间唯一的联系。并且，她不知道，而我始终坚持。

很幸运，我们重逢得不早不晚，在彼此都合适的时候，选择了在一起。

至于是否会退圈，我有这个打算。不过夫人似乎是有些遗憾，所以遇到感兴趣的本子应该还是会接。

不用觉得惋惜，我的退场只是因为我有了更精彩的人生，也有了更需要我的人。

微博下的评论……随安然已经不敢点开看了。

这些话他从未和她说过，用这种朴实的，毫无铺垫的方式写出来，却格外有冲击力。

原来她在他的故事里，是这样的存在——强烈，深入，不可或缺。

他们彼此都在庆幸，每一步都走得那么恰好。

这一生，怕是真的要为君倾心为君意，再不复回头了。

温景梵做完早饭进来，见她还窝在床上，以为她又睡着了。走到床边刚坐下，她就已经起身拥住了他。

“怎么了？”

随安然开口后才发觉自己的声音都已经微微沙哑了：“我也会对你很好很好……”说完她有些想哭……刚才还默默地准备了一堆的台词想说，可现在却忘得一干二净，脑子里只有这一句话。

实在太苍白了！

她努力补救：“我希望我们两个人以后都能平安顺遂，但是人生肯定会有波折，无论发生什么我都会对你不离不弃。我永远都会陪在你身边，我愿你好。”

温景梵似乎是愣了一下，等她说完了才反应过来她是在表白，不由得笑了起来：“我也愿你好，比我更好。”

随安然忍不住抬起头去看他：“我以前觉得喜欢一个人哪怕不在一起也没关系，因为没办法接受分离。但是和你在一起之后，我希望我们的离别都在百年之后，我想和你相守一生。不用很浓烈地彼此相爱，就像现在这样就好……”

每一处都细致，每一处都深入人心，每一处都让她觉得好像再没有尽头，路上都是阳光。

她平时和他对视久了都会觉得害羞，今天突然爆发了一下说了那么多……温景梵还真的觉得很受惊，同时，也实在受用。

她这样软乎乎地抱着他，柔软得他心尖都化成了水。

“那就这样。”他低头吻她，唇齿相抵，“你要我的未来，我就把时间全部交给你。”

这一辈子还长，还有很长很长的时光等着他们。

这红尘几经辗转，能在亿万人中找到你，恰好的相遇，再缓缓渗透彼此的生命，多么不容易。

而更美好的是，我们相爱。

这是我能想到的，最浪漫的事。

再也没有人比我们更懂守候的滋味，只因当初惊鸿一瞥，彼此都生了心魔，念念不忘。

温景梵偶尔回想起来都会笑，大抵很少有人的思念是他这样的吧？回想起来便是寺庙里的梵音，透过经幡看过去，她跪在佛前，模样安静又虔诚。

说不上来是因为什么才对她的印象深得很多次午夜梦回都能想起她，就好像冥冥之中，有什么牵引着他一步步靠近她。

《九转》的台词里有这样一句话：“我这一生，寻了你九世。起初不过是因为你叫了我的名字，然后我回头看见你，这辈子，就忘不掉了。你轮回，我就只能一遍遍地找你，因为心里再也容不下别人。”

那年在梵音寺，他迈着石级而上，一抬眼便对上她黑白分明的眼睛，里面并没有很多情绪，只是干净清澈得能看见他的影子，此后便对她多了一份留心。

而后，误会她不会说话，觉得可惜了，忍不住想靠近，纵容。

而纵容，便是沦陷的开始。

他们的起初，就是隔着一小段青石路，不经意地对望。而走入心里，便是他打开门的时候，正好看见了她。

一眼，即是一生。

“你叫什么？”

“我叫随安然，岁月安然的安然。”

“你呢？”

“温景梵，温暖的温，景色的景，梵音的梵。”

那年相遇，他留给她一句“菩提本无树，明镜亦非台，本来无一物，何处惹尘埃”，而经年之后，收获的便是——他的一树菩提。

多情不改年年色，千古芳心持赠君。

感谢我在这一生最好的时候遇见了你。

感谢你将这一生最温柔的时光赠予我。

我的时遇，倾城色。

番外四则

| 番外一 |

朕是一只猫

朕以前对自己的称呼并非是如此霸气侧漏的“朕”，在我还是个嗷嗷待哺的小奶猫时，我向来喜欢用“喵喵”自称，因为如此萌萌哒！

但当我被现在的铲屎官千里迢迢地从L市带到A市，我隐约察觉到一个问题——我好像突然从一只人见人爱、花见花开的萌萌哒小奶猫变成了……大地主！

那么大一个方盒子都是我的地盘！我简直太富有了！

于是我开始了我的探险之旅，我先是从铲屎官怀里转了个身，扭了扭苗条的身体，顺着他的裤腿往下爬。这是个技术活……因为我没刹住车，一脑袋撞到了地板，有些晕头转向。

我被铲屎官捞了起来，这应该是我第一次如此清晰地正面看见我的铲屎官，也是我的近身侍卫。他和我们这些统治星球的统治者长得很不一样，但依然很符合我的审美。

我在我的地盘巡逻时，总是能看见我的近身侍卫在做一些古怪的事情，但我依然不讨厌他，甚至有时候心情好了，会对他萌萌哒地打个滚。

要知道，作为一个上位者，要懂得如何平易近人，我想我做得非常不错。

等熟悉了这一片方盒子，我开始留意我的近身侍卫每天都在做些什么，他和我的起床时间一致，当然，绝对不会是我被他同化了生活作息，怎么会有这种可能，对吗？

然后，他会钻进盒子里的盒子，很快里面就会传出哗啦啦的水声……

我觉得他在里面做的事情一点儿也没意思，所以我四处溜达。突然，我发现了一个玩具——会滚动的纸团，我觉得这个非常新鲜有趣。

只是我这滚纸团的爱好还来不及萌芽，就被我的近身侍卫扼杀在了摇篮里，他收走纸团丢掉了。这样残忍、冷酷、无情、无理取闹！

然后我隐约发现……作为一个伟大的统治者，我在这个符合我审美的近身侍卫面前竟然奇异地感觉到了一丝压迫和服从。

这对于我来说，是个不太妙的信号，并且十分不科学。

这种想法一产生，就如同藤蔓一般，生命力旺盛地生根发芽。

而且，我对总是只能见到近身侍卫一个人的情况有些不满，我开始试图走出盒子……据说这叫“越狱”，这是管近身侍卫叫“景梵叔”的那个女孩子说的。

我不是特别喜欢她，因为她说我越狱的时候，总是戳着我的鼻子，并且大笑着揉捏我的脑袋。这让我觉得“越狱”这两个字不是那么霸气了。

但是我向来是一只有自己主意的猫，我英明神武又睿智，怎么会因为别人的看法就感到不安焦虑？那是愚蠢的人类才会有的情绪。

我的越狱每天都在进行，我觉得十分有趣，因为能看见好多铲屎官……这是我遇到的第一只美女猫对她近身侍卫的称呼。

是的，她很漂亮，虽然我还没有成年，但是并不妨碍我具有高标准的审美。她的眼睛是蓝色的，和我一样，我觉得蓝眼睛的猫非常聪明，这一点，在我们两个的身上有非常多的例子可一一列举。

她的品种叫布偶猫，她的铲屎官对她非常溺爱，给她备了各种罐头，羊肉牛肉鸡肉鹿肉鱼肉，简直是变着法地给她换口味，我有幸每天都能收到她送给我的牛羊肉冻干，也知道了送礼物是需要理由的，比如她就有极其理直气壮的理由——减肥。

我有些不理解，但是并不妨碍我不懂装懂，任何时候我都是一只全能的智慧的英俊的猫。

她似乎很喜欢我，还带我去看一个有很多愚蠢人类以不同方式不同模样出现的方盒子，她说那叫电视……我觉得这个名字难听极了。

大概是因为名字不是我的菜，我在连听了一个多星期的“嬛嬛”“皇后”“化肥凉凉”后，终于彻底没有了兴趣。因为潜移默化，我对自己的自称不知道何时变成了——臣妾。

臣妾就臣妾吧……

但因为我那天拍拍屁股就走人了，布偶猫一连好几天都没有理我，我觉得我应该是失恋了。作为一只自尊骄傲的猫，我也没有再回去找她，结果，某天我吃过午饭散步经过她家门口的时候发现她已经不见了。

而她的铲屎官，神色郁郁，闷闷不乐，连带着看我也不顺眼，每次都瞪着我质问：“为什么你还没成年？这样布布就不会因为发情跑出去不回来了。”

发情……是什么，能吃吗？

听说度娘能解决一切问题，这个时候我非常需要一个度娘度一下，但碍于这种东西一向是愚蠢的人类才用的，我想了想，也就作罢了。

我的生活习惯在那天又改变了——那个曾经指着我鼻子说我越狱的叫闻歌的女孩子说，我是一只善变的，具有多重猫性的猫。我想这个应该是夸奖。

我在每天中午之后，都跑去布布的家里，继续看那个“化肥凉凉”。然后我机智地发现“臣妾”这个自称似乎和“奴才”出现的频率一般高，只是那个穿得黑不溜秋的人类长得有些阴阳怪气的，我决定把自称改成“朕”。

而这个决定，在不久之后让我出任了CEO，迎娶了白富美，走上了猫生巅峰。

布布走后没多久，布布的铲屎官就又抱回来一只漂亮的母猫。她比布布温柔多了，看见我会蹭上来撒娇，她全身雪白，一尘不染的，我觉得她像棉花糖一样，特别好看。

只可惜，有一天，我发现她在拉完屎之后用爪子蹭了蹭屎团，还凑到嘴边舔了舔……

我又失恋了。

我孤独地坐在阳台上，看着不远处飞着的臭鸟正不知廉耻地在空中发射排泄物，那排泄物勇猛地落在了我的面前——然后我生平第一次发怒了。

我追着那只臭鸟跑了好几条街，然后我发现我迷路了。但我一点儿也不恐慌，因为我知道愚蠢的人类是温良和善的，对我十分尊敬的近身侍卫也一定会出来寻找我，就像布布的铲屎官一样——她找了布布很久。

只是这样的笃定在我饿了一整天肚子后开始动摇，这种动摇在晚上我蹭睡了一只蠢狗的主人刚洗干净的被窝后越发严重。

我流浪了好几天，离家多远也不清楚了。

作为一只聪明睿智英勇无敌又极有自尊骄傲的猫，我每天维持着我的形象就已经累得骨头都要散架了。

那个时候，我即将成年，我已经拥有了成熟的智商。

但也是那个时候我才知道被我们统治着的星球是有多么地混乱和暴力。我刚顺了一家挂在窗户上风干的带鱼吃，吃完蹲在墙角梳理毛发，结果就被那暴力的人类围追堵截狠狠地打了一顿。

我有些不高兴，不，朕非常不高兴。因为我偷吃的鱼又不是他们家的！并且，作为愚蠢的人类，贡献一些自己的粮食给伟大的统治者，有什么不对？这叫什么来着？对，这叫造反！

这个词也是从那个叫闻歌的女孩身上学来的，我发现她懂很多很有趣的词语，这些都是我的近身侍卫不会的。

他只有好听的声音，对我说的话来回也不过几句：“梵希，不可以。”“梵希，来吃饭了。”“梵希，可以睡觉了。”“梵希，你渴不渴？”“梵希，我想去梵音寺了，你跟我走吗？”

不约！

可现在……我凄凉地舔着我的爪子，觉得浑身被棒槌打过的地方火辣辣地疼。

我突然发现，我的近身侍卫是那样温柔。他对我笑的时候简直帅得没有朋友，还有他的手，每次给我顺毛的时候，那温润的触感……

朕想回家了。

我也突然明白了一个道理，除了近身侍卫，并没有别人会在意我是否吃饱喝足。也只有近身侍卫是真的对我好……勉强地，那个叫闻歌的女孩子也算……

她掰碎了饼干一点点喂我，虽然她解释是饼干馊了——

我的伤势有些严重，我发现我的后腿不能用力，我觅食的难度增加了。但作为一只有尊严的猫，我是不会去翻垃圾桶的，所以我就这么饿了好几天。

好像天气越来越冷了，我很饿，也没有地方给我睡觉。每天晚上盘起尾巴缩成球时，我都在想，要是布布在我身边就好了，她身上的毛剃一半给我我都能安然度过整个冬天。

然而我的流浪还在继续，我拖着后腿走到了小公园，被喂了小面包。然后我就发现，这里有小孩子出没，这世间最富有的就是小孩子了！这简直棒极了。

就这么蹭了几天吃的，我渐渐发现我的毛色越来越黯淡，我的身体情况也越来越糟糕，而我那条受伤的后腿已经不能行走了。

这不是办法。

有好心的流浪猫告诉我，可以找一家友爱的家庭，如果被收养了就不用过这样的日子。只是我不愿意，我有我的近身侍卫，除了他我谁都不要。

我想找到他，继续和他一起生活。

这应该是我在这个人世第一个如此真诚许下的愿望。

只是我还没有那么幸运，我遭遇了猫生最惊险的一次经历。那是个傍晚，我沿着人流过了马路，走了太久有些累，就在公园的座椅下休息。

还没等我缓过劲来，就听见小孩的嬉笑声，我抖了抖耳朵有些不以为意，但是在我放松警惕的同时，我被人一把拎住脖子拽了起来。

那个小孩正笑着看着我，指着我说："土猫土猫……好丑……"

放屁！

朕是那么英俊不凡身形伟岸，哪里丑了？你才丑，你个丑八怪！

接下来的一切如同噩梦一般，我被人拉扯着，伤腿被扯到，有一种很清脆的断裂声清晰地响起。我惨叫了一声——那是我迄今为止叫得最没有形象的一次。

只是我顾不得这些了，这个熊孩子打算把我捆在树上，我开始奋力挣扎，挠了熊孩子好几下，奈何对方的战斗力爆表，而朕几天没吃饱饭体力不支。

我渐渐就失去了战斗能力，我想我完了……

这猫生就要这么灰暗地交待在这里了。

我清晰地感觉到疼痛，那是一种从未有过的感觉。

只是这种无力承受的感觉在一个女人的轻斥声中戛然而止，有人阻止了这个杀千刀的。

我被甩在了树底下，撞到树干，差点儿撞散了一把嫩骨头，还晕头转向的没有回过神来，就已经被一双手温柔地抱起来。

我闻到了她袖口的香味，很淡很淡，像水一样，很柔和。她抱着我去了宠物医院，还给我带来了一碗小黄鱼。

我想，我就是那个时候爱上小黄鱼的。

她把我留在医院里就离开了，她在离开前似乎是说了让我好好的之类的话……其实这些话有些愚蠢，但是不能否认，很温暖。

只是我等了她一天，到了晚上也没等到她，我在怀疑她是不是没钱给我看病，不敢来了。

虽然这样被抛弃有些没有面子，但是我还是非常理解地自己跑掉了。这次我学聪明了，我知道对某些不怀好意的人要保持戒心。

我听流浪猫朋友们说最好混饭吃的地方是学校，我不知道我什么时候能回去，所以我该有这样过一辈子猫生的准备。

做完了思想工作，我就放下了矜持去了学校。这里连门口的门卫都和善得像一朵花，我觉得非常有安全感。

就这样流浪了半个多月，我被捡回家了。

捡我回家的人是我前段时间刚宣布不讨厌甚至回想起来会有些喜欢的闻歌，她抱着我，泪眼汪汪，就像是……就像是……发了洪水一般，那眼泪就跟不要钱似的往下掉。

我有些感动，但更无奈——抱着我的力道能轻一点吗？朕要被你……勒死了！

庆幸的是，没多久她终于哭够了，抱着我的手自然松了些。这个傻得有些认真的姑娘就这样一路抱着我哭着回了家——可惜回去之后，又是一阵鸡飞狗跳。

为什么？

因为这蠢姑娘抱着我去了一个老爷爷的家里，不巧的是……老爷爷对我似乎非常有意见，打喷嚏打到去医院输液了。

我无辜地看着刚进门的近身侍卫，泪眼汪汪，激动得简直要哭了：不是朕干的，你要相信朕啊！朕怎么可能耍这种卑劣的小手段，分明就是他对我过敏！

温景梵对我的意外回来很高兴，这表现在他慰问了一下那个老爷爷之后，便抱着我先去了宠物医院。

很不巧的是——就是当初救了我的女孩子送我来的那家医院。

那个医生显然也认识我，很是惊奇："咦，是你。"

就是朕怎么了，朕现在有钱，就是任性！

我被洗干净，戴上了伊丽莎白圈，被绑在笼子里输液。我有些不舒服，但是我十分理解这位兽医唯恐我再次越狱的心情。

毕竟我是只高智商又英明神武的英俊猫。

但是这种理解在他建议我绝育的时候，变成了恼怒……这个坏人，朕是哪一点对不起他了，分分钟想着把朕给绝育了！

布布家那只新来的小母猫就快成年了啊！朕还要迎娶白富美！还要扩充后宫的！怎么可以绝育呢？

只是我强烈的反抗完全没被人重视——我就这么愉快地成了太监。

成为太监之后，我有些抑郁。

毕竟我的猫生理想是坐拥江山美猫，结果因为这茬，这辈子都实现不了了。

不是一只完整的公猫，坐拥江山那叫祸乱朝廷。至于美人……没有“性”福生活，美猫怎么可能不出墙？我的猫生理想里并没有戴绿帽子这一项。

于是，我的猫生再也没有追求，变成了混吃等死以及讨好我的近身侍卫。虽然他救驾不及时，但毕竟是对我好的人，我想，我有必要对他好一点。

好着好着我就生出了几分依赖，是的，依赖。

愚蠢的人类女性都喜欢近身侍卫这一款的，温柔体贴，温润如玉，清俊淡然，风姿绰约。我的近身侍卫如此好看，想扑上来的女人我用上四只猫爪都数不清。

不过幸好，我的近身侍卫是个有原则的人，他只抱我，才不抱别的女人。所以，我偶尔查岗闻闻他外套上的气息，总是非常满足。

啊，说起来，好像忘记交代我的身体情况了。

外伤痊愈，内伤自愈，心理承受能力提高。作为一只英明睿智有着超高智商的、伟岸的、英俊的、帅气的猫，朕的恢复能力非常快。以至于绝育之后猫生无追求了，还因为暴饮暴食，臀围正以红色警戒的速度迅速增长着。

也就是这时候，我再次见到了她。

准确地说，是闻到了她的气息。

这一天的天空仿佛都比以往要蓝，当然，事实证明这个纯属我想多了……天空没什么不同的，大概就是好心情带来的心理作用。

温景梵下班回家，像往常一样把外套挂在沙发靠背上，我踩着魔鬼的步伐，一步步上前。就在我从长沙发往单人沙发跳去时，我遭遇了猫生的第一个滑铁卢。

我低估了我的体重，高估了我的轻盈程度，重重地摔在了地板上。缓了一会儿，我扭了扭日渐肥硕的屁股，重新跳了上去。

然后……

是那种让朕有些念念不忘的气息，像水一样，淡淡的，很柔和，是一种近乎会让人忽略的香气，却熟悉得让朕浑身的毛都爹了起来。

我淡定地卧在衣服上不起来，我决定和我的近身侍卫分享一下这件喜事。

但在我翻滚磨蹭来回滚了好几圈，温景梵依然是一脸纵容的表情看着朕时，朕有些消化不良了……

你饭后这么 360 度打滚试试！

朕忘了，朕和近身侍卫的语言不通啊。

自此之后，我便养成了一个习惯，近身侍卫回来时，我总要欢快地绕到他身后去看看……当然，每次都是失望而归。

所以，当我在毫无准备的情况下见到她时——我有些受惊过度。

因为那段流浪的经历，我对所有陌生人类都保持警惕。我正在巡视领土，却发现有陌生人入侵自然而然要去吓唬一下，结果——虽然朕已经从攻击模式调整成了温柔帅气模式，却仍然听见近身侍卫微微紧张的轻斥声。

啧啧，朕的直觉告诉朕，有戏啊！

虽然朕已经绝育了，但这并不妨碍朕依然有一颗粉红的心。

只是朕比较郁闷，为什么在重逢的欢喜时刻，朕却在拉肚子……

我被她带回了家，她给我做了小黄鱼，虽然只有三条，但我还是高兴得忘记了前不久下定的减肥决心——我想我有些理解那些只喊口号的减肥女了。

又是朕灵敏的嗅觉告诉朕，有戏，非常有戏。

重新遇见她，朕找到了新的猫生追求——看戏吃饭逗金鱼！

我觉得我喜欢她除了那次神一般的相遇之外，便是因为她身上很舒服的感觉。并没有一般女人身上的香水味或者是脂粉香气，她身上就很简单，是一种很清新的香气，闻着让猫心旷神怡。

加之她说话的声音和近身侍卫一样，非常好听，而且，还专挑朕喜欢的话来说。

比如：

“梵希，要不要吃小黄鱼啊？”要啊！

“梵希，今晚吃几条？”有多少条上多少条啊！

“梵希，你的毛摸起来好舒服。”那是自然！我可是英明睿智帅气英俊的猫！

“梵希，你好像有些胖，肚子也有些圆……”这句乱入！才不是我爱听的呢！

无聊的猫生一日日度过，在确定了“希望近身侍卫和随安然一起喂我吃小黄鱼”这个理想之后，我就启动了“红娘猫”计划，一切以吃掉鱼缸里的金鱼为目的。

当我得逞时，我觉得整个世界都亮了！

我想，我应该开启了新世界的大门。猫债近身侍卫偿，朕应该能潇洒地过几天单身生活了……

当然，等我反应过来已经绝育的我，本来就要单身生活一辈子的时候，情绪莫名地就有些低落起来了呢。

然而没多久，我就发现近身侍卫的情绪比我更低落。随便用我的猫爪猜猜也知道……一定是感情不顺。

作为一只善解人意的猫，我在近身侍卫的文件上踩了好多个梅花印，这才懒洋洋地去窗边看雪。

又是一年冬了。

就像上一年冬天发生的让我猫生预料不到的情况一样，这一年，也发生了一件让我消化良久才接受的事实。

我的近身侍卫以闪电般的速度拿下了随安然，我将每天都有红烧的、清蒸的、油炸的小黄鱼吃。

幸福来得太过突然，以至于我都不记恨近身侍卫随手把我丢给那个被称为导演的家伙这件事了。

接下来发生的事情便和我预料的一模一样，一切都沿着既定轨迹不紧不慢地走着。

我觉得我很幸运，遇到了善待我的近身侍卫和意外出现的温柔美丽的小天使。毕竟不是谁家的小天使都能变着法地给我煮小黄鱼，还从三条逐渐增加到十条。

当然，唯一不能忍受的大概就是近身侍卫经常对小天使表现出的垂涎表情以及他对小天使的黏糊程度，简直令猫发指。

但作为一只高冷的猫，我对此只说四个字：任性，不约！

我想我的猫生对于他们而言还是非常有意义的，两人一猫都始于梵音寺，不管是命中注定还是狗屎般的缘分，都美好得像是一幅画卷。

我的猫生并不长，也许只有十年，但是我依然感谢我的猫生里遇见了他们，那样温柔善待我的两个人，那样彼此相爱的两个人，那样活得如此肆意幸福的两个人。

我短暂的猫生里，将与你们长相伴。

我会一直看着你们幸福，我也会陪你们的孩子成长，用我这短暂却也珍贵的一生，记录你们的时光，参与你们不为人知的幸福，直到我闭眼的那一刻。

为什么要做人呢?

我想做一只猫，你高兴的时候我陪你高兴，我可以撒娇，可以打滚，可以卖萌。你不高兴的时候我会陪你不高兴，我可以给你擦眼泪，可以逗你开心，可以静静地陪着你。

我的世界很小，小到只有这个幸福的家庭，小到你们就是我的一切。

但是我拥有着，被珍惜着，就是最简单的幸福。

从我出生起，我和你们的命运相连。

等我陪伴你们，这一生都用来珍惜这宝贵时光。

而我闭眼时，请永远记得我，记得我曾鲜活在你们的生命里，参与着你们的喜怒哀乐。

我所要的不多，只需要你们短暂的回忆里有我的存在，能伴着你们老去，便是我这一生的荣宠。

当我成为一抔黄土，故人，你还在。

那是很多很多年之后，闻歌突然想起梵希那一年离家出走，“梵希一岁那年走丢过，后来是被我捡回来的。不是说走丢又回来的猫会比较感恩吗？怎么梵希……还是娇惯成了这副德行？”

随安然正在喝茶，茶香味四溢，在午后有着淡淡的温暖。

梵希窝在一旁温景梵的膝上懒洋洋地晒着太阳，微眯着眼，十分享受。

“我以前也捡过一只猫，在公园里，是只流浪猫，没梵希这么好看。毛色暗淡，浑身是伤，还在被人欺负。我送去了医院，那时候不是正忙着实习吗？三点一线地跑，等我再去医院的时候，医生告诉我它不见了……”她想了想，似乎还是有些遗憾，“那时候能力不够不能收养它，但还是存了份心想带它回家，结果就再也没见到。”

温景梵低头看了眼猛然起身的梵希，微挑了一下眉，安抚一般轻抚了一下它的脑袋。

随安然垂眸看去，只见它温温润润地仰了仰脖子，对着她温柔至极地“喵”了一声，那眼睛专注地看着她，让她心头微动。

那绿宝石一般的眼睛，细碎地浮着亮光。

有那么一瞬间，安然以为，它是在感谢她。

时光静好，岁月安然。

我，和你，和猫，一切都好。

| 番外二 |

陆熠方篇

（1）

电视上正在重播一个颁奖典礼，老板娘对各式型男显然非常有兴趣，电视的音量已经扩散到了店内的每个角落。

杜依然低着头认真地纠结今天喝哪种饮料比较好，纤长的手指在饮料瓶上滑过，终于落在一旁矮上一大截的大铁罐旺仔牛奶上面。

选完了东西，她拎着自己的购物篮子去付钱，在柜台边站了片刻也没见那老板娘把粘在电视机上的眼神分过来，不由得微皱着眉头轻敲了一下桌面：“老板。”

老板娘“啊”了一声，眼神依然依依不舍地看着电视：“你快看,《九转》拿了年度最受欢迎电视剧的奖项，男女主角都被提名了，还有导演……”

杜依然循着看过去，画面已经切换到了一个年轻男人的身上，他穿着西装，衣衫笔挺，长身玉立，和一旁玉树临风的男主角站在一起丝毫没有被人掩盖风头，反而更衬得他风姿卓然。

此刻他正微笑着看着镜头，手里拿着个小金人，显然是刚拿了奖，春风得意。

杜依然不由得多看了两眼，在脑子里搜索了一圈《九转》和陆熠方的信息，半天也没得到结果。

好吧……不得不承认，她是真的和这个社会有些脱节了。

她扫了一眼自己选购的东西，清晰地回想起刚才看见的标签上的价格，又快速地口算了一遍，掏出钱来放在柜台上："老板，你再不收钱我就跑了。"

付过钱，她拎着一袋子的东西往旅店走。

她的运气实在不算好，昨天刚来的 L 市，还没好好逛逛，这里便开始下起雨来，一直到现在。

她躲在屋檐下快步走过去，脚踩在青石板上溅出水花，晶莹剔透。她却似无所察觉，只低头走得飞快。

但经过一家手工印石店时，步子却是蓦然一顿。

柜台上摆着几把古色古香的伞，微微撑开，伞骨清晰，伞面上刻画着花样，似渲染着水墨，一点点漫开。在这湿润的雨天里，竟让杜依然隐隐地都能嗅到上面的笔墨香气，很淡，却丝丝缕缕。

鬼使神差地，她抬步走了进去，迈上台阶时，才发现自己的脚湿漉漉的。她怕踩脏了人家干净的地面，在门口的地垫上来回踱了几步，等脚下干净了些，这才跨过门槛踏进去。

陆熠方正坐在一旁的太师椅上，手边一盏温茶，茶叶的清香清晰透彻，缕缕飘散，令人心旷神怡。

他就慵懒地半倚在雕花桌上，微侧着头看着店门口行色匆匆的人，毫不意外地看见了原本即将要走过，却突然折返回来的杜依然。

他更是全程目睹了她在门口蹭干净脚底的样子，不由得生出些许兴味，略微眯起眼来。

这种雨天，在这样美丽得像是铺陈开的画卷一般的古城里，无论看什么都带上了三分弱柳之姿，雍贵的古意。

只这个女人，简单的一件白 T 恤，上面端端正正印着粗糙的"L 市"两个字，下面一条发旧的牛仔裤……就算他在心里再怎么美化都有些无能为力。

他微微坐直了身子，看向她。

她似乎对那些伞很感兴趣，在柜台上草草地看了眼印石，便绕去展示柜前看雨伞：“老板，这个卖吗？”

她问道。

陆熠方微挑了一下眉：“想要？”

她依然背对着他，但是点了几下头，动作虽然不明显，但陆熠方看得仔细，自然看见她晃动了一下脑袋。他抬手轻摸了一下自己的下巴，想了想，说道：“这件事问我没用。”

她终于转过身来，直直地看向他。

她的肤色很白，看上去很少接触到日光一般，有种不太自然的白皙。眼睛很亮，鼻子很挺，嘴唇微微翘起……

说实话，以陆熠方纵横娱乐圈多年的审美来说，这样的五官每一样单看都是平平无奇，可放在她这张脸上却有种说不出来的舒服，算不上精致，但细看下来，又是秀美两个字不足形容的。

这种十分具有辨识度的长相……还真的是蛮符合他下一部剧的女主角的形象。

杜依然被这种略带审视的目光打量了一圈有些不悦，但终究也没说什么，只是转身便要走。

陆熠方有些不解：“你不想要伞了？”

杜依然步子顿了一下，就站在门边看着他：“你又不是能做主的人，既然老板不在，我改日再来就是。”

陆熠方来了兴趣：“整个店里就我一个人，你怎么知道我不是老板？”

杜依然有些嘲讽地看了他一眼。她知道用这种表情有些不礼貌，只是她有些控制不住：“如果我没认错，你叫陆熠方，本职是导演。”

陆熠方显然没料到自己被认了出来，但这种微妙的感觉之后第一个闯入脑海里的却是这位姑娘现在的表情——

她似乎对于他并不怎么感冒，甚至有些排斥。

他慢条斯理地喝了一口茶，问道：“这样就判定我不是这家店的老板？”

杜依然被他问得有些无奈，反问：“这个问题有意义吗？”一点儿技术含量也没有好吗？

她话音刚落，后面的帘子就被掀开，一位老者走出来，看见杜依然的时候微点了一下头，招呼道：“随意看看。”

说完，老者又转向坐在太师椅上的陆熠方，把手里拿着的小盒子放在了玻璃柜台上：“你的印石好了。”

陆熠方却未动，目光还是落在杜依然的身上，微微打量着。

杜依然原本还在看展示柜上的伞，被他那灼热的视线上上下下地扫描了几圈，终于有些忍不住了，转头瞪了他一眼，干脆地离开了。

陆熠方“嗞”了一声，一时不知道该称呼她这种反应是“落荒而逃”还是“拂袖而去”，虽然他的理智告诉他，后者的可能性很大……

雨下得有些大了，她没走几步，就被淋得身上都是水迹。她皱了皱眉头，一天的好心情在此刻终于消耗光，她快步跑到桥后的凉亭里躲雨，觉得浑身都冷飕飕的。

L 市除了桥多便是水多，她打小在北方长大，来南方是第一次，也是第一次看见南方这么缠绵温柔的雨，一下就好像没了日夜，天昏地暗一般。

雨水落下来，在河面上溅开一朵朵水花，泛着一圈圈的涟漪，水面碧波荡漾，映着岸上的石桥，岸边的柳枝叶，美得就像是入了画，让人心旷神怡。

她看着看着，心便静了下来，抬眸远远看去，却看到不远处另一座相邻的桥上正徐徐行来一个人，撑着把黑色的伞，走得不紧不慢。

她眯了眯眼，看得仔细了些。

虽然只能看清个面部轮廓，但是依稀能分辨出是谁。他整个人似乎都融在了这片景色里，染上了水墨的淡淡的香气，执着伞上桥的姿态都美得能够载入画册。

杜依然忍不住多看了两眼，嘴里“啧啧”有声：“我的审美……应该是正常的吧。”

隔日醒来，杜依然问了旅店的老板，又查询了半天的天气预报，总结出——她这场在 L 市的旅行怕是要一直和这雨缠缠绵绵了，谁让她挑的梅雨季节来！

她又在 L 市停留了一天，买了把伞就着湿漉漉的青石板逛了一天。

有人说江南水乡美不胜收的是冬景，梨花般的碎雪，轻柔缠绵地飘落，像是走进了时光里。又有人说江南水乡最美的时节是雨季，温度适宜的时候，一壶暖茶，执一本书在躺椅上，临河而坐，听着雨声，能感觉时间都放慢了。

杜依然按着后者的标准试了一下，没一会儿就被冻得回屋加了一件衣服。再出去时，茶凉，书也被雨水打湿。

她默默地在那里站了片刻，扶额。她大概是天生没有女主命。

她收拾了一下东西，正要回去，却听一声轻笑。她四下望去，这才在河对岸看见了陆熠方。

她忍不住皱了皱眉，抱着书冷冰冰地看着他——其实她自己也觉得奇怪，这个人对于她来说就是个陌生人……她到底是为什么会下意识地就对他没有好脸色？

可又不是讨厌，对讨厌的人，她向来都是视而不见的。

这么想着，她略微收敛了一下表情，转身离开。她回屋面对着有些陌生的旅店房间发了一会儿呆，正准备睡一觉，却接到同事的电话：“小杜，你现在好点了没有？”

杜依然一愣，一下子就想起了她这次远行的原因，喉间顿时一堵，觉得闷闷地喘不上气。

大概是对方也察觉到自己问得太过直接，有些不妥当，又听她良久沉默，不由得叹了口气，转移话题：“别想那些了，你不是在L市吗，反正还有时间，去趟梵音寺，不去梵音寺简直不能算去过L市。你去了帮我求个平安符啊，然后你自己也拜拜菩萨，别想太多了。”

杜依然依旧沉默，良久才轻叹了一声：“嗯，我知道了。你放心吧，我没事，就是一下子接受不了……”

“我知道的。”那头断断续续地又安慰了她几句，这才挂断电话。

她坐在床边，只觉得浑身泛冷，渐渐逼来的黑暗让她有些窒息。她深呼吸了好几次，这才喘匀了，缓缓平静下来。

她是一名法医，在这趟L市的旅行之前，她参与了一次恶性案件的调查。这是她从事这个行业一年以来碰到的……最让她觉得难以接受的案子。

所以她需要离开A市一段时间，平复心情。

但她怎么也没有料到，会遇见他。

（2）

杜依然准备去梵音寺小住两天，听听梵音，静静心，顺便帮同事求个平安符。

正要离开的那日早上，她在旅社隔壁那家小店吃了早饭，无意间一抬头看见了对面旅社刚开了大门，老板正牵了自家养的金毛出来。

因为是下雨天，金毛的脚上套着小雨鞋，不知道是听见了什么还是看见了什么，扭头回去看。

她循着它的视线看去，像是看见了陆熠方，可仔细地定神看去，才发现是自己看岔了。不过是个身高和他接近的男人，侧着脸，透过雨幕织成的幕帘看过去便多了几分不真实感。

她瞬间就改变了主意，循着这条小路去那天经过的印石店。

店门已经开了，老板就是上次在店里有过一面之缘的老者。他正坐在案桌的后面，微微抬了抬眼镜，透过微弱的光看向她："随意看看。"

杜依然迈步走到展示柜前，四下看了看，挑了一把伞。正俯身想拿，她想起什么，转头问道："这伞卖吗？"

"你喜欢？"老者笑了笑，笑容慈和。

"喜欢，我前两天就来看过了。"杜依然回答。

那老者手上的动作顿了一下，凝神细细打量了她一眼，片刻才说："那你随便挑一把吧。"

杜依然抽出自己看中的那把——那是一把浅青色的伞，伞骨明晰，上面是很细碎简单的花纹，不知道是什么花，只觉得活灵活现，沾了水就要盛开一般。

她拿到老者面前准备付钱，刚拿出钱包，就听老者问："你前两天过来的时候是不是还遇上陆先生了？他来我这里拿印石，我记得见过一个女孩子，是你？"

杜依然微微愣了一下，点点头："是我。"

"这伞陆先生已经付过钱了。"

"啊？"杜依然傻眼，"他为什么要帮我付钱？"

"这个你得问他，这伞的钱我已经收了他的，你的就不能要了。"

"他怎么知道我会回来买？"她依然疑惑……她也不过是今日一大早心血来潮才走了过来，并没有非要不可的执念啊。

"他不确定你会不会来，先付了钱，若是你不来，便也算了。"

杜依然还是有些不明白陆熠方的动机和目的，脑子里细细地思索了半天，得出结论——她也没有什么让他有利可图的地方，他实在犯不上对她用心思，大概只是随性之举。

她想了想，去对面的旅社找人。

老板养的金毛正趴在门口的地板上晒太阳，见有人进来一骨碌站了起来，往前伸了个懒腰，摇头摆尾地迎她进来。

她对毛茸茸的动物向来没有抵抗力，只这一眼便拜倒在金毛的魅力下，蹲下身来摸了摸金毛的脑袋。

旅店的老板正在调音响，见状笑着吹了声口哨：“它一见到美女都这样谄媚，美女要住店吗？”

杜依然抬眼看了老板一眼，这才站起身来：“我想找陆熠方，他在哪个房间？”

旅店的老板眯细了眼睛打量了她一眼，回答：“他昨天下午已经走了。”

“走了？”杜依然错愕。

不过想来也是，L市虽然景致不错，但毕竟也是一个小古镇，停留两天足够走遍每处角落。只是有些可惜，就这么错过了。

杜依然上午就搬出了那家旅社，收了老板送的明信片，拎了单薄的行李去梵音寺小住。

梵音寺山脚下有两条上山的路，一条是车辆通行的路，另一条是步行山道，刚开始是百级台阶，延绵而上。山脚处有小摊，卖一些有趣的手工玩意儿。

杜依然觉得有趣，转了几个小摊子，挑挑选选，最后买了一串红线穿起来的铃铛手链。

天还下着雨，她只走过了百级台阶，便搭了上山的车去梵音寺。

黄墙朱瓦，浸着雨天特有的湿润，山间隐约还有一层薄雾弥漫，丝丝缕缕，把寺庙包裹其中，越发显得其神秘莫测。

她在门口站了一会儿，抬步走进去。正有僧人在扫地，看见她来合手一礼，知道她是想来小住几天的，便领路去了客堂。

安置好行李，又在寺庙里吃过斋饭，杜依然这才有机会好好逛逛。

这是香火鼎盛的寺庙，人烟自然不会稀少，整个寺庙的占地面积也很大，大殿里有僧人坐在蒲团上念经，梵音绕耳。

不知道是哪来的铃铛声，声音沉沉的，透着股古老的味道，又清澈得让人心旷神怡。

她抬步迈进去，大概是一侧的偏殿。红檀木大门向两边大开着，地面上铺就的大理石地面光可鉴人。

杜依然沿着佛像往前走，外面天色沉沉的，青灰色，像是墨汁染上去的，一点一滴都带着浓重的湿润之感。

她正通过走廊往正殿走，刚迈出脚，就看见正往走廊里走来的陆熠方。

他显然也是一愣，双眸清亮地看着她，似笑非笑："真巧。"

嘴上这么说着，但是他脸上的神情却明白写着"你不会是知道我在这里特意追来的吧"，而且这表情明显得杜依然想忽略都不行。

她忍不住想翻白眼，随即想起伞的事情，随口便问道："我跟你也不熟，你干吗送我伞？"

陆熠方刚才的表情立刻变成了"看吧，我就知道你是特意追过来的"，杜依然默默无语。

陆熠方也有些不知道怎么解释，他取了印石都已经走到门口了，只一个侧身回头看了眼那些伞，心头一动……等他反应过来的时候就已经做了。

他想了想，干脆回答："有钱，任性。"

杜依然这次没忍住，真的翻了个白眼给他看："多少，我还你。"

陆熠方皱了一下，并未正面直接回答："你手上那串是什么？"

杜依然晃了下手腕上那个古色古香，刻着如意纹的铃铛手链："手链啊。"

"这个给我吧。"他说。

杜依然愣了一下，没明白他的脑回路，但还是照做，把手链解下来递给他："这个……这个礼也太轻了。你要是不介意，我晚上请你吃饭？"

陆熠方垂眸打量了一眼手里的手链，翘起嘴角微微一笑，爽快地答应了下来："好。"

杜依然闻声抬眼去看他，他正笑着，背着光，脸上所有的表情深刻又浓烈，直直地敲进了她的心底，引来一缕悸动。

她想了想，说道："我叫杜依然，木土杜，依然就是依然的依然。"

说着又比画了一下，回头见他又是那一脸似笑非笑的表情，莫名地有些发窘，不再说话了。

"我们一起走走？"他提议。

杜依然没答应也没拒绝，但等他转身出去时，犹豫了一下便乖乖跟上。

后面的小院子里有一棵很大的树，遮天蔽日，那雨水打在上面就像是弹奏一般，那水声清灵，落在地上又溅出阵阵涟漪。

客堂一处歇脚的小香堂里，陆熠方对刚得知的杜依然的职业还有些不能置信："你是法医？"

"不像？"她歪了脑袋反问，嘴角微微扬起，似乎是在笑，露出两颗小虎牙来，倒是生动有趣。

陆熠方抬腕给她斟了杯茶水，又打量了她几眼，问道："你今年几岁了？我以为你还在上大学。"

杜依然抿了抿嘴没接话，手指捏着杯沿，直到指腹被那茶杯的温度烫得有些疼了，这才缩回手来看着他，那眼神——是陆熠方见过的最清澈的眼睛。

像远山，层层叠叠，远墨淡彩，悠远宁静。

很多年之后，陆熠方都能想起那日下午，他和杜依然对桌而坐时，她的这个眼神，黑白分明，清晰透彻，纯净得像水，不染尘埃。

他好像突然有些理解温景梵了，古寺这种地方，真的是让人心生宁静，而在那里遇上的人，皆是一抹倾城色。

杜依然今晚第三次看见微信上陆熠方这个名字的时候，不由得有些恍惚起来。

她已经离开梵音寺很久了，也离那段时光整整有一年了，只是偶尔看见他的名字，或者是在电视上看见他，总是忍不住关注一下。

想知道他的消息并不难，他虽然不是演员，但在幕前也算活跃。不知道是他年纪轻轻功成名就的原因，还是因为鲜少有他这样才华横溢又风姿卓然并存的导演，媒体对他的关注度和娱乐圈里那些艺人比起来并不少。

杜依然到现在也能很清晰地想起，她这个月在娱乐版的新闻上面几次看见了他的照片，这个月又在微博上多少次看见有人提及他。

眼角余光瞄见被她拿回家收藏得好好的雨伞时，心里总有一种很微妙的情绪……

再次见面，是在一个饭局上，而这个饭局敲定了她今后三个月……要和他保持紧密联系。

陆熠方心念一动想要拍悬疑刑侦的电影，但在这方面缺个顾问，托人引荐——很不巧地找到了她。

引荐人不知道他们认识，互相介绍了之后，催杜依然满酒敬他。

陆熠方见杜依然挑眉，一脸不配合，不由得失笑。一年前初见的时候，她也是这个性子，冷冷淡淡的，眉眼间总是有股冷清在，不喜欢的便总是这样直接地表现在脸上。

“我和依然认识。”他抬手压下她刚要抬起的酒杯，目光悠然地看着她，轻声道，“我们好久不见。”

杜依然笑了笑，想挣开他的手，奈何低估了他落下的力量，动了一下没挣开反而被他压得更紧，她忍不住皱眉，语气生硬：“我们好像没这么熟悉，陆导演对我的称呼可以不用故作亲密。而且男女有别，只有尸体在我这里，才不分性别。”

那引荐人差不多算杜依然的上司的上司，闻言额角一跳，又见陆熠方有些不悦地眯起了眼，后背顿生一层冷汗。

正想开口缓和一下气氛，便听陆熠方沉声说道：“怎么一年没见，还是这样拒人于千里之外的态度，怎么说我们也算是露水情缘了。”

杜依然手一抖，抬眼去看他。他表情冷沉严肃，只那眼底却透出股戏谑……分明是在寻她的开心。

她抿了一下嘴，忍不住轻叹一声：“别把话说得这么有歧义，我上司还在这里，影响不好。”

她话音刚落，陆熠方就略微偏头看了眼一旁干坐着，闻言十分尴尬，不知道该摆出什么姿态的引荐人，轻“嗯”了一声，语调上扬。

这种威胁的语气……是怎么一回事？

杜依然扶额。

好在，他总算是收敛了几分，松开手，把她面前的酒换成了牛奶。

那引荐人见气氛缓和了下来，这才问道：“既然陆先生和依然认识，怎么不直接找她？”

陆熠方把酒杯凑到唇边的动作一顿，忍住了到嘴边的“你叫她什么”这句话，淡淡地睨了杜依然一眼，笑道：“既然说是露水情缘了，还不懂吗？”

杜依然看他一眼，这一次没有客气，一脚踩上他的脚背，纠正：“是一面之缘。”

陆熠方似笑非笑地睨了她一眼，反问：“摸着良心说，见过我几次？”

杜依然：“……”

（3）

那场饭局虽然没有几个人，但碍于重要人物没有散场的意思，便一直进行到了晚上十点。

杜依然全程高冷地“解剖”螃蟹，只偶尔对陆熠方抛过来的话题做“阶段性的总结”。她实在没想到，这个人居然这么能聊……

明明话题被她堵死了，他却能毫无违和感地接上另外一个话题。

等到了最后，她困得浑身都发懒，他偶尔看过来时她都是懒洋洋地靠在椅背上，不再搭理他。

那晚陆熠方坚持送她回去，理由是“女孩子晚上一个人不安全”，杜依然冷笑了一声，手指戳在他的胸口，微微用了几分力：“酒驾？”

陆熠方是真的有些喝醉了，酒意上涌，头脑都有些发昏。只是这样的状态里，面前这个生冷不忌的女人却仿佛更加耀眼了些。

他笑了笑，抬手勾住她的肩膀，微微凑近过去：“我找了代驾。”

他靠得近，说话时还能嗅到空气里微薄的酒香。

杜依然忍不住皱了一下眉头，想挥开他，但手上刚有动作，就被他准确无误地一把握住，那颗脑袋凑得更加近了：“单身的吗？”

啧。

杜依然轻嗤了一声：“喝醉酒的男人真是一点儿也不可爱。”

“不喜欢？”他笑了笑，那双好看的眼睛距离她只不过一小段距离，能让她清晰地看见在华灯下的自己，拖着淡淡的阴影。

她愣了一下，有些不太习惯异性这么靠近，不自然地退了一步。

陆熠方手落空，有些不满地看了她一眼，大手一捞，直接把她捞回怀里：“我走不稳了……扶我一把。”

杜依然：“……”

喝醉酒的男人已经不只不可爱了……是真的非常讨厌。

没过多久，陆熠方的电影便准备开拍。为了“工作”方便，陆熠方不只要了她的手机号，其余的联系方式，QQ、微信、邮箱等也毫无遗漏。

她的工作在电影开机后的第三天就开始了，去了一次拍摄场地，现场指导。其实她的作用并不是很大，陆熠方的准备工作很充足，只偶尔一些不了解的细节问题才需要她去纠正。

杜依然还是第一次接触这个圈子，参与这个职业，不免有些好奇，当天便在剧组留了一天。

这是她第一次见到认真起来的陆熠方是什么样的，不是说认真的男人最有魅力吗？杜依然觉得，这句话既然存在便是有道理的。

这之后她就很少整天都跟剧组，通常都待在她的单位里，只是被需要的时候才被传呼过去，比如现在。

她坐上陆熠方助理派过来接的车，困得还有些头脑不清楚：“什么问题需要我这么晚都要直接过去？”

“正好有个比较重要的法医的镜头，演员是新人抓不住感觉，而且好多地方错误。我们毕竟不是专业的，这不，陆导就让我来接你去看看……”话落，他“唔”了一声，笑道，“真的是不好意思了，这么晚了都把你叫起来。”

杜依然头疼得不行，但见人家小伙子精神奕奕的，态度又十分好，自然说不了重话，只轻叹了一声：“为职业奉献嘛，我理解的……”

理解……但并不代表谅解。

于是，有些脾气的杜依然在现场带着一脸的起床气怒气腾腾地看着精神百倍的陆熠方：“我来了，可以开始了。”

陆熠方见她这副模样倒是没有丝毫意外，先拉了把舒适的躺椅让她坐下：“演员在补妆，你在这里先坐一会儿，想喝什么？”

杜依然也不客气，直接在他身旁坐了下来，摆摆手，四下看了看：“要多久？”

片场灯火通明，全员都处于“战斗模式”，她默默忍下到了嘴边的哈欠，往后一靠等他回答。

陆熠方似乎是抿嘴笑了一下，只是神色里却有着淡淡的被他掩盖得很好的疲倦：“不知道，刚才被副导演骂哭了。”

杜依然忍不住翻了个白眼，往后把自己塞进椅子里：“我先睡会儿。”

正准备闭上眼睛，见他视线落在自己的身上，她忍不住解释道：“我刚接了一个案子，解剖尸体，做检验，写报告，已经一天多没睡了。”

刚回到家准备睡觉，又无法忍受自己没洗澡就上床……毕竟一整天都做了那样的事，只能先去仔仔细细地洗刷干净了。

结果刚躺上床三分钟就接到电话，十五分钟后赶赴现场，她当然充满怨气！

她的确是很困，一直掩着嘴打哈欠，眼里蕴着雾气，似有水波流转，鼻尖也红红的，唇色有些苍白，微微地抿着。

陆熠方几日压抑着的困意也被勾了起来，淡淡别开眼，吩咐一旁的助理去拿条毯子来，再回头看去时，她已经歪靠在椅背上以一种有些别扭的姿势闭眼睡着了。

陆熠方忍不住笑了笑，起身从身后的沙发上拿起自己的外套先披在了她的身上。

尔后，他移开自己这里强烈得有些灼人的灯光，这才重新坐下来。

他的手边有烟，也有各种饮料或者是矿泉水。他刚拿起烟盒，却犹豫了一下，拿了自己左手边放置了很久的保温杯。

他就着还温温的袅袅白雾，一口一口抿着。然后隔着那夜幕，偶尔看她一眼，看她越睡越深，最后听见她因为太过疲累而发出的细小的鼾声。

他忍不住轻轻笑起来，心情也随之好了不少。

助理抱着毛毯回来的时候，陆熠方已经开始下一个场景的戏了。那个哭花了妆的女演员正坐在椅子上安静地看着，他略一寻思，便了然了。

陆熠方不知道什么原因放弃了刚才那一幕的拍摄，直接跳到了下一个场景，那个女演员就只能在一旁候场。

助理低头看了眼手里抱着的毛毯，再侧头看了看不远处躺在躺椅上被陆导外套包裹着的杜依然……

好像明白了些什么。

等那个场景拍完，又过去了一个小时。

陆熠方借着灯光看向杜依然，她还在睡，即使现场这么吵闹，也睡得很沉。

他走到副导演身旁轻声交代了几句什么，便折了回来。走得近了，这才发现她眉头微微皱着，显然睡得不是很舒服。

陆熠方思忖了片刻，招了助手问哪个化妆室或者休息室空着。

十分钟后，陆熠方已经在策划的带领下到了片场不远处的休息室里。他把怀里抱着的杜依然放到沙发上，四下环视了一圈，想了想……自己也脱了鞋子躺了上去。

只是相比较杜依然全部舒展的姿势，他的姿势就有些别扭了。他的个子高，上半身只能靠在沙发扶手里侧，就以这样的姿势挨在她旁边。

她披着毛毯，他披着自己的大衣，就这么睡了过去。

杜依然是被饿醒的，肚子空荡荡地难受。她微微动了动，刚想坐起身，却发觉自己身旁似乎挨着什么。

她那混沌着的意识这才陡然清醒了一些，她刚才是来了片场……然后……然后她睡着了？

那这里是哪里？

她适应了黑暗，这才转头去看一旁挨着的人。借着那隐约亮起的天色辨清了身旁的人是陆熠方后，莫名地松了一口气。

她又躺了一会儿，正想起来先出去，以避免天色大亮时发现这一幕的两个人尴尬。结果，刚一动，就被他的手一把按住，然后……

他整个人都压了下来，沉沉地靠在她的身上：“别动。”

他的声音里还有浓重的睡意，懒洋洋的。

杜依然立刻不敢动了，连呼吸声都忍不住放轻了一些。就这样沉默了不知道多久，压在身上的人这才微抬起身子看向她：“睡醒了？”

声音里慵懒依旧，只是清醒了不少。

“醒了。”她回答。

“嗯。”他应了一声，坐直了身体，这才慢条斯理地解释道，“看你睡着了没忍心叫你起来，干脆和你同流合污了。”

同流合污……

杜依然想起前段时间的饭局他反复提及的“露水情缘”，无奈地翻了个白眼，这位仁兄的成语水平真的可以吗？

“片场太吵，也没有地方可以睡觉，就带你来这里了。”他有些倦懒地换了一个姿势，居高临下地看着她，“继续睡一会儿？”

杜依然想了想，还是说道：“起来吧，我肚子饿了。”

陆熠方沉默了片刻，低低地笑出声来，沉声应了一声：“好。”

然后，两个人在天明之时就一起出去吃早餐……街口的路灯还亮着，映衬着两旁的行道树，倒是有几分凄凉寒冷的意味。

杜依然有些冷，裹了裹自己的薄外套，转头看他：“你总是这么熬夜？”

“最近是特例。”想了想，他又补充道，“比起工作，我更注重生活质量。”

杜依然在心里默默附和——她也是这个观点。

走了一段路，才在街口看到一家早餐店，杜依然眼睛微亮，嘴角带着淡淡的笑意，转头看他：“比谁跑得快？”

这个幼稚的提议让陆熠方愣了一下，片刻才反应过来：“你确定？”

说话间，用手比画了一下两个人之间明显的身高差异，笑得十分不怀好意：“让你十步。”

杜依然也不跟他客气，转身就跑。那速度，还挺快。

陆熠方“啧”了一声，赶紧大步追上，没几秒就追了上来和她并肩而行。

天色熹微，这寂静的街道除了鸟鸣，便是两个人清晰的脚步声。

陆熠方心头一动，转头问她：“你单身吗？”

杜依然步子略微一顿，随即又自若。这个问题他那日饭局上也问过，只不过她并没有给出回答。

“是不是关你什么事？”

"是的话光明正大地逮捕你，不是的话打算横刀夺爱。你说关不关我的事？"

他的声音清朗，一字一句都让她听得仔细，明明是开玩笑的语气，可等杜依然转头看他时，却看见他眼里的情绪是那样的——认真。

（4）

关于"是否单身"的问题，杜依然始终没有给出答案。她属于理性的人，在感情泛滥就要掌控不住时，也会先考虑两个人条件是否合适。

陆熠方生活工作的环境和她截然相反，她朝九晚五，他的时间却并不规律。她的工作需要她冷静、理性、镇定、淡漠。他的工作却需要感情，需要投入，需要他很多的热情以及费力周旋。

但就这两点，她便觉得两个人非常不合适，更别提他的工作地点不稳定，工作合作对象不稳定，工作交往对象太多，并且娱乐圈那么杂乱，她在还没有足够的信任去给予他时，她觉得这段感情完全没必要开始。

因为即使开始，也多半以悲剧收场，所以何必？

再者，两个人虽然有交集，但对彼此的认识和理解实在有限，她的大脑不容许她做出这么"弱智"的决定。

陆熠方在听了她"冷静的阐述"后，半天没缓过来："你再说一遍……我们的工作交往对象怎么就不一样了？不都是人吗？"

杜依然淡定地看了他一眼："我那里研究探讨的对象是尸体和证据，你研究的是形形色色的美人。"话落，她又默默补充一句，"哦，还有美男。"

陆熠方差点儿内伤："……我要是和这个圈子里的人有些什么，早就有了好吗？你不信可以去翻翻我的感情史，绝对干干净净。"

杜依然有些为难："我不是那么感兴趣……"

陆熠方差点儿爆粗口，但看她那清澈的眼睛温和地注视着自己时，那点刚冒出来的火苗像是被她素手一掐，又闷了回去……于是，他只能继续内伤。

这么不解风情的人——是他自己看上的，所以怪谁？

这件事后，不得不说陆熠方是个十分知进退的人，和她相处时，合理合规，并无逾矩，就连耍流氓都耍出了新高度……

“你喜不喜欢猫？”

杜依然正在写报告，点开聊天消息看见这句话迅速地敲了一句：“喜欢。”

“那喜欢公猫还是母猫？”

杜依然戳了一个问号过去，表示不太理解他的意思。

陆熠方没有解释，只是同样的话又发了一条过来，杜依然盯着这句话看了半天，正准备回答，被助理一叫，又埋头写报告。

等写了一半想起来，屏幕已经被一句话刷屏了：“不要总是对着那些冷冰冰的家伙了，对着我多好啊，你要是喜欢公猫我就变成公猫，你要是喜欢母猫我就变成母猫，反正公猫母猫发情的时候都一样，你说对不对？”

杜依然忍不住笑起来，问他：“就像你现在这样？”

那边不知道在干吗，顿了片刻，才回答：“法医不是也算医生嘛，咱们是朋友，你不能见死不救，给我治治毛病吧。”

杜依然：“……”这个真的是她认识的陆熠方？

她难得有耐心和他聊下去，解释：“过了春天就好了。”

“人一年都处于发情期，我读书少，你别骗我。”

“不骗你，我打算把这截图对话私信给各大娱乐微博账号，看看上热门能不能缓解一下你的困扰。”

陆熠方：“……你狠。”

杜依然笑，没再回复。敲完报告交上去之后，她边捏着有些酸疼的脖子边浏览着最近的新闻。

说起来，也是很微妙的事。

当你开始在意一个人的时候，你会在自己也不知道的时候逐渐让他入侵，进入你的生活，渗透点点滴滴。

杜依然是在某一天午休，起身去倒了杯咖啡提神再回来看电脑的时候……发现自己正在浏览娱乐频道的新闻。

这是前所未有的事情，因为她对“娱乐”两个字以及和“娱乐”沾边的东西完全不感兴趣，唯一能解释她这个行为的，便是“陆熠方”三个字。

她最近已经开始了解到《九转》是他的作品，也是近几年来难得一见的收视第一的流行连续剧。知道他拿过最佳导演奖，最优秀制片人奖，以及各种各样的奖项。

他比她所了解的所知道的更耀眼、更出色，在他的领域，他几乎是巅峰。

也是这样的对比，才让她知道，彼此的差距，有多大。她不觉得有这样一个睥睨天下心怀梦想的热情男人，会愿意和她一起过枯燥的日子。

只是没想到他的执着持续了一年，并且大有“我就这样无声无息地对你好下去”的架势。

杜依然有些不解：“你看上我哪点了？我不解风情，也不理解你的工作，更不懂你的浪漫热情和梦想。”

陆熠方正抱着梵希赖在她这里不走，闻言，微眯了眯眼，有些倦懒地给梵希顺着毛，回答：“是挺不解风情的，什么礼物攻势在你这里完全用不上。你也的确不理解我的工作，但你却是支持的，至于不懂我的这些，更无关紧要了，我懂你的就好。”

他明白她的胆小和脆弱，一个恶性的案子会使她难受很久，明明敏感又纤细，却总是故作坚强，觉得自己无所不能。其实剥下她的伪装，里面脆弱得一击即碎。

陆熠方在不知不觉中打入了她的工作圈里，一次偶然，知道一年前相遇时她正在遭遇什么，那起震惊全国的恶性案件就是有她的法医报告和刑警的侦查才得以告破，只是那一年的杜依然留在那一天走不出来了。

他也并非有多么高尚情怀的人，只是看对眼了，便不想放手。就像他在导演这条路上一路走来，向来都是看准了一个目标，力争完美，天性使然，也因为对方是她，舍不得放开。

总有那么一些人，他们的魅力藏在一举一动中，只有深入，才能了解，然后渐渐沉醉。

陆熠方其实也没想到，自己最后竟然会喜欢这样一个女人——如她所说的，不解风情，直白，纤细，倔强，并且以拒绝他为家常便饭。

这一年梵希总是被借过来当两个人之间的桥梁，见惯了陆熠方各种蠢呆的场面，梵希已经很淡定了。

它寻了他身上一处柔软舒适的地方卧下，静静地看着前方……说实话，它欣赏那个女人比欣赏这个蠢货多得多。

看它的近身侍卫多棒！几天而已，就把人带回家了，结果这个人呢……要不是死乞白赖的，估计还进不了人家姑娘家的门。

要不是靠它卖萌，这会儿他不知道在哪吹过堂的冷风呢！说到底，它这样的大功臣年底是要收大红包的！可惜它连鱼影都没看见过一条！

但要说这件事的转机是什么时候呢？

是两年后了。

那个时候，陆熠方已经成功地彻底打入了杜法医的所有圈子，并把自己的朋友圈也扩展到了她的面前。

随安然和杜依然一来二去熟稔起来，在温景梵一句“陆熠方也老大不小了，他老是单着看着不顺眼”这种含蓄的指点下，不动声色地开始拉近两个人的距离。

不得不说，女人才懂女人，尤其是有过同样思虑的两个女人。

杜依然已经被陆熠方时不时灌输的“爱情理论”“爱情故事”“爱情典藏”磨软了性子，和随安然说起感情方面的事情，也不再和木头人一样……

“不是他不好，只是不合适吧感觉。娱乐圈太复杂，他每天接触的人、接触的事情我完全不了解，安然你知道的，一旦两个人没有共同话题，这日子并不能过得长久。而我对这些不感兴趣，我也许会为了他努力去了解，努力地进入他的圈子，但时间久了我肯定会厌倦。”

随安然表示万分理解。

于是聊到最后，随安然得出“两个人的确很不合适”的结论来……

回到家的时候，温景梵顺口问起时，她这么一说，倒让温景梵有些哭笑不得，他略无奈地轻捏了一下眉心，提醒道：“安然你是去当牵线人，怎么可以被她说服了？”

“而且，”他略微一顿，“两个人其实也彼此喜欢，就差那最后一层纱了。”

随安然有些不解，她在这方面……依然还是有些迟钝啊。

见她那无辜迷茫的表情，温景梵心念一转，懒得再提及：“不喜欢那就不管了，自己的女人自己追不到要我的女人操心，他也好意思。而且才两年而已，我们可是将近六年了。”

于是，温景梵也成功地被策反了，只剩下陆熠方同志孤军奋战。

不过随安然掏心掏肺提及的“错过论”倒还真的起了一点儿效果，杜依然真的开始仔细考虑这段感情行不行的问题了。

被家里催婚催得要跳楼的陆熠方同志也正好发力猛攻，那一层薄薄的窗户纸就在两个人之间飘啊飘的……只差一点点，最后一点点！

压死骆驼的最后一根稻草是一场并未被陆熠方放在心上的访谈节目。

陆熠方怎么也没想到，那一天访谈直播的时候，她正好午睡醒来等在电视机前看。要知道两个人在一起看电视，不是科教频道就是法治频道，的确有些枯燥。

陆熠方已经三十多了，但近两年风头更劲，加上单身汉的名号和个人魅力，极受媒体吹捧。

因此，他的感情问题也一直是大众所关注的一个重点。

主持人看到导演拿着的题板上“问感情经历或是现在感情生活的状态”这样的重点提示后，不动声色地就把话题植入了……

陆熠方听到主持人问他“是否单身”时，还恍惚一愣。

就是这个毫不掩饰的怔忪表情看得杜依然的心一紧，有些心疼起来。

“这句话我两年前问过一个人，她没有给我回答。其实我一直都知道她是单身，想追她的，可是她连这个回答也不愿意给我。”

主持人显然没想到他会说出如此劲爆的事情来，双眼都发亮了：“那后来呢？”

“后来？”他轻笑了起来，眉梢微微一抬，“这个回答对于我来说并不重要，反正不管她愿不愿意，我已经这么追了两年多了。”

“这是革命还没成功的意思吗？”

“如果成功了，我现在提起她，应该会说，我追我太太追了两年多。”他又笑，眼神清亮，那细碎的光影浮动着，让他的表情都变得有些虚幻起来。

“那这样没结果的追求还会继续吗？陆导，她是个什么样的人呢？能不能跟我们详细说说？”

“关于她的话题，我想能说到节目结束为止，但她并不是圈内人。”话落，他便转而回答第一个问题，“不会追求了，打算下了节目就绑她去领证。”

他这句话半是玩笑半是认真，说完，又很是认真地补充了一段：“她的顾虑是我们的生活圈子不同，只是她始终不明白，我只是想和她在一起，想和她生活，参与她的一切，仅此而已。并非要一个在我方方面面都能帮上忙的贤内助，我想娶她，更多的是想爱护她，保护她，我来替她遮风挡雨。”

陆熠方刚下节目，就接到了杜依然的电话。

她似乎是有些紧张，声音也有些不自然，开口便问道：“你刚才在节目里说的那些话是不是节目效果？是不是对过台本？是不是为了塑造你深情痴心的好男人形象博取粉丝的……”

“不是。”他笑着打断她，“节目是直播，我昨天还在美国，并且在美国待了一个星期。上飞机前还给你打过电话，忘记了？这个节目原本是想请沈默哲的，但因为他临时有事，这才拉我救场，我没有作案时间，亲爱的法医小姐。”

“那你下来。”杜依然咬了咬唇，最后的那点犹豫挣扎都没有了，“我带了户口本，钱也准备好了，去领证吧。离民政局关门还有两个小时，过去一定来得及的。”

陆熠方倒抽一口冷气……差点儿没缓过来。

短暂的沉默后，先是他确认的声音：“你在楼下？在停车场还是电视台楼下，安全吗？你刚才说的话再给我说一遍，我好像出现幻听了。”

“不安全……”杜依然手撑在方向盘上，手指抵着额头笑，“心跳过速了。”

一句心跳过速让陆煜方彻底找不到北了，当然，这样的神转折是作壁上观的两人一猫都始料未及的。

这马拉松长跑的战线还没拉开……就这么……结束了……

后记

看过那次访谈的人都听到了陆熠方的“豪言壮语”，比如什么，不管她愿不愿意啊，我已经追了两年多了。再然后什么，不打算追了啊，下了节目就绑人去领证。

于是，网上开始出现了各种声音的战队，其中以“还要继续长跑，陆导一定搞不定陆嫂”的呼声最高。

陆熠方那段时间正是新婚燕尔，哪有工夫看网上的这些。等他知道时，正是一个多月后网友讨论白热化的时候。

傲娇的陆熠方导演晒出了自己的结婚证，尤其是给日期来了个大特写，并十分简洁有力地留下一句：

已成功逮捕陆太太，并合法圈禁，执行无期徒刑。

| 番外三 |

怀孕风波

（1）

这是随安然和温景梵结婚后的第三年。

这个冬日的清晨，和往常并没有什么不一样，凝着冰霜，冷得呼出的白气下一秒就会凝结一般。

随安然有些倦懒地缩在被窝里，意识还未清醒，就连记忆似乎都还停留在昨天那场热闹的婚宴上。

昨天是陆熠方和杜依然的婚礼，两个人历经两年，就在大家都以为这两个人还要长跑几年的时候，居然以迅雷不及掩耳之势飞快地领了结婚证，然后更是两个月内办了婚宴。

婚宴上还有人打趣，照着这个速度，再过个半年，就能喝到陆导孩子的满月酒了。

陆熠方笑得得意，太过得意忘形……喝得有些醉了之后就来挑衅温景梵。

“你看你，追个女人花了六年，生个孩子要三年……还没我快。”

随安然已经有些不敢回想温景梵当时的脸色了，说是冷若寒冰……那都是轻的。

这么想着，她转头看了眼身侧还睡着的温景梵。他昨晚喝得有些多了，睡得也格外沉些，平常这个点他已经起床做完早饭回来叫她了。

梵希大概也察觉到了近身侍卫的心情不好，难得地一大早没来敲门，老老实实地在房间外面蹲着，是以，这样一个平常的冬日早晨，格外安宁静谧。

她调整了个舒服的姿势，刚转过身，就被他抬手按住。

温景梵睁开眼看了看她，微低下头来，在她颈边蹭了蹭："醒得这么早？"

"不早了……"要不是她今天不上班，这会儿已经可以准备出门了。

"陪我再躺一会儿。"他收紧手臂，把她揽进怀里。他的体温比她要更高一些，被他抱着的感觉就像是抱了一个恒温的暖炉……简直宜家宜室，冬日必备。

她安静地陪着他又躺了一会儿，直到最后那点睡意也消磨光，她这才抬手轻戳了一下他的胸口："景梵。"

"嗯？"他微扬了尾音，声音慵懒，声线清朗。

"昨晚是生气了？"她试探着问道。

"生气？"温景梵努力地想了想，低头看她，"我什么时候生气了？"

随安然被他问得发愣，这个她要怎么说啊……难道说陆导嘲笑你生孩子生了三年的那件事吗……

见她沉默，温景梵这才了然，手指搭在她的后腰上轻轻摩挲了一下："那蠢货懂什么？我们结婚才多久，为什么要生个捣蛋鬼破坏二人世界？"

随安然还是沉默。

温景梵微挑了挑眉，有些不确定地问道："夫人质疑我的能力？"

这个罪名太大了……随安然赶紧摇头。

这几年两个人都有在做措施，她又不是不知道。

唯一一次"疑似怀孕"已经在两年前了，那是刚结婚的第一个春节，因为记忆太过深刻，即使现在回想起来，也清晰得像是没发生多久。

去医院检查的结果对于一心有些期盼的随安然而言，是坏消息。

她没有怀上宝宝，从妇产科转而去消化科检查胃部，医生给出的诊断结果是——疲劳过度，加上心理作用。

没有怀上已经有些窘了，结果……还有个心理作用。

随安然这么多年来第一次体会到了什么叫作“窘窘有神”，大概是她沮丧的表情实在太过明显，那医生忍不住宽慰她：“你这样的病人我遇见过很多，你才二十几岁，还年轻得很。外面在等你的是你的先生吧？都还年轻，着什么急啊，放宽心，缘分到了自然就有了……”

随安然更窘了。

其实她也没有那么急切地想要个宝宝啊，只是这种念头一出来，就怎么都塞不回去了，心心念念地在她的大脑里不知疲倦地奔跑。

而且，怀宝宝已经成了温家最近的头等大事了，她不上心也不行……

只不过温景梵的反应倒是让她松了一口气，他一点儿也没有表现出失望，看上去反而更像是松了一口气……

再后来，就是温景梵一力顶着老爷子和随母的所有压力，把这事扛了下来，倒让随安然一点儿也没有受到被追着生孩子的痛苦。

只是……她今年也有26岁了，温景梵很快就而立之年了，还不想要孩子，这正常吗？

她若有所思的表情实在太明显，温景梵想忽略都不行。他略一思忖，手指握住她的下巴轻抬起：“有想法了？”

随安然犹豫了片刻，还是老实地点点头：“我觉得……各方面条件……都成熟了。”

那日，温景梵并没有表态。随安然暗暗观察了几日，发现没有任何变化后，不由得有些沮丧。

这是……不想要的意思吗？

因为这件事，她那一段时间心情一直有些糟糕，工作上虽然不至于失误，但服务业的工作本就辛苦，一高压她的情绪就有些崩溃。

正好又遇上温景梵出差，她请假休息了几天，刚回酒店上班，身体又开始情况连连。

温少远年底都在盛远坐镇，连着几日和她一起吃饭便发现了不对劲："下午去医院看看吧，食欲这么差可不行。"

接下来都是高强度的工作，她这种精神状态最容易出问题。

见她抿嘴不说话，温少远略一思忖，试探着问道："和景梵吵架了？"

不应该啊，这小两口……居然能吵得起来？

一个是温吞的柔和性子，一个又是天大地大夫人最大的架势，怎么可能吵得起来？

"没有。"随安然摇摇头，没有多说。只是下午还是请假去了一趟医院，这一次她学聪明了，先去看消化科……

结果却是——被医生发配到了妇产科检查是否怀孕。

随安然有些迷茫，虽然有时候他们会不戴那啥啥啥，但一般都是掐着安全期……一连三年都是这样，没出过意外，怎么可能这次就……

她正胡思乱想着，那边检查结果已经出来了——她怀孕了。

怀——孕——了！

随安然顿时心乱如麻，以前也不是没想过如果自己怀孕，她会以什么样的心情去迎接这个她和温景梵的宝宝，却怎么也没料到会在这种仓促的时候，自己的心情也复杂得像是沸腾的开水，咕噜噜地冒着泡，不安地滚动着。

她想着温景梵的态度，突然就有些不敢说了。

年末正是繁忙的时候，温景梵出差回来只停留了一下午，晚上又飞去另一个城市谈合作。随安然准备了半天的说辞还没来得及用上，他就又已经飞走了。

但身边一众好友皆没有这个经验，她想来想去，还是约了杜依然出来商量。

杜依然听到这个消息时，手一抖，打翻了手边的玻璃杯，完全没有平时高冷的样子，差点儿失声喊出来：“你……你在想什么啊？这种事就算温景梵不在你身旁，也要第一时间告诉他的啊。你居然还瞒着，瞒了三天？”

好像……问题是有些严重。

随安然被杜依然这么一骂，脑子顿时清醒了，回到家就给温景梵打了电话。

大概是还在饭局里，声音有些嘈杂。随安然听见他轻微的脚步声，以及越来越远的人声嘈杂，随着一声关门声，背景便空旷安静得只有他一个人的呼吸声。

“夫人是来查岗？”见她不说话，他轻笑着调侃。

那熟悉的声音，温和的语调，听得随安然一时间鼻尖酸酸的，她怎么会觉得他会不喜欢不想要呢……

察觉她那边的异样，温景梵忍不住轻皱了一下眉头，柔声叫她的名字：“安然？”

“我在……”她的声音有些哽咽。

梵希正蹲在她的脚边仰头看着她，微微粗糙的舌头还舔了两下她的脚踝，以示安抚。

朕都还没喜极而泣呢，你哭个什么劲？

“你在哭？”他的声音低低沉沉的，瞬间有些喑哑，“不要慌，告诉我怎么了，嗯？”

“我……我怀孕了。”话音刚落，便听见那边有些委屈的哭声，压得很低，却一下下落在他的心上，疼得他眉头都皱了起来。

温景梵有一瞬间发蒙，但这怔忪只维持了几秒钟，他立刻便恢复了清醒，理智地问道：“去医院检查过了？”

完了完了，这么清冷的语气……好像的确不是很期待啊。

随安然哭得更委屈了。

温景梵对随安然算是了如指掌，只是这个消息实在太过震撼，加上她哭成这样让他手足无措，再加上还没有心理准备，他一下子就有些反应迟钝起来。

虽然在这两个月前他就开始避开她的安全期，但怕她对怀孕的期待太高，压力太大，就一直没说，动作也很是小心。

不料，这些做法不解释，落在她的眼里便成了另外一个意思。

他想了想，说道："我现在就回来。两个小时后就到家，你……等我。"

挂断电话之后，温景梵只来得及交代助理处理一下后续，便自己开车回了 A 市，一路赶回来，只用了一个多小时。

随安然正跪坐在暖融融的地毯上吃鸡蛋羹，梵希在她脚边吃着炸小黄鱼……一人一猫看上去都闲适万分。

他站在玄关，就这么看着她。头顶暖橘色的灯光映衬得他整个人都柔和了下来，暖洋洋的。

随安然先反应过来，起身去迎他进来。刚走到他面前，就被他抬手扣住肩膀，一把拉进了怀里紧紧抱住。

他身上还带着冬夜特有的寒凉，那清冽的淡香格外提神。

随安然有些忐忑，含糊地问他："你不高兴啊……"

"我回来的路上越想越觉得不对，就给杜依然打了一个电话……"他的声音沙哑得厉害，"你怎么会以为我不喜欢？还瞒了我那么久。"

"也就三天……"她小声辩解。

温景梵没说话，只扣着她腰身的手猛然一紧，随即想起什么，又很快松开，声音沙哑得就像是含了一把沙砾。可他的声色那么好，即使这样也好听得不行：

"明天我带你去医院检查下。安然，你不会知道，我有多么喜欢我们的孩子。"

他只是想着结婚的时间还短，加之各方面的条件都不是十分成熟，便私心地一直等到如今。

怎么可能不喜欢?

“那我前段时间跟你说想要的时候……你为什么……那样啊? ”她垂着眸子，没敢看他，就盯着他的脚尖看。

“是我错了。”他含糊地道歉，吻落在她的嘴角，很轻柔，“我知道错了。”

“你是不是怕我有压力? 或者是……老爷子那边……”她抓住他的手，触到他掌心微微的汗湿时，惊讶地看去。

“一路赶回来的。”他反握住她的手，所有的理智在此刻终于全部回笼。

他微微低下头，柔软的吻从她的额头一路往下，一直到她的唇上。就这样抵着她的额头和她对视，声音缱绻又缠绵：“安然，我喜欢的，只要是和你有关的，我都喜欢。”

(2)

温景梵对要孩子的热衷似乎就结婚刚开始的那段时间，后来亲眼目睹小孩有多黏人后就打消了这个念头。

直到——

那年，温景梵 29 岁。老爷子想要抱曾孙想得快要走火入魔。

有了这个计划之后，随安然很快就怀上了宝宝。与此同时，还有一件不怎么愉快的事情，老爷子怕梵希会影响宝宝的健康，三天两头地想要抱走梵希。

随安然自然是坚持留下，温景梵显然也是一个态度，双方僵持很久，老爷子才偃旗息鼓。

刚显怀的时候，也是宝宝折腾她折腾得最厉害的时候，温景梵干脆连公司都不去，办公地点搬到了家里，全天 24 小时在家伺候。

安歆知道随安然反应大，还担心温景梵会照顾不来，请假来A市帮衬。结果一到A市，发现随安然被照顾得周全，她一来不是帮忙反而像是添乱的，于是住了一个星期就赶紧回去了。回头和安然打电话的时候，她还颇为欣慰地说："当初是没看错人。"

随安然正靠在温景梵怀里，闻言抬头看了他一眼，笑眼弯弯。

快到预产期时，温景梵安排随安然住进医院待产。住进去的隔日，小家伙就闹着要出来，出生在情人节，2月14日辰时。

那年，温景梵30岁，正是而立之年。

整个生产过程，温景梵全程陪同。

随安然还记得是温景梵随同医生推她进的产房，因为他说："我不能容忍你出现任何意外，在外面等太难熬，还是亲眼看着比较放心。"

出产房时，他牵着她的手，一路送她进病房，轻声贴在她耳边说："老婆，辛苦了。"

她其实也没有很辛苦，反而是他，从产期开始一直都是最累的那一个。

因为是自然生产，随安然恢复得很快，几天之后就出院回家坐月子。然后问题又来了，小家伙叫什么？

小家伙出生，最高兴的当数老爷子。虽然产前反复表示他不是重男轻女的，但临了是个男孩总是更高兴一些。他翻了好几天的字典，反而因为太慎重，觉得这个不好那个不好，一直没决定下来。

孩子总不能没有名字，温景梵看着随安然逗他，想了想，问道："小名叫时间？"

随安然沉默抗议，但抗议好像无效……

温景梵伸手去抱时间，温声地叫了几声"时间"，那原本还皱着圆嘟嘟的脸闹脾气的小家伙顿时咧嘴一笑。

于是，就此尘埃落定。

时间最喜欢的就是梵希，梵希最喜欢的也不再是小黄鱼，而变成了时间，喜爱的程度已经达到可以和时间同挤一张婴儿床，忍受时间糟糕的睡相。

时间哭闹的时候，梵希会跳上婴儿床顶端摇风铃。时间高兴的时候，梵希会小心地蹭上去，软绵绵地蹭着时间的小脑袋。时间刚开始学爬行的时候，梵希就在它的前面引导。

甚至，它会照看着时间，不让他撞到桌角，不让他碰到锋利的东西，俨然是个很合格很优秀的小老师。

后来，老爷子终于给他定了大名——温律。

（3）

不过时间对爸爸顺口取的小名却更喜欢一点，长大后逢人问起名字都不忘补充："我虽然叫温律，但是我还有个好听的小名叫时间。"

时间一岁的时候，有人通过陆熠方给随安然递了剧本，但剧本邀请的是时遇。

他结婚四年再未出山，但对方诚心想要邀请，甚至翻到了他四年前的微博，最后决定从随安然那里下手。这招显然有效，随安然整日跟在温景梵身旁摇尾巴："时遇大大……"

结婚四年，她第一次这么撒娇。

温景梵依旧不动如山："注意影响，时间正是学说话的时候。"

时间显然是随安然的命门，下一秒，随安然就噤声了。嗯，她不说话，温景梵也不开心。

他看了眼有梵希陪着的时间，拉起随安然进屋，关门，上锁。就把安然抵在门后，低声反复地问她："我和时间谁更重要？"

起先，安然还坚持是时间。但这个回答显然不是温景梵想要的，回答错一次他就吻她，直到最后，安然终于缴械投降："是你，你最重要。"

"敷衍。"他心满意足，翘起了嘴角，又低头吻了下去。

（4）

时间有了一个挂在嘴上的新词："时遇大大……"

尤其后面那个叠音，他咬字清晰，软软糯糯，像是带着奶香味，格外招人喜欢。

随安然一时心痒，偷偷录了下来又偷偷地放到了时遇的微博上，配字："时间正在牙牙学语，嗯……这是新学会并乐此不疲重复的新词。"

结果自然是排山倒海一般的刷屏："时遇大大的接班人！"

"时间好萌啊，萌哭了！求出镜！"

"时遇夫妇你们要把单身狗虐死了你们知道吗？"

"这种语气，一定是时遇大大的夫人悄悄来发博了。"

没多久，时遇的微博上又更新了一条："夫人别闹，跟为夫回家。"

（5）

时遇最后还是接了那个剧本，原因无二，安然喜欢。他答应的配音要求就是可以随时携带家属，配音时间要自由。

只要时遇能出山，就是重金聘请都没问题，何况只是这两个简单的要求。

随安然自打有了时间之后，便辞职在家，也许说常年休假更合适一些……因为盛远始终为她空着一个职位，等她随时上任。

配音工作通常放在晚上八点开始，一个小时的录音时间。但哪怕四年未拾起，他照样游刃有余，按期完成了配音。

随安然这段时间一直带着时间在录音室过瘾，突然结束还有些怅然若失。

温景梵见她打不起精神，想了想，说道："等再过几天，过了雨季，我们一起去梵音寺吧？带着时间和梵希，去那里看看。"

怀着时间的那一年，有些辛苦，温景梵整年没有回去过。后来时间出生，也没有时间，算下来，倒是有很久没去了。

时间把梵希抱在怀里，好奇地歪头问："什么是梵音寺？"

时间对什么都好奇，知道有梵音寺这个地方之后，睡前便开始缠着安然讲她和温景梵的爱情故事。

随安然刚听到这个词从时间嘴里口齿不清地念出来时，还愣了一下，抬头问温景梵："你教的？"

"没有。"他走过来抱起时间坐到床上，自顾自和他商量起来，"今天自己睡小房间，放梵希陪着你，爸爸就给你讲故事。"

"爱情故事吗？"时间执着地问。

温景梵眼底漾开一抹笑意，含笑点头："好，爱情故事。"

"要听你和妈妈的。"

"好。"

"那爸爸，为什么你总是不让我和你们一起睡？"

温景梵揽着时间躺下，耐心地解释："因为时间的妈妈是爸爸的老婆，爸爸娶了她，要对她负责。时间自己睡，爸爸才能认真地，每天负责。"

时间似懂非懂地点点头，一脸崇拜地看着温景梵。

一旁，随安然红了一张脸，只觉得耳根子一阵阵发烫。

哄着时间睡下，温景梵抱着时间去他自己的房间。回房的时候，随安然正靠在床头等他，点着一盏暖色的壁灯。

那一瞬间，就像是时间都静止了一般。

他的眼里，只剩下她，顾盼生辉。

（6）

梵音寺。

经幡，香烛，梵音，雕柱，暮鼓，晨钟。

一如经年时的模样，黄墙朱瓦，朦胧的山雾，剔透的阳光，悠远的钟声，低沉的梵音。

依然是大师亲自出迎，温景梵一直和大师保持着书信来往。偶尔甚至只是简单的问候，但这么些年始终没有间断。

大师是知道时间的，时间刚出生时，还托安歆带了开过光的玉菩萨。安然原本觉得太过贵重，倒是温景梵看了眼，直接替时间收了下来："这么好的东西，既然送过来了没有还回去的道理。我们的时间，值得最好的。"

小住了几日，时间刚习惯这里幽静却单调的生活时，安歆便来将他接走了，让他跟自己小住几日再送回来。

温景梵乐得时间这个烦人的小家伙被带走，赶紧收拾了东西一路送了回去。

那天晚上，随安然抄完了佛经，他放下书，走到她身后替她捏了捏肩膀。洗沐过后，两个人躺在床上。

正似醒非醒之间，听温景梵问道："你一直以为时间是我顺口取的？"

她正困得不行，闻言，往他怀里蹭了蹭，睁着惺忪的睡眼看他："不是吗？"

"他叫时间。"他低下头来，手落下去轻轻地拍了拍她，"是我们的时间。"

她似懂非懂，迷茫地看着他。

他低下头来，在她唇上亲了亲，温柔笑着："睡吧。"

没过几日，时间和梵希就被安歆一起送了回来。时间哭得眼睛红红的，看见安然就伸手要抱。

时间被喂养得很好，白白胖胖的，已经很沉了。温景梵向来不让随安然久抱，现在通常都直接接手过去，揽进怀里自己抱着。

然后他就感觉那小家伙蹭上来，黏糊糊地撒娇：“爸爸，时间好想你。”

晚上哄着时间睡着，安然看着时间安静恬淡的睡眼，越看越觉得像温景梵，心思一动，建议：“我们再生一个吧，好不好？”

“让时间有个弟弟妹妹，以后也不会孤单。”

温景梵“嗯”了一声，垂眸看了眼睡在里侧，已经睡熟了的时间，微微一笑，不置可否：“这里不是很合适。”

随安然半天才反应过来他说的是……现在在寺庙的客堂，呃，那啥不恭敬……

她恼怒：“我跟你说正经的。”

“我也很正经，若是为夫错了，夫人何苦恼羞成怒？”他低声笑着，那声音低醇入耳，让随安然一点儿脾气都发不出来，只能生闷气。

结婚这么久，她对他依然没有抵抗力，太没长进了。

“夫人喜欢，那就生一个。”他低头，细细密密地吻下来，唇贴着她的，轻轻摩挲，“下一个就叫时辰，是陪伴时间的时辰。”

那声音清透入耳，就像是初遇时。她恍然在山间听见的那道声音，伴着迈上石阶的脚步声，就这样一路走进了她的心里。

时遇，她的时遇，她的多情不忘，年年痴守。

“为什么叫时间？因为他是我们的时间，将生生世世，延续下去。”

“怕时间孤单吗？那再生一个叫时辰，替我们陪着时间。”

| 番外四 |

岁岁年年

（1）

温景梵婚后随缘接戏，许多制片方无法，辗转找上了随安然。客气点的，先询问档期，再递策划案和剧本，让随安然看完剧本再做考虑；不客气的，上来就给她开出高价回扣，威逼利诱，令人触目兴叹。

周日那天，正逢下雨。两人原定去花市的计划无奈取消，在家逗猫。

猫懒洋洋的，人也懒洋洋的。

要不是忽然进来一封投诉邮件，她估计就要这么睡着了。

温景梵倾身将电脑递给她，一手托住笔记本，一手揽着她的脑袋枕在自己腿上。

不知道为什么，随安然忽然想到上旬闻歌来家里时到处找电脑桌的画面。她忍不住笑，就着温景梵的手打开邮件，快速浏览投诉内容。

温景梵垂眸扫了眼电脑屏幕上的大篇英文："被投诉了很开心？"

随安然解释："我是在想，什么样的家庭连电脑桌都没有。"

温景梵捏了捏她的鼻尖，没接话。

随安然却有些心不在焉，她抬眼，悄悄看了一眼温景梵。

有些人的视线明明在电视上，却半点没忘记留意她的动静，他流连在随安然侧脸和耳垂上的手落在她的下巴上，跟搔猫一样，轻轻勾了勾，无声询问：怎么了？

随安然说：“我在想，以后有孩子了，你会不会也和现在一样，她要什么都亲手捧到她面前。”

温景梵想了想，回答：“不会，我只惯着温太太。”为了显得这个答案十分严谨，他的手往下，顺着她的耳垂落到颈侧，似乎蠢蠢欲动：“我们可以现在就生一个，看看答案。”

随安然偏头咬他，衔住他的手了，又舍不得，牙锋轻碰了一下，以示抗议。

他低声笑，笑声像从胸腔内共鸣回振出的，低悦轻沉。

随安然看完邮件，给客服部回了封情况说明，等待顾客的反馈。

她任职盛远酒店的大堂经理数年，在岗期间从未犯过错，偶有顾客刁难也总能巧妙化解，今年以前，她从未收到过任何投诉信。

就是从这个月开始，她跟犯冲似的，接二连三地收到投诉信。有时是同一位客人，有时又是其他客人，中文英文法文都有。

她将投诉信划到最底部，仔细辨认着邮箱账户，那串英文数字眼熟得仿佛在哪儿看到过。

随安然坐起身，自己捧过电脑搁在膝上，飞快地核对着近三个月内的收件箱邮箱账号。

几分钟后，她在黑名单内找到了同一个账户给她发的一封……合作邀请。

两个月前，这位制片人通过微博上的邮箱信息给她发了封合作邀请，开口就是能给高价回扣。

随安然看完了附件后，婉拒。

本以为事情就这样结束了，但对方的回信接连数篇都是张狂的威胁，令她十分不悦地做了拉黑处理。

只是没想到对方会如此小肚鸡肠，特意投诉她。

雨水斜侵，在落地窗上连成一片水幕。

温景梵从她身后拥上来，手在触控键上划了几下，大概就知道了事情经过。他侧目，语气还算平静："他这样骚扰你多久了？"

随安然摇头："没多久。"

温景梵又问："酒店是怎么处理你被投诉的？"

好像……并没有处理。

随安然仔细想了想，因对方的投诉信语焉不详，又实在挑不出她的错来，顶多说入住体验差或者她的服务态度与专业能力有问题，每次酒店核实后都会发现是顾客在无理取闹，结果自然是不了了之了。

温景梵说："今年的年假是不是还没休？"

随安然："是啊，你问这个……"

话未说完，温景梵打断她："温太太，我建议你休个年假，避避小人。"

随安然狐疑地打量他："有这么严重？"

温景梵一本正经："有。"

随安然用手指戳了戳他忍不住上扬的嘴角："温先生，你很不专业。"

温景梵低笑数声，这埋在她颈边的笑声低低沉沉，随安然的耳朵一下红了个通透。

"我必须承认我有私心，但五月是樱花季，我们该去赏花了。"

随安然心动之余，出于对工作的热爱，尚有些挣扎："我年假没这么多。"

他轻咬住她的耳垂，低声道："我去批。"

"不太好。"

温景梵："哪里不太好？"

随安然还未启唇，他已经吻下来，浅浅地一啄："你要是实在为难，我可以努力下，让你把产假休上。"

随安然被他逗笑，她望着温景梵近在咫尺的那双深邃的眼睛，咬着他的唇轻声说："那就……努力点吧。"

雨幕深深，屋里的灯直至夜幕降临也迟迟未开。

（2）

有了温律后，随安然再怀上时辰时，温景梵已经很有经验了。

时辰在妈妈肚子里的第三十六天，就被爸爸发现了。早在随安然生理期推迟起，温景梵就已经有了预感，这点预感在看见梵希小心翼翼地贴着安然脚踝轻蹭，又一反常态对着总莽撞扑进安然怀中的时间喵喵叫时被进一步证实了。

温景梵不慌不忙地替安然安排好了体检，等待检验报告时，他倚墙坐在长椅上，十指相扣，看似冷静，实则手背指骨都被他用力捏得青白。

温景然见状，双手插在白大褂的兜里，嗤笑了一声："出息。"

温景梵抬眼，深邃的眸子幽冷，他笑了笑，倒没接话。

谁都有这一天，何必取笑。

三个月时，随安然开始有妊娠反应。本不慌不忙的时遇大人，立刻慌了手脚。从求助丈母娘到咨询营养师，但随安然仍是吃什么吐什么。他便开着车，带着安然一家家餐厅看过去，但凡是她多看一眼的，他便下车去买一份。

过了四月，严重的妊娠反应令随安然无法继续工作，她休假在家后，温景梵也立刻将办公地点转移到了家里。

每天除了固定的散步锻炼外，每周还有一项逛街项目，不拘目的，就是随心所欲地买买买。于是，十分注重老大心理健康的随安然但凡去逛街，总会给时间带些小玩具。

某日，闻歌和应如约结伴来看随安然，十分有幸地见证了温景梵的无微不至——十分钟送一趟果盘，半小时送一杯牛奶，下午茶点更是丰盛得仿佛将粤式早茶搬了过来。

闻歌嘟嘟囔囔地回家转告另一位温先生了。

临近预产期时，随安然整夜睡不安稳，经常是在温景梵怀中，被他托抱着才能囫囵睡个几小时。有天她醒来时，太阳刚下山，满室暖橘色的光圈将夕阳留了满地。她睁眼就看见温景梵一手揽着她，一手执书，眉眼温柔清俊得恍若这些年的时光都停在两人相见的最初时。

见她醒过来，他低头亲吻她眉心，那嗓音低低的，像水滴落屋檐："醒了？"

随安然撒娇地钻进他怀中，这些年，她被时遇大人宠得反而比当初还有小女生的娇态。

"没醒。"她嘟囔，"要不然我怎么看见了我的梦中人。"

温景梵失笑，他顺着她的鼻尖滑下，吻了吻她的嘴唇："嗯，温太太也是我的梦中情人。"

他努力忍笑的表情令随安然心中升起一丝狐疑，她跟随着心中那点异样转头，时间和梵希正趴在床头，目光炯炯有神地看着她。

随安然："……"

（3）

时间很喜欢时辰，于是，家中经常能看见小摇篮旁边蹲着的一大一小。

大只的是时间，小只的是梵希。

时辰满月那天，正逢春节，他的叔叔伯伯姑姑全拖家带口地来参加小家伙的满月礼。

温家的三个男人连带着温家唯一的姑爷傅衍分别占领了厨房餐厅，备菜下厨。

闻歌抱着时间在逗刚睡醒的时辰，梵希难得赏脸，窝在应如约怀中懒洋洋地眯缝着眼看着围住摇篮的两人。

温时迁正和随安然说着话，傅衍偶尔望去时，她不是掩口微笑，就是挑着眉双手抱胸打量着摇篮里的那个软体生物，表情里充满了别扭。

几人的厨艺都是经过自家太太考验的，一桌色香味俱全的满汉全席后，温景梵将给时辰订的蛋糕送上来，插上了六支蜡烛。

随安然不解地看了一眼温景梵，作为温家养娃大户的温景梵，十分大方："我们家孩子多，借三支蜡烛给叔叔伯伯和姑父许愿。"

闻歌："……"

时间左瞧瞧右瞧瞧，十分默契地和他爹站在了坑叔伯的统一战线上："我弟弟多，什么时候许愿都可以，我把愿望让给小姑姑。"

温时迁笑出声来："时间不就只有时辰一个弟弟，难道你妈妈又有好消息了啊？"

时间仰着小脑袋，抬了抬他矜贵的小下巴："梵希也过生日的。"

一旁蹲着看人类迷惑行为的梵希一甩尾巴，怒气冲冲地跳走了——你才弟弟，你全家都是弟弟。朕明明是爸爸!

于是，时辰的满月礼险些被他不靠谱的爸爸和哥哥毁于一旦。

放烟花时，闻歌抢了温少远衔在唇边的烟，凑上去点火，温少远见她还没点着就已经缩回来，那颤颤巍巍的小手看得他忍不住笑起来。他重新点了根烟，从后揽住闻歌，紧紧地握住她的手，将那烟火靠近引线。

闻歌偏头看他，温少远轻斥："没几两胆子，又爱逞强。"

她笑得眉眼弯弯，凑上去亲他。

引线被点燃，温少远握住她的手腕，把她半抱进怀中，踏着雪地躲回屋檐下。

一朵朵绽开的烟花将夜幕映得如浮世之城。

傅衍一手揽过温时迁，一手扣住她的后颈让她抬头看向天幕。巨大的烟花绽开，流星坠落般坠入眼帘。

她"哇"的一声，绽开的笑容，比绚丽的烟花还令他失神几分。

应如约被温景然牵着的手有些冰凉，温景然敞开大衣将她揽进怀中："喜欢的话，今晚我们回去也放。"

应如约嘀咕："你是忘了今晚要值班了吧。"

温景然低头看她："那就下值了放，四点天还没亮，可以做点咱俩都喜欢的事。"

应如约环在他腰上的手不着痕迹地狠狠掐了他一把。

时间被爸爸抱在怀里，捂着耳朵兴奋得小脸通红。

"爸爸，新年快乐。"

“时间也新年快乐。”

…………

“爸爸，我和弟弟的压岁钱你准备好了吗？”

“爸爸，我觉得我还缺一个妹妹。”

温景梵：“妹妹让你小叔叔去生。”

…………

“爸爸，明年我们还能一起放烟花吗？”

“当然可以。”

“爸爸，那你和妈妈什么时候给我讲姑姑姑父的故事啊？”

温景梵失笑：“那要看某些人的良心什么时候捡回来了。”

时间歪着小脑袋，有些费解。

他亮晶晶的眼睛里倒映着眼前的整片天空，就像这繁华盛世，星河璀璨。

他双手交握，缓缓闭上眼睛，许愿道：“爸爸，我希望所有人都平安快乐，岁岁年年。”